CW01619321

OVNI 78

WU MING

OVNI 78

★

Traduit de l'italien
par Serge Quadruppani

LIBERTALIA

DERNIERS LIVRES PARUS AUX ÉDITIONS LIBERTALIA

WILLIAM MORRIS
Nouvelles de nulle part

DIMITRI MANESSIS & JEAN VIGREUX
Avec tous tes frères étrangers

OLIVIER NEVEUX
Armand Gatti, théâtre-utopie

CONSTANCE BANTMAN
Un premier exil libertaire

FLORA TRISTAN
Autour de la France

DARIA MARX
Dix questions sur la grossophobie

AUDREY GUILLER
Emprisonnées

Actualité & catalogue complet : editionslibertalia.com

Cet ouvrage a bénéficié de l'aide à la traduction du Centre national du livre.

© Wu Ming, 2022
© Giulio Einaudi editore S.P.A., Torino, 2022
Publié au terme d'un arrangement
avec l'agence littéraire Santachiara
© Éditions Libertalia, 2024

À Veronica Siracusano Raffa
(Sweepsy)

Nous disons beau le signe qui nous conduit
vers l'interprétation de l'énigme
Franco « Bifo » Berardi,
Neuro-estetica dell'immaginabile

Tu veux venir ? Parce qu'y aller c'est évident
Un voyage à finir avant commencement
C'est compliqué tu pourras comprendre
Il pleut où c'est mouillé y'a des virages à prendre
Voix du passé trop éloignées
Des yeux comme des fentes, des flashs éblouissants
Colle der Fomento feat. Kaos One,
Miglia e promesse

PRÉLUDE

26 AOÛT 1976

Il fut un temps où, l'été, sur le mont Quarzerone, arrivaient les scouts.

Ils apparaissaient à Forravalle d'un jour à l'autre, comme des nuées d'oiseaux migrateurs.

Ils venaient des environs, de la Riviera ou de l'autre côté de l'Apennin. Ils venaient dans cette région frontière, différente du reste de la Toscane, déjà un peu Ligurie et avec ses parlers bien particuliers. Selon les linguistes, il s'agissait de dialectes émiliens, mais si on le disait aux gens de la Lunigiana, ils haussaient les épaules : « *A parlàn cóm a parlàn* », « on parle comme on parle ».

Les groupes venaient, parfois seulement des garçons, parfois seulement des filles, et plus rarement ensemble, Pionniers et Pionnières. Ils descendaient du bus devant la barre du lavoir. Sur l'esplanade de terre battue les attendait un homme d'une quarantaine d'années, au nez aquilin, qu'au pays on appelait Gheppio mais qui pour eux était l'inspecteur adjoint des gardes forestiers Elio Gornara, prêt à les accompagner dans son tout-terrain vert jusqu'au lieu où ils installeraient le camp.

Gheppio tenait à accueillir les nouveaux arrivants pour vérifier qu'ils avaient le bon équipement et les instruire sur les dangers du mont. Les gens venaient à la légère sur le Quarzerone, et les scouts ne faisaient pas exception, malgré leur devise qui les voulait « toujours prêts ! ». Ce massif encastré entre l'Apennin et les Alpes apuanes, mais plus bas que leurs cimes, n'était pas pris très au sérieux, un endroit juste bon pour se dégourdir les jambes et respirer du bon air. Mais avec ses nombreuses grottes, ses parois à pic sur le Rio Borro, ses mauvaises crevasses et ses roches friables, le Quarzerone méritait autant de respect qu'un sommet des Dolomites. De plus, alors que les Alpes étaient pourvues de sentiers bien signalés et entretenus, là, ils étaient à peine esquissés et, quand on les parcourait sans les connaître, on se retrouvait souvent bloqué par des ronces ou un éboulement, et si on tentait de contourner l'obstacle, on finissait par se perdre.

— Chaque mois, on en récupère. Promeneurs, ramasseurs de champignons… Des incidents qu'on pourrait éviter, avec un peu d'attention.

Pendant que Gheppio retenait les chefs avec son prêche, les équipes chargeaient sur le véhicule les outils et les marmites, les cocons verts des tentes canadiennes, les provisions. Le transbordement terminé, le garde forestier se mettait au volant et les gars se lançaient dans la montée, sac au dos, en chassant la fatigue avec leurs chansons.

« Et le rythme des pas nous accompagnera, vers les horizons lointains on ira. »

Ils plantaient les tentes à Pian del Cielo, juste en lisière du bois, sous les corniches sombres de Rocca Tesana. Une prairie idéale pour le camping, plate comme un matelas, avec une couche d'herbe moelleuse, un ruisseau pour se laver, du bois pour le feu et, en plein milieu, un hêtre séculaire qui offrait un abri contre le soleil.

Ils restaient une dizaine de jours, deux semaines au maximum. Enfin, un matin, de bonne heure, ils démontaient les constructions de poteaux et de cordes, comblaient les latrines, descendaient les drapeaux et ne laissaient derrière eux que les empreintes jaunes dans l'herbe des cuvettes des tentes.

Gheppio vérifiait que tout était en ordre puis rapportait dans la vallée bagages et mobilier. Il se garait de l'autre côté de la barre et, pendant que les jeunes gens déchargeaient les bagages, il les réprimandait pour un piquet ou un papier gras oublié.

Puis, tranquille, il allumait sa pipe dans l'attente du prochain groupe.

En train de fumer, appuyé au rebord du lavoir : c'est ainsi qu'à leur tour le trouvèrent les scouts du groupe Agesci Carrara 4. Les derniers à camper sur le Quarzerone, à la fin du mois d'août 1976.

— Bonjour, le salua le chef de la troupe. Nous sommes en retard ?

L'inspecteur adjoint marmonna une réprimande et vida sa pipe contre le bord du bassin. Pas besoin de présentations. À diverses reprises, Simone Bartocci avait déjà accompagné la troupe sur le Quarzerone. Ils y avaient fait plusieurs apparitions, y compris le camp d'été de 1973, le dernier sans filles. Et depuis toujours, il y avait Gheppio qui distribuait autorisations et conseils.

— Cette nuit, ça va être le déluge, annonça-t-il. Il faut que vous fassiez des rigoles bien comme il faut.

De son sac en bandoulière, il tira un rouleau de papier maintenu par un élastique. Simone le reconnut aussitôt : c'étaient les photocopies de deux planches de l'Institut géographique militaire. Cartes topographiques recouvrant le territoire de la montagne, sur lesquelles le forestier indiquait les dangers et les lieux à éviter, délimitant les zones les plus risquées, où il valait mieux ne pas s'aventurer. Simone en avait déjà reçu au moins cinq, de ces précieux rouleaux, mais si on se hasardait à le faire remarquer à Gheppio, il s'irritait et précisait qu'il les actualisait chaque saison.

Simone remercia, prit le papyrus et le remit à la cheftaine de groupe.

— Je te présente Gemma, dit-il, mon assistante.

— Assistante, tu peux toujours courir ! protesta-t-elle en levant le bras pour le menacer d'une baffe. Je suis Gemma Corsini, la responsable des filles.

Gheppio lui serra la main.

— Enchanté. Elio Gornara, bienvenue à Forravalle. Tu connais déjà notre montagne ?

La jeune fille secoua la tête et l'inspecteur adjoint lui tendit un dépliant réalisé par la Commune de Forravalle. Un texte d'un ennui mortel, écrit par Dieu sait qui, lu par personne. Entre tant de pédanteries, l'unique information savoureuse concernait les grottes :

> Dans l'imagination populaire, toutes les cavités du Quarzerone sont reliées entre elles par des tunnels naturels et artificiels. Les plus connues portent des

noms évocateurs qui rappellent des légendes (« grotte du lutin »), des coutumes anciennes (« des célibataires »), des ermites médiévaux (« de Saint Palpano ») et des faits historiques. La chronique d'une antique bataille entre la république de Florence et le duché de Modène raconte que les soldats ducaux réussirent à encercler l'ennemi en empruntant une de ces galeries, connues aujourd'hui comme « caverne des Gens du Duc ».

Gheppio se limita à dire qu'ils ne devaient pas y mettre les pieds, même si leurs noms faisaient envie.

— Mais la plus grande partie n'en ont même pas un, ajouta-t-il, et beaucoup n'ont pas encore été explorées.

Comme prévu, cette nuit-là, il plut. Le camp se remplit de mares, mais les doubles toits résistèrent aux rafales de vent. Ce ne fut pas le classique orage d'été, violent et passager : même le lendemain, l'eau s'abattit sans trêve. Enfin, le deuxième matin, le soleil pointa et les branches du hêtre au centre de l'esplanade fleurirent de sacs de couchage étendus à sécher. Les chefs furent contents de ne pas devoir changer leurs plans à cause de la météo. Le programme prévoyait, cet après-midi-là, le lancement du Jeu des vingt-quatre heures.

Gemma coiffa le casque de moto qu'elle avait modifié dans le style intergalactique. Simone enfila la tenue d'astronaute, une combinaison orange enrichie de papier d'aluminium. Le scénario du jeu simulait une invasion d'extraterrestres, en référence aux rumeurs selon lesquelles, sur le Quarzerone, de temps en temps, atterrissaient des ovnis en visite dans de très secrets laboratoires cachés par les viscères de la montagne.

Les Terriens devaient les repousser, divisés en plusieurs régiments disposant chacun de sa base, luttant pour accaparer armes, munitions et provisions.

C'est justement le vol des réserves pour le dîner exécuté par deux éclaireurs martiens qui donna le départ d'une chasse pour les récupérer.

Jacopo et Margherita se retrouvèrent dans la même équipe, ou plus probablement y finirent volontairement. Durant la dure bataille de l'après-midi, le régiment de Jacopo et Margherita avait remporté vingt sandwiches au jambon, douze œufs durs et dix-sept pommes. Excellent résultat pour nourrir quinze personnes.

La trêve du dîner dura jusqu'à 21 heures, chaque équipe dans sa forteresse délimitée par des cordes tendues entre les arbres. Le repas terminé, les préparatifs pour la nuit commencèrent. Il fallait disposer les lampes à gaz, installer un abri avec les toiles de tente, établir les tours de garde et fixer un nouveau plan d'action.

Certains s'occupaient de la défense, les autres étaient déjà prêts à se lancer à l'attaque.

Margherita offrit d'aller en reconnaissance et s'avança dans le no man's land avec quatre camarades. À la première clairière, elle proposa de s'éparpiller et tous furent d'accord. Attaquer les extraterrestres en restant groupés n'était sûrement pas la meilleure stratégie.

Jacopo sortit peu après de la base en déclarant qu'il tenterait un assaut en solitaire.

Il n'est pas difficile de l'imaginer qui attend Margherita, assis sur ses talons, derrière une roche plus repérable que les autres, désignée à l'avance.

Elle s'incline et l'embrasse sur la bouche. Lui tend la main pour l'aider à se lever et, ensemble, ils s'enfoncent dans le bois.

À 23 heures, la sentinelle Tania jeta un coup d'œil à sa montre : son tour de garde était fini, elle devait réveiller Margherita, mais la nouvelle pionnière n'était ni dans son sac de couchage ni dans la base.

Tania appela Martina, mais l'autre lui répondit de se mêler de ses affaires, parce que Jacopo non plus n'était pas à son poste.

— Et alors ?

Et alors, pour préciser l'idée, Martina lança une série de baisers en l'air, puis mit son index sur ses lèvres, chuuuut ! Alors Tania réveilla Monica, pour lui proposer de remplacer Margherita, mais Monica ne voulait pas en entendre parler.

Le volume sonore du bavardage augmenta et parvint aux oreilles d'Alberto, le chef de groupe adjoint, responsable de l'équipe jusqu'à la fin du jeu.

Quand il comprit le motif de la discussion, Alberto pensa que l'absence des deux jeunes gens n'était pas à prendre à la légère. Margherita n'aurait jamais manqué un tour de garde pour continuer à se bécoter avec Jacopo. Sinon par sens du devoir, au moins pour ne pas se faire prendre.

Il laissa passer un quart d'heure, pour exclure l'hypothèse d'un petit contretemps, d'un retard imprévu, d'un mauvais calcul du temps de retour.

À 23 h 20, deux pionniers descendirent à Pian del Cielo. Simone était resté au camp, avec la trousse de premiers secours à portée de main, pour porter assistance en cas de maladie, blessure ou contusion.

De Jacopo et Margherita, pas de trace là non plus.

Simone comprit tout de suite qu'il s'était passé quelque chose. Et « quelque chose », en montagne et dans l'obscurité, c'est déjà « trop ».

Il prit une lampe électrique et courut au village en sautant sur les pierres du sentier.

Jacopo et Margherita étaient trop débrouillards pour s'éloigner et ne pas retrouver la route. Et puis quel sens cela aurait eu de s'éloigner dans un bois qui offrait déjà mille cachettes ?

En tout cas, il était difficile qu'ils se soient fait mal l'un et l'autre, qu'un des deux n'ait pas réussi à donner l'alarme, à rentrer au camp…

— J'ai perdu deux jeunes, dit-il à Gheppio sur le seuil du poste, à peine descendu de l'appartement de service au premier étage.

— Quand les avez-vous vus pour la dernière fois ? demanda l'inspecteur adjoint, tandis qu'il enfilait la veste de l'uniforme sur le tricot qu'il utilisait pour dormir.

— Il y a deux heures.

Gheppio entra dans le bureau et alluma l'émetteur radio. Le grésillement d'électricité statique agressa les oreilles de Simone.

— Astore, ici Gheppio, dit le garde forestier. Viens au poste, deux scouts ont disparu. À toi.

— Depuis quand? demanda une voix ensommeillée. À toi.

— Deux heures, répondit Gheppio. Je coupe.

Et, bien sûr, ni lui ni Simone n'imaginaient que par la suite, à la même question, ils répondraient deux jours, deux semaines, deux mois, deux ans.

Aujourd'hui Simone a presque soixante-dix ans. Durant l'automne 1976, il quitta les scouts et renvoya à plus tard son diplôme de droit. Jusqu'à l'été suivant, il participa aux recherches pour retrouver Jacopo et Margherita et à la collecte d'indices sur leur disparition. Il parcourut chaque mètre carré de la montagne, parfois même seul, et si quelque nouvel élément minuscule surgissait, il revenait à Forravalle pour demander des informations et consulter Gheppio. Puis, quand il fut clair que les deux gamins ne reviendraient pas, il laissa tomber l'université, fit ses valises et déménagea en Suède, pour travailler comme docker sur le port de Göteborg. Peut-être se sentait-il responsable, peut-être que quelque chose le poussait non seulement à partir loin mais en quête d'une vie différente, d'un endroit où il ne devrait plus parler de l'affaire.

L'illusion se brisa au printemps 1978, quand quelques autres personnes aussi furent mêlées aux mystères du Quarzcrone et contribuèrent à établir une partie de la vérité.

Cette histoire est celle de vies qui se croisèrent alors, sur les pentes de la montagne. Et si d'une vie, on ne peut connaître tous les replis, les ombres et les lumières, on peut au moins essayer de la raconter, en utilisant des documents, des interviews, des livres et des journaux de l'époque, en restant conscient de l'incommensurable distance entre les jours vécus et les pages écrites. Du reste, le défi de la narration est d'atteindre la vérité en affrontant l'ineffable, même quand il s'agit de loups-garous et de soucoupes volantes.

★

Premier mouvement

DU 1er AU 19 MARS 1978

I
ROME, MERCREDI 1er MARS

Bruits d'eaux qui courent, feux follets de synthétiseurs, échos lointains du temps perdu ; *In den Gärten Pharaos*, du groupe allemand Popol Vuh. Parfait choix musical.

L'œil de la caméra remonte un couloir et fouille des rayonnages chargés de vestiges et de pièces archéologiques, statuettes fabriquées Dieu sait où et quand ; déesses de la fertilité ; bêtes sacrées ; démons menaçants et insondables. Parmi ces corps stylisés, de temps en temps surgit une maquette de pyramide toltèque ou de vaisseau spatial, en version rationnelle ou à l'opposé, tendant au baroque.

En 1978, la télé italienne produisait déjà des émissions en couleur, y compris cet épisode d'« Odeon ». Mais dans les maisons trônaient encore des appareils en noir et blanc, et les couleurs clinquantes de cet appartement ne pouvaient qu'être imaginées : les murs vert cinabre, les étagères peintes en jaune, les reflets bronze des bibelots.

La caméra s'approche d'une embrasure sans porte, dominée par un grand tableau. Le regard s'attarde sur des architectures en ruine ou inachevées, suspendues dans une nuit lumineuse. Très peu de gens auront reconnu *Le Temple foudroyé* de Savinio. Pas l'original, mais bien une copie acquise pour quelques lires au marché aux puces de Porta Portese.

Enveloppés par les sons de Popol Vuh, nous entrons dans un vaste séjour. Sur deux murs adjacents, des bibliothèques jusqu'au plafond. Solides, sombres et laquées, peut-être en noyer. Devant les rangées de volumes, d'autres bibelots, d'autres colifichets.

Coupure, reprise en plan rapproché. Quelques livres ne sont pas alignés avec les autres, mais disposés de manière à montrer leurs couvertures. Éditions étrangères : *Bombas atómicas y robots en la antigüedad* (sur la jaquette, un photomontage avec le champignon d'Hiroshima et le Machu Picchu en toile de fond), *Toisilta tähdiltä*, Был ли Улисс космонавтом?

Une photo encadrée émerge d'une niche : deux hommes souriants se serrent la main. Combien auront identifié le plus âgé comme Sergueï Pavlovitch Korolev, directeur du programme spatial soviétique ? En bas, à droite, trois lignes au stylo en caractères cyrilliques, certainement une dédicace signée.

Un troisième mur est couvert de plaques de prix littéraires, diplômes et attestations sous verre, affiches de congrès. La caméra ne se rapproche pas, mais on lit les inscriptions en lettres jaunes sur fond bleu (pour beaucoup de téléspectateurs, juste gris clair sur fond sombre) :

« BOMBES ATOMIQUES ET LASERS AVANT LE DÉLUGE ? »

Et en dessous :

« Conférence du prof. M. Zanka ».

Quelques-uns auront même saisi :

« *Hôtel Parco dei Principi*, Sorrente – Mercredi 11 mai 1977 »

Sur la quatrième cloison s'ouvre une deuxième porte, plus étroite que la précédente. La caméra la franchit et arrive dans un petit cabinet de travail. Un bureau en désordre – carnets ouverts, papiers froissés, journaux, verres, un cendrier débordant de mégots – et un homme filmé de dos en train de taper à la machine.

Un mouvement circulaire sur la droite pour le cadrer de profil : il est assis un peu courbé et porte un col roulé, un *dolcevita* – ou peut-être un *lupetto* – noir. Menton rasé mais avec des pattes aux tempes, cheveux noirs coiffés avec la raie à droite.

C'est l'homme qui a serré la main de Korolev.

À ce moment, voilà la voix pâteuse et persuasive du speaker :

— Il s'appelle Martin Zanka, mais ce n'est pas son vrai nom.

« Odeon » était, comme on disait alors, un « magazine hebdomadaire ». Diffusé en première partie de soirée sur la deuxième chaîne Rai, il avait un sous-titre choc : « Tout ce qui fait spectacle ». Cela voulait dire : explorons de toutes les manières le monde du spectacle, mais aussi : dans notre objectif, tout devient spectacle.

Depuis ses débuts, l'émission avait fait du bruit. D'abord par le choix des sujets, inhabituels à la télé de chez nous : les strip-teaseuses du Crazy Horse, les aspects érotiques du colonialisme italien en Afrique, une nouvelle culture jeune qui faisait fureur à Londres, qu'on appelait «punk». Thèmes choisis sans distinction de niveau, et racontés sur un ton désinvolte, irrévérencieux, souvent dans des situations bizarres créées exprès : une actrice éthiopienne à cheval au Foro Italico*, un acteur interviewé au milieu d'une rixe entre cascadeurs, un compositeur-interprète invité à jouer de la guitare sous la neige… La technique était novatrice, hardie pour l'époque, du moins dans le secteur du divertissement télévisé. Le montage analogique était frappant : on parlait de femmes nues, de cuisses et de poitrine… Et sur l'écran apparaissait un poulet rôti. « Odeon » passerait à l'histoire.

— Gianmaria Zanchini, poursuivit la voix off, cinquante-quatre ans, piémontais d'origine mais désormais romain d'adoption, ancien partisan sur les Alpes graies, une carrière de journaliste spécialisé dans le fait divers derrière lui. Au cours des années, il s'est affirmé sous son pseudonyme comme explorateur de l'inconnu et barde des mondes mystérieux. Il s'est glissé avec habileté dans le genre inauguré par le best-seller mondial *Le Matin des magiciens*, des Français Pauwels et Bergier, mais avec une approche originale, calquée sur les intérêts du public italien. Moins d'alchimie et de sciences secrètes ; plus d'histoire, de cultures exotiques et de beauté des paysages.

Zanka continue à taper sur les touches, en apparence imperturbable, tac tac tac tac tac. Même

* Complexe sportif créé par Mussolini à Rome dans le style monumental fasciste. [Toutes les notes sont du traducteur.]

le spectateur le plus ingénu comprendra qu'il joue un rôle. Avec une troupe de fouineurs à la maison, personne ne travaille pour de vrai.

La caméra explore le bureau, s'arrête sur un amas de livres de poche et de revues.

— Zankini, mais appelez-le Zanka, a à son actif dix livres qui ont été en tête des palmarès, avec des titres comme *Ulysse cosmonaute*...

Et voici la couverture. Le photomontage d'une trirème grecque flottant dans un ciel étoilé.

— ... ou bien *Science-fiction de l'âge du bronze*...

Le graphiste ne s'était pas beaucoup fatigué : une statue de Zeus occupé à lancer un éclair. Sur le fond, un ciel étoilé.

— ...ou encore, son dernier ouvrage, *Robinson des galaxies*.

Sous le titre, un naufragé en guenilles, à la dérive sur un radeau dans l'inévitable ciel étoilé.

— ...tous publiés par le sulfureux éditeur Pepper & Co. Avec son livre le plus récent, Zanka a remporté le prix de l'Étagère d'or 1977.

Un tapis roulant de percussions, peut-être des tablas, démarre, rythmant l'alternance d'images d'archives : la piste de Nazca au sud du Pérou, des peintures de la grotte d'Altamira, des gravures rupestres dans la Valcamonica, des profils de montagnes du val de Suse, des roches érodées par le vent dans Dieu sait quel désert... Pendant que le commentateur poursuit :

— Tous ses travaux tournent autour d'une hypothèse : qu'à l'époque antique, ou carrément dans la préhistoire, le genre humain est entré en contact avec des voyageurs extraterrestres. Ce serait arrivé en de nombreux points de la planète, et de ces « rencontres rapprochées » – expression aujourd'hui en vogue grâce à Hollywood – il resterait des traces à interpréter. Grâce à Zanka et à certains de ses imitateurs, les théories *paléo-cosmonautiques,* comme il les a lui-même baptisées, sont aujourd'hui un vrai phénomène de mœurs.

Zanka cesse de taper et regarde vers l'objectif. La musique s'arrête et la voix off lui pose la première question.

— Martin Zanka, est-il vrai que ce sont les Martiens qui ont bâti les pyramides ?

L'interviewé semble s'assombrir, ce n'est qu'un éclair, on pourrait isoler l'instant avec l'arrêt sur image, mais à l'époque, les magnétoscopes n'existaient pas, la télé était un flux impossible à arrêter, des photogrammes qui passaient et disparaissaient.

— Je n'ai jamais soutenu des sottises pareilles, répondit Zanka. Dans mes livres, je formule des hypothèses, je pose des questions que la science n'a pas examinées. Le lecteur doit garder les interrogations en tête. Il doit, pour ainsi dire, les ruminer, à la recherche de sa propre réponse.

Sur son visage passe un léger sourire :

— Je suis un maïeuticien, comme Socrate.

— Socrate, on lui a fait boire la ciguë et vous semblez avoir vous aussi bon nombre d'ennemis et de détracteurs.

Le sourire de Zanka se fait plus net.

— Mes hypothèses secouent, elles incommodent. Dans mes livres, je demande au lecteur d'abandonner, ne serait-ce qu'un moment, ses convictions les plus solides. Chercher les témoignages d'un rapport ancien entre les civilisations terrestres et celles des autres planètes signifie contester l'idée que l'*Homo sapiens* soit au centre de l'univers, le point le plus haut dans l'échelle de la vie, l'observateur privilégié du cosmos, le but ultime de la création et de la rédemption, à l'image et à la ressemblance de Dieu. Vous comprenez bien que cela puisse déranger.

— Et pourtant, pour un anticonformiste, vous êtes très en vogue, vos livres se vendent à profusion et ne semblent pas vraiment en opposition à l'air du temps. Nous pensons au film de l'Américain Spielberg *Rencontres du troisième type* : il est déjà en tête des recettes à travers le monde.

Les pommettes de Zanka s'abaissent à peine. Les coins de la bouche restent soulevés.

— Mes livres ont un succès de masse parce que nous sommes dans une période, à bien des égards, révolutionnaire. Quant aux rencontres d'extraterrestres, je comprends la fascination pour les soucoupes volantes, mais c'est une matière à traiter avec méthode, sans se laisser aveugler par la moindre lueur dans le ciel.

Coupure. Maintenant, Zanka est en pied. Pardessus noir sur col roulé noir, jean, bottines. L'allure est juvénile. Il n'est plus chez lui : il se déplace entre les salles et les vitrines d'une exposition, peut-être un musée.

— Le prochain livre de Zanka s'intitulera *Vaisseaux spatiaux sur la Lune.* La raison de ce drôle d'assemblage nous a été expliquée par lui-même... Martin Zanka, où nous trouvons-nous en ce moment ?

— Nous sommes en Toscane. Plus précisément à Pontremoli. Ici, c'est le Musée des statues-menhirs, inauguré voilà trois ans.

— Qu'est-ce que les statues-menhirs ?

— Ce sont des pièces archéologiques très importantes, attaque Zanka.

En illustration de ses propos, un typique montage à la « Odeon » : les Alpes apuanes vues de l'ouest ; une rapide revue de sculptures anthropomorphes, stylisées, aux têtes triangulaires ou qui semblent porter des capuches ; l'astronaute Edward White flottant dans l'espace, relié à la capsule Gemini 4 par une sangle de sécurité ; le premier plan d'une statuette.

— Ce sont des sculptures retrouvées par dizaines dans la Lunigiana et remontant à plus de cinq mille ans. Des figures humaines, beaucoup avec des couvre-chefs semblables aux casques des cosmonautes d'aujourd'hui. Dans le livre que je suis en train d'écrire, je les mets en relation avec d'autres, sculptées ou gravées dans la roche en des temps très anciens, dans des lieux très éloignés de celui-ci.

— Et quelles conclusions en tirez-vous ?

— Il est possible qu'en Lunigiana, à l'époque néolithique, la population autochtone ait reçu une ou plusieurs visites d'êtres humanoïdes venus de l'espace, et ait ensuite tenté de les représenter, pour en fixer et en transmettre le souvenir. Ces êtres rencontrèrent des communautés humaines en différentes parties de notre planète, d'où les ressemblances entre les artefacts. C'est de cela que s'occupe la paléo-cosmonautique.

Fondu musical, nouvelle coupure : l'affiche du film *Rencontres du troisième type* qui justement sort ces jours-ci en Italie.

Sur l'écran, des images du film : le scientifique français Claude Lacombe en mission près de Dharamsala, en Inde, où des centaines de personnes, peut-être des milliers, ont aperçu des soucoupes volantes. Lacombe rassemble et dirige la foule comme si c'était un chœur, en reconstruisant une note à la fois la mélodie transmise par les ovnis : Sol4 La4 Fa4 Fa3 Do4.

Là aussi, c'est un montage analogique : Lacombe est interprété par le réalisateur François Truffaut, qui ressemble beaucoup à Martin Zanka.

Zanka, maintenant cadré en plan américain, des poches du pardessus à la tête, doit répondre à une nouvelle question, tandis qu'en fond sonore repart *In den Gärten Pharaos*.

— S'il y a eu un contact avec les extraterrestres durant la préhistoire, est-il possible qu'il y en ait aujourd'hui ?

— Aucune personne raisonnable ne peut exclure que dans l'infinie vastitude de l'univers existent d'autres civilisations. Si un jour nous devions entrer en contact avec l'une d'elles, cela révolutionnerait notre monde, notre culture. C'est peut-être ce qui s'est passé en des temps lointains, et il est possible que notre civilisation se soit développée grâce à la rencontre d'une civilisation supérieure.

Images du sol martien captées deux ans plus tôt par la sonde Viking : un vaste désert caillouteux. Les spectateurs le virent en gris, mais beaucoup connaissaient ces photos – parues dans des revues à gros tirage – et savaient qu'il était orange, ocre, jaune d'or. Vue d'en haut, une formation rocheuse ressemble au museau d'un singe sculpté.

— Martin Zanka, que pouvez-vous nous dire de Mars ? Y a-t-il eu une vie, à une époque, sur notre voisine ?

Zanka au premier plan :

— Dans un vieux roman russe, l'auteur imagine que les Martiens ont réalisé le socialisme. Mais vu dans quel état se trouve leur planète, ajoute-t-il avec un clin d'œil à la caméra, je ne crois pas qu'ils l'aient jamais réussi.

Coupure, jingle. Le reportage suivant concerne une boîte de New York où on danse sur de la musique disco avec des patins à roulettes. Voltiges et pirouettes sur patin.

L'opinion de Zanka sur ses débuts télévisés est assez connue pour pouvoir imaginer son humeur ce soir-là.

Il éteignit le téléviseur, un des rares en couleur déjà présent dans les intérieurs italiens.

Il posa la télécommande, autre matériel que beaucoup n'avaient pas encore eu en main. Il s'enfonça dans le fauteuil et se sentit seul.

Seul dans l'appartement que maintenant des millions de personnes connaissaient.

Seul et entouré d'une Rome… Non, d'une Italie entière qui l'avait vu passer pour un *piciu*, une tête de nœud.

Se regarder avait été une expérience pénible : cette trouvaille stupide de le faire taper à la machine, les questions sur un ton de légère dérision, les couvertures banales de ses best sellers… Il avait toujours été discret, c'était la première fois qu'il avait accepté une interview à la télé et ça avait été un désastre. Embarrassé, inutilement professoral, et le clin d'œil à la fin… Qu'est-ce qui lui avait pris? Il n'était pas comme ça, il n'avait jamais joué au charmeur, au *piacione*, comme disent les Romains.

La télé rend faux, pensa-t-il.

À moins, peut-être, qu'elle montre la vérité.

Sa carrière lui apparut sous une lumière sordide.

Il pensa aux deux années qui venaient à peine de s'écouler, aux malheurs de son fils et à la dernière nouveauté, un autre voyage en Lunigiana. Cette fois, ça ne concernait pas les statues-menhirs, peut-être une déesse étrusque. Où l'avait-il mis, ce papier?

Le téléphone sonna, faisant vibrer tous les objets sur la table basse à côté du fauteuil. Zanka souleva le combiné, bakélite froide contre l'oreille.

Une voix bien connue lui perça le tympan avec des paroles d'enthousiasme :

— T'as été très bon, Marty ! s'exclama son éditeur. Grande *réclame**.

— Salut Paolo. Tu crois ? J'ai dû me retenir pour ne pas changer de chaîne.

— Quoi, tu rigoles ? Une bombe, Marty, fais-moi confiance ! Séduisant, mystérieux, sexy même ! Tu vas voir qu'avec ton livre, on va avoir des précommandes d'enfer !

— Si tu le dis…

— Moi ? Tout le monde te le dira, crois-moi ! Éclatant ! Demain, je vais me faire donner l'audimat. Trinque avec quelqu'un, Marty, parce que si avant tu étais célèbre, maintenant tu es une star !

Zanka raccrocha et trouva le papier qu'il cherchait, sous le carnet d'adresses et les factures à payer. Une page de bloc-notes à carreaux. Il contempla ces noms étranges, que lui-même avait écrits sous la dictée :

Thanur
7, route du Quarzerone
Villa Malaspina
Forravalle (Massa-Carrare)

Il regarda autour de lui : les livres, les affiches, les plaques, l'amas de bibelots, le bric-à-brac.

Il avait besoin de prendre l'air.

Il se leva, endossa son pardessus, prit les clés et sortit dans la nuit romaine qui sentait déjà le printemps.

---

* En français dans le texte comme, par la suite, tous les mots en italique suivis d'un astérique.

2
TURIN, VENDREDI 3 MARS

À Turin, *Rencontres du troisième type* démarra au cinéma Corso, une salle historique qui devait fermer deux ans plus tard à la suite d'un incendie.

L'amateur venu voir le film ce soir-là ne pouvait manquer de remarquer une compagnie de jeunes gens électrisés : les adhérents du Groupe de chercheurs ufologues et clipéologues associés de Turin (Grucat).

« Clipéologie » était un terme alors à la mode. Il désignait l'étude des apparitions d'ovnis dans l'histoire. Le nom dérivait d'un rapport ufologique avant l'heure de Pline l'Ancien, qui avait parlé Dieu sait où de « boucliers en feu » – *clipei ardentes* – surgis dans le ciel. À Turin paraissait depuis quelques années un bulletin, *Clipeo*, animé par un personnage semi-légendaire, le graphiste et illustrateur Paolo Sesto – Paul Six : « Je m'appelais comme ça avant le pape », plaisantait-il quand il se présentait. À la vérité, il était bien un peu pape pour les ufologues de Turin et d'ailleurs. Les jeunes gens du Grucat suivaient ses faits et gestes et lisaient la moindre de ses lignes avec une authentique ferveur.

Après l'avoir vu lors d'un voyage aux États-Unis, Paolo Sesto avait « béni » *Close Encounters of the Third Kind* pour écrire ensuite à ce sujet dans *Clipeo* avec des mois d'avance sur la sortie italienne. Il avait défini le film comme « une bouée qui nous apparaît et que nous pouvons rejoindre, après avoir beaucoup nagé », suscitant chez ses jeunes fans une curiosité à la limite du morbide.

Maintenant, enfin, le grand jour était arrivé.

Il n'est pas difficile de reconstruire le profil et les activités du Grucat, étant donné la grande abondance de sources écrites et orales. Le chercheur dispose aussi bien des documents que l'association a conservés et ponctuellement inventoriés, que des souvenirs que les vieux associés sont toujours disposés à déverser sur quiconque les sollicite.

Si l'objet de la recherche est plus spécifique – exemple non pris au hasard : l'activité du Grucat en cette année 1978 –, une lecture incontournable sera le livre de l'anthropologue Milena Cravero : *Quando arrivarono i marziani. Ufologia, rapporti tra i generi e riti collettivi nell'Italia degli anni Settanta* (Garamond, Milano 1980) – « Quand les Martiens arrivent. Ufologie, rapports entre genres et rites collectifs dans l'Italie des années 1970 ».

Le Grucat était né en 1977 de la rencontre entre jeunes lecteurs de la revue mensuelle *Le Journal de l'Inconnu*. Aujourd'hui, ce titre est tombé dans l'oubli, mais à l'époque, il se vendait à près de cent mille exemplaires, dont sept mille rien qu'à Turin, la « ville des mystères ». Rédaction et administration, néanmoins, étaient à Rome, sur l'Esquilin, au siège de l'éditeur Pepper & Co. La production de celui-ci était variée, incluant des périodiques de sport mental et d'astrologie, mais *Le Journal de l'Inconnu* était l'une de ses deux poules aux œufs d'or. L'autre était Martin Zanka.

De Pablo Pepper, de son vrai nom Pierpaolo Pepe, volcanique joker des chroniques culturelles des années 1970, on pouvait tout dire et, à la réflexion, on a tout dit, sauf qu'il aurait été dépourvu de flair et d'habilité en affaires. Le célèbre « appel de Noël » adressé aux ufologues et paru sur *Le Journal de l'Inconnu* avait été son idée. Le directeur, Gion Cavezzo, l'avait seulement signé.

En décembre 1976, avec l'augmentation du signalement d'ovnis dans le monde, la revue avait lancé un « appel aux armes » à son public, l'exhortant à construire des « groupes de chercheurs » sur le territoire national pour expédier à la revue nouvelles, rapports, curiosités.

Tumulte sous le ciel (c'est le cas de le dire) ! Durant une période restée dans les mémoires, surtout pour sa jeunesse en colère et l'escalade dans les assassinats politiques, dans toute l'Italie étaient nés des clubs et des associations consacrés aux soucoupes volantes. Chaque semaine, d'Aoste à Agrigente, de Cagliari à Gorizia, des métropoles à la province la plus perdue, se tenaient des réunions ufologiques. Bien vite, le phénomène s'était répandu : plus de cent radios libres avaient mis leurs fréquences à disposition, et les émissions consacrées aux apparitions et aux rencontres rapprochées avaient fleuri. Tout cela sur un mode très amateur : bégaiements, phrases embrouillées, volumes erronés, appels téléphoniques grésillants. Mais la passion était authentique.

Au printemps, Pepper et Cavezzo avaient étendu la formule à la parapsychologie, autre grande lubie de ces années-là : télépathie, télékinésie, rhabdomancie… Aiguillonnés par *Le Journal de l'Inconnu*, une myriade de passionnés avait donné vie à des regroupements et associations, d'où arrivaient des comptes rendus et des analyses de phénomènes étranges.

En mars 1978, *Le Journal de L'Inconnu* prospérait sur la base d'un travail enthousiaste et gratuit.

La formation rapide de centaines de « petits groupes voués à la sous-culture » avait attiré l'attention de rares mais entreprenants sociologues, anthropologues et psychosociologues.

Milena Cravero, qui avait à l'époque vingt-six ans et était assistante en anthropologie culturelle à Turin, avait proposé à son professeur une recherche sur le milieu ufologique.

Rossano Crisafulli, dit « le Brillant », surnom inventé par Cesare Pavese en personne, c'est du moins ce que disait la légende, avait été un pionnier dans sa discipline en Italie, ami et complice de virées d'Ernesto De Martino, consultant de la « collection violette » d'Einaudi. Il avait tenu Milena en suspens pendant un mois et demi, pour bien lui faire sentir son rôle et confirmer que son assentiment était rare et précieux. Comme le dit son nom, qui en grec signifie « feuille d'or ».

Enfin, il avait dit oui, en expliquant – lui qui avait entendu parler de ça pour la première fois par elle – qu'il s'agissait d'un champ inexploré, d'un thème différent, de groupes pas encore entrés dans leurs radars. Avec une telle recherche d'avant-garde, l'Université – ce qui dans sa bouche signifiait lui-même – acquérait un lustre nouveau.

Milena s'était lancée bille en tête.

C'est pourquoi, ce soir-là, elle aussi alla voir le film. Une excellente occasion pour observer la tribu qu'elle étudiait depuis quelques mois, les ufologues du Grucat, hors des quatre murs de son siège, au milieu de gens différents.

Active dans la nouvelle gauche turinoise et dans le mouvement féministe, Milena avait pris part au soulèvement des étudiants et à celui de la jeunesse en 1977, pour ensuite s'éloigner quand le niveau de violence et de testostérone lui était devenu insupportable. Depuis quelques mois, hormis des réunions sporadiques de la Coordination des femmes, elle se consacrait uniquement à sa recherche. Pratiquement chaque jour, elle allait à la fac. Le Palazzo Nuovo était encore sous le choc, on aurait dit une mer sillonnée de radeaux de naufragés. Le Brillant l'avait dispensée de quelques-unes des corvées qui revenaient aux assistants, aussi fonçait-elle directement vers la bibliothèque, pour prendre les livres dont elle avait besoin et rejoindre le havre sûr de sa table de travail. Tête basse. Pour l'instant ça, et après on verrait.

Et pourtant, en faisant la queue pour acheter son billet, elle ne pouvait s'empêcher de se demander ce que diraient les copines si elles la voyaient là, à la première d'un film avec cette bande de farfelus.

En entrant dans la salle, le groupe d'ufologues, tous masculins, retint son enthousiasme. Devaient-ils attendre, par courtoisie, que Milena se soit assise, ou bien se comporter comme si elle n'était pas là, étant donné qu'elle était avec eux pour observer leurs mœurs? D'instinct, ils adoptèrent la première option, non sans lui avoir signalé quelles rangées choisir, entre la troisième et la sixième à partir de l'écran, pour profiter à fond des effets spéciaux sans attraper un torticolis.

Dès que Milena se glissa entre les fauteuils, les ufologues, jouant des coudes pour la rejoindre, bloquèrent l'entrée de la rangée, tandis qu'un détachement courait rejoindre l'autre bout par le couloir latéral. L'anthropologue se retrouva assise entre les deux membres les plus jeunes.

Matteo Bonino et Piergiorgio Pellegrino étudiaient encore : l'un en faculté d'ingénierie, l'autre en dernière année au lycée scientifique. Ils vivaient en famille et se faisaient de l'argent de poche avec des petits boulots occasionnels. Moins d'un mois auparavant, à la suite d'une des plus fortes chutes de neige dans l'histoire de Turin, ils avaient manié la pelle pour la commune. Une besogne dont peu de gens, à se fier à leur aspect, les auraient cru capables. Sur les photos de l'époque, ils avaient une dégaine que des années plus tard on aurait défini « de geeks ». À l'époque, on n'utilisait pas cet emprunt à l'argot américain, «bigleux» et «bûcheur» étaient les épithètes réservées à un certain type humain : lunettes épaisses, teint pâle, posture un peu courbe, chandails à losanges beiges ou bleus.

Aujourd'hui, malgré le vieillissement, l'embonpoint et la calvitie, les deux hommes ont meilleur aspect et on a du mal à reconnaître les deux garçons émaciés venus au cinéma avec Milena ce 3 mars. Bonino travaille pour la multinationale Ostendi : son équipe réalise des infrastructures un peu partout dans le monde, on retrouve même sa signature sous le projet du barrage le plus grand – et le plus contesté – d'Amérique du Sud. Quant à Pellegrino, il enseigne les mathématiques dans le lycée Gobetti, celui-là même où il a passé son diplôme. L'un et l'autre ont conservé leur passion pour l'ufologie et sont membres du Cirut, le Centre italien de recherches ufologiques de Turin, né des cendres du vieux Grucat. Pellegrino en est le secrétaire et Paolo Sesto – mort en 2017 – en a été pendant des décennies le président d'honneur. Quand il est en ville, Bonino ne manque pas une réunion. Le siège se trouve dans un grand sous-sol de la via Tepice, rempli de matériel d'archives et de pièces d'époque.

Interviewés dans ce cadre, les ufologues se rappellent parfaitement la première fois où ils virent le film de Spielberg.

Les lumières s'éteignirent.

Milena savait ne pas pouvoir mettre de côté son scepticisme d'Européenne de gauche devant les « américaneries », comme on définissait à l'époque les superproductions hollywoodiennes.

— J'avais grandi en lisant de la science-fiction, raconte-t-elle aujourd'hui, j'avais commencé avec Asimov, j'étais passée à Bradbury, puis je m'étais passionnée pour des histoires toujours plus bizarres, celles qui débordaient de questions philosophiques, éthiques, politiques. J'aimais Philip K. Dick, évidemment. J'aimais la nouvelle SF anglaise, celle de Ballard et de Moorcock. J'aimais John Brunner. Et puis était arrivée Ursula K. Le Guin, enfin une femme, plus encore : une féministe, pour briser l'atmosphère de club typiquement masculin de ce genre littéraire. En somme, je n'étais certes pas bon public et le peu que j'avais lu sur le film me semblait un retour aux années 1950, avec la soucoupe volante qui atterrit et les petits hommes verts. Je craignais de le trouver banal, lourdingue.

La première séquence se déroulait dans le désert de Sonora, Nouveau Mexique. Au milieu d'une cinglante tempête de sable lui apparut aussitôt… Martin Zanka? En saharienne et lunettes de soleil sur le nez, les tempes dégarnies et le cheveu au vent, François Truffaut – dans le rôle du professeur Lacombe – était le sosie de l'écrivain.

Milena n'avait jamais rencontré ce dernier, mais ils avaient polémiqué à distance, l'année précédente. Elle avait démoli le *Robinson des galaxies* dans une revue féministe, *Effe*; il s'était offusqué quand un intervieweur lui avait rapporté ce jugement, jouant les victimes, en brave mâle placé en face de ses automatismes.

Pensive, Milena perdit quelques minutes de film. Elle fut rappelée à elle par un commentaire de Pellegrino :

— *Urca!* Pétard!

Des avions. Une escadrille de chasse au complet, disparue durant une mission en 1945, était réapparue soudain dans le désert de Sonora. Garés l'un à côté de l'autre comme des voitures devant le siège de Fiat, sans leurs pilotes, avec du carburant dans les réservoirs et aucun signe du passage du temps.

Durant toute la durée du film, le Grucat continua à faire du bruit et à commenter à voix haute. Les spectateurs protestèrent plusieurs fois. En vain. La rangée entière sursauta quand sur l'écran surgit, parmi d'autres personnages, rien moins qu'Allen J. Rynek, l'ufologue le plus célèbre du monde, par ailleurs astronome prestigieux. Il figurait au nombre des participants à une réunion de militaires et d'experts, avec lunettes, barbichette et pipe aux lèvres.

— J'avais oublié qu'il y avait lui aussi… murmura Bonino.

— Tu te rends compte, il vient bientôt en Italie !

— Chuuuut ! fit quelqu'un, quelque part.

Le héros, Roy Neary, est l'Américain moyen typique. Employé du réseau électrique, il vit dans une maisonnette de banlieue avec sa femme et ses trois enfants. Par un hasard non expliqué, les extraterrestres le choisissent lui, avec d'autres personnes banales, auxquelles ils transmettent télépathiquement l'image d'une montagne, la Tour du Diable. Il s'agit d'un lieu de rendez-vous avec les aliens. Ceux-ci offrent aux sélectionnés la possibilité d'un voyage sur leur vaisseau spatial. Ce ne seront pas les premiers Terriens à l'accomplir. Avant le nouvel embarquement, les « enlevés » d'époques précédentes descendent. Certains sont des aviateurs de la Seconde Guerre mondiale, et « ils n'ont même pas vieilli… Einstein avait raison ! » dit un personnage.

Avec l'autorisation des scientifiques du gouvernement américain, Roy part en compagnie des extraterrestres, incarnés par des hommes blanchâtres à grosses têtes.

Le gigantesque astronef s'envole, tel une cathédrale, dans une débauche étincelante de lumières.

Sur le noir de la nuit cosmique défile le générique.

3
TURIN, VENDREDI 3 MARS

À la sortie, les ufologues paraissaient excités et déboussolés. Regroupés, ils se mirent à discuter des effets que le film aurait sur le grand public et des bénéfices qu'en tirerait leur mouvement.

— Je dois convaincre mes vieux de le voir, dit Majorino, le plus « baba cool » du groupe. Ils me disent toujours que je perds du temps avec un truc de crétins, mais si dans ce truc de crétins les Américains investissent des milliards, ça veut bien dire quelque chose !

Un journaliste de *La Stampa*, envoyé par sa rédaction pour constater l'impact du film, se joignit au groupe. Dans les années où le box-office était la vraie mesure, l'interview des spectateurs à la sortie d'une projection était un format assez répandu. L'article intitulé « Les extraterrestres du nouvel Hollywood plaisent aux Turinois » rapporte un propos de Bonino : « Nous devons remercier Spielberg. Ce film fera comprendre à beaucoup de monde que l'ufologie est une discipline sérieuse et pleinement légitime. »

Puis les garçons demandèrent son avis à Milena. Elle ne se prononça pas, convaincue qu'exprimer un jugement interfèrerait avec sa recherche. Mais on peut lire dans son livre ce qu'elle pensa de l'œuvre de Spielberg :

> Neary fuit sa famille, son travail, le vieillissement, les responsabilités, il fuit même un nouvel amour

possible (la fille-mère Jillian). Il fuit sa vie petite-bourgeoise pour répondre à l'appel. Peut-être reviendra-t-il dans un avenir lointain, plus jeune que ses enfants. Roy va dans l'ailleurs absolu en suivant sa pulsion propre : redevenir un enfant sans souci. Ce n'est pas par hasard si, la première fois que nous le voyons, il joue avec un petit train électrique qui, à un certain moment, déraille, allégorie parfaite de sa frustration d'adulte qui n'a pas grandi.

Neary est un fou, un visionnaire, un artiste. À un moment, il fabrique dans son salon un modèle réduit de la montagne où doit avoir lieu la rencontre, mais il s'amusait déjà avec des jouets de plastique et des petits trains. Il est né vraisemblablement dans la seconde moitié des années 1940, il a vécu l'époque de la jeunesse contestataire en Amérique, il a remis en cause les figures paternelles traditionnelles, le vieux modèle masculin, sans réussir à en proposer un nouveau, donc en restant bloqué. Neary est un mâle en crise qui se soustrait à toute espèce de confrontation et fuit, en suivant son idéal de vie aventureuse, et qui à chaque instant pourrait revenir la queue entre les jambes, pour demander pardon à une compagne/mère ou, autre possibilité, chercher une consolation chez une femme plus jeune. Quand l'ufologue Lacombe/Truffaut s'adresse à Neary sur le point d'embarquer et lui dit : « je vous envie », ce n'est pas seulement le scientifique qui envie l'homme ordinaire choisi par les Martiens pour partir avec eux. C'est aussi l'homme d'âge moyen qui avoue sa propre envie à un homme de trente-cinq ans sur le point de tout lâcher pour la grande aventure.

Le public de la deuxième séance était déjà entré. Il faisait froid et le moment de prendre congé était arrivé. Le groupe se dispersa. Rendez-vous à 9 heures le jeudi suivant, au siège du Grucat, qui était alors un garage aménagé sur le cours Moncalieri.

Milena se retrouva en train de suivre la même route qu'Umberto Ravarino, vingt-cinq ans, employé à l'état-civil de Rivoli. Au bureau, on l'appelait « le Gris », non seulement parce qu'à son âge, il était déjà grisonnant, mais aussi pour une certaine tristesse avec laquelle il semblait affronter les journées. Mais c'était seulement la détestation de son emploi. Si ses collègues l'avaient vu quand il s'occupait d'ovnis, ils auraient certainement changé son surnom : yeux écarquillés, débit de mitraillette, mains incapables de rester immobiles. Chez les ufologues, il était connu comme « Berto Musinè », parce qu'il s'était souvent occupé de cette montagne, le Musinè, un bout des Alpes graie aux portes de Turin, au sujet duquel fleurissaient les légendes clipéogiques, ufologiques et parapsychologiques.

Berto, encore sous l'effet du film, parlait sans arrêt.

— Tu sais, la fabrication de *Rencontres du troisième type* est entourée de rumeurs. Les ufologues français avec qui on est jumelés nous ont envoyé une sélection d'articles de la presse internationale. Étranges apparitions autour du lieu du tournage… Ouragans fous qui ont emporté les tentes de la troupe, techniciens qui ont repéré la présence de forces supérieures… On a même signalé un ovni !

Comme si les extraterrestres tenaient à l'œil la production d'un film sur eux !

Son rire résonna dans le silence sinistre du cours Galileo-Ferraris.

On avait beau être vendredi soir, la ville était presque déserte. À Turin, en ces années-là, on se couchait tôt. La capitale de l'industrie vivait au rythme des usines où l'on entrait à l'aube, et le reste des habitants se réglait plus ou moins sur elles. Des noctambules, on en rencontrait rarement : la faune des quelques *piole* ouvertes, le drogué qui venait de voler un autoradio, les militants politiques qui collaient des affiches ou revenaient d'un « cercle de jeunes prolétaires » pas encore expulsé. À part eux, rien que des vigiles et des patrouilles de la maison poulaga.

Pour tout dire, il y avait aussi quelques autres personnes de sortie.

Deux soirs auparavant, le mercredi, un groupe armé avait «jambisé» un contremaître de Fiat.

Le jeudi, une bombe incendiaire avait détruit le siège d'un syndicat de droite.

Le week-end, la ville s'animait un peu plus, mais les passants restaient rares. Surtout l'hiver, et spécialement durant ces semaines. À l'ennui du train-train s'était ajouté le spectacle sinistre de la militarisation. Des barrages partout, des mitraillettes bien en vue. « On aurait dit Belfast pendant les troubles », se souvient aujourd'hui Milena.

À Turin, le procès des Brigades rouges (BR) allait reprendre. Pour être précis, celui du noyau historique, les militants arrêtés à partir de 1974. Le plus célèbre d'entre eux – que les journaux désignaient comme le chef – était Renato Curcio, trente-six ans.

Ouvert en mai 1976, le procès avait été plusieurs fois interrompu, avec des embardées comme un camion dans un virage trop serré, et plusieurs fois il avait semblé capoter, inverser son sens. Effet de la stratégie choisie par les prévenus. « Procès-guérilla », comme ils l'appelaient. Ils s'étaient déclarés prisonniers politiques et avaient revendiqué toutes les actions siglées BR. À la suite de quoi ils avaient révoqué leurs défenseurs, refusé les avocats commis d'office et annoncé que dès ce moment, on ne verrait plus l'État italien juger les BR mais bien le contraire : le prolétariat révolutionnaire allait juger l'État, sa justice de classe, ses prisons, transformant les débats en opposition publique et en caisse de résonance.

Entre-temps, en ville, les brigadistes encore libres s'employaient à démontrer que les déclarations de leurs camarades n'étaient pas des paroles en l'air, et ils le faisaient de la manière la plus drastique et la plus déconcertante. Pour bien montrer que ça ne pouvait pas, que ça ne *devait pas* être un procès normal, le 28 avril 1977, un groupe armé avait tué le président de l'ordre des avocats de Turin, Fulvio Croce, auquel le tribunal avait attribué la défense d'office.

À cause de la peur des rétorsions ou de la réticence d'une partie des Turinois – souvent membres de la classe ouvrière – à soutenir l'État des patrons, le tribunal n'avait réussi que depuis peu à constituer un jury populaire, après de nombreux tirages au sort et plus de cent refus de la part des tirés au sort.

— Et après ces événements, poursuivit Berto, qui cependant se référait à des événements tout autres, plusieurs figurants ont eu une crise mystique et sont devenus très religieux. Comme s'ils avaient vu la Madone !

« Amen », pensa Milena, juste avant que derrière eux retentissent un coup de feu, puis un autre et un autre encore.

Le temps parut suspendu. Puis des cris, des bruits de pas de gens qui fuyaient ou accouraient, mais sur le cours, on ne voyait rien. Ça se passait dans une traverse, peut-être via De Sonnaz, ou via Montecuccoli. Les sirènes de police retentirent.

Milena et Berto échangèrent un coup d'œil et pressèrent le pas. Ils ralentirent quand ils furent assez loin et de nouveau enveloppés de silence. Berto, plein d'appréhension, lui demanda s'il pouvait l'accompagner jusque chez elle et aussitôt s'embarrassa devant les implications apparentes de cette proposition. Avant qu'il empire les choses par une justification maladroite, Milena le sauva en refusant gentiment. Sur le bout de rue restant, ils ne parlèrent plus ni de Spielberg ni d'ovnis.

4
FORRAVALLE, SAMEDI 4 MARS

Le domaine se détache sur les monts de la Lunigiana. Ses bâtiments s'étalent comme des animaux somnolents au sommet de la pente, le petit bois dans le dos, les vergers ordonnés sur la côte de la colline et deux maisons paysannes à la base.

C'est une photo en couleur, prise en septembre 1977 avec un Kodak Instamatic 56X.

Aujourd'hui, avec les nouveaux édifices, l'ensemble a l'apparence d'un centre de bien-être, mais quand Zanka se trouva devant pour la première fois, l'aspect bucolique était authentique.

La maison de maître, avec son portique et ses grandes fenêtres, évoquait d'antiques fastes et de nobles habitants. L'habitation du gardien, non loin, en était la version basse et modeste, construite dans le même style. Inhabitée depuis plus de quarante ans, elle avait été agressée par le temps avec plus de méchanceté. Échelles et échafaudages donnaient à penser qu'on s'était résolu à en combattre les séquelles.

Les deux piliers d'entrée en maçonnerie étaient surmontés de lions de pierre que quelqu'un s'était amusé à peindre, l'un avec des raies de couleur, l'autre avec des pois. Au-delà de la grille, tout ce que le regard embrassait avait appartenu aux marquis Malaspina de Forravalle, une branche des Malaspina de Pontebosio. La dernière marquise, Vittoria Dazzi Giacomelli Malaspina, était morte en 1973 après trente années à l'écart de toute mondanité. Ils étaient loin, à présent, les fastes de l'époque fasciste, les soirées de gala durant lesquelles la villa avait accueilli des célébrités comme Amedeo Nazzari, Assia Noris, Doris Duranti et des gros bonnets du régime du calibre d'Italo Balbo, de Galeazzo Ciano et une fois, disait-on, Mussolini en personne.

En cherchant un bouton pour sonner, Zanka s'aperçut que le petit portail piétonnier était maintenu ouvert par une pierre ronde.

En fin de semaine, la communauté s'ouvrait au monde extérieur, organisant un petit marché dans la cour et les écuries réaménagées, où étaient même disposées des tables et des chaises pour goûter les tisanes et les pâtisseries maison.

Zanka entra, imitant un couple qui venait d'arriver. Il s'avança au milieu des jeunes gens qui vendaient les produits du domaine. Sur les étals, on trouvait des légumes et des conserves de fruits, mais aussi du pain, des gâteaux, des biscuits. Les acheteurs, peu nombreux à cette heure, faisaient le tour en acceptant de goûter les échantillons et choisissant leurs achats.

Au-dessus de la bouche d'un four à bois se détachait une grande plaque écrite à la main : « Thanur accueille ».

À côté de la villa, il découvrit un autre édifice. De vastes baies laissaient entrevoir des branches et des feuilles. Une serre. Plus précisément, une orangerie.

Connaissant Vincenzo, Zanka s'était imaginé un endroit différent. Ou peut-être, se dit-il, le fait qu'il s'attendait à autre chose était la preuve qu'il ne connaissait pas Vincenzo.

De derrière une table encombrée de bouteilles et de caisses de vin surgit un type dans la quarantaine, grand et bien planté, qui vint à sa rencontre, mains en avant. Il portait un tablier de jardinier et un collier de billes en bois tape à l'œil.

— Tu dois être le père de Vince, énonça-t-il en prononçant le diminutif à l'anglaise, «Vinsse».

Il parlait avec un vague accent d'Europe du Nord.

— Bienvenue à Thanur, je suis Ludo Vos, le mari d'Orsola.

Ah, oui, Orsola. Vincenzo lui avait dit son nom. D'elle, Zanka savait seulement qu'elle avait fondé la communauté, dont elle était la guide spirituelle indiscutée.

— Enchanté, je suis Zankini.

Au premier coup d'œil, on pensait au classique baba cool, mais trop de détails ne cadraient pas. Les cheveux étaient en brosse, la barbe soignée, et les épaules évoquaient davantage le docker que le hippie et vagabond du *dharma*.

— Les jeunes sont là, dit-il en montrant la maison du gardien. Ils bossent à la rénovation.

Ils se mirent en marche côte à côte en direction de l'édifice.

— Vince et moi, on t'a vu à la télévision, *so good*! le félicita Ludo. Mais pourquoi tu n'es pas venu le trouver quand tu faisais le *shooting* au musée de Pontremoli?

Zanka écarta les bras comme pour s'excuser.

— Cette séquence, on l'a tournée en janvier, dit-il, quand Vincenzo ne voulait pas de visites. Il m'a téléphoné il y a quelques jours. Et me voilà.

Ils étaient arrivés à la maison. Sur le seuil se tenait un jeune homme en salopette, qui s'essuyait les mains sur un chiffon encore plus sale qu'elles.

— Vince est là ? demanda Ludo.

Le jeune homme fit un signe de tête vers l'intérieur.

— Mais je vous déconseille d'entrer, on vient juste de passer une couche.

Ludo appela Vincenzo par son nom à haute voix, à deux reprises, jusqu'à ce que se présente à la porte un garçon d'une vingtaine d'années, le visage strié de détrempe blanche.

— Ah, t'es arrivé, dit-il à Zanka. Salut.

— Salut, répondit son père tandis que Ludo prenait congé avec l'air de qui se sent de trop.

D'une poche de sa combinaison de travail, Vincenzo extirpa un joint tordu et l'alluma. La ressemblance entre le père et le fils se devinait à peine. Peut-être la courbe du menton, ou l'attache des cheveux.

— La première nouvelle, c'est que je vais bien, dit le garçon.

Et contrairement aux fois précédentes, son aspect ne démentait pas ses paroles.

— Ça me fait très plaisir.

L'embarras était inévitable et Zanka le sentit, comme la pointe qui saute sur un 33-tours, à l'endroit où on sait qu'il y a une rayure.

Vincenzo n'avait pas encore un an quand sa mère était retournée en Amérique, et ce qui est sûr, c'est que lui, il n'avait pas été capable d'atténuer la perte. En compensation, il s'était évertué à ne le faire manquer de rien. Il avait travaillé dur, écrit, publié.

Vincenzo avait grandi avec les nounous. De temps en temps, la caresse pressée d'une des amantes de son père. Aucune n'était restée assez longtemps pour se laisser connaître vraiment, ou se prendre d'affection pour ce gamin introverti.

Ironie du sort, Vincenzo s'était réfugié là, dans un repère d'adeptes de la Déesse Mère. Une communauté qui mettait en pratique les idées d'une psychothérapeute féministe, une matriarche pour hippies. Et donc, non, peut-être n'était-ce pas une ironie du sort, mais une compensation. Le fait était que ce phalanstère maintenait le garçon à l'écart de l'héroïne, réussissant là où les médecins avaient échoué.

— La deuxième nouvelle, c'est qu'ils ne vont pas te demander d'argent.

— Pour t'avoir guéri ? demanda le père.

— Ici, je travaille. Au début, je n'étais pas vraiment en forme, mais maintenant, je m'occupe de la vigne, du parc et de la manutention. On est en train de rénover cette petite maison, tu vois ? En échange, j'ai un lit, une assiette de soupe et, conclut-il avec un regard circulaire, ça !

— Ça me semble équitable, dit Zanka en respirant à pleins poumons. C'est vraiment un bel endroit.

— Mieux que la clinique en Suisse.

— Plus économique.

Ils se dirigèrent vers les écuries et allèrent s'asseoir à l'une des tables. Il s'était passé quelque chose, Zanka le savait. Vincenzo était entré à Thanur à la fin de l'été, mais les premiers temps, on lui avait conseillé de ne rencontrer ni famille ni amis. « Je dois me concentrer sur moi-même », avait-il expliqué, « repartir de zéro ». Il avait mis six mois. Puis, soudain, ce coup de fil. « Maintenant, je suis prêt. Viens quand tu veux. » Il avait dû y avoir un événement déclencheur, mais il attendit que son fils le raconte.

— Ça marche fort pour toi, il me semble, dit Vincenzo pour rompre le silence. Je t'ai vu à la télévision. Ici, on ne l'a pas, je suis allé avec Ludo au bar du village.

— J'aurais mieux fait de refuser, avoua le père.

— Écoute, je ne te l'ai jamais demandé, mais tu y crois vraiment ? demanda Vincenzo à brûle-pourpoint, comme s'il ne l'avait pas entendu. Les Martiens dans la préhistoire et toutes ces histoires-là ?

Ça faisait combien de temps qu'il ne lui avait pas adressé une demande aussi directe ? Il était sincère. Sincèrement curieux de savoir quelque chose sur son père.

Zanka pensa à son voyage en Union soviétique. À sa rencontre avec Glavnij Konstruktor, le camarade Korolev, le « Von Braun rouge ».

C'était en 1960, l'année du vol de Gagarine.

« Дорогому итальянскому товарищу Джанмария Дзанкини который смотрит на звезды и видит революцию », disait la dédicace sur la photo.

« Au camarade Gianmaria Zanchini qui regarde les étoiles et voit la révolution. »

Alors que le premier cosmonaute menait à bien sa propre entreprise et que son pays savourait son triomphe, en France se vendait comme des petits pains un livre plein d'histoires séduisantes et mystérieuses, *Le Matin des magiciens*. Il parlait de mondes très lointains, de civilisations enterrées et de races interstellaires, de voyageurs anormaux en territoires mystiques, de science-fiction et d'alchimie. En Italie, il était sorti en 1963 et le journaliste Zanchini s'était dit…

Mais ce n'était pas le moment pour de semblables réminiscences. Son fils attendait une réponse.

— Qu'est-ce que tu veux que je te dise? Ces histoires nous ont permis de faire bouillir la marmite. J'aurais pu rester au journal? Peut-être. Mais ça aurait été une vie plus dure.

— Maintenant, ne viens pas me dire que tu l'as fait pour moi, rétorqua Vincenzo.

Non, bien sûr. Ces thèmes l'avaient vraiment fasciné. Et il avait aimé avoir du succès : les autographes, les prix, les interviews… Mais depuis un certain temps, le plaisir s'était évaporé. Ne restait que la routine, que Zanka trouvait de plus en plus déprimante.

Tout cela, il ne le dit pas à Vincenzo ce jour-là, à Thanur. Il le raconterait à un célèbre collègue, Enzo Biagi, dans sa deuxième et dernière apparition à la télévision, un an avant de mourir.

Une jeune femme s'approcha et leur offrit du thé vert. Le regard qu'elle échangea avec son fils n'échappa pas à Zanka. Elle avait les cheveux blonds et lisses, des yeux noirs. Elle se présenta sous le nom de Rossella.

— Enchanté, Zanchini. Je suis le père de Vincenzo, dit-il en lui tendant la main.

Elle la serra doucement.

— Merci d'être venu.

Zanka la fixa sans savoir que répondre. Il ne lui vint aux lèvres qu'un « de rien » marmonné.

— Je vous laisse, dit-elle. Comme ça vous pouvez parler.

Dès que Rossella se fut éloignée, Zanka se sentit à la fois soulagé et irrité.

Tout le monde insistait pour les laisser seuls afin qu'ils se disent Dieu sait quoi, mais le dialogue avait toujours été difficile, parfois impossible.

— Jolie, ton amie, commenta-t-il. Ça te dit de faire quelques pas ?

— Tu ne le bois pas, le thé ? lui demanda Vincenzo.

Zanka regarda la tasse encore pleine.

— Tu sais bien que je suis plutôt du genre Fernet Branca.

Ils se levèrent et se dirigèrent vers la ferme. Zanka avait toujours aimé marcher dans la campagne, mais la vie à Rome ne lui en donnait pas souvent l'occasion. Ils longèrent une vigne, en suivant un sentier qui se perdait au-delà des champs.

— C'est un domaine de dix hectares, indiqua Vincenzo. La vieille propriétaire était une marquise.

— Et comment vous vous êtes retrouvés ici, vous ? s'enquit Zanka.

Vincenzo ricana en secouant la tête. Une histoire longue et compliquée. Il lui expliqua qu'en 1973, Rossella, la jeune femme de tout à l'heure, avait hérité du domaine de la marquise, qui était sa grand-mère. L'année suivante, elle en avait fait don à Thanur, mais le père, un grand industriel italien, voulait la mettre sous tutelle, il disait qu'elle subissait l'emprise d'Orsola, donc les avocats s'en mêlaient, c'était tout un bordel.

— Surtout depuis que Ludo a retrouvé une vigne centenaire qui a échappé par miracle au phylloxéra à la fin du XIXe. Une variété éteinte, différente de celle qu'on cultive maintenant.

Zanka n'ouvrit pas la bouche, il ne voulait pas l'interrompre. Entendre son fils disserter sur la viticulture était comme écouter un gamin du secondaire parler d'inflation. Jusqu'alors, les uniques plantes qu'il avait fréquentées, c'était le pavot et le chanvre indien.

— Elle était étouffée par les ronces, poursuivit Vincenzo, pris par son sujet, pleine de fourmis, mais il a réussi à la sauver, à produire des marcottes, à les greffer et à les planter ici.

Il tendit le bras, comme pour caresser le vignoble qui croissait après le chaintre.

— L'année dernière, il a commencé à vendre le vin et a récolté beaucoup d'appréciations positives. Des pépins du raisin, il a tiré une crème pour le corps très précieuse. Ajoute à ça qu'il y a aussi une oliveraie, nous récoltons les olives et nous faisons notre huile. Voilà pourquoi le père de Rossella cherche un truc pour nous mettre dehors.

Ils se promenèrent encore en silence, sans but précis, jouissant de la lumière du matin et du ciel pur de la fin de l'hiver. Ils s'arrêtèrent au bord d'une grande mare à partir de laquelle le terrain descendait vers une rangée de peupliers. Là, au fond, il devait y avoir un ruisseau caché.

— C'est vraiment ce que tu veux? demanda Zanka, et la question lui parut sonner faux.

Tant pis, se dit-il. Au diable les mots justes. Dût-il se sentir balourd, il lui fallait profiter de cette occasion. Au moins essayer. Au fond, le garçon avait traversé une période horrible et lui, il n'y avait pas compris grand-chose. Il lui avait payé la clinique dans les Alpes suisses et ça n'avait servi à rien. De retour à Rome, Vincenzo avait replongé au bout d'une semaine. Et lui? Qu'est-ce qu'il avait fait, à part lire deux ou trois bouquins sur le monde des toxicos, comme si son fils faisait partie d'une invasion extraterrestre?

Ces mois-là étaient ceux du « boom de l'héroïne ». Les journaux publiaient à jet continu des nouvelles de morts par overdose, des glossaires de l'argot des drogués, des débats sur l'efficacité de la méthadone, des témoignages de pères et de mères qui ne savaient où donner de la tête. À la grande vague de toxicomanie, l'État avait répondu d'abord par la prison ensuite par l'hôpital. L'Église y avait ajouté la charité de quelques prêtres. Le reste était abandonné à la débrouille, à l'argent pour qui en avait, aux amis bien placés, au hasard.

« C'est vraiment ce que tu veux? » Sa question était restée comme un caillot dans les méandres de son cerveau et ses pensées l'avaient entraîné ailleurs.

Il se demanda s'il l'avait vraiment prononcée. Vincenzo lui ôta ce doute.

— Je ne sais pas. Certains jours, je voudrais partir beaucoup plus loin.

— Loin de quoi ?

Le garçon répondit en changeant de sujet, ou peut-être en sautant une paire de liens logiques.

— Rossella est enceinte.

Zanka répéta ces mots, sans les prononcer.

— Et c'est toi le père ?

— Je crois que oui, fut la réponse.

— Tu crois…

Zanka s'immobilisa, confus.

— Mais vous êtes ensemble ? demanda-t-il avec tout le flegme dont il était capable.

Vincenzo expliqua que non, ils n'étaient pas vraiment ensemble, mais pour lui peu importait, parce qu'à Thanur, il n'y avait pas de place pour les relations possessives.

— Ta mère aussi les a toujours refusées, commenta Zanka, et aussitôt il se repentit de l'avoir dit.

Il chercha une autre phrase pour corriger le tir, mais Vincenzo le précéda.

— Ici, Rossella est la propriétaire, articula-t-il comme s'il se parlait à lui-même, mais en même temps, elle ne veut pas l'être. Ce n'est pas facile pour elle. En plus, avec sa famille qui lui fait la guerre, tu comprends. Un enfant… Elle ne sait pas encore si elle veut le garder.

Zanka s'éclaircit la gorge, en réfléchissant à la manière de formuler la question qu'il avait en tête, pour ne pas paraître un père à l'ancienne, dont le fils a mis enceinte une jeune femme et qui s'inquiète plus pour son arbre généalogique que pour ses sentiments.

— Comment s'appelle l'industriel milanais, le père de Rossella ?

— Hilzer, répondit Vincenzo.

— *Corrado* Hilzer?

— Tu le connais ?

— Bah oui, en personne.

Corrado Augusto Hilzer. Un des plus importants capitaines d'industrie de la Lombardie : usines dans la région milanaise, participations un peu partout, loge réservée à la Scala, accointances avec Communion et libération, et avec l'Opus Dei, et même un membre de la famille au Vatican.

Ça ressemblait à la trame d'un conte bizarre : la princesse enfuie du royaume pour se soustraire à un destin tout tracé, et qui au lieu de rencontrer un noble chevalier était tombée dans les bras de Vincenzo Zanchini, ex-toxico en quête de rédemption. Et ils vécurent heureux dans un monde de paix intérieure et de tisanes au miel.

Dommage que cette fin heureuse ait été menacée par un personnage assez pourvu d'argent, d'avocats et de relations politiques pour écraser Vincenzo et ses amis babas cools d'un simple clignement de paupière.

Zanka évita d'exprimer ces pensées, et vu que son fils aussi avait opté pour le silence, ils tournèrent les talons et reprirent le sentier en sens inverse.

À la villa, Zanka, dans les pas de son fils, franchit la porte de bois sombre grande ouverte sur le hall d'entrée.

À peine entré au salon, il se sentit observé. Pas tant par les gens, qui lui accordèrent à peine un regard, que par les photos aux murs. Elles montraient toutes la même femme dans des poses différentes. Une dame d'âge moyen avec un air blasé et une expression solaire, de celles qui vous font penser : « En voilà une qui m'expliquerait le monde du début à la fin. » Il était facile de deviner qu'il s'agissait de la gourou Orsola Galbiati, la professeure qui, quatre ans plus tôt, avait fondé la communauté.

— Ici, on étudie, dit Vincenzo à mi-voix pour ne pas déranger les camarades et les invités, plongés dans leurs lectures. Orsola a mis sa bibliothèque à la disposition de Thanur. Près de dix mille livres.

Les divans étaient recouverts de plaids colorés et sur la tablette de la cheminée des bougies étaient alignées. Une légère odeur de santal baignait la pièce, mêlée aux effluves de la cuisine, qui devait se trouver au-delà de la salle voisine, laquelle était occupée par une table sur toute sa longueur. Vincenzo guida son père à travers une dizaine de pièces, exposant leur fonction : blanchisserie, réserve, vestiaire, méditation, salle de gymnastique, bureau… Puis ils montèrent à l'étage où se trouvaient les chambres des filles et une salle de musique. Entre deux explications, Zanka tenta d'obtenir quelques informations supplémentaires sur les mois que Vincenzo avait passés là, sur ce qui l'avait convaincu de rester, sur la grossesse de Rossella. Il n'obtint que des réponses vagues.

Ils redescendirent vers le salon et, au bas de l'escalier, retrouvèrent Ludo.

— Orsola s'excuse de ne pouvoir te rencontrer maintenant, dit-il. Mais le samedi, il y a beaucoup de personnes qui se sont inscrites pour parler avec elle.

Il avait une voix de basse pleine de vibrations. Zanka l'imagina en train de chanter dans un groupe beat du début des années 1960. En réalité, le Hollandais Ludo Vos chantait faux comme peu de gens au monde, et ses vocalises étaient considérées comme des armes non violentes, utiles pour déranger les bien-pensants et s'opposer à la police. Il s'en était servi de cette manière à diverses reprises, quand il était chez les Provos, à Amsterdam, durant les manifestations pour le logement ou contre la famille royale. Il existe une vidéo qui le montre en 1965, sur le Dam, en train de chanter à gorge déployée une parodie de l'hymne national, avec des effets dévastateurs. Par la suite, il s'était spécialisé en agronomie et avait commencé un tour des communautés d'Europe, échangeant ses compétences contre le gîte, le couvert et des substances psychotropes.

— Elle te fait demander si tu veux rester avec nous. D'ici peu, on va manger, après on a le temps de faire connaissance et, à 19 heures, Orsola fait un *speech*, une espèce de conférence, le « discours du samedi ». Nous avons une place dans la chambre d'amis : tu peux dormir ici et repartir demain.

Zanka avait prévu de rentrer à Rome dans l'après-midi. À 17 heures, il pouvait être chez lui. Une visite de deux heures lui semblait suffisante. Il jeta un regard à Vincenzo et il eut l'impression que ça lui suffisait à lui aussi.

Il remercia, déclina l'invitation et, comme il allait prendre congé, Ludo lui tendit un livre.

— Si tu ne restes pas, Orsola m'a demandé de te faire ce cadeau.

Zanka lut la couverture :

Orsola Galbiati
La Route de Thanur
La force qui libère du Pouvoir
(Première édition : janvier 1975)

— Ça explique ce que nous sommes, ce que nous faisons et pourquoi, lui dit Ludo. *Next time*, nous pourrons en parler, si tu veux.

Il est vraiment temps de partir, pensa Zanka. Ce type passait trop vite d'une invitation à déjeuner à une façon de le traiter comme un disciple potentiel. En disant au revoir à Vincenzo, il éprouva un léger vertige. C'était peut-être l'odeur de santal ou la fumée du joint de son fils.

À moins que ce ne soit la perspective d'être grand-père en même temps qu'apparenté à Corrado Hilzer, grand financier des courants les plus réactionnaires de la Démocratie chrétienne (DC).

5
FORRAVALLE, SAMEDI 4 MARS

L'enseigne annonçait : *À l'araignée bleue,* et on ne peut pas dire qu'elle était très visible, entre le T du bureau de tabac et le rond jaune qui signalait la présence d'un téléphone public. Les lettres étaient pâlies par le soleil et l'humidité, la rouille mangeait des lettres du dernier mot. Le nom était plus adapté à une galerie d'art qu'à un bar de village au bord de la provinciale, mais au-delà de la porte vitrée, il y avait tout ce qu'on pouvait attendre d'un endroit de ce genre. Tables de bistrot, clients masculins, fumée et cartes à jouer. Zanka se dirigea vers le comptoir et commanda un café-grappa.

Plusieurs clients le reconnurent aussitôt comme « celui qui était à la télé l'autre soir ». Depuis les tables, certains lui sourirent et levèrent leur verre, geste de salut et de bons vœux à la fois. Zanka répondit d'un geste du menton.

— Eh, Rita, cria à la serveuse un type dans la quarantaine, tu sais qui tu sers ? C'est un grand écrivain, une célébrité !

— C'est vrai ? demanda la femme à Zanka en posant le café devant lui. Vous êtes très connu ?

— Oh, ne faites pas attention, répondit-il, ils exagèrent…

Il souleva la tasse et la posa sur le congélateur des glaces en tournant le dos à tout le monde, pour ne pas être importuné. Dans sa tête, il avait les deux dernières années, ce qu'il avait subi à cause de Vincenzo : les nuits aux urgences, les vols dans la maison, le chéquier pillé... Son *junky* personnel. Il dut même mettre en vente son logement d'Orbetello, parce que la facture de la clinique suisse avait saigné son compte en banque. Il se consolait en pensant qu'il ne serait pas compliqué de vider l'appartement, vu que son fils avait déjà volé assiettes, lampes, chaîne hi-fi et fauteuil.

Dans l'interview accordée à Enzo Biagi, en parlant d'*Astronefs sur Luni*, Zanka dirait : « C'est le premier et seul livre que je n'ai jamais pensé à écrire dans le seul but d'encaisser l'avance sur droits d'auteur. »

L'idée d'approfondir les mystères de la Lunigiana lui était venue justement en cherchant sur l'atlas routier le bourg de Forravalle, quand son fils s'était installé là-haut. Au premier coup d'œil, il s'était rendu compte que diverses énigmes dont il avait parlé au passage se concentraient dans cette zone d'Italie : les statues-menhirs, le navire sans équipage qui avait apporté à Luni l'ampoule contenant le sang du Christ, le petit Stonehenge de Camporaghena, le château de Fosdinovo, les *faciòn* (têtes de pierre) de Cervara, les symboles sur les chapiteaux de l'église paroissiale de Codiponte, les légendes du Quarzerone... Et combien d'autres il en trouverait, une fois qu'il aurait mis les lunettes de la paléocosmonautique ?

Avec Vincenzo installé à Thanur, il avait imaginé d'allier visite familiale et travail. Mais son fils l'avait prié de lui laisser du temps, de ne pas se montrer pendant un moment. Sauf qu'ensuite, il l'avait convoqué pour l'informer comme ça, à l'improviste, qu'il avait mis enceinte une descendante d'une des familles les plus puissantes de Lombardie.

Zanka tira de la poche de son blouson le livre de Galbiati. En couverture, la statuette d'une divinité féminine. Il devait s'agir de celle qui apparaissait dans le titre et qui donnait son nom à la communauté. Il feuilleta les premières pages et en trouva la confirmation :

> Dans l'antique cité de Luni, durant de nombreux siècles, une secrète consororité perpétua une religion qui unissait des femmes de plusieurs peuples et plusieurs cultures. Des éléments romains, ligures-apuans, étrusques et même à la fin chrétiens, convergeaient dans le culte de Thanur, déesse de la naissance, de la vitalité et de la mort, dont les prêtresses étaient guérisseuses et voyantes. Leurs cérémonies n'ont pas été reconstituées avec précision, mais des sources hostiles de l'époque les qualifient d'obscènes et de contraires à l'autorité. Leur ordre s'appelait Thanur, qui signifiait « famille de Thanr » et survécut à toutes les vicissitudes, y compris le tremblement de terre du IVe siècle et les incursions des Goths deux cents ans plus tard.
>
> Quand, au XIe siècle, après des inondations répétées et l'ensablement du port, Luni fut abandonnée, les Filles de Thanr – les Thanalisar – s'enfuirent dans les montagnes et construisirent un temple sur une colline qui depuis lors est appelée Col Tanuro, qui se trouve sur les pentes du mont Quarzerone.
>
> Des siècles plus tard, sur le Col Tanuro, se dressait encore un village du même nom, où habitaient des femmes vouées à la médecine, à l'obstétrique et à la divination. La population locale les consultait et les payait en nature, car elles ne voulaient pas d'argent.

L'Église les traitait d'impies et sur leur compte s'accumulaient légendes, racontars et soupçons. En 1688, un médecin venu de Parme convainquit les seigneurs du lieu, c'est-à-dire les Malaspina, de faire un procès en sorcellerie à trois femmes. Elles furent brûlées sur le bûcher et le village fut rasé jusqu'au sol. À sa place, au XVIIe siècle, les descendants des Malaspina construisirent une villa pour en faire leur domaine d'été et, sur toute la colline autour, développèrent un domaine agricole. Villa Malaspina est donc seulement le dernier nom du lieu, qui à l'origine fut Thanur.

Bof.

Zanka rempocha le livre. Peut-être qu'une fois rentré chez lui, il trouverait le temps de le lire, mais il ne se faisait pas d'illusions. Les jours à venir seraient sous le signe d'un important congrès labellisé Pepper & Co. Intitulé « Ovni 78 », il se déroulerait à Rome d'ici à deux semaines et Zanka s'était fait coincer. « Allez, Marty, avait dit Pablo Pepper, qui mieux que toi peut le coordonner ? »

« Coordonner », verbe ambigu. Zanka avait pensé devoir seulement modérer les débats et, en fait, il s'était retrouvé à mettre des rustines partout. L'accueil des invités, deux vols à déplacer, les hôtels, les affiches, le discours d'ouverture encore à écrire, les journalistes à contacter, l'apéritif du premier jour, les bons-repas, les revues du secteur, le public…

Ah oui, le public, qui sait quelle faune allait débarquer. Son regard tomba sur un titre de *La Nuova Toscana*, ouvert sur le frigo à glaces.

Sarzana : le radioamateur qui parle avec les Martiens

Ah bien, voilà. Il continua à parcourir le journal.

Un arsenal découvert chez un colonel à la retraite : « Il faut bien que je me défende ».

Le Sojouz 28 a rejoint la station en orbite. Premier astronaute tchécoslovaque.

Cosmonaute, corrigea mentalement Zanka. Dans les pays socialistes, ce sont des cosmonautes.

Début du procès en appel des néofascistes de Lucques

On n'en finira jamais avec ce fléau, pensa Zanka en avalant la dernière gorgée de café. Il lut sous-titre et intertitres.

> Le parquet cherche à faire annuler l'acquittement prononcé au premier degré. Au groupe Réaction du peuple sont attribués de nombreux attentats et actions violentes. Le leader, Landucci, toujours contumax, objet d'un mandat d'arrêt pour d'autres délits. Les défenseurs : « Une persécution ».

Zanka referma le journal et rassembla son courage pour le trajet au volant qui l'attendait afin de rentrer à Rome.

Tandis qu'il préparait sa monnaie pour payer, il remarqua un tract jauni, fixé avec des punaises juste sous la caisse.

« DISPARUS » disait l'inscription au-dessus de la photo de deux jeunes gens, avec leurs noms soulignés. « Margherita Toni », « Jacopo Musetti »

Elle avait un air mélancolique, mais c'était peut-être à cause du palissement de la photo. Lui ressemblait à un très jeune Gregory Peck, avec bien sûr une tignasse plus épaisse.

— C'est là depuis un an et demi, expliqua le quadragénaire de tout à l'heure, assis à l'une des deux tables. Ils ont disparu d'un camp de scouts, là sur la montagne, et personne ne les a plus revus, ni vivants ni morts.

Zanka chercha un commentaire adapté mais ne le trouva pas.

— Ah, fit-il seulement.

L'homme avait des boucles châtains coiffées en arrière et de grands yeux bleus.

— Combien de fois on les a recherchés, pas vrai, Gheppio ? lança-t-il en tournant la tête vers la table dans son dos, où un homme était assis dans la pénombre.

L'homme interpellé portait l'uniforme gris vert des gardes forestiers. Silencieux, la pipe éteinte en bouche, il avait l'air séraphique d'un chef indien. Il les regarda sans rien dire.

— On a tout essayé, reprit l'inconnu bavard. Chiens, hélicoptères et même une équipe de plongeurs, qui s'est glissée jusqu'où elle pouvait dans la partie souterraine du Borro. Les parents de la fille, en désespoir de cause, ont aussi fait appel à Rolf, le devin. C'est peut-être bien un escroc, je dis pas le contraire, mais une fois qu'on a épuisé les hypothèses raisonnables, il faut aussi sonder les plus dérangeantes, pas vrai ? « Abandonner les convictions bien ancrées. »

L'homme dit la dernière phrase sur un ton complice, allusif. Zanka comprit qu'il citait son interview à « Odeon ».

— Je vous ai vu à la télévision, l'autre soir. Vous êtes ici pour votre livre ? Pour les statues-menhirs ?

Pour éviter tout embêtement, Zanka répondit qu'il était tombé là par hasard, par pure coïncidence, et qu'il allait repartir. Il reposa la tasse sur le comptoir et fit un mouvement vers la sortie, mais l'homme se plaça devant lui et lui tendit la main.

— Filippo Bernacca. Oui, comme le type de la météo. Je travaille aux services techniques de la commune. Si vous vous intéressez aux histoires d'extraterrestres, ici dans cette zone, je serai heureux de vous contenter. Selon certains, ils ont aussi quelque chose à voir avec la disparition des deux jeunes.

On entendit le bruit d'une chaise traînée sur le sol. Le garde forestier s'était levé, l'air sombre, et se dirigeait vers la sortie.

Zanka en profita pour l'imiter.

— Malheureusement, je dois y aller, dit-il à Bernacca, comme s'il devait s'excuser, et il agrippa la poignée de la porte.

Après quelques pas dans l'air frais, il s'arrêta pour s'allumer une cigarette, avec une sensation de soulagement.

— Ne l'écoutez pas, dit une voix rauque sur sa droite.

Zanka se retourna et vit le garde forestier, l'homme que Bernacca avait appelé « Gheppio », la pipe encore entre les lèvres, appuyé contre un tout-terrain vert.

— Il y a des gens qui fourrent des ovnis partout, poursuivit-il. On n'en a que trop rencontrés, quand on cherchait Jacopo et Margherita.

Il n'avait pas l'accent du coin. Il semblait plutôt venir d'Émilie, peut-être de Modène, ou bien de Reggio. Le voir de près confirma la première impression : le nez aquilin et le teint olivâtre lui donnaient un aspect amérindien. Les pupilles très noires contribuaient à cette impression d'ensemble.

— J'y suis habitué, le rassura Zanka, tout en notant que le garde n'avait pas dit « les jeunes ».

Il avait utilisé leurs noms de baptême.

— Vous les connaissiez ? s'enquit-il.

L'homme en uniforme aspira une bouffée et un petit nuage de fumée s'éleva au-dessus de sa tête.

— Non. Mais je les ai emmenés là-haut, au camp scout, répondit-il en montrant le Quarzerone qui surplombait les toits du village. Et j'aurais dû les ramener en bas.

— Je comprends, commenta Zanka.

Par la suite, il présenterait cet échange bref comme la graine de son livre le plus sincère.

Mais sur le moment, il se contenta de dire au revoir à Gheppio d'un signe de tête et se dirigea vers sa voiture, prêt à conduire sans arrêt vers les tâches qui l'attendaient à Rome.

6
TURIN, JEUDI 9 MARS

L'ex-remise du cours Moncalieri était une vaste salle tapissée d'affiches et d'articles de journaux. Le mobilier consistait en une table, des chaises disparates, des étagères chargées de livres et de revues, et un poêle à mazout qui rendait les lieux vivables.

Milena était la seule créature de sexe féminin. Même les deux chiens présents, couchés près du poêle, étaient des mâles.

Ça se passait ainsi depuis maintenant quelques mois : la présence de la *dottoressa**, une femme séduisante, poussait les ufologues à observer une certaine tenue. Chemises lavées de frais et repassées, tignasses coiffées, postures droites, senteurs d'eau de Cologne. Milena appliquait la méthode de « l'observation participante », qui nécessite, pour étudier un groupe, de s'immerger dans ses activités. Mais chaque fois, elle avait des doutes : comment devait-elle se comporter par rapport aux effets de son intervention ? Devait-elle essayer de les réduire au minimum ou bien les analyser aussi ? Comment avait fait Bronislaw Malinowski en Mélanésie ? Et Margaret Mead en Nouvelle-Guinée ?

Elle nota que l'atmosphère était saturée d'électricité, celle qui fait dresser les poils sur les bras

* En Italie, le titre de *dottore* (pour les hommes) ou *dottoressa* (pour les femmes) est donné spontanément à quiconque est censé avoir un diplôme d'études supérieures.

et les cheveux sur la tête. Il s'agissait d'une réunion clé avec de nombreuses questions importantes à discuter.

La présidence de la séance échoyait à Berto Musinè, qui bondit sur ses pieds pour exposer l'ordre du jour.

— Ce soir, nous avons beaucoup de pain sur la planche et il faut procéder avec méthode : avant tout, les nouvelles ufologiques de la semaine et les mises à jour. Il y a du neuf sur l'apparition du 16 février à Pallanza, sur le lac Majeur. Nos adhérents Majorino et Baudino se sont rendus sur zone et ont interviewé deux témoins. Ils sont en train d'écrire un rapport dont ils nous livreront par anticipation les éléments fondamentaux.

— Je vais tout de suite abréger, l'interrompit Pierluigi Baudino.

Brun et barbu, il ressemblait un peu à l'auteur-compositeur Guccini.

— C'était un ballon-sonde. L'aéronautique militaire nous l'a confirmé.

Des murmures s'ensuivirent : « je l'ai dit dès le début », « c'était déjà clair dans la description »... Berto réclama le silence, remercia Baudino et poursuivit dans l'énoncé de l'ordre du jour.

— Il y a deux semaines, comme vous devez vous le rappeler, l'écrivain Piero Chiara a déclaré avoir aperçu des objets volants non identifiés. L'épisode a eu lieu du côté de Varese, c'est pourquoi nous avons demandé des informations à la Société ufologique de la Haute-Lombardie. Il nous est parvenu un compte rendu, pas grand-chose, mais nous le lirons. Puis, il y a la question des voix extraterrestres supposées transmises par une station locale de Côme, Tele Nord. Nous avons obtenu l'enregistrement de l'émission, il est arrivé justement aujourd'hui, pour l'instant il n'y a que notre adhérent Bonino qui l'a écouté...

— Oui, intervint ce dernier, et on est au niveau des blagues de potache d'autrefois. D'après moi, c'est un canular de cette télé privée pour se faire de la publicité.

— Prenons notre temps, suggéra Berto. Ce soir, on l'écoutera ensemble et on décidera ce qu'on écrira là-dessus. Après quoi, il y a quelques questions associatives et d'organisation. Nous devons répondre à Radio Piemonte International, qui nous a proposé de produire, en pleine autonomie, une émission ufoclipéologique. À nous de décider comment on va s'y prendre, qui s'en occuperait, etc., puisque nous avons rendez-vous avec les rédacteurs mardi prochain.

Un brouhaha s'ensuivit, des mains se levèrent, certains se portaient volontaires, « je marche », d'autres se dérobaient, « c'est pas un truc pour moi ».

Berto les rappela à l'ordre.

— On parlera de la question de la radio plus tard, c'est seulement la liste des points à aborder, et il manque encore le plus important : le congrès Ovni 78 à Rome, du 16 au 18 mars.

Milena sentit l'énergie se focaliser, l'attention se faire plus aiguë, l'attente haletante.

— Ce soir, nous devons composer la délégation à envoyer au congrès. Comme vous le savez, les orateurs sont de renommée internationale et garantissent la qualité de l'événement. Il y aura des interventions de notre Paolo Sesto, de Romulo Casella, de Gion Cavezzo et des délégations des principaux groupes de recherche italiens et français. L'invité d'honneur sera Allen J. Rynek, consultant de Spielberg pour *Rencontres du troisième type*.

Le nom de Rynek suscita de l'émotion, en même temps que la conscience que certains membres du Grucat le verraient en vrai, en chair et en os. Milena aussi avait programmé de descendre à Rome pour interviewer cette véritable star de l'ufologie : le fondateur du Centre de recherche sur les ovnis de Kalamazoo, dans le Michigan, directeur de la revue *Ufo Research* et auteur du best-seller international *Les Objets volants non identifiés : mythe ou réalité?* qui avait inspiré Spielberg pour son film.

Pour le rencontrer, Milena avait dû demander un service à Martin Zanka, l'homme qu'elle avait accusé de « néocolonialisme culturel justifié par de faux mythes des origines » et décrit comme « héraut, derrière les concessions de façade au marxisme, du "fardeau de l'homme blanc", en fait du *mâle* blanc, cette fois en version interstellaire ».

Cher M. Zanchini,

Je présume que le temps écoulé aura atténué les échos de notre polémique par voie de presse à propos de *Robinson des galaxies*. Pour ma part, je vous assure qu'il ne subsiste aucune aigreur. J'espère que ces lignes seront accueillies sans préjugés.

Je vous écris en référence à ma recherche anthropologique sur les us et coutumes des guetteurs de soucoupes volantes. Je sais que durant l'important congrès que vous allez coordonner à Rome est prévue la présence du professeur A. J. Rynek. L'interviewer, peut-être durant une pause des travaux, me serait très utile. Je m'adresse donc à vous, pour vous demander votre aimable intercession. Nous pouvons en parler aussi par téléphone, si vous voulez. Vous trouverez mes coordonnées au bas de la présente. Je vous remercie par avance.

Bien cordialement,

Dottoressa Milena Cravero

Chère dottoressa Cravero,

Aucun ressentiment ni préjugé, voyons. En vétéran des polémiques qui ont suivi les événements de Hongrie en 1956 et de Prague en 1968, je peux dire que j'ai connu des échanges bien plus âpres. J'ai déjà fait en sorte que vous soyez une invitée bienvenue à notre congrès. Je m'empresserai de vous fixer un rendez-vous avec le professeur Rynek.

Bien à vous,

Gianmaria Zanchini

— À la fin, et s'il reste du temps, reprit Berto, nous avons trois maquettes à évaluer pour le concours « Un timbre pour les ovnis » lancé par *Le Journal de l'Inconnu*. Nous devons en choisir un et l'envoyer au comité de sélection. La liste des cinq sélectionnés sera communiquée sur le numéro de mai.

— De toute façon, c'est Paolo Sesto qui va gagner, commenta quelqu'un.

— Ben, on ne peut pas nier qu'il a fait un super dessin ! rétorqua quelqu'un d'autre.

— Qu'est-ce qui n'était pas clair dans « à la fin et s'il reste du temps » ? lança Berto, agacé. Il y a un ordre du jour. Continuons en le respectant.

7
FORRAVALLE, SAMEDI 11 MARS

Le discours du samedi d'Orsola Galbiati était un des rituels typiques de Thanur.

Il se distinguait d'une conférence normale, par de petits détails, à commencer par la durée.

Orsola terminait toujours par les mêmes mots : « C'est cela, Thanur », après trente-deux minutes pile. Personne ne connaissait la raison de ce minutage. Certains invoquaient ses études sur les processus cognitifs et d'autres citaient les trente-deux pièces des échecs, les dents des êtres humains, les sentiers de la connaissance dans la cabale hébraïque. On disait que ce chiffre représentait les deux sexes élevés aux cinq dimensions du monde : trois pour l'espace, un pour le temps, un pour l'esprit. Deux puissance cinq égale trente-deux. Les hypothèses circulaient et se contredisaient, du moment qu'Orsola n'en démentait aucune. Le fait que ses discours avait une durée fixe avait été remarqué par beaucoup de monde, jusque par un rubricard du journal local, *La Nuova Toscana*, qui l'avait écrit, mais elle ne l'avait jamais affirmé. Si on lui demandait une explication, elle se contentait de répondre : « Vraiment ? Je ne m'en étais pas aperçue. »

À 19 heures pile, elle entrait dans l'ancienne écurie réaménagée. Elle s'installait dans son fauteuil et souriait aux personnes assises sur les bancs. Quelques dizaines en hiver, au moins une centaine à la belle saison. Tout le monde se demandait comment elle réussissait à parler sur une durée toujours semblable parce qu'elle ne donnait pas l'impression de réciter un texte de mémoire et n'avait pas de montre visible, ni au poignet ni sur la petite table à côté d'elle, où elle disposait une statuette de la déesse Thanur et un petit magnétophone à cassette. Avant de commencer, avec l'index et l'annulaire écartés, elle appuyait sur les touches Play et Rec. Elle attendait que le ruban tourne pendant quelques secondes et prononçait le titre de la nouvelle leçon.

Celle du 11 mars 1978 s'intitulait « À l'origine de l'oppression » et est incluse dans le volume *I discorsi del sabato* (« Les Discours du samedi », Gammalibri, 1981).

> Beaucoup d'entre vous se demanderont pour quel motif, ici, à Thanur, nous avons décidé de maintenir séparées les chambres des hommes et celles des femmes, et même dans deux édifices différents. « Comment? Vous n'êtes pas vous aussi pour l'amour libre? Vous ne voulez pas dépasser les différences entre les sexes? » Ma réponse part de loin, d'avant que notre espèce ne commence à élever d'autres animaux et à utiliser la charrue. »

Normalement, les thanuriens, c'est-à-dire les garçons et les filles de la communauté, n'assistaient pas aux discours du samedi. Avec l'arrivée des invités, les tâches se multipliaient, avec les détails à régler.

Pour écouter Orsola, on faisait parfois des centaines de kilomètres. Beaucoup réservaient des entretiens avec elle, séances de psychothérapie individuelle ou familiale. Certains la suivaient depuis l'époque de l'université, quand elle enseignait encore. D'autres l'avaient rencontrée dans son cabinet de Milan, avant qu'elle décide de le fermer et de s'installer en Lunigiana. Puis il y avait les anciens de ses symposiums à travers l'Italie, partagés entre ceux qui ne pouvaient plus se passer de ses enseignements et ceux qui étaient curieux de voir la célèbre communauté de Villa Malaspina.

Les visiteurs qui le désiraient pouvaient vivre au rythme de Thanur, participer aux activités, donner un coup de main en cuisine ou à la ferme. Le grenier de la villa avait été aménagé pour accueillir les hôtes en dortoir, avec salle de bain commune et lits superposés. Pas plus de quatre places, pour ne pas ôter des clients à l'auberge du Sanglier-Blanc qui, en fin de semaine, depuis qu'existait Thanur, avait triplé sa clientèle, même en basse saison. En conséquence, les propriétaires étaient les seuls défenseurs de la communauté au milieu des préjugés et des sentiments hostiles des gens de Forravalle.

> Au début, c'étaient les femmes qui cueillaient les fruits de la terre, et leur prestige était égal à celui des chasseurs mâles. Avec l'agriculture sédentaire s'est affirmée la nécessité de défendre le territoire, une affaire de guerriers, et pour conduire la charrue tirée par des bœufs, il fallait un savoir d'éleveurs – eux aussi masculins.

À Thanur, la répartition des tâches n'obéissait pas à un schéma précis. Seul l'horaire était toujours le même, chaque matin. La table du petit-déjeuner débarrassée, Orsola prenait la liste et commençait à l'égrener.

Début mars, Daniela et d'autres filles s'étaient convaincues que Rossella, à cause de sa grossesse, ne devait plus se charger de toute une série de corvées. Elle, au contraire, continuait à se porter volontaire, y compris pour celles qu'elle détestait le plus. Elle ne voulait pas donner l'impression de chercher des privilèges en tant que donatrice de sa maison à la communauté. Et comme fille d'une famille riche et aristocratique, elle ne voulait pas avoir l'air chichiteuse et fragile, pas même à présent qu'elle était enceinte. « Je n'en suis pas à huit mois ! », « laissez-moi faire ce que je me sens de faire ». Mais les autres insistaient, sourdes à ses protestations. Non madame : à Thanur au moins, la maternité devait être respectée et protégée.

> Avec l'agriculture et l'élevage, les hommes prirent le contrôle de la fécondité. La fécondité de la Terre, celle des animaux et celle des femmes. Ce contrôle les rendit plus riches, augmenta leur pouvoir, au point qu'ils décidèrent de l'élargir par la guerre, la conquête et l'esclavage. Toutes les relations d'exploitation sont le fruit de ce contrôle. Une domination que certains appellent «patriarcat», que je préfère définir comme «androcratie» ou règne de l'oppression.

Rossella ne goûtait guère le trop grand nombre d'attentions que lui valait son état. Vincenzo le savait, ils en avaient parlé, mais s'il cherchait à le faire remarquer à Daniela et aux autres, elles le faisaient taire, qu'est-ce qu'il en savait, lui? Rossella se conduisait ainsi pour ne pas se laisser reléguer dans le rôle biologique-reproducteur que l'androcratie réservait aux femmes. Mais le vrai problème était le peu de considération dans lequel ce rôle était tenu par rapport à l'activité culturelle masculine. Pour se rebeller contre l'androcratie, Rossella ne devait pas rabaisser sa maternité, mais en revendiquer le prestige.

— Si un grand artiste masculin est aux prises avec ses géniales créations, insistait Daniela, il semble normal qu'il ne se consacre pas aux tâches domestiques. Mais quand une femme crée une nouvelle vie, elle doit continuer à nettoyer les chiottes comme si de rien n'était!

D'autres filles s'opposaient à ce raisonnement, citant Betty Friedan et soutenant que la mystique de la maternité était une ruse pour convaincre les femmes de renoncer à elles-mêmes et se contenter d'être mères.

Pour soulager Rossella de tant d'empressement, Orsola invitait à considérer sa grossesse comme une expérience collective, d'où naîtrait un fils ou une fille de Thanur. Mais cette suggestion aussi avait un revers à sa médaille.

Rossella était de service à la cuisine, malgré les protestations de Daniela qui invoquait les odeurs trop fortes, la fatigue, les espaces réduits... Le samedi, aux fourneaux, était le plus mauvais jour. Il fallait préparer les repas pour beaucoup de monde, ils devaient être prêts à une heure précise, au contraire du reste de la semaine, quand il n'y avait à Thanur qu'une vingtaine de personnes et qu'on se mettait à table sans se presser, une fois terminées les tâches de la journée. La présence des invités changeait les rythmes, on se sentait observée et jugée, non seulement par eux, mais aussi par Orsola, qui tenait beaucoup à l'image de la communauté.

Rossella remplit une casserole d'eau et la mit sur le feu. Pendant ce temps, Enrico remuait les légumes dans la poêle. Sans cesser de tourner, il bougea la tête pour lui jeter un coup d'œil.

— Sous les vêtements, on ne voit encore rien, dit Rossella pour lui faire comprendre qu'elle avait saisi la trajectoire de son regard.

— Moi, je vote pour *Simòn*, dit-il, écrit à l'italienne, « Simone », mais prononcé à la française. Comme ça, ça marchera dans les deux cas, garçon ou fille. *Simòn*, comme Simone de Beauvoir ou Simòn Bolivar.

Rossella le remercia du conseil. Elle dit que Vincenzo et elle n'avaient pas encore parlé du prénom.

— Vous ne voudriez quand même pas le décider seuls ! la réprimanda Enrico, Vincenzo est d'accord avec Orsola, il dit que c'est Thanur qui élèvera votre enfant. Alors, même le choix du nom doit être collectif, il faudra le soumettre au vote.

Avec la cuillère de bois, il gratta les légumes qui commençaient à attacher au fond de la poêle.

— Moi, je ferai campagne pour *Simòn*, insista-t-il, amusé, puis il éteignit la flamme et s'occupa des pommes à mettre au four.

Rossella déversa la marmite de haricots verts bouillis dans l'égouttoir. Depuis qu'Orsola avait sorti cette histoire de « l'enfant de Thanur », l'attention générale ne s'était pas atténuée, seulement déplacée d'elle au contenu de son ventre – l'un et l'autre, pour le moment du moins, appartenant au même corps. Si auparavant, ils l'invitaient à se reposer parce qu'elle était enceinte, maintenant, ils le faisaient « pour l'enfant ». En considérant comme acquis qu'elle voulait lui donner naissance.

> Le contrôle de la fécondité, avec ses brillants résultats, est devenu le modèle de toute hiérarchie : la domination de la culture sur la nature, de la raison sur les instincts, du maître sur l'esclave. Grâce au travail domestique des femmes, présenté comme leur destin naturel, l'androcratie a entraîné l'accumulation des richesses qui a rendu possible le système capitaliste.

Parmi les différentes tâches, la préférée de Vincenzo était le travail des champs. Il aimait être au grand air, à s'occuper d'activités si nouvelles pour lui : tailler, répandre l'engrais, bêcher. Derrière chacune de ces occupations, qu'il avait toujours considérées comme ennuyeuses, se cachaient en fait mille découvertes, mille imprévus, qui rendaient différentes chaque journée passée dans la vigne ou le verger. Il suffisait d'une matinée plus chaude que prévu, ou de taches grises sur les feuilles d'un arbre, et déjà il fallait changer les programmes, non plus pulvériser le soufre et la bouillie bordelaise, mais identifier tel parasite et le combattre avec le bon produit. Il y avait toujours quelque chose à apprendre, ou à expérimenter, pour ensuite corriger le tir, donner plus d'eau ici, garder au sec là, être bien en alerte, veiller aux détails. Et il y avait tant de moyens de se rendre utiles, même quand on ne connaissait rien en agronomie : si le tracteur tombait en panne, un mécanicien n'était pas de trop, et s'il fallait installer une palissade contre les lièvres, on avait besoin d'un charpentier, ou bien d'un forgeron pour réparer la charrette.

Vincenzo s'était fait apprécier pour ses talents de cambrioleur, affinés au temps des seringues grâce aux infos d'un vieux toxico du quartier romain du Quadraro. Un jour, comme on avait perdu la clé du cadenas d'un réduit où étaient entreposés des outils, on l'avait envoyé chercher une scie à métaux et il était revenu avec deux trombones métalliques. Il les avait redressés, en avait plié un en forme de L, et sous les yeux attentifs des présents pointés sur ses doigts, il l'avait glissé, farfouillé et tourné, jusqu'à ce que la serrure cède. Ça s'était passé deux mois après son arrivée à Thanur. Tandis que tous l'applaudissaient, il s'était senti heureux comme cela ne lui était plus arrivé depuis l'enfance. Il avait encore un grand besoin de s'entendre dire «bravo». Cet épisode avait certainement contribué à lui faire privilégier les taches paysannes.

Et puis, loin de la villa, on était tranquille : trois, quatre personnes au maximum, on parlait peu, chacun était pris par ses outils ou ses plantes, sans Machin qui te dit ceci ou cela, Truc qui te demande autre chose, le facteur qui sonne, deux types qui se disputent, un qui se met en colère parce qu'il n'y a plus de sel et que personne ne l'a écrit sur la liste des courses. Depuis que Rossella était enceinte, en particulier, la paix de la ferme l'attirait comme un refuge. Oliviers et laitues ne s'intéressaient ni à son avenir de père ni à celui du fils de Thanur. Personne ne débarquait ici par hasard, entre greffes et fumier, pour lancer une question sur le sujet. C'est justement pour cela que, dans la réunion du matin, de temps en temps, Orsola le retenait dans la maison pour le nettoyage, la cuisine ou des travaux à faire, pour éviter qu'il s'isole.

> Donc l'androcratie n'est pas une vieille idée que nous pourrions professer ou pas, mais une relation de pouvoir. Un pouvoir qui se manifeste, entre autres choses, par un déséquilibre dans l'accès. Les hommes imposent des barrières aux femmes, mais ne veulent pas que les femmes leur imposent leurs barrières. Ils le veulent toujours accessible, à leur disposition.

À Thanur, il n'y avait pas de tours fixés pour dresser la table, la débarrasser et laver la vaisselle. Orsola disait que dans une communauté, il ne faut pas tout réglementer. L'équilibre se recherche, il ne se décrète pas. Rossella profita des allées et venues entre table et cuisine pour intercepter Vincenzo, rentré des champs, et l'inviter à sortir avec elle pour parler. Ils passèrent dans le jardin sur l'arrière de la villa, où un essaim de fleurs jaunes s'était posé sur des buissons qui, en hiver, semblaient d'inutiles branchages secs.

— Tu as parlé avec Enrico ? lui demanda Rossella.

— De quoi ? Enrico est dans la même chambre que moi, on parle…

— De ma grossesse.

Vincenzo tira sur sa cigarette comme si c'était un joint, en tenant le filtre entre pouce et index. Il avait déjà compris quel tour allait prendre la conversation.

— Je ne lui ai pas dit grand-chose. Seulement que l'enfant, ici, à Thanur, aurait beaucoup de monde pour l'élever.

Rossella arrangea une boucle de cheveux derrière une oreille.

— Pour moi, deux parents, c'était déjà trop. Alors, t'imagines, vingt !

Vincenzo se réfugia dans une expression absorbée. Comme il aurait aimé hausser les épaules et se dire que c'était la volubilité typique des femmes enceintes. Comme il aurait aimé s'en aller, s'en foutre, penser à la dope, un point c'est tout, s'enfermer dans un coin rien qu'à lui, chauffer la dose, remplir la seringue et se l'envoyer dans les veines avec Lou Reed en fond musical.

— Moi, au contraire, commenta-t-il, je n'ai toujours eu qu'un seul parent qui était souvent ailleurs ou qui s'occupait de ses affaires. Un demi-parent. Petit, je voyais mes amis qui en avaient deux et je les aurais volontiers échangés contre le mien.

— Ton père, je ne le connais pas, rétorqua Rossella, mais je connais mes parents, et je ne les souhaite à personne.

Vincenzo suivit du regard la trajectoire d'un satellite qui pulsait au milieu des étoiles. Il se rappela que son père, à une époque, connaissait les noms et les horaires des satellites et savait désigner chaque constellation.

— Pour ne pas avoir de parents, dit-il en contemplant les très lointaines lumières, il faudrait ne pas naître.

À la différence des clubs réservés aux hommes, les espaces pour femmes seulement, créés par des femmes, ont toujours été ridiculisés, punis, mis hors la loi, supprimés. Parce que l'esclave qui dit au maître « toi, ici, tu n'entreras pas », lui dit en même temps « je ne suis plus ton esclave ». Voilà pourquoi à Thanur, il y a des lieux que les femmes ont réservés pour elles seules.

Mais alors, me disent certains, tu es une féministe séparatiste ! Pas du tout : à Thanur, nous ne sommes pas séparatistes, parce que nous croyons que les hommes sont autant responsables que les femmes de la construction d'une société meilleure, et qu'ils doivent être impliqués dans sa conception. Mais nous ne sommes pas seulement féministes. Nous puisons à différentes sources d'énergie : le féminisme, l'écologie, la théologie de la libération, l'anarchisme, la spiritualité indienne, la science.

C'est cela, Thanur.

8
ROME, MERCREDI 15 MARS

Ce soir-là, Martin Zanka était certainement occupé à écrire, les doigts sur les touches de son Olivetti Lettera 35.

En haut de la feuille se détachait l'inscription « Ovni 78 – discours inaugural ». L'allocution devait présenter l'invité d'honneur, rien moins que Allen J. Rynek. L'ufologue américain était engagé dans une brève tournée européenne : il devait arriver par le dernier vol de Paris, pour repartir le samedi et rentrer aux États-Unis. Après lui devait intervenir l'ingérable Casella et Zanka prévoyait des étincelles.

Le trotskiste brésilien Romulus Casella (1913-1983), exilé à Rome depuis 1964, soutenait une théorie toute politique du phénomène des ovnis, selon laquelle une civilisation évoluée au point de couvrir des distances sidérales pour rejoindre notre planète ne pouvait être qu'une civilisation communiste. Le contact avec les extraterrestres devait donc être recherché sur la base de l'« interplanétarisme révolutionnaire », contre les maîtres de la Terre. En pratique, Casella souhaitait l'invasion des aliens. D'après lui, le prolétariat avait tout à y gagner et devait se préparer à les accueillir.

La proximité de Zanka avec le Parti communiste, quoique raréfiée depuis longtemps, avait déjà été la cible des flèches polémiques du Sud-Américain dans certains de ses articles publiés par la revue apériodique *Cosmos gouge*. Zanka n'en avait cure. Ce qui l'inquiétait, c'étaient les éventuelles escarmouches avec le yankee libéral Rynek, auquel Casella réservait des critiques bien plus âpres. Une, en particulier, risquait d'émerger au congrès. Casella attribuait à l'Étatsunien une approche classiste et *wasp* de l'étude des contacts avec des formes de vie extraterrestres. Dans l'essai *La Réalité des ovnis*, Rynek considérait comme plus fiables les témoignages de « rencontres rapprochées » quand les protagonistes étaient de bons citoyens avec la tête sur les épaules, à l'abri de tout soupçon de déviance, quelle qu'elle fût. Dans la liste des témoignages accrédités n'apparaissaient pas de noms hispaniques, italiens ou asiatiques, et Casella était prêt à parier que parmi les sélectionnés, il n'y avait pas d'Afro-Américains.

Zanka pouvait même être d'accord, mais il craignait que le débat ne déraille. En même temps, c'était justement la présence de chercheurs si différents qui enrichirait les échanges et c'était sa tâche de les maintenir sur les rails d'une discussion féconde.

Il avait déjà rempli deux pages de notes quand la sonnette retentit.

Ce soir-là, il n'attendait pas de visites. Les trois notes le rendirent perplexe. Peut-être un voisin à court de sel ou de sucre. Il se leva et gagna la porte.

— Mais qu'est-ce que vous faites ici? demanda-t-il, incrédule.

— Tu nous fais pas entrer? questionna à son tour Vincenzo.

— Bonsoir, dit simplement Rossella.

Zanka s'écarta pour les laisser passer et les fit asseoir au salon. Il remarqua la valise qu'ils avaient avec eux. Vincenzo prévint son interrogation.

— On peut rester deux jours ?

Zanka regarda d'abord son fils puis le visage angélique de Rossella.

— Bien sûr. Mais pourquoi tu ne m'as pas téléphoné pour m'avertir ?

— J'ai essayé, mais c'était coupé.

Vrai, pour ne pas être dérangé, Zanka avait débranché l'appareil depuis le matin.

Il ne demanda pas pourquoi ils étaient là. Il ne se sentait pas. Il devina que quelque chose de sérieux se concoctait. Il avait quitté son fils en train de tresser des couronnes à Thanur et, maintenant, ils se présentaient là, lui et sa copine qui n'était pas vraiment sa copine, comme deux réfugiés, sans avancer de motivations.

Ce ne fut que plus tard, après avoir dîné en silence des pâtes à la sauce bricolée par Zanka, que Vincenzo se décida à cracher le morceau. Il profita du moment où Rossella s'était retirée aux toilettes pour vomir.

— Elle est là pour avorter.

— Ah, commenta Zanka, vous avez décidé, alors.

— C'est elle qui doit décider. Elle y réfléchit encore. Demain, on va à San Lorenzo, il y a un dispensaire géré par des féministes.

— C'est correct de ta part de l'accompagner, commenta Zanka, mais ça lui parut tout de suite une phrase de circonstance.

Depuis quelques mois, le débat sur l'interruption volontaire de grossesse s'imposait dans tout le pays. Le parlement discutait de la loi qui la dépénaliserait et la réglementerait. Depuis quelques années déjà, les activistes du Parti radical et du Cisa, le Centre d'information sur la stérilisation et l'avortement, pratiquaient les interruptions de grossesse, en aidant à faire le voyage dans des pays où l'intervention était légale ou en recourant à des cliniques «amies». Ensuite, généralement, ils s'autodénonçaient à la police pour rendre leur désobéissance publique. Il y avait d'excellentes probabilités que la loi passe, parce que les seuls qui restaient hostiles étaient les chrétiens-démocrates et les néofascistes. Outre les radicaux, étaient favorables les communistes, les socialistes, les sociaux-démocrates, les républicains et les libéraux. Le climat était celui d'une grande bataille civique risquant de mettre en crise les alliances de gouvernement.

— Nous sommes partis sur les chapeaux de roues. On pouvait aller au Cisa de Florence, mais Rossella a lu quelque chose sur ce dispensaire dans une revue… Et puis je lui ai dit qu'ici, ajouta-t-il avec un vague geste des deux mains, nous avons un endroit sur lequel nous appuyer.

Zanka prit une cigarette et en offrit aussi une à Vincenzo. Ils les allumèrent et restèrent à se fixer à travers les volutes de fumée, mais ils éteignirent quand Rossella revint des toilettes, pâle et éteinte. Vincenzo lui fit de la place sur le canapé.

— Tu te sens bien?

— Mieux… maintenant, oui, répondit la fille.

Elle était vraiment belle, Rossella Hilzer, quand elle était jeune. Elle l'est encore aujourd'hui, mais avec quelque chose de glacial dans l'expression et dans les traits du visage, quelque chose qui à l'époque était à peine perceptible, du moins à en juger par les photographies.

— Je vais téléphoner à Thanur, dit Vincenzo en se levant. Dire qu'on est arrivé.

Zanka resta avec Rossella. Il n'avait pas du tout l'habitude des filles de l'âge de son fils et se limita à lui demander avec embarras si elle désirait quelque chose.

— Non, merci, dit-elle. Je suis seulement très fatiguée.

Il lui dit qu'il allait lui montrer la chambre de Vincenzo. Elle n'était pas vraiment grande, mais il y avait un lit assez confortable. Si elle ne voulait pas être trop serrée, son fils pouvait dormir sur le canapé.

— Tu as un appartement bizarre, dit-elle. Plein de choses. Vincenzo me l'avait dit.

— *Trop* de choses, rétorqua Zanka. Je devrais commencer à m'en débarrasser.

— Toutes ces statuettes, continua Rossella en laissant courir son regard sur les rayonnages. Ça me fait penser à une crèche. Une crèche de science-fiction.

Dans un coin, sur la table basse où étaient posés portefeuilles, clés de la maison et objets de poche de différentes sortes, on apercevait le livre d'Orsola Galbiati, *La Route de Thanur*.

Rossella le vit et le montra du doigt.

— C'est elle qui te l'a donné ?

— Non, Ludo. Orsola, je ne l'ai jamais rencontrée.

— Et tu l'as lu ?

— J'y ai jeté un coup d'œil, tu sais, le travail, les préparatifs de ce congrès… Mais je le lirai.

Rossella, perdue dans ses pensées, le surprit par un autre coq-à-l'âne.

— Je ne sais pas si Vincenzo et moi nous pourrons être de bons parents.

Tu fais bien d'en douter, ma chère, songea Zanka. Mon fils est un ex-toxico complètement largué et toi, tu es l'héritière d'une famille haut placée qui tente de fuir son propre héritage. Lui, il est incapable de s'occuper de lui-même, alors imagine avec une autre personne. Et toi, avec un enfant sur les bras, tu finirais par rentrer dans ton bercail doré, pour lui garantir la sécurité que tu as connue au début de ta vie. Vous seriez une *catastrophe* comme parents. Mais je ne te le dirai pas, je ne te dirai rien parce que, regarde-moi, je te parais un bon exemple ? La mère de mon fils est partie depuis plus de vingt ans, moi je vis dans un appartement qui a l'air d'un musée du kitsch, et lui il a fini par se droguer.

Vincenzo sortit du bureau.

— Ludo veut te parler, annonça-t-il à son père.

Zanka se leva, perplexe, et entra dans la pièce voisine. Il souleva le combiné.

— Allô.

— Salut, Martin, dit la voix au téléphone. L'accent hollandais était à la fois rugueux et séduisant. Écoute, je voulais te dire ça : ton fils est un ex-héroïnomane…

— C'est une information que j'ai déjà, répliqua Zanka.

— *Yes I know*, mais… j'ai connu beaucoup de junkies dans ma vie. Le singe descend de l'épaule mais suit le junkie partout, prêt à lui sauter à nouveau dessus d'un seul bond. Surtout si le junkie revient dans la ville où il a ses contacts. C'est un gros risque que Vincenzo soit à Rome.

Zanka soupira.

— J'imagine, et malheureusement, il est arrivé à un mauvais moment, demain j'ai un congrès important. Mais il sera toujours avec Rossella.

Il hésita. Il n'avait jamais parlé de Vincenzo dans les termes qu'il allait utiliser. Et Ludo était pratiquement un étranger.

— Il me semble plus sérieux qu'autrefois, il me semble que la fille a une bonne influence. La fille, et vous de Thanur, évidemment.

— Espérons. Nous les attendons. Avec ou sans enfant. C'est une décision qui revient à Rossella.

Ils se dirent au revoir, Zanka reposa le combiné et son regard tomba sur la feuille à moitié glissée dans la machine à écrire, puis sur la pendule encastrée dans la pyramide qu'il gardait sur son bureau. Il avait déjà perdu une heure précieuse. Il devrait travailler dans la nuit pour être prêt le lendemain matin. Il essaya de contenir son irritation montante, la sensation d'être victime d'une intrusion.

En sortant du cabinet de travail, il vit l'expression de Rossella. Confuse, sinon prostrée. Peut-être aurait-elle désiré que quelqu'un lui dise ce qu'il était bien de faire. Quelqu'un qui l'absoudrait ou la condamnerait. Mais celle qui guidait la communauté qu'elle avait choisie ne dispensait ni absolutions ni condamnations.

Rossella ne dit plus rien. Elle disparut dans la chambre à coucher, tandis que Vincenzo resta sur le canapé. Quand Zanka lui souhaita bonne nuit avant de se retirer dans son bureau, le garçon lui demanda à brûle-pourpoint :

— Toi, tu en penses quoi ?

— De quoi ?

— Des doutes de Rossella.

C'était la deuxième fois en quelques jours que son fils lui adressait une question directe et sincère.

— C'est à elle de décider. Quoi qu'il en soit, je n'ai aucun droit de la juger. Je peux seulement te dire : sois avec elle, et pardon si comme recommandation ça sonne un peu trop paternel. Bonne nuit.

De retour au travail, il lui fallut tenir à distance les pensées inquiètes que Ludo lui avait communiquées en parlant de junkies, de singe qui leur saute dessus, de « contacts »... Situation qui résumait parfaitement le rapport entre son fils et lui, fait de lacunes, de malentendus, de langages différents et de moments manqués.

Il s'assit à la machine à écrire. Il n'était pas facile de recommencer à se concentrer sur les ovnis. Il devait y arriver avant de tomber de sommeil.

9
ENTRE GÊNES ET ROME, JEUDI 16 MARS

Peu après minuit, alors que Zanka travaillait à son intervention, les ufologues turinois se trouvaient à Gênes, quoique seulement de passage. *Littéralement* de passage : ils n'étaient pas vraiment en ville, mais à bord d'un train arrêté à la gare de piazza Principe.

Milena était avec eux. Ils étaient partis de Torino Porta Nuova à 22h15 sur l'express 613, le fameux train nocturne des années 1970. À l'époque, traverser la péninsule sur des voies ferrées environnées de ténèbres était une expérience commune, familière à de vastes masses d'Italiens. Elles étaient encore à venir, les coupes qui, dans le nouveau siècle, réduiraient de manière drastique et, en pratique, supprimeraient le service de nuit.

Après l'arrêt à Gênes, ils suivraient la Riviera du Levant et, après l'étape de La Spezia, traverseraient la Toscane du nord au sud, perforant l'obscurité sous le ciel étoilé, ce ciel dans lequel toujours plus d'Italiens voyaient des lumières mystérieuses. Ils s'arrêteraient à Massa, Viareggio, Pise, Livourne et Grosseto et, au lever du soleil, entreraient dans le Latium. Après l'escale de Civitavecchia, ils pointeraient enfin sur Roma Termini, pour conclure leur voyage à 7h32, au terme de presque sept cents kilomètres.

Milena et la délégation du Grucat – Baudino, Bonino et Ravarino – occupaient le même compartiment de deuxième classe. Pour économiser, aucun des trois hommes n'avait pris de couchette. Milena aurait préféré, mais elle devait partager le voyage avec les autres, sinon, où serait l'observation participante ? Il lui faudrait dormir assise, si on appelait ça dormir. Elle espérait ne pas arriver trop fatiguée à la rencontre avec Rynek.

Au cours du voyage, la voiture se remplit d'ufologues. Tous hommes, *ça va sans dire**. Tous en route pour le congrès de Rome.

À Gênes monta Gianguido Bruzzone, de l'AUSL, Association des ufologues et scientifiques ligures. Il arriva essoufflé à la gare, en provenance directe des studios de Teleradio Mediterraneo, où chaque mercredi soir il animait l'émission *Mystères 80*. À peine lancé le générique de fin, il était parti en courant.

Les trois du Grucat avaient signalé à Milena que l'AUSL avait une approche de l'ufologie très proche de la leur. À commencer par le nom, avec son importante invocation de la science, ancrage indispensable dans un monde toujours menacé de dérives surnaturelles. Bruzzone s'installa dans leur compartiment.

À La Spezia, ils étaient attendus par Leandro Sommovigo du groupe Cinquième dimension, fondé un an auparavant à Sarzana. Le nom était un hommage à une vieille chanson des Byrds, mais faisait penser à une rengaine du magicien Binarelli.

Le Grucat n'avait pas de mauvais rapports avec Cinquième dimension, mais tenait à marquer sa différence avec lui. Sommovigo était trop « indulgent avec les apparitions », dit Bonino, dans le sens où il accréditait avec facilité n'importe quel témoignage.

En outre, il recourait à des engins dont l'utilité n'était pas prouvée : révélateurs Ganzfeld, chronographes GNDN… Des trucs qu'il achetait par correspondance et qu'il trimbalait avec lui tout excité.

Après les salutations, Sommovigo poursuivit son chemin et alla s'asseoir dans le compartiment voisin. Le motif évident était que, entre les corps et les bagages, il ne restait plus d'espace, mais le geste parut marquer la distance entre les ufologues sérieux et le nouveau venu.

À Massa monta Giacomo « Jimmy » Fruzzetti.

Milena fut aussitôt frappée par le personnage. Du reste, ce n'était pas quelqu'un qui passait inaperçu, plus d'un mètre quatre-vingts, des épaules de nageur, il arborait d'épaisses rouflaquettes et des lunettes d'aviateur fumées qui lui faisaient des yeux de mouche. Quant à sa tenue, il se trimbalait dans des vêtements achetés sur les étals des surplus militaires, après les avoir ornés de pin's et de badges de groupes musicaux et de campagnes antimilitaristes.

Quand il se pencha sur le seuil du compartiment, Milena perçut un changement d'atmosphère. À leurs regards, à leurs saluts embarrassés, elle sentit que Ravarino, Baudino, Bonino et Bruzzone ne le considéraient pas comme un membre de la tribu.

Jimmy, sac à l'épaule, échangea quelques phrases avec les ufologues avant de s'éloigner.

— Qui est-ce ? s'enquit Milena.

— Fruzzetti. Il se fait appeler Jimmy. Un baba cool. Il ne fait partie d'aucune association.

Plus tard, en allant aux toilettes, Milena vit que Jimmy n'était pas dans le compartiment voisin avec Sommovigo. Il était dans le couloir, assis sur un strapontin. Seul, paupières closes mais réveillé, le dos droit, concentré sur Dieu sait quelles pensées.

Sans aucun doute, le personnage le plus fascinant de la faune ufologique et *mystérique* de ces années-là, Fruzzetti évoluait entre ce monde et celui de la contre-culture juvénile. Il n'était pas tout à fait vrai qu'il ne fît partie d'aucune association : des échanges et des contacts, il en avait, et en abondance. Simplement, il n'aimait pas formaliser les situations. Pas de sigles retentissants, pas de cotisation ni de carte, pas de réunions avec ordres du jour.

À Viareggio monta Mino Del Freo, du Gump, Groupe ufologique métapsychique. Il était connu dans le milieu pour une brochure clipéogique dans laquelle il identifiait avec certitude les anges de la Bible avec des visiteurs extraterrestres. Il passa son chemin après avoir salué d'un signe de tête et alla s'asseoir dans le compartiment de Sommovigo.

— Fra Angelico et l'École radioélectrique, commenta Bruzzone. Dieu les a faits et puis il les accouple.

À Pise apparut Onesto Alloisio de l'association Enuk (Excursions nocturnes, ufologiques et klipéologiques, avec un «k»). Un peu plus vieux que les autres, déjà passé trente ans, il était encore sur le quai quand Bonino le montra à Milena, en se tapotant la tempe du doigt.

Alloisio alla s'asseoir avec Sommovigo et Del Freo.

À Livourne, vers 4 heures du matin, monta Gipo Verrucci, du cercle Odam, Ombres des autres mondes.

Verrucci était un défenseur convaincu de la thèse interdimensionnelle, selon laquelle les ovnis ne provenaient pas d'autres planètes mais d'une autre dimension. Leur fugace apparition était le résultat d'« interférences » entre univers, de rapides intersections et superpositions. Le tout ponctué d'emprunts, plus lexicaux que réels, à la physique quantique.

— Au moins, il ne glisse pas dans le mysticisme, observa Ravarino, mais il présente cette hypothèse comme une vérité assurée.

— En plus, ajouta Bonino, il sort les univers parallèles pour n'importe quel objet qu'on voit dans le ciel et qui peut s'avérer être un ballon sonde, ou Vénus dans la brume. Je n'exclus pas *a priori* que les apparitions inexplicables puissent s'expliquer de cette manière, mais il faut du sérieux.

C'est ainsi que se compléta le quartet d'ufologues réputés « un peu toqués » ou du moins peu rigoureux : Del Freo, Alloisio, Verrucci et Sommovigo.

À 4h30, tout le monde ronflait. Milena s'était assoupie depuis deux heures, mais maintenant, elle était réveillée et inquiète. Comme les ufologues trompetaient fort, elle sortit du compartiment. Elle aurait voulu bavarder avec les toqués, se faire donner leurs coordonnées. Si, jusque-là, dans son travail de recherche, elle s'était concentrée sur le Grucat, avec la descente sur Rome et l'interview de Rynek commençait une phase nouvelle durant laquelle il fallait élargir le rayon des entretiens et de l'observation.

Le seul éveillé était Alloisio. Après l'inévitable échange de «salut», Milena pensa rompre la glace avec une question sur le nom étrange de son cercle.

— Excuse-moi, attaqua-t-elle, je suis curieuse : en quoi consiste une excursion *nocturne* clipéologique ? La clipéologie n'étudie pas les apparitions d'époques passées rapportées dans des chroniques, des textes littéraires ou sacrés ?

— Bien sûr. Durant les excursions, nous nous rendons sur les lieux de ces apparitions. Périodiquement, par exemple, nous allons à Vada, un hameau de Rosignano Marittimo où, en 1778, une colonne rouge descendit d'un grand nuage rouge lui aussi et toucha terre dans un marais proche et…

— Non, je voulais dire, l'interrompit Milena, pourquoi y allez-vous de nuit ? Ces lieux ne se voient pas mieux le jour ?

— Eh, soupira Alloisio, j'ai un problème, c'est que la nuit, je ne dors pas. Au maximum, je sommeille une petite heure, vers l'aube. En somme, de jour, souvent je m'écroule *'un ce la fo a far niente*, je n'arrive pas à faire quoi que ce soit. Alors on y va de nuit. Mon travail aussi, je le fais de nuit.

— C'est quoi, ce travail ?

— Traducteur de l'anglais. Romans de science-fiction, en particulier pour la collection Fantapocket chez Longanesi, mais aussi pour la collection Sigma de Moizzi. J'ai traduit aussi des essais pour

Pepper. L'un était *La Technique du sourcier* de ce type, comment il s'appelle…

— Ah, je n'y connais rien en rhabdomancie, dit Milena, mais en science-fiction, ça va. Qui sait, j'ai peut-être lu aussi des livres traduits par toi.

— Et, malheureusement, personne ne fait jamais attention au traducteur !

— Écoute, pas de rapport, c'est juste une autre curiosité : pourquoi écrivez-vous « klipéologie » avec un « k » ?

— D'après moi, avec le « k », ça sonne mieux.

À y repenser aujourd'hui, se rappelle Milena, c'était pas mal dans l'air du temps. Le « k » est la lettre qui définit les années 1970. Sur les banderoles, on écrivait « Kossiga », en changeant l'initiale du ministre de l'Intérieur responsable de la répression des manifestions et bientôt des lois spéciales. Dans les kiosques, on trouvait *Diabolik, Satanik, Zakimort, Cattivik*… Un des auteurs à succès était Zanka, qui avait un « k » dans son pseudonyme. Et vu tous les secrets et mystères de cette période, les paradoxes qui en sont nés, les écheveaux que nous n'avons jamais réussi à débrouiller… Eh bien, peut-être que c'était le « k » de Kafka.

Alloisio resta fidèle à lui-même : il s'assoupit légèrement peu après la frontière du Latium. Milena avait désormais la paupière légère, plus du tout sommeil. Toujours debout dans le couloir, elle passa sa main sur la vitre pour enlever la buée et observa la nuit qui défilait. Elle pensait au rendez-vous du lendemain, à ce que pourrait être l'accueil de Zanka, aux questions à poser à Rynek. L'inquiétude augmentait.

— Ça te ferait du bien de méditer.

Milena se retourna. Debout à côté d'elle, la dépassant d'une demi-tête, Jimmy la fixait en souriant. Tout autour, le silence. Ou plutôt : le grondement continu et rythmé du train lancé dans le noir.

Elle aussi tenta un sourire.

— Ça se voit tant que ça que je suis nerveuse ?

— Ben… Insomnie, les yeux dans le vide, onychophagie…

— Quoi ?

— Tu te rongeais les ongles…

Milena regarda ses doigts.

— Oh, ça ne m'arrivait plus depuis un moment.

Ils s'assirent dans un compartiment vide.

— Je disais : dans ce genre de cas, ça peut faire du bien de méditer.

— C'est ce que tu faisais sur le strapontin ? demanda Milena.

— Oui, exact. Il y a quelques années, je vivais dans une communauté, là-haut en Allemagne. On y pratiquait le Surat Shabd yoga, le yoga de la lumière et du son. En réalité, maintenant, je médite à ma manière, sans méthode privilégiée.

Il tendit la main à son interlocutrice.

— Jimmy Fruzzetti, ufophile.

Milena n'avait jamais entendu ce terme. La curiosité qu'elle éprouvait pour ce type augmenta. Elle lui tendit la main.

— Milena Cravero, anthropologue.

— Ah, bien sûr, la Turinoise qui fait des recherches sur les ufologues, dit-il.

Et, avec un clin d'œil, il ajouta :

— Les bruits courent.

— Un ufophile n'est pas un ufologue ? demanda Milena.

— Bien sûr que non. Ceux-là, ils ont en tête le Logos. Ils sont *logocentriques*, ils veulent soumettre les ovnis au Verbe, à la Raison, au Sens.

Pour faire comprendre que ces termes avaient une majuscule, il les prononçait d'une voix de stentor, avec un geste à la Von Karajan dirigeant un orchestre.

— Ils veulent par force identifier le non-identifié.

— Et vous, les ufophiles, non ? en déduisit Milena.

— L'ufophilie est l'amitié pour les objets non identifiés, expliqua Jimmy. Cela signifie refuser les préjugés et la frénésie de reconnaître et de classifier. Tu as dû te rendre compte que les ufologues se divisent en deux grands courants : les rationalistes et les paranoïaques. Tes amis du Grucat sont rationalistes, tout en statistiques et méthode scientifique. Chaque fois qu'un type voit une lumière, ils se précipitent, interrogent, remplissent des cases, évaluent et écartent des hypothèses. C'est seulement quand l'événement ne trouve pas d'explication rationnelle qu'ils concèdent que le phénomène pourrait être d'origine extraterrestre.

— Ou transdimensionnelle, précisa Milena.

— Blanc bonnet, bonnet blanc, rétorqua Jimmy. Puis il y a les paranoïaques. D'eux aussi, il y a un bel échantillonnage dans ce train. Eux, en apparence, ils font le contraire : quand il y a une lumière dans le ciel, ils concluent tout de suite que c'est un astronef ou une fusée extraterrestre. Il y en a qui sont convaincus que les aliens visitent notre planète depuis des millénaires, et même qu'ils se sont établis ici et se cachent au milieu de nous, avec des intentions malignes ou bienveillantes, selon les versions. En tout cas, le Pouvoir, dit-il en faisant encore ce geste pour mimer la majuscule, le sait très bien, mais il nous laisse dans l'ignorance, les États ont des informations très confidentielles, qu'ils gardent dans des laboratoires très secrets. Il y en a qui ne vont pas si loin mais qui tiennent quand même pour acquis qu'Ils – les gouvernants, les services secrets, la science officielle, savent quelque chose qu'ils ne disent pas. Ah, si seulement ils ne le gardaient pas pour eux, ce Verbe ! Voilà, les deux approches semblent différentes mais sont l'une et l'autre logocentriques. Les deux tribus convergent vers le fait d'être *ennemies des ovnis*.

— Comment ça ? demanda Milena.

— Les ufologues sont les ennemis des objets non identifiés. Leur but est de les identifier et donc de les priver du droit à l'indétermination. Nous autres ufophiles, en revanche, cette indétermination, nous la respectons, nous ne prétendons pas établir précisément ce qu'ils sont et d'où ils viennent, si c'est de notre esprit ou d'une autre galaxie, si ce sont des mirages ou des paréidolies, des archétypes ou la réalité.

Milena était à la fois amusée et admirative. Il n'était pas étonnant que les ufologues considèrent Fruzzetti comme étranger à la tribu.

— Et maintenant, dit Jimmy, si ça ne te dérange pas, moi aussi j'aurais besoin d'un peu de sommeil.

Pour Milena, dormir était hors de portée. Elle décida de se lever pour se dégourdir les jambes. Mais elle avait à peine fait un pas dans le couloir qu'elle revenait en arrière et passait la tête à l'intérieur du compartiment.

— Excuse-moi, par curiosité. Tu fais quoi pour vivre ?

Jimmy s'était déjà étendu sur le siège, bras croisés, avec une expression d'abandon total.

— Courrier cosmique, répondit-il sans ouvrir les yeux.

Puis il glissa une main dans la poche de sa veste et en tira une carte de visite.

> HALLOGALLO
>
> La musique et de quoi l'écouter
>
> Disques, hi-fi, radio, livres et nouveaux horizons
>
> « Un petit temple, ou mieux, un ashram » Mauro Rostagno
>
> « Un lieu de sagesse authentique » Franco Battiato
>
> « On comprend tout de suite qu'on est entre connaisseurs » Alberto Radius
>
> Fondé et géré par Jimmy Fruzzetti
>
> 1, place Mazzini
>
> 54011 Aulla (prov. Massa-Carrara)
>
> Tel : 0187 400251

En marchant dans le couloir, Milena s'aperçut que la conversation avec Jimmy l'avait, pour quelque raison inconnue, détendue. C'était peut-être l'exhortation à accepter l'indéterminé. Elle décida de ne plus penser à la journée qui l'attendait, à l'interview de Rynek, au congrès, à sa propre recherche… *Que sera, sera*, advienne que pourra.

À 7 h 40, avec l'habituel retard de huit minutes, le train arriva à Termini.

Dans le grand hall de la gare, Milena envisagea de collecter les adresses de tous les ufologues présents, mais elle s'avisa qu'elle les reverrait dans l'après-midi au congrès. « Tout à l'heure, songea-t-elle, plus au calme. » Elle les salua avant qu'ils se dispersent vers leurs petites pensions ou les appartements des amis qui allaient les héberger.

Elle aurait aussi voulu saluer Jimmy, lui demander où il logeait, mais l'ufophile avait déjà disparu.

L'interview de Rynek était fixée à 10 h 30. Elle pouvait prendre son temps et s'offrir un petit-déjeuner dans un bar de la via Giolitti. Postée là, en anthropologue qu'elle était, elle considéra la faune mélancolique qui déambulait alentour, comme il advenait et advient toujours aux environs des grandes gares, spécialement au petit matin, quand le soleil éclaire les déchets de la nuit à peine passée. D'un téléphone à jetons, elle appela l'amie romaine qui devait l'héberger, pour lui confirmer qu'elle était en ville et se faire donner les indications pour se rendre chez elle. À l'autre bout du fil, on ne décrocha pas.

Elle ressortit dans la rue à 9 heures pile le 16 mars 1978.

10
ROME, JEUDI 16 MARS

Le matin de ce jeudi-là, Zanka était dans la salle de bains, rasoir à la main, joues savonnées et avec une grave dette de sommeil, tandis que sur la tablette sous le miroir, entre le dentifrice et le déodorant, le transistor parlait avec la voix familière de Cesare Palandri.

« Chers auditeurs, bonjour, voici les titres des principales nouvelles que nous allons traiter au cours de notre journal. Depuis hier après-midi, on ne tire plus au Liban Sud, les forces israéliennes continuent d'occuper toute la zone dont elles ont ratissé chaque mètre carré en représailles contre le raid palestinien de samedi dernier; une centaine de combattants ont été tués. Le président du Conseil Andreotti présente ce matin au Sénat le programme de son nouveau gouvernement. Dans l'après-midi, à Montecitorio*... »

Zanka ouvrit le robinet et le bruit de l'eau surmonta le son de la radio.

Il y eut une époque où une telle nouvelle – la naissance du nouveau gouvernement, et non pas un gouvernement quelconque, mais *ce gouvernement-là*, aurait aimanté l'attention de Gianmaria Zanchini des jours, des semaines même, à l'avance. Il en aurait discuté avec les camarades, les collègues et les amis, aurait suivi dans *L'Unità* les préparatifs

* Le palais Montecitorio est le siège de la Chambre des députés italienne.

et les manœuvres. Pour la première fois, après trente ans de guerre froide et d'exclusion à priori, le Parti communiste entrait dans une majorité de gouvernement à côté de son adversaire historique, la Démocratie chrétienne. Un véritable événement, non ? Mais Zanka ne parvenait pas à s'y intéresser.

Entre le parti et lui avait grandi une désaffection mutuelle. Les intellectuels organiques snobaient ses livres « d'évasion irrationnels »; de son côté, il n'avait plus repris sa carte depuis 1969. Bien sûr, aux élections, il votait encore PCI, parce qu'il n'était pas un homme de «groupuscules», mais il considérait le parti avec un désenchantement croissant.

Et puis, à bien y regarder, l'événement devait être redimensionné. Le PCI n'était plus dans l'opposition depuis presque deux ans. Pour être précis, depuis juillet 1976, quand il avait consenti à la formation du troisième gouvernement Andreotti, en s'abstenant de voter contre. Politique passée à l'histoire sous l'appellation de «non-défiance», classique exemple de litote.

La litote, la figure rhétorique préférée des magouilleurs. Celle par laquelle, plutôt que d'affirmer quelque chose, on niait son contraire. Ce n'était pas par hasard que Pier Paolo Pasolini avait défini les dirigeants comme des « amoureux de la litote ». Et il était mort avant d'entendre «non-défiance» !

Zanka se lava le visage à l'eau chaude. Pas de coupures, pas de poils survivants. Il enfonça son visage dans la serviette-éponge, se massa les joues avec l'après-rasage et sortit dans le couloir.

Le pas amorti par les pantoufles, il arriva au seuil du salon. Le canapé était vide, les coussins à leur place. Il gagna la chambre de Vincenzo. Elle était fermée et silencieuse. Ces deux-là s'étaient serrés dans le lit et dormaient encore. C'était mieux ainsi : il pouvait rester en pyjama, prendre son petit-déjeuner et s'habiller tranquillement. Il avait réservé le taxi pour 9 heures. Il ne voulait pas entamer une journée fatigante par le stress de la conduite dans la circulation romaine.

Dans la cuisine, il alluma la radio placée sur le frigo et ouvrit la porte pour prendre le jus d'orange. Il souleva la bouteille : vide. Finie et remise où elle était, suivant les habitudes de Vincenzo Zanchini.

« Derniers échanges au procès Occorsio, début du délibéré peut-être aujourd'hui. Sport : la Juventus semi-finaliste de la Coupe des champions après les tirs au but. »

Zanka vissa la cafetière et la mit sur le feu. Sur la table traînaient les restes d'une collation de minuit, y compris un sachet d'herbe sèche qui devait être de la marijuana. Autour, des miettes, des assiettes sales, deux cigarettes vidées, une poêle graisseuse et un petit bocal d'oignons à l'aigre-doux. Zanka prit le café et s'en fut le boire dans son bureau. Ils étaient arrivés depuis quelques heures et déjà il se sentait envahi.

Le dernier feuillet de son intervention était encore glissé dans la machine à écrire. Il y avait travaillé jusqu'à 3 heures du matin. Il le plaça à la suite des autres et relut depuis le début, insérant çà et là quelques ajouts au crayon. Rien de mémorable, mais ce n'était pas du modérateur qu'on attendait des étincelles. Et tant mieux, parce qu'un texte plus exigeant aurait nécessité une énergie qu'il n'avait pas. Surtout après la surprise de la soirée précédente.

Il feuilleta le carnet d'adresses à la fin de son agenda, saisit le combiné et composa le numéro de l'hôtel Tiberio. Il ne voulait pas de surprises, et un coup de fil de bon matin était le meilleur moyen de les éviter. En premier lieu, il demanda la confirmation de l'arrivée de Rynek la veille au soir. Après quoi, il s'assura que la salle était prête, avec les trois micros demandés, le tableau lumineux, le buffet prévu pour le milieu de l'après-midi. Il devait les maintenir en alerte, transmettre au personnel la juste dose d'appréhension. Avaient-ils prévu une table pour les livres et les revues ? Accroché les affiches à l'entrée ? Recommandations qu'à coup sûr réitérerait Pablo Pepper mais, comme on dit, deux précautions valent mieux qu'une. Et puis Pepper était du genre imprévisible, il se mettait vite dans tous ses états, veillait à mille questions et en laissait la moitié à mi-chemin. À première vue, il semblait très efficace, en réalité, il était seulement très agité. Donc, mieux valait contrôler en personne. Se répéter est utile, surtout à qui se répète.

La vérification terminée, Zanka fit une croix devant la mention « appeler l'hôtel » dans la liste des tâches du jour qu'il avait préparée. Avant de sortir, il lui en restait deux.

Il appela le standard du *Messaggero*, se fit passer les annonces et demanda confirmation de la publication de l'entrefilet contenant les bonnes indications. Il aurait pu s'en assurer lui-même *de visu* mais il n'avait pas envie d'acheter un quotidien juste pour cinq lignes. Il répéta l'opération avec *Il Tempo* – journal dont il ne s'approchait pas même au bar, mais qui était quand même le plus lu à Rome. En revanche, *Paese Sera* avait publié l'annonce dans l'édition de l'après-midi de la veille.

Vingt minutes plus tard, Zanka était prêt à partir. Col roulé crème, pardessus en cuir et bottines à talon. Dans le panier sur le meuble de l'entrée, il ramassa les clés de l'appartement et se demanda s'il devait laisser, bien en vue, celles de la voiture. Avec Rossella à ses côtés, Vincenzo lui semblait plus responsable, mais peut-être n'était-ce qu'une illusion. Il opta pour la confiance et passa la porte, puis revint aussitôt, une première fois parce qu'il avait oublié sa pochette en cuir, et une seconde, en jurant, parce qu'il n'avait pas ses lunettes de lecture.

Le taxi l'attendait au bas de l'immeuble, moteur allumé. Au-dessus de l'alignement des terrasses et des frondaisons de pins, le ciel promettait la pluie. Zanka s'installa sur le siège arrière et donna l'adresse. L'hôtel était sur l'Esquilin, près de la gare. Il comptait mettre une vingtaine de minutes, sauf imprévu. La circulation sur la Magliana était fluide, le chauffeur de taxi conduisait en silence et écoutait la radio. Moment utile pour mettre de l'ordre dans ses idées.

Ils passèrent le Tibre au pont de l'Industrie et franchirent la porte Saint-Paul, en direction du Colisée. Zanka vivait à Rome depuis plus de vingt ans et pourtant, chaque fois qu'il traversait la ville au-delà du cercle de ses promenades habituelles, il se retrouvait à nommer les lieux comme s'il croisait une connaissance qu'il voyait rarement. « Ça c'est le Dr Candi. » « Voilà Saint-Grégoire au Ciel. » Et puis, en taxi, il revivait l'expérience typique du nouveau venu qui surveille le trajet dans la crainte qu'on le lui rallonge pour augmenter le prix de la course.

Dans sa tête s'entremêlaient les préoccupations liées au congrès, la toponymie romaine, la circulation et bien d'autres fils de pensée qu'il n'aurait su identifier, mais qui contribuaient aussi à l'écheveau, parmi lesquels figuraient sans aucun doute Vincenzo et Rossella, et leurs projets pour cette matinée.

Devant un feu rouge sur la Merulana, un commentaire du chauffeur arracha Zanka à ses pensées.

— Qu'est-ce qui a bien pu se passer ?

Par-dessous, à peine entamée par une fêlure d'angoisse, la voix radiophonique de Cesare Palandri, qui avait pour Zanka quelque chose d'insolite, hors de la salle de bains et de la cuisine.

« … malheureusement semble vraie. Le président de la Démocratie chrétienne, le député Aldo Moro, a été enlevé tout à l'heure par un commando de terroristes. »

— Putain de leurs morts ! s'exclama le conducteur en tendant la main vers le bouton du volume.

« … l'inouï, répétons-le, l'incroyable épisode, est survenu devant la résidence du parlementaire dans la zone de la Camilluccia. Les terroristes auraient tiré contre l'escorte du président démocrate-chrétien, auraient ensuite embarqué de force le député Moro dans une voiture et se seraient enfuis sans laisser de traces. Nous ne savons rien d'autre pour le moment. Nous… Évidemment, dans le courant de la matinée, si nous parvenons à en savoir plus, nous interromprons les émissions. Il faut ajouter que la protection du député Moro était composée de cinq… de cinq agents. Ils seraient tous morts. D'autres informations à venir. »

Le chauffeur de taxi ôta sa main droite du levier de vitesse, serra les doigts en forme de tulipe et se retourna.

— Cinq agents flingués ? Mais y z'avaient quoi, ceux-là, le rayon de la mort ?

L'homme mit le clignotant, bifurqua à droite et se gara en double file. Par la fenêtre, Zanka remarqua que de nombreuses voitures faisaient de même alors que le feu passait au vert, mais la colonne de voiture resta immobile et l'orchestre des klaxons attaqua la symphonie de l'embouteillage.

Le visage du chauffeur surgit entre les deux appuie-têtes. Zanka remarqua que c'était le sosie, moustaches comprises, de Domenico Modugno.

— Mon beau-frère me l'a dit justement dimanche. Tu vas voir que ça va mal finir. Les communistes au gouvernement avec les démocrates chrétiens… où t'as vu ça !

Aldo Moro avait été « l'architecte » de la nouvelle entente entre DC et PCI. L'accord pour faire passer les communistes de la «non-défiance» à une véritable entrée dans la majorité était dû au long travail du saturnien et pourtant très actif, mélancolique et cependant très malin politicien des Pouilles. À en croire le beau-frère du chauffeur, et pas seulement lui, en faisant cela, Moro s'était exposé, il avait bousculé les alliances consolidées, et maintenant, il le payait.

En réalité, Zanka le savait, cette entente se préparait depuis des années. Après sa défaite au référendum sur le divorce, en 1974, la DC avait compris qu'il lui fallait gouverner une Italie qui changeait très vite. Diverses personnalités du parti s'étaient mises à l'écoute des communistes qui, depuis un bon moment, invitaient à réaliser un « compromis historique ».

En 1975 était sorti un pamphlet intitulé *Rapport véridique sur les dernières chances de sauver le capitalisme en Italie*, signé par un mystérieux « Censor ». L'auteur laissait entendre qu'il était un gros bonnet, un membre important de la classe dirigeante. Il déclarait close l'époque durant laquelle, pour s'opposer aux grèves et réprimer les manifestations, il fallait intriguer avec les fascistes et les vieilles ganaches des forces armées, et exhortait ses pairs à faire ce qui semblait tout à fait à l'opposé, à savoir faire entrer le PCI au gouvernement.

> Et qui, mieux que les communistes, peut aujourd'hui imposer au pays une période de convalescence, pendant laquelle les ouvriers devront cesser la lutte et reprendre le travail ? [...] Et du reste, posons-nous la question, quelle est *l'alternative* dont le « compromis historique » est l'un des termes ? L'autre

> terme se présente ainsi : on arrivera, plus ou moins vite, à une situation dans laquelle ni les communistes, ni les syndicats, ni les forces de l'ordre, ni les services secrets n'arriveront plus à retenir les ouvriers au bord d'une insurrection générale dont il est malaisé de prévoir toutes les conséquences*.

Le pamphlet était véridique, comme l'indiquait le titre, en ce qu'il décrivait en toute candeur des stratégies réelles, des rapprochements vraiment en cours. En même temps, c'était un faux, parce que Censor n'était pas un membre de l'élite qui parlait à son propre camp, mais un révolutionnaire, un « extrémiste » situationniste qui, en feignant de défendre la cause du PCI, en dénonçait la pleine intégration au système.

La brochure avait fait du bruit, jusqu'à devenir un succès d'édition. Zanka se rappelait Pablo Pepper en train de se donner théâtralement des baffes, parce qu'il aurait pu le publier, ce texte. Il était passé sur son bureau aussi. Pablo l'avait à peine feuilleté puis l'avait classé comme « un truc casse-couille ». Cas rare où son flair légendaire avait été pris en défaut.

Quant au contenu, à l'époque, il avait paru une hyperbole, une exagération. Oui, il y avait un fond de vérité, mais le PCI était quand même toujours un parti communiste. Il pouvait bien être objectivement intégré au système, mais de là à participer au

---

* Texte de Gianfranco Sanguinetti cité ici dans la traduction canonique de Debord, disponible sur http://debordiana.chez.com/francais/censor.htm#preface

gouvernement, allons… Et en fait, trois ans plus tard, la prophétie oblique se vérifiait, grâce surtout au labeur de Moro.

Mais le jour même de l'inauguration du nouvel édifice, l'architecte était enlevé.

Sur le trottoir s'étaient déjà formés deux groupes, serrés autour des antennes télescopiques de transistors. Les commerçants sortaient sur le seuil de leurs boutiques. De la porte d'un bar, un énergumène criait, les mains en coupe autour de la bouche :

— Marioooo ! Descends ! Y zont tué Moro !

Zanka se laissa aller sur le siège, étourdi par le poids de la nouvelle. Enlever quelqu'un comme ça… C'était possible ? Comment on fait pour enlever un type comme Aldo Moro ? À ne pas y croire. Comment on le cache, un prisonnier de ce genre ?

— *Professo'*, dit le chauffeur en redémarrant, heureusement que l'hôtel est là derrière, sinon Dieu sait quand vous seriez arrivé. Aujourd'hui, on va avoir droit à une journée de fous.

Zanka se passa la main sur le visage. Là-dessus aussi le chauffeur avait raison. Qu'allait devenir le congrès ? Pouvaient-ils se mettre à parler d'ovnis avec cinq cadavres encore chauds sur l'asphalte ?

11
ROME, JEUDI 16 MARS

Quand il vit Zanka entrer dans le hall, Pablo Pepper vint à sa rencontre en gesticulant, ses rares cheveux étaient ébouriffés et ses yeux plissés comme chez quelqu'un qui vient de fumer des cigarettes à la chaîne.

— Marty, tu as entendu ? Ici, tout part en couille. Trois journalistes ont appelé pour dire qu'ils ne venaient pas, d'autres demandent ce qu'on veut faire, Cavezzo ne me répond pas… Peut-être qu'il est déjà parti, et en tout cas, c'est la merde rien que pour avoir la ligne, t'imagines, il doit y avoir une surcharge de dingue, mais on dit que ce sont les terroristes qui ont coupé les fils. Tu te rends compte…

Zanka le prit par le bras et l'entraîna dans un coin où ils pourraient parler. À l'autre extrémité du hall, le téléviseur en couleur aimantait les regards des clients en attente d'infos.

— Rynek ? demanda-t-il à Pepper, avant que le concierge le coince pour lui donner de nouveaux appels.

— Il doit être dans sa chambre, on ne l'a pas encore vu.

Zanka perçut dans le lointain le vrombissement d'un hélicoptère et s'informa sur les intervenants qui devaient arriver ce matin-là à Rome. Il fallait prévoir des vols annulés, des trains déviés, de grosses difficultés dans tous les types de transports.

— Il faudrait appeler les renseignements de Termini et Fiumicino, raisonna Pepper. Mais eux, tu parles de te renseigner, ils répondent même pas.

L'attention des deux hommes fut captée par le sigle du journal de la première chaîne, avec son quadrillage jaune et bleu accompagné de la mention « Édition spéciale ».

Le présentateur, Bruno Vespa, apparut dans le studio du journal télévisé, veste marron et cravate verte, mains posées sur le bureau, doigts collés à un stylo-bille.

Il répéta la nouvelle que tout le monde connaissait déjà, mais en précisant que les agents de l'escorte tués étaient quatre, alors qu'on ignorait si le cinquième était blessé, et si Moro l'était.

« Rome est déjà en état de siège, dans l'espoir que les ravisseurs ne parviendront pas à s'éloigner. »

— S'éloigner, allons donc ! glosa un type à mèche, dont la tête et les épaules émergeaient d'un dossier en rotin. Ceux-là, ils le leur planquent juste sous le nez.

Depuis la réception, on avisa Zanka que Gion Cavezzo du *Journal de l'Inconnu* était en ligne. À la bonne heure.

Dans une interview quelques années plus tard, à l'occasion du dixième congrès ufologique organisé par le journal, Cavezzo soutint que ce coup de fil fut plutôt agité. Zanka, selon lui, avait conclu à la nécessité d'annuler le programme, alors que lui insistait pour sauver au moins la confrontation entre Rynek et Casella.

— Qui sait si on aura de nouveau une occasion de ce genre !

Cavezzo habitait hors de Rome, sur le lac de Bracciano. Il appelait d'un bar de La Storta, où il s'était arrêté pour un café et avait appris la nouvelle par un journal radio selon lequel Moro avait été victime d'un attentat et était hospitalisé à la polyclinique Gemelli. Maintenant, Dieu sait combien de temps il mettrait pour arriver à l'hôtel mais, en attendant, il fallait décider, on ne pouvait pas rester en suspens. Bien sûr, cet après-midi, on ne ferait rien, mais on pouvait au moins donner un nouveau rendez-vous pour le lendemain, avant que Rynek reparte.

Quand Zanka raccrocha, la confusion dans la salle atteignait son maximum.

Des clients, valise en main, s'attroupaient au comptoir de la réception pour régler leur chambre et quitter la ville. Des touristes étrangers s'efforçaient de comprendre ce qui s'était passé, tandis que les Italiens le leur expliquaient avec des gestes. Des femmes de chambre se pressaient autour d'un type à nœud papillon, demandant l'autorisation de s'absenter pour aller récupérer leurs enfants à l'école. Pepper parlait en agitant les bras à quiconque l'interpellait, comme s'il s'agissait d'une vieille connaissance. Au-delà de la porte à tambour, sirènes hurlantes et pluie fine. Un haut-parleur fixé sur le toit d'une voiture annonçait une grève générale immédiate, de 11 heures à minuit. La télévision diffusait des images de la via Fani : douilles sur l'asphalte entourées d'un cercle de craie, une casquette de pilote d'avion, une mallette en cuir, un pistolet, des traînées de sang, une vitre de voiture éclatée, une portière perforée de projectiles, des cadavres couverts de draps blancs.

— M. Zanchini ?

Une voix féminine. Zanka se retourna et se retrouva face à une jeune femme de taille moyenne, cheveux bouclés, visage irrégulier où se remarquaient de grands yeux marron.

— Milena Cravero, se présenta-t-elle.

Zanka lui serra la main en tentant de masquer son embarras.

— Nous faisons connaissance dans des circonstances bien étranges, dit-elle en montrant l'écran.

— Eh oui, répondit-il, et le congrès est fini avant d'avoir commencé.

— Je suis désolée. Je peux imaginer le travail que ça a dû vous coûter.

Zanka fixa le visage de Moro que cadrait la télé.

— Il y a pire.

Puis il se rappela l'interview.

— Si vous vouliez me demander des nouvelles de Rynek, on ne l'a pas encore vu.

Il alla au comptoir. La pendule au-dessus du panneau des clés indiquait 10 h 34. Le rendez-vous avec Rynek était à 10 h 30. Il demanda au concierge de l'appeler dans sa chambre et de l'avertir que Martin Zanka l'attendait dans le hall. Après un bref échange au téléphone, l'employé annonça que l'Américain descendait dans quelques minutes.

Une dame à cheveux blancs, effondrée dans un siège en osier, sanglotait devant les images en direct de la Chambre des députés.

« La situation est très grave, comme chacun le voit, l'État démocratique est agressé de la manière la plus directe et la plus provocante », dit le député Zanone.

Zanka revint auprès de Milena. Il lui demanda si elle voulait un café, mais elle refusa, elle se sentait l'estomac noué. Comme chacun dans le hall, elle lançait sans cesse des regards au téléviseur.

Quand ils s'étaient écrit, quelques semaines auparavant, Zanka avait pensé que leur rencontre lui permettrait de s'expliquer. Ils discuteraient de *Robinson des galaxies*, de l'article qu'elle lui avait consacré, de sa réplique irritée : « Personne n'échappe au tribunal des féministes. Peut-être devrais-je me déclarer prisonnier politique. » Une phrase qui, maintenant, apparaissait encore plus malheureuse. En fait…

— Mister Zanka !

Tous deux se retournèrent vers l'escalier. Rynek descendait les marches en levant un bras pour attirer l'attention. Une entrée en scène étudiée, de diva. Pourquoi ne pas prendre l'ascenseur ? Du reste, c'était une star, il avait des hordes d'admirateurs qui, depuis des semaines, ne tenaient plus en place à l'idée de le rencontrer, pensa Zanka, tandis qu'il allait à la rencontre de l'invité d'honneur.

— Qu'est-ce qui se passe ? demanda l'ufologue avec son accent yankee, en utilisant le peu d'italien qu'il avait conservé du temps où il débarquait en Sicile sous les ordres du général Patton. Les aliens sont arrivés ?

Une demi-heure plus tard, Bruno Vespa, une photo de Moro dans le dos, revenait à l'écran après le direct de Montecitorio. Entre-temps, quelques-unes des personnes présentes avaient déplacé leurs regards du tube cathodique au visage inspiré d'Omero Landi, un des intervenants de l'après-midi, qui devait faire une communication sur les ovnis et la psychophonie et qui, pour l'instant, interprétait un quatrain de Nostradamus qui semblait prédire les événements de la journée.

— « Un grand roi pris dans les mains d'un plus jeune. » Ici, il fait allusion au Grand Turc, c'est-à-dire au sultan qui, pour les chrétiens, était justement un maure, un *moro* en italien ; le roi jeune, en revanche, c'est Curcio, qui est plus jeune que Moro, et le chef des BR, dans son prénom, est déjà *re-né*, Renato. « Non loin de Pâques confusion et coup de couteau. » Pâques est dans dix jours, non ? « Prisonnier perpétuel dans le temple de la foudre dans la cage »... Ça fait référence à Rome, parce que le premier temple construit par Romulus était consacré à Jupiter Feretrius, c'est-à-dire qui frappe de sa foudre, ce qui signifie que Moro sera détenu en ville. « Alors les trois frères se blesseront et se tueront ». Ici, il faut entendre les trois courants de la DC...

— Avec Nostradamus, on peut *preveder* n'importe *coisa*, après que ça s'est passé.

L'homme qui avait parlé avec un doux accent carioca venait juste d'entrer dans le hall. Crinière blanche répartie sur les côtés tandis que sur le haut du crâne dominait la calvitie, physique sec trahissant un passé de footballeur professionnel, milieu de terrain du Boavista SC de Rio de Janeiro. La silhouette de Casella était reconnaissable entre toutes.

Zanka s'approcha de lui en lui adressant un geste de salut.

— Vous voulez quand même pas *annular o* congrès ? l'apostropha l'exilé sud-américain.

— Nous n'avons encore rien décidé, rétorqua Zanka. Mais il n'y a pas beaucoup d'espoir.

— O yankee veut se défiler, *não é assim* ? lança Casella en regardant autour de lui, à la recherche de Rynek. Ça m'étonne pas. Derrière *tudo* ça, il y a Washington, bien sûr. Moro met les communistes au gouvernement et la CIA le vire. Ils ne peuvent pas le permettre, maintenant que les Chinois ont relancé leurs programmes spatiaux et que les Soviétiques préparent de grands essais atomiques en Nouvelle-Zemble.

Outre la rencontre du troisième type avec les extraterrestres socialistes, l'autre provocation de Casella était la révolution atomique, c'est-à-dire l'idée que seule une guerre nucléaire lancée par la Russie et la Chine apporterait le communisme à l'humanité survivante. Un petit nombre d'élus. Quand il exposait sa théorie, il s'amusait à observer les réactions de ses interlocuteurs, surtout quand il s'agissait d'intellectuels de gauche.

Casella ne changeait pas, pensa Zanka.

— *Companheiro*, tu as remarqué que *o* prénom de Rynek sur l'affiche à l'*entrada* est erroné ? C'est écrit « Alien J. Rynek », au lieu de « Allen ». C'est une blague ? J'espère pour toi que *o* yankee a *o* sens de l'humour.

— Les imbéciles… murmura Zanka, tête baissée.

Manquerait plus que Rynek ait l'impression qu'on se fout de sa gueule. Il fonça jusqu'au chevalet sur lequel était posée l'affiche et constata que le typographe avait traité d'« alien » un ufologue de renommée mondiale. Alors, avec une feinte indifférence, il froissa la feuille et la jeta dans une poubelle en même temps que ses derniers espoirs de maintenir le congrès.

Pablo Pepper reparut, toujours très agité. Il apportait la nouvelle de la fermeture des cinémas et des théâtres, en plus de la suspension de tout spectacle et événement sportif. Une manifestation était appelée à 17 heures place San Giovanni.

— Avec les syndicats, les partis, les mouvements et compagnie.

Pendant ce temps, la première chaîne proposait à nouveau le reportage du journaliste Paolo Frajese depuis le lieu de l'attentat, pour les téléspectateurs qui ne l'auraient pas vu. Un homme en surpoids, le dos de sa chemise trempé de sueur, se leva pour changer de chaîne. Sur la deuxième, images analogues. La pâtisserie de la via Fani, un militaire à la poitrine décorée de rubans, les voitures de la police, les passants et un journaliste, micro à la main, en quête de témoignages. « Vous avez entendu quelque chose ? Vous habitez ici ? » Un hélicoptère voltigeait dans le ciel du quartier Trionfale.

— Où est Rynek ? demanda Casella à l'oreille de Zanka.

— Dans la salle du restaurant, répondit ce dernier. En train de prendre un cappuccino. Je lui avais organisé une interview, mais…

Il s'interrompit en voyant Milena qui revenait du poste de téléphone.

— J'ai réussi à joindre l'amie qui doit m'héberger, annonça-t-elle. Elle m'a donné rendez-vous chez elle, j'espère y arriver sans que ce soit une odyssée. Après, on ira peut-être à l'université. Avec Rynek, on a reporté l'entretien à demain. Trop d'incertitudes, trop d'agitation. Impossible de se concentrer.

— Comment il a pris ça? demanda Zanka en songeant que ça n'avait jamais dû lui arriver, au grand ufologue, qu'une intervieweuse lui pose un lapin.

— Il m'a fait promettre de prendre un petit-déjeuner avec lui.

— Il est pas idiot, *o* yankee, commenta Casella en esquissant un baisemain affecté. *È um prazer, companheira*! Romulo Casella.

Milena avait entendu parler du Brésilien, de son approche particulière de l'ufologie, du petit groupe de disciples qui l'entourait. Elle avait lu son opuscule intitulé *Pour un socialisme interplanétaire*. Jimmy Fruzzetti l'aurait classé dans les «paranoïaques». Elle s'était aussi demandé si elle ne devait pas l'interviewer pour sa recherche. Mais en cet instant, elle n'était pas en veine d'affabilités et ce fut surtout le regard lubrique du vieux trotskiste qui la convainquit de couper court.

— Milena Cravero, enchantée, dit-elle, puis, se tournant vers Zanka : j'y vais. À demain, j'espère.

— D'accord, au revoir, bafouilla l'écrivain.

Milena se dirigea vers la sortie.

— Qui est cette *mulher maravilhosa*, Zanka? demanda Casella. Ta maîtresse?

— Mais non. C'est une anthropologue, elle est là pour une recherche sur les ufologues.

— Ce serait pas, par hasard, la Milena Cravero qui a *escrit* cette magnifique descente en flèche de ton livre?

— Oui, c'est elle.

Casella ricana puis fixa Zanka.

— *Companheiro*, dis-moi si j'ai bien compris : *o* congrès est foutu… Moro est foutu… *Este pais também está* foutu… Et Rynek est tout seul dans une *outra* salle?

Zanka n'eut pas le temps de le retenir. Il contempla Casella qui marchait à grands pas vers le restaurant comme s'il se rendait à un duel au pistolet, qui ouvrait grand la porte et lançait à voix haute, sur un ton de défi :

— *Alien* Rynek… *At last*!

12
ROME, JEUDI 16 MARS

Les heures qui suivirent furent une succession de fausses alertes et de nouvelles incontrôlées. Rumeur selon laquelle une bombe avait explosé dans un bus via Cavour, à deux pas de là, puis une fusillade à Fiumicino, juste au moment où devaient atterrir les délégués de la revue française *Lumières dans la nuit*. Inquiétudes extrêmes, coups de fil à profusion et rien de vrai. Arriva la nouvelle que les BR avaient revendiqué l'enlèvement dans un appel à l'agence Ansa : « Ce matin, nous avons enlevé le président de la Démocratie chrétienne Moro et éliminé ses gardes du corps, les flics d'élite de Cossiga. Communiqué à venir. Signé Brigades rouges. »

À chaque sortie pour prendre l'air, Zanka notait que les rues se vidaient, les rideaux de fer se baissaient, les enfants sortaient en avance de l'école, accompagnés par des parents apeurés. Le vent sentait le sirocco et les rues trempées.

À l'heure du déjeuner arriva la nouvelle que le cinquième agent de l'escorte était mort lui aussi, à l'hôpital, des trois balles reçues dans la poitrine. Le vice-brigadier Francesco Zizzi, de Fasano, qui aurait eu trente ans en juin, avait justement remplacé ce matin-là le chef d'escorte Rocco Gentiluomo, en congé depuis la veille. Tandis que les garçons servaient des pâtes trop cuites au restaurant de l'hôtel, le président du conseil Giulio Andreotti parla à la nation sur toutes les chaînes.

« L'union des forces politiques et syndicales, en total accord, doit constituer la base d'une action psychologique et technique toujours plus vigoureuse pour obtenir que l'Italie ne soit pas précipitée dans une spirale d'insécurité et d'ingouvernementalité. »

L'exposition du programme de gouvernement, hormis quelques prises de bec, résonna comme la prière d'une religion éteinte.

Andreotti quitta la Chambre à destination du Sénat. Gion Cavezzo arriva à l'hôtel Tiberio pour le café. Le voyage du directeur du *Journal de l'Inconnu*, cinquante kilomètres de Trevignano à Rome, avait duré environ cinq heures, dont au moins trois passées dans un embouteillage sur le grand périphérique extérieur, dans la vaine tentative de contourner la zone du guet-apens.

À l'heure prévue pour le début des travaux, trois intervenants sur huit étaient présents. Le public, sur les cent vingt personnes qui avaient réservé, était réduit à huit. Zanka, la mine sombre, prononça un bref discours au nom des organisateurs pour annoncer que le congrès était renvoyé à une date ultérieure.

Puis les éditions spéciales des journaux commencèrent à sortir, et Pepper, véritable toxico de la presse papier, s'en procura le plus possible, courant les kiosques de la zone en quête de titres épuisés.

Féroce défi à l'État démocratique. Moro enlevé. Colère et détresse dans le pays. Moro enlevé par les Brigades rouges. Les ennemis de la démocratie ne passeront pas. Aldo Moro enlevé. Le coup de ce matin va bien au-delà des capacités des BR. Moro enlevé. Guerre ouverte contre l'État et la démocratie. Aldo Moro enlevé. C'est presque un coup d'État. Aldo Moro enlevé. Défendre la République.

Cela ne suffisait pas à Pepper. Il brûlait de curiosité pour la grande manifestation de la place San Giovanni, qui n'était pas à plus de vingt minutes à pied de l'hôtel.

Zanka l'incita à s'y rendre. Quant à lui, la dernière chose dont il aurait eu envie était d'aller se fourrer au milieu d'un magma de gens et de drapeaux. Il ne bougerait pas, dit-il, afin d'assurer une présence dans le hall de l'hôtel, gérer la déroute du congrès, recevoir d'éventuels invités retardataires, donner des explications à qui en demanderait encore.

Les dépêches d'agences parlèrent d'une place noire de monde : cinquante mille, cent mille, deux cent mille personnes.

Zanka rentra chez lui à la nuit, fatigué et démoralisé.

Rossella lui adressa un bonjour distrait. Elle était assise sur le tapis, devant le téléviseur. De nouveau Andreotti, à la place du jeu de début de soirée. Zanka s'effondra sur le canapé, épuisé.

— Qu'est-ce qui va se passer, maintenant? s'enquit la jeune femme sur le ton de qui demande comment finit le film à qui l'a déjà vu.

— Je ne sais pas, répondit Zanka. Rien de bon, en tout cas. Vous êtes allés au dispensaire?

— On n'a même pas essayé, avec le bordel qu'il y avait. On a téléphoné. C'est déjà beaucoup que quelqu'un nous ait répondu. On nous a dit « aujourd'hui, les camarades sont toutes en assemblée, essayez demain ».

Zanka hocha la tête, à court de commentaires.

— Vince, il est où ? demanda-t-il.

Rossella montra sa chambre.

La jeune femme était assise jambes croisées, le regard capté par les images de la télé. Son visage ressemblait à celui d'une statue antique. Zanka se sentit très loin, en orbite autour d'une planète inconnue de la taille d'une génération entière. Il fixa le visage tout aussi énigmatique d'Andreotti sur l'écran. Un sphinx. Il faisait peur. Zanka éprouva une sensation de fragilité comme il n'en avait jamais éprouvée, même durant la guerre, et cette sensation lui donna des frissons, l'obligeant à se lever. Il alla frapper à la porte de la chambre de son fils et le trouva étendu sur le lit, fixant le plafond, cigarette à la main.

Vincenzo tourna la tête et resta dans l'attente d'une question que son père ne posa pas.

13
ROME, JEUDI 16 ET VENDREDI 17 MARS

— Où étais-tu quand ils ont enlevé Moro ? Et le lendemain ?

À ces questions, Milena peut fournir des réponses aussi précises que bizarres.

Le 16 mars 1978, à l'annonce de l'enlèvement, meetings et manifestations se déroulèrent dans toute l'Italie. Celle de Rome, à San Giovanni, fut la plus dense, mais des rassemblements du même genre remplirent aussi les places à Bologne, Milan, Turin, Bari et dans beaucoup d'autres villes et petites localités. Il y eut des assemblées sur les lieux de travail, dans les écoles et dans les universités. Cortèges improvisés, indignation nationale, confusion. Dans les usines, il y eut aussi des toasts et des réjouissances, dont on ne parla pas dans les journaux.

Jamais comme en ces heures, Milena ne ressentit le manque de ses camarades des deux sexes. Si elle avait été à Turin, elle serait allée les chercher, pour le réconfort d'une réflexion partagée, comme durant les journées des massacres d'État*. Mais Tina, l'amie

* « Stragi di stato » : cette expression désigne les attentats comme celui de la piazza Fontana à Milan (12 décembre 1969, 17 morts), de la piazza della Loggia à Brescia (28 mai 1974, huit morts), du train Italicus (4 août 1974,12 morts), et il y aura encore, après Moro, le 2 août 1980, l'attentat de la gare de Bologne (85 morts). On a su très vite que ces attentats-massacres, tuant des civils à l'aveugle, faisaient partie de la stratégie de la tension, visant à installer un pouvoir fascisant, et étaient l'œuvre de l'extrême droite

qui l'hébergeait à Rome, n'avait pas de collectif, de lieu, de mouvance de référence. Elles se retrouvèrent donc à l'université, devant la fontaine de la Minerve, dans une assemblée improvisée, trop dispersée et confuse pour offrir un havre dans la tempête.

Dans le chaos, elles rencontrèrent un certain Moreno, assistant en sciences politiques, qui ensuite les accompagna à droite et à gauche pendant la journée entière, d'allées désertes en rassemblements soudains, dans un tourbillon de mots d'ordre, de phrases hasardeuses et de hurlements dans les mégaphones. Des multitudes se dirigeaient vers la piazza San Giovanni. Les drapeaux de la Démocratie chrétienne à côté de ceux du PCI et de la CGIL*. Le compromis historique réalisé dans la rue. L'Union sacrée.

L'obligation de prendre parti étouffait Milena : ou avec «nous» – l'État et la loi, les « braves gens », les personnes démocrates et civilisées, ou avec «eux», les terroristes, les criminels, les délirants assassins. Au grand dam de quiconque se trouvait au milieu, ou plutôt, *sur le côté* : assemblées autonomes de travailleurs, comités de quartier, cercles féministes, maisons occupées, communautés autogérées, radios libres...

« Le chantage des BR et celui de l'État », titrerait *Lotta Continua* le lendemain.

---

en lien avec les services secrets. À noter qu'à la différence des attentats, tous ciblés, commis par l'extrême gauche, dont tous les exécutants et commanditaires ont été arrêtés et condamnés, la justice italienne n'a jamais jugé la plupart des responsables.

* La Confederazione generale italiana del lavoro (Confédération générale italienne du travail, CGIL) est l'équivalent, en Italie, de la CGT française [NDE].

— Je me souviens d'avoir pensé : on est perdus, se rappelle aujourd'hui Milena. Le mouvement, le monde dans lequel je m'étais formée, se retrouverait entre les mâchoires d'un piège. Le gouvernement allait transformer l'indignation en consensus, avec le PCI qui jouerait le jeu pour rester dans la majorité. Et de l'autre côté, combien de jeunes camarades seraient fascinés par cette démonstration de force et chercheraient des armes ? L'enlèvement de Moro était la première d'une série d'alternatives infernales, pour employer les mots d'Isabelle Stengers et Philippe Pignarre. Ou bien tu soutiens le statu quo, ceux qui gouvernent et la vision du monde qu'ils expriment, ou bien ce sera ta perte, celle de tes proches, de tout. Vraiment, ces journées sont l'aube de notre temps.

Le soir, Tina alla dormir chez Moreno. Milena resta seule, dans un appartement jamais vu, au milieu des immeubles d'un quartier inconnu. En compensation, quelqu'un, tard dans la nuit, appuya sur la sonnette, Milena se réveilla et s'approcha de la porte, mais personne ne répondit à ses « qui est-ce ? » répétés.

Ce fut une longue nuit claustrophobe, qui la catapulta de bon matin avec l'anxiété d'être à l'heure pour l'interview.

Elle sortit très tôt de l'appartement, en quête d'air, d'espace, de vie.

— Où étais-tu quand ils ont enlevé Moro ?

La question revient à chaque anniversaire. L'interrogation s'étend tout naturellement au lendemain et à la durée entière de sa captivité, parce ce ne fut qu'un continuum.

> C'était le jour de l'enlèvement de Moro. Mon cousin et moi nous habitions très près de la via Mario Fani. À vol d'oiseau, il devait y avoir cinq cents mètres, pas plus, même s'il n'y avait pas de rue qui reliait cette zone à celle où je vivais. Nous avions emménagé depuis peu. La cour de notre immeuble était séparée de celle d'un autre par un mur que nous franchissions en grimpant sur un tronc d'arbre, pour aller jouer avec les enfants qui se trouvaient là. Le fait est que, ce jour-là, il se fait six heures du soir, et quand nous essayons de grimper sur le tronc pour revenir en arrière, on n'y arrive pas. Alors, mon cousin et moi, on se retrouve à la sortie de l'autre cour dans une rue mais qui n'était pas la nôtre. Il commence à faire noir, on se perd, parce qu'on ne connaît pas bien le quartier. On se met à marcher en nous tenant par la main et en pleurant tous les deux. Nous étions terrorisés et nous nous répétions sans arrêt qu'il fallait qu'on fasse attention parce qu'ils avaient enlevé Moro. Je me rappelle encore les voitures de police qui passaient. Jusqu'à ce qu'une dame s'arrête en voyant nos larmes et nous aide. Elle nous emmène à une cabine téléphonique, où à l'époque, il y avait des annuaires, se fait donner le nom de ma mère, l'appelle, et elle vient nous prendre. Fin.

Voilà le souvenir de l'acteur Valerio Mastandrea qui avait six ans en 1978.

Durant les mêmes heures, une poignée de kilomètres plus à l'ouest, sept hommes étaient en proie à la terreur. Sept chasseurs barricadés dans une cabane de la campagne romaine, près de la localité de Casalotti, après que les carabiniers les avaient suivis, les avaient pris sous le feu de leurs fusils et traqués avec l'appui d'hélicoptères. L'un d'eux, tremblant, était sorti mains en l'air, et le quiproquo avait enfin était éclairci : serrés à sept dans une unique voiture, ils ne s'étaient pas arrêtés au signal des carabiniers, par peur d'une amende. Dans l'opération, les militaires avaient déployé quatre cents hommes.

Dès le début, une atmosphère « nord-irlandaise » régna – conditionnant jusqu'aux jeux des enfants – dans Rome d'abord, dans tout le pays ensuite. L'écrivain et député Leonardo Sciascia demanda quel sens ça avait de « dresser des barrages, de contrôler les véhicules et les personnes, le matin du 16 mars, à Trapani ou dans le val d'Aoste », et aussitôt se donna la réponse : « aucun, sinon celui d'offrir le spectacle de "l'effort imposant". »

Durant la période de l'enlèvement de Moro, les forces de l'ordre et l'armée installèrent plus de soixante-douze mille barrages. « Tous les moyens de transport en mouvement doivent être soumis à une vivisection », déclara le général Mario De Sena, chef d'état-major des carabiniers. Les véhicules arrêtés furent plus de trois millions, les personnes contrôlées près de six millions et demi. Trente-sept mille perquisitions de domiciles furent menées à bien. Manœuvres que Pietro Pascalino, procureur général près la cour d'appel de Rome, interpellé par Sciascia, définit avec franchise comme des « opérations de parade ».

Et pourtant, la liste des personnes recherchées était publique dès le 17 mars, avec leurs photos signalétiques. Sélection à la fois grossière et réussie. Elle incluait des personnes totalement étrangères à l'affaire, dont deux déjà en prison et une régulièrement enregistrée dans l'hôtel où elle logeait, en outre deux photos présentaient le même individu désigné sous deux noms différents ; en revanche, trois des suspects avaient participé au guet-apens de la via Fani, et deux autres étaient membres du comité exécutif des BR.

À chacun de ces cinq-là, l'État fit correspondre plus d'un million de contrôles. Il suffisait d'avoir de la barbe, des cheveux même modérément longs et une tenue de « contestataire » – quoi que ça signifie – pour être bloqué, retenu, quelquefois conduit à la caserne. Les brigadistes, pour leur part, ne s'habillaient pas ainsi, mais comme des ronds-de-cuir, des petits-bourgeois perdus dans leur train-train quotidien.

Le dénommé « décret Moro » du 21 mars, avant une longue série de lois spéciales, introduisit l'interpellation « d'identification ». On pouvait être emmené et retenu dans les locaux de la police jusqu'à vingt-quatre heures et interrogé en l'absence d'avocat. Plus encore : le décret laissait toute latitude aux enquêteurs sur les écoutes téléphoniques, même préventives, sans indices de délit.

Des années plus tard émergeraient des témoignages sur les tortures administrées à des suspects, comme le supplice « de l'eau et du sel » qu'infligea un fonctionnaire du ministère de l'Intérieur surnommé

De Tormentis à Rome et dans d'autres villes d'Italie. Le sujet était déshabillé et immobilisé sur une table, puis on lui enfonçait un tuyau dans la bouche et on le contraignait à ingurgiter des litres d'eau alternant avec des poignées de sel. « La lutte contre le terrorisme ne pouvait pas se mener code pénal en main, déclarerait De Tormentis des années plus tard. Il fallait rétablir une forme d'*auctoritas*, par tous les moyens. »

Pendant toute la durée de la séquestration, et plusieurs mois encore après sa conclusion, il n'y aurait aucun débat parlementaire sur les lois spéciales, sur la gestion de l'urgence, sur ce qui se passait. Ce que les BR elles-mêmes, dans un de leurs communiqués, ne manquèrent pas de faire remarquer : « Il n'a échappé à personne que le quatrième gouvernement Andreotti a été marqué par le retrait définitif de tout pouvoir au Parlement. »

On trouve une description efficace de ce climat dans *Mater Materia*, roman inachevé de l'écrivain du Haut-Adige Marco Felder (1975-2021), situé à Bolzano durant la période de la séquestration de Moro. C'est un alter ego de l'auteur qui s'exprime, l'archiviste Karlheinz Mezzogaudio.

> Si les Brigades rouges ont porté l'attaque au cœur de l'État, ce même État a relevé le défi et en a déchargé le poids sur la vie des personnes. Moro est prisonnier dans la prison « du peuple », alors que le peuple invoqué est emprisonné à ciel ouvert par un pouvoir toujours plus invasif, avec l'appui de presque tout l'éventail parlementaire. À la photo de Moro avec la banderole

des BR dans le dos pourrait correspondre celle de la totalité des citoyens à la merci de l'arbitraire de l'État. L'état d'urgence passe sur tout et tout le monde. Et quiconque a quelque objection, des réticences face à cet enrégimentement moral de masse, est attendu par le feu roulant de tireurs d'élite, prêts à le mitrailler sur les journaux, à le désigner à la haine des gens « comme il faut ».

14
ROME, VENDREDI 17 MARS

L'aspect de Rynek était fidèle au cliché du professeur anglo-saxon. Petit bouc gris, lunettes, pipe, cheveux grisonnants avec raie sur le côté. Son élégant complet perle était en net contraste avec le jean, le chemisier et le gilet de Milena. Il était assis dans le hall avec Zanka. Journal à la main, ce dernier tentait d'expliquer à l'Américain non pas tant la gravité de la situation, facile à deviner, que sa complexité. Avant qu'ils s'interrompent pour la saluer, Milena réussit à saisir une référence à l'assassinat de Kennedy.

Rynek se leva du canapé et montra la salle du restaurant, où les attendait le petit-déjeuner. Milena s'excusa et demanda à Zanka d'accompagner l'invité, elle les rejoindrait dans une minute. Elle avait remarqué les individus postés non loin de là : quatre hommes à lunettes, pulls à losanges, vestes beiges ou à carreaux, sacs et mains brandies pour la saluer. Elle n'avait plus pensé à Bonino, Ravarino, Baudino et au reste des ufologues rencontrés dans le train, comme si ce voyage depuis Turin s'était déroulé dans un univers parallèle.

— Mais où étiez-vous passés, hier? demanda-t-elle en s'approchant.

Bonino se passa une main sur le visage.

— On a essayé de venir ici, mais impossible, c'était le chaos, des barrages partout...

Qui sait où les autres – les «toqués» – étaient allés se fourrer, pensa Milena. Et Fruzzetti?

Baudino montra Rynek du doigt.

— Écoute, présente-le-nous, je t'en prie !

— Oui, s'il te plaît, présente-le-nous ! reprirent ses camarades en écho.

Mais aussitôt, ils continrent leur enthousiasme, vaguement embarrassés parce qu'en dépit de tout, ils espéraient soutirer au moins une phrase à Rynek et un autographe sur les exemplaires de son livre. Bonino avait aussi apporté son appareil et mourait d'envie d'avoir une photo à exhiber au siège du Grucat.

— Peut-être aussi avec Zanka, hein ? dit-il timidement.

Milena leur suggéra d'attendre là, après l'entretien, elle dirait un mot en leur faveur à Rynek. La bande se confondit en remerciements, Bonino eut envie de l'embrasser sur la joue mais son élan ne franchit pas le seuil de l'intention, et le mouvement avorté se résorba dans une grimace à la Woody Allen.

Milena entra dans la salle du restaurant, prit croissant et café et commença l'interview.

La veille, Milena s'était présentée et avait expliqué le sens de sa recherche. Elle n'avait pas besoin d'autres préambules. Elle fit comme si elle ne se trouvait pas dans cette ville, dans ce pays, sur cette planète, comme si elle était en orbite quelque part là-haut, pour entrer tout de suite dans le vif du sujet.

Elle demanda à Rynek si Roy Neary, le héros du film de Spielberg, correspondait au « sélectionné » type ou pas, en somme s'il lui semblait vraisemblable comme personnage, sur la base de son expérience. Rynek ne comprit pas qu'il s'agissait d'une question-piège, ou plutôt que c'était lui l'objet d'étude, plutôt que le phénomène ovni. Néanmoins, il fut assez perspicace pour subodorer une chausse-trape, peut-être mis en alerte par un vieil instinct des emmerdes à éviter.

Il répondit qu'il n'avait jamais cru aux récits des «kidnappés» par les extraterrestres, donc pour lui, ça n'avait pas beaucoup de sens de se demander si Neary était vraisemblable comme protagoniste d'une histoire de ce genre.

Milena lui fit remarquer que l'objet de sa question était tout autre. Elle chercha ses mots pour la reformuler mais ne les trouva pas, aussi décida-t-elle de passer à la suivante.

— *Who is Roy Neary, in your opinion ?*

Les yeux gris de Rynek étincelèrent derrière les lunettes.

— *Un matto!* [« un cinglé »], répondit-il en italien.

Eh non, trop facile. Milena lui demanda si ce n'était pas plutôt un homme insatisfait, en attente de quelque chose de différent, d'extraordinaire. Une exigence inconsciente, commune aux personnes approchées par les extraterrestres.

L'ufologue cligna de l'œil, rétorquant qu'il n'avait pas psychanalysé les protagonistes des faits collectés dans son livre et conclut la phrase d'un « *my dear* » en effleurant à peine la main de Milena, dans une attitude condescendante.

Zanka, qui assistait en silence à la confrontation, enregistra le geste et cacha sa stupeur en allumant une Muratti. Il craignait que Milena le prenne mal. Mais elle ne cilla pas.

Rynek poursuivit en disant que les cas retenus par lui concernaient des personnes sensées qui n'avaient jamais donné de signes de déséquilibre ou connu d'épisodes hallucinatoires et qui semblaient même satisfaites de leur vie, dans les limites du possible. Dans un premier temps, ces individus étaient incrédules et souvent même réticents à l'idée de fournir leurs témoignages, dans la crainte d'être pris pour fous et de ruiner leur réputation. C'étaient les sujets les plus utiles à examiner, parce qu'on pouvait les exclure de la catégorie des mythomanes. Aucun d'eux ne construisait de modèle de montagne dans le salon familial, conclut Rynek en faisant encore allusion au film de Spielberg. De nouveau ses yeux étincelèrent et sa main effleura celle de Milena.

Sans se démonter, elle insista. Des personnes normales, de bons bourgeois, bien intégrés dans leur communauté et sans précédents laissant imaginer un trouble psychique voient tout à coup quelque chose d'inexplicable. Vraiment, vous ne pensez pas que les ovnis puissent répondre à quelque besoin refoulé ?

Rynek affirma qu'au contraire, ses témoins avaient vu « quelque chose » sans en avoir nullement la nécessité, et que c'était justement pour cela qu'il les jugeait fiables. Il fit une pause étudiée, de professeur expérimenté, avant de conclure, sur un ton affable, en citant le titre de son best-seller en italien :

— Quand vous avez expliqué tout ce qui est explicable, il reste encore beaucoup de choses. Les ovnis sont une réalité, ma chère.

Rynek ajouta que ce n'étaient pas les individus singuliers, mais l'humanité entière, l'inconscient collectif, qui avaient besoin de l'inexplicable, de l'inconnu, d'un monolithe noir qui défie la raison et la fait progresser. Il dit cela en savourant visiblement sa citation de *2001 : l'odyssée de l'espace* et l'étalage de son état d'esprit de pionnier américain. Puis il en profita pour faire l'éloge de Kubrick, autant que de Spielberg, car l'un et l'autre avaient été capables d'interpréter ce défi et de le transférer sur le grand écran. Sur quoi, il demanda à Milena son opinion sur les deux films.

L'intervieweuse accepta l'inversion des rôles.

Elle dit que Kubrick prétendait faire de la philosophie avec la science-fiction. Par moments elle avait l'impression qu'il cherchait Dieu, à d'autres qu'il se croyait Dieu.

Rynek eut un rire complice, frappé par la sagacité de la réponse.

— *Wonderful !* commenta-t-il avec une expression à mi-chemin entre l'admiration et la concupiscence qui glaça Zanka.

Spielberg, en revanche, continua Milena, avait mis sur pied un spectacle de lumières éblouissantes et colorées, mais la morale de la fable était sexiste et consolatoire.

À ce second jugement, le sourire de Rynek se figea. Son vieil instinct revenait le mettre en garde.

— *What do you mean ?* demanda-t-il, prudent.

Lassée de ses esquives, Milena lui balança en rafale les questions qu'elle avait en réserve.

D'après lui, pourquoi Roy Neary partait-il avec enthousiasme sur l'aéronef extraterrestre, alors que la fille-mère Jillian restait à terre avec son enfant et ses petites larmes coulant sur ses joues ? N'aurait-elle pas pu partir, elle, avec l'enfant – lequel, en plus, avait déjà noué une amitié avec les petits hommes blancs ? Ou pourquoi pas la femme de Neary, le laissant, lui, élever les enfants ? Dans le film de Spielberg, les mères restaient et les pères s'en allaient : l'évasion était donc une exclusivité masculine ? Vous êtes-vous jamais demandé, professeur Rynek, pourquoi vous poursuiviez les ovnis, à part les lieux communs sur la fascination de l'inconnu ? Et c'était peut-être un hasard s'il n'existait pas d'ufologues femmes ?

Rynek ne se laissa pas prendre à contrepied et rétorqua que l'ufologie est masculine comme la chasse, parce qu'en effet c'est une chasse ou, si elle préférait, comme le collectionnisme. L'ufologue veut comprendre et cataloguer les phénomènes. Avait-elle jamais connu une femme qui collectionnait les timbres ? lui demanda-t-il sur le ton de la plaisanterie.

Milena repensa à la passion philatélique de son père : la moitié d'une bibliothèque bourrée de classeurs qui, une fois remplis, restaient là, abandonnés à la poussière.

L'idée de Rynek pouvait fournir un point de départ intéressant. Elle lui rappela la « frénésie de classification » dont lui avait parlé Jimmy Fruzzetti : une caractéristique commune aux ufologues et aux collectionneurs. La fuite vers l'inconnu, l'attente de visiteurs extraordinaires se renversait donc en son contraire : le fichage. Mais de nouveau : qu'est-ce qu'il y avait de masculin dans cette attitude ? Ça avait vraiment un rapport avec la chasse ? Ou bien y avait-il une autre piste à suivre ?

Tandis qu'elle s'interrogeait là-dessus, Milena saisit une phrase de Rynek qui avait tout l'air d'être une *avance**.

L'Américain dit que, quant à lui, il suivrait une femme comme elle jusqu'au bout du monde, plutôt que de collectionner des timbres ou de chercher des traînées lumineuses dans le ciel.

C'était probablement le meilleur compliment que le professeur pût adresser à une femme.

Zanka eut une crampe d'estomac. Il s'attendait à ce que Milena l'envoie sur les roses mais, à cet instant précis, le serveur entra pour lui annoncer que M. Pepe le demandait au téléphone. Zanka s'excusa, en espérant que l'interruption refroidirait les esprits. Il retourna dans le hall, où il concentra les regards des ufologues. Il comprit qu'ils l'avaient reconnu, feignit de ne pas les remarquer et atteignit le téléphone de service.

— Allô, Marty ? Tu es encore là, avec Rynek et l'anthropologue ?

La voix de Pepper était excitée comme toujours, mais moins fiévreuse que la veille.

— Oui, Paolo, mais je ne crois pas qu'on en aura encore pour longtemps.

— Alors, je voulais te dire que Rynek, je l'invite à déjeuner chez moi. Tu sais, la bonne vieille hospitalité italienne, comme ça il sera content, toi tu seras libre, et moi, j'économiserai l'addition du restaurant. Après le repas, on ira à l'aéroport avec ma voiture, parce que le taxi jusqu'à Fiumicino, ça me coûterait une fortune. T'as pas idée, ces brigadistes, le pognon qu'ils m'ont fait jeter par les fenêtres, entre les réservations, les chambres d'hôtel, les avances à régler de suite, ils me laissent dans les dettes, ces saligauds.

Zanka se limita à approuver le programme et demanda s'il y avait autre chose qu'il devait faire.

— Finir le nouveau livre, Marty ! l'agressa l'éditeur. Après « Odeon », on a eu un tas de précommandes, on fait un premier tirage à cinquante mille, mais si tu ne le finis pas, on perd notre élan et on se retrouve le cul par terre.

Zanka promit : encore quelques jours, dix au maximum, pour la fin du mois. Il raccrocha et demanda de nouveau la ligne au concierge.

Il téléphona à la maison, laissa sonner longtemps : pas de réponse. Allez savoir où en était la mission de Rossella et Vincenzo à San Lorenzo. Il reposa le combiné, il fallait qu'il retourne dans la salle du restaurant, où Milena était aux prises avec les fadaises de Rynek.

Sur l'écran de la télévision de l'hôtel apparut pour la énième fois le visage d'Aldo Moro. En voilà un autre qui n'avait certes pas imaginé comment allait tourner cette journée. Zanka n'avait jamais eu de sympathie pour lui, ni pour les démocrates chrétiens en général, et pourtant, en cet instant, il ressentit une étrange empathie, non pour l'homme politique mais pour l'homme tout court, prisonnier Dieu sait où entre les mains de ses ennemis.

Quand il se retourna, il se retrouva face à Milena qui lui montrait une carte de visite avec une inscription au stylo à bille : « 315 ».

— Il m'a laissé son numéro de chambre.

— Je suis désolé, dit Zanka sur un ton découragé. Je ne pensais pas qu'il pouvait être aussi désagréable.

Milena y songea un instant.

— Plus que désagréable… dit-elle, sans surprise… banal. Mais il m'a donné une idée de départ utile. À sa manière, il a été sincère.

— Permettez-moi de vous offrir à déjeuner, dit Zanka. C'est le moins que je puisse faire.

Milena en fut surprise.

— J'ai un train en début d'après-midi, répondit-elle.

— Je vous en prie. Donnez-moi un motif pour m'en aller d'ici. Ce serait une libération, admit Zanka.

— D'accord, dit Milena. Voulez-vous m'attendre juste une minute ?

Elle s'approcha du groupe des jeune ufologues encore en attente dans le hall. Elle discuta avec eux quelques secondes, puis remit à Bonino la carte de visite de Rynek. Zanka les vit se répandre en remerciements avant de se précipiter vers l'ascenseur. Milena convainquit le concierge de les laisser monter, puis elle tourna les talons, l'air satisfait.

— C'est qui, ceux-là ? demanda Zanka.

— Des sujets de ma recherche. De grands admirateurs de Rynek. Ils ne le lâcheront pas.

15
ROME, VENDREDI 17 MARS

Rossella avait pensé au dispensaire autogéré de via dei Sabelli parce qu'elle avait lu plusieurs articles à son sujet sur *Effe*, un mensuel féministe qui arrivait par abonnement à Thanur. Toujours dans la bibliothèque de Thanur, il y avait, usé par d'innombrables lectures, un opuscule sur la contraception publié par le Centre pour la santé de la femme, 100, via dei Sabelli, Rome. « 100, via dei Sabelli, appartement 11 » était-il précisé ailleurs. L'appartement en question était un sous-sol humide avec des lucarnes donnant sur les pieds des passants.

Le dispensaire était le siège du Collectif féministe San Lorenzo et du Crac, le Comité romain pour la libéralisation de l'avortement et de la contraception. Il était né en 1974 à l'initiative de camarades féministes, parmi lesquelles Simonetta Tosi, biologiste et chercheuse au Centre national de la recherche. Le contrat de location était à son nom.

Avant ce contrat, il y avait eu un travail long et passionné de porte à porte à San Lorenzo : on sonnait, on parlait avec les femmes de la maison. Au début, elles étaient nombreuses à avoir honte de répondre sur « ces choses » : tu utilises un contraceptif ? tu vas chez le gynécologue ? tu as déjà avorté ? tu n'as jamais pensé à le faire ? C'est mieux si vous revenez quand mon mari n'est pas là, vous savez ce que c'est… Les camarades laissaient tracts et opuscules, et, avec le temps, elles avaient gagné la confiance et le respect de beaucoup de femmes. C'était le bouche à oreille du quartier qui leur avait fait trouver ce sous-sol. Qui n'était certes pas confortable mais avec quelques petits travaux, ça irait. Et comment avaient-elles collecté les fonds pour l'installer ? En organisant une vente de vêtements d'occasion. On avait trouvé des médecins disposés à collaborer, on avait organisé des permanences. On payait le loyer par l'auto-imposition volontaire.

Quand une femme appelait le dispensaire, on bavardait avec elle pour comprendre ses besoins, ses doutes et ses angoisses. C'étaient des épouses, des mères et des filles, des prolétaires mais aussi des petites-bourgeoises, jeunes – quelquefois très jeunes – mais aussi d'âge moyen, incertaines, déboussolées, décidées à avorter ou insatisfaites en faisant l'amour, toutes peu au fait de leur propre corps, comme une terre qu'elles habitaient depuis toujours mais n'avaient jamais exploré. Avec elle, on parlait d'autoconscience, d'« auto-aide », de contraceptifs.

Puis on fixait un rendez-vous pour une visite gynécologique gratuite, durant laquelle la nouvelle venue n'était jamais seule. Il y avait toujours une camarade, et ce n'était pas l'habituel contrôle par un gynécologue, froid et presque *zootechnique* qui pouvait être effectué à la Sécurité sociale, à l'hôpital ou en clinique. Il y avait un dialogue. Et les différents médecins – les femmes aussi, même celles qui étaient le plus conscientes – avaient mis un peu de temps à trouver la longueur d'onde, à surmonter leur malaise et à se détendre. Ce n'était certes pas ainsi, dans un lieu de ce genre, qu'on leur avait appris le métier, à l'université et durant la spécialisation.

Si la femme voulait avorter, on lui proposait d'entrer dans le premier groupe en partance pour Londres, où on l'accueillerait dans une clinique conventionnée, ou on la mettait en contact avec un des groupes qui, en Italie, défiant la loi, pratiquaient l'avortement avec la méthode Karman : hystéro-succion, c'est-à-dire aspiration au moyen d'une canule, beaucoup moins douloureuse que le curetage.

« Camarades de San Lorenzo, me voici. Exemplaire parfait de la haute bourgeoisie italienne et enceinte. Je vis dans une communauté, dans un domaine dont je suis propriétaire et que j'ai offert à une femme prénommée Orsola. C'est pourquoi mon père dit que je suis devenue folle. Je ne sais pas bien dans quoi je me suis fourrée. Je ne sais pas bien quoi penser de cet – peut-être – enfant que j'ai dans le ventre. »

Rossella aurait décrit sa situation plus ou moins de cette manière si elle était allée au dispensaire. Mais durant la nuit, une nuit de sommeil nerveux et morcelé, le rêve le plus vivace qu'elle eût jamais fait lui indiqua une autre voie.

Elle était à Bellagio, dans le parc à l'anglaise de la villa familiale. Demeure néoclassique sur la rive du Lario, blanche et imposante, à côté de l'embouchure du Perlo. C'était là qu'elle avait passé tous ses mois d'août dans son enfance. Fille unique, elle était ballottée l'été entre la Lunigiana et le lac de Côme, toujours avec sa gouvernante. Et avec sa mère, qui était déjà bourrée de tranquillisants (Rossella ne le comprendrait que des années plus tard). Le chef de famille, chevalier de l'ordre du Saint-Sépulcre de Jérusalem, Corrado Hilzer, la retrouvait en fin de semaine. Parfois venait s'ajouter pour quelques jours l'oncle prélat, monseigneur Pietro Hilzer, avec son secrétaire, un jeune diacre suisse.

Dans le rêve aussi, c'était la fin de l'été, mais plus tard que d'habitude. Un languide mi-septembre. En général, à cette époque, on l'avait déjà ramenée en ville.

Une année, on était venu la prendre carrément au lendemain du 15 août. C'était en 1962, en octobre, elle devait faire sa première communion et reprendre tout de suite le catéchisme. Le catéchisme spécial, *très exclusif**, dispensé par don Luigi en personne, rien qu'à elle et à quelques rejetons du patronat milanais. « Le courant clérico-fasciste du miracle italien », comme on l'avait appelé. Boom économique et retraite spirituelle. La voix doucereuse, presque féminine de don Luigi. Le monde contre lequel, adolescente, elle se rebellerait.

Dans le rêve, Rossella n'était pas enfant. Elle était adulte et enceinte, comme maintenant, et quelqu'un ou *quelque chose* lui disait de ne pas avoir peur. «Viens», se sentait-elle appelée depuis un point au-delà du parc. « Marche et tu ne trébucheras pas. *Si quis ambulaverit in die non offendit quia lucem huius mundi videt**. »

De là où elle était, à côté du mausolée néogothique où gisaient trois générations de Hilzer, elle ne voyait pas le lac ni non plus le torrent, mais entendait leur souffle à tous deux, les bruits de l'eau, et les rumeurs d'une journée paisible de fin de saison.

Une barque à moteur, très lointaine.

---

* « Si quelqu'un marche pendant le jour, il ne se heurte point, parce qu'il voit la lumière de ce monde » Ev. saint Jean, 11, 9.

L'aboiement d'un chien, encore plus lointain.

Au fond du parc, il y avait Santa Maria Lariana, la petite église romane que son père avait fait restaurer. L'invitation – « viens Rossella » – venait de là.

À côté du sanctuaire, au dernier tournant de l'allée principale, se dressait l'arbre le plus grand qu'elle eût jamais vu.

Un cèdre du Liban, l'arbre le plus cité dans l'Ancien Testament. L'arbre utilisé par Salomon pour construire son temple.

Mon bien-aimé est blanc et vermeil; Il se distingue entre dix mille.

… *Son aspect est comme le Liban, Distingué comme les cèdres*[*].

Rossella entra dans la petite église et reconnut aussitôt l'odeur d'humidité et de cierges.

Du coin de l'œil, elle perçut la présence d'un homme. Il priait sur un des prie-Dieu. Même si elle ne le voyait pas, elle savait bien qui c'était.

Aldo Moro.

Au fond, dans la petite abside, il y avait la déesse Thanr. En même temps, c'était la madone, avec l'enfant Jésus dans ses bras. N'était l'auréole, un bébé comme les autres.

Ce regard doux, compatissant.

Un sentiment de complétude et de sérénité.

Rossela était fascinée.

« Ne crains rien, parce que chaque chose trouvera sa place. »

---

* Cantique des Cantiques, 5, 15.

À cet instant précis, elle se réveilla.

Dans les heures d'insomnie qui suivirent, chaque chose trouva sa place, en effet, et tout lui parut avoir un sens.

Le cèdre et la voix mystérieuse.

Santa Maria Lariana.

Si quelqu'un marche pendant le jour, il ne se heurte point.

Le matin du 17 mars, Rossella se découvrit lucide, sereine même.

Elle avait hâte de laisser Rome derrière elle. De partir loin des sirènes qui passaient en hurlant, du chœur des télés réglées sur les informations, des images du guet-apens, des scénarios préparés et de ceux qui avaient sauté en l'air, loin.

La décision était là, devant elle, en elle.

Elle raconta son rêve à Vincenzo. Puis lui communiqua qu'elle avait l'intention de rentrer à Thanur.

Il accueillit la nouvelle sans étonnement particulier ni curiosité. Au contraire, il réagit presque par l'indifférence.

— D'accord. Si c'est ce que tu as décidé.

De ce moment, Rossella s'occupa de tout. Elle téléphona à la gare et appela un taxi. Il fallut pas mal de temps avant d'en trouver un mais ils n'étaient pas pressés. Le train partait de Termini à 12h50.

Tandis qu'ils attendaient, Vincenzo en profita pour écrire un mot à son père : « Rossella veut garder l'enfant. On rentre à Thanur. Merci. V. »

16
ROME, VENDREDI 17 MARS

L'hôtel Tibero était à deux pas de la gare, mais au lieu de chercher un restaurant aux alentours, ils préférèrent changer de quartier, pour marquer une distance entre ce qui s'était passé là et le déjeuner tranquille qu'ils voulaient s'accorder. Ils appelèrent un taxi et l'attendirent dehors, sous le ciel serein qui annonçait le printemps et détonait avec la chape de plomb descendue sur la ville et le pays. Ils se firent conduire au ghetto juif, chez De Castro. À l'époque du *Paese Sera*, Zanka y déjeunait souvent, c'était un restaurant fréquenté par les hommes politiques, les journalistes et une faune variée dont les bavardages pouvaient toujours être source d'informations. En général, il fallait réserver, mais ces jours-ci, hommes politiques, journalistes et faune variée étaient ailleurs, et Zanka pensa, non sans raison, qu'ils trouveraient sans problème une table.

Durant le trajet, ils restèrent à l'écoute des nouvelles à la radio : la revendication des Brigades rouges, les déclarations d'Andreotti, de Berlinguer, de Lama*. Les deux passagers ne dirent mot et le

* Enrico Berlinguer (1922-1984), secrétaire général du PCI de 1972 à sa mort. Artisan du compromis historique. Luciano Lama (1921-1996), secrétaire général de la CGIL, équivalent italien de la CGT. En 1977, venu tenir meeting à l'université de Rome occupée pour tenter d'y imposer la présence du PCI et de son syndicat, il en fut chassé par une émeute d'étudiants de l'autonomie ouvrière aux cris de « dehors la nouvelle police ».

chauffeur aussi se taisait, événement rare, comme si la litanie diffusée par la radio était un flux impératif et inaltérable, et que sa rhétorique saturait l'habitacle, empêchant d'ouvrir la bouche, sinon pour chercher de l'air.

Milena baissa la vitre mais fut assaillie par le hurlement d'une sirène et la remonta en hâte.

Ce n'est qu'une fois assis devant un verre de vin blanc qu'ils se mirent à bavarder, mais à voix basse, comme s'ils craignaient de parler d'autre chose que de l'enlèvement.

Zanka lui demanda où elle avait connu les types postés dans le hall de l'hôtel. Elle le lui raconta. Elle dit qu'en plus d'avoir une vénération pour Rynek, c'étaient aussi des admirateurs de Martin Zanka, même si certains trouvaient infondées ses hypothèses sur les origines extraterrestres de la civilisation et lui poseraient volontiers des questions dérangeantes.

— Incroyable à quel point les relations entre hommes sont sans surprise, réfléchit à voix haute Milena. Il y a toujours de la hiérarchie. Soit vous cherchez l'approbation d'un mâle alpha, soit vous contestez son autorité. Vous ne réussissez pas à produire une dynamique différente.

— Ce n'est pas toujours vrai, objecta Zanka. Nous avons aussi l'amitié virile.

— Homophilie entre hoplites.

— Pardon ?

— L'amitié sous les armes, spécifia-t-elle, quand on est du même côté pour atteindre un objectif ou servir une cause, d'ordinaire au service d'un chef.

Zanka hocha la tête. Il était coincé, inutile d'insister.

L'arrivée du *stracotto* détourna l'attention et, pendant un moment, ils se consacrèrent au plat.

Zanka demanda à Milena comment était la situation à Turin. C'était aussi sa ville, mais ça faisait des années qu'il n'y était pas retourné.

— Il y a, répondit-elle, un climat étouffant, et j'ai l'impression qu'il m'a suivie jusqu'à Rome. Les sirènes, l'ambiance d'état de siège…

Inexorablement, ils se retrouvèrent à commenter l'enlèvement de Moro, comme tout le monde dans ce restaurant, dans tout Rome, dans toute l'Italie.

Zanka savait que Milena venait de la « nouvelle gauche », Milena savait que Zanka venait du PCI. Ils jouèrent cartes sur table, s'avouant mutuellement leur propre éloignement.

Ils s'entendirent sur un fait : parmi les partis de la nouvelle majorité, le dernier arrivé, le PCI, était celui qui avait le plus à perdre. C'est pourquoi il serait le plus rigide, le plus fidèle à son rôle de parti de l'ordre.

D'autant qu'à la différence des autres formations, il lui fallait marquer ses distances avec la lutte armée. Les dirigeants savaient bien que dans certains secteurs du monde ouvrier et à la base même du parti, la ligne des BR rencontrait un certain accord, même si eux – ah, la litote ! – parlaient de *non-désaccord*. La veille, place San Giovanni, Lama avait attaqué « une certaine couche d'approbateurs, de passifs qui, au moins moralement, se désengagent ou carrément se solidarisent avec les criminels », en invitant à éloigner des assemblées ouvrières aussi bien les terroristes que ceux « qui les justifient, qui flirtent avec eux, qui les considèrent encore trop fréquemment comme des gars qui peut-être auraient raison dans d'autres circonstances ».

— Eh oui, dit Milena, mais le PCI se demande-t-il comment il se fait que les BR bénéficient de cette tolérance ?

Zanka haussa les épaules.

— Depuis longtemps je ne sais plus ce que se demande mon ex-parti. Et depuis plus longtemps encore, j'ai cessé de faire de la politique active. Vous le savez, ces dernières années, j'ai essayé de répondre à des questions tout autres.

À ce point, peut-être encouragée par ce ton désabusé, Milena parla de sa propre crise, des raisons pour lesquelles elle s'était éloignée du militantisme. Elle raconta une manifestation turinoise de l'année précédente, durant laquelle on avait mis le feu à un bar de la via Po, repère présumé de fascistes et de dealers. Dans l'incendie était mort un garçon de vingt ans, un étudiant-travailleur entré là pour boire un verre de vin.

— Ce jour-là, conclut Milena, j'ai décidé que pendant un moment, je me consacrerais seulement à ma recherche.

— Sage décision, soupira Zanka. Mais comme vous pouvez le constater, ajouta-t-il avec un geste pour indiquer tout ce qui se passait autour d'eux, elle n'est pas facile à mettre en œuvre.

Durant les cinquante-cinq jours qui suivirent, Zanka ne s'exprima jamais en public. Du reste, il ne vint à l'esprit d'aucun journaliste de lui demander son avis. En quoi serait-il concerné, lui qui s'occupait de mystères préhistoriques ? Mais on sait qu'il fut envahi par un sentiment d'extériorité, semblable à celui exprimé par des collègues plus illustres.

Le 20 mars, sur les pages du *Corriere della Sera*, l'écrivain Alberto Moravia fit une ouverture en direction de ces intellectuels qui, comme Leonardo Sciascia et quelques autres, refusèrent publiquement le choix entre les classes dirigeantes – celles des services secrets « déviés », des attentats-massacres, de la corruption et des collusions mafieuses, et les Brigades rouges :

> Je sens avec précision que je n'aurais jamais voulu écrire une seule ligne comme celles qu'écrivent les Brigades rouges dans leurs proclamations, mais d'autre part, je n'aurais jamais écrit un seul des innombrables mots que dans des discours, des articles, des livres, ont écrit les hommes des groupes dirigeants italiens ces trente dernières années, ni fait une seule des si nombreuses choses qu'ils ont faites quand ils ont été au pouvoir. [...] Je ne crois pas que cette situation soit enviable, mais pas non plus, méprisable. C'est la situation telle qu'elle est.

Un petit couac dans un chœur assourdissant. Comme le rappellerait l'année suivante, dans une intervention à un congrès, la journaliste Camilla Cederna :

> « La presse s'est bien comportée », a dit durant cette période quelqu'un de haut placé, sans s'apercevoir qu'avec cette phrase, il révélait une vérité parmi les plus amères : la disparition de la liberté de la presse. [...] Combien de journalistes peuvent-ils prétendre avoir, dans cette période, contribué à tenter de reconstruire une thèse qui soit détachée des décisions prises par la majorité gouvernementale, à chercher une vérité qui ne soit pas celle, parfois très embrouillée, dictée d'en haut? [...] Il suffit de feuilleter les journaux de cette période et de lire les titres : ils semblent tous écrits de la même main.

Après le déjeuner, Zanka accompagna Milena à la gare. Elle voulait arriver en avance parce que, vu la situation, entre contrôles de police et imprévus, Termini serait plongée dans le chaos, et on ne pouvait être certains du destin des trains.

Ils eurent le temps de fumer une cigarette sur le quai, dans l'attente du départ de l'express.

— Jusqu'à présent, nous avons évité le sujet, avança Zanka entre deux bouffées, mais ce serait bête de nous dire au revoir en faisant comme si de rien n'était, vous ne croyez pas?

Milena comprit tout de suite à quoi il faisait allusion.

— Oui, je suppose.

— Votre critique de mon livre *Robinson des galaxies*, reprit-il. J'admets que sur le moment, elle m'a irrité. L'idée du naufrage extraterrestre qui civilise les terrestres est colonialiste et patriarcale?

Peut-être, mais dans mon livre, les colonisés, c'est nous. Nous qui nous croyons au centre de l'univers. Et alors, je vous demande : renverser la perspective, ne serait-ce pas une manière de s'en prendre au sentiment de supériorité que vous-même attribuez au mâle blanc occidental ?

Milena plissa les yeux, comme pour se concentrer sur un détail.

— Mais ce n'est pas de cela que vous avez parlé quand vous avez répliqué.

Zanka était disposé à l'admettre.

— C'est vrai. J'ai riposté par une flèche méprisante sur les féministes. Aujourd'hui, je voudrais vous remercier.

— Me remercier ? De quoi ?

La réponse était prête depuis un moment, ruminée plusieurs fois.

— Votre critique m'a contraint à faire le bilan sur ce que j'écris. Et j'ai compris que ça ne me satisfait plus.

Encore une fois, Milena s'étonna.

— Moi aussi, je vous remercie, dit-elle. Vous savez, de temps en temps, je me retrouve à me demander si ce que j'écris sert à quelque chose. Si ça sert à *quelqu'un*.

À cet instant précis, le chef de train siffla.

Zanka et Milena se serrèrent la main et elle monta dans sa voiture. Elle baissa la vitre et se pencha au dehors.

— Merci pour le déjeuner, dit-elle, et pour la compagnie.

— Ce fut un plaisir, répondit Zarka. Faites bon voyage.

Le train commença à avancer lentement. Milena le salua de la main.

L'écrivain fit de même. Puis il resta sur le quai, droit et immobile face à la vague de déception et de fatigue qui le submergeait.

17
VILLA MALASPINA, DIMANCHE 19 MARS

Le feu brûlait depuis 23 heures. Orsola avait ordonné de l'allumer après le dîner et les thanuriens l'avaient entretenu à tour de rôle, en solitaire ou par petits groupes. Maintenant, ils se rassemblaient au grand complet, prêts à conclure la cérémonie.

La veillée nocturne n'avait qu'une seule règle : les voix devaient se taire et les flammes parler. Autrement le rituel était abandonné, les braises éteintes, et au matin on ne pouvait pas en vivre le moment culminant. Ce que quelqu'un, par jeu, avait appelé « la Cercle », au féminin, et le nom avait eu du succès.

Durant la nuit, pourvu que ce fût en silence, n'importe qui pouvait s'asseoir sur une souche et prendre soin du bûcher. S'il le désirait, il pouvait écrire sur un gros cahier, conservé dans une caissette de métal à côté du bois, avec un étui rempli de stylos, crayons, pastels à la cire, gommes et pinceaux. Certains préféraient dessiner, d'autres méditaient et c'est tout. Qui savait utiliser un instrument jouait, car la musique était admise, pourvu qu'elle fût acoustique.

Le feu devait rester allumé de 10 heures du soir à 10 heures le lendemain matin. Une heure avant de l'éteindre, la communauté se retrouvait sur le pré, et qui voulait pouvait lire ses réflexions, montrer le dessin qu'il avait tracé, réciter une poésie, se rouler dans l'herbe, danser, avec l'objectif d'abolir filtres et inhibitions.

Aujourd'hui, on peut regarder avec suffisance une cérémonie de ce genre, mais dans les témoignages des « jeunes de Thanur » *la* Cercle était décrite comme une expérience précieuse, même par ceux qui n'épargnaient pas leurs critiques contre sa prétendue authenticité. En fait, Orsola la convoquait sans préavis et on ne pouvait savoir pour quel motif; et cependant cette incertitude, au lieu de favoriser une contribution plus spontanée, poussait à s'interroger sur le thème de la nuit, pour intervenir en rapport avec lui et le soutenir. Ou au contraire, à s'aventurer hors du champ délimité, et à plaire à Orsola par sa propre authenticité imprévisible.

Celle-ci écoutait et, à la fin, faisait le bilan, puis se levait et renversait sur les braises un seau d'eau. Mais le feu de la cérémonie couvait sous la cendre, et la fondatrice, dans les jours qui suivaient, ne cessait de rappeler ce que chacun avait révélé dans cette assemblée, jusqu'à ce que de nouvelles flammes illuminent la nouvelle veillée.

Ludo était toujours le dernier à arriver, du verger ou de la vigne, où il passait les premières heures de la matinée. Quand il s'installa sur un tronc, ce fut Daniela qui rompit le mutisme qui durait depuis la veille au soir. Elle feuilleta le cahier de veille et commença à lire ce qu'elle avait écrit.

— Dès que j'ai su que Rossella attendait un enfant, je me suis demandé ce que je ferais à sa place…

Elle releva la tête, fixa sa camarade et lui adressa un sourire radieux.

— Nous avons le même âge, reprit-elle, je crois comprendre comment elle se sent. Et pourtant, je n'ai pas trouvé la réponse. Alors j'ai attendu que ce soit elle qui me la donne. Si elle avait décidé de ne pas le garder, j'aurais eu peur. J'aurais pensé qu'élever un enfant doit être vraiment impossible si, même à Thanur, on ne se sent pas de le faire. Et j'aurais pensé que Thanur a quelque chose qui ne va pas, pour que Rossella ne veuille pas avoir d'enfant, elle qui justement nous a offert cet endroit. Donc, son choix me rend trois fois heureuse : pour elle, pour moi et pour Thanur.

Dès que Daniela eut terminé, Agata prit la parole. Le rituel n'était pas basé sur des échanges de répliques. Orsola refusait l'idée que pour réfléchir ensemble, on doive rivaliser, c'est-à-dire faire valoir ses propres arguments, en rendant coup pour coup et en utilisant les mots comme des armes.

> Ces habitudes, lit-on dans *La Route de Thanur*, sont un produit typique de l'androcratie. Ce n'est pas par hasard si le débat et la bataille partagent la même idéologie, d'après un verbe latin qui signifie aussi copuler et d'après une racine proto-indo-européenne qui indique le pied. Discuter en combattant, piétiner les paroles de l'autre. Une manière de se tenir en cercle typique des mâles, à laquelle Rousseau attribue l'origine de l'inégalité quand le croisement des regards stimule le désir d'être préféré et que l'attention pour le voisin n'est justifiée que par l'envie de le surpasser.

La Cercle, au contraire, permettait de s'exprimer sans être jugés, en mettant de côté son orgueil, pour se retrouver nus, transparents et vrais.

En tout cas, il était difficile de respecter de tels préceptes, en évitant toute référence aux interventions précédentes. Celle d'Agata, improvisée sur le moment, apparut plutôt comme une réaction au bonheur de Daniela.

— Je voudrais tant être heureuse pour Rossella, mais je n'y arrive pas. Je voudrais penser que son choix est libre mais je n'y arrive pas. Oui, je sais, toutes nos décisions sont conditionnées, mais dans le cas de l'avortement, les pressions sont vraiment trop nombreuses et trop fortes. L'avortement n'est pas légal, il n'est pas gratuit et, si l'on vient à savoir qu'il y en a eu un, certains appellent ça un assassinat. Je pense aux femmes qui n'ont pas un endroit comme Thanur et qui par peur se retrouvent mères, et aussi épouses, coincées dans un mariage de réparation. Je pense à ces femmes, je pense à ce que nous ne faisons pas pour elles, et je ne suis pas heureuse.

Sandra se mit debout, avec son air timide et sa guitare en bandoulière. Elle avait écrit une version italienne de *Both Sides Now*, le morceau de Joni Mitchell, et elle la répétait et la répétait sans cesse depuis des jours. Les thanuriens attendaient de l'écouter en entier, car Sandra avait une voix enchanteresse, et tant pis si elle devint célèbre, dans les années 1980, seulement pour des génériques de dessins animés japonais.

Elle régla le sillet, vérifia l'accordage et, après quatre essais d'introduction, attaqua la chanson.

À la troisième strophe, beaucoup avaient la chair de poule et les yeux humides. Après la dernière note, même Ludo dut se retenir pour ne pas applaudir, tandis que Giovanna s'empressait de briser la magie du moment.

— D'après moi, la question, c'est le type de rapport sexuel que les hommes nous imposent, parce que ça leur plaît à eux, ils jouissent de penser que leur bite nous plaît, ils jouissent de dire « je me la suis faite », et moi, au contraire, je ne jouis pas du tout et je serais bien plus contente de faire d'autres choses, mais comme ils veulent seulement me pénétrer, alors, j'ai décidé, je me sers de mon doigt, je me débrouille seule. Et si on doit dire partout que je déteste les mecs et que je suis frustrée, tant mieux. J'aurais moins d'emmerdeurs sur le dos.

Loredana poussa une plainte qui dura une bonne minute. Fulvia lut trois vers de la Isha Upanishad. Elena alla s'asseoir derrière Nicola et lui massa le cou. Valerio tenta sans y parvenir de rester à la verticale sur la tête, dans la position de yoga dite *sirsasana*. Personne ne rit, même si la scène était lamentable. Enrico dit que le choix de Rossella devait être partagé par toute la communauté, de même que le nom de l'enfant de Thanur, qui ne devait être ni masculin ni féminin.

— Moi, je vote pour *Simòn*, conclut-il, comme s'il était évident que chacun allait exprimer sa préférence.

Maurizio commença à parler de l'impact psychique que l'enlèvement de Moro avait produit sur lui, fils d'un dirigeant de la Démocratie chrétienne toscane, avec un frère aîné qui considérait avec sympathie les BR.

— Ben, pour moi c'est pire, le coupa Elena. Figure-toi que mon frère est facho. Et pas pour rigoler, c'est un cogneur de merde… Pour des saloperies qu'il a faites, il risque même la taule.

Maurizio poursuivit en lisant les paroles du poète de Pontremoli Pellegrino Gandolfi, écrites dans le dernier numéro de *Contro/Verso*, petit journal polycopié que l'auteur lui-même avait apporté la veille à Thanur :

> Nous devons affronter les circonstances avec beaucoup de courage et peu d'espérances. Parce qu'il est bien possible que commence à s'éteindre l'espace pour l'intelligence critique et pour le scandale de la poésie ; de sorte que, si nous devions poursuivre nos existences dans les temps à venir, ce ne serait de toute façon pas la vie, ce ne serait pas l'avenir. Mais notre devoir est celui-là, je crois. Marcher à travers le no man's land, en aiguisant cœur et cerveau, en gravant les mots qui cherchent quiconque ne veut pas céder à l'insensé. Toujours mieux en tout cas que périr quand même – ce qui succèdera certainement si nous acceptons de prendre parti dans cet affrontement – en sachant, tandis que nous enrôlons nos consciences, qu'il n'y aura pas de nouveau jour.

Les paroles s'éteignirent dans le silence titubant des présents.

Avant que Maurizio fasse référence à Moro, personne ne s'était aperçu que la nouvelle la plus importante de cette période, celle dont parlaient jusqu'aux murs des maisons, n'était pas encore entrée dans le cercle de leurs discours. Un cas unique, vraiment unique, une pause magique. D'ici quelques heures, il n'y aurait pas un rassemblement ou un groupe, une tablée ou une réunion où l'on ne commenterait pas la photo de Moro prisonnier, prise par les BR et publiée par les journaux. Une image promise à une très grande célébrité, icône d'une entière période historique. Moro en manches de chemise, décoiffé, la tête à peine un peu penchée en avant, une apparence de sourire ironique sur les lèvres. Dans son dos, l'inscription blanche « Brigades rouges » et l'étoile à cinq branches.

Oh putain, pensa le collectif thanurien, tu crois qu'Orsola a lancé le rituel justement pour sonder les âmes par rapport à l'enlèvement ?

Vincenzo la regarda : séraphique comme toujours, attentive à ne pas trop révéler ses propres aspirations.

C'est ainsi qu'elle lui était apparue la première fois. C'était un samedi de septembre, et Franco, un de ses compagnons de shoot, l'avait traîné ici. C'était l'été après la clinique en Suisse, après l'échec de la thérapie de ces médecins qui parlaient comme les nazis dans les films de guerre. « Barrons-nous de Rome, avait dit Franco, si on reste, on va y laisser notre peau. Il y a une communauté, là-haut, en Toscane, vers la Ligurie. » Ils y étaient allés dans la voiture de Franco, arrivant démolis et affamés. Le discours d'Orsola avait déjà commencé, mais Vincenzo avait eu l'impression que cette femme s'adressait à lui. Elle parlait de la condamnation à porter un uniforme pour un des rôles socialement assignés. Refuser cet uniforme ne suffisait pas : il fallait le faire au nom d'une vie nouvelle. Autrement, autant rester dans les rangs de la société patriarcale bourgeoise. Ou se faire écraser par elle, marginaliser. Vincenzo n'était plus reparti. À l'inverse de Franco, qui avait eu la bonne idée mais n'avait pas été capable de s'y tenir, et qui s'était retrouvé à Gênes, où il avait recommencé à se shooter.

Vincenzo émergea de ces souvenirs dans un moment de silence. Il s'était assis là avec l'intention de garder le silence, mais il intervint.

— La décision appartient à Rossella. L'enfant est celui de Thanur. Son prénom sera décidé par tous. D'accord, mais comment je me sens, moi, personne n'en a rien à cirer. Je suis tellement fade que je réussis à être quantité négligeable même quand on parle du fait que je sois père ou pas. Tellement insignifiant que je me demande : vous vous étiez aperçus que j'étais rentré, moi aussi ?

Des coups d'œil perplexes traversèrent le cercle d'un bout à l'autre, tandis que Vincenzo faisait tourner une branche entre ses doigts. Personne ne parla. On était à cinq minutes de la fin.

Là, il était clair que c'était le tour de Rossella.

— En réalité, je n'ai jamais vraiment pensé avorter, dit-elle en arrachant une poignée d'herbe. J'étais angoissée. Puis l'enlèvement de Moro a tout bloqué et m'a donné l'occasion de réfléchir. C'est bizarre, mais c'est justement un événement terrible qui m'a aidée à surmonter la peur. Dans ces heures d'incertitude totale, j'ai compris combien Thanur était importante. Un enfant n'a pas besoin d'un monde sans tempête, mais d'un havre sûr.

Elle appuya les mains sur son ventre, l'une sur l'autre.

— C'est pourquoi je le ferai naître ici, dans cette maison qui unit mon enfance à mon présent, dans un lieu où rien ne me fait peur.

Orsola arrangea son écharpe sous son cou, avant de joindre les mains, pointes des doigts près du nez, pouces contre le menton, pour remercier à la manière hindouiste. Une inclinaison du buste à droite, une à gauche et la dernière au centre.

Puis elle se releva, pour clore le rituel. C'était une femme plutôt grande, une « belle plante », comme on disait alors, et cette position, devant tous les autres assis, accentuait son autorité.

— Il n'est pas facile de devenir parents, d'accoucher l'avenir. À plus forte raison dans des temps comme les nôtres. Des temps où ceux qui veulent changer l'avenir le font en menaçant le présent et en répétant le passé. Ils le font avec colère et désespoir, parce que changer demain est aussi impossible que de modifier les jours passés. On peut seulement éduquer le présent, l'entourer d'un environnement favorable, mais pas le modeler suivant notre bon plaisir. Tout grandit. Chaque relation est une éducation mutuelle. Y compris quand tu tailles une haie et que tu t'imagines que ce qui lui donne une forme, ce sont tes ciseaux. Ou quand tu dessines un édifice et te déclare architecte, mais l'immeuble ne correspond pas à ton projet. Tu penses avoir fini les travaux mais lui continue à croître, à muter, sous l'effet du vent et de la pluie, suivant les besoins de ses occupants, qu'ils soient humains, vers, hirondelles ou rats. Chacun est l'environnement de l'autre, et peut s'efforcer d'être remède ou poison, nourriture ou parasite, camarade ou patron. Dans cette communauté, dans cette *nous-sphère*, nous essayons d'être niches pour les uns et les autres, mais le résultat dépend de ce que nous avons déjà vécu, des mondes que nous avons déjà traversés. Avec l'enfant de Thanur, garçon ou fille, en revanche, nous aurons l'occasion d'élever une vie qui part de zéro, qui bien sûr aura ses gênes, son ADN ; mais l'ADN est muet, sans environnement, comme une trompette qui sonne dans le vide. Être parents ne signifie pas se conformer à un rôle préétabli. Cela signifie habiter ce vide et y apporter le nécessaire, un bon habitat, jusqu'à ce que le son sorte clair et limpide, une symphonie pour l'avenir.

De nouveau, Orsola remercia mains jointes, à trois reprises. Elle souleva le seau et le renversa, non sans peine, sur les flammes désormais intermittentes. Après une brève hésitation, le cercle se défit et chacun alla à la rencontre de sa propre journée.

Vincenzo prit le chemin des champs, mais Ludo se mit à côté de lui et le retint.

— Tes paroles m'ont impressionné, lui dit-il. Tu te sens vraiment si inutile, si négligé ?

Le garçon fut aussitôt sur la défensive.

— J'ai été sincère. Transparent. Comme le veut Orsola.

— Oh non, le glaça le Hollandais. Tu as joué la victime, parce que tu te sens coupable.

Vincenzo l'interrogea du regard, sourcils froncés.

Ludo lui passa le bras droit autour des épaules, comme pour lui confier un secret.

— Tu te sens comme ça parce qu'à Rome, tu t'es shooté.

Vincenzo retint son souffle. L'instinct lui disait de tout nier, de nier toujours, quoi qu'il en coûte. Mais il voulait aussi démontrer qu'il n'était plus un drogué de merde, de ceux qui nient tout, qui nient toujours, à tout prix.

— *Just a little fix*, poursuivit Ludo, sans lui laisser le temps de répliquer. Un tout petit peu, en souvenir des *good ol' days*, comme quand tu couches avec la copine d'école. T'es même pas allé la chercher, pas vrai ? Elle était là qui t'attendait, surprise ! Où est-ce que tu l'avais oubliée, la vieille dose ? Sous la table de nuit, scotchée avec un peu de *tape* ? Ou dans la coupe que tu as remporté au tournoi de tennis, hein, champion ?

Pas de tennis, pensa Vincenzo, de natation.

Il se dit qu'une clairvoyance de ce genre ne pouvait marcher que chez ceux qui, avec l'héroïne, avaient connu bien des histoires.

Dès que possible, il lui faudrait mieux cacher le demi-pochon qu'il avait rapporté.

★

Deuxième mouvement

DU 3 AVRIL AU 4 MAI 1978

I
FORRAVALLE, LUNDI 3 AVRIL

Il ouvrit les yeux d'un coup.

Le ciel, grand ouvert et très vaste, l'écrasait sous une lueur gris métal.

Il essaya de se relever, mais les élancements percutaient son corps.

Il retomba, allongé dans l'herbe, souffle coupé.

Le froid lui fit claquer des dents, tandis qu'il se tâtait, à la recherche de blessures.

Veste et pantalon étaient humides et boueux.

Il porta la main à son front et la retrouva salie de sang séché. Une coupure sous la tempe droite.

Il jeta des coups d'œil autour de lui, la main protégeant ses yeux.

Un pré trempé de pluie, à la lisière d'un bois.

Le ciel était couvert, impossible de s'orienter au soleil. La montre à son poignet indiquait 12h15. Midi ? Minuit ?

Il se rappela être sorti de chez lui, à la nuit, pour une de ses soirées d'observation.

Il avait chargé le télescope dans le coffre de la Dyane et était monté sur le Quarzerone, à la vieille cabane de chasseur de son grand-père, transformée en base d'étude du ciel. À l'intérieur, il gardait peu de choses. Une paire de bottes de caoutchouc, des vêtements de rechange, et les instruments les moins coûteux : boussole, détecteur GNDN, sextant. Avec ça et le télescope, il s'était installé dans la clairière de devant. Il avait disposé les lampes. Les avait allumées. C'était une soirée claire, les nuages et la pluie avaient dû arriver après.

Oui, mais après quoi ?

Pourquoi se trouvait-il ici ? Et c'était où, ici ?

Il rassembla ses forces et se mit debout, avec une grimace et un gémissement. Il fit quelques pas, se toucha de nouveau le front.

Comme dans un super-8 projeté en quelques secondes, il se vit lui-même recroquevillé à terre, transpercé de décharges de douleur.

Il sentit son estomac se serrer, mais se força à marcher ou plutôt à claudiquer, en quête d'un point de référence, jusqu'à ce qu'il entrevoie le village, à l'embouchure de la vallée.

Il comprit où il se trouvait, sur quelle partie de la montagne. Ses pensées défilaient au ralenti, comme empêtrées dans les branches des arbres.

Puis arriva une autre séquence d'images rapides : de très hautes silhouettes, bipèdes, disposées devant lui à contre-jour. Dans leurs dos, un phare très puissant, un soleil nocturne surgi soudain. De grandes têtes ovales et une peau noire luisante. Il entendit à nouveau sa propre voix, brisée par l'angoisse, prononcer la question : « Qui êtes-vous ? » Aussitôt après, des décharges de douleur dans le corps et la tête. Et une force irrésistible qui le soulevait et l'emportait.

La peur le poussa à presser le pas en regardant autour de lui, au cas où ils seraient encore là, qui qu'ils fussent.

Il s'efforça de nouveau à se rappeler.

Il avait disposé les lampes, les avait allumées. Elles formaient un symbole qui était une invite à d'éventuels visiteurs extraterrestres : il avait lu un long article sur le sujet dans une revue spécialisée. Il s'était mis au télescope mais le viseur n'était plus aligné. Il avait dû le cogner en le chargeant dans la voiture et, maintenant, il n'arrivait même pas à cadrer la Lune. Il avait suivi la procédure pour le remettre en position, en essayant de centrer la croix sur le sommet de Rocca Tesana.

Tandis qu'il la cherchait dans l'objectif, il avait noté un éclair lumineux, juste sous la cime. Une zone isolée, joignable à pied. Un point où il n'y avait pas de routes ni de maisons ou de pavillons de chasse, il le savait bien.

Le phénomène s'était répété par deux fois. On eût dit que la source lumineuse se déplaçait. Quelqu'un déambulait-il de nuit, sur le versant le plus raide de la montagne, où il y avait une falaise de plus de deux cents mètres ?

Il avait rembarqué en vitesse le matériel, s'était mis au volant…

Non. Pas tout de suite.

Avant… il avait allumé le poste CB. Il avait sélectionné le canal où on parlait d'ordinaire avec les astrophiles de la zone. Il voulait savoir si on voyait aussi ces lumières depuis Morrona, Borgosastro, et ce qu'ils en pensaient.

Il avait reconnu quelques voix et allait intervenir, mais l'instrument s'était éteint, en fondu.

Tout tentative pour le remettre en marche s'était avérée inutile.

Alors...

Il était arrivé en voiture, de cela, il n'y avait aucun doute. En haut, par la route de terre qui montait à Collerado et à partir de là devenait un chemin de pierraille que seuls lui et quelques autres se hasardaient à emprunter avec un véhicule «normal», sans démultiplicateur ni quatre roues motrices. Il l'avait suivi souvent pour s'approcher des bois les moins fréquentés, à la recherche de champignons, d'extraterrestres et, pendant un an aussi, des deux scouts, ou de leurs dépouilles.

Oui, il devait s'être arrêté à la clairière au-delà de laquelle même lui ne serait jamais allé en voiture.

Il regarda encore le panorama, le profil de la crête.

À grand-peine, il tenta de presser le pas. Les souvenirs continuaient à affleurer.

Il avait récupéré le détecteur GNDN, et dès qu'il l'avait allumé, celui-ci avait crépité, pour s'éteindre aussitôt dans un râle et ne plus se rallumer.

Ensuite, il avait sauté dans la Dyane et l'avait démarrée, en priant pour qu'elle ne meure pas à son tour.

Il avait conduit comme un pilote de rallye tandis que ses phares éclairaient les spectres des arbres qui surplombaient la route.

La dernière chose dont il se rappelait était d'avoir empoigné la lampe électrique et pris le sentier qui montait vers le sommet. Ou peut-être que non, il se souviendrait encore d'autres choses si seulement sa tête ne lui faisait pas si mal...

Et voilà le troisième flashback.

La lampe aussi s'était éteinte : elle ne donnait plus signe de vie. *Clic clic clic*. Un instant plus tard, la grande lumière l'avait submergé et ces très grandes créatures étaient apparues. Elles s'étaient approchées avec une allure menaçante.

— Qui êtes-vous ?

Ils avaient fondu sur lui, cyclopes aux grands yeux entièrement noirs. Coups, douleurs, enfin la sensation de flotter en l'air.

Combien de temps s'était écoulé ?

La lueur sur le Quarzerone, il l'avait vue en début de soirée. Il devait être 21 heures passées. Trente minutes encore s'étaient écoulées entre les tentatives sur la CB, le détecteur GNDN et la montée en voiture. Vers 22 heures. Et puis ? Il avait perdu connaissance. Jusqu'à… la matinée avancée. Était-ce possible ? Et pourquoi n'était-il pas à côté de la voiture ? Où l'avaient-ils emmené ? Où avait-il été, durant toutes ces heures ?

Enfin, il déboucha dans la clairière. Vit la Dyane garée sous les arbres.

Il entra dans l'habitacle, les clés étaient sur le contact.

Il les tourna, mais le moteur ne démarra pas.

La batterie était morte.

C'est alors seulement qu'il se rendit compte qu'on était lundi matin et qu'il aurait dû être au travail, probablement depuis un bon moment déjà.

L'angoisse redoubla. À pied, d'ici au village, il fallait au moins une heure. Il ferma les portières et se mit en marche sur le sentier, en pressant une main sous son flanc droit, où une douleur le transperçait à chaque pas.

L'horloge de la mairie indiquait 9 h 40 quand l'employé de l'accueil écarquilla les yeux en le voyant entrer, non seulement à cause du sang sur son visage et de son aspect malmené, mais aussi parce que Filippo Bernacca, en vingt ans d'honorable service à la commune de Forravalle, n'était jamais arrivé en retard. Pas une seule fois.

2
ROME, JEUDI 6 AVRIL

— C't' histoire du type estourbi par les Martiens est parfaite, Marty. Parfaite.

Pablo Pepper tape de l'index sur le journal.

Zanka, assis de l'autre côté du bureau, se démanche le cou pour lire le titre.

> AGRESSÉ PAR LES MARTIENS ?
>
> Un homme sauvagement tabassé dans un bois de la Lunigiana. Lumières et mystérieuses créatures dans la nuit.

Ils étaient dans le bureau de Pepper, au siège de la maison d'édition, entourés de couvertures de livres accrochées aux murs, dont beaucoup portaient le nom de Martin Zanka en gros caractères. Sur le bureau, outre les livres et les manuscrits, trônaient un cendrier-soucoupe volante et un porte-crayon en forme de derrière féminin, la vraie grande passion de Pablo Pepper.

— Un épisode de contact extraterrestre en Lunigiana. On dirait que c'est fait exprès. C'est une occasion en or pour le lancement de ton livre.

Zanka parcourut l'article d'un air perplexe.

— Je ne sais pas, Paolo, ça me paraît un parfait montage journalistique.

— Parfait pour nous, répliqua l'éditeur.

Il ralluma un cigare entamé et la fumée blanchâtre l'enveloppa.

— Je t'ai dégoté un papier pour *L'Europeo*, dit-il en plissant les yeux.

Zanka ricana.

— Sur cette histoire ? Allez !

Pepper secoua la tête.

— Ce n'est qu'un prétexte. Dans l'article, tu peux évoquer ce dont tu parles dans le livre, faire monter les attentes du lecteur… C'est un *precalentamiento*.

Pepper aimait les termes espagnols. Ce n'est pas par hasard si son pseudonyme était Pablo. Il disait qu'on l'appelait ainsi durant son séjour dans l'Espagne franquiste, où il était venu au milieu des années 1960 pour remettre à la CNT clandestine une grosse somme collectée chez *los compañeros italianos*. L'anecdote se trouve dans certaines notes biographiques – par ailleurs assez fumeuses – de Pierpaolo Pepe, dit Pablo Pepper.

Pendant quelques années, la rubrique de Wikipédia sur Pepper & Co a raconté une version encore plus pittoresque (mais non sourcée), selon laquelle la mission de Pepe le poussa à entrer en Espagne sous couverture, à la suite de l'équipe du réalisateur Sergio Leone (recruté pour la cause) comme figurant dans le film *Et pour quelques dollars de plus*. La page Wikipédia a ensuite été modifiée et il ne reste aucune trace de l'anecdote. Dans certaines interviews, Pepe a même soutenu qu'en 1967 son prénom anglicisé a inspiré le titre de l'album des Beatles *Sgt. Pepper's Lonely Hearts Club Band*, grâce à son amitié avec George Harrison. Et pourquoi «*Sergent*» Pepper ? Parce que, quelques années plus tôt, Pepe avait terminé son service militaire avec le grade de sergent.

L'éditeur appuya sur le bouton de l'interphone.

— Terry, s'il te plaît, tu pourrais m'apporter la couverture du Zanka ?

Quelques secondes plus tard, la porte s'ouvrit sur une jeune femme maigre aux cheveux corbeau et à la poitrine abondante.

— Merci, chérie, dit Pepper.

Il resta sérieux dans la contemplation des pas de Teresa qui sortait, puis gratta son menton mal rasé.

— As-tu jamais pensé à écrire un roman de science-fiction érotique ? demanda-t-il à Zanka. Un truc genre… tu vois, *Spermula* ?

— Hum, non, c'est un livre ?

— Un film, Marty, mais où vis-tu ? Je l'ai vu à l'Ambasciatori. Une bombe, un mélange de genres. *Crossover*, comme disent les Américains. Des vampires spatiales nymphomanes !

— Ça ne me semble pas dans mes cordes.

— Pense à *Barbarella*, alors… Une histoire de ce genre. Moins années soixante, évidemment.

Voulant couper court, Zanka s'éclaircit la voix.

— Tu me la montres, cette couverture ?

Pepper lui tendit aussitôt la maquette et attendit sa réaction avec un air complice.

— Pas mal, hein, qu'est-ce que t'en dis ? Hein ?

Il y avait l'habituel arrière-plan étoilé et, au centre, une statue-menhir.

Zanka allait se prononcer sur le caractère répétitif de ces illustrations, mais Pepper ne lui laissa pas le temps d'ouvrir la bouche, l'étonnant une fois de plus par son art de prévenir les objections.

— Marty, c'est ce qu'ils veulent. Ils ont tous les yeux pointés sur le ciel. Ici-bas, c'est trop dégueulasse, argua-t-il, penché vers lui, en le fixant de ses yeux bleus et aqueux. Ils t'aiment parce que tu es un visionnaire, Marty.

Zanka dut penser que depuis qu'on avait enlevé Moro, des visionnaires, il y en avait même trop. C'étaient des journées de délires, de légendes urbaines et de mythomanie contagieuse, alimentées par une information monothématique et par la paranoïa d'État. Questures, casernes et rédactions des journaux s'étaient retrouvées confrontées à une marée de témoignages, entre appels téléphoniques, lettres anonymes et individus se présentant en personne. Le ministère de l'Intérieur avait mis à disposition un numéro de téléphone, le 06/4756989, aussitôt embouteillé par les appels. Avaient surgi des médiums, paragnostes et voyants. Y compris ce Rolf qu'on avait vu sur le Quarzerone, à l'époque où l'on recherchait Jacopo et Margherita.

— Fais-moi confiance, Marty, poursuivit Pepper, tu es quelqu'un qui pousse les gens à voir les choses sous un angle différent. Les critiques bien-pensants, ces bigots qui t'accusent d'être un bonimenteur, ne comprennent pas, ils sont perdus dans les brumes des théories étudiées par d'autres bigots. Mais sans imagination, sans fantaisie, on ne fait aucune révolution, comme on disait en 68. Nous sommes des révolutionnaires, Marty.

Zanka sourit, amusé par la dialectique de l'éditeur.

— Marty, tu me le donnes, ce livre? demanda Pepper, coupant net ses propres élucubrations. Tu devais le rendre le mois dernier.

— Voilà, c'est de ça que je voulais te parler, dit Zanka. Je dois encore vérifier certaines choses.

— Et qu'est-ce que tu dois vérifier? Si les extraterrestres sont vraiment venus en Lunigiana il y a cinq mille ans? Allez, Marty, balance-nous ce livre, intima Pepper en posant son cigare sur la soucoupe volante. Tu me remets le livre et après tu t'en vas en Lunigiana pondre le papier pour *L'Europeo*. Ils le veulent dans une semaine, pour le publier la semaine d'après.

— Je sais pas, Paolo… Ça fait des années que je fais plus le journaliste, se défendit Zanka.

— Mais c'est comme monter à vélo, s'insurgea Pepper, ça ne n'oublie pas.

En soufflant des anneaux vers le plafond, il attendit que Zanka réfléchisse. Puis il abattit sa carte maîtresse.

— *L'Europeo* te donne un demi-million.

Voilà, pensa Zanka. Le roublard a gardé en dernier l'argument-massue. Il sait que j'ai besoin d'argent tant que je n'aurai pas vendu l'appartement d'Orbetello.

Quelques minutes plus tard, Zanka rentrait chez lui.

Une atmosphère étouffante pesait sur les rues et sur le pays tout entier. Moro était enfermé quelque part, et avec lui tous étaient prisonniers d'une réalité déformée.

Moro écrivait des lettres adressées aux hommes de la Démocratie chrétienne qui avaient été ses proches pendant des décennies, en les exhortant, ainsi que le gouvernement, à négocier sa libération. N'importe qui l'aurait fait, pensa Zanka. Qui donc irait dire : « Vous êtes inamovibles, laissez-les me tuer »? Un truc pour le *Martyrologium.* Seulement dans certains petits romans d'aventure ou dans quelque onctueux drame sur le Risorgimento.

Dans ces lettres, on retrouvait tous les traits caractéristiques de Moro. Le style, la manière d'argumenter, le recours aux périphrases, les allusions aux équilibres internes du parti…

Et pourtant, politiciens et journaux, pétrifiés sur la ligne de la «fermeté» et de la «rigueur», avaient réagi de manière unanime, ils étaient inébranlables, lapidaires : impossible. Ça ne pouvait pas être Moro, c'était un grand homme d'État, il n'aurait jamais rien écrit de ce genre, il rédigeait certainement ces missives sous la dictée et la contrainte des BR, ou alors, il avait perdu l'entendement et la volonté. Voilà, oui : drogué, peut-être hypnotisé, en tout cas sous emprise psychique, en proie au syndrome de Stockholm, devenu fou, fusionnel avec ses geôliers, quel chagrin de le voir ainsi, quelle triste fin, désormais c'était une autre personne, ça se voyait à sa graphie du type «descendant», aux caractères « exagérément grands et trop bien marqués »…

Zanka éprouvait une vague nausée à voir le PCI et son organe officiel, *L'Unità,* en première ligne pour nier l'évidence : Moro essayait de sauver sa peau, il essayait de la sauver en faisant de la politique, dans la continuité de sa vie entière.

Comme il ne devait y avoir qu'une seule et unique vérité qui remplisse jusqu'à la moindre fissure du discours public, en peu de temps les énergies compressées, les positions déclarées dès l'origine illégitimes, les angles décrétés impossibles étaient revenus sous d'autres formes, faisant irruption dans l'imaginaire comme un puissant retour du refoulé. On voyait Moro partout et dans les circonstances les plus improbables, souvent seul et parfaitement libre de ses mouvements. Moro au volant d'une voiture de grosse cylindrée dans la circulation romaine. Moro au volant d'un camion-remorque sur l'autoroute du soleil. Moro dans une cabine téléphonique à Mantoue.

Moro libre.

La politique et l'information officielle étaient pour la fermeté, mais l'inconscient collectif semblait souhaiter la négociation.

Mutatis mutandis, Zanka aussi se sentait prisonnier. D'un livre qu'il ne voulait plus écrire et du besoin d'argent. Pour sauver Vincenzo, il avait beaucoup dépensé, y compris l'avance versée par Pepper pour un livre pas encore remis. Et ça n'avait servi à rien, Vincenzo avait trouvé sa propre voie de salut. Thanur, Orsola, Rossella. Accepter l'offre de *L'Europeo* était un choix obligatoire. En fait, il avait dit oui. C'était aussi un moyen d'être loin de Rome pendant un moment. Par le fait du hasard, juste à côté de Vincenzo. Une chaîne de fatalités le ramenait dans ce coin d'Italie. Non qu'il crût aux coïncidences, mais cette fois, il n'était pas mauvais d'y trouver un sens, l'occasion de faire le bilan de ce qu'il avait été et qu'il ne réussissait plus à être, et de ce qu'il avait essayé d'être sans y parvenir. Un père, un écrivain. Un visionnaire. Qui sait quoi d'autre.

3
TURIN, JEUDI 6 AVRIL

OMBRES GIGANTESQUES ET LUMIÈRES MYSTÉRIEUSES

AGRESSÉ PAR LES MARTIENS ?

Un employé tabassé jusqu'au sang dans un bois de la Lunigiana.

Pigi Baudino montra le titre sur trois colonnes. Ensuite, il lut à haute voix l'article du prestigieux journal. En principe, un quotidien national, en réalité lu seulement dans le Piémont. Dans son dos, accroché au mur entre affiches et certificats, se détachait une nouvelle photo : le grand Allen J. Rynek, sourire crispé, dans une chambre de l'hôtel Tiberio, entouré de la délégation du Grucat.

— Malheureusement, nous n'avons pas la presse locale, commenta Baudino, à qui revenait de présider la réunion. On y trouve toujours des détails plus savoureux. Mais pour en savoir plus, nous avons invité Paolo Sesto, que nous accueillons avec grand plaisir.

D'un geste de présentateur de télévision, il montra l'invité, au milieu des souhaits de bienvenue et des bonsoirs des présents.

— Notre ami, pour ne pas dire notre maître…

Sesto affecta de se défendre du compliment : une grimace et un léger mouvement de la main : « laisse tomber… »

— … connaît bien les lieux de cette rencontre rapprochée, il est ici ce soir pour nous aider à reconstruire l'événement et à l'insérer dans un tableau plus complet.

Milena nota que l'invité spécial n'était pas assis dans un demi-cercle comme tout le monde, mais derrière le bureau, dos au mur. *Ex cathedra.*

Sesto avait quelques années de plus que la moyenne des présents. Le cheveu noir, les rouflaquettes épaisses et le teint sombre trahissaient ses origines siciliennes. Il était déjà arrivé qu'il intervienne dans les réunions du groupe, et beaucoup de membres le fréquentaient. Pourtant, on sentait que sa présence était considérée comme une occasion à ne pas manquer.

— L'épisode de Forravalle, attaqua-t-il en ouvrant un dossier marron gonflé de feuilles, ne serait pas significatif, pris en soi.

L'un après l'autre, il lista les traits essentiels de l'affaire, en mettant en évidence ceux qui la distinguaient d'une simple agression dans les bois : les instruments électriques qui cessent de fonctionner, la lumière éblouissante, la voiture qui ne redémarre pas, le trou de mémoire, le hiatus temporel… Véritables *topoi* de l'ufologie.

— Le protagoniste de l'affaire, continua l'orateur, est un employé communal, Filippo Bernacca. Il s'intéresse à l'ufologie, mais ne fait partie d'aucune association. Il n'avait jamais signalé d'apparitions constatées par lui jusque-là, et encore moins de contacts, bien qu'il soit de ces gens qui tentent de communiquer avec les extraterrestres.

Dans les murmures de déception se détacha la voix de Ravarino.

— Là, ça pue le mythomane, dit-il en passant sa main dans ses cheveux déjà grisonnants.

Sesto le pria de ne pas se livrer à des conclusions hâtives.

— En tant qu'ufologues, nous sommes intéressés par les causes de l'apparition. Nous devons remonter aux *stimuli* qui ont conduit le témoin à la percevoir de cette manière. Pour le faire, il convient d'élaguer son récit des inévitables déformations de la réalité. Quelquefois, celles-ci dépendent du témoin lui-même : et donc, bien sûr, sa personnalité doit être sondée. Mais plus souvent, ce qui a altéré les stimuli, ce sont des causes physiques et non psychologiques : les conditions d'éclairage, la visibilité, le temps atmosphérique. D'autres fois, ce sont des causes sociales, dues à l'interaction entre le témoin et les personnes avec qui il entre en contact. Le cas Bernacca n'est pas particulier en soi, comme je disais. Il l'est parce que le stimulus, quel qu'il soit, a été modifié par l'intervention d'un quatrième type de cause : le génie du lieu.

Les ufologues échangèrent des coups d'œil interrogateurs.

— Moi, je doute, déclara sentencieusement Sesto, je doute fortement que ce tabassage, dont la dynamique doit encore être totalement vérifiée, aurait été interprété comme contact interplanétaire s'il n'avait pas été *tordu* dans cette direction par le champ magnétique mythologique du mont Quarzerone : un relief constitué de couches de légendes autant que de sédiments rocheux.

La métaphore scientifique excita la curiosité des présents. Le concept, en effet, était nouveau et s'annonçait comme intéressant.

— Ça me rappelle notre Musinè, dit Ravarino, le passionné du Mont à l'embouchure du val de Suse.

— En effet, il lui ressemble, acquiesça Sesto, parce que le Musinè aussi rend magiques les événements les plus banals. À la différence que le Quarzerone est à l'écart, loin des grands centres, et cela le rend encore plus mystérieux. Ou plutôt : *mystérogène*.

— Mais où c'est, dans les Alpes apuanes ?

— Bah, je dirais plutôt sur l'Appenin émilio-toscan.

— Ni l'un ni l'autre, dit Sesto. C'est un massif en soi, non loin de Aulla et Fivizzano, à mi-chemin entre l'Appenin et les Apuanes. Mais il a des caractéristiques particulières, qui le différencient des deux autres.

— Il est peut-être d'origine volcanique...

— On ne dirait pas. Sur son orogenèse, les géologues sont encore divisés. Il est...

L'orateur marqua une pause, bien conscient de l'effet que la similitude obtiendrait.

—...comme un astronef tombé de l'espace.

Tous se turent.

Dans le silence, on entendit le ronflement de l'un des chiens couchés dans un coin.

Le fondateur de *Clipeo* étala les feuilles que contenait le dossier marron, en choisit deux et les poussa en avant. C'étaient deux cartes touristiques de la Lunigiana, de celles qu'on trouve dans les hôtels, avec un cercle au stylo bleu autour du nom de la montagne, et une photographie du sommet, en version hivernale, surplombé par un globe lumineux.

Tandis que les deux documents passaient de main en main, Paolo Sesto expliqua que dans la zone du Quarzerone, depuis le début du siècle, on avait enregistré onze apparitions d'étranges sources lumineuses, objets volants non identifiés ou astronefs présumés.

— Parmi ceux-ci, je rappellerai en particulier : une intervention extraterrestre durant une bataille de la Seconde Guerre mondiale ; un énorme disque métallique qui aurait atterri dans une clairière, en laissant des traces évidentes, pendant la vague d'apparitions de 1954 ; et durant une nuit d'été d'il y a six ans, un faisceau de lumière provenant d'une cavité sous terre, tout de suite présentée comme un laboratoire alien.

Il raconta que le massif était percé de dizaines de grottes et que des histoires fleurissaient à propos de leurs habitants : sibylles, fées, ermites, brigands, partisans, rebelles, maris chassés par leurs épouses, démons, créatures venues de galaxies lointaines et un sanglier blanc, jamais photographié mais rencontré dans le bois par des chasseurs et des promeneurs.

— Cet animal légendaire a aussi été repéré par plusieurs personnes dans une circonstance singulière. Dans la nuit du 9 au 10 février 1970, une forte explosion a réveillé les résidents de la zone. Beaucoup d'animaux sont descendus dans la vallée, vers les centres habités. À leur tête, selon certains témoignages, il y avait le sanglier blanc. La dernière fois qu'il avait été vu, c'était en 1938. Le lendemain matin et dans les jours qui suivirent la « grande explosion », on ne trouva aucune trace telle qu'éboulement, arbres abattus ou brûlures du terrain. Selon l'opinion la plus répandue, il s'agissait d'une bombe de la Seconde Guerre mondiale tombée dans une crevasse, dont l'explosion aurait été déclenchée par un animal trop curieux. Mais l'objection à cette hypothèse est très sensée : durant la guerre, il n'y eut aucun bombardement sur le Quarzerone. D'autres ont parlé d'explosif utilisé dans les carrières, mais sur le massif, à la différence des Apuanes, il n'y a pas de carrières.

Sesto ajouta qu'au XXe siècle étaient survenus, sur les deux versants, cinq accidents de montagne à l'issue mortelle, et sept dans lesquels il n'avait pas été possible de récupérer les corps. Un chiffre vraiment considérable, pour un relief de ce genre.

Baudino offrit un verre d'eau à l'orateur, qui but une longue gorgée. Milena en profita pour regarder autour d'elle : regards excités, fascinés, convergents sur l'officiant, sur la liturgie, sur le mâle alpha.

— En plus de ces douze épisodes, reprit-il, il y en a un treizième, qui n'a pas encore été classifié. Vous avez dû en entendre parler : deux jeunes de quinze ans du groupe scout Carrare 4 disparus durant l'été 1976. Il va de soi qu'à propos de leur histoire aussi circule une reconstruction en version extraterrestre. Maintenant, à la lumière de tout cela…

Sesto but une nouvelle gorgée d'eau. Il maniait avec habileté les techniques du suspense.

— À la lumière de tout cela, nous pouvons supposer que le champ magnétique mythologique du Quarzerone a pu tordre le stimulus initial, le transformant en vision. Puis il a *tordu* la vision, pendant que dans l'esprit de Bernacca s'imprimait le souvenir, et il a *tordu* le souvenir du moment où il en a fait le compte rendu. Enfin, il a *tordu* le compte rendu dans le récit journalistique que nous a lu Pierluigi.

Les membres du Grucat étaient assis au bord de leur chaise, tendus dans l'écoute, décidés à ne pas en perdre une miette.

— Je sais que nous autres ufologues, continua Paolo Sesto, normalement, nous ne prêtons pas attention à cette dernière torsion. Nous ne nous occupons pas du sensationnalisme de la presse et de la télé. Nous prenons le compte rendu d'un témoin et cherchons à le redresser, une torsion après l'autre, pour revenir au stimulus initial.

Milena se rappelle encore ce qu'elle a écrit sur son carnet : « les ufologues sont plus kantiens que Kant », signifiant par là que Paolo Sesto théorisait l'existence d'une chose en soi, c'est-à-dire de faits au-delà de la façon dont nous les percevons et racontons, mais que bien plus loin qu'Emmanuel Kant, il pensait que ces faits pouvaient être reconstruits, nettoyés des éléments subjectifs, pour arriver à la réalité pure.

En attendant, Paolo Sesto exposait le point qui lui tenait le plus à cœur.

— Dans ce dernier cas, malheureusement, nous ne pouvons traiter le carnaval des mass médias d'un haussement d'épaule, comme nous le faisons d'habitude. Parce que dans ce carnaval a déjà surgi le masque de l'ufologue. Vous avez dû voir, sur la deuxième chaîne, l'interview de Gipo Verrucci de

« Ombres d'autres mondes », en qualité d'expert. Celui-ci nous a infligé son habituelle mixture de science-fiction et de physique pour BD, assaisonné de l'inébranlable certitude que le Quarzenone est une «porte» vers des dimensions parallèles. Un personnage lamentable qui nous discrédite tous.

De nouveau, l'assemblée murmura condamnations, anathèmes et excommunications contre Verrucci, défini par les commentaires les plus doux comme « ce débile ».

— J'ai eu au téléphone, continua Paolo Sesto, les amis du Groupe académique ufologique florentin (Gauf). Ils partagent mes préoccupations et disent que malheureusement la Toscane occidentale est un capharnaüm d'associations ufologiques peu sérieuses.

— Tu peux bien le dire! s'exclama Bonino. Nous en avons eu la confirmation en descendant à Rome pour le congrès.

— Comment s'appelle celui qui fait les reconnaissances des lieux seulement de nuit? demanda Baudino.

— Alloisio.

— Pour ne pas parler de cet autre qui, si je ne me trompe, est basé justement là-bas, en Lunigiana. Allez, le hippie qui se définit comme ufophile…

— Jimmy Fruzzetti.

Ce n'est que lorsqu'ils se tournèrent vers elle que Milena s'aperçut qu'elle avait prononcé le nom à haute voix.

Paolo Sesto en vint au fait : les Florentins réclamaient une intervention « de l'extérieur ». Bernacca, même s'il menait sa barque seul, était connu dans le milieu ufologique toscan. Ceux du Gauf l'avaient rencontré plusieurs fois. Donc, les conditions n'étaient pas réunies pour analyser l'affaire de manière objective, sans préjugés qui… *tordraient* l'enquête. En outre, du fait de l'habituelle querelle de clocher, et de l'aversion des provinciaux envers ceux du chef-lieu, si c'était le Gauf qui allait interroger Bernacca pour remettre l'affaire sur les bons rails, la difficile cohabitation entre les groupes toscans se retrouverait le cul par terre. En revanche, si les Turinois, qui étaient au-dessus des parties, venaient, éventuellement en compagnie de Bruzzone de l'AUSL de Gênes, qui connaissait bien l'endroit, ça grognerait bien un peu, mais rien de plus.

La soirée se conclut par la décision unanime de nommer enquêteurs Bonino et Ravarino. Les deux hommes et leur collègue génois se rendraient à Forravalle, interrogeraient le témoin, recueilleraient des données objectives et produiraient un rapport, suivant les principes de l'école ufologique turinoise. Le bulletin *Clipeo* le publierait dans le numéro de juin, en le mettant au premier plan.

— Nous serons Sherlock Holmes et le Dr Watson qui vont à Dartmoor enquêter sur le chien des Baskerville, déclara Berto Ravarino, en plaisantant ensuite avec son compère pour savoir lequel des deux serait le détective et lequel son fidèle assistant.

Milena leva la main pour demander la parole. Elle ne l'avait jamais fait auparavant. Tous la regardèrent, surpris.

— Je voudrais me joindre à l'expédition, si c'est possible.

La requête peignit sur le visage de Berto une expression rayonnante que Paolo Sesto éteignit sur-le-champ en rappelant que l'interrogatoire idéal devait être conduit par deux enquêteurs : un interlocuteur et un observateur qui dressait le procès-verbal, les rôles pouvant s'inverser au milieu de l'interview. Un nombre de personnes supérieur risquait d'impressionner le témoin, et cela risquait de *tordre* son récit.

— Néanmoins, conclut-il, si vous voulez mon avis, il me semble que la *dottoressa* Cravero, en bonne anthropologue, saurait être extrêmement discrète dans son observation.

Berto acquiesça, content, avec de grands signes de tête, mais se sentit gêné quand Milena, pour se mettre d'accord sur le voyage, lui suggéra un échange de numéros de téléphone.

4
FORRAVALLE, VENDREDI 7 AVRIL

À l'arrivée des carabiniers, Thanur était en train de s'éveiller. Il devait être 6 heures du matin, mais Ludo et d'autres étaient déjà debout à s'occuper de la vigne, un deuxième groupe préparait le petit-déjeuner en cuisine et certains faisaient le salut au soleil, *surya namaskār.*

La majeure partie des thanuriens réagit par la frayeur, parce qu'ils n'avaient jamais eu affaire aux carabiniers ou à la police, si ce n'est en portant plainte pour le vol d'un vélo ou en montrant leurs papiers à la gare. Une fraction moindre resta tranquille pour le même motif, tandis qu'une troisième, encore plus mince, les connaissait bien, les forces de l'ordre, et savait ce qui pouvait se passer quand elles sonnaient à la porte.

Daniela avait habité dans une ferme collective du côté de Forlì, expulsée sous l'accusation de favoriser l'usage des stupéfiants. Giovanna et ses colocataires avaient appelé Police-Secours en raison d'un vol dans leur appartement, mais les policiers, au lieu d'enquêter sur les voleurs, avaient été pris de soupçons devant une affiche et avaient perquisitionné le logement. Ludo était sûrement le plus expert en descentes de police et interpellations, mais en Italic, ça ne lui était pas encore arrivé et, en voyant sept hommes en uniforme brandissant des mitraillettes, il fut pris par surprise. Maurizio, des scènes de ce genre, il en avait vécu plus que tous les autres, toujours à cause de son frère, Andrea Salvetti, soupçonné de complicité avec les Brigades rouges. Mais il n'imaginait pas que les carabiniers soient montés à Thanur pour ce motif.

Ce fut Orsola en personne qui ouvrit le portail et demanda la raison de ce déploiement de forces.

— Nous recherchons un fugitif, lui répondit-on.

— Et ce serait qui ?

Son interlocuteur lui intima de se limiter à collaborer et, d'un geste, invita ses subordonnés à entrer et à s'introduire dans le parc.

— Vous êtes la propriétaire ? ajouta-t-il après une brève pause.

Orsola se demanda si vraiment ce… lieutenant ? ce brigadier ? ignorait que la communauté était hébergée par Rossella Hilzer, héritière de la famille bien connue, descendante de la marquise. Thanur n'avait pas de secrets pour les autorités. Quelques jeunes qui logeaient là y avaient même leur lieu de résidence, et l'adjudant Mereo était informé des affaires judiciaires relatives au domaine. Allez savoir pourquoi ils n'avaient pas envoyé les carabiniers de Forravalle plutôt que ceux-là.

— Ce n'est pas moi, répondit-elle en reculant d'un pas. Mais si vous voulez bien me suivre, je vous la présenterai volontiers.

De nouveau, l'officier fit un signe à ses hommes, parla à mi-voix et le groupe se divisa. Deux d'entre eux restèrent avec lui, les autres rejoignirent l'écurie et la maison du gardien.

Orsola se mit en chemin le long de l'allée qui montait à la grande porte d'entrée. À mi-chemin, elle ne put se retenir. Elle se retourna et demanda s'il était vraiment nécessaire de la tenir en joue.

Le chef, au centre du trio, écarta les mains. Les mitraillettes furent abaissées, mais pour se relever dès qu'ils furent à l'entrée de la villa.

Ils traversèrent l'antichambre, le salon vide et se présentèrent à l'entrée de la salle à manger. Valerio était déjà aux prises avec les circuits d'un téléviseur. En attendant d'installer un véritable atelier, il se servait d'une vieille table en noyer pour réparer les appareils électrodomestiques des habitants de la zone. Des enceintes de la stéréo sortaient des notes de piano. *Zâ*, de Franco Battiato. Valerio avait acheté le disque la veille à l'Hallogallo, après avoir lu qu'il se prêtait à une écoute « méta-analytique, en faveur d'une non-spatialité atemporelle ».

— Tu sais où est Rossella ?

En entendant la voix d'Orsola, l'électricien releva la tête, et à la vue des armes à feu, d'instinct pointa le tournevis qu'il avait en main. Par chance, les militaires ne le prirent pas comme une menace.

— Je crois qu'elle est à la cuisine, répondit-il. Mais qu'est-ce qui se passe ?

À ce moment, on entendit une voix essoufflée crier qu'il y avait les carabiniers dans le pavillon des garçons.

Enrico entra en courant, venant du jardin, et manqua glisser sur le sol de marbre.

— Appelez Orsola ! Ils sont…

Un des hommes armés se retourna brusquement.

Le jeune homme leva les bras et changea de ton. De l'excitation, il passa à la supplique.

— Ils sont en train de tout foutre en l'air. Ils ont défoncé une porte sans même nous demander de l'ouvrir.

Orsola lui dit de ne pas s'inquiéter et, avec un calme olympien, demanda à Valerio d'appeler Rossella.

Puis, tournée vers celui qui commandait, elle essaya encore de comprendre qui ou quoi ils cherchaient.

L'homme lui dit qu'elle aurait la réponse d'ici quarante-huit heures, avec la validation de la perquisition par le tribunal de Massa.

Enfin apparut Rossella, suivie par Valerio. Il tenait un plateau avec une carafe d'eau et six verres. Elle avança dans la pièce d'un pas décidé. À la hauteur de la stéréo, elle tendit une main pour baisser le volume. Son visage avait adopté une moue hautaine d'aristocrate.

Valerio posa le plateau sur la table. Il rangea les outils dans leur caisse, saisit le téléviseur éventré et le plaça au sol entre les pieds de chaises.

— Je peux vous offrir un verre d'eau ? proposa la maîtresse de maison, quand elle se trouva face au commandant.

Cette démonstration d'*aplomb** et de supériorité cueillit l'officier par surprise. Il cligna des yeux puis se secoua et retrouva sa posture.

— Vous êtes Mlle… ?

— Maria Rossella Hilzer Malaspina, énonça-t-elle. Née à Milan le 31 janvier 1954. J'ai hérité de la maison de ma grand-mère, Vittoria Dazzi Giacomelli Malaspina.

Le carabinier se raidit. Orsola imagina que l'équipe était montée de Massa dans le cadre de Dieu sait quelle enquête. Peut-être savaient-ils quelque chose sur la villa, mais ils ne s'attendaient pas à y trouver la nièce de la marquise.

— J'ai besoin que vous me fournissiez les actes de propriété et les documents relatifs aux personnes ici présentes.

Orsola eut l'impression que le ton s'était radouci.

— Je dois tous les convoquer, sans exception, et procéder à leur identification, ajouta-t-il.

Pendant qu'il parlait, trois de ses hommes franchirent la grande porte et attendirent qu'il termine son propos. Puis, après s'être consultés, ils se lancèrent dans l'escalier menant aux chambres des femmes.

Orsola et Rossella demandèrent à s'absenter pour récupérer les papiers et rassembler les thanuriens, mais elles étaient encore dans la pièce quand on entendit des bruits sourds et des cris provenant de l'étage.

« Mais qu'est-ce que vous voulez ? » « Qu'est-ce que vous faites ? » « Vous ne pouvez… »

Les deux femmes échangèrent un regard alarmé, interrompu par un des carabiniers qui descendait l'escalier.

— Il y a un coffre-fort, en haut, annonça l'homme.

— Ce sont les bijoux de ma grand-mère, expliqua Rossella.

— Prenez la clé, ordonna le plus élevé en grade.

Dix minutes plus tard, les garçons et les filles de Thanur étaient presque tous rassemblés dans la salle du Feu. Sur la table, il y avait les chemises des documents qu'Orsola et Rossella venaient de présenter. Fulvia faisait le tour de la pièce en distribuant thé, jus de fruit et pommes, suivant la routine habituelle du petit-déjeuner. Quelqu'un avait remplacé le disque sur la platine de la chaîne : à la place de Battiato, maintenant, il y avait une berceuse de flûtes de pan.

Rossella, accompagnée d'Orsola et de deux carabiniers, monta à l'étage ouvrir le coffre-fort.

Le couloir était jonché de draps, oreillers, sacs à dos et sacs à main jetés au hasard, de débris d'un vase, de livres et de culottes.

— Quel désastre ! commenta Rossella avec mépris, comme si elle se trouvait devant le résultat d'un jeu d'enfants trop mal élevés.

Orsola lui fit signe de ne pas en rajouter.

Les deux militaires farfouillèrent dans le vieux coffre mural, entre rouleaux de papier et boîtiers recouverts de velours. Ils déroulèrent la trousse de l'argenterie, feuilletèrent un petit carnet contenant l'inventaire des joyaux et décidèrent qu'on pouvait redescendre.

L'atmosphère de la salle, à présent dominée par la musique andine, l'odeur des épices et les procédures de contrôle d'identité, se réveilla avec l'arrivée de Ludo et des militaires qui avaient été déployés dans le domaine.

Le Hollandais, à ce qu'il paraissait, avait refusé d'ouvrir la cave à bois, affirmant avoir perdu la clé, et les carabiniers avaient dû détacher le verrou à coups de pied.

— Mais avant, ils ont jeté Ludo par terre ! se récria Gregorio, un des garçons qui étaient avec lui.

— Il est tombé tout seul, expliqua le caporal-chef à son supérieur qui s'humidifiait l'index pour consulter une poignée de paperasses.

— Alors, qu'est-ce qu'on a ? demanda-t-il, tandis que Gregorio insistait dans ses protestations et que Ludo le convainquait de se taire.

Le caporal-chef glissa la main dans un sac de toile et disposa sur la table le résultat de l'enquête.

À s'en tenir au procès-verbal de perquisition domiciliaire rédigé en triple exemplaire :

> Il a été découvert le matériel sommairement indiqué ci-après, qui a été placé sous scellés dans un acte séparé, auquel on renvoie pour une description détaillée :
>
> – une dizaine de tracts et de feuilles dactylographiées portant des emblèmes politique de l'extrême gauche ;
>
> – un manuel de bricolage pour la contrefaçon de billets de train, la falsification des compteurs d'électricité et des compteurs téléphoniques, la fabrication de faux jetons de téléphone ;
>
> – l'agenda et le carnet de téléphone de M. Maurizio Salvetti ;
>
> – un couteau à cran d'arrêt muni d'une lame de quinze centimètres ;
>
> – deux paquets de feuilles de papier à cigarette ;
>
> – divers morceaux de haschich (environ quinze grammes au total) ;
>
> — une pochette de plastique contenant de la poudre blanche (héroïne).

— C'est tout ? chuchota le commandant.

Le subordonné écarta les bras.

L'officier claqua ses mains sur ses cuisses et se releva.

— Bien, jeunes gens. À qui est le haschich ?

Des regards inquiets se croisèrent dans la pièce. Valerio leva la main. Daniela dit :

— Un bout est peut-être à moi, je n'en sais rien, ils nous ont fait sortir de la pièce. J'en avais au maximum un gramme, usage personnel.

Orsola s'étonna qu'ils en aient trouvé si peu. Ou bien ils avaient cherché sans conviction, parce qu'ils étaient intéressés par autre chose, ou bien les jeunes avaient eu le temps de le faire disparaître. La réserve de son mari était au moins du double de ce qu'il y avait là.

— Rien que ces deux-là ? commenta le carabinier. Attention, là, vous vous mettez dans le pétrin.

Cinq autres mains se dressèrent.

— Et l'héroïne ? demanda-t-il en soulevant un paquet monodose à demi vide.

Personne ne se manifesta. Ludo fixa Vincenzo et il ne fut pas le seul, mais le garçon gardait les yeux baissés.

— D'accord, dit l'homme en uniforme en jetant le paquet sur la table. Qui d'entre vous est Salvetti Maurizio ?

L'interpellé se fit connaître.

— Lui, il reste là. Les autres peuvent s'en aller.

Tandis que les jeunes gens défilaient vers la grande porte en se demandant ce qu'avait bien pu faire le pauvre Maurizio, Orsola prit la parole et suggéra de ranger les chambres et les espaces communs. Elle recommanda de noter les objets cassés et de photographier les pièces avant de les remettre en ordre. Comme on dit, « parler à la belle-mère pour que la belle-fille entende ». Les intrus devaient savoir qu'elle n'était pas née de la dernière pluie, qu'ils ne l'avaient pas intimidée et que Thanur savait se défendre.

Puis elle aussi sortit, avec Ludo et Rossella.

Maurizio dit que si on devait l'interroger, il avait droit à la présence d'un avocat.

— Et qui veux-tu appeler, Perry Mason ? ricana le commandant. Ce n'est pas un interrogatoire, jeune homme. Juste une première déposition d'une personne informée des faits.

Et c'est ainsi que Maurizio Salvetti découvrit que les carabiniers étaient là pour son frère, le « brigadiste présumé », dont personne ne savait où il était passé.

5
FORRAVALLE, VENDREDI 7 AVRIL

— C'est moi qui l'ai amené, le produit. *Mea culpa, mea culpa, mea maxima culpa.*

Vincenzo se tapa du poing sur la poitrine, debout devant tout le monde.

Ils étaient de nouveau dans la salle du Feu. Orsola était assise sur une chaise, tournant le dos à la grande cheminée, les autres étaient installés sur les canapés ou sur le sol. Dans un coin de la pièce, Ludo roulait un joint. Rossella était en face d'Orsola.

Comme toujours, les thanuriens avaient décidé d'affronter la question par la parole, ensemble. Dès que les carabiniers étaient partis, en emmenant Maurizio, une réunion avait été convoquée. Ce n'était pas une Cercle : quelque chose qui ressemblait davantage à une assemblée politique, mélangée à une séance d'autoconscience. Et même si ça ne ressemblait pas à un tribunal, Vincenzo s'était senti mis en accusation. Il s'était donc dressé tout de suite pour avouer, mais sans renoncer à faire le pitre. Il savait que c'était la peur qui le faisait agir ainsi. Peur d'être jeté dehors, de perdre la communauté qui l'avait accueilli, le bien qui lui avait été fait. Ou peut-être était-ce la honte qui lui pesait, le fait de se sentir le maillon faible, le personnage pas fiable et égoïste. Peur et honte réveillaient l'autre qu'il avait en lui. C'était celui-là qui perversement espérait une condamnation qui le libèrerait de toute pesanteur. Il voulait juste être jeté à la rue, recommencer à se shooter et mener sa vie d'avant. La damnation est le meilleur alibi possible. Mais ce qu'il obtint, ce fut une question :

— Pourquoi ? demanda Orsola.

Vincenzo hésita, cherchant les mots justes.

— À Rome, le mois dernier, je me suis shooté, dit-il, évitant le regard de Rossella, et il poursuivit : une demi-dose. Ça peut suffire pour replonger, non ? Alors, j'ai décidé que je devais me montrer à moi-même que je pourrais résister. J'ai emmené ici le reste de la dose. Et j'ai résisté.

Orsola ne dit rien, dans l'attente que d'autres interviennent.

Ce fut Enrico qui le fit, assis à côté de Rossella.

— Pardon, mais c'est quoi la différence entre se garder une dose pour résister à la tentation et se la garder au cas où la tentation reviendrait ?

Vincenzo ne répondit pas.

— Comment on fait pour savoir que c'était ton seul paquet ? demanda Agata. Et pas le dernier d'une série que tu t'es déjà envoyée ?

Pour toute réponse, Vincenzo baissa son pantalon et son slip.

— Je suis clean. Je dois pisser où ?

Agata l'envoya au diable avec un vilain geste, Enrico ricana. Les autres cachèrent leur embarras derrière un rideau de commentaires à voix basse. Orsola, en revanche, ne laissa transparaître aucune nervosité, et encore moins de réaction à la provocation.

Tandis qu'il se rhabillait et retournait s'asseoir sur le sol, Vincenzo nota le ricanement de Ludo. Le vieux provo était amusé par sa performance. Une fois de plus, Vincenzo se demanda comment il réussissait à être le compagnon d'Orsola. Ils étaient tellement différents.

— Ici, à Thanur, nous n'avons jamais discuté de la question de l'héroïne, attaqua Sandra.

— Nous n'avons jamais discuté d'aucune dépendance, en fait, ajouta Giorgia.

— Tu veux parler du cannabis? demanda Gregorio.

— Et aussi de l'alcool, du tabac, du café... expliqua la jeune femme. Ce sont des dépendances, ça aussi, non?

— Ben, y'a des différences.

— Bien sûr qu'il y a des différences.

La main levée de Ludo attira l'attention de tous les présents, qui se mirent à l'écoute.

— Chaque substance a ses *bad effects*, dit le Hollandais. Mais ils ne sont pas égaux. Les mauvais effets sur moi me regardent moi, précisa-t-il en montrant le joint entre ses doigts. L'héroïne, la cocaïne, le *gambling*... les jeux de hasard, eux, ils détruisent la communauté, alimentent le *selfishness*, l'égoïsme, l'individualisme. Là, il y a un problème.

Giada intervint depuis son canapé.

— Tu veux dire que pour certaines substances, nous devrions être prohibitionnistes?

Ludo haussa les épaules.

— Moi, je ne sais pas ce qu'on devrait être, *my friend*. Je dis seulement que tu dois choisir. Ou tu acceptes le risque que l'héroïne détruise la communauté ou tu acceptes le risque de l'interdire.

Les paroles de Ludo provoquèrent un brouhaha duquel la voix d'Orsola émergea, douce, modulée, au fur et à mesure que les autres se taisaient pour la saisir. En quelques secondes, le silence se fit.

— ... n'est pas une solution. Si nous décidons d'interdire l'héroïne, ou le haschich, ou n'importe quelle substance, nous devenons des policiers. Il faudrait fouiller ceux qui demandent à venir ici, devenir des inquisiteurs.

Tout le monde fut rassuré par ces paroles.

Après une pause, Orsola reprit.

— Thanur est émancipation, partage, vie. L'héroïne est le contraire. Donc chacun doit choisir entre l'héroïne et Thanur. Et ce doit être un choix libre.

Après un instant, Giorgia intervint de nouveau.

— Alors, si quelqu'un a un moment de faiblesse et se shoote, comme cela lui est arrivé, demanda-t-elle en montrant Vincenzo, il doit s'en aller ?

— Quelle faiblesse ? Je me suis pas shooté, protesta-t-il.

Maintenant, l'expression de sagesse d'Orsola ressemblait beaucoup à celle de ses portraits accrochés au mur. Où qu'on porte le regard, on croisait le sien.

— Thanur accueille, dit-elle, séraphique. C'est ce que nous avons écrit à l'entrée. Il ne doit pas arriver que quelqu'un, par peur d'être expulsé, cache ses problèmes. Nous devons le convaincre au contraire de les affronter ensemble, comme nous le faisons maintenant. Nous devons apprendre à nous fier les uns aux autres. Vincenzo a accepté d'en parler, et c'est pourquoi nous devons le remercier.

Les doutes flottaient dans la fumée des cigarettes. Vincenzo sentait son cœur gonfler, même s'il le cachait bien. Au lieu d'une condamnation, il recevait un remerciement, qui lui imposait d'être à la hauteur, et cela mettait son orgueil en crise. Le toxico en lui se retrouvait acculé. Devant cette compréhension, le sarcasme initial et la bite à l'air devenaient les réactions puériles d'un médiocre.

Gregorio, après avoir un peu tourmenté sa barbe, se décida.

— D'accord, mais je n'ai pas compris. Un héroïnomane peut rester ici ou pas ?

Ce fut alors qu'une chose étrange survint. Une chose qu'*a posteriori* Vincenzo verrait comme un présage, même si *a posteriori* tout peut paraître présage de n'importe quoi.

Du canapé leur parvint la voix limpide de Rossella. Elle était assise jambes croisées, mains sur le ventre, et ses cheveux étaient baignés de la lumière printanière. De son visage émanait la sérénité.

— Moi, je crois Vincenzo, dit-elle. Je crois qu'il ne s'est pas shooté quand il était ici. Il s'est shooté quand il était loin d'ici. Vincenzo démontre que non seulement Thanur accueille, mais aussi qu'elle sauve. Si nous comprenons cela, nous trouvons la réponse que nous cherchons.

Ces paroles, aussi inattendues que le fait que ce soit Rossella qui les prononce, mirent dans le mille. Bouleversés et en même temps rassérénés par tant de simplicité, les thanuriens se regardèrent et se découvrirent heureux. C'était la synthèse qui dépassait le dilemme. C'était une réponse. Thanur était la réponse. Thanur était le salut.

Orsola sourit à Rossella et salua la révélation mains jointes, à la manière indienne, tandis que les autres donnaient des tapes sur l'épaule à un Vincenzo encore incertain de ce qui s'était vraiment passé.

Ludo lui fit un clin d'œil. Puis il alluma son joint.

6
FORRAVALLE, SAMEDI 8 AVRIL

Filippo Bernacca ouvrit la porte de la cabane. Zanka regarda par-dessus son épaule, tandis que l'employé communal le précédait à l'intérieur.

Une masure longue et étroite, pleine à craquer d'objets.

— C'est un héritage. C'était la cabane de chasse de mon grand-père.

Il montra un piège à mâchoire et une serpe accrochés à la cloison de bois, à côté d'une scie à arc. La seule source de clarté, à part la porte, était un fenestron carré. Au plafond pendait une lampe à batterie que Bernacca ne prit pas la peine d'allumer. Sur une étagère, il y avait deux catalogues pour radioamateur, un mode d'emploi des compteurs Geiger et quelques vieux exemplaires du *Journal de l'Inconnu*. Sur un plan de travail trônaient un appareil CB et un autre machin que Zanka ne fut pas en mesure d'identifier.

Ils étaient montés dans la voiture de Bernacca. L'employé était enthousiaste, malgré son pansement à la tête et son œil au beurre noir, à l'idée de conduire sur le lieu de l'agression – ou du « contact » –, rien moins que son auteur préféré. Si la première fois qu'ils s'étaient rencontrés, au bar du village, Bernacca n'avait fait qu'évoquer les mystères du Quarzerone, maintenant, il en était le héros : le mystère, c'était lui. Néanmoins, c'était comme s'il voulait savourer le moment, le ralentir, durant tout le trajet, il avait parlé des livres de Zanka. Ce qui avait épargné à ce dernier la fatigue de soutenir une conversation. Il lui avait suffi d'émettre de temps à autre une monosyllabe. La logorrhée de Bernacca ne s'était pas même interrompue quand ils avaient quitté la voiture pour attaquer une route de terre et puis un sentier dans les bois jusqu'à la cabane de chasse au milieu des arbres, en lisière d'une petite clairière.

— Voilà, je monte jusqu'ici avec le matériel, je scrute le ciel au télescope. Je mets aussi dehors les lumières de repérage… Pour le cas où il en arrive vraiment.

Zanka regarda autour de lui.

— Qu'est-ce qui vous fait penser que les extraterrestres atterriraient ici ?

— Pourquoi pas ? rétorqua Bernacca.

Avec son pansement et son œil au beurre noir il avait quelque chose de risible.

— Cette montagne est un *omphalos*, un croisement de lignes géodésiques. Comme les lieux sur lesquels se dressent les pyramides mexicaines et celles d'Égypte. Je l'ai lu dans vos livres, conclut-il avec fierté.

Zanka se limita à hocher la tête, avec un vague sentiment de culpabilité devant les effets de ses propres théories sur un personnage aussi influençable.

— J'étais monté ce soir-là, poursuivit Bernacca. Je réglais le télescope quand j'ai vu les lumières sur la crête.

À sa suite, Zanka revint à l'air libre, regard pointé dans la direction qu'il indiquait. La partie la plus haute du Quarzerone se détachait sur le ciel pur. C'était une belle journée et, au-delà de la ceinture d'arbres, les contours des trois cimes paraissaient bien nets.

— Je me suis dit : comment ça se fait qu'il y ait quelqu'un là-haut ? La paroi descend à pic. Alors, je suis retourné à la voiture et j'ai conduit jusque là-bas, pour aller voir. Venez, je vous y emmène.

Il fallut dix bonnes minutes pour arriver au véhicule et encore bien plus pour atteindre le lieu de l'agression. Sur la pierraille qu'ils parcoururent, il aurait fallu une jeep, mais Bernacca l'affronta en première avec sa Dyane, sans hésitation et avec l'air faraud de qui connaît chaque trou du trajet et ne craint pas pour ses essieux. Quand enfin ils descendirent, Zanka avait la nausée, mais il ne le montra pas.

— Ça s'est passé là, expliqua Bernacca. J'étais là où je suis maintenant et eux ils étaient ici, debout devant moi, avec cette lumière très forte derrière eux.

— Donc, ce sont les silhouettes que vous voyiez, conclut Zanka en cherchant vainement un endroit où s'asseoir.

— Oui, des silhouettes très hautes, répondit Bernacca, et leurs yeux brillants, énormes, sur ces grandes têtes oblongues. Rien que d'y repenser, il me vient une trouille énorme, vous savez ?

Bernacca parut mal à l'aise.

— Les instruments qui s'éteignent, la lampe qui ne fonctionne pas… Mais le plus inquiétant, c'est que je me suis réveillé après de nombreuses heures dans un endroit tout autre. Et en fait, j'ai un souvenir confus de mon corps qu'on soulève et qu'on emmène. Venez, je vais vous montrer…

Zanka maudit *L'Europeo*, Pepper, le *precalentamiento* et le besoin d'argent et se remit en marche derrière l'employé communal. Après un parcours en légère montée, ils atteignirent le pré sur lequel Bernacca avait repris conscience ce lundi matin. Zanka trouva une roche sur laquelle s'asseoir. Vu son souffle court, il résista à la tentation de s'allumer une Muratti.

— Nous y voilà, dit Bernacca. Quand je me suis réveillé, on était en plein jour. Comment est-il possible que je sois resté évanoui si longtemps ? Cette nuit-là, ici en hauteur, il a dû pleuvoir, parce que mes vêtements étaient trempés, et autour de moi, il n'y avait aucune empreinte, tout avait été lavé. Mais moi, je ne m'en suis même pas rendu compte.

Zanka ne lui demanda pas s'il pensait vraiment avoir été enlevé par les aliens. Mais il le questionna encore sur le Quarzerone.

— Je sais qu'il y a des histoires étranges autour de la montagne, dit-il. Quand je suis arrivé, tôt ce matin, l'hôtelier du Sanglier-Blanc m'a dit que l'auberge tire son nom d'une légende locale…

Bernacca ricana et chassa ces paroles d'un geste de la main.

— Ah, notre monstre du Loch Ness. C'est une blague inventée par feu mon grand-père et ses amis. Depuis, les chasseurs d'ici se la repassent, de temps en temps l'un d'eux dit avoir vu le sanglier albinos, ou croit vraiment l'avoir vu, et ainsi se maintient en vie la légende. Ça fait quarante ans que ça dure. Les mystères sont tout autres, croyez-moi.

— Par exemple ?

L'employé communal prit un air sérieux.

— Sept personnes disparues rien que durant ce siècle, rétorqua-t-il en montrant ses doigts. Trois au XIXe, du moins celles sur lesquelles il y a des témoignages, ajouta-t-il avec tous les doigts écartés devant lui. Le dernier cas : les deux scouts. On en a parlé au bar, vous vous rappelez ? Et puis, il y a moi, disparu pendant quelques heures. Allez savoir ce qui m'est arrivé…

Il prit un ton grave :

— Ici, c'est le triangle des Bermudes italiens.

Zanka nota mentalement la similitude : parfaite pour l'article, un de ces trucs qui envoyaient Pablo Pepper au septième ciel.

— Sans compter la grande explosion, reprit Bernacca. Dans la nuit du 9 au 10 février 1970. Je m'en souviens comme si c'était hier. Une explosion à faire trembler les vitres réveille tout le village. Je me mets à la fenêtre et je vois une horde de daims qui galopent au milieu de la rue, juste en bas de chez moi. Le lendemain, les gardes forestiers montent et ne trouvent rien. Pas un brin d'herbe brûlé, pas une branche cassée. On aurait dit que cette rumeur était venue des viscères de la montagne. Le Quarzerone est creux, plein de grottes et de tunnels. C'est exactement comme une de ces pyramides dont vous parlez dans vos livres.

Bernacca gonfla la poitrine, récitant par cœur :

— « Peut-être les pyramides sont-elles de grandes antennes pointées vers le ciel indiquant la route aux visiteurs d'autres planètes. »

Zanka reconnut une phrase de *Science-fiction de l'âge du bronze*. Il n'eut pas le temps de penser « J'ai créé un monstre » que Bernacca avait déjà recommencé à parler.

— Vous savez que les géologues ne sont même pas certains de l'origine de la montagne ? C'est un lieu unique, il n'existe pas d'autre massif semblable. Voilà pourquoi je me suis convaincu que ça peut être une antenne. Et alors, je monte ici et j'essaie de voir s'ils arrivent.

Zanka toussota pour cacher son embarras. Il tenta de changer de sujet.

— Quand nous nous sommes vus pour la première fois, si je me souviens bien, vous m'avez dit avoir participé aux recherches des deux jeunes disparus.

Bernacca hocha la tête.

— Eh, à force de monter par ici, j'ai appris à le connaître, le Quarzerone. Donner un coup de main m'a semblé le minimum. Une très sale histoire. C'est pas agréable d'en parler.

Zanka perçut son trouble mais ne lâcha pas.

— Vous les connaissiez, ces jeunes ? demanda-t-il.

L'autre secoua la tête.

— Non, ils n'étaient pas d'ici. Mais certaines fois, l'été, il m'arrivait de les voir, les boy-scouts. Ils faisaient partie du Quarzerone, je les aimais bien. C'est triste qu'après cette tragédie, ils ne viennent plus.

Ce fut peut-être l'instinct assoupi du fait-diversier qui suggéra sa question à Zanka :

— Est-ce que par hasard vous étiez sorti regarder le ciel, le soir où Jacopo et Margherita ont disparu ?

Bernacca n'eut pas besoin d'y réfléchir.

— Pas ce soir-là. Et je le regrette, vous savez ? J'aurais pu aider dès le début dans les recherches. Même si…

Il ne termina pas. Zanka attendit la fin de la phrase puis décida de l'encourager :

— Même si ?

— Peut-être que ça n'aurait pas fait beaucoup de différence, conclut l'employé.

— Que voulez-vous dire ? le relança Zanka.

La voix de Bernacca se fit songeuse.

— Pensez au cas où ces deux jeunes auraient rencontré des êtres comme ceux à qui j'ai eu affaire. Des êtres en mesure de neutraliser une personne et de l'emporter avec facilité. Pensez, par hypothèse, au cas où cette montagne serait vraiment une antenne, ou peut-être un passage vers une autre planète ou un univers parallèle. Nous n'aurions aucun espoir de les retrouver. Il n'y aurait rien à faire sinon… attendre qu'ils reviennent.

Maintenant, Zanka l'allumait vraiment, sa cigarette, et il aspira deux bouffées.

— Vous croyez vraiment ça ? Qu'ils ont été enlevés par les Martiens ?

Bernacca haussa les épaules et leva les yeux vers le haut, en direction du sommet de la montagne ou peut-être du ciel.

— Pour être honnête, M. Zanka, je ne crois rien, dit-il, l'air soudain perdu. Je ne sais pas ce qui m'est arrivé à moi et je ne sais pas ce qui est arrivé à ces deux jeunes gens. J'aime penser qu'ils sont vivants et que les autres les ramèneront parmi nous, tôt ou tard. Peut-être quand pour nous cinquante ans auront passé et qu'eux n'auront vieilli que d'un jour.

Zanka continua à fumer en silence, en méditant sur ces mots et sur la meilleure manière de les insérer dans l'article.

Il tira les dernières bouffées de sa cigarette et l'éteignit sous sa semelle.

— C'est une belle pensée, commenta-t-il. Poétique, presque.

D'un coup, Bernacca changea d'expression et consulta sa montre.

— Il est midi passé, dit-il. Je peux vous inviter à déjeuner ?

— Je vous remercie, mais je suis déjà pris, mentit Zanka.

— Alors, il faut qu'on y aille, se résigna Bernacca, tandis qu'un vent froid glissait sur l'herbe, comme pour les pousser dans la bonne direction.

7
FORRAVALLE, SAMEDI 8 AVRIL

Le portail était ouvert, mais Bonino préféra se garer sur la route.

Des deux portières de la Fiat 127 émergèrent quatre corps ankylosés et en quête d'espace.

— Rendez-vous ici à 17 heures? demanda Bruzzone tandis qu'ils s'étiraient.

Durant le voyage, les trois ufologues avaient accouché d'un plan. Les Turinois interrogeraient Bernacca, selon le questionnaire idoine du Grucat. Pendant ce temps, Bruzzone, qui était déjà venu plusieurs fois dans le coin pour ses recherches clipéologiques, se posterait au bar et dans divers lieux stratégiques, pour recueillir des « éléments environnementaux », c'est-à-dire les rumeurs et les commentaires sur le témoin d'une rencontre rapprochée.

— On aurait dit trois anthropologues de l'époque victorienne, se souvient Milena, de ceux qui allaient au milieu des cannibales pour étudier la pensée des sauvages. Berto s'était mis sur son trente-et-un, veste et cravate, alors que Bonino avait choisi une mise en scène plus rustique, pour se fondre parmi les indigènes, mais le résultat était un voyant mélange de chasseur et d'alpiniste d'autrefois.

L'immeuble était sur deux étages, à peine plus haut que les noyers qui poussaient à côté. Un escalier menait au palier muni d'une rampe de fer, sur lequel se trouvait l'entrée de chez Filippo Bernacca.

Ne voyant pas de sonnette, Bonino frappa à la porte verte.

— Un moment ! dit une voix qui provenait d'une fenêtre à côté de l'entrée.

Il s'ensuivit le bruit de la chasse d'eau et enfin Bernacca fut sur le seuil. Des bandelettes entrecroisées lui couvraient la tête comme un béret.

Après les présentations et les politesses, les arrivants furent invités à s'installer autour de la table de la salle à manger.

La pièce, déjà peu spacieuse, était bourrée de livres occupant toutes les surfaces horizontales. Étagères, bibliothèques, tablettes.

— J'apporte de l'eau, dit Bernacca. Quelqu'un veut un café ?

Milena en profita pour demander les toilettes et regarder autour d'elle en s'y rendant.

Sur la platine de la stéréo, il y avait un disque de Mina, *Plurale*. Juste au-dessus, une affiche d'un de ses concerts avec, au bord, deux billets agrafés.

Elle découvrit les livres de la bibliothèque de Bernacca. Classiques de la littérature, polars, science-fiction, histoire locale et puis textes sur les ovnis, sur la parapsychologie et aussi, l'œuvre complète de…

— Martin Zanka, disait Bernacca. J'étais avec lui justement ce matin. C'est déjà la deuxième fois…

La voix était par moment couverte par un bruit de vaisselle remuée.

— … carrément un article pour *L'Europeo* ! Je l'ai invité à déjeuner, il n'a pas pu rester, sinon je vous l'aurais présenté.

Les deux Turinois s'empressèrent de mentionner qu'eux aussi avaient rencontré Zanka à Rome, au congrès.

— Ovni 78 ! s'exclama Bernacca. J'aurais tant voulu y participer. Je sais que finalement, on n'a rien fait.

Les ufologues racontèrent ce qui s'était passé ce jour maudit, sur le ton pressé de qui ne veut pas perdre son temps en bavardages.

Milena pendant ce temps songeait qu'elle aussi aurait aimé déjeuner de nouveau avec Martin Zanka. Elle ne savait pas si elle devait être surprise du hasard qui avait voulu qu'ils s'effleurent ainsi ou du mauvais sort qui le lui avait fait manquer. Dans son esprit se forma l'image de deux planètes tournant autour de la même étoile et qui périodiquement se trouvaient alignées. On aurait pu y voir la main du destin.

Suivant les indications reçues, elle prit le couloir, court et étroit. Sur le mur de gauche, un étalage de photos de famille, d'une femme, de deux jeunes, interrompu par une porte entrebâillée qui laissait apercevoir un lit pour deux. De l'autre côté c'était grand ouvert : on voyait une table de travail encombrée de machins électroniques, les lits superposés, le bureau et les posters pour adolescents. Juste après, une vieille carte de la région couvrait le papier peint, à côté de gravures avec vues de Forravalle, d'anciennes cartes postales et d'une affiche montrant deux jeunes gens. « DISPARUS » annonçait l'inscription sous les deux portraits avec leurs noms : Jacopo Musetti et Margherita Toni.

Les toilettes étaient au fond, parfumées à la lavande. Milena se dépêcha, elle ne voulait pas qu'on l'attende et encore moins qu'on commence sans elle.

Quand elle revint dans le séjour, Bernacca venait juste de sortir de la salle à manger, tenant un plateau. Il disposa sur la table les verres, la carafe et la boîte de biscuits au miel.

Milena remercia et en prit un. Bonino ouvrit son bloc-notes et saisit le stylo, Ravarino glissa la cassette dans le magnéto.

— Alors, demanda-t-il au témoin, on peut commencer ?

« Avant la rencontre, se rappelle Bonino, on avait échangé par téléphone. Les ufologues florentins, qui le connaissaient, avaient parlé avec lui et s'étaient assurés de sa disponibilité, puis je l'avais appelé : je lui avais exposé les modalités et les buts de l'interrogatoire – mais avec lui, j'avais parlé de "conversation" – et je lui avais demandé de dessiner un schéma de l'apparition et une des scènes de ce qui lui était arrivé. »

— Partons des données personnelles, les trucs habituels : âge, niveau d'étude, profession, état civil.

— Bernacca Filippo, récita l'interrogé, tandis que Bonino écrivait, et Milena aussi, né à Massa le 20 août 1935. Je réside à Forravalle depuis quinze ans et depuis vingt, je suis employé aux services techniques de la commune. J'ai un diplôme de géomètre. Au début, je faisais les allers-retours, puis avec ma femme, on a déménagé. Marié le 15 juin 1960, deux enfants, actuellement séparé, procédure de divorce en cours. Eux, maintenant, ils sont à Trente et je vis seul.

Cette dernière information étonna Milena. D'après les photos dans le couloir, elle avait imaginé une famille unie.

La fiche complétée, Ravarino demanda au témoin de raconter l'apparition avec ses mots à lui, pas à pas, « comme s'il les revivait ».

L'exposé n'apporta pas grand-chose à ce qu'ils savaient déjà par les journaux. Bonino, montre en main, tenta de reconstruire le déroulement horaire de la rencontre rapprochée.

À la fin, Bernacca montra le portrait-robot de ses assaillants. La feuille est conservée dans les archives du Grucat, dans le dossier relatif à son cas. Les silhouettes des trois extraterrestres rappellent des pieuvres à quatre tentacules, deux plus courtes en haut et deux plus longues en bas. Seul détail bien défini : le grand œil noir, privé de sclérotique.

Conscient, semble-t-il, d'avoir des talents de dessinateur limités, Bernacca remit aux ufologues, à la place d'un dessin du décor, deux photographies : une du sommet de Rocca Tesana, cadrée depuis l'intérieur de la cabane de chasse, et une autre du lieu de l'agression.

Avec sous la main le modèle d'interrogatoire du Grucat, Ravarino approfondit les questions. Avant tout, il essaya de mieux fixer le déroulé des événements : quand, précisément, étaient apparues les trois créatures? Il les avait vues à travers le parebrise ou seulement une fois descendu de la voiture? Et la lampe électrique, il avait essayé de l'allumer avant ou après l'apparition?

Il s'informa sur les conditions météorologiques. Sur la présence de la Lune. Sur la dimension des silhouettes par rapport aux arbres.

— Le matin, de retour à la voiture, vous avez noté des signes de leur passage ?

— Sur le moment, je n'ai pas regardé, admit Bernacca, je voulais m'éloigner au plus vite. Mais je crois que la pluie avait effacé toute trace. Quand j'y suis retourné pour récupérer la Dyane, il n'y avait même plus les empreintes de mes pneus.

Puis fut examinée la trajectoire de la lumière apparue sur le Quarzerone. Linéaire, courbe ou complexe ?

Sur leur courtoise requête, Bernacca mit aussi à la disposition des ufologues, sans hésiter, le certificat médical des urgences, où étaient décrites les blessures et les contusions résultant des coups. Bonino en recopia le contenu.

— Vous portez des lunettes ?

— Non. J'ai dix aux deux yeux. C'est de famille. Ma mère est morte il y a deux ans et elle avait encore la vue d'une gamine.

À ces mots, Milena scruta la pièce, en quête d'une photo de femme âgée. Il lui sembla en repérer une, sur une étagère, dans un grand cadre.

Cependant, l'interrogatoire se poursuivait.

— Les instruments qui ont cessé de fonctionner ce soir-là sont encore hors d'usage ?

— La radio marche à merveille, répondit Bernacca, et la lampe aussi ; le lendemain, elle s'est allumée à la première tentative. Mais le détecteur GNDN, en revanche, est vraiment mort. Je l'avais acheté par correspondance, j'ai écrit à la société, on verra s'ils me répondent. La Dyane, ensuite, je l'ai remise en route. J'étais accompagné par un collègue véhiculé, on l'a redémarrée avec les pinces. C'était bien la batterie.

— D'autres anomalies électromagnétiques ? Je ne sais pas, des lumières éteintes aussi aux alentours, un black-out ?

— Non, dit Bernacca d'un ton convaincu. Et si ça avait eu lieu, je l'aurais su. Après l'article sorti dans le journal, plusieurs personnes se sont manifestées mais aucune n'a parlé de pannes.

— Qu'est-ce qu'elles voulaient ?

— La plupart, me demander ce que j'avais vu. D'autres, me parler des extraterrestres qu'il y aurait sur le Quarzerone, m'exposer leurs théories. Il y en a un qui est venu jusque de Grosseto pour me raconter que lui aussi avait été enlevé par les aliens. J'ai reçu plus de visites durant cette période que pendant les quinze dernières années.

Bernacca, nota Milena, avait prononcé cette dernière phrase sur le ton de la plaisanterie, mais sans réussir à empêcher qu'y perce une certaine mélancolie, comme s'il pensait déjà à l'inévitable retour à sa vie habituelle, où les soucoupes volantes étaient la seule promesse, l'unique antidote à la tristesse. Plus elle observait son appartement, plus elle l'entendait parler, et plus il lui apparaissait comme une version douloureuse de Roy Neary, le protagoniste de *Rencontres du troisième type*. L'un comme l'autre confirmaient en tous points l'hypothèse que l'ufologie était un produit de la crise du mâle occidental, de son besoin de fuir ses propres contradictions. Mais tandis que Neary avait l'air d'un enfant assoiffé d'aventures, Bernacca était un adulte vieilli trop vite, avec un divorce en cours et des années de solitude devant lui. Ce qui le poussait vers les aliens, c'était non pas la fascination pour l'inconnu, mais le désir d'une présence qui le console, ou au moins le prenne en considération.

— Qui est la première personne à qui vous avez raconté l'événement?

— Un collègue de travail. Celui qui m'a vu arriver au bureau en mauvais état.

— Vous lui avez dit que vous aviez été agressé par…

Ravarino lut le terme que Bernacca avait utilisé dans son récit :

—…d'« énormes créatures mystérieuses »?

— Non, pas à lui. Je lui ai seulement parlé de «quelqu'un», je ne voulais pas m'exposer aux moqueries. Au travail, on a vite fait de devenir une tête de Turc. J'ai peut-être exprimé un peu plus de doutes aux infirmiers des urgences, je ne me souviens pas. Puis je suis allé chez les carabiniers pour déposer plainte, et là, quand l'adjudant Mereo m'a demandé si j'avais des soupçons sur les responsables, je lui ai dit que je ne savais même pas si c'étaient des êtres humains, et qu'en fait, j'étais toujours plus convaincu du contraire.

Milena se demanda qui de ces gens avait contacté la presse. Elle ne voyait pas Bernacca téléphoner lui-même aux rédactions pour raconter son histoire.

— Vous dites « toujours plus convaincu », nota Ravarino. Donc, au début, vous ne l'étiez pas? Ou vous l'étiez dans une moindre mesure? Qu'est-ce que vous avez pensé, quand vous les avez vus?

Bernacca répondit avec assurance :

— Rien. J'avais trop peur. Ce n'est qu'au réveil qu'il m'est venu à l'esprit que peut-être, ce n'était pas des humains. Je me suis demandé : comment se fait-il qu'il se soit passé tant de temps? Et comment se fait-il que je ne sois plus là où on m'avait agressé? Et pourquoi j'avais tant de mal à me rappeler ce qui s'était passé? Mais maintenant, j'ai pris rendez-vous avec un professeur de Florence, une sommité, grand expert en hypnose régressive. Grâce à lui, j'espère récupérer ma mémoire et éclaircir ce qui me tracasse.

En entendant mentionner l'hypnose régressive, Bonino se raidit brusquement.

« Dès l'époque du Grucat, affirme-t-il en évoquant l'épisode, nous étions opposés à ce type d'hypnose. D'abord, parce qu'elle n'a pas de base scientifique. Ensuite parce que, même si elle fonctionnait, elle ne donnerait pas les résultats espérés. Si un homme est convaincu d'avoir vu les Martiens, il se rappellera les avoir vus, même sous hypnose. La question n'est pas ce dont il se souvient. La question, c'est ce qu'il a vu vraiment. »

L'interrogatoire entrait à présent dans sa phase finale.

Bonino, qui avait coché les questions dans la liste au fur et à mesure que son acolyte les formulait, prit la parole pour poser celles qui avaient été délaissées jusque-là. La lumière sur la montagne était-elle fixe, tremblante, palpitante de manière régulière ou pas? À quelle distance estimait-il qu'elle se trouvait?

Une fois le questionnaire complété, Ravarino reprit depuis le début le récit à l'intention de Bernacca, en intégrant les détails, afin que ce dernier confirme et signe.

Milena étudiait le Grucat depuis des mois et pourtant elle continuait de s'étonner devant tant de méticulosité.

> « D'un côté, écrit-elle dans son livre, il est admirable que deux amateurs mènent avec autant de sérieux leur recherche. Il s'agit, dans un certain sens, d'une forme de respect pour l'interrogé. De l'autre, tout s'était déroulé d'une manière très aseptisée. Bien sûr, l'objectif était de ne pas tordre ultérieurement le témoignage, de ne pas l'orienter par des jugements, des commentaires ou des hypothèses préconçues. Mais l'effet final était que les deux ufologues avaient traité Bernacca seulement comme un objet d'étude. Avec beaucoup d'intérêt, mais aucune empathie. »

Pour finir, les deux enquêteurs demandèrent à Bernacca la permission de le prendre en photo. Puis ils échangèrent leurs numéros de téléphone – « Au cas où il vous viendrait à l'esprit quelque chose que vous ne nous avez pas dit », précisa Ravarino, comme un détective de téléfilm. Leur hôte s'offrit de les accompagner dans une reconnaissance des lieux : d'abord à sa « base ufologique », puis à l'endroit du contact.

Il était clair, pensa Milena, qu'il ne serait pas mécontent d'avoir aussi de la compagnie un dimanche matin.

8
FORRAVALLE, SAMEDI 8 AVRIL

Au dehors, à côté de la Fiat, Bruzzone attendait, cigarette au bec.

— Comment ça s'est passé ? demanda-t-il.

— Pour moi, dit Bonino, c'est plus un cas pour les psychiatres que pour les ufologues.

Milena lui décocha un regard agacé, que Ravarino dut cueillir, car il s'empressa de prendre ses distances.

— Moi, il ne me semble pas que ce soit le classique cinglé qui voit des ovnis. Peut-être que son récit n'est pas fiable, mais, comme personne, il me semble qu'il l'est.

— Fiable ? Bof. Sur l'échelle de Rynek ? le relança Bonino.

L'échelle de Rynek comportait cinq degrés de fiabilité. Ravarino se frotta de deux doigts le menton.

— Je dirais trois sur cinq.

Eh oui, se rappela Milena, eux, ils ne se limitent pas à classer les rencontres rapprochées et les différents genres d'ovnis. Ils font ça aussi avec les personnes.

— Toi, Bruzzone, qu'est-ce que tu as découvert ? s'informa Bonino.

Le Génois tira une dernière bouffée et jeta le mégot au milieu de la route. Avant de répondre, il proposa d'aller à pied jusqu'à l'auberge du Sanglier-Blanc. Inutile de déplacer la voiture pour à peine cinq cents mètres.

— J'ai parlé avec seize personnes, déclara-t-il avec satisfaction. Personne ne doute de la bonne foi de Bernacca ni de ses facultés mentales. Tout le monde pense qu'il a été agressé par des voyous et qu'il est encore sous le choc. Certains ont plaisanté sur sa passion pour les extraterrestres, les trucs habituels, rien de méchant, à part une femme qui m'a dit : « Qui sait ce qu'il va y faire vraiment, dans sa cabane. » Beaucoup ont évoqué son divorce : il y en a qui compatissent, et d'autres qui lui en attribuent la faute. Certains disent que sa femme est une hystérique et d'autres qui insinuent qu'elle l'a largué parce qu'elle l'a surpris avec un amant. Un homme.

— Ah, en plus, c'est un *cupio* ? l'interrompit Bonino.

— Un quoi ?

— Comment vous dites, vous à Gênes ? Un *buliccio*. Un pédé.

Ravarino rougit et n'eut pas le courage de regarder Milena.

— En tout cas, poursuivit Bruzzone, tout le monde le considère comme un type correct, mais quand j'ai demandé à parler avec ses amis, personne n'a su m'en indiquer un.

— Et il doit bien y avoir une raison ! s'exclama Bonino, comme pour dire que son hypothèse psychopathologique trouvait une confirmation.

— En tout cas, intervint Ravarino, moi, je ne perdrais pas plus de temps avec lui. Il me semble évident que c'est un faux cas.

— Procédons par ordre, proposa Bonino. En premier lieu, nous avons l'observation d'une étrange lumière nocturne. Étrange parce que provenant d'une zone de la montagne où il y a un précipice de deux cents mètres. Mais l'explication la plus simple est que Bernacca se soit trompé en la localisant avec précision et que la source se trouvait dans un endroit accessible.

— En fait, dit Ravarino, peu après, lui aussi est allé sur la montagne avec sa voiture et là, il a été aveuglé par une grande lumière. Selon toute probabilité, celle-là même qu'il avait vue depuis la cabane.

— Il est tout aussi probable que ce soit celle d'une autre voiture. Ce qui en ferait un IFO.

L'acronyme, dans la bouche d'un ufologue, ne se référait pas à l'IFO, institut de recherche économique de Münich, mais à *Identified flying object*, objet volant identifié.

— Non, commenta Bruzzone, ça ne serait même pas un IFO, parce qu'une voiture ne vole pas ! Ça serait juste une couillonnade.

Bonino hocha la tête et reprit son récapitulatif.

— Ensuite, on arrive à l'agression... Et là aussi, il y a une explication rationnelle, compatible avec les données que nous avons. Bernacca a été frappé par des êtres humains, peut-être dérangés par sa présence. Il a essayé d'allumer sa lampe mais, dans l'agitation, n'y est pas arrivé.

— Ça laisse de côté les autres phénomènes électromagnétiques, intervint encore Bruzzone. La CB et le détecteur... Comment ça s'appelle, déjà ?

— GNDN, précisa Bonino. Et va savoir ce qu'il était censé détecter ! Un type qui achète certains instruments par correspondance a une fiabilité de degré zéro, croyez-moi.

Bruzzone ricana, Ravarino se contint, Milena secoua instinctivement la tête, mais ne dit rien.

— La panne des instruments, c'est une coïncidence, coupa court Ravarino. Si elle devait être liée au présumé ovni, qui à ce moment était à plus d'un kilomètre à vol d'oiseau de Bernacca, alors il devrait y avoir eu un black-out, ou des effets semblables dans la zone. Non, poursuivit-il après une pause, le seul élément à éclaircir est la perte de connaissance prolongée.

Les trois hommes décidèrent de demander à un médecin si les blessures et les hématomes décrits dans le certificat des urgences étaient compatibles avec un évanouissement de presque dix heures. Entre-temps, ils étaient arrivés à l'auberge.

— Demain matin, proposa Ravarino, je serais partisan de laisser tomber Bernacca et d'aller par nos propres moyens sur le Quarzerone. De toute manière, Bruzzone connaît les lieux, nous n'avons pas besoin d'un accompagnateur.

Le Génois dit qu'il voyait bien où était le sentier au bout duquel avait eu lieu l'agression « extraterrestre ». Ils pouvaient passer par là, jeter un coup d'œil, puis visiter d'autres lieux plus intéressants du point de vue ufologique : le pré où l'on disait qu'une soucoupe volante avait atterri, la cavité d'où était sortie une étrange lumière, la cime de Rocca Tesana.

— Très bien ! s'exclama Bonino. À moins que l'examen des lieux en compagnie de Bernacca soit d'un quelconque intérêt pour notre chercheuse.

Milena rétorqua qu'il ne lui appartenait pas d'orienter les activités du groupe et ajouta qu'elle allait se promener avant le coucher de soleil.

Les ufologues comprirent qu'elle voulait rester seule et personne ne s'offrit pour l'accompagner, mais ils lui donnèrent rendez-vous pour le dîner à l'auberge.

Elle tourna les talons et prit une rue en montée qui promettait d'arriver à l'église.

Les commentaires de ces trois hommes l'avaient mise de mauvaise humeur.

« Cas pour psychiatres »

« Niveau de fiabilité, trois sur cinq »

« *Cupio* »

« Jimmy avait raison, réfléchit aujourd'hui Milena, leur plus grand plaisir résidait dans l'identification. Du reste, c'est ce que nous faisons tous, ne serait-ce qu'en parlant. Si nous ne le faisions pas, nous resterions bloqués. Dire qu'un arbre est un arbre, et pas un cactus, nous permet de savoir de quelle quantité d'eau il a besoin, de quel terrain. Chaque fois qu'un phénomène se répète, nous l'étiquetons, pour apprendre à le traiter. Pour le contrôler, bien sûr, mais aussi pour en prendre soin. Mais la manie classificatrice du Grucat allait plus loin, il était bien difficile de soutenir qu'on ait *pris soin* de Bernacca. »

La place de l'église s'ouvrit entre les maisons. La face était nue, de style roman. Une roue d'animaux fantastiques autour de la rosace constituait le seul ornement.

Est-il possible, se demanda Milena, d'étiqueter sous le même nom deux objets ou deux événements, comme de simples exemples du même phénomène, sans oublier au passage ce qui les rend uniques et non reproductibles ?

Devant une agence bancaire, il y avait un banc et un panneau fixé sur un poteau, avec un dessin de bus.

Milena lut, pensive, les horaires.

Les passages les plus fréquents étaient à destination de Aulla.

Le premier départ était à 5 h 40.

Aulla, place Mazzini. Les cloches de l'église sonnèrent cinq coups puis, détaché, un autre plus faible et plus aigu.

9
AULLA, SAMEDI 8 AVRIL

Quoique situé dans la province profonde, l'Hallogallo était nationalement connu, grâce notamment à la vente par correspondance. Une page publicitaire paraissait sur les revues spécialisées, avec les meilleurs titres du mois et le numéro de téléphone. Vous appeliez, vous donniez votre adresse et Jimmy Fruzzetti vous expédiait le catalogue gratis.

C'était lui qui le produisait, maquette et contenu. Sur chaque nouvelle sortie, sur chaque perle d'importation arrivant au magasin, Jimmy écrivait une brève recension, dix lignes ou un peu plus, fines et compétentes. Il y avait aussi la section sur le hi-fi, celle sur les livres, quelques illustrations psychédéliques. Une cinquantaine de pages avec couverture glacée en trichromie. Rien à envier à une revue, et Jimmy publiait trois numéros par an qui, aujourd'hui, sont des pièces de collection. Les exemplaires qui subsistent passent de main en main à des prix vertigineux.

Jimmy, tout le monde le disait, était bizarre, oui, mais précis et efficace « comme un Allemand ». De fait, il avait vécu en Allemagne de l'Ouest. Il y était allé à vingt ans, en 1971. Pas pour travailler dans les usines de Munich, Francfort ou Ludwigshafen, mais en suivant le chant des sirènes du nouveau rock allemand, le plus intéressant d'Europe. De cette scène, il aimait chaque son : de l'électronique enveloppante des « courriers cosmiques » – Ash Ra

Tempel, Tangerine Dream, les travaux socialistes de Klaus Schulze – au rock plus anguleux des Can, des Faust, et en particulier des Neu !, en passant par les albums bouillonnants et psychédéliques de Amon Düül, qui en réalité étaient deux groupes, Amon Düül I et Amon Düül II, et tenait son nom de la communauté où ils vivaient.

Jimmy aussi s'était installé dans une communauté, à Cologne, puis pendant de longues périodes, il avait été en Suisse à la suite du journaliste et producteur discographique Rolf-Ulrich Kaiser, qui allait y trouver le « prophète du LSD », Timothy Leary, échappé à la justice américaine.

> Le Kaiser, comme je l'appelais, autant pour son nom que pour ses manières impérieuses…

La voix de Jimmy émerge, juste un peu assourdie, d'une vieille bande, enregistrée justement ce samedi-là à l'Hallogallo, après l'heure de la fermeture, sur le magnéto à cassettes de Milena. Un Philips EL3301, avec son étui, sa bandoulière et son micro externe. Entretenu avec soin, il fonctionnait encore en 2018.

> … était déjà connu jusqu'en Italie, parce que Mondadori venait juste de traduire son livre, *Das Buch der Neuen Pop Musik*, sous le titre *Guide de la musique pop*. Avec tout ce qui est arrivé depuis, aujourd'hui, il est obsolète, bien des passages paraissent plats. Mais il est encore au catalogue, ici aussi, au magasin,

de temps en temps, il en part quelques exemplaires. En Allemagne, le Kaiser était plus connu pour son label, Ohr, qui signifie «oreille». Il a sorti des albums fondamentaux, des groupes du calibre de Tangerine Dream, Floh de Cologne, Popol Vuh... Je les ai connus. Leary, on est allé le voir en Suisse deux fois, avant que le gouvernement le jette dehors. Avec lui, on a fait pas mal de voyages. Immobiles, aussi, je veux dire. J'ai « fait l'expérience ». L'expérience psychédélique. Tu l'as jamais faite, l'expérience? are you experienced? [Il ricane] J'ai compris, j'ai compris, « ici, c'est moi qui pose les questions »... En tout cas, avec Leary, j'ai appris des choses non seulement qui m'ont servi par la suite, mais qui m'ont fait redécouvrir certains aspects de ma culture d'origine.

En 1974, Jimmy était revenu au pays avec de solides ressources économiques dont personne ne lui avait demandé l'origine. En peu de temps, il avait ouvert le magasin en l'appelant comme son titre préféré des Neu!

En Italie, et surtout en Toscane, il avait repéré la vogue culturelle de l'ufologie, qui avait réveillé des souvenirs d'enfance.

En Allemagne et en Suisse, je n'ai pas rencontré des ufologues proprement dits, il me semble que l'Italie est plus dans ce truc, mais des gens qui voyaient des choses de l'autre monde *[rires]*, tu imagines combien? Et puis, moi, j'ai grandi dans la vague de 1954, je sais pas si tu connais, quand tout le monde voyait des

> ovnis, y compris mon grand-père descendu dans la cour pour aller aux chiottes. J'avais à peine trois ans, je ne peux pas me le rappeler, mais on a continué à en parler pendant je sais pas combien de temps, en particulier à Forravalle, le village de ma mère. J'y allais tous les dimanches, pour voir mémé Jole, et chez elle j'écoutais les histoires du Quarzerone, notre montagne magique. Après quoi, ajoutes-y les expériences sous acide, qui t'ouvrent l'esprit, et le fait que déjà, j'aimais la musique cosmique… Oh, pense rien qu'aux titres : *Alpha Centauri, Galactic Joke, Cosmic Joy, Birth of Liquid Plejades*… Bref, c'était mon destin : comment ne pas devenir ufophile ?

Ce samedi après-midi, vers les 18 heures, Jimmy était très occupé par un client qui voulait lui acheter une stéréo. Du coin de l'œil, il en vit un autre entrer et, quand il se retourna pour dire bonsoir, il le reconnut, bien qu'il ne fût pas du coin. De Lucques, mais connu aussi dans les provinces limitrophes. Il avait chanté dans un petit groupe et sa photo était même sortie dans le journal, une fois, bien que ce ne fût pas pour la musique. Jimmy s'en souvenait – « j'ai une excellente mémoire, disait-il toujours, malgré les acides ».

Le nouveau venu était Onorio Pardini, connu du plus grand nombre sous le nom de Pardo. Grâce à son témoignage, recueilli en septembre 2019 à Rome, au siège de la maison d'édition Sugli alberi le foglie, on peut reconstruire ce qui se passa peu de temps après et en comprendre l'importance pour les événements à venir.

Jimmy était perplexe. Qu'est-ce qu'il faisait ce type à l'Halogallo ? Tout le monde savait de quel milieu il venait. Et il suffisait de le regarder pour comprendre dans quel milieu il s'était fourré.

Pardo ne devait pas avoir plus de vingt-cinq ans, mais il ne semblait pas en grande forme. Il circulait l'air perdu dans la boutique, comme un enfant entouré de jouets qu'il craint de casser. Il avait avec lui un grand sac orange.

Jimmy et le type qui voulait une chaîne se livrèrent à différentes écoutes, en commentant le son qui sortait des baffles, la qualité de la pointe. Pour ces essais, Jimmy choisissait des disques particuliers, correspondant à l'excentricité de la boutique. Ce jour-là, il avait opté pour un LP sorti quelques années plus tôt, *La Finestra dentro* (« la fenêtre intérieure ») de Juri Camisasca. Une sombre prestation entre folk et apocalypse. Une agression à l'auditeur. Un album qui, écouté quand vous êtes seul, la nuit, peut faire peur.

Mais Jimmy savait ce qu'il faisait : de jour, à fort volume, les râles et les aboiements du chanteur milanais se prêtaient parfaitement à la mise à l'épreuve d'une stéréo.

Et ainsi, tandis qu'il attendait, Pardo encaissa ce morceau violent, cadencé, inexorable, déchiré d'une guitare avec sa wah-wah sur un tapis de percussions. Il entendit raconter les rats qui courent dans les veines et provoquent une démangeaison indicible, inutile de se gratter. Puis les rats grignotaient le cerveau mais « moi, je ne cède pas ! » chantait Camisasca, déclarant qu'il resterait un gentilhomme jusqu'à la mort. C'était clair, il parlait d'un secret enseveli dans le corps, d'une vérité réprimée pour obéir aux normes sociales, les rats qui maintenant sortaient du nez et des oreilles étaient ceux de la vérité qui ne pouvait plus être enfermée. À ce stade, le soi-disant gentilhomme perdait des parties de son corps et le contrôle de sa langue, en disant des choses qu'il n'avait jamais dites.

« On aurait dit qu'il l'avait mis exprès pour moi, déclare aujourd'hui Pardo qui, pour cela justement, n'a pas oublié le fond sonore de cet après-midi. J'écoutais et je pensais à ma dépendance à l'héroïne, au secret des deux dernières années, au moment où mes camarades fachos m'avaient découvert. »

Le potentiel acheteur, en revanche, écoutait avec une attitude bien différente, comme si sur la platine il y avait eu un disque de Sinatra ou de Bruno Martino. Lui, ce qui l'intéressait, c'était la qualité de la hi-fi.

Jimmy vit que Pardo était devant les étagères des livres et des revues. Un petit coin avec un nombre restreint d'exemplaires, sélectionnés avec soin. Musique, contre-culture, science-fiction. Bien en vue, il y avait *Les Dépossédés*, d'Ursula K. Le Guin. À l'Hallogallo, ce roman d'utopies transplanétaires avait toujours eu une place d'honneur. Jimmy le citait aussi dans l'interview enregistrée.

Pardo prit en main le dernier numéro de *Gong*. C'était justement en cette période que le magazine avait changé de sous-titre : non plus « mensuel de musique et culture progressive » mais « mensuel de musique, culture et bande dessinée ». Énième signe des temps, de cette new wave dont on parlait tant.

En appelant sa boutique Hallogallo, Fruzzetti avait vu juste : des groupes comme Can ou Neu! avaient annoncé les sons et l'attitude provocatrice des punks, et ils étaient parmi les rares à ne pas paraître déjà datés.

En revanche, les disques que Pardo avait dans son sac rendaient un son décrépit. Une quinzaine de LP, dont il pourrait tirer trois sous.

Dans les haut-parleurs d'une deuxième stéréo, Camisasca se mit à chanter un vide dans la tête, des pensées renversées dans un fleuve d'illusions, la peur d'affronter la réalité, une réponse enfermée dans une main et qui ne devait pas être donnée, non, elle ne le devait pas, mieux valait mourir en la gardant bien serrée dans la main, pour sauver son âme.

Jimmy et le client parlaient, Camisasca vocalisait. Dans la chanson suivante, il disait avoir un corps ovale et mille pattes. Camisasca transformé en insecte, comme dans *La Métamorphose* de Kafka. Camisasca harcelé par sa mère jusqu'à se jeter par la fenêtre de sa chambre.

Pardo aussi avait été défenestré. Ses parents et tous ses camarades fachos lui avaient dit de ne plus se montrer. Il avait sombré à l'état de drogué de caniveau, c'était une honte.

« Un facho pouvait en vendre, explique-t-il. Mais devenir un drogué, non. »

Enfin, la chaîne fut choisie. Jimmy retira le disque, le client signa un chèque, ils chargèrent ensemble les baffles et la platine dans la voiture.

Fruzzetti rentra et se planta devant Pardo, les doigts glissés dans la ceinture, regard interrogatif derrière ses lunettes fumées. Il n'avait pas besoin de la poser, sa question, tout son corps la formulait : « beh, alors ? »

À la fin, il dit :

— Aulla n'est pas un endroit pour les fachos. Encore moins cette boutique.

— Je sais, dit Pardo.

Il était plus petit que Jimmy, mais il avait été un athlète, ceinture noire de karaté Shotokan, et on voyait qu'il était encore musculeux, quoique amaigri. Sur son bras droit, sous le poignet de la chemise, émergeait un bout de tatouage. Jimmy ne parvint pas à deviner le reste.

En revanche, il nota les mains gonflées.

— Je vois que t'es pas en bon état, lui dit-il. Quand tu l'étais, tu serais venu avec tes copains fafs pour me casser la vitrine… ou pire.

Pardo secoua la tête.

— Mais non, moi, j'ai toujours bien aimé cet endroit. J'y ai aussi acheté des disques, par la poste.

— Je n'ai jamais rien expédié à un Pardini, autant que je me rappelle.

— J'utilisais le nom de ma mère : Giannotti Elvira, avenue San Francesco, Borgo a Mozzano…

— Comme c'est mignon… Tu sais pourquoi je m'appelle Giacomo ? C'était le prénom de mon oncle, anarchiste et partisan, tué par les Brigades noires en 1944. Dans des circonstances à peine plus sanglantes que celles de maintenant, toi et moi, on se tirerait dessus. Donc, merde, tu veux quoi ?

— Te vendre des disques.

— Et pour vendre des disques, t'as fait tous ces kilomètres ? Y'a pas de marchés aux puces sur les quais du Serchio ?

— Ben, ça fait un moment que j'ai déménagé en Lunigiana.

— Et t'as mal fait. Je viens de te le dire, c'est pas un coin pour les fafs, ici.

— Je fréquente plus les fachos, rétorqua Pardo.

Jimmy remarqua les cernes et le voile de sueur sur le front.

— Je comprends. Tu as besoin d'aide, Pardini. Et si moi, je t'achète des disques, je ne t'aide pas.

— Moi aussi je comprends : tu penses que si j'ai deux ou trois lires, je les dépense pour me shooter. En fait, j'essaie d'arrêter, je prends de la méthadone. Mais il y a les factures.

Jimmy soupira.

— Juste par curiosité, fais-moi voir ce que t'as.

Ils allèrent au comptoir. Pardo y posa son sac et sortit ses albums. Jimmy les souleva un à un, en lisant les noms à voix haute.

— Campo X… Julius… La Nuova Vecchia Guardia, Vento degli Dèi, Carmine Burani, Sergino… Directement de la Fête de la Comté*, pas vrai ? Comment c'est déjà, le petit slogan ? « La musique alternative et non conforme

---

* Le Camp Hobbit ou Camp de la Comté, par allusion au *Seigneur des Anneaux*, de Tolkien, que l'extrême droite italienne s'efforçait de détourner à son profit, était une manifestation « contre-culturelle » du Fronte della Gioventù, organisation de jeunesse du MSI, parti d'extrême droite ancêtre du parti de l'actuelle Première ministre italienne. Cette fête de l'Huma à la sauce facho dura de 1977 à 1981.

du mauvais côté d'une génération. » Il manque juste ton petit groupe, avec ce nom si spirituel…

— On n'a jamais gravé de disque, rétorqua Pardo, puis il esquissa un sourire et ajouta : heureusement.

— Mais d'après toi, je peux avoir dans ma boutique ces ordures nazies ?

— Peut-être pas dans la boutique. En réserve. Tu sais, c'est des trucs qui, un jour, seront introuvables.

— J'espère bien.

— Dans quelques années, les amateurs du genre l'achèteront à prix d'or.

— Peut-être, mais chez quelqu'un d'autre, dit Jimmy en retournant l'album. Il Ritorno del re… c'est pas eux qui ont fait ce morceau sur le type qui s'est suicidé par le feu à Bruxelles devant le siège d'un journal communiste ? *Didié Devré, Didié Devré*… chantonna-t-il.

— C'est bien eux, répondit Pardo. Je reconnais que le morceau n'est pas terrible.

— Et la prononciation erronée. Il s'appelait Didier De Vreese. Il était flamand.

Jimmy glissa une cigarette entre ses lèvres et en offrit une à Pardo, qui n'avait jamais été grand fumeur mais, en cet instant, en sentit vraiment le besoin, et le boutiquier les alluma l'une et l'autre avec un Zippo, pour ensuite éteindre la flamme avec l'habituel claquement métallique du couvercle.

Ils aspirèrent quelques bouffées en silence.

« Je savais bien, commente aujourd'hui Pardo, que j'allais repartir bredouille, avec mes disques dans le sac. Mais étrangement, j'en étais presque soulagé. »

— Vous autres, fachos, vous souffrez du syndrome de l'émulation, attaqua Jimmy. De Vreese voulait être Jan Palach, et le Ritorno del re aurait voulu être Guccini qui chante *Primavera di Praga*. Sergino est le De Gregori de droite. Les Julius sont les Jethro Tull à croix celtique. La Fête de la Comté, c'est le Parco Lambro* qu'on voudrait être mais qu'on peut pas. Vous finissez toujours par être l'imitation ratée de ce qu'il y a à gauche ou, en tout cas, dans un autre camp que le vôtre.

— C'est peut-être vrai, répondit Pardo, mais De Gregori aussi imite Dylan. Et le Parco Lambro imitait Woodstock. En tout cas, j'ai compris que tu n'en veux pas de ces trucs, j'ai pas besoin que tu me fasses la leçon.

— Ah ! commenta Jimmy, le sursaut d'orgueil !

« Je devais forcément répliquer, mais en réalité, je lui donnais raison. Comme toxico aussi, je me sentais la mauvaise copie d'un autre, quelqu'un que je ne connaissais pas. »

Pardo prit ses disques sous le bras, sans même les remettre dans le sac.

— Merci, dit-il à Jimmy.

— Et de quoi ?

— De l'échange de vues.

— Ah, ben je t'en prie, répondit Jimmy. *Ad maiora* !

* Le Festival du prolétariat juvénile (1971-1978) eut trois éditions au parc Lambro à Milan en 1974, 1975 et 1976. Plus importante manifestation italienne de la contre-culture proche de l'autonomie ouvrière. Grand moment du nudisme et de la défonce d'extrême gauche, et régal des photographes de l'époque.

Sorti de l'Hallogallo, Pardo jeta les vinyles, deux ou trois à la fois, dans le premier conteneur à poubelles rencontré. En sifflotant.

« C'était mon véritable objectif, explique-t-il, je voulais m'en débarrasser. Tenter de les vendre n'était qu'une façon de rationaliser, de motiver le geste par le besoin d'argent. Le vrai besoin, en réalité, était celui de rompre avec le Pardini Onorio qui avait écouté cette merde. »

Milena, tout juste descendue du car, assista à la scène et s'en étonna.

Jimmy, de son côté, s'étonna de voir Milena entrer dans sa boutique, et fut encore plus étonné par la question qu'elle posa avant même de dire bonjour :

— Mais ils sont si dégueu que ça, les disques que tu vends ?

Un quart d'heure plus tard, à 19 heures pile, Jimmy Fruzzetti baissa le rideau de fer et alluma un joint. Deux bouffées et il le passa à Milena, qui était en train d'admirer les trésors de l'Hallogallo : disques, revues, livres.

— *Les Dépossédés*, commenta-t-elle. C'est mon roman préféré.

— Vraiment ? Tu aimes la science-fiction ?

— Ça te semble bizarre, hein ? Parce que je suis une femme. Alors que… Déjà, quand j'étais petite, je lisais les *Urania*, c'est mon père qui me les passait. D'après toi, comment j'en suis arrivée à étudier les ufologues ?

— *Wunderbar* ! commenta Jimmy avec un de ses germanismes typiques.

Il se donnait des airs, mais ça se voyait qu'il était surpris et ému par l'apparition de Milena. Leur dialogue nocturne dans le train pour Rome avait été à peine plus qu'une distraction pour insomniaques, et pourtant elle était là, comme tombée d'une planète lointaine, peut-être Anarres*.

Il lui raconta que, à Rome, le jour de l'enlèvement de Moro, il avait été interpellé par les carabiniers pendant qu'il se promenait en ville dans l'attente de se rendre à l'hôtel Tiberio.

— L'amour au premier coup d'œil. Ils ne m'ont plus quitté.

L'aspect de Jimmy avait certainement piqué la curiosité des militaires en quête des suspects habituels.

— Ajoute à ça que ma carte d'identité était périmée, dit-il tandis que Milena lui repassait le joint, et que j'ai une résistance à personne dépositaire de l'autorité publique, chopée à un sit-in, l'année dernière, à Camp Darby**. Sauf que la résistance était passive, hein. Les flics n'arrivaient pas à me soulever parce que c'était deux gnomes de Catanzaro, ils m'ont tiré par les jambes, et tire, tire, il y a un qui s'est chopé un tour de rein.

Ce 16 mars, les carabiniers l'avaient conduit de la gare Termini à la caserne pour vérifications. Il n'en était sorti que le lendemain matin.

---

* Anarres est la planète anarchiste des *Dépossédés*, le roman d'Ursula K. Le Guin.

** L'une des neuf bases militaires de l'Otan en Italie. Située à Pise, cible de nombreuses manifestations jusqu'à nos jours.

— À ce point, j'étais tellement furax que j'ai foncé vers le nord, dit Jimmy en tendant la main droit devant son nez, et j'ai marché, en évitant les barrages, jusqu'à ce que je me retrouve dans la campagne. J'ai fait de l'autostop et, le soir tard, j'étais chez moi.

Milena dit que c'était dommage, cette annulation du congrès. Rynek, Zanka, Casella, les ufologues du Grucat… et Jimmy Fruzzetti. Qui sait ce qui en serait sorti.

Jimmy émit l'hypothèse que les autres se seraient affrontés pour savoir ce qu'étaient les lumières dans le ciel et comment le découvrir, alors que lui aurait proposé de se demander ce que les lumières sont pour nous, ce qu'elles nous font découvrir. Parce que, à la fin, cela seul comptait : nos projections, nos désirs, nos espérances. C'était ce que faisaient depuis la nuit des temps les astrologues, les observateurs de comètes, les magiciens. C'est à ce moment que Milena lui demanda d'enregistrer « une espèce d'interview », mais ses curiosités ne s'épuisèrent pas devant le microphone.

— Est-ce qu'il existe d'autres ufophiles ? lui demanda-t-elle *off the record*, quand ils entrèrent dans une trattoria d'Aulla, et que les mets et le vin les eurent rapprochés de ce seuil au-delà duquel un demi-étranger devient un quasi-confident. Ou bien tu es le seul de ton espèce ?

— David Bowie, répondit Jimmy. Mais pour lui, c'est facile. Lui, c'est vraiment un alien.

Ils rirent.

— Et puis, ajouta-t-il, il y a un petit groupe dont je fais partie et avec qui on va sur le Quarzerone pour rencontrer les ovnis.

Il roula des yeux, balança la tête et tendit les mains en avant, comme pour dire que ces réunions n'étaient pas sous le signe des « états ordinaires de conscience ».

Elle lui raconta l'interrogatoire de Bernacca. Lui aussi allait chercher les ovnis sur le Quarzerone, avec son télescope et ses instruments bizarres.

— Et maintenant qu'il les a enfin rencontrés, conclut-elle, ce qui le préoccupe le plus, ce ne sont pas les coups qu'il s'est pris, mais de ne pas savoir qui ils étaient, d'où ils venaient, ce qu'ils lui ont fait *vraiment*.

— Typique attitude d'ufologue paranoïaque, décréta Jimmy.

— Alors que ceux du Grucat, poursuivit Milena, ils ont surtout besoin de répondre que c'était des êtres humains, que ça a été une banale agression, et le dossier est clos.

Jimmy lui dit que lui, à leur place, aurait suggéré à Bernacca de chercher des ovnis avec des instruments plus sympathiques. Voilà pourquoi, il leur faisait, aux gens du Grucat, le même effet que de la fumée dans les yeux. Et pas de la bonne.

— Mais après, laisse-moi te dire, tu le sais mieux que moi ! craqua-t-il. C'est une secte de pauvres types, d'après moi, ils passent la moitié de leur temps à te mater en douce et l'autre moitié à fantasmer sur toi. Et je les comprends, hein… il m'arrive pareil.

— Alors, tu n'es pas si différent que tu le voudrais, commenta Milena. Et des étiquettes, mon cher « ami du non-identifié », tu en uses beaucoup toi aussi : « ufologue paranoïaque »…

Jimmy se força à prendre une expression triste.

— L'ufophilie n'est pas une promenade. On trébuche et on tombe sans cesse.

Plus tard, chez Jimmy, ils fumèrent un autre joint, burent du vin et firent l'amour en écoutant *The Rise and Fall of Ziggy Stardust and the Spiders from Mars.*

Ils s'endormirent tard, sous les couvertures froissées.

10
FORRAVALLE, DIMANCHE 9 AVRIL

Martin Zanka descendit de bon matin dans la salle du restaurant du Sanglier-Blanc, son sac de voyage dans la main droite et la mallette de la machine à écrire dans la gauche. Le temps d'un petit-déjeuner et puis en route pour Orbetello. Il ne voulait pas rentrer tout de suite dans le chaos romain, c'est pourquoi il avait décidé d'écrire dans sa maison en bord de mer.

Tandis qu'on lui servait café et croissant, il s'empara de l'exemplaire du *Corriere della Sera* et l'ouvrit sur la nappe à carreaux rouges et blancs.

Le premier titre sur lequel son regard tomba, en une à droite, disait :

> PRESSANTE INVITATION DES PARTIS À LA FERMETÉ
>
> « La polémique sur la question de négocier ou pas la libération de Moro, au lieu de s'éteindre, semble s'accentuer et l'opposition entre... »

Il évita de poursuivre et passa à l'éditorial d'Alberto Ronchey.

L'éditorialiste promettait d'enquêter sur « les causes du terrorisme », mais ôta l'envie de lire à Zanka en moins de deux lignes : « Personne ne pense qu'après le goulag clandestin d'Aldo Moro... »

Quel rapport avec le goulag, ce système de camps de travaux forcés ? Selon toute probabilité, Moro se trouvait dans un appartement, certainement pas à casser des pierres ou extraire des métaux comme les opposants à Staline. Pourquoi une comparaison de ce genre ?

En sautant d'une colonne à l'autre, il jeta un coup d'œil au reste de l'article, qui visait à démontrer que le terrorisme faisait partie de l'ADN des communistes, de Lénine qui ne condamnait que le terrorisme isolé des masses aux braquages des bolcheviks dans le Caucase, sans oublier l'assassinat de Trotski.

Zanka passa au papier du centre de la page. La signature était celle d'un journaliste qu'il respectait. Celui qui recueillerait sa deuxième et dernière interview télévisée.

UNE PRISON CRUELLE AUSSI POUR LA FAMILLE DE MORO

« Ce n'est pas seulement lui qui est prisonnier, écrivait Enzo Biagi, mais aussi sa femme et son fils. Ils ne sortent jamais. »

Zanka aurait ajouté que le pays tout entier était dans cette situation. Incapable de sortir du « tourbillon des opinions opposées », comme disait le titre principal, juste au-dessus ; de « l'atmosphère de confidentialité extrême », de la « polémique sur la négociation », du « tout le parti affronte avec fermeté la gravité du moment », du « ne plus être neutres », et puis les « perquisitions à Naples et à Cosenza », les « portraits-robots des faux balayeurs de la via Fani », « il n'existe aucune certitude », « une source fiable affirme », « pleine solidarité à l'Italie », « le déploiement de forces spectaculaire, théâtral », « dramatique sommet nocturne au Viminal », et évidemment les lettres écrites dans la « prison du peuple », les « mystérieuses » et les officielles, celles à publier et celles à cacher, celles envoyées aux politiques et celles envoyées à la famille.

Moro était prisonnier, et c'était comme s'il parlait avec tout le monde. Il avait disparu mais n'avait jamais été aussi présent, ni aussi sincère avec ses interlocuteurs, amis et ennemis. Et plus il disait les choses telles qu'elles étaient, plus on cherchait à discréditer ses propos, pour les nier, les attribuer à ses geôliers ou à la confusion mentale.

Biagi aussi entrait dans ce jeu, même si c'était par personne interposée. Il rapportait l'opinion de personnes qui cherchaient dans ces lettres des allusions cachées, « pour faire comprendre que ces lignes, ces pensées, sont imposées ». Il se faisait l'écho des « doutes sur certaines expressions », et le fait que « le discours ne paraît pas construit suivant la logique habituelle ».

Biagi écrivait que Moro, l'« intrigant », en incitant à traiter avec les Brigades rouges, s'avérait « humainement faible ».

> « Peut-être, commentait-il, est-il plus facile d'être un héros pendant une heure que pendant vingt jours. Qui peut assurer que ceux qui guident les autres sont toujours, en toute circonstance, eux aussi à la hauteur de leurs aspirations ? »

Aux yeux de Zanka, c'était exactement le contraire : les lettres de Moro n'étaient pas lâches, mais courageuses. Non pas humainement faibles, mais politiquement fortes. Ces lettres disaient la vérité, dévoilaient le dessous des cartes devant le pays tout entier.

Le papier de Biagi se concluait sur une tautologie : « Nous ne serons jamais plus comme nous étions avant. »

Zanka mordit le croissant et feuilleta le journal à la recherche de nouvelles qui n'auraient pas de rapport avec l'enlèvement du siècle.

Un titre à la rubrique des faits divers attira son attention.

DESCENTE DE CARABINIERS DANS UNE COMMUNAUTÉ DE LA LUNIGIANA

De la drogue et des liens avec les BR ont été trouvés

Corrado Hilzer accuse : « Drogue et emprise abusive »

L'article parlait des découvertes des carabiniers à Thanur : un sachet d'héroïne, une certaine quantité de haschich et un éventuel complice des Brigades rouges, Maurizio Salvetti, qui avait été remis en liberté, mais l'article brodait sur la fuite de son frère Andrea, suspecté d'appartenir au parti armé.

Zanka en avait parlé avec Vincenzo, le soir précédent, lors d'un dîner au Sanglier-Blanc.

Son fils avait raconté ce qui lui était arrivé à Rome, justement le jour de l'enlèvement de Moro.

— Je l'ai retrouvée dans ma chambre, lui avait-il dit. Je l'avais cachée Dieu sait quand, je m'en souvenais pas. Tu me croiras pas, mais je l'ai même pas cherchée. C'était là et je n'ai pas résisté.

Puis la moitié du pochon était arrivé à Thanur.

— J'ai pensé : voilà, j'ai tout bousillé, je suis de nouveau dans la merde. Mais je me suis dit que pleurnicher était juste une excuse pour abandonner. Et j'ai voulu me démontrer à moi-même que j'ai changé, que sur l'instant, j'ai cédé, mais que j'ai appris à m'en tenir à l'écart.

La « descente des carabiniers » s'était déjà retrouvée dans la presse locale, mais bien qu'il fût question des BR, de la drogue et d'une brillante opération de l'institution militaire, Zanka espérait que ça n'arriverait pas dans les journaux nationaux. Mais en fait…

Outre ce qui donnait à cet épisode provincial les qualités d'une «info», comme on dirait aujourd'hui, c'était aussi une accroche pour offrir un espace à Corrado Hilzer, patriarche de la famille bien connue d'industriels lombards. Dans ses déclarations, recueillies par un journaliste zélé, Hilzer lançait de lourdes attaques, accusant la fondatrice de la communauté, Orsola Galbiati, d'avoir placé sous une emprise abusive sa fille Rossella pour pouvoir occuper la villa de famille et s'approprier le domaine, avec son oliveraie et ses vignes précieuses. Le capitaine d'industrie laissait entendre que l'objectif caché de la «gourou» était de s'emparer de ce qui appartenait à sa famille non pas pour quelque noble cause, mais pour tirer du profit de ses biens.

« Il n'est pas étonnant que dans un contexte de ce genre, fondé sur l'emprise et l'abus, on découvre l'usage de la drogue et la connivence avec les terroristes. C'est précisément ce qu'on peut attendre de certaines personnes », disait Hilzer. Et il ajoutait que dans sa ville, Milan, pour des accusations moins graves, on avait fermé récemment un bar où on se droguait. « Pourquoi Thanur devrait-elle bénéficier d'un traitement différent ? »

Zanka en avala de travers son café. L'immédiate préoccupation pour le sort de Vincenzo et de son refuge thérapeutique fut suivie aussitôt d'une constatation : le destin allait l'apparenter à ce type qui pontifiait dans le journal. Un patron de la sidérurgie qui avait porté la chemise noire avec conviction, sans en payer le prix grâce à ses entrées au Vatican.

Tandis qu'il ruminait là-dessus, il vit l'aubergiste s'approcher de sa table.

— Un coup de fil pour vous, annonça-t-il, M. Vos, de la Villa Malaspina.

Zanka s'approcha de l'appareil et souleva le combiné.

— Allo.

— *Hello*, Martin, Ludo à l'appareil.

— Salut.

— Content de t'avoir trouvé. Vince m'a dit que tu es au Sanglier-Blanc depuis hier.

— Oui. Je comptais partir d'un moment à l'autre.

— Tu as lu le *Corriere* ?

— Je l'ai lu.

— *We need to talk*… S'il te plaît.

— D'accord. Le temps d'arriver.

— *Good*. À tout à l'heure, alors.

Zanka raccrocha et, quand il se tourna pour récupérer son bagage, il se trouva devant trois types dont les têtes lui disaient quelque chose. Il n'eut pas le temps de se rappeler où il les avait déjà vus, parce que ces gens lui agrippaient la main l'un après l'autre en la secouant avec fougue.

— Martin Zanka !

— Ça ressemble plus à un signe du destin qu'à une simple coïncidence.

— Qu'est-ce que tu vas chercher ! Tu te souviens de l'émission « Odeon » ? Il est en train d'écrire un livre sur la Lunigiana !

— Vous vous rappelez de nous ?

Devant le silence embarrassé de Zanka, Ravarino s'empressa de venir à son secours.

— Hôtel Tiberio, le lendemain de l'enlèvement de Moro.

Des ufologues, se souvint Zanka. C'étaient des ufologues, bien sûr. Les amis de Milena Cravero.

Ils se répandirent en démonstrations joyeuses, Bonino sortit de sa mallette l'étendard de l'association pour le lui faire signer. Zanka ne put se soustraire au rituel d'une photographie, que l'aubergiste prit avec l'appareil de l'un d'eux. Ravino et Bonino se disposèrent de part et d'autre de l'écrivain, tenant le drapeau du Grucat derrière lui, et Bruzzone s'accroupit, pouce levé.

Après quoi Zanka s'excusa, dit qu'il était assez pressé, paya la note de l'hôtel et s'échappa.

La photo de ce jour-là ferait la paire avec celle de Rynek au siège du Grucat.

Aujourd'hui encore, elle est conservée dans les archives de l'association. En noir et blanc, un peu granuleuse, Zanka y est serré entre les ufologues radieux, avec un sourire tordu et forcé, une expression semblable à celle de Moro dans la prison du peuple. Dans son dos, la bannière avec l'écusson du Grucat sur lequel se détachent non pas une mais bien sept étoiles.

Quand il descendit de la voiture, devant le portail et ses lions coloriés, Zanka était nerveux et plein d'incertitude. Sensations qu'il détestait. Accroché aux barreaux, un écriteau de carton blanc expliquait que les visites étaient suspendues. Les personnes venues jusqu'ici pouvaient accéder aux écuries et boire un thé, « avec toutes nos excuses et rendez-vous dans des temps meilleurs ».

Zanka sonna, on lui ouvrit et il parcourut l'allée jusqu'à la villa, à travers le jardin désert.

Ludo l'attendait à la porte, l'air sérieux. Il lui serra la main et le remercia d'être là.

— *Come on in.* Merci d'être venu. Orsola t'attend.

La maison était plongée dans un silence insolite. Personne n'accomplissait les tâches habituelles. Les habitants s'étaient réfugiés dans la lecture, le yoga ou la méditation. Ludo conduisit Zanka le long du couloir, jusqu'à la porte donnant dans l'orangerie. Au milieu des plantes en pots et des arbrisseaux à tronc court, il y avait un bureau dépourvu d'ornements, semblable à celui d'un prof. Orsola tapait sur une machine à écrire de métal noir.

L'endroit était en net contraste avec les autres espaces de la villa.

Ça doit être bien agréable de travailler enfoui dans la végétation, pensa Zanka. Avec ces baies qui illuminaient l'espace et laissaient circuler l'air. Bien différent de son appartement romain, encombré de bimbeloterie.

Dès qu'elle aperçut l'écrivain, la femme retira ses lunettes, sourit et s'étira sur le dossier.

— Bienvenu.

Zanka s'assit sur une chaise à côté d'un ficus.

Ludo, de son côté, se percha sur un tabouret et entreprit de se rouler une cigarette.

— Je suis contente de te voir en personne…

Orsola s'interrompit, saisie par une pensée.

— À Thanur, reprit-elle, on se tutoie, j'espère que ça ne te met pas mal à l'aise.

Zanka haussa les épaules.

— Aucun problème.

— Bien, alors. Tu sais, je viens juste de finir ton dernier livre, *Robinson des galaxies*. À l'époque, ma curiosité avait été éveillée par une critique dans *Effe*. Là, j'ai pris le temps de le lire.

Zanka s'alluma une cigarette et souffla la fumée. Où voulait-elle en venir ?

— Moi aussi, j'ai lu ton livre, dit-il pour prendre de l'avance, et je me suis fait une idée : toi et moi, nous plions l'archéologie à nos nécessités. Les prêtresses de la déesse Thanur ne sont pas très différentes de mes naufragés extraterrestres. Disons que la rigueur scientifique n'est pas notre priorité. Nous racontons des histoires captivantes.

— Il y a une différence dans les effets, intervint Orsola sur un ton serein. Mes hypothèses ont des conséquences pratiques.

Elle eut un geste indiquant ce qui l'entourait.

— Elles créent de la communauté, produisent des expériences. Ce qui compte, ce n'est pas le passé, mais le présent. Vincenzo, ici, se sent bien. Mais il lui a suffi de s'éloigner deux jours pour qu'il se pique à nouveau.

Zanka hocha la tête, pour signaler qu'il était au courant.

— À Thanur, poursuivit Orsola, sa prise de conscience et sa résistance sont inébranlables. Les carabiniers ont trouvé le paquet qu'il avait rapporté de Rome, mais il ne l'avait pas touché.

— Voilà. Venons-en au fait, s'il te plaît, coupa Zanka, qui commençait à s'impatienter.

— Bien sûr, acquiesça Orsola. Thanur a besoin d'amis. Et si les amis écrivent, passent à la télé, parlent en public, ils sont encore plus précieux.

Elle le laissa assimiler ce qu'elle venait de dire avant de reprendre :

— Thanur est un germe du monde à venir. Il faut la protéger, mais sans la garder sous une cloche de verre.

— Moi, je suis certainement trop vieux pour le monde à venir, rétorqua Zanka, et je n'y comprends pas grand-chose, en agriculture. Qu'est-ce que vous voudriez que je fasse pour vous ?

— Dire la vérité, *nothing else*, intervint Ludo. Les Hilzer nous montrent du doigt, ils disent qu'on vend de la drogue, qu'on fait du *brainwashing* sur les jeunes pour s'approprier l'argent de leur famille. Tu peux dire que Thanur a libéré ton fils de l'héroïne, qu'il est en train de se construire une nouvelle vie ici et que personne ne t'a rien demandé en échange.

— On ne m'a rien demandé jusqu'à présent, dit l'écrivain. Mais si je comprends bien, ça, ce serait une manière de régler ma dette.

Orsola reprit la parole.

— Tu n'as pas de dettes envers nous. Ceci est une rencontre, une occasion. On s'éduque l'un l'autre. C'est ainsi qu'on change. Thanur est la perspective d'une vie nouvelle. Pas seulement pour Vincenzo.

Zanka ne voulut pas répliquer.

— Tu nous aides ?

Il se retourna. C'était Ludo qui avait formulé la requête.

Zanka pensa qu'il s'en repentirait peut-être, mais tant pis.

— Je le ferai, dit-il, en éteignant sa cigarette dans le cendrier que Ludo lui tendait. Maintenant, je dois reprendre mon voyage. Mais je voudrais saluer Vincenzo.

— Il est dans la vigne, répondit Ludo. Il ne sait pas que tu es là. Les visites sont suspendues et ça doit valoir pour tous les membres de la communauté. *Sorry*.

Zanka hocha la tête.

Ludo le raccompagna à l'entrée.

— *You're a good comrade, Martin*, dit-il quand ils furent au portail. Je crois que t'es un bon camarade, oui. *Don't worry*, tu es du bon côté.

Zanka tourna et retourna entre ses doigts les clés de la voiture. Dans d'autres circonstances, ces paroles auraient pu le consoler. Mais maintenant, il se sentait perdu, comme un vieux serpent qui changeait de peau et soudain percevait le moindre souffle de vent. Il était vulnérable, et après ce qu'il s'apprêtait à faire, peut-être le serait-il davantage. Mais c'était bien ainsi.

Il roula vers la nationale cigarette entre les doigts, en pensant à ce qu'il ferait à peine arrivé à Orbetello. Il appellerait le *Corriere della Sera* et demanderait à parler à l'auteur de l'interview d'Hilzer pour lui offrir une réplique. Qui qu'il soit, il ne pourrait résister à la polémique entre un industriel catholique et un écrivain communiste.

Il n'était pas certain que la perspective le détende. Étaler au grand jour ses affaires privées, les vicissitudes de famille, ça n'avait jamais été son style. Mais du reste, ça ne l'était pas non plus de passer à la télévision ou de se trouver suspendu dans le vide avec un livre qu'il aurait déjà dû remettre.

11

AULLA ET FORRAVALLE, DIMANCHE 9 AVRIL

Milena se réveilla au milieu des sonneries de trompettes et des percussions mécaniques. Elle sortit du lit avec l'irruption d'une basse jazz-rock et suivit les voix jusqu'à la cuisine, comme un serpent charmé par une litanie.

Jimmy était assis à table, enveloppé dans une couverture de chef indien. La musique qui sortait des baffles se mêlait à un parfum de cannelle.

Au-dehors, il pleuvait. Milena se demanda si les ufologues iraient quand même en reconnaissance sur le Quarzerone.

Le soir précédent, elle avait téléphoné au Sanglier-Blanc et laissé un message : « Excusez-moi, je dois rentrer plus tôt que prévu. Je prends le dernier train de Aulla. On se verra à la prochaine réunion. »

En réalité, elle avait appelé de l'Hallogallo.

— Bonjour, lui dit Jimmy. Il n'y a pas de café, je n'en bois jamais. Mais j'ai préparé un thé chai bien sucré.

Milena s'installa devant la théière et se remplit une tasse de la boisson épicée.

— Mais en quelle langue ils chantent ? demanda-t-elle, en montrant le haut-parleur le plus proche.

— Magma ? C'est du kobaïen. Une espèce d'allemand ancien mais qui a évolué sur une autre planète. C'est le batteur qui l'a inventée, et il écrit ses textes dans cette langue.

Puis Jimmy dit qu'il était 11 heures et que lui, ce dimanche, il devait aller déjeuner chez sa grand-mère. Il proposa à Milena de l'accompagner.

— Chez ta grand-mère ? demanda-t-elle, perplexe.

— Tu sais, Jole est un sacré personnage, dit-il. Elle te plaira. C'est une espèce de sorcière du village. Et elle sait tout sur le Quarzerone, une autorité en la matière. Elle connaît les histoires, les mystères… Autre chose que Bernacca.

Elle s'appelait Jole Morini et elle était la mère de la mère de Jimmy. Elle vivait dans un hameau de Forravalle, à deux kilomètres du village. Un hameau qui se limitait à sa maison, un moulin abandonné et quelques bâtiments agricoles couverts de plantes grimpantes. Le panneau indicateur était constellé d'une série de graffitis et de dessins, au centre desquels se détachait le nom du lieu : « La Vagina ».

En dépit des fantasmes qu'il suscitait, le toponyme n'avait rien à voir avec l'organe génital féminin, mais se rapportait à la vallée profonde et très étroite du Stilo, un affluent du Rio Borro, qui se glissait entre les arbres et les roches comme une épée dans le fourreau (en latin, justement, *vagina*).

Ce matin-là, Jimmy et Milena s'engagèrent sur la provinciale à bord d'une Coccinelle Volkswagen. Jimmy l'avait achetée à Brême, durant sa période « cosmique » en terre germanique.

La pluie semblait ne tomber que sur Aulla. Hors de la ville, Jimmy et Milena trouvèrent un ciel limpide et un soleil très jaune de dessin enfantin. Un temps à partie de campagne.

À la bifurcation de Forravalle, ils prirent à droite jusqu'à un édifice ancien en pierre, plongé dans l'odeur d'humidité du torrent mêlée à celle de bois brûlé de la cheminée.

« Quand Jimmy m'a dit que sa grand-mère était une espèce de sorcière, je m'étais imaginé une *stro-loga* de foire villageoise, vous voyez… phrases énigmatiques, voix rauque, nez pointu. En fait, Jole en était l'exact contraire. Une de ces petites vieilles qui parlent sans détour, mais sur un ton gentil, qui font des gâteaux et vont à la messe le dimanche. Des cheveux gris, fins comme ceux des poupées, une ombre de poudre sur les pommettes, crucifix d'argent au cou. La maison aussi était très ordinaire : vieux meubles cirés, une table dressée, un canapé avec un téléviseur en face, l'horloge à pendule. »

Devant une assiette de *tordelli*, Milena expliqua qu'elle était chercheuse à l'université de Turin.

— J'étudie les personnes qui sont passionnées par les ovnis, précisa-t-elle.

— Ah, voilà pourquoi vous êtes ici avec Giacomo ! s'exclama Jole. Vous êtes venue au bon endroit. Ici, tous les ans, il y a quelqu'un qui en voit. Maintenant, on a Bernacca, avant il y avait Pirín, le fils du pompiste, et avant encore Fulmicotone, un partisan convaincu que les Martiens, depuis le ciel, ont aidé sa brigade contre les Allemands, pense un peu ! Et tu sais pourquoi il y en a tant? Je vais te le dire, moi : c'est à cause du champignon.

Ce fut ainsi que Milena apprit l'existence des *marzuoli,* les hygrophores de mars du Quarzerone, appelés aussi « clous des sorcières ». On dit qu'ils tirent leur nom des trois guérisseuses du col Tanuro envoyées au bûcher en 1688. De fait, parmi les chefs d'accusation du procès figure l'usage de plantes et de champignons dans un but de divination et de sortilège.

— Les gens vont dans les bois, continua Jole, et ils ne savent pas distinguer les *marzuoli* normaux des autres. Parce que la seule manière de faire est de les lécher, précisa-t-elle en se touchant la bouche du doigt. S'ils te piquent d'une certaine manière, ce sont des champignons… hallucinants.

— Hallucinogènes, corrigea Jimmy.

— Voilà, ceux qui te font voir les choses que tu cherches.

— Et si tu cherches les Martiens en mangeant des *marzuoli…* conclut le neveu avec un clin d'œil.

Sa main ondula en l'air, imitant un objet volant, ou plutôt un rêve, un vol pindarique.

La vieille ne lui prêta pas attention.

— Ça ne m'étonne pas qu'ils voient le gobelin, le sanglier blanc et peut-être aussi des soucoupes volantes. Après ils s'enferment une journée entière dans les toilettes avec la courante et ils sont remis sur pied. Une fois, ces jeunes qui sont à la Villa Malaspina… Tu sais, cet endroit où ils ont tous les cheveux longs, garçons et filles…

Milena n'en avait jamais entendu parler. Elle interrogea Jimmy du regard.

— C’est une communauté, dit-il. Mais pas comme celle où j’étais en Allemagne. Ceux-là, ils suivent une gourou, une qui mélange Jung, la déesse mère et l’hindouisme. Ils ont hérité du domaine d’une aristocrate, imagine-toi.

— C’est bien bizarre de les voir dans cette maison, ajouta Jole. Sous le fascisme, la marquise y faisait des fêtes avec les hiérarques et ses amis richards.

— Mais après, elle n’a pas aussi aidé les partisans ? demanda Jimmy.

— Oui, quand les Américains étaient déjà à portée de fusil.

La vieille se rendit compte qu’elle avait divagué et évacua le sujet d’un geste de la main, tandis qu’elle cherchait à reprendre le fil de son discours.

— Je disais : une fois, ces jeunes sont venus me le demander, où chercher les bons *marzuoli*, comment les reconnaître, mais figurez-vous, c’est pas si facile.

Milena eut la sensation que Jole voulait laisser entendre « On peut toujours courir, pour que j’aille le raconter à droite et à gauche » et lui demanda si c’était un de ses secrets.

— Oh, un secret, non ! rétorqua Jole. C’est que la différence est difficile à enseigner. Ma mère disait qu’il faut une bouche spéciale, et ma grand-mère, que c’est un don, qu’il n’y a que celles qui utilisent le champignon pour le bien qui savent le faire. Mais en réalité, ce n’est pas vrai, même mon vagabond de neveu l’a appris, il le prend avec ses amis.

Elle lui lança un coup d’œil de reproche, se fit verser un demi-verre de rouge et l’allongea de trois doigts d’eau.

Milena lui demanda si elle se considérait comme une guérisseuse.

— Les gens viennent me voir pour certaines choses, répondit Jole. Parce que je sais enlever le ver solitaire, la colique néphrétique, le mal de dos. Mais j'ai quand même pas un remède pour tout.

Elle baissa la voix, le ton devint grave et chargé de sous-entendus.

— Il y a des remèdes que je ne veux pas utiliser. La décoction pour avorter, par exemple, je ne l'ai jamais faite, parce que c'est trop dangereux, on est très mal et on peut même en mourir. Quand j'étais jeune, j'ai vu ma grand-mère la préparer. De temps en temps, il arrive encore qu'une qui s'est mise dans les ennuis vienne me le demander. Mais je préfère dire non et j'espère qu'ils vont se dépêcher de faire la loi.

— Donc, vous ne vous méfiez pas de la médecine moderne ? demanda encore Milena.

Jole claqua sa main sur la hanche :

— Tête du fémur en métal. Moi aussi, j'y vais, à l'hôpital, vous savez ?

Elle eut un grand sourire découvrant son dentier.

— Et aussi chez le dentiste, ajouta-t-elle. Autrefois, une vieille comme moi devait manger de la bouillie jusqu'à ce qu'elle ferme les yeux pour toujours.

La vieille ordonna qu'on lui passe les assiettes vides et les empila dans l'évier. Puis elle dit à Jimmy d'apporter le lapin à table, qui arriva, garni de pignons et d'olives.

Au terme du déjeuner, devant un café, Milena voulut savoir si le champignon avait des vertus thérapeutiques ou divinatoires.

Jole répondit sur le ton de l'évidence.

— Quand tu manges le champignon, tu vois ce que tu cherches. Y compris le bon remède pour une maladie. Le champignon te raconte tout, si tu sais le prendre. Y comprendre quelque chose, en revanche, c'est une autre paire de manches.

Tout en écoutant, Milena avait tiré de son sac un carnet et s'était mise à écrire, remplissant une page de notes serrées.

« J'étais partie de l'observation d'une tribu rationaliste et techno-enthousiaste, raconte-t-elle aujourd'hui, et tout à coup je me retrouvais dans le monde d'Ernesto De Martino, devant une guérisseuse qui n'avait rien à envier aux magiciennes paysannes d'*Italie du Sud et magie.* »

— Et vous, ces récits, vous savez les déchiffrer? demanda-t-elle sans lever les yeux de sa feuille.

La vieille étira son dos mais ne parla pas tout de suite.

— Si je vous raconte un fait, vous êtes capable de ne pas le raconter partout? demanda Jole sans crier gare.

Milena posa son stylo.

— Bien entendu, répondit-elle.

La sorcière de Forravalle croisa les doigts sur son estomac et ferma à demi les yeux, dans une pose méditative.

— Il y a deux ans, quand ces deux jeunes ont disparu, ces *boillescoute*… La maman de la petite est venue me voir. Elle allait très mal, mais moi, je n'avais pas de médicaments pour ce genre de douleur. Elle voulait savoir où était sa fille, une amie lui avait dit que je pouvais l'aider.

— Et vous lui avez donné le champignon? demanda Milena à voix basse.

— Bien sûr que non! Si vous aviez vu dans quel état elle était, cette pauvre femme. Une fille disparue dans le néant... alors, même si je suis vieille et à moitié aveugle et que certaines choses, je ne devrais plus les faire, j'ai demandé à Giacomo...

Milena regarda Jimmy. Il avait retiré ses lunettes et gardait les yeux baissés.

— ... de m'accompagner sur le Quarzerone et de chercher avec moi les clous des sorcières. C'est comme ça que j'ai compris que ces jeunes ont été tués.

Milena en resta bouche bée.

— À quoi vous l'avez compris?

— J'ai vu le sang, dit Jole, à Pian del Cielo. Et puis des traces de lumière, comme des taches dans l'herbe. C'étaient les empreintes du *loup-garou.*

— Vous voulez dire un lycanthrope? demanda Milena.

Cette fois, Jole s'agaça.

— Je veux dire quelqu'un qui est mi-homme mi-bête. Un type que si vous le voyez, c'est une personne normale, mais en dedans il y a quelqu'un d'autre de caché. C'est lui qui les a tués.

— Vous avez suivi ces empreintes?

— Non. Je suis trop vieille et je marche mal, répondit Jole. Et je vais vous dire, j'ai eu peur aussi.

Avec un à-propos inégalable, les pendules de l'horloge se déclenchèrent, les roues se mirent en mouvement et les martelets annoncèrent qu'il était 13h30.

Milena attendit que les tintements se terminent pour reprendre son questionnement.

— Qu'est-ce que vous avez dit à la maman de la gamine disparue ?

— Je n'ai pas eu le cœur de lui dire.

— Je comprends. Mais peut-être que maintenant, elle s'est résignée à l'idée que sa fille est morte, suggéra Milena.

— Bien sûr, acquiesça Jole. Mais peut-être qu'elle pense qu'elle est tombée dans un ravin ou qu'elle s'est perdue dans une grotte. Elle ne sait pas qu'elle a été tuée par quelqu'un qui est encore en circulation.

Milena s'agrippa les épaules. La conversation prenait un tour inattendu. Le tic-tac inexorable de l'horloge semblait un *memento mori*.

— J'imagine que pour cette femme, ce serait une consolation si on retrouvait au moins la dépouille. Pour avoir une tombe sur laquelle porter des fleurs.

Jole tourna la tête et montra la fenêtre du menton.

— Ces jeunes *i n'én v'gnú giú*, ils sont jamais descendus de la montagne. *I én armasti su*, ils ont été tués là-haut, quelque part.

Après quoi, elle parut se reprendre.

— Vous avez des enfants ? demanda-t-elle.

— Non, répondit Milena.

— À votre âge, j'avais déjà deux fils. Mais après les fascistes m'en ont tué un pendant la guerre. Il était partisan.

— Je suis désolé, murmura Milena, comprenant que Jole s'était identifiée à la maman de Margherita et avait voulu l'aider. Je peux vous poser encore une question ?

— Bien sûr, ma chère.

Milena chercha la manière la plus directe de la formuler.

— Vous croyez que le champignon raconte toujours la vérité ?

Jole parut s'étonner de cette interrogation et répondit avec un peu de condescendance.

— Très souvent, nous ne voulons pas la voir, la vérité, parce qu'elle nous fait peur. Très souvent, la peur est pire que ce qui nous fait peur.

Chaque dimanche qui s'apprête à finir est un mélange de mélancolies typiques, surtout dans les gares de province, et surtout quand, comme en ce jour d'avril, il pleut.

La gare d'Aulla, construite à la fin du XIXᵉ, était un ensemble d'édifices couleur crème avec des finitions vertes. Elle se dressait place Roma, dans le centre-ville. Là, Milena et Jimmy attendirent l'express pour La Spezia.

Aujourd'hui, ce lieu n'existe plus. Depuis les premières années du siècle nouveau, pour prendre un train, les habitants d'Aulla doivent se rendre à la gare hors de la ville, dénommée « Aulla-Lunigiana ».

Sur la route qui la longeait, des files de voitures ramenaient à la maison des petites familles revenant d'excursions aux alentours. Sur les visages, des expressions encore contentes et pourtant déjà tristes, parce que la soirée avançait et au-delà des heures de sommeil les attendait le lundi matin.

Milena et Jimmy s'assirent sur un banc devant la voie, écoutant le tac-tac de la pluie contre l'auvent. Sur le chemin de la gare, ils n'avaient guère parlé. Serrés sous le parapluie, ils avaient savouré les derniers moments ensemble. Jimmy percevait un non-dit, quelque chose qui tracassait Milena, mais il hésitait à l'interroger, par crainte de se tromper ou de gâcher l'atmosphère.

— Écoute, pour ce qu'a raconté ma grand-mère, dit-il, je ne voudrais pas que tu te mettes des idées en tête.

Milena s'arracha à ses pensées.

— Ça veut dire quoi ?

— Jole, il faut la prendre avec des pincettes. Je ne veux pas dire qu'elle est folle ou qu'elle raconte des bobards, elle y croit à ces visions, et je te dirais plus : ces visions sont vraies… à un certain niveau. Mais elle fait un peu de cinéma. Dans ton cas, ça s'est vu tout de suite que tu lui es sympathique. Moi, je le sens si quelqu'un lui plaît. Et avec qui lui plaît, elle en rajoute. N'accorde pas trop de poids aux images qu'elle utilise, ce sont des allégories…

Milena leva la main pour arrêter cette logorrhée.

— Stop, ce n'est pas à ça que je pensais.

— Et à quoi, alors ?

— Au fait que pour nous revoir, ça va être un beau bordel. Dans cette période, je mène une vie de merde, je travaille et c'est tout. La recherche à mener, les interviews à retranscrire, les corvées à la fac, le matériel à soumettre au Brillant… Souvent, je bosse aussi le week-end.

— Eh, je comprends bien, dit Jimmy. Moi, à la boutique, je suis seul, j'y suis cloué huit heures par jour et le samedi, c'est la journée la plus intense, je ne peux pas descendre le rideau pour venir à Turin. Mais on trouvera un moyen, j'en suis sûr.

— C'est obligé, maintenant, tu fais partie de ma recherche.

— Oui, avec tes amis du Grucat, commenta Jimmy en ricanant. J'espère que tu me poseras pas de lapin comme tu l'as fait avec eux hier.

— J'espère que tu ne me le poseras pas, toi : tu as promis que tu me présenterais les autres ufophiles. À moins qu'ils n'existent que dans ta tête ?

— Tu verras, tu verras… Tu es déjà invitée à la prochaine veille. Dès que j'aurai la date, je te préviendrai.

On entendit un sifflement, suivi par un ferraillement paresseux et la lente entrée en scène d'une locomotive couleur châtaigne suivie de trois wagons. L'autorail Parme-La Spezia de 17 h 58. Il s'arrêta dans un grincement de freins.

— On se rappelle vite, alors, conclut Milena en ramassant son sac de voyage.

— Bien sûr, *meine liebe*. Je t'appelle demain soir.

Ils s'embrassèrent puis Milena se tourna et monta en voiture. On entendit une sonnerie. Les barres du passage à niveau s'abaissèrent et l'autorail quitta la gare.

12
ORBETELLO, LUNDI 10 AVRIL

Ce fut certainement dans sa maison de bord de mer désordonnée, pillée à plusieurs reprises par Vincenzo durant sa période au fond du trou, que Zanka lut dans le *Corriere della Sera* le résultat de ses propres déclarations.

> MARTIN ZANKA :
>
> « CETTE COMMUNAUTÉ A SAUVÉ MON FILS DE LA DROGUE »
>
> L'auteur de best-sellers répond à Corrado Hilzer et défend la « gourou » Galbiati. La communauté de Toscane perquisitionnée par les carabiniers revient au centre des polémiques.

Lui-même journaliste et avec une longue expérience, Zanka ne se laissa pas irriter par la titraille. Dans l'ensemble, l'article n'était pas mauvais. Au minimum, il atteignait l'objectif de réfuter les attaques d'Hilzer et de fournir un point de vue opposé.

> Quelques belles âmes se scandalisent parce que les forces de l'ordre ont trouvé un sachet d'héroïne dans une communauté de jeunes ? Une communauté n'est pas un lieu séparé du monde, personne ne peut penser qu'elle soit immaculée comme un sanctuaire. Je peux, moi, témoigner qu'à Thanur, on se libère de la drogue,

parce c'est ce qui s'est passé pour mon fils. Je ne saurais dire de quelle manière, mais là où la médecine a échoué, Thanur l'a sauvé.

Il feuilleta le reste du journal. L'habituelle mayonnaise montée autour de l'affaire Moro.

GRAVE TENSION AUTOUR DE LA LETTRE QUI DÉRANGE
ON PARLE DE MILLIARDS ET D'OTAGES POUR MORO

Un voyage-éclair de Cossiga en Suisse déchaîne un tourbillon de rumeurs – Démenti sur l'existence d'une bande enregistrée des paroles du président de la DC – Certains soutiennent que le terroriste sud-américain Carlos a participé au guet-apens de la via Fani.

— Bien sûr, et aussi Pancho Villa, commenterait au téléphone Pablo Pepper, dans la soirée. Vieilli mais *con su carisma intacto.*

Zanka termina d'une traite l'article pour *L'Europeo*. Ses doigts voltigeaient sur les touches, sa tête était légère et oublieuse de ce qui l'entourait.

Il se relut. Bon sang, ça lui était *bien* venu.

Si jamais un jour quelqu'un voulait se risquer dans une biographie de l'auteur turinois, il devrait accorder à ce papier le poids qu'il mérite. Son écriture l'aida à faire le point sur sa carrière et à trouver une issue à sa crise.

Zanka donna un coup d'œil à sa montre : 11 h 45. Il devait se dépêcher ou il trouverait la poste fermée.

Il plaça les feuillets dans une enveloppe, écrivit l'adresse – *L'Europeo,* via Monte di Pietà 15, 20121 Milan, et sortit.

L'article expédié en express, Zanka déjeuna dans une trattoria. Il avait hâte de revenir chez lui travailler sur le livre, il se sentait le vent en poupe. Mais quand il rentra et s'assit devant l'Olivetti, ce fut tout de suite le calme plat.

Tandis qu'il cherchait l'inspiration, il regarda autour de lui.

L'installation stéréo et le téléviseur disparus, pour écouter un peu de musique, il s'était acheté un transistor. Disparus aussi, les fauteuils en cuir Cinova. Disparu le moindre objet d'un minimum de valeur. Même les assiettes et les verres avaient pris leur envol.

Pas grave. Une cafetière, une tasse, les Muratti, un cendrier, la machine à écrire : voilà tout ce dont il avait besoin, en plus du catalogue du musée de Pontremoli et du dossier de coupures de presse.

C'est du moins ce qu'il avait cru.

La solitude d'ermite, la plage à l'aspect encore hivernal, l'ancienne poudrière espagnole devant la fenêtre… Par le passé, ce contexte l'avait aidé à écrire. Dans les jours qui suivirent, en revanche, les feuilles restèrent immobiles sur le rouleau ou bien commencèrent à se couvrir de caractères, mais au bout de quelques minutes finirent roulées en boule.

Chaque sortie pour de petites nécessités se transforma en balade, et chaque balade s'étira plus que prévu, jusqu'à la tour au-dessus des mines et au couvent des frères passionnistes. Sur le chemin du retour, dans la dernière lumière de l'après-midi, deux ou trois fois Zanka s'arrêta devant le cinéma pour la projection de 18 heures. Il vit *Rencontres du troisième type* avec François Truffaut, dont tout le monde disait qu'il lui ressemblait beaucoup. « Bof, moi je ne trouve pas », avait-il l'habitude de répondre.

Pour combattre l'ennui du temps perdu, il fixa des rendez-vous avec des agences immobilières. Il voulait une évaluation de l'appartement pour avoir une idée plus claire de ce qu'il pourrait en tirer.

Il avait acheté ce logement en 1968 avec les bénéfices du troisième livre, celui qui l'avait rendu célèbre. Grâce à *Lumières dans la nuit des temps*, il avait pu quitter le journalisme, enfin, et être écrivain de profession. Des années plus tôt, il avait reçu un prix à Porto Ercole et ces lieux, l'Argentario, l'île de Giglio, l'avaient envoûté. Bien sûr, acheter là l'aurait saigné aux quatre veines, mais Orbetello était plus à sa portée, et ça irait très bien. L'Argentario était là, « à portée de sarbacane », s'était-il dit.

Ça avait été aussi un lieu où passer les étés avec Vincenzo, et en certaines occasions, il y avait une femme avec eux, jamais la même. Relations éphémères, à obsolescence rapide, par lesquelles Gianmaria cherchait à combler la perte de Maria et à donner à Vincenzo une mère putative. Mais le garçon les détestait toutes, sans exception.

Personne ne peut revenir dans le passé, entrer dans la tête de Zanka et lire les pensées sur lesquelles il s'attarde, entre ces murs où il s'était retiré pour « se donner un coup de pied au cul » et finir un livre qu'il sentait désormais très loin. Mais on sait que c'est durant ces semaines-là qu'il prit une décision fatidique, et que *Astronefs sur Luni* devint un livre complètement différent.

Devant des choix de vie drastiques, Zanka n'avait jamais calé. Depuis le moment, où, dans le val de Suse, il avait décidé de devenir partisan.

Il était arrivé dans la vallée après avoir été évacué de Turin. À la suite des bombardements des 12 et 13 juillet 1943, son père s'était décidé à envoyer son fils chez une personne de confiance, un berger de Foresto. Gianmaria Zanchini avait 19 ans et venait juste de parvenir au diplôme de fin d'études du lycée Galileo Ferraris. Sans passer d'examen, parce qu'en ces circonstances – le pays envahi, avec les alliés déjà en Sicile et la guerre qui allait de mal en pis – on avait décidé de le supprimer.

Gianmaria s'était déjà installé dans la vallée quand, à Rome, le soir du 25 juillet, le Grand Conseil du fascisme vota contre le Duce et que le roi, allant plus loin, le fit arrêter par les carabiniers.

Les quarante-cinq jours du gouvernement Badoglio débouchèrent sur l'armistice, et ce dernier, en un éclair, fut suivi par l'occupation allemande. Hitler planta dans la Haute Italie une République fantoche enveloppée de chiffons, avec un ballon troué en guise de tête. Zanka utiliserait cette image dans son interview avec Biagi. Et l'épouvantail, qu'est-ce qu'il fit ? Il appela sous les armes les classes des années 1922 à 1924. Gianmaria, qui y était jusqu'au cou, n'hésita pas un instant et prit le maquis.

Ça aurait dû être sa première année à l'école d'ingénieurs, mais il la passa en fait avec les *banditen*. Il n'irait jamais à l'université. Son nom de bataille, Martin, il l'emprunta au héros du roman de Jack London, *Martin Eden*, qu'il venait de lire. Il rejoignit une bande de jeunes du val de Suse, le noyau fondateur de la 42e Brigade Garibaldi-Walter Fontan, baptisée en l'honneur d'un partisan de Bussoleno mort dans la célèbre bataille de Balmafol, en juillet 1944, au cours de laquelle les fascistes de Salò furent mis en déroute par d'énormes roches dégringolant de la montagne.

À la fin de l'hiver 1945, Gianmaria demanda et obtint de retourner à Turin. L'insurrection n'était pas loin et il voulait la vivre dans les rues où il avait grandi.

Mais libérer la ville s'avéra une entreprise plus ardue que prévu. Ils durent débusquer les tireurs isolés fascistes.

« Francs-Tireurs. » Étaient-ils dénommés « francs » signifiant qu'ils n'étaient pas encadrés, qu'ils étaient libres d'agir de leur propre initiative ? Zanka, en artisan des mots qu'il était, le ferait remarquer à plusieurs reprises : l'expression édulcorait la réalité. Ce n'était pas par hasard si elle était utilisée par les fascistes, qu'ils fussent nostalgiques ou « néo ». Zanka les appela toujours de la même manière : assassins. Bien cachés derrière des rideaux ou le parapet des balcons, ils tiraient sur quiconque sortait de chez soi, sur quiconque apparaissait sur les trottoirs.

Après la guerre, Gianmaria devint journaliste. Il gravit comme de juste tous les échelons à *L'Unità*, édition turinoise, pour ensuite devenir une signature de *Paese Sera*, à Rome. Où il déménagea en 1954 par amour d'une femme. Vingt-deux ans, des cheveux de cuivre, un visage piqueté de taches de rousseur.

Elle s'appelait Marion. Marion O'Donnell, née et élevée à Boston. Elle avait fui les États-Unis du maccarthysme avec son mari, dramaturge peu connu, sympathisant communiste et – disait-on – espion soviétique sur le point d'être arrêté. Ils avaient déménagé en Suisse, dans la grise Berne où lui, poisson hors de l'eau, était devenu ivrogne et violent. Elle l'avait quitté et avait gagné l'Italie. Dans le Trastevere*, pour être précis. Toute une autre vie.

Gianmaria l'avait rencontrée en 1952 au festival national de *L'Unità*, au parc Michelotti de Turin. Marion était avec un groupe du PCI romain : intellectuels, artistes. Le soir même, il l'avait conquise à l'ancienne, en lui montrant les constellations et en racontant des histoires à leur sujet. Manière antique mais aussi futuriste, parce qu'il lui avait parlé de fusées spatiales, passion en train de naître en lui, nourrie par la presse populaire et les journaux télévisés, les nouvelles de l'URSS et les romans américains.

---

* Le Trastevere était à l'époque l'équivalent du Saint-Germain-des-Prés existentialiste (et a connu la même décadence mercantile).

— Un jour d'un avenir proche, lui avait-il déclaré, l'homme atteindra ces étoiles.

— La femme aussi ? lui avait-elle demandé.

L'année suivante, Marion était enceinte et, en 1954, Vincenzo naquit.

À *Paese Sera*, Gianmaria faisait le joker, ou plutôt le bouche-trou. Il s'occupait de culture et spectacles, mais aussi de faits divers. Il connaissait moins bien que ses collègues Rome et les Romains, mais avait du flair pour les histoires. Bientôt il se ménagea une niche bien à lui, en écrivant des articles de vulgarisation sur les voyages spatiaux, des récits de science-fiction camouflés en articles, chroniques gonflées de lyrisme à chaque entreprise menée par les Soviétiques : la mise en orbite de Spoutnik 1, la mission dans l'espace de la petite chienne Kudryavka… Ce fut le seul à utiliser son vrai nom, qui voulait dire « Bouclée ». Dans le reste de l'Occident, on l'appelait Laïka, mais Gianmaria le savait, les laïkas sont une race de chiens sibériens.

Le pseudonyme Martin Zanka naquit durant cette période. De la plume de Gianmaria naissaient aussi des nouvelles de science-fiction, dans le sous-genre que les Américains appelaient *space opera* : aventures rocambolesques sur des planètes inconnues et batailles d'astronefs. Textes qui dans l'entourage du parti feraient grimacer pas mal de monde, ce pour quoi il ne pourrait utiliser son vrai nom. Il les envoya à des revues populaires, équivalents italiens des *pulps magazines*. On lui en publia deux ou trois, après quoi il rangea son pseudonyme dans un tiroir.

Vincenzo était très petit quand Marion rentra en Amérique, abandonnant son compagnon et son fils.

Dans les années 1950, la dépression post-partum n'était pas encore l'objet d'études médicales, d'articles de magazines, de romans et de films. Il n'y avait pas de test pour la diagnostiquer ni de thérapie spécifique. Une femme qui devenait mère ne pouvait être qu'heureuse. Quelques jours de fatigue après l'accouchement, quelques moments de mélancolie, c'était toujours possible. Mais si les pleurs, l'insomnie, l'anxiété et la panique duraient des semaines, on concluait à une folie déjà latente, éveillée par la naissance de l'enfant.

Aux premiers symptômes, Gianmaria avait préféré dédramatiser. Donc patienter, encourager, secouer, crier. Il était convaincu d'avoir tout essayé et, à la fin, vaincu, il avait même cessé d'essayer.

Marion s'était adressée à un psychologue, puis à un psychiatre. Elle avait pris des médicaments qui anéantissaient le mal-être dans une torpeur sans fin. Elle les avait interrompus d'un coup, vidant boîtes et flacons dans les toilettes. Un jour, Zanka, en rentrant chez eux, avait entendu les pleurs de son fils dès l'escalier de l'immeuble. Dans l'appartement, il l'avait trouvé au berceau, écarlate, les poings dans la bouche. Marion était partie sans même laisser un mot.

Le soir, une amie avait contacté Zanka. Marion était chez elle mais ne voulait pas parler. Ils ne s'étaient plus contactés pendant deux semaines, jusqu'à ce que la même amie lui téléphone. « Ce matin, elle est partie pour New York ».

Aux États-Unis, ses parents l'avaient convaincue de se faire hospitaliser dans une clinique. Par eux, Zanka avait obtenu quelques nouvelles sporadiques. Ils ne s'étaient jamais revus.

Seize ans plus tard, Vincenzo recevrait une lettre de sa mère, avec une photo. Zanka ne lui demanderait même pas de la voir.

Les articles sur la conquête de l'espace avaient plu à l'ambassade soviétique, et par conséquent au parti qui, durant l'été 1961, le récompensa d'un voyage en URSS : visite des lieux symboles d'Octobre 17 et du socialisme, avec un guide d'exception, le camarade Korolev en personne, flanqué de ses fidèles collaborateurs de l'Okb-1, le bureau de programmation expérimentale.

Dans ces sphères, le plus grand optimisme régnait : on venait juste d'assister à l'entreprise de Gagarine, le premier homme dans l'espace. Gianmaria lui-même avait écrit là-dessus une série d'articles qui versaient dans l'emphase visionnaire : « Un tour d'orbite fait de la matière des rêves et pourtant très concret »; « 108 minutes qui ont changé l'Histoire »; « Depuis le premier, laborieux, vol des frères Wright il ne s'est même pas passé soixante ans »; « Maintenant, de nouvelles frontières nous attendent : la Lune, Mars, les confins extrêmes du système solaire »... Mais il ne put rencontrer Gagarine. Cette année-là, le cosmonaute était en tournée mondiale, accueilli partout par des foules en liesse, socialistes ou capitalistes, peu importait.

Le voyage en URSS et les conversations avec Korolev donnèrent aussi une série d'articles. Au fond, récompense ou pas, on l'avait envoyé là-bas pour ça.

Le retour d'URSS fut suivi d'une période très prolifique et pleine de bonheurs d'écriture. Père célibataire, situation inhabituelle à cette époque, il prenait sur ses heures de sommeil, après avoir mis Vincenzo au lit, pour écrire – au stylo parce que le tic-tac de la machine aurait réveillé l'enfant qui, le lendemain matin, devait aller à l'école. Au bout d'un an, il se retrouva avec une pile de pages, brouillon d'histoires « étranges mais vraies », d'anecdotes bizarres, de considérations sur les changements que les voyages spatiaux pourraient provoquer dans la culture et la perception de l'histoire humaine. Tout serait plus relatif, y compris la frontière entre science et magie. Si l'homme pouvait se rendre au-delà de l'atmosphère terrestre, pourquoi fermer les frontières du possible ? Un texte étrange et peut-être inutilisable. Il le mit de côté, comme il l'avait déjà fait avec le pseudonyme Martin Zanka.

Puis il lut *Le Matin des magiciens* de Pauwels et Bergier, y trouvant mille résonances avec son propre manuscrit. Le succès des deux Français, de leur réalisme fantastique, le convainquit qu'il y avait un espace pour ces discours, pour ces récits, pour ces rêves. Il creuserait ce filon. Bien sûr, en gardant les pieds sur terre, avec moins d'incursions dans la spiritualité. Après tout, il était toujours communiste.

Il sortit du tiroir *La Planète cachée* et tapa à la machine à un rythme forcené. Au moment de signer, il décida de repêcher son nom de plume. Il envoya le paquet à une dizaine de maisons d'édition. L'une d'elles répondit oui. « Martin Zanka » était de retour et destiné à durer.

Mais maintenant, il sentait qu'il avait même trop duré.

Korolev était mort en 1966.

Gagarine en 1968.

Zanka, lui, était encore sur son dos, et Gianmaria n'en pouvait plus de lui.

Il avait la nausée de lui-même, ou plutôt de son personnage, de l'imaginaire qu'il continuait à remuer depuis une quinzaine d'années.

13
VILLA MALASPINA, MARDI 11 AVRIL

Ce matin-là, c'était le tour de Giada d'assurer le travail de secrétariat : répondre au téléphone, classer les factures, ouvrir au facteur…

— Qui est-ce ? demanda-t-elle dans l'interphone.

Une voix masculine répondit, avec l'accent d'Émilie-Romagne et les « r » roulés. L'homme se présenta, prénom et nom, Bernadi Radames, et demanda à parler au « responsable des nouveaux arrivants ». Giada appuya sur le bouton du petit portail. Elle dit à Bernardi de suivre le chemin jusqu'en haut, mais celui-ci lui fit remarquer qu'il était en voiture. Pouvait-elle avoir l'amabilité d'ouvrir le grand portail ? La jeune femme lui expliqua que les voitures devaient rester dehors, garées sur l'esplanade à droite.

Tandis que Bernardi montait à la villa, Giada fit appeler Ludo. Si la visite inattendue concernait une demande d'accueil, c'était lui qui s'occupait de ça.

Bernardi était un monsieur de taille moyenne, dans la cinquantaine, cheveux poivre et sel, lunettes, pardessus. Le visage hâve et creusé, la barbe recouvrant les joues. De nouveau, il se présenta et donna à Giada sa carte de visite, dont il résultait qu'il était patron d'une petite entreprise métallurgique à Parme. Il répéta sa requête : il voulait parler avec le responsable de la « structure ».

— C'est une communauté, lui dit Giada. Elle s'appelle Thanur.

Puis elle l'invita à s'asseoir dans le fauteuil de la grande entrée pour attendre quelques minutes.

Il s'en passa dix avant que Ludo n'apparaisse sur le chemin des champs, bottes de caoutchouc et salopette crottée. « L'attente est un élément fondamental de l'hospitalité, disait souvent Orsola. Elle souligne l'importance de la rencontre. » Son mari la prenait au mot, d'autant que cette conception convenait bien à son naturel détendu.

Dans ce laps de temps, Bernardi avait fumé deux cigarettes avec des gestes nerveux.

Giada resta à l'écart, mais suivit la scène depuis le seuil de la pièce qui servait de secrétariat. Ludo s'assit devant le nouveau venu et démarra les questions : de quelle manière avait-il connu Thanur ? Pourquoi voulait-il venir y vivre ?

Bernardi secoua la tête. Il n'était pas là pour lui-même, répondit-il, mais pour sa fille Caterina.

Ludo plissa le front : il était inhabituel qu'un père veuille envoyer sa fille dans une communauté alternative. Et où était-elle ?

— Dans la voiture, répondit Bernardi.

Ludo demanda comment il se faisait qu'elle ne soit pas montée jusqu'ici.

L'homme commença à répondre mais fut pris d'une espèce de hoquet. Il leva la main, retira ses lunettes, les regarda, nettoya les verres avec un tissu ocre. Ludo et Giada remarquèrent ses yeux brillants.

Enfin, Bernardi réussit à dire ce qu'il avait pensé et s'était répété dans sa tête pendant tout le voyage.

Caterina avait dix-neuf ans et elle était toxicodépendante. En ce moment précis, elle était bourrée d'héroïne jusqu'aux cheveux. Sa femme et lui étaient désespérés. Puis ils avaient lu sur le *Corriere* l'interview de « ce célèbre écrivain ».

— Il disait que son fils, ici, a cessé de se droguer. Ces derniers jours, on ne savait même pas où elle était, Caterina. Elle est rentrée cette nuit, et ce matin, nous l'avons trouvée dans la salle de bains, la seringue encore dans le bras. Alors je l'ai portée dans la voiture et... Bref, nous voilà. Donnez-nous un coup de main, je vous en prie.

— *Listen my friend*... répondit Ludo. Je comprends votre douleur, mais ici, c'est une communauté qui suit une philosophie. La philosophie de Thanur. Le fils de Martin Zanka est ici parce qu'il partage nos choix de vie, *you understand*? Il faut que ta fille se présente ici d'elle-même, pour nous connaître, parce que si ce n'est pas elle qui veut rester...

— Moi aussi, je vous comprends, coupa Bernardi. Mais elle, si vous lui demandez ce qu'elle veut, elle vous répond qu'elle veut de la drogue. Il n'y a rien d'autre qui l'intéresse. Je ne sais plus quoi faire, je...

Sa voix se brisa. Le sanglot le contraignit à s'arrêter. Ludo se tourna vers Giada, il n'eut pas le temps de parler : elle apportait déjà un verre d'eau.

Bernardi but et remercia. Puis il dit qu'il n'était pas un écrivain célèbre, mais qu'il avait une certaine aisance. De la poche de sa veste, il tira un carnet de chèques et un stylo-plume.

— Je peux payer. Dites-moi un chiffre. L'important est que vous preniez ma fille chez vous, que vous ne m'obligiez pas à la ramener à sa mère, qui n'a plus que ses yeux pour pleurer.

Ludo l'invita à ranger son carnet de chèques. Ce n'était pas une question d'argent, lui expliqua-t-il. Alors, le ton de l'homme se fit suppliant :

— Au moins, parlez-lui, à Caterina.

Ludo et Giada échangèrent des regards incertains, puis le Hollandais dit :

— Bon, d'accord.

Tous trois sortirent dans le jardin et se dirigèrent vers le portail. Bernardi et Ludo marchaient vite. Giada, inquiète, les suivait à quelques pas derrière.

« Quand le père et la fille arrivèrent, raconte Vincenzo, Maurizio et moi étions dans les champs avec Ludo. Il est descendu en disant : "j'y vais un moment, ils ont besoin de moi". Voyant qu'il ne revenait pas, on est allé le chercher. Il était avec un inconnu, ils marchaient vers le portail et derrière eux, il y avait Giada. »

— Qu'est-ce qui se passe ? lui demanda Vincenzo, à mi-voix. C'est qui, celui-là ?

— Un type de Parme. Il espère que sa fille accepte de s'installer ici.

— Sa fille ?

— Sa fille se shoote. Et lui, il a lu les déclarations de ton père sur le *Corriere*. Tu pourrais peut-être lui parler, toi.

— Moi ? Et pour lui dire quoi ?

« Elle ne m'a pas répondu, et moi, je n'ai plus rien demandé. Avec l'interview de mon père, je m'étais retrouvé au centre de l'attention, la dernière chose que j'aurais voulu. Je risquais de devenir le témoin publicitaire de la désintoxication. »

Ils trouvèrent la Mercedes portières ouvertes. À l'intérieur, il n'y avait personne.

Bernardi s'effondra sur la voiture.

— Voilà. Elle s'est encore échappée… on les met au monde et puis…

De nouveau, les mots semblèrent mourir dans sa gorge. Il déglutit.

— Comment on peut laisser sa fille se tuer? Comment je fais pour la laisser partir?

Il remonta en voiture et mit le contact.

Giada demanda :

— On ne va pas l'aider à la chercher, le pauvre?

Les thanuriens attendirent une indication de Ludo.

— Retournons à notre travail, dit-il.

La Mercedes manœuvra, s'engagea sur la route et disparut au premier tournant.

Cinq mois plus tard, les journaux rapportèrent la nouvelle : Caterina Bernardi était morte. Elle s'était tuée en se jetant par la fenêtre de sa chambre, où ses parents l'avaient enfermée à clé dans une tentative pour la désintoxiquer. Sur la table de nuit, un mot : « Ne comptez pas sur moi. »

Pour le vingtième anniversaire de la communauté fut publié un volume commémoratif : *Thanur, 1974-1994. La commune, la communauté.* Pas une ligne n'est consacrée à cet épisode.

14
FORRAVALLE, MERCREDI 12 ET JEUDI 13 AVRIL

Ils étaient quatre. Trois garçons et une fille. Ils les découvrirent tôt le matin, de l'autre côté du portail. Ils avaient dormi là, dans des sacs de couchage, sous une tente canadienne. Un sacré froid, la nuit, à la mi-avril.

Ces quatre-là n'étaient pas venus d'à côté, mais pas non plus de trop loin : ils étaient de Livourne. Elena qui, ce matin-là, assurait le secrétariat, parla avec eux et décida qu'avant de les faire entrer, il valait mieux consulter les autres. Elle revint à la villa pour demander conseil.

Une dizaine de minutes plus tard, elle refit le trajet en sens inverse accompagnée de Ludo.

— Qu'est-ce que vous cherchez? demanda le Hollandais.

— L'hospitalité, dit le plus grand et le plus maigre des quatre.

En vérité, ils étaient tous maigres, et délavés. L'œil clinique de Ludo n'avait mis qu'une seconde à les classer. Alimentation réduite et doses massives d'héroïne.

— *I'm sorry*, ici, ce n'est pas une auberge de jeunesse, rétorqua-t-il avec son flegme habituel. Venez le samedi, quand la communauté est ouverte aux visites, alors vous connaîtrez notre philosophie de vie et vous parlerez avec Orsola, la fondatrice.

La jeune femme se rapprocha et appuya son front contre les barres de fer. Elle avait des cheveux blondasses, lisses, et un âge indéfini, entre vingt et trente ans.

— Sur le journal c'était écrit que vous avez sauvé le fils de cet écrivain.

Ludo la regarda par en dessous en se roulant une cigarette.

— Nous n'avons rien fait, nous. C'est lui qui vit ici.

— Nous aussi, nous voudrions vivre ici, dit un autre.

Il avait une barbiche folle et hérissée, et il lui manquait une dent à la mâchoire inférieure.

— *I'm sorry, my friend*, ça ne marche pas comme ça.

— Au moins, fais-nous voir comment c'est à l'intérieur, non ? Tant qu'on y est…

— Je suis vraiment désolé, *darling*. Venez samedi, je vous ai dit.

Il rentra à la villa, poursuivi par les faibles appels des quatre.

Cet après-midi-là, Maurizio, de retour du village, annonça que les toxicos n'étaient plus là, ni même leur tente. Plus d'un des présents poussa un soupir de soulagement. Les thanuriens ne pouvaient pas savoir qu'ils n'étaient pas partis : ils étaient juste descendus plus bas dans la vallée, où courait le torrent et où se trouvait un abreuvoir, pour avoir de l'eau et un abri sous les arbres. De leur côté, les quatre en question ne pouvaient pas savoir que ce terrain appartenait au voisin, Saverio Menconi, soixante-cinq ans, ancien combattant, décidément peu disposé à laisser des étrangers camper sur sa propriété. Après une altercation avec les pèlerins, Menconi se présenta à son tour aux portails de Thanur pour demander audience rien moins qu'à la « dame ».

Ce fut ainsi qu'Orsola se retrouva face à face avec le voisin. Depuis quatre ans que la communauté existait, ils ne s'étaient rencontrés qu'à deux ou trois occasions et, chaque fois, pour un litige sur le franchissement des limites. Vincenzo se souvient du tableau qu'ils offraient. « Elle, on aurait dit une reine hippie. Tu sais, grande, avec des vêtements colorés, une écharpe indienne, la tresse... Lui, en revanche, trapu, avec sa veste de chasseur, ses bottes en caoutchouc. »

— Ceux-là, qui campent, ils sont à vous, ou je me trompe ? attaqua-t-il.

Orsola ne se laissa pas provoquer.

— Ces personnes ne font pas partie de la communauté.

— Je dis : elles sont venues ici pour vous, non ? Et alors, c'est votre problème, madame. Trouvez vite une solution, ou bien, je vais m'en occuper, moi.

— Quelle solution ? Je ne peux pas répondre du comportement des étrangers.

Menconi hocha sa grosse tête.

— Ah, je comprends. Vous, vous pondez l'étron et après c'est à moi de le ramasser. Pas de problème. Moi, quand il faut virer la merde, je ne recule pas.

Menconi s'en fut et la tranquillité revint jusqu'à l'après-midi du lendemain. Mais dès le matin, Thanur ne put ouvrir ses portails parce qu'il y avait trois nouveaux qui suppliaient qu'on les laisse entrer.

Pâles, avec un regard de bête traquée, et en même temps guettant la proie. Ils étaient arrivés en bus et autostop. Deux venaient de La Spezia. Vincenzo vit en eux des copies de lui-même deux ans plus tôt. Le troisième était de Lucques. Il avait un physique sec et bien modelé, et un visage encore peu marqué par la dope, avec un vague sourire qui ne s'éteignait jamais.

Ludo repoussa aussi leurs requêtes, mais leur fit porter de l'eau et un peu de quoi manger. Orsola s'enferma dans l'orangerie, et ceux qui passaient devant durant la matinée ne la virent pas taper à la machine, mais se promener nerveusement entre les plantes.

Ce qui précipita les événements, ce furent deux coups de fusil et les cris qui suivirent. Ça venait de la ferme de Menconi, ou plutôt, du torrent. Ludo, Vincenzo, Gregorio et Maurizio allèrent voir ce qui se passait et tombèrent sur deux des jeunes de la veille.

— Ce vieux connard nous a tiré dessus !

Les thanuriens arrivèrent au torrent. Pas trace de la blondinette ni du troisième garçon. Mais il y avait les vestiges noircis d'un feu, les sacs à dos, des restes de nourriture en boîte, des sacs de couchage. Et Menconi, dans le lointain, qui rentrait chez lui.

Vincenzo courut à sa suite, suivi par Ludo qui cherchait à le retenir.

— Tu es fou ! cria-t-il.

Menconi se retourna, fusil de chasse dans le creux du bras.

— Je tirais sur les corneilles qui me mangent les semis, répondit-il, sarcastique.

Vincenzo lui courut après.

— Va te faire foutre ! Tu aurais pu tuer quelqu'un !

Menconi caressa le fusil.

— Il est chargé au petit plomb. Et j'ai tiré en l'air. Ceux-là, ils viennent sur mon terrain, ils plantent la tente, ils font un feu, ils pissent et chient tout autour. Ils ont demandé la permission ? Non. La prochaine fois, *t vedrè che il fan !* Tu verras ce que je leur fais ! Je leur ai donné une leçon de vie. Ils devraient me remercier.

Vincenzo voulut répliquer mais Ludo le poussa en arrière.

— Où sont les deux autres ? demanda-t-il.

Menconi haussa les épaules et montra la direction du bois.

— Ils ont pris le maquis, comme on dit, ricana-t-il. Si je les vois encore, je lâche les chiens.

Ludo scruta vainement les arbres. Puis il fit signe à ses camarades de retourner en arrière. Vincenzo continuait de fixer Menconi d'un air de défi. Le Hollandais l'entraîna en le tirant par un bras.

Au portail, ils retrouvèrent les rescapés qui expliquaient aux nouveaux venus ce qui s'était passé. Vincenzo regarda Ludo. Le Hollandais était ébranlé, son camarade ne lui avait jamais vu un visage aussi sombre. Quand le gars de Lucques s'approcha en disant qu'avec ce dingue en circulation ils ne pouvaient pas leur refuser un asile, Ludo eut une réaction inattendue. Il le bouscula. Et se mit à hurler.

— *Go away* ! Allez-vous-en !

Les rôles s'inversèrent et ce fut au tour de Vincenzo de le retenir.

Gregorio et Maurizio convainquirent les toxicos de laisser tomber, après quoi les thanuriens rentrèrent et fermèrent le portail derrière eux. Vincenzo resta à côté de Ludo jusqu'à ce que le Hollandais s'excuse et aille fumer un joint en solitaire pour se calmer.

« Je crois qu'il s'en voulait, dit aujourd'hui Vincenzo. C'était lui qui avait eu l'idée de faire parler mon père à la presse et là, ça risquait de se retourner contre Thanur. Il se sentait coupable et ça lui faisait perdre la boule. »

Plus tard, ce jour-là, Orsola sortit de l'orangerie et parla à la communauté réunie dans la salle du Feu.

— Thanur a son propre rythme, il est dangereux de se laisser imposer ses choix de l'extérieur, en plus par un chantage. Notre expérience est jeune et encore fragile, nous devons en prendre soin.

— Mais comment on fait ? demanda Enrico. On va rester barricadés jusqu'à ce que ces gens s'en aillent et se fassent encore tirer dessus ?

— Thanur accueille… avec un portail fermé, ajouta Elena. Vous vous rendez compte que c'est un paradoxe ?

« Je savais qu'ouvrir ce portail signifiait introduire un gros problème dans la maison, se souvient Vincenzo. Je connaissais les héroïnomanes, j'en avais été un, je savais qu'ils amèneraient des emmerdes. Mais Thanur m'avait accueilli, et il m'avait suffi d'une journée à Rome pour recommencer à me piquer. J'étais le dernier à pouvoir dire de les laisser dehors. Donc, à ce moment, j'ai gardé le silence. Puis Rossella nous a mis devant le fait accompli. »

Quand la blondinette et son compagnon réapparurent, c'était elle, Rossella, qui était de service au portail. Fuyant les coups de fusil de Menconi, les deux jeunes s'étaient perdus dans le bois et avaient erré des heures avant de retrouver le chemin de Thanur. La fille tremblait comme une feuille, elle claquait des dents et marchait courbée en deux, mais son compagnon était trop faible pour la soutenir, malgré ses efforts.

— Elle est en crise de manque ! hurla-t-il, en larmes. Aidez-la, je vous en prie…

La jeune femme s'accroupit pour vomir.

Un des derniers arrivés, celui de Lucques, s'empressa de lui tenir la tête, puis de la prendre dans ses bras.

Rossella ouvrit le portail.

« On l'a entendue qui appelait depuis l'allée, se souvient encore Vincenzo. On est sortis en courant et on l'a vue avec cette toxico secouée de frissons. »

Ludo alla à leur rencontre. Avec Vincenzo, ils conduisirent la fille dans une pièce à l'étage. Ludo récupéra la trousse à médicaments, demanda de l'eau, une bassine et des couvertures. Puis ils mirent la fille au lit. Ludo farfouilla dans la trousse et en tira une boîte de cachets.

— Ça, c'est pour la faire dormir, dit-il.

Puis il sortit un pot de pommade.

— Et ça, c'est pour les douleurs musculaires. Il faut la lui étaler sur les bras et les jambes.

Il était clair que le Hollandais s'était déjà trouvé dans une situation semblable. Rossella s'assit au bord du lit et caressa la tête trempée de la fille. Ludo lui passa les cachets et elle l'aida à les avaler avec un peu d'eau.

— Comment tu t'appelles ? lui demanda-t-elle.

La réponse arriva dans un chuchotement entre ses dents.

— Anna.

— Moi, c'est Rossella, dit-elle en effleurant ce visage contracté par les crampes.

— Ne me renvoie pas, réussit à articuler la jeune femme, avec des larmes de douleur et de désespoir.

Elle se serrait l'estomac avec les deux bras, recroquevillée en position fœtale, le nez dégoulinant.

« À les voir là, on aurait dit de l'une qu'elle était la version corrompue de l'autre. La toxico repentie… »

— N'aie pas peur, dit Rossella. C'est chez moi, ici. Et maintenant c'est aussi chez toi.

« … et la Madone des drogués. »

15
ORBETELLO, JEUDI 20 AVRIL

Le coup de fil surprit Zanka à 8h30, tandis qu'il beurrait une tranche de pain. À côté de la tasse de café, l'exemplaire de *L'Europeo* à peine sorti des presses.

Dans le combiné, une voix de fumeur donnait corps à un étrange oxymore, un ton de déception excitée ou d'excitation déçue, selon que l'accent soit mis sur l'une ou l'autre composante.

— Allô, Marty ? Excuse l'heure mais je viens juste de lire l'article. Tu l'as lu ?

— D'après toi ?

— Bien sûr, évidemment, c'est qu'il m'est venu le doute qu'ils te l'aient coupé. Le titre est fantastique, ça promet : « Le triangle des Bermudes italien : la montagne des mystères, entre soucoupes volantes et faits divers. » Mais la partie sur les extraterrestres est juste du saupoudrage, deux phrases de ce Bernacca, deux anecdotes rapides, après quoi, ça part dans les légendes de fées et de sangliers, et tout le reste est sur ces deux gamins disparus, une histoire d'il y a deux ans dont plus personne ne se souvient. J'veux dire, ça se tient, mais pour moi, on dirait pas du Martin Zanka. On dirait Sciascia, pour moi.

— Sciascia, pas mal, tu me fais un compliment.

— Compliment mon cul, Marty ! Les gens, ce qu'ils veulent de toi, c'est des cosmonautes préhistoriques, les Vénusiennes qui baisent avec les pharaons, les Martiens qui font pleuvoir la manne.

L'article devait lancer le nouveau livre ou pas? *Precalentamiento*, on avait dit. Et le nouveau livre parle des astronefs atterrissant en Lunigiana, pas des louveteaux qui se perdent en allant se tripoter!

Zanka l'entendait haleter.

— Écoute, Paolo, dit-il. À propos du nouveau livre…

Il expliqua qu'il ne savait plus de quoi il allait parler. Oui, bien sûr, les statues-menhirs et les hypothèses sur leur origine, mais il n'était pas dit que les astronefs du titre soient le plat principal de la narration. Comme dans l'article pour *L'Europeo*, il se pouvait que les ovnis deviennent un prétexte, l'accroche initiale pour passer à une histoire différente.

— Celle des deux gamins? demanda Pepper, alarmé.

Zanka se l'imagina une main sur le front, les yeux fermés, la tête baissée sur le combiné gris.

— Pendant que j'écrivais l'article, dit Zanka, je me suis rendu compte que mes livres partent de la réalité et puis décollent pour des voyages intergalactiques. Je réfléchis à inverser la route : de la science-fiction vers le monde réel. D'après moi, l'atterrissage sera encore meilleur.

— *Tu quieres arruinarme, compadre…* murmura Pepper. Il y a d'excellents écrivains qui passent leur vie à chercher un thème, un style qui les distinguent des autres. Toi, tu l'as et ça fait même vendre des tonnes de bouquins, et du jour au lendemain, tu veux en changer?

— Paolo, tu dis que les gens ont leur regard levé vers le ciel parce que le monde d'en bas fait chier. Mais penses-y, les ovnis les plus inquiétants, ils se déplacent sur la Terre, les vrais mystères, c'est la rubrique des faits divers qui nous les offre, et ils attirent plus les regards que les lumières dans le ciel.

À ce point de la conversation, il mit en avant comme exemple l'histoire dont l'Italie entière parlait depuis vingt-quatre heures.

— Pense à ce qui est en train de se passer au lac de la Duchesse.

Deux jours plus tôt, un communiqué brigadiste avait annoncé l'exécution d'Aldo Moro. Un message aux tournures quasi blagueuses, d'une fausseté flagrante aux yeux de quiconque connaissait le style des BR, et pourtant la brigade criminelle et les carabiniers l'avaient considéré comme authentique. « La dépouille d'Aldo Moro est immergée, était-il écrit, dans les fonds boueux (voilà pourquoi il se déclarait enlisé) du lac de la Duchessa, alt. 1 800 m, près de la localité Cartore (province de Rieti), dans la zone aux confins des régions Abruzzes et Latium. »

Un lac qui, l'hiver, était presque impossible à atteindre et, jusqu'à la fin du printemps, recouvert d'une couche épaisse de glace. Les enquêteurs y étaient arrivés en hélicoptère et, pour ouvrir des trous dans la surface, avaient dû utiliser des explosifs.

Impossible que le corps de Moro se trouve là. Il s'agissait d'une grossière fausse piste, inventée par Dieu sait qui, que les BR allaient rapidement dénoncer, en joignant à un *vrai* communiqué une nouvelle photo de Moro, vivant, avec sur le visage son éternel petit sourire sardonique et en main une copie de *La Repubblica* du 9 avril.

Mais pendant que l'éditeur et l'écrivain parlaient au téléphone, les recherches dans le lac et les alentours étaient encore en cours. Moyens aériens, plongeurs, chiens policiers et même le sempiternel devin Rolf.

— Mon papier, poursuivit Zanka, arrive dans les kiosques justement quand tout le monde a les yeux pointés sur un lac de montagne où on cherche un corps. La coïncidence me fait réfléchir. Dans l'histoire des deux jeunes disparus aussi, il y a des mystères, des versions contradictoires, des choses qui ne collent pas.

— Oui, j'ai compris, dit Pepper. Mais j'ai les chocottes, *chaval*. Qui lâche la vieille route pour la nouvelle… Au moins, tu réussis à me le remettre à temps ?

Zanka n'essaya pas de lui dorer la pilule : l'alternative était entre ne pas finir le livre, le laisser inachevé, ou essayer de le transformer en cours d'élaboration. Morale de la fable : il demanda quelques jours pour y réfléchir.

Pepper lui accorda deux semaines.

— Mais réfléchis-y bien, Marty, d'accord ? Je vais pas te casser les pieds, et dans deux semaines on s'appelle, mais tu dois me donner des certitudes. Salut, conclut-il, et il raccrocha.

Zanka plongea dans la rumination. Au lieu de s'acharner à arranger un livre qui ne l'avait jamais convaincu, il devait comprendre quel genre de livre il voulait écrire.

Mais peut-être avait-il déjà une idée. Elle avait pris forme justement pendant le coup de fil. Il devait seulement la préciser.

Il se rasa, s'habilla, monta en voiture et conduisit jusqu'à Forravalle.

16
FORRAVALLE, JEUDI 20 AVRIL

La châtaigneraie de Collerado n'était plus entretenue depuis l'avant-guerre, quand la dernière famille avait abandonné le hameau le plus haut de Forravalle. Dès ce moment, elle avait appartenu à la commune et, avec le temps, était devenue une attraction du village. En automne, moyennant une modique somme, on pouvait ramasser d'excellentes châtaignes de la variété Carpinese, et le troisième dimanche d'octobre se tenait la foire des *mondine*, c'est-à-dire des marrons grillés, qui attirait du monde jusqu'à la côte. Durant les autres saisons, c'étaient les troncs séculaires des arbres qui ravissaient les visiteurs, par leurs formes tordues de spectres de la montagne.

Gheppio était lui aussi fasciné par ce lieu et il y passait souvent, quelquefois juste pour s'asseoir sur une souche et s'accorder une pause. Depuis quelque temps, cependant, la châtaigneraie le préoccupait. Le vent et les neiges d'hiver avaient affaibli beaucoup de vieux arbres. Quelques-uns étaient morts et s'étaient écrasés sur un lit de feuilles, d'autres s'étaient fendus comme des murs après un tremblement de terre. Le maire avait fait appel aux experts de l'université de Florence qui avaient donné leur avis au bout de quelques mois : pour sauver les arbres monumentaux, il fallait abattre les plus jeunes, au moins une centaine, qui poussaient aux dépens des patriarches. C'était justement pour décider lesquels couper que le technicien de la commune était monté de bonne heure à Collerado en compagnie de Gheppio.

Le garde forestier restait perplexe. Quel sens cela avait-il d'éliminer des arbres jeunes et robustes pour laisser de la place à d'autres à présent décrépits ?

Le technicien allait et venait, touchant les troncs, comme si ce contact devait lui confirmer ce qu'il soutenait.

— Gornara, vous savez bien que les châtaigniers séculaires sont importants. Ils font partie du patrimoine historique et paysager.

— Et un bois de châtaigniers sains, insista Gheppio, ça n'est pas aussi un patrimoine ?

— Pas de la même manière.

Gheppio passa la main sur l'écorce rugueuse d'un jeune châtaignier.

— Et si au lieu de mettre ceux-là par terre, on essayait de tailler les vieux, comme on faisait autrefois, pour les alléger ? Ça fait des années que je le dis au maire.

Le technicien secoua la tête.

— Et le maire répond que c'est un travail d'experts, long et coûteux, et puis il n'est pas dit que ça résolve le problème. En revanche, la revente des arbres abattus nous fait rentrer dans nos frais.

Il ressemblait plus à un comptable qu'à un botaniste.

— Quand j'ai fait le signalement à la commune, je ne pensais pas que vous auriez sorti cette belle trouvaille, dit Gheppio. La châtaigneraie est un très bel endroit. Mais si les vieux arbres ne tiennent plus droit, il n'est pas juste de sacrifier les jeunes pour les faire survivre. Il y a quelque chose de tordu dans le raisonnement… d'erroné, vous ne trouvez pas?

Le technicien haussa les épaules.

— Je ne sais pas quoi vous dire. C'est comme ça. Je suis désolé.

Le forestier se détourna en secouant la tête. Il rejoignit son tout-terrain vert, prit dans le coffre la peinture et le pinceau, et se prépara à discuter pour chaque tronc à marquer.

Secondo Marfari, dit «Astore», était assis à son bureau, occupé à compiler de la paperasse. Ces jours-ci, il ne pouvait rien faire d'autre. En glissant dans la salle de bains, il s'était fracturé une cheville. Il portait encore un plâtre et marchait avec une béquille.

Sa tête encore à Collerado, Gheppio franchit le seuil de la pièce.

Son collègue lui indiqua une personne qui attendait.

— Bonjour, dit Martin Zanka.

Le forestier, surpris, lui rendit son salut.

— On pourrait parler? demanda l'écrivain.

Gheppio s'assit à l'autre extrémité du bureau.

Dans son dos était accrochée une grande carte du Quarzerone, parsemée de cercles et de X tracés au feutre. Outre celle-ci, un calendrier du Corps forestier de l'État, une pendule murale, le portrait officiel du président Giovanni Leone, un tableau de bois sur lequel étaient fixés documents et circulaires.

Plus bas, tenu par quatre punaises, il y avait le tract avec les photos des deux jeunes disparus en 1976.

Zanka posa sur la table l'exemplaire de *L'Europeo* qu'il avait apporté et l'ouvrit à la page de son article.

Gheppio en sortit un identique d'un tiroir et le posa par-dessus.

— Ah, s'exclama Zanka.

— « Un triangle des Bermudes italien », cita Gheppio.

— À part le titre, j'aimerais avoir un jugement dépassionné.

Gheppio se fourra en bouche la pipe éteinte, puis la reposa sur le bureau.

— Je n'y connais rien en écriture, admit-il, mais c'est un article honnête, sans les idioties habituelles.

— C'est vrai, confirma Astore. Et pour éviter les idioties, en parlant de Bernacca, il faut être fort. Avec ce qui se dit sur lui au pays, on pourrait remplir un numéro de *Cronaca vera*.

— Comment ça ? demanda Zanka, en se tournant légèrement vers l'autre forestier.

Pour toute réponse, celui-ci se titilla de l'index le lobe de l'oreille* et chantonna : « On m'a dit que tu aimes les garçons à houppette… » puis, passant de Little Tony à Alberto Rabagliati : « Viiiiiiens, il y a une route dans le bois, une cabane que je connaiiis… »

— Arrête ça, Astore, lui intima Gheppio. Tu te crois à Sanremo ? puis, se tournant vers Zanka, il assura : médisances. Si vous ne les avez pas collectés,

* Geste italien qui peut se traduire en français par «pédé».

vous n'avez rien perdu. Mais vous n'avez pas fait toute cette route pour entendre mon avis sur votre article.

— Je voudrais m'occuper encore de Jacopo et Margherita, annonça Zanka en montrant la photo des deux jeunes. Écrire un livre sur leur disparition. Mais j'ai besoin d'aide.

Voilà, il l'avait dit.

Maintenant, il devait attendre la réaction de l'inspecteur adjoint, qui le fixait en silence avec son air de Sitting Bull. L'expérience dictait à Zanka que derrière ce visage sans âge et cuit par le soleil, il y avait une histoire intéressante. Il y avait des choix personnels, peut-être une obsession, tellement claire que quand il avait montré Jacopo et Margherita, le forestier n'avait pas même déplacé son regard. Ces jeunes étaient là, à côté de lui, depuis presque deux ans. C'étaient des présences connues, bien imprimées dans son esprit. Ses fantômes.

— Pourquoi ?

Gheppio avait laissé tomber sa question comme un caillou.

Zanka décida d'être franc. À Pepper, il avait raconté vouloir changer de style. Non plus le voyage de la Terre aux aliens, mais des aliens à la Terre. Tandis qu'il conduisait pour arriver là, il s'était aperçu qu'il avait aussi un autre motif.

« Il y a une différence dans ce que nous écrivons, lui avait dit Orsola Galbiati. Mes hypothèses ont des conséquences pratiques. Elles créent de la communauté, produisent des expériences. »

— Je veux écrire un livre qui serve à quelque chose, expliqua-t-il. Un livre utile pour rouvrir le dossier, pour donner une réponse aux parents des deux jeunes.

Gheppio resta silencieux, comme s'il évaluait la sincérité de ces paroles ou la fiabilité du type qu'il avait devant lui.

— Je vous avertis, dit-il enfin, ça ne sera pas agréable. C'est une histoire douloureuse.

— Je m'en rends compte, rétorqua Zanka.

— Si vous pouvez rester à Forravalle, on se voit demain ici à 7 heures. Je vous montrerai où nous les avons cherchés.

Zanka hocha la tête.

— Marché conclu.

17
TURIN, JEUDI 20 AVRIL

Au siège de Radio Piemonte International, aujourd'hui point de vente d'une société de téléphonie, Milena se présenta armée d'un stylo, d'un carnet et d'un magnétophone.

— Ça ne te sert à rien, lui dit un barbu sur le seuil. Si tu veux une cassette de l'émission, on te la fait nous, à la régie.

Elle expliqua que ce qui l'intéressait aussi, c'était ce qui n'était pas retransmis, ce que les animateurs se disaient micros éteints, entre deux interventions. Le type fronça les lèvres sous sa moustache comme pour dire : « Si ça te fait plaisir... » et lui indiqua une porte ornée d'un poster de Frank Zappa.

Quiconque a visité une radio libre dans la seconde moitié des années 1970 saura reconnaître les bruits qu'on entend au début de la bande.

Le grincement des perches à molette des micros. Le frottement des chaises sur le linoléum. La petite roue d'un briquet qui frotte la pierre à feu. Les lèvres qui claquent à la première bouffée de cigarette. Les gorges raclées pour s'éclaircir la voix.

Puis quelqu'un glisse le sept pouces sur l'adaptateur idoine en plastique, ce machin qui permettait de caler les disques dont le trou central était beaucoup plus large que l'axe de la platine. Le sélecteur passe de 33 à 45 tours.

La main du réalisateur soulève la tête du tourne-disque et l'approche du bord du vinyle. Les inscriptions sur l'étiquette commencent à tournoyer, toujours moins lisibles : le nom du groupe, le titre du single, l'auteur entre parenthèses et la durée. Grésillements de poussière et d'électricité statique annoncent l'entrée du diamant sur premier sillon de la face A.

La voix de Jim McGuinn attaque à brûle-pourpoint en même temps que la musique.

Mr Spaceman des Byrds, un joyau d'écriture daté de 1966. Il devait déjà paraître vieux, avec son country rock désinvolte tout juste parfumé d'une goutte d'acide lysergique. Milena se rappelle la réunion «stratégique» pour le nouveau programme radiophonique du Grucat, où le choix le plus disputé avait été celui du sigle sonore. En revanche, sur le titre « Lumières dans la nuit », tout le monde était d'accord, ils l'avaient voté à l'unanimité. Sur le nom de l'animateur non plus, il n'avait eu guère de doutes : Matteo Bonino était de très loin celui qui avait le plus d'aisance oratoire. À chaque émission, il serait secondé par un autre membre du groupe, toujours différent. Ce soir-là, c'était au tour de Berto Musinè.

Le morceau se termina sur le refrain joué à deux reprises, et quiconque connaissait l'anglais ne pouvait manquer la ressemblance avec *Extraterrestre* d'Eugenio Finardi, un tube de ces mois-là. Les années passaient, mais les musiciens continuaient de demander aux extraterrestres de les emmener avec eux.

Sur les dernières notes de guitare, le réalisateur souleva la main droite, puis agit sur les deux curseurs de la table de mixage : en bas celle du tourne-disque, en haut celle du microphone, un geste de l'index en direction de Bonino et...

— Chers auditeurs, bonsoir et bienvenue à « Lumières dans la nuit », une émission produite par le Grucat, le Groupe de chercheurs ufologues et clipéologues associés de Turin qui, chaque semaine, vous parlera d'objets volants non identifiés, de recherches sur les communications interplanétaires, d'archéologie spatiale et de tout ce qui concerne la possibilité que l'univers recèle d'autres formes de vie capables d'entrer en contact avec l'humanité.

Pendant ce temps, le réalisateur avait rangé le 45-tours dans sa pochette, disposé sur la deuxième platine *Space is the Place*, de Sun Ra, à garder en fond sonore pendant que Bonino parlait, prêt à le pousser au premier plan pour remplir les silences et les transitions entre les différentes interventions.

La bande-son de l'émission était prise en charge par Lino Garbarino, membre du Grucat, collectionneur de vinyles et grand expert en compositions musicales comportant des références aux aliens et aux voyages dans le cosmos. En échange des disques et des cassettes, il avait exigé, dans la discussion sur le sigle, que son vote compte pour deux et, grâce à ce pouvoir, avait permis au morceau des Byrds de l'emporter sur *Have you seen the Saucers?* de Jefferson Airplane, relégué en conclusion du programme.

— Aujourd'hui, pour vous tenir compagnie jusqu'à 23 heures, il y aura votre serviteur Matteo Bonino, en compagnie d'Umberto Ravarino, ici présent, à mes côtés.

— Bonsoir, dit l'interpellé en tirant à lui le micro.

Le réalisateur l'invita à garder ses mains à l'écart, pour éviter des bruits gênants.

— Dans cette première émission, poursuivit Bonino, nous nous occuperons d'une rencontre du troisième type, ce qu'on appelle « l'affaire Bernacca », qu'ont traité différents magazines et quotidiens, y compris *La Stampa*. Nous vous invitons donc à nous téléphoner, si vous voulez intervenir, nous poser des questions ou partager une opinion.

Le réalisateur monta le son de Sun Ra et, en articulant ostensiblement le numéro de la radio, il suggéra à l'animateur de le rappeler. Il le griffonna sur un bout de papier et le lui mit sous les yeux.

— OK, voilà. Si vous voulez vous mettre en contact avec nous, appelez le 243013, indicatif 011 si vous n'habitez pas Turin. Je saisis l'occasion pour remercier Spillo qui, aujourd'hui, nous aide à la console et nous assistera pour quelques émissions jusqu'à ce que nous ayons acquis davantage d'aisance technique.

Dans un des chapitres les plus intéressants de son livre, Milena écrit :

> Pour la première fois depuis le début de mon observation, avec « Lumières dans la nuit », le Grucat s'adressait à l'extérieur, sans filtres, et devait donc projeter une image de soi, en affrontant le problème sur la manière de se présenter au monde et celle dont le monde lui répondrait. Les conférences et les soirées organisées par le groupe, auxquelles j'avais

aussi assisté, n'étaient en rien comparables, parce qu'elles concernaient un public déjà intéressé, qui avait décidé d'aller dans un lieu déterminé pour écouter un discours déterminé. On pourrait dire que c'étaient des moments de retrouvaille de la même tribu. De même, les déclarations occasionnelles à quelques quotidiens, à l'occasion d'événements ovnis, ne posaient pas la question de l'identité de manière aussi forte, parce qu'un texte écrit anticipe une éventuelle réplique à laquelle il faudra se confronter, et la relation qu'il instaure est différente, dilatée dans le temps. La radio, c'est différent. Vous êtes chez vous et vous l'allumez, vous faites autre chose et vous l'écoutez, vous tournez la molette et vous tombez par hasard sur une station où l'on parle d'ovnis. En outre, si le format de l'émission prévoit des appels d'auditeurs en direct, voilà que la relation devient bi-univoque, et que le public, non plus sélectionné ou réduit au silence, peut exprimer un jugement actif.

Les ufologues devaient en être conscients, parce qu'ils s'étaient préparés méticuleusement, essayant de penser à tout, pour limiter au maximum contretemps et imprévus.

« Bonino était le plus assuré, commente Milena en réécoutant la bande qui a survécu dans ses archives. Je crois qu'il avait appris par cœur toutes les répliques initiales, celles de la présentation de l'émission et aussi d'autres passages. En tout cas, il avait de l'aisance dans le ton. Moi, j'étais sur un petit canapé dans son dos, et la table avec le matériel était tournée vers le mur. Mais la pièce était vraiment minuscule et je me souviens qu'ils se passaient sans arrêt une feuille de papier, qu'ils l'étudiaient, qu'ils l'annotaient. À la fin, j'ai demandé à y jeter un coup d'œil : c'était une espèce de registre comptable, partagé en deux colonnes, sauf qu'à la place de dépenses/recettes, il y avait les morceaux musicaux et les points à aborder, barrés au stylo au fur et à mesure que c'était fait. »

Berto Musinè, fidèle à ce synopsis, démarra par le récit de Bernacca, la CB hors d'usage, les lumières, les humanoïdes en tenue spatiale, l'agression et l'évanouissement.

— Il y a deux semaines, une délégation du Grucat est descendue en Lunigiana pour une enquête sur place. Elle a effectué une reconnaissance sur le mont Quarzerone, théâtre du supposé contact, et a interviewé Bernacca.

L'ufologue poursuivit en exposant la théorie de la *courbure* du Quarzerone exprimée par Paolo Sesto, en laissant fortement entendre que selon toute probabilité, il s'agissait d'un cas de mythomanie. Pendant qu'il parlait, une ampoule rouge fixée derrière la table de mixage se mit à clignoter. Berto s'embrouilla, perdit le fil, mais Spillo, le réalisateur, agrippa le combiné du téléphone et le lui montra, pour qu'il comprenne ce qui se passait. Bonino intervint pour lui rappeler où il en était resté. Cependant le réalisateur, téléphone à l'oreille, s'était penché sur sa chaise, la tête sous la table, pour éviter que les micros interceptent ses chuchotements.

Quand il réapparut, il fit signe à Berto d'en venir à la conclusion. Il plaça une cassette dans le lecteur, après l'avoir montrée à Bonino, qui saisit l'allusion et s'empressa de présenter le morceau.

— Et maintenant, une pause musicale avant de revenir vers vous à la fin de cette chanson des Ufo, le groupe qui s'appelle justement comme ça, sélectionné par notre camarade Lino, que nous saluons. Le titre est *Lights Out*. Bonne écoute.

Hors antenne, le réalisateur expliqua qu'en ligne, il y avait un type prénommé Giuseppe qui voulait intervenir sur le cas Bernacca. Il appuya sur une touche pour mettre l'appel en attente.

La chanson, un mur de métal hurlant, durait cinq minutes mais elle fut coupée au milieu. Dans les haut-parleurs entrèrent les bruits de fond saisis par le combiné chez l'auditeur.

— Nous avons un premier appel. Bonsoir, vous nous entendez, Giuseppe ?

— Absolument ! répondit le correspondant, avec un solide accent sicilien.

— Giuseppe a téléphoné par rapport à l'apparition sur le Quarzerone. Qu'avez-vous à nous dire à ce propos ?

Une *pernacchia*, un pet de bouche soufflé langue entre les lèvres, d'une ampleur jamais entendue jusque-là par Milena, raisonna dans le studio. « On avait l'impression de voir les gouttes de salive crachées par les haut-parleurs », se souvient-elle. Au lieu de couper l'appel, Spillo le maintint à l'antenne jusqu'à la fin, c'est-à-dire pendant au moins quinze secondes, jusqu'à ce que Giuseppe n'ait plus de souffle et raccroche.

Milena pensa que le réalisateur lui-même ne devait pas avoir une grande considération pour les ufologues : « Peut-être qu'il n'intervint pas parce qu'il était en train de changer un disque, mais d'après moi, il jouissait de les voir dans l'embarras, sans défense devant cet affront que lui seulement, en tant que mâle dominant, avait le pouvoir d'arrêter. »

— Il m'a semblé comprendre qu'il s'agissait d'une critique, murmura Bonino, tandis que le combiné était raccroché sur l'appareil gris et qu'un nouveau fond sonore surgissait.

C'était *Ufo*, des Allemands Guru Guru. Sur la couverture, la silhouette floue d'une soucoupe volante dans un ciel d'un jaune flamboyant.

— Malheureusement, continua l'animateur, Giuseppe a raccroché avant que nous puissions lui demander de qui il voulait se moquer. Parce que si sa cible, c'était Bernacca, nous ne pouvons lui donner tort.

Bonino expliqua que pour le sens commun, les ufologues étaient des gens crédules convaincus que tout objet volant était un astronef. Bien au contraire, beaucoup d'entre eux partaient d'une position sceptique et disséquaient chaque apparition pour écarter les sornettes et s'occuper plus à fond des cas qui résistaient aux objections rationnelles. Celui de Bernacca entrait de plein droit dans la première catégorie.

L'ampoule rouge brilla de nouveau et un autre auditeur passa à l'antenne.

— Salut, ici Walter. Je voudrais savoir si quelqu'un a pensé à soumettre Bernacca à une séance d'hypnose régressive, et qu'est-ce que vous en pensez, vous, de l'hypnose comme technique pour tester la fiabilité de ceux qui disent avoir eu des contacts avec les extraterrestres ? Merci.

Il avait parlé trop vite, comme s'il lisait, et coupé trop rapidement, comme s'il craignait d'être démasqué. Milena pensa que «Walter» devait être un ami des ufologues chargé de poser une question programmée. Peut-être était-ce même quelqu'un du Grucat. À y repenser, sa voix ressemblait à celle de Majorino.

— Merci pour ta question, Walter, répliqua Berto, et il se lança dans une réponse qui avait tout l'air, elle aussi, d'avoir été préparée. Oui, en effet, Bernacca lui-même a parlé de la possibilité de se faire hypnotiser. Sincèrement, nous autres, au Grucat, nous ne croyons pas que revivre l'épisode du contact sous hypnose soit une méthode fiable pour vérifier la solidité des témoins. Il s'agit d'un mythe qui remonte au cas célèbre de Betty et Barney Hill, un couple de Portsmouth, dans le New Hampshire.

Berto le raconta aux auditeurs. Une nuit de 1961, durant un voyage en voiture, les époux Hill avaient assisté à l'atterrissage d'un ovni. Ils s'étaient précipités chez eux, ou du moins croyaient-ils l'avoir fait : bientôt, ils s'étaient rendu compte qu'ils avaient un trou de mémoire, un «vide» de quelques heures. Ils s'étaient alors convaincus que les aliens de l'astronef les avaient capturés, pour ensuite effacer leurs souvenirs de l'événement. Dans les jours suivants, le couple avait consulté un psychiatre, et là était entrée en jeu l'hypnose, au cours de laquelle l'un comme l'autre avaient raconté la même scène d'enlèvement extraterrestre. Interrogé par la presse, le psychiatre avait garanti qu'il ne s'agissait pas d'imposteurs, parce qu'ils croyaient vraiment à ce qu'ils racontaient.

— Mais croire, se convaincre que quelque chose s'est passé, ne signifie pas que cette chose s'est vraiment passée, conclut Berto. En fait, la mémoire n'est pas une archive où les événements que nous vivons sont enregistrés et jamais plus retouchés. La mémoire est fluide et changeante. Le souvenir de Bernacca pourrait être un faux souvenir, le souvenir d'une hallucination ou d'une autosuggestion.

L'ampoule des appels s'alluma encore. Après l'habituel échange de gestes, le nouveau coup de fil passa à l'antenne.

L'auditrice dit s'appeler Carmen. Elle avait une voix grave, presque caverneuse, du genre Amanda Lear.

— Salut, attaqua-t-elle, et elle marqua aussitôt une pause, typique d'une personne qui fume. D'habitude à cette heure, j'écoutais « Radio pédé », mais où est passée cette émission ? Est-ce que vous les auriez chassés pour obscénité ? Moi, j'aimais beaucoup ça. Ils faisaient de la politique en parlant de baise. Parce que « le privé est politique », non ? Mais c'est pas tout le monde qui a compris ce que ça veut dire. Y'en a qui pensent que pour faire de la politique, suffit de s'occuper de ses oignons. Et y'en a par contre qui ont conclu que mon oignon n'est jamais mon oignon rien qu'à moi, donc, y faut s'occuper de l'oignon des autres, tous et toutes, que ça c'est la politique.

— Excuse-moi, Carmen, essaya de l'interrompre Bonino, je ne te suis pas…

— Je te donne un exemple. Si tu tousses et que tu me parles de ta toux pendant une demi-heure, tu t'occupes de tes oignons. Si tu as la toux et que tu me parles pendant une demi-heure de la pollution qui l'a déclenchée, de l'usine qui l'a aggravée et du médecin qui ne te soigne pas parce qu'il a trop de patients, tu t'occupes des oignons de tout le monde. Je me suis fait comprendre ?

— Oui, Carmen. Mais nous, on est dans une émission qui parle d'objets volants non identifiés, pas de santé.

— C'est là que je te coince, lança la voix, parce qu'avec les ovnis, c'est la même chose. Il y a ce type qui dit que les Martiens l'ont tapé en montagne. Et qu'est-ce qu'on en a à foutre ! C'est si important que ça de démontrer que ce n'étaient pas vraiment des extraterrestres ? Si quelqu'un veut y croire, il va sûrement pas s'arrêter de croire parce que tu lui dis d'arrêter. Je veux dire : en bas dans la rue, y'a la guerre civile, la répression, des gens qui vont en prison pour un tract, l'héroïne qui nous tue. Tu crois qu'il faut que j'en aie après un type qui voit les Martiens ? Tant mieux pour lui ! Et de toute manière : c'est ses oignons. Si par contre, tu veux lui chercher des poux, et que tu prétends que je t'écoute, alors, il faut que tu m'expliques pour quelle raison ses extraterrestres, ce ne sont pas que ses oignons, ou les vôtres, à vous qui le clouez au pilori parce que lui les voit, et pas vous. Autrement, moi je me fous de ta gueule comme Giuseppe. T'as compris ?

— Bien sûr… merci pour ta contribution, balbutia Bonino, et le réalisateur fit remonter à la surface les Guru Guru, magma incandescent montant des viscères d'un volcan.

Dans les jours qui suivirent, le coup de fil de Carmen reviendrait plusieurs fois à l'esprit de Milena.

« Je me demandais si les ufologues, alors même que je soutenais étudier à travers eux la crise du mâle occidental, ce n'était pas juste “mes oignons”. Peut-être que moi aussi, comme eux avec Bernacca, je les utilisais pour me montrer supérieure. Démontrer avoir compris pourquoi certains hommes s'occupaient de soucoupes volantes, ce qu'il y avait là-dessous, quelle vérité. Eux démontaient Bernacca, moi je les démontais, eux. Parce que, au fond, moi aussi, malgré ma passion pour les utopies de SF, je voulais me mettre le badge d'universitaire : une femme qui ne cédait pas au merveilleux, qui le regardait de l'extérieur, qui le découpait en morceaux, comme s'il n'y avait pas d'autre moyen de le comprendre. Et ce faisant, j'avais placé au second plan l'élément humain. Bernacca était un solitaire, peut-être même un dépressif, qui pour une fois dans sa vie avait réussi à se faire écouter, à se faire considérer, à transmettre son propre besoin d'ailleurs. »

Et qui sait ce qu'on aurait pu dire des personnes étudiées par Rynek ou des époux Hill. Rynek avait garanti que c'était tous des gens équilibrés et parfaitement normaux : pas de substances stupéfiantes, pas de maladies mentales, aucune bizarrerie. Une vie tranquille, comme celle de Bernacca. Et si justement, le train-train, c'était ça, le problème? Si voir les ovnis avait été le moyen choisi par l'inconscient de ces personnes pour les pousser hors de la cage dans laquelle ils menaient leur existence? Cet aspect ne concernait pas «ses» ufologues, il restait hors du champ de leur recherche. Peut-être parce que cela les aurait contraints à se confronter aussi à leurs propres désirs niés, aux frustrations, aux rêves, les faisant se sentir moins éloignés de leurs objets d'études qu'ils ne prétendaient l'être.

Peut-être que Jimmy avait raison : « L'ufologie est une tentative élaborée d'exorciser la perturbation intérieure. »

Jimmy. Ce soir-là, ils devaient se téléphoner. Milena était en train d'essayer de s'organiser par rapport à ses propres obligations pour pouvoir descendre à Aulla en fin de semaine.

— Voici le dernier morceau de notre programme, dit Bonino dans le micro. *Space Truckin'* des Deep Purple.

Et ce fut ainsi que les cris perçants de Ian Gillan emportèrent l'écho des Guru Guru, en chantant Vénus, Mars et la musique de notre système solaire.

18
FORRAVALLE, VENDREDI 11 AVRIL

De temps en temps, Gheppio devait s'arrêter pour attendre Zanka. L'homme de la ville peinait à soutenir le pas du forestier qui, plus jeune, avait aussi nettement plus de souffle. En le rejoignant, l'écrivain scrutait le profil impénétrable de Gheppio, qui continuait à lui rappeler un guide indien dans un film de John Ford. Et de fait, Gornara le guidait avec sûreté, parmi les bois et les roches du Quarzerone, en suivant un parcours non fléché qui, depuis Pian del Cielo, où s'était établi le camp scout, montait vers les sommets.

Sur certaines fractions du chemin, il était impossible de repérer des traces de la présence humaine, du moins pour qui était habitué à l'associer à des maisons, des routes, des cultures, et non à la coupe d'une souche de hêtre ou à la terre noire d'une aire de charbonnier. Cette solitude n'était pas pour déplaire à Zanka, elle lui rappela certains moments de la guerre partisane, quand pendant des jours ses camarades et lui ne rencontraient pas âme qui vive et se sentaient explorateurs d'une terre inconnue. C'était une matinée limpide et le printemps prenait possession du paysage, qui s'ouvrait au regard dans une succession de dorsales, de dépressions et d'escarpements.

Gheppio passa à l'écrivain une des deux gourdes qu'il avait rangées dans son sac à dos.

— Les touristes prennent ce sentier? demanda Zanka après s'être désaltéré.

— Des touristes, on n'en voit pas, répondit le forestier. Des chasseurs, des ramasseurs de champignons et des promeneurs du dimanche. Ceux-là, ils font le tour le plus commode. On y est presque.

Ils se remirent à marcher, dans un tunnel de charmes, jusqu'à déboucher devant une paroi à pic, au-delà de laquelle on entrevoyait, beaucoup plus haut, un des trois sommets. À la base, derrière une cascade verte de fougères, s'ouvrait la bouche noire d'une grotte.

Gheppio caressa la mousse qui l'encadrait comme la fourrure d'un animal gigantesque.

— Ça, c'est l'antre de San Palpano, dit-il. De là partent deux kilomètres de galeries.

— Vous croyez que les jeunes se sont retrouvés dans une de ces grottes ? demanda Zanka.

Le garde chassa l'idée d'un geste.

— Sur ce versant, nous les avons explorées en long et en large.

Il passa de nouveau la main sur la roche.

— Des spéléologues sont venus de toute la Toscane. Si les corps étaient là-dessous, quelqu'un les aurait trouvés. Venez, dit-il en montrant la direction d'un mouvement du menton.

Ils poursuivirent leur chemin pendant dix bonnes minutes au milieu des buissons, jusqu'à ce qu'ils débouchent au bord du ravin. Zanka éprouva un vague vertige. La gorge du Rio Borro était un coup de sabre dans la montagne. Les parois descendaient par grands pans jusqu'au fond, où l'on entendait courir le torrent mais sans parvenir à le voir.

— Un joli saut, commenta Zanka.

Gheppio lui fit signe de le suivre, en descente, le long d'une trace à peine visible longeant le précipice. Au fur et à mesure qu'ils avançaient, le bruit du torrent devenait plus net. Puis ils le découvrirent, soixante-dix mètres plus bas, où il se glissait sous la montagne.

Gheppio indiqua un point vague sur l'horizon.

— Il débouche sur l'autre versant et arrive jusqu'à Forravalle.

— Certains pensent qu'ils sont tombés, demanda Zanka, et que le torrent les a emportés dans la partie souterraine, c'est bien ça ?

La réponse mit quelques instants à arriver. À présent, Zanka avait appris à s'armer de patience.

— Ils disent que peut-être elle a glissé, qu'elle est tombée, expliqua le forestier, et qu'il l'a suivie pour tenter de la sauver. Une mort romantique.

Le ton ne paraissait pas sarcastique. Zanka garda le silence, jusqu'à ce que Gheppio montre encore, cette fois plus bas, sur le côté du sentier.

— C'est ici que nous avons trouvé la barrette.

— La barrette ?

— Une épingle à cheveux. De Margherita. La mère l'a reconnue.

Ils restèrent à contempler le mouchoir d'herbe, comme pour imaginer l'objet encore là où des participants aux recherches l'avaient retrouvé.

Zanka remarqua une roche d'apparence assez confortable et demanda s'il pouvait s'asseoir un instant. Gheppio acquiesça. Cédant à la tentation, l'écrivain s'alluma une Muratti. Ce n'était certes pas la meilleure manière de reprendre son souffle, mais ça l'aidait à réfléchir et à préciser les questions à son sherpa.

— Cette histoire de chute ne vous convainc pas, pas vrai ?

Cette fois, l'attente fut plus brève, mais ce qui lui fut retourné n'était pas une réponse.

— Et vous ?

L'écrivain haussa les épaules.

— Je ne sais pas. Je ne suis pas expert de montagne. J'y ai été comme partisan, mais c'était une montagne très différente. Là-haut, par chez moi, dans le Piémont.

— Mes deux frères aînés aussi étaient partisans, dit le garde.

— Là-haut ? demanda Zanka.

— Non. Dans mon village, rétorqua-t-il en regardant l'Appenin. Les Allemands les ont torturés et pendus sur la place.

L'inspecteur adjoint balança cette information sans ciller.

Dans l'esprit de Zanka remontèrent à la surface les images des rues de Turin à la fin de ce lointain mois d'avril. Les corps à terre. La peur.

Il s'obligea à revenir au présent. Éteignant la cigarette sous sa chaussure, il se leva et jeta un coup d'œil dans le précipice.

— Je vous l'ai dit, je ne suis pas un montagnard, mais je peux donner mon opinion d'écrivain. Dans un polar, la barrette à cheveux, c'est quelqu'un qui l'aurait mise, pour confirmer la chute des deux amoureux.

Le forestier le fixa comme s'il le voyait pour la première fois. Zanka comprit qu'il avait touché la bonne corde.

— C'est ça votre soupçon ? insista-t-il. Une fausse piste ? Une trace laissée exprès ?

Gheppio hocha à peine la tête.

— Donc, d'après vous, on les a tués ? demanda l'écrivain.

L'autre ne répondit pas.

— Mais pourquoi ? demanda encore Zanka.

— Je ne sais pas, fut la réponse.

Sentence sans appel, mystère devant lequel il fallait se rendre.

— Si quelqu'un les a tués, hasarda Zanka, il pourrait les avoir jetés ici et puis le courant les a emportés sous terre.

Le garde haussa les épaules.

— Là-dessous, même les plongeurs n'ont pas réussi à y aller. Remous trop violents, trou trop serré. S'ils sont là-dessous, personne ne le saura jamais.

— Mais d'après vous, c'est une hypothèse plausible ? demanda l'écrivain.

Gheppio le prit par un bras et l'invita à se pencher un peu plus sur le ravin.

— Vous voyez, là où le torrent se glisse sous la roche ?

Zanka, en opposant une certaine résistance mais pas trop, pour ne pas paraître effrayé, opina nerveusement du menton.

— Personne ne m'ôtera de la tête que les corps des deux jeunes ne peuvent pas passer par là, articula Gheppio. Une fois j'ai dû descendre en rappel pour aller chercher la carcasse d'un daim qui y était restée coincée. Si le daim n'y passe pas, un corps humain encore moins.

Il lâcha sa prise mais non sans s'être assuré que Zanka avait récupéré son équilibre. L'écrivain retourna s'asseoir sur la roche.

— Si on enlève les grottes et le torrent, la seule autre possibilité, c'est que celui ou ceux qui les ont tués ont emporté les corps.

D'un signe, Gheppio l'invita à poursuivre son raisonnement. Zanka se sentit mis à l'épreuve et leva une main pour demander du temps.

— D'accord, dit-il, méditatif. Disons que, même s'ils étaient plusieurs, ils auraient dû transporter les deux corps jusque dans la vallée. Un sacré boulot. Avec le risque de tomber sur d'autres boy-scouts.

Il baissa la main et conclut :

— Ça ne paraît pas très crédible.

Gheppio trouva à s'asseoir sur un tronc incliné, sortit la pipe et entreprit de la bourrer en tirant des pincées de tabac d'une bourse de cuir.

— Mais quelle est l'hypothèse de l'inspecteur adjoint Gornara ? demanda Zanka.

Le forestier inclina à peine la tête tandis qu'il approchait l'allumette.

— Je n'en ai pas, dit-il entre deux bouffées.

De son allumette éteinte, il montra les alentours.

— Peut-être qu'ils sont encore ici, quelque part.

Zanka sentit venir la chair de poule, comme si les fantômes des jeunes gens étaient assis sur le rocher, juste à côté de lui.

Il se rappela la première fois qu'il avait parlé avec Gheppio, devant le bar du village. « J'aurais dû aussi les ramener », lui avait dit le garde. Garantir leur sécurité sur cette montagne faisait partie de son travail. Il se sentait en partie responsable de ce qui s'était passé.

— Je voudrais parler avec les parents, annonça l'écrivain.

— Ils sont à Carrare. Je vous l'ai dit, ça ne sera pas agréable.

Pendant quelques minutes, ils restèrent plongés dans une atmosphère ouatée, de tableautin bucolique. Zanka s'aperçut que Gheppio le fixait de nouveau.

— Vous êtes en train de vous demander si ce type qui publie des livres, va à la télé et écrit sur les journaux a de l'étoffe, c'est ça ? demanda-t-il. Vous savez, Gornara, j'ai fait et j'ai vu beaucoup de choses dans ma vie. Je vais vous en raconter une maintenant, si ça vous va.

Gheppio continua à fumer sa pipe.

Zanka alluma une autre cigarette et tira quelques bouffées.

— Pendant les journées de la Libération, à Turin, où j'étais descendu avec ma brigade, les francs-tireurs fascistes tiraient sur les gens dans la rue. Ils visaient les partisans, mais aussi les civils. Ils savaient que leurs heures étaient comptées et se vengeaient sur ceux qui passaient à leur portée. Nous avons reçu l'ordre de les débusquer, maison par maison. Certains ont vendu cher leur peau, d'autres se sont rendus, et on a capturé le plus gros poisson : Solaro, ex-secrétaire fédéral de la ville et chef des Brigades noires de tout le Piémont. Deux jours plus tard, le tribunal militaire l'a condamné à mort par pendaison. Le Comité de libération nationale voulait une condamnation rapide et exemplaire, à exécuter à l'endroit même où les fascistes, en 1944, avaient pendu quatre partisans en représailles. L'un d'eux avait à peine dix-sept ans. Les gens avaient été contraints d'assister à l'exécution. Cette fois-là, ils assisteraient à la justice des partisans.

Zanka observa la braise rougissant à la pointe de sa cigarette et, du coin de l'œil, épia la réaction de Gheppio.

— Nous avons conduit Solaro sur les lieux, reprit-il. C'était une belle journée de fin avril. Belle comme celle-là. Il devait être un peu plus de midi, je me rappelle qu'il y avait beaucoup de lumière. Nous avons attaché le nœud coulant à la branche d'un arbre, qui s'est cassée sous le poids du corps. Quand on l'a rependu, Solaro était déjà à demi mort. Mais pour être sûrs, on lui a balancé une rafale de mitraillette.

Avec un grand flegme, Gheppio vida sa pipe contre le tronc et la rempocha. Il cracha un débris de tabac qui lui était resté collé aux lèvres puis se leva et scruta sa montre.

— Il est temps de redescendre. Je veux que vous rencontriez une personne. À cette heure, on va peut-être la trouver chez elle.

Zanka s'apprêtait à reprendre le chemin mais Gheppio hésita un instant sur le sentier.

— *A 'vi fât ben*, vous avez bien fait, dit-il. Ceux qui ont pendu mes frères s'en sont tirés. Et maintenant, qui sait où ils sont.

Puis il se remit en marche.

19
FORRAVALLE, VENDREDI 21 AVRIL

Gheppio gara son tout-terrain dans la cour d'une ferme au pied du relief sur lequel se dressait la Villa Malaspina.

À peine les portières ouvertes, ils furent accueillis par les aboiements d'un chien enchaîné. L'animal se tut seulement quand, sur le seuil, apparut un homme dans la soixantaine, moustache et petit bouc en pointe blancs, comme ses cheveux longs jusqu'aux épaules. Avec sur la tête un chapeau à large bord, on l'aurait pris pour Buffalo Bill.

L'homme attendit d'être rejoint par Zanka et le garde forestier.

— Salut, Gheppio. T'es venu pour le café ou pour le vin ?

Ils se serrèrent la main et Zanka se présenta.

— Giorgio Capoferri, enchanté, répondit l'autre. Je vous en prie, entrez.

Tandis qu'ils descendaient dans la vallée, Gheppio avait expliqué à Zanka qui était l'homme qu'ils allaient rencontrer, un des habitants de Forravalle qui s'étaient le plus dépensé dans les recherches de Jacopo et Margherita.

— C'était le régisseur de la Villa Malaspina, tant que la marquise était de ce monde. Au pays, on dit qu'ils étaient amants. Au point que, par testament, elle lui a laissé la maison où il vit. Il est originaire du Cadore, en Vénétie. Il a été engagé volontaire en Éthiopie, c'était certainement un fasciste convaincu quand il était jeune, mais après avoir été prisonnier des Anglais pendant six ans, il a compris qu'il s'était bien fait avoir.

— Six ans ?

— Oui. En Afrique. Il est rentré quand la guerre était finie depuis un bon moment.

Capoferri les fit entrer dans un vaste séjour équipé d'une cheminée. Le mobilier se résumait à une table, quatre chaises, un canapé et un fauteuil, plus le grand coffre sur lequel était posé un vieux téléviseur. Sur une étagère était posé un chapeau de chasseur alpin avec sa plume noire, le pompon doré et le grade de sergent. Aux murs étaient accrochés des dessins de plantes de la zone, une croix copte en bois sculpté, une carte des Alpes apuanes, et diverses photographies encadrées avec vues sur le Quarzerone et alentour.

Le maître de maison apporta sur la table une bouteille de rouge et trois verres.

— Ça, c'est celui de Thanur, annonça-t-il en versant le vin. On en donnerait pas deux lires, de celui-là, et en fait, il est vraiment bon. Sur le journal, on disait que votre fils vit avec eux…

Capoferri ne finit pas sa phrase.

Zanka acquiesça vaguement de la tête.

— J'étais un ami de la marquise, reprit Capoferri. Et encore avant, de son mari. Il était prisonnier avec moi au camp de Nanyuki, au Kenya, et malheureusement, il y est resté. La tuberculose. À l'article de la mort, il m'a demandé de porter à sa femme une lettre d'adieu et les quelques objets qu'il avait avec lui. Et c'est comme ça qu'en 1947 je suis arrivé à Forravalle. J'étais sans feu ni lieu et la marquise m'a donné un travail : régisseur du domaine des Malaspina. Sa petite-fille, je l'ai vue grandir. Elle n'était alors pas plus haute que ça, précisa-t-il en tendant la main à un demi-mètre du sol. Sa grand-mère l'adorait. Elle disait qu'elle était sa consolation d'avoir donné sa fille, la pauvrette, à Corrado Hilzer. Pas étonnant qu'elle ait laissé la villa à la petite.

— Mais peut-être qu'elle n'avait pas prévu les hippies, suggéra Gheppio.

Capoferri haussa les épaules.

— Bien sûr, quand elle était jeune, elle était plutôt avec les fascistes. Comme beaucoup de monde, du reste. Mais ensuite, elle a hébergé des réfugiés à la villa et elle a même caché des partisans, c'est pour ça qu'au pays on la respectait. La connaissant, il n'est même pas dit que ceux de Thanur lui auraient déplu. Moi je les ai vus rénover la maison du gardien et sauver ces vignes centenaires que personne ne pensait encore en vie, elles étaient couvertes de ronces. Ils sont bizarres, oui, mais ils savent y faire. Il y a des gens au village qui voudraient les chasser, à cause des bruits qui courent sur la drogue, le sexe... À part le propriétaire du Sanglier-Blanc, qui fait des affaires grâce aux gens qui viennent voir la gourou, tout le monde les regarde de travers. Tout le village, le maire compris... ajouta-t-il en marmonnant quelque chose d'incompréhensible à l'adresse du premier citoyen de Forravalle. Pour moi, s'ils travaillent la terre et prennent soin de la maison, ils ne font rien de mal. Mais les gens d'ici ont la tête dure. Et les jeunes, là, précisa-t-il avec un geste vers la porte, ils n'arrangent rien. Peinturlurer les lions à l'entrée, ça a été une idiotie, ça m'a dérangé, même moi. Je vous assure que maintenir une vie tranquille, c'est du boulot.

Gheppio observait la photo d'un panorama sur le mur devant lui.

— Celle-là, elle est nouvelle, remarqua-t-il. Tu l'as prise de Rocca Tesana ?

Capoferri s'adressa de nouveau à Zanka :

— Maintenant, il connaît le Quarzerone mieux que moi. Et pensez qu'il y a dix ans, quand il est arrivé ici, il ne l'aurait même pas trouvé sur la carte.

Le forestier se mit debout pour mieux étudier le cadre.

— On voit même l'abbaye des Braci, commenta-t-il, en approchant le doigt d'un clocher en ruine qui émergeait du vert sombre des arbres.

— Journée limpide, buissons encore bas et un excellent objectif, se rengorgea Capoferri.

Gheppio signala à Zanka qu'en montant sur le Quarzerone, ils étaient passés juste à côté de l'abbaye, sur la gauche, avant Pian del Cielo.

— Je l'ai emmené là-haut pour voir les lieux, expliqua-t-il à l'autre.

Capoferri devint aussitôt sérieux. Le coup d'œil que les deux hommes avaient échangé n'échappa pas à Zanka. Il imagina qu'ils avaient partagé les heures, les semaines consécutives à la disparition des deux jeunes, l'affaiblissement progressif des espérances, l'épaississement du mystère. Ce genre de chose marque pour la vie.

— Je suis ici pour Jacopo et Margherita, précisa sans tarder Zanka.

— Je croyais que vous écriviez sur les pyramides et les Martiens… répondit Capoferri sur un ton prudent.

— Laisse tomber, intervint Gheppio. S'il n'était pas sérieux, on ne serait pas venus ici.

L'ami montra ses mains en signe de reddition, puis les croisa dans l'attente des questions.

— Comment se fait-il que vous ne les ayez pas trouvés ? demanda Zanka. Si j'ai bien compris, vous êtes les deux personnes qui connaissent le mieux cette montagne.

Capoferri secoua la tête.

— Personne ne connaît tous les recoins du Quarzerone, c'est une montagne trop étrange. Moi je crois que celui qui les a tués les a aussi fait disparaître. Mais il ne les a pas descendus. Trop difficile et trop risqué.

Il marqua une pause.

— Et donc ? le relança Zanka. Les corps se sont volatilisés ?

Le maître de maison remplit à nouveau les verres. Les autres ne s'y opposèrent pas. Une deuxième dose ne ferait pas de mal.

— Il y avait bien un moyen de se débarrasser des corps, dit Capoferri. Les découper en morceaux et les jeter dans le Rio Borro, à l'endroit où le courant est plus fort et les entraîne sous terre.

Zanka réfléchit un instant.

— Avec quoi ? demanda-t-il sur un ton sceptique. Une hache ? Une scie ? Qui se promène avec ces outils ? Un bûcheron ?

Capoferri secoua la tête.

— Si vous voulez le savoir, tout habitant de la Lunigiana qui se respecte, quand il va en forêt ou dans les champs, met à sa ceinture le *pennato*, la serpe typique de la région. Mais au fond, il suffit d'un bon couteau de chasse. À condition de savoir s'en servir.

— D'après vous, c'est un chasseur qui les a tués ? demanda Zanka.

Capoferri hocha la tête.

— Moi, je pense que oui. Mais Gheppio a des objections.

Zanka se tourna vers le garde, qui sirotait son vin.

— Les chiens auraient flairé le sang, argua Gheppio sans détacher les yeux de son verre. Mais nous n'en avons trouvé nulle part.

Capoferri soupira, avec l'air de qui s'est fait opposer cette objection d'innombrables fois.

— Le sang, il suffit de le faire couler au bon endroit. Ceux qui chassent le cerf ou le sanglier le savent. Même les paysans quand ils tuent le cochon, ils ne gaspillent pas une goutte, ils font du boudin. Pour saigner un cochon, vingt minutes suffisent. Je ne crois pas qu'il en faille beaucoup plus pour un être humain.

Zanka pensa que pour illustrer cette hypothèse dans son livre, il lui faudrait choisir une autre image.

— Qui pourrait faire une chose pareille à deux gamins ? demanda-t-il. Un fou, un maniaque…

— Exact, répliqua Capoferri. Il y a certaines choses qui n'existent pas que dans les films américains.

L'écrivain plissa le front. En tant qu'ex-partisan, et aussi ex-fait-diversier, il savait bien que les pires atrocités n'adviennent pas forcément dans des endroits sordides et malsains, et pourtant il lui semblait impossible que quelqu'un soit monté sur le Quarzerone dans le seul but de massacrer des gamins innocents.

— J'ai du mal à y croire. Saigner et découper deux êtres humains... Ça me semble vraiment absurde.

— Moins absurde que penser qu'ils ont disparu dans le néant ou qu'ils ont été emportés par les Martiens, conclut Capoferri.

Après avoir pris congé et être montés en voiture, Zanka et Gheppio gardèrent le silence pendant tout le trajet jusqu'au village. L'écrivain éprouvait le besoin de remettre de l'ordre dans ses idées, d'aligner les données et d'essayer de recomposer un tableau possible des événements.

Le forestier arrêta le tout-terrain devant le Sanglier-Blanc.

— Voyons-nous demain à 10 heures, pour parler avec les parents des jeunes, il vaut mieux que je vienne aussi.

Zanka en convint. Entre-temps, il irait voir son fils à Thanur.

— Je peux vous poser une question personnelle, Gornara ? demanda-t-il tandis qu'il entreprenait de descendre.

Gheppio resta en attente.

— Vous avez de la famille ? Des enfants ?

— Non. Je suis seul, fut la réponse. Je vous en pose une, à mon tour, ajouta Gheppio : vous êtes Turinois, vous vivez à Rome... Comment ça se fait que votre fils soit arrivé ici ?

Zanka n'eut pas besoin d'y réfléchir.

— En revenant de Suisse, répondit-il. La clinique où je l'avais envoyé était à Davos, en montagne. Mais visiblement, celle-là, de montagne, elle a quelque chose de spécial.

Il pointa son regard vers les cimes du Quarzerone. Le soleil s'était caché derrière la plus basse et il les couronnait de rayons. Une vision sublime et menaçante en même temps.

20
CARRARE, SAMEDI 22 AVRIL

Si Margherita était rentrée chez elle vingt mois après, elle aurait trouvé sa chambrette exactement comme elle l'avait laissée le 24 août 1976, avant de fermer la porte pour aller au camp d'été sur le Quarzerone. Le lit dans l'angle avec le coussin rouge, le poster de Claudio Baglioni, les reliures par années du *Corriere dei Piccoli*, la Madone de terre cuite, le mange-disque en plastique orange, la feuille ronéotée, sur le bureau, avec l'écusson du groupe Carrare 4, les détails pour le départ et les signatures des chefs au bas de la page.

Dans son livre *Jacopo et Margherita. Un mystère italien entre ovnis et montagnes enchantées*, Martin Zanka décrit la pièce mais ne raconte pas la visite de son propre point de vue, il ne se met pas en scène. Son style reste celui du «scientifique» des essais paléo-cosmonautiques ou de ses articles de fait-diversier des années 1960 : « les faits, pas les opinions ». Mais il rapporte les propos de Mme Isolina :

> Libérer la pièce, ce serait comme se résigner, vous ne trouvez pas? Moi, chaque jour, j'entre dans sa chambre et je feuillette un de ses cahiers de classe. Si je les gardais dans un carton, ce ne serait pas pareil. Je feuillette le journal, les petits mots. Elle aimait tant écrire. Plus même que parler. Elle envoyait des petits mots à tout le monde, même à moi, même à son père.

Les gens lui répondaient et elle conservait tout : il y en a un tiroir plein. Des mots des amis, des parents, des chefs scouts, du pauvre Jacopo et même de quelques professeurs. Les carabiniers les ont étudiés, pour trouver des indices. Mais rien [...]. Je vais vous dire la vérité, même si mon mari ne veut pas l'entendre, et c'est pour ça qu'il n'est pas là aujourd'hui. Lui, il y arrive pas, au fur et à mesure que le temps passe, il parle toujours moins, toujours moins. C'est comme si... c'est comme s'il s'était fâché avec le bon Dieu. Eh bien, moi, je pense que Margherita est tombée dans un ravin ou dans un trou profond, voilà. Mais après ? Après la mort, je veux dire. Nous, on ne sait pas ce qui se passe après. On dit « elle est morte » parce qu'on est ignorants, mais Margherita était un ange sur terre, et maintenant, c'est un ange dans le ciel. Et de temps en temps, elle se fait sentir, moi je la sens. Il y a un mois, j'étais en voiture, j'étais fatiguée, je me suis endormie au volant. C'est elle qui m'a réveillée. J'ai braqué, j'ai évité d'un cheveu de rentrer dans un arbre. Elle m'a sauvé la vie.

Nous ne savons pas si Zanka et Gheppio commentèrent cette rencontre, durant le bref trajet entre chez les Toni et le bar où ils allaient rencontrer les Musetti. Vincenzo soutient que son père lui en parla quelque temps plus tard au téléphone, encore très troublé. La douleur des autres est un lac glacé : on a beau se préparer et s'équiper, on ne peut pas le traverser sans risquer d'être englouti. Mais ce fut aussi un autre aspect qui surprit l'homme qui, pendant quinze ans, s'était occupé de civilisations extraterrestres et de témoignages de visites aliens.

Il avait connu des dizaines et des dizaines de personnes qui croyaient en l'existence de soucoupes volantes, de mystérieux visiteurs intergalactiques, de races supérieures qui auraient veillé sur l'humanité depuis la nuit des temps. Dans ses livres, il avait raconté certaines de ces hypothèses, en avait exploré la séduction. Selon ses détracteurs, il l'avait même subie, et avait certainement contribué à la répandre, mais il avait toujours considéré ces théories fantastiques comme un jeu intellectuel. Même s'il y croyait fermement, tout bien pesé, ça ne lui semblait pas très différent de ceux qui croient aux personnages d'un roman, parce que s'ils n'y croyaient pas, ils ne pourraient pas savourer l'histoire.

Mais il ne lui était jamais arrivé d'avoir affaire à quelqu'un comme Mme Isolina : une personne qui croit à une hypothèse fantastique parce qu'elle ne peut pas faire autrement, parce que les possibilités réelles la tueraient. Cette femme ne parlait pas des anges comme les « contactistes » parlaient de leurs kidnappeurs aliens. Eux, ils déclaraient avoir vu l'inexplicable et en avoir été terrorisés, elle avait confiance dans l'inexplicable qu'elle n'avait pas vu, parce que ce qui la terrorisait, c'étaient les explications rationnelles.

Le rendez-vous était dans un café du centre, place Alberica. Les Musetti ne voulaient pas parler de leur garçon disparu en présence des sœurs cadettes, restées à la maison avec une tante.

Ils décrivirent Jacopo comme un garçon débrouillard, avec la tête sur les épaules, une passion pour le piano et une moyenne de 8 sur 10 au lycée scientifique.

— Qu'il ait pu s'éloigner avec Margherita, je le comprends, dit la mère. Il lui courait après depuis le collège, elle était tellement belle… Mais ce n'était pas un de ces jeunes qui se mettent en danger. Au contraire, pour dire la vérité, il était très prudent. Je ne le vois pas l'emmener Dieu sait où dans la forêt.

Zanka fit remarquer à Mme Musetti que dans la forêt, il y avait un jeu en cours, avec du monde éparpillé sur une vaste zone. Peut-être que cela avait incité les deux jeunes gens à s'éloigner. À moins que Margherita ait convaincu Jacopo.

La mère essaya de répondre, mais n'y parvint pas. Elle porta une main à sa poitrine, s'excusa et tira de son sac à main un mouchoir pour s'essuyer les yeux.

— C'est vrai, intervint le père, mais moi je ne crois pas qu'ils se soient éloignés pour être ensemble. La nuit, dans une forêt, pour se mettre à l'écart, il suffit d'un buisson. Ou alors il valait mieux qu'ils retournent au camp. Personne n'y était resté, juste Simone, le chef de patrouille, mais pour le reste, je veux dire… ils avaient toutes les tentes à leur disposition. Non. D'après moi, ils ont vu quelque chose. Quelque chose qui les a convaincus de s'éloigner. Un animal bizarre, une lumière…

Les Musetti avaient encore leur fille la plus jeune chez les jeannettes de Carrare 4. Ce sont elles qui remirent à Zanka le numéro de téléphone de Gemma

Corsini. Le référent de Gheppio avait toujours été Simone qui, en avril 1978, vivait en Suède depuis des mois ; Gemma, elle, était encore dans le groupe. Elle accueillit Zanka à l'ancien siège, resté inchangé jusqu'aux années 1990 et qui abrite aujourd'hui un bureau de l'association Caritas du diocèse.

À l'époque, parmi les photos sur le mur en figurait une de Margherita en uniforme, foulard blanc et vert au cou et main droite levée pour le salut à trois doigts.

Zanka demanda pourquoi il n'y en avait pas une aussi de Jacopo.

— Cette pièce est celle de la section féminine, répondit Gemma. Les garçons se réunissent dans la pièce à côté.

Il est probable que Zanka n'avait jamais mis les pieds jusque-là dans un local scout et ignorait la signification de bon nombre d'objets et de symboles rassemblés là. Voilà pourquoi, dans son livre, il décrit une grande quantité de détails : pour lui, c'étaient les vestiges d'une civilisation alien. Le lys et le trèfle, le nœud plat, les fanions colorés attachés à de longs bâtons, avec des silhouettes d'animal cousues. Seul le visage de Lord Baden-Powell of Gilwell, peint sur le mur, lui était déjà connu. Juste en dessous, un ciel étoilé jaune et bleu lui rappela la couverture de ses livres.

— Notre section s'appelle Vega, expliqua Gemma, comme l'étoile la plus lumineuse de la constellation de la Lyre. Ça, c'est le secteur du ciel où elle se trouve. Plusieurs sections ont des noms inspirés par l'espace. Celui des garçons s'appelle Pioneer, comme la première sonde lancée par la Nasa.

Zanka s'intéressa aux activités des deux sections : pourquoi, si elles avaient carrément des sièges séparés, se retrouvaient-elles pour le camp d'été ?

— Le scoutisme italien, attaqua Gemma, n'est plus divisé en deux associations, une masculine et l'autre féminine. Mais nos sections, c'est-à-dire les groupes de garçons et de filles, sont séparés : certaines activités se font séparément, d'autres ensemble. Les chefs sont des garçons pour les garçons et des filles pour les filles, mais dans les moments communs, du genre camp d'été, les chefs des garçons sont une référence aussi pour les filles et vice versa. Ou du moins, devraient l'être.

— Mais en fait ?

La réponse de Gemma prit Zanka par surprise.

— Nous vivons dans une société patriarcale. Une fille comme moi a du mal à se faire écouter et obéir par des garçons de quinze ans. Pour Simone, c'était plus simple, avec les filles.

Ne connaissant pas bien le scoutisme, Zanka ignorait à quel point 68 l'avait mis en crise, vidé, affaibli et contraint à se rénover. Voilà pourquoi il ne s'attendait pas à ces propos, teintés de féminisme, au siège d'un mouvement fondé par un militaire britannique et hébergé dans un presbytère.

— Et puis, on le sait, continua Gemma, il est courant qu'une adolescente ait le béguin pour un garçon de vingt-deux ans. Simone plaisait un peu à toutes les chefs d'équipe. C'était le beau ténébreux classique.

Zanka demanda à Gemma si elle était restée en contact avec lui.

Ils s'étaient parlé au téléphone pour son anniversaire. Mais Simone n'était pas un grand bavard et vivre à Göteborg ne l'avait certes pas aidé à devenir plus loquace. En outre, avant même de partir, il lui avait fait promettre qu'ils ne parleraient jamais plus de Jacopo et Margherita, et cela rendait leurs dialogues embarrassés, alourdis par ce tabou.

Zanka se fit donner son numéro, en disant qu'il essaierait de lui parler, mais sans insister. Il reposa son carnet dans la serviette de cuir, remercia Gemma pour le temps qu'elle leur avait accordé, puis retourna avec Gheppio à la voiture.

— Moi aussi, j'aimerais ne plus parler de cette histoire, dit le garde après un silence long de plusieurs kilomètres. Et je le ferais, si ça servait à avoir l'âme en paix. Mais ça ne marche pas comme ça. Si vous répétez une phrase mille fois, certainement vous vous la rappelerez mieux. Mais si vous cessez de la répéter, il n'est pas dit que vous l'oublierez.

21

FORRAVALLE, MERCREDI 3 MAI

Il ne fallut pas longtemps avant que le ballet des toxicos aux portes de Thanur ne tourne au mélo quotidien.

Ils arrivaient par groupes de trois ou quatre, demandaient à entrer, s'agrippaient au portail. Ils menaçaient et suppliaient, criaillaient et chuchotaient, racontaient à quiconque passait par là l'ancienne vie à laquelle ils voulaient renoncer et leurs bonnes résolutions pour la nouvelle. Le soir, on leur apportait de la nourriture et de grandes couvertures de laine feutrée. Ils campaient là sous les étoiles, entre disputes et caresses, aussi longtemps que duraient leurs provisions de haschich. Le froid glacial de l'aube les renvoyait en ville, dans des bagnoles déglinguées ou bien à pied, croisant sur la route une nouvelle vague de fugitifs.

Pendant plusieurs jours, la question de leur acceptation resta en suspens, parce que les lits étaient tous occupés, les chambres pleines. Sur les trois toxicos accueillis en premier, deux s'étaient bien insérés. Anna s'était remise de sa crise de manque et était devenue l'ombre de Rossella ; le gars de Lucques qui se faisait appeler Pardo était toujours volontaire pour les corvées pénibles et les tâches domestiques les moins populaires, comme pour dire : « Vous voyez? Vous me preniez pour un déchet, et en fait, regardez quelle acquisition vous avez faite ! » Le troisième, dont personne ne se remémore le nom, avait tenu le coup pendant une semaine avant de céder à l'appel de la seringue.

À ce moment, Rossella commença à répéter que c'était une chose de laisser ces malheureux dehors parce qu'on ne savait pas où les mettre, mais que c'en était une autre de les repousser alors qu'une place au moins s'était libérée.

Peu à peu, avec les mots justes, elle acquit à sa cause les trois quarts des thanuriens, mais Vincenzo ne se laissa pas convaincre.

Aujourd'hui, quand il raconte ces épisodes, il avoue que son hostilité venait d'un mélange de deux sentiments.

D'une part, il y avait la peur. Peur de se retrouver avec ces gens qui l'auraient ramené en arrière, à l'époque où il était dans le même état qu'eux, pensait comme eux, racontait les mêmes conneries et se démenait pour trouver de la dope. Il lui avait suffi de retourner dans la ville où il se shootait pour céder à l'envie de recommencer. Il pouvait lui arriver la même chose en écoutant à nouveau les bavardages de la rue, en retrouvant certains regards, en flairant chez les gens ce désir féroce que lui non plus n'avait pas oublié. D'autre part, il y avait la jalousie, ou quelque chose de ce genre. Au début, avec Rossella, ça avait été la classique histoire sans engagement. *Aujourd'hui avec toi, demain qui sait.* À Thanur, c'était normal, même si c'était infiniment moins fréquent qu'on ne le racontait à l'extérieur. Mais dès qu'elle s'était découverte enceinte et lui avait annoncé qu'il était le père, ils s'étaient rapprochés, ce qui n'avait pas été pour déplaire à Vincenzo. Leur nouvelle intimité avait culminé avec le voyage à Rome, mais le retour à Thanur l'avait étouffée. Prise par sa décision de garder l'enfant, Rossella s'était montrée toujours plus distante et, avec l'entrée d'Anna, ses attentions s'étaient concentrées sur la délaissée qu'elle avait sauvée.

Voilà pourquoi Vincenzo refusait de se poser en défenseur des tox.

De plus, vu que ces gens se présentaient toujours en groupe, il fallait décider qui laisser dehors. Et sur la base de quoi pouvait-on dire « toi oui, toi non » ? Il fallait mériter sa place à Thanur ? Arriver dans les premiers le matin et faire la queue ? Ou bien l'emportait celui qui était le plus en difficulté, et tant pis si c'était aussi le plus con ?

— C'est en faisant qu'on apprendra comment faire, avait répondu Rossella, avec une de ces maximes qui d'habitude sortaient de la bouche d'Orsola.

L'occasion se présenta le matin suivant.

Deux garçons et une fille, semblables à ceux des jours précédents, mais l'œil clinique de Vincenzo saisit une différence.

— Ils n'étaient pas en manque, se souvient-il. Ils étaient déjà redevenus clean.

Lucio, un Pisan à petite moustache, expliqua qu'ils s'étaient sortis peu à peu, par eux-mêmes, de la méthadone.

— Les gens du centre de santé mentale ne voulaient pas, ils disaient qu'on n'était pas prêts. Ils nous maintenaient depuis un mois à vingt milligrammes. Mais alors, on s'est dit, dépendance pour dépendance, autant se fixer, au moins, la dope c'est bon. Alors que la méthadone, c'est dégueu. C'est pour ça qu'ils te la donnent. Ils pourraient obtenir les mêmes résultats avec l'héroïne, mais comme t'aimes ça, ça ne va pas. T'es un tox de merde et tu dois pas avoir de plaisir. Alors on a diminué les doses et, en deux semaines, on était à zéro. C'est-à-dire, pas vraiment zéro, quelques gouttes de Rohypnol ou de Valium, mais si on reste en ville, les gouttes, tu parles, en deux jours on recommence à se shooter. C'est pour ça qu'on est là.

Dans le volume commémoratif des vingt ans de Thanur, Rossella affirme que l'arrivée de ce groupe contraignit Ludo à perfectionner l'entretien de sélection des hôtes, « instrument dont la communauté tirerait le plus grand profit dans les années à venir ».

Néanmoins, il ne fut pas nécessaire de réaliser un véritable entretien. Ou un jeu primé, comme le baptisa Vincenzo.

Sur les trois au portail, deux étaient ensemble et ne voulaient pas se séparer ; ils laissèrent l'unique place libre à celui qui tenait la chandelle.

— D'ici deux semaines, ce type va s'en aller, dit Pardo à Vincenzo, tandis qu'ils bossaient dans la vigne et que Lucio, au lieu de se consacrer au sulfatage, contemplait le paysage.

D'après Pardo, le Pisan n'était pas prêt à lâcher l'héroïne, parce qu'il n'avait pas encore touché le fond. L'idée de se désintoxiquer était venue des deux tourtereaux : lui, il les avait imités parce qu'il avait le béguin pour la fille et qu'il espérait la piquer à son ami. Mais il n'y était pas parvenu, et maintenant, il était clair qu'elle lui manquait. Pas la fille : la dope.

C'est ce qu'il avait découvert en « le cuisinant bien comme il faut, tu parles d'un entretien de sélection ! »

Vincenzo ne fut pas difficile à convaincre que le nouveau venu n'était pas franc du collier. Il commença à le tenir à l'œil et à partager ses soupçons avec Pardo.

Deux jours après l'arrivée de Lucio, sous un prétexte quelconque, les deux compères vinrent s'installer dans des lits à côté du sien, dans une chambre pour trois et le persuadèrent de garder la porte fermée, la nuit, à cause des courants d'air. Les gonds grinçaient affreusement, et Vincenzo, quand il le fallait, avait le sommeil léger. Il était certain que Lucio ne s'en irait pas à la lumière du jour, en saluant et en remerciant pour l'hospitalité, mais s'enfuirait dans le noir en emportant quelques petits souvenirs.

Il l'avait vu rôder autour de la Thanurmobile, la vieille 500 jaune d'Orsola, mise à la disposition de la collectivité. L'ayant surpris en train de scruter l'intérieur du véhicule, il n'était pas intervenu : son objectif n'était pas de prévenir, mais de surprendre en flagrant délit. Il ne voulait pas l'avertir ni le remettre sur le droit chemin. Il voulait le choper la main dans le sac pour lui foutre la honte et montrer la connerie de cette histoire de sauvetage des drogués.

Déjà, il se l'imaginait, au cœur de la nuit, la 500 jaune arrêtée au portail, moteur tournant, avec le butin sur le siège arrière. Parce que la voiture ne pouvait lui servir qu'à ça : transporter quelque chose de lourd. Un type comme ça ne savait même pas à qui refiler une voiture volée. Il l'aurait abandonnée sur un parking, alors que la stéréo et les haut-parleurs du salon de musique pouvaient être revendus dans la journée. En se faisant bien plumer, parce que les veines ont soif, le corps a froid et donc le prix est tout de suite le bon.

Il se l'imaginait là, main sur le verrou, à un pas d'achever son cambriolage, et en fait, *zac!* le détective Zanchini lui arrivait dans le dos :

— Je te vois, tu sais, Lucio. Toi aussi, tu as des insomnies ?

Combien de fois il avait projeté ce film dans sa tête et combien de fois il avait dû rembobiner, après s'être réveillé en sursaut, au grincement de la porte, et avoir constaté que Lucio était réellement insomniaque, chose normale pour quelqu'un qui a cessé de se droguer, et qu'il se levait pour se vider la vessie, fumer une cigarette, se promener.

Ainsi donc, le bon jour justement, une dizaine de minutes avant l'aube, quand Lucio se dressa sur son lit, glissa ses pieds dans ses chaussures et que la porte gémit, Vincenzo, désormais habitué à ces bruits, continua à dormir, jusqu'à ce qu'une main le secoue.

— Ça y est, dit Pardo.

Vincenzo rêvait et il se réveilla convaincu d'être au cap Argentario, durant l'été d'il y a dix ans. Il se sentit encore secoué et s'aperçut que ce n'était pas la voix de son père qui l'appelait. Il comprit qu'il était adulte, se trouvait à Thanur et se libéra du drap, sauta hors du lit comme si la maison prenait feu. En un instant, il mit chaussures et t-shirt et, sans même entendre ce que Pardo lui disait, le suivit dans la cour, portant encore son pantalon de pyjama.

C'était l'aube d'un nouveau jour et le profil du Quarzerone se détachait à peine sur le bleu sombre du ciel.

La Thanurmobile sommeillait, intacte, à côté du tracteur. La villa était silencieuse, assaillie par des vols d'hirondelles. Personne en vue, aucun voleur de matériel stéréo.

— Où est-il? grogna Vincenzo, et Pardo lui expliqua ce qui s'était passé.

Lui, le matin, il se réveillait très tôt. Pour lire, méditer, faire des exercices sur la pelouse.

— À un certain moment, j'entends un bruit de moteur qui monte du virage. Je regarde de l'autre côté du portail et je vois la Range Rover du voisin, Menconi, et les chiens qui aboient dans la caisse sur l'arrière. Il n'a pas fini de passer le virage que Lucio surgit. Il sort sur la route et se met à courir du côté opposé. Putain, il va où? je me demande. Par là, il n'y a que la maison de Menconi. Tu te rappelles, quand on était à travailler, que Lucio regardait toujours en bas, comme s'il étudiait les mouvements du voisin? Eh ben, il les étudiait vraiment. Et en fait, je le surprends à enjamber le grillage, il fonce sur la maison et disparaît à l'intérieur.

— Quel sale con, explosa Vincenzo, mais Pardo lui répondit de ne pas s'inquiéter.

— Maintenant, on va l'attendre ici, on lui vide les poches et on rend le butin.

— Tu ne connais pas Menconi, se désespéra l'autre. Ce type, de toute façon, il va aller porter plainte, et s'il porte plainte, le bruit va se répandre qu'on est un repaire de toxicos et de cambrioleurs.

— Alors, le tranquillisa Pardo, on va s'y prendre autrement.

Une demi-heure plus tard, Ludo traversa l'esplanade devant le portail de Thanur.

Une silhouette se dressa dans son dos.

— T'as rien trouvé d'intéressant chez Menconi ?

Lucio sursauta.

— Oh, Vince… je faisais quelques pas parce que j'arrivais pas à dormir.

De derrière un arbre surgit Pardo. Il s'approcha, le regard baissé, et quand il fut à la bonne distance lui lança son poing dans le foie. Le voleur se plia en deux comme une chaise de jardin et tomba à genoux bras serrés contre ses flancs. Un coup de pied dans le dos le renversa sur le côté.

— Sors-nous tout, lui ordonna Pardo sur un ton inflexible.

Lucio resta recroquevillé. De ses lèvres sortait un gémissement étouffé. Du coin de l'œil, il vit Pardo armer un deuxième coup de pied.

— Attends, attends, cria-t-il en levant une main, puis il la glissa dans son pantalon pour en tirer quatre billets de cinquante.

— J'ai dit « tout », insista Pardo, avant que le coup frappe Lucio dans le dos.

Pas trop fort, juste pour l'encourager.

Dans la poussière du parking atterrirent encore cent mille lires, une broche en ivoire et une montre de marque Longines.

— Dépêchons-nous, dit Vincenzo tandis qu'il aidait le voleur à se relever, Pardo le surveillant par-derrière.

Sur le chemin, Lucio pleurnicha qu'il n'y avait pas besoin de le taper, alors que lui, au lieu de voler à Thanur, où ça aurait été plus facile, avait préféré se servir chez le voisin, et de toute manière, c'était pas grand-chose, juste de quoi passer les premiers jours.

Vincenzo lui ordonna de se taire : même si la route était une impasse et Menconi occupé avec ses chiens, ce n'était pas une bonne idée de faire du boucan.

Arrivés au portail du voisin, beaucoup plus bas que l'entrée de Villa Malaspina, Pardo resta à faire le guet sur la route. Les deux autres grimpèrent rapidement : Vincenzo vif comme un lézard, Lucio avec peine, à cause des élancements au côté.

Sur l'arrière de la maison, il y avait une porte-fenêtre et Vincenzo soupçonna tout de suite le voleur de l'avoir forcée. En ce cas, leur expédition n'avait plus de sens. Impossible d'éviter que le casse ne soit découvert.

Mais Lucio tira de sa poche un tournevis et une spatule.

Il attaqua la serrure en blasphémant contre la Madone parce que la première fois, ça s'était débloqué tout de suite, et maintenant ça voulait plus.

— Donne-moi la pique, lui ordonna Vincenzo, et de la pointe de fer, il sonda le ressort du loquet en glissant la spatule entre le montant et le battant pour dégager le verrou du pertuis.

Un instant plus tard, la porte s'ouvrit. La clarté de l'aube éclairait assez la cuisine pour contourner les meubles et ne pas se planter une arête dans les côtes. Au salon, les volets étaient ouverts et une tête de sanglier affronta les intrus avec ses défenses pointues. D'autres têtes d'animaux étaient fixées aux murs. Les bois d'un cerf dominaient le foyer de la cheminée. Lucio indiqua une table de chevet : l'argent était là, coincé sous le piédestal d'une chouette empaillée.

— La broche, elle, je l'ai trouvée en bas.

Le Pisan marcha jusqu'à une porte grise, le matériel de casseur de nouveau en main.

— Là, c'est plus simple, commenta-t-il avant d'ouvrir en deux ou trois mouvements. Je m'étais imaginé que ça cachait un trésor, mais que dalle.

Il appuya sur l'interrupteur à droite et descendit les marches, talonné par Vincenzo.

Dans la grande pièce en sous-sol, Menconi avait son atelier de taxidermie, ainsi que quelques outils de jardinage, de chasse et de bricolage. Après avoir noté l'amas de trophées disposés dans le séjour, Vincenzo ne s'étonna pas de se retrouver dans leur fabrique, devant une fourrure de renard à moitié bourrée de paille et de fer. Mais l'odeur de gibier et de produits de conservation était si dégoûtante qu'il dut contenir un spasme de vomissement. Le bordel que ça serait s'il n'arrivait pas à se retenir.

Lucio ouvrit grand une vitrine fixée au-dessus d'une table. Pas de clés, cette fois. Elle contenait des broches, des médailles et de nombreux petits objets d'allure militaire : une boussole, des jumelles, un sifflet. Des trucs de la guerre, imagina Vincenzo. Il y avait aussi d'autres bibelots, comme celui que Lucio remettait à sa place. Souvenirs de voyage, porte-clés, ferraille modelée en symboles divers. La louve de Rome, le lys de Florence, le dragon de Milan.

— Fait, annonça le Pisan, en repoussant la porte du meuble.

Ils revinrent sur leurs pas, et ce n'était pas juste une façon de parler, piétinant les mêmes endroits sur les marches et les carreaux, en se retournant plusieurs fois pour vérifier qu'ils avaient éteint les lumières.

De l'autre côté du portail, Pardo les rassura : pas un bruit, personne aux alentours. Tout s'est bien passé, pensa Vincenzo. Pour une fois, une histoire de toxicos avec *happy end*. Mais de retour à l'esplanade, sous les lions de Thanur, Pardo retroussa les manches de son pull, découvrant son tatouage à l'avant-bras : un aigle en lutte contre un serpent.

— Tu te souviens, la devise des centurions romains ? dit-il à Lucio. *Unum castigabis, centum emendabis.*

Et sans rien ajouter, en trois coups de poing, il l'envoya au tapis.

— Tu en puniras un pour en corriger cent, traduisit-il avant que Vincenzo réussisse à ouvrir la bouche. Ça vaut pour tout le monde, mais encore plus pour nous autres toxicos. Si tu en prends un et que tu lui donnes une bonne leçon, les quatre-vingt-dix autres l'intègrent aussi.

Vincenzo objecta qu'à Thanur, des toxicos, à part eux trois, il n'y avait qu'Anna qui peut-être lui semblait un peu trop apathique mais n'allait certainement pas piquer des trucs à droite et à gauche. Et puis, Lucio l'avait dit clairement, il voulait retourner à Pise, quel sens ça avait de frapper quelqu'un qui partait ?

— Fais-moi confiance, dit Pardo en le prenant aux épaules.

Ils s'éloignèrent de quelques mètres, tandis que le Pisan tentait de reprendre son souffle.

— En une semaine Radio Shoot va répandre la nouvelle et tous les drogués de Florence à Gênes sauront qu'à Thanur ceux qui déconnent le paient. Tu verras qu'ici, il va moins en monter et qu'ils seront plus motivés.

Vincenzo commençait à trouver que ce discours sonnait juste. En effet, le voleur avait eu ce qu'il méritait. Néanmoins, il répliqua, comme par devoir, qu'à Thanur la violence était proscrite et que le soin de punir, si nécessaire, revenait à l'assemblée.

Pardo montra les cailloux du parking, qui à présent projetaient des ombres fines.

— Ici, nous ne sommes pas à Thanur, rétorqua-t-il.

À quelques mètres de là, Lucio se releva avec peine mais aussitôt se laissa retomber, assis sur un tronc d'arbre.

Vince pensa que jusque-là, il avait considéré Pardo comme un type bizarre, différent de lui, mais c'était justement ce qui lui plaisait, parce qu'il ne lui rappelait pas le toxico classique, celui qu'il avait été. D'autres thanuriens l'avaient pris en grippe, en particulier Maurizio, qui ne manquait pas de critiquer ses lectures (Nietzsche et Mishima) et « ce tatouage de facho ».

Qui sait ce qu'il aurait dit, pensa Vincenzo, s'il avait découvert ce que lui venait à peine de découvrir.

22
VILLA MALASPINA, JEUDI 4 ET VENDREDI 5 MAI

Radio Shoot ne trahit pas les attentes. La nouvelle de la côte fêlée de Lucio n'arriva pas seulement à Pise, où il l'apporta lui-même par un après-midi de pluie, pendant qu'il se démenait pour ramasser trois ronds. Non, l'écho des coups parvint aussi dans d'autres points de deal, et s'il ne se diffusa pas de Gênes à Florence, comme l'avait prédit Pardo, on en parla certainement jusqu'à La Spezia, Livourne, Pistoia. Le tam-tam gonfla le nombre, l'intensité et les conséquences, jusqu'à évoquer une hospitalisation, mais personne ne peut savoir s'il obtint le résultat espéré par Vincenzo, c'est-à-dire décourager ceux qui projetaient de se rendre à la Villa Malaspina en imaginant y trouver une communauté pour toxicos.

Un effet indésirable de la violence surgit entre les murs de Thanur, où Lucio, toujours lui, avant de reprendre la voie de la seringue, expliqua à qui le lui demandait l'origine de la grimace de douleur qui lui échappait à chaque instant.

La rumeur arriva aux oreilles d'Anna et, dans ce cas, ce ne fut pas le bouche à oreille qui la déforma mais, dès l'origine, le principal intéressé qui mit en circulation une demi-vérité, en affirmant que Pardo l'avait tabassé (et jusque-là, rien de faux), avec l'aide de Vince, pour l'empêcher de partir et de recommencer à se fixer.

Anna était à Thanur depuis trois semaines, mais elle vivait encore dans des espèces de limbes, où ce qui se passait autour d'elle pouvait selon les cas résonner très loin, comme le chant d'une baleine dans l'océan, ou bien l'agresser à un volume assourdissant, aussi insupportable que le bruit d'un marteau pneumatique. Pendant deux ans, l'héroïne avait été un diaphragme entre le monde et elle : celle-ci disparue, il lui fallait trouver la bonne réaction à chaque stimulus. Orsola lui avait suggéré de rester occupée, pour ne pas laisser place aux mauvaises pensées, mais les souffrances désormais chroniques et les séquelles de l'abstinence lui permettaient seulement de cuisiner, coudre, arroser les roses, et sa tête prenait son envol pour atterrir parmi les souvenirs de sa vie d'avant et rappeler au corps le plaisir de la seringue et d'un petit avant-goût de la mort.

Dès qu'elle apprit, dans la version déformée, ce qui était arrivé à Lucio, elle s'imagina qu'il pourrait lui arriver la même chose si elle cédait à l'envie qui la tourmentait. Cette perspective la terrorisa. Elle laissa tomber son râteau et courut sur le gravier à la recherche de Rossella, sa sauveuse, et quand elle la trouva enfin, lui confia en pleurant son intention d'abandonner Thanur, tout de suite, séance tenante, « je ne vais pas rester ici une minute de plus ».

Rossella réussit à la retenir avec la promesse d'éclaircir la question.

Ce soir-là, durant le dîner, entre le potage et la tourte aux légumes, les deux justiciers durent se justifier et présenter leur version des faits, mais ils avaient beau être deux, et leurs versions concorder, il leur fallut beaucoup d'efforts pour convaincre la communauté que ça s'était passé comme ils le disaient, que Lucio avait cambriolé chez Menconi et qu'ils avaient été contraints de réparer ça, pour défendre Thanur contre la tempête de merde qui autrement se serait abattue. En définitive, Pardo s'était sacrifié en balançant quelques baffes au voleur, il avait dû agir vite et il ne lui était pas venu de meilleure idée. L'un et l'autre omirent de préciser que les coups les plus forts étaient partis à la fin, quand le vol ne risquait plus d'être découvert.

Le lendemain, on s'attendait à ce qu'Orsola convoque la Cercle, ou une assemblée, pour affronter ensemble les répercussions – certaines les appelaient « le karma » – de la violence qui avait surgi dans la communauté. Mais à la réunion du matin, celle au cours de laquelle on fixait les travaux de la journée, Orsola se limita à énoncer une tâche collective, en invitant chacun à réfléchir à sa propre agressivité, à écrire sur une feuille un épisode où elle s'était manifestée, pour ensuite la brûler dans la cheminée.

— Amusez-vous bien ! dit-elle à la fin, pour souhaiter une bonne journée et clore la réunion.

Quand le groupe se dispersa, Rossella s'approcha d'Orsola et lui demanda :

— En somme, ces deux-là, ils s'en tirent comme ça ?

Dans le livre publié pour les vingt ans de Thanur, cet épisode devient un apologue :

> Orsola dit que la violence d'une personne singulière est le symptôme d'une maladie collective, qu'il lui faut un traitement écologique, pas individuel.

Rossola ne se contenta pas de cette réponse, et même la critiqua, en soutenant que le mal commun ne devait pas être un alibi.

Néanmoins, par la suite, elle repensa aux paroles de la fondatrice et les réévalua au point d'en faire un principe du programme thérapeutique. En fait, même la toxicodépendance d'un jeune est le symptôme d'un mal-être de son groupe social. Ne le soigner que lui, pour ensuite le réinsérer dans le même groupe, tel quel, signifie perdre du temps et de l'énergie. Ce n'est pas l'individu qui est toxico, mais sa famille, ses parents, ses relations.

Le volume, toutefois, ne raconte pas que la déception de ce jour-là conduisit Rossella à affronter Vincenzo.

Elle l'intercepta sur le sentier au bord de l'oliveraie et lui dit que grâce au ciel, il y avait Thanur, et qu'elle n'aurait pas à élever un enfant avec un père pareil.

— Mais pareil que quoi ? lui rétorqua-t-il. Qu'est-ce que t'en sais ? Moi, je l'ai même pas effleuré, ce type, et on dit que je suis un monstre assoiffé de sang !

— Mais non, un monstre, pas du tout ! répliqua-t-elle. T'as pas de colonne vertébrale, t'es une girouette. T'as commencé par te shooter pour démontrer à un abruti quelconque que tu en avais le courage, tu es venu ici parce qu'un ami à toi y venait, tu es resté pour Orsola et pour me coller. Quand je ne savais pas si je devais avorter, tu n'as pas dit un mot, quand j'ai décidé de ne pas le faire, non plus, et quand Pardo a cogné Lucio, t'es resté à regarder. Ça n'arrivera donc jamais que Vincenzo Zanchini coure le risque de prendre une initiative ! T'en as après les drogués qui viennent ici pour arrêter, mais au moins, eux, ils font un vrai choix, et à la fin, tu sais quoi ? Ici, à Thanur, tu es moins à ta place qu'eux !

Rossella avait probablement ces accusations en tête depuis un moment, et que ce qui s'était passé les derniers jours n'avait été que l'étincelle déclenchant l'explosion. C'était probable, mais personne ne pouvait le savoir, parce que depuis de nombreuses années Rossella Hilzer et son équipe ne communiquaient qu'à travers le bureau de presse de Thanur.

La seule source disponible sur sa dispute avec Vincenzo est donc ce dernier, mais sur la fin soudaine de leur échange, on peut se fier aussi au livre de Maurizio Salvetti, *Tu me trahiras*.

Les deux témoignages nous disent que ce fut justement Maurizio qui interrompit Rossella en lui communiquant la nouvelle : Anna ne s'était pas présentée en cuisine, on l'avait cherchée et on avait trouvé un mot d'adieu. Maurizio le tendit à Rossella :

> Merci de m'avoir accueillie, mais je ne peux pas rester dans un endroit où on brise les côtes de quelqu'un, quel qu'en soit le motif. Je te porterai en moi. Anna.

Tandis que Rossella lisait, le reste de la communauté se rassembla autour d'elle et Ludo, qui était dans la vigne, s'approcha pour comprendre ce qui se passait.

Des murmures désolés et des « qu'est-ce qu'elle va devenir », émergea, décidée, la voix de Pardo.

— Si on ne va pas la reprendre, elle va crever.

Des grognements indignés lui intimèrent de ne même pas y penser, lui qui aimait résoudre les problèmes à coups de poing, lui qui n'avait encore rien compris à Thanur, lui et son tatouage de surhomme.

— Qu'est-ce que tu veux dire, par « allons la reprendre » ? La contraindre ? L'attacher ? La traîner par les cheveux ?

Si c'était ce qu'Anna avait décidé, il fallait respecter son choix. À bas les relations possessives. À bas…

— Pardo a raison, articula Ludo, et les grognements cessèrent instantanément. Anna est très jeune, elle a peu d'expérience d'*addiction,* et ici, ça a été sa première *detox*. Maintenant, elle s'en va, elle prend sa dose habituelle d'héroïne mais elle ne la supporte plus, et c'est comme une overdose. Il y a bien un risque, il y en a beaucoup qui meurent comme ça.

Comme d'habitude, Ludo n'avait pas proposé de solution, mais plutôt compliqué le problème, et le brouhaha de voix recommença.

— La liberté, c'est le plus important !

— Celle de se tuer aussi ?

— Vit bien qui peut mourir comme il veut !

— Mais pardon, si un ami à vous était assis sur le rebord de la fenêtre, prêt à se jeter du cinquième étage, vous n'essayeriez pas au moins de lui parler ?

— Je le savais ! Avec l'excuse du risque, on introduit le contrôle !

— Exact, c'est comme ça que ça marche, la répression, c'est toujours « pour ton bien » !

— Le mâle qui surveille ses femmes.

— Paternalisme !

— Androcratie !

— En intervertissant les rôles, ça ne serait pas arrivé !

La discussion se poursuivit là, debout, entre la boue du chemin et les fleurs des champs, jusqu'à ce que quelqu'un adresse à Pardo une question directe et qu'au silence qui suivit, on se rende compte que l'interpellé n'était plus là.

— Quel connard. Il fallait s'y attendre de la part d'un type comme ça.

— Attention, il est parti à sa recherche.

— Qu'est-ce que tu dis ?

— À la recherche d'Anna, pour la convaincre de revenir.

— Comme ça, de sa propre initiative ? Sans une décision commune ?

— Mais pour qui il se prend ?

— Mais, pardon, hein, ce qui vaut pour Anna vaut aussi pour lui.

— C'est-à-dire ?

— Si elle peut s'en aller quand ça lui chante, alors lui aussi. Ou tu voudrais te lancer à sa recherche pour l'empêcher de la rechercher ?

Peu à peu, les thanuriens reprirent leurs tâches, abandonnant aux tours et détours d'un débat philosophique sans fin les deux ou trois qui avaient l'habitude de couper les cheveux en quatre.

— Et de casser les couilles, ajouta Vincenzo, qui fut le premier à lâcher l'assemblée improvisée.

On arriva ainsi à l'heure du déjeuner. Et la plupart ouvraient déjà la bouche pour y enfiler une fourchetée de macaronis, quand Anna fit son entrée dans la pièce et courut se réfugier en larmes dans les bras de Rossella, tandis que Pardo, avec la modestie du chevalier qui a obéi à un ordre supérieur, prenait place à table, sur la chaise restée vide.

— Quel bouffon, murmura Maurizio.

— Qui sait comment il l'a convaincue, se demanda Agata.

Vincenzo ne se rappelle pas de qui partit l'applaudissement, qui en un instant emporta les commensaux, fêta le retour d'Anna et apaisa les tensions de ces derniers jours.

Seul Maurizio ne s'unit pas à l'enthousiasme général, mais personne n'accorda d'importance à sa défection. Néanmoins, quelque temps plus tard, tous repensèrent à cette scène, quand Maurizio rentra à Thanur « d'une journée bien occupée » et fit des révélations sur Pardo et sur son passé.

23
TURIN, JEUDI 4 MAI

Voix qui se chevauchent, avec des pics d'aigu et de volume.

Visages concentrés dans l'effort de saisir, retenir, produire des mots.

Corps en ébullition, incapables de rester immobiles.

Puanteur de sueur et de corps masculins.

C'est ainsi que Milena se rappelle la dernière réunion du Grucat dont elle fut témoin.

Le motif de tant de confusion était double, sinon triple.

Deux jours auparavant, un objet volant non identifié était apparu dans le ciel de Milan et avait fait garder le nez levé à des milliers de personnes. Parmi elles, un officier de la garde des Finances et un sergent-chef de l'aéronautique en service, avec ses collègues, à la tour de contrôle de l'aéroport de Linate.

— Autre chose que Bernacca ! ricana quelqu'un.

> L'homme en uniforme, écrit Milena dans le livre, avec un rôle dans l'armée ou dans les forces de l'ordre, pour les ufologues, c'est le nec plus ultra de la fiabilité. Les militaires *savent*. S'ils ne parlent pas, c'est pour garder un secret. S'ils ouvrent la bouche, ils dispensent la vérité.

L'ovni, d'une blancheur aveuglante, s'était approché de l'escale milanaise vers 9 heures du soir, en suivant la route du Mont-Blanc, celle des avions étrangers en phase d'atterrissage, mais les radars ne l'avaient pas repéré. L'officier, qui l'avait observé à la jumelle, le décrivait comme « un ballon aplati sur les côtés » et excluait qu'il s'agisse d'un corps céleste, d'un satellite ou d'un aéronef d'un modèle connu. Après avoir stationné à la verticale du gratte-ciel Pirelli, la lumière s'était éloignée à grande vitesse et avait disparu sans laisser de trace. Quelques secondes encore et puis le signal d'alarme se serait déclenché, avec le décollage depuis la base la plus proche des avions de chasse F-104.

— Comme ici, à Turin, il y a cinq ans ! s'enflamma Piergiorgio Pellegrino, qui, depuis la fenêtre de sa chambre à coucher, avait pris une série de photographies nocturnes, très floues, des lumières mystérieuses en vol sur la ville durant l'automne 1973.

— Mais là, c'est différent, intervint Majorino. Cette fois, les radars ont enregistré.

— Et les avions militaires, ajouta Bonino, ont vraiment décollé.

Depuis la perspective de Milena, le visage de l'étudiant d'ingénierie était un et trine, comme dans une icône orthodoxe. La tête de Bonino se trouvait entre deux répliques photographiques accrochées dans leurs cadres sur le mur derrière lui. L'une en compagnie de Rynek au congrès de Rome et l'autre avec Zanka au Sanglier-Blanc. Les trois Bonino portaient le même pull.

— En 1973, nous autres, de *Clipeo*, se souvint Pigi Baudino qui était ufologue avant la fondation du Grucat, nous avons écrit que c'était un ballon-sonde de type météorologique, lancé depuis la France et poussé par le vent jusqu'à Turin. Nous avons été repris aussi par *Stampa Sera*.

— Pas avec autant de relief! s'exclama Bonino en tapant de l'index sur le *Corriere*.

Sous le nom du journal, en une, se détachait un titre bien en évidence : « Merci, l'ovni! » L'article célébrait l'épiphanie de la soucoupe volante, sur la froide et rationnelle Milan, qui avait permis une heure de récréation dans la prison de ces tristes jours. Une heure passée les yeux dans les nuages, à imaginer d'autres mondes, alors que dans le monde réel on n'espérait plus, on tirait.

Cet article, pour les membres du Grucat, était le deuxième motif d'intérêt, pour ne pas dire d'enthousiasme. Certes pas pour le contenu, qu'en fait ils trouvaient agaçant.

Un papier très semblable, à cet égard, avait déjà paru dans le même journal à peine vingt-quatre heures plus tôt. Une nouvelle signée par l'écrivain Luigi Malerba dans la rubrique « Journal des déceptions ». Le héros, un ufologue, se déclarait passionné par les soucoupes volantes au point de se désintéresser de tous les événements terrestres, avec comme seule inquiétude que la fumée des lacrymogènes lancées par la police l'empêchent de surveiller le ciel.

Bonino lut à voix haute les articles, l'un à la suite de l'autre.

— Mais pourquoi personne ne s'en prend aux météorologues? se récria à la fin Berto Musinè. Ou aux astronomes? Eux aussi, ils regardent en l'air.

Mais ils les considèrent comme des gens qui ont les pieds sur terre, alors que ceux qui étudient les ovnis fuient la réalité. Et ceux qui jardinent, alors ? Et ceux qui vont voir de l'opéra ? Qui jouent au Subbuteo ? Et qui vont au stade ? Pourquoi « merci l'ovni » et pas « merci la Juve » ?

— Juve de merde, tu veux dire, lui répondit Baudino qui, en tant que supporteur de Turin, n'avait pas encore digéré le dix-huitième titre de champion d'Italie remporté par la Juventus avec un dimanche d'avance.

Dans la pièce, les partisans de la Juve étaient nettement en minorité. Ils tentèrent une timide réaction à l'insulte, mais furent submergés d'invectives et de gros mots, avant que Bonino ne reprenne le fil de son discours.

— Berto a raison, lança-t-il en brandissant l'exemplaire du *Corriere*, la métaphore de l'ovni comme diversion est agaçante, mais c'est à nous de la démentir. Et ça, c'est une occasion à ne pas rater.

Ce qui les excitait, dans cet article, c'était sa place dans le journal. De fait, alors que, depuis la fin de la guerre, des milliers d'objets volants non identifiés avaient sillonné les cieux de la Péninsule, dans la presse, le sigle « ovni » n'avait jamais volé si haut, juste sous le titre du principal quotidien du pays, écrit en caractères aussi gros que ceux du titre du principal article et que le nom du Premier ministre.

L'ovni de Milan valait autant qu'Andreotti.

Pour comprendre les sentiments de Bonino et de ses camarades, il faut considérer que jusqu'aux années 1970, les journaux italiens faisant autorité ne mettaient en une que certains sujets : la politique, l'économie, le travail et les faits divers éclatants tels que les attentats-massacres, les meurtres de personnalités, les catastrophes naturelles. Il n'y avait pas de place pour des articles de société, des événements frivoles ou des thématiques « légères ».

En cette année 1978, justement, à la fin de l'été, un choix du *Corriere* allait faire beaucoup de bruit, celui de mettre en une la lettre d'un quinquagénaire qui menaçait de se suicider parce qu'il était incapable d'abandonner sa femme pour une autre plus jeune.

Ce n'est que des années plus tard qu'on découvrit que la lettre était fausse, écrite par un rédacteur. En la publiant, le journal de la via Solferino suivait les indications exposées dans un épais document qui circulait dans les bureaux du groupe éditorial Rizzoli. Il s'intitulait *Scénario* et suggérait aux directeurs des quotidiens et des revues de favoriser un retournement imminent dans les goûts du public : désintérêt pour la politique, retrait dans le privé, hédonisme, spiritualité alternative, magie. Peut-être les articles appréciés par le Grucat, en ce jeudi 4 mai, entraient-ils dans le cadre de cette stratégie. Mais à ce moment, on ne pouvait le savoir, et les ufologues le lurent comme la manifestation d'un intérêt authentique. Enfin, on écrivait « ovni » sans avoir à expliciter l'acronyme entre parenthèses. On en parlait sans l'habituel assortiment de sottises, mystérieuses empreintes dans la neige, dessins d'aliens avec des yeux en amande ou des récits d'aliens du genre Bernacca.

Bonino reposa le *Corriere* et fouilla dans le sac de cuir qu'il gardait sur ses genoux. Gestes, regards et posture donnaient à attendre une grosse surprise.

Milena s'exécuta et Bonino lui apparut comme un être mythologique, avec un corps d'homme et une tête de papier imprimé.

À la place du visage, il avait un exemplaire du *Corriere d'informazione*, le dénommé *Corinf*, propriété de l'éditeur Rizzoli, le même que celui du *Corriere*, surnommé *Corsera*. À la différence de son noble parent, celui-ci était livré dans les kiosques l'après-midi, ce qui le rendait moins prestigieux, parce que les nouvelles du petit matin étaient les nouvelles incontournables, qui donnaient le ton de toute la journée. Après le déjeuner, en rentrant du travail, on pouvait se consacrer à des lectures plus détendues, peut-être dans le fauteuil du coiffeur, ou à la maison.

Au centre de la première page de ce *Corriere* mineur – tapageuse, criarde et un peu vulgaire –, le gros titre *Un ovni sur Milan* ne détonnait donc pas trop. Il était illustré carrément par deux photos : la tour de contrôle de Linate et un portrait d'Antonio de Stasio, le sergent-chef de l'aéronautique. Juste au-dessus, le titre principal concernait Moro et le plan de Craxi pour le libérer, mais les noms des deux hommes politiques étaient bien plus petits que l'acronyme préféré des membres du Grucat.

— Jamais vu un truc de ce genre, dit Berto Musinè en tendant la main pour qu'on lui passe le précieux document.

— Moi, au contraire, je me rappelle, le corrigea Pellegrino, qu'en 1973, *Stampa Sera* nous a fait au moins deux gros titres, sur l'ovni de Caselle. J'ai conservé les coupures chez moi.

L'objection déclencha une rafale de commentaires, entre ceux qui étaient d'accord avec Pellegrino, et ceux qui soutenaient le contraire et soulignaient la différence entre les deux affaires.

Le chien de Majorino, réveillé par le boucan, se mit à aboyer jusqu'à ce qu'il obtienne le silence.

Bonino fit aussitôt remarquer que l'ovni milanais s'était retrouvé en première page en se faufilant au milieu des nouvelles sur l'enlèvement de Moro, l'affaire du siècle, ce qui rendait la chose encore plus surprenante.

Milena songea que c'était peut-être le contraire : le climat médiatique saturé avait favorisé et non pas gêné le surgissement de l'ovni. Justement parce que, comme disait l'article qui le remerciait, il avait offert une distraction dans une période noire pleine de sombres pensées.

— D'après vous, se rebella Pellegrino, l'ovni de Milan est plus important que le nôtre? Je vous rappelle que le phénomène de Caselle a un indice de fiabilité égal à cinq sur l'échelle de Rynek, le plus haut obtenu dans une affaire italienne. Je veux voir celui-là, combien de points il va obtenir, avec les radars qui ont repéré que dalle. Dans les confirmations par instruments, on en est déjà à un à zéro pour nous.

Avant que se déchaîne un nouveau tohu-bohu, Majorino convainquit le lycéen qu'il ne s'agissait pas d'un match, personne ne mettait en doute le record de l'ovni de Caselle, ni celui de Turin, capitale de l'ufologie italienne.

— Mais il ne faut pas nous laisser prendre au dépourvu, intervint Bonino, revenant au sujet qui lui importait. Par exemple, sur la question des radars, nous devons tout de suite pondre une étude, comprendre pour quelle raison nous n'avons pas relevé l'objet volant, l'envoyer aux journaux, faire connaître notre approche scientifique, mais sans tomber dans l'excès contraire, en niant *a priori* que le phénomène puisse avoir une composante extraterrestre.

Il marqua une pause, goûtant les têtes qui hochaient, le silence chargé d'attente, l'attention qu'il avait conquise.

— Pigi a cité l'article de *Clipeo*, repris par *Stampa Sera* en 1973. Moi, à l'époque, j'avais quinze ans et je me souviens très bien avoir lu cet entrefilet avec un mélange d'admiration et de gêne. J'aimais la clarté, l'honnêteté avec laquelle les ufologues disaient : « Ce ne sont que des ballons-sondes. » Mais en même temps, ils m'étaient antipathiques, ça me paraissait des rabat-joie. Et ça, on doit l'éviter. Nous savons très bien que ce genre d'apparition, avec cette couverture de presse, en déclenche de nouvelles. Soit par imitation, soit par une plus grande attention pour ce qui se passe dans le ciel. Si en plus nous ajoutons le cas Bernacca repris dans *L'Europeo*, la réimpression du livre de Rynek et le succès de *Rencontres du troisième type*, eh bien, il y a fort à parier que les mois à venir seront intéressants. Donc, je répète : nous devons être prêts, savoir saisir l'occasion. Et à ce propos : vous savez où je l'ai récupéré, cet exemplaire du *Corriere d'informazione* ?

Devant les visages curieux de ses camarades, Luca Majorino tenta une réponse.

— En kiosque.

— Perdu ! rétorqua Bonino en secouant la tête. Ici, à Turin, il est presque introuvable. Mais ce matin, je suis allé à la salle de presse de la Poste centrale, via Alfieri.

Tout le monde connaissait l'immeuble, avec ses colonnes aux fenêtres et ses cariatides à la porte. Mais personne n'avait jamais entendu parler de la salle de presse.

Bonino expliqua qu'il s'agissait d'une vaste pièce avec une grande table, mise à la disposition des correspondants des différents quotidiens, italiens et étrangers. Il y avait des machines à écrire pour taper les articles. Deux téléphones, abrités chacun dans une coquille en plastique, pour étouffer la voix de celui qui dictait un article. Les journalistes de passage pouvaient non seulement utiliser les télex ou les photocopieuses, mais y trouver aussi les quotidiens de toute l'Italie.

— Un de mes amis travaille là comme agent de propreté, il fait le ménage à la fin de la journée. Il y a quelque temps, il m'a dit que les journaux, au bout d'un mois, sont vendus au poids. Ce matin, j'ai pensé : et si on les achetait nous, au même prix ? Nous pourrions les dépouiller et connaître beaucoup plus d'affaires. Si l'apparition de Milan doit avoir les conséquences que j'imagine, nous pourrions les tenir à l'œil, les cataloguer, donner notre avis. Nous deviendrions les archives ufologiques les plus importantes de l'Italie. Bref, ce matin, j'y suis allé et j'ai pris rendez-vous avec le directeur, pour en discuter. Et quand je suis arrivé, mon ami m'a fourni le *Corinf* d'hier. Juste comme un avant-goût.

— Combien de journaux ils reçoivent ? s'enquit Baudino.

— Une vingtaine.

Pellegrino calcula plus vite que les autres.

— Ça fait six cents journaux par mois ! Dix minutes pour feuilleter chacun, ça fait cent heures. Il faut trouver un endroit où les conserver, décider des équipes, acheter un fichier…

— Je propose, l'interrompit Berto, de mettre ce point à l'ordre du jour de la prochaine réunion. Pour l'instant, vu l'heure, je dirais de passer à la question suivante. Comment gérer au mieux les appels téléphoniques à la radio. Parce que là aussi, dans les prochaines semaines, nous aurons intérêt à nous préparer.

À 23 h 30, Berto Ravarino barra le second et dernier point de la réunion. Il n'y avait pas de questions diverses ni d'événements à venir. La réunion était finie et ceux qui travaillaient, avec en tête la perspective d'avoir à se tirer du lit le lendemain, se tenaient déjà debout pour saluer.

Milena s'éclaircit la gorge et dit :

— Excusez-moi, je voulais vous dire quelque chose.

Surpris, les ufologues tendirent l'oreille.

— Aujourd'hui, j'ai fini la première phase de ma recherche. C'était déjà prévu mais je ne vous ai rien dit pour ne pas vous influencer. Jeudi prochain, je ne serai plus avec vous. J'ai terminé l'observation participante et je voulais vous remercier pour la possibilité que vous m'avez offerte.

« À la vérité, se corrige Milena quarante ans plus tard, je ne l'avais prise que depuis quelques jours, la décision d'arrêter. J'avais prévu une observation de huit mois, et ces huit mois étaient passés, d'accord, mais je n'avais jamais fixé une date sur le calendrier en disant : là, j'arrête. J'ai compris que ça pouvait suffire parce que j'étais arrivée à me faire une idée assez précise sur le Grucat, et donc il valait mieux changer de perspective, prendre un point de vue nouveau, me concentrer sur le travail entamé avec Jimmy. »

Durant le week-end, Milena était enfin descendue à Aulla. Elle avait terminé l'interview de Jimmy commencée en avril, après quoi il avait préparé le dîner, mis sur la platine deux ou trois disques, ils avaient fait l'amour et avaient lu ensemble le nouveau numéro d'*Une utopie ambiguë*, revue qui tentait de conjuguer la science-fiction avec la contre-culture et la politique «mouvementiste».

Le dimanche matin, au réveil, Milena était revenue à la charge pour savoir quand se tiendrait la prochaine veille ufophile, mais Jimmy était resté dans le vague et, comme toujours, entre le sérieux et le facétieux, il s'était mis à vaticiner : « Quel sens ça aurait de fixer une date pour célébrer les objets non identifiés ? Dès que le temps le permet, en quelques coups de fils, on décide vite d'une fin de semaine et on continue comme ça, chaque fois que ça nous chante, jusqu'à ce qu'il commence à faire froid. Ce n'est pas nous qui décidons le moment, c'est *le moment qui nous décide*. Sans cet élément anarchique, ça deviendrait un rendez-vous d'agenda, une échéance à respecter, et non pas un événement unique, libre, non reproductible. »

Allongée à ses côtés, Milena l'avait chatouillé et le discours s'était transformé en rire à gorge déployée.

Berto fut le premier à commenter l'annonce de Milena. Il avait l'air d'un gamin à la fin des vacances d'été quand les amis de deux semaines se disent au revoir sans savoir s'ils se retrouveront l'année suivante.

— Juste maintenant que… tout ça commence ? articula-t-il en montrant la table encombrée de notes, de comptes rendus, de tableaux, de journaux, de photographies de l'ovni milanais, lettres et enveloppes affranchies.

Un kaléidoscope d'informations qui, durant toute la réunion, avait été remué et reconfiguré, acquérant de nouvelles significations selon les fragments qui disparaissaient et ceux qui apparaissaient à la surface.

Milena songea aux dazibaos que son collectif accrochait aux murs durant l'occupation du lycée en 68.

Elle répondit à Berto que si vraiment les ovnis se préparaient à faire leurs débuts en société, non plus observés seulement par une petite tribu mais surveillés par des milliers de personnes, alors l'anthropologue devait aussi suivre ce parcours et passer de l'étude d'une sous-culture à celle de leur impact sur la culture tout entière.

Ce discours sembla convaincre Ravarino, qui baissa les yeux et proposa un applaudissement en hommage à la *dottoressa*.

Toutefois, *a posteriori*, on peut dire que ce qui le consola, ce ne furent pas les motivations de Milena, mais bien la pensée que dans son carnet, il avait toujours le numéro de téléphone de la jeune femme.

★

Troisième mouvement
DU 5 AU 24 MAI 1978

I
ROME, VENDREDI 5 MAI

Zanka rentra à Rome avec les sept premiers chapitres du nouveau livre tout juste tapés. Pepper le reçut au siège de la maison d'édition et, quand il eut devant les yeux la chemise de cuir, il fut aussitôt saisi d'un atroce soupçon qu'il cacha néanmoins derrière un commentaire ingénu.

— Génial, Marty ! On s'est quittés que tu devais décider comment arranger *Astronefs sur Luni* et tu te pointes, déjà en avance dans le travail, avant même que je me manifeste ? Alléluia, bordel ! Tu t'es vraiment débloqué.

Zanka se demanda jusqu'à quel point il jouait au con. Dans le doute, il préféra ne pas laisser de place pour les malentendus.

— Ça ne s'appelle plus *Astronefs sur Luni*, dit-il en indiquant le paquet.

Pepper ouvrit la chemise et lut le titre : *Jacopo et Margherita*. À ce point, il bombarda Zanka de questions inquiètes.

L'écrivain lui dit le minimum indispensable. Il n'avait jamais aimé livrer à l'avance le contenu d'un texte. Pour lui, ça avait plus de sens d'en parler *après*. D'une manière ou d'une autre, Pepper se calma. Il prit la liasse et parcourut quelques pages.

— En somme… dit-il pour résumer ce qui était désormais évident. C'est vraiment un autre livre.

— C'est le livre auquel je crois, répondit Zanka sur un ton définitif. Celui que je me sens d'écrire.

Le lendemain matin, ce fut Pepper qui lui rendit sa visite, selon un rituel bien ancré. Consigner le travail était le rôle de l'auteur. Pour en discuter, c'était l'éditeur qui se déplaçait.

Zanka le reçut, sa valise déjà prête dans l'entrée. Il avait réglé les questions urgentes, retiré le courrier, payé les factures, et ne voulait pas rester à Rome une minute de plus que nécessaire. La ville était un magma de désarroi et de paranoïa. À Orbetello, en revanche, on était en quelques minutes sur l'Argentario, où le parfum des buissons et le vol des oiseaux étaient les mêmes qu'autrefois.

Comme d'habitude dans ces réunions domestiques, Zanka prépara le café tandis que Pepper s'installait au salon.

— J'ai lu les chapitres que tu m'as donnés, attaqua-t-il dès que l'un et l'autre furent assis.

Suivit une pause étudiée que Zanka utilisa pour allumer une cigarette.

— Tu veux me dire ce que tu en penses ou tu le gardes pour toi ?

— Ils sont bons, acquiesça Pepper en hochant la tête, comme s'il lui en coûtait de l'admettre. Les gamins disparus, les recherches, les scouts, les parents… et au centre : la montagne des mystères, ricana-t-il. Un mélange de *Rencontres du troisième type* et de *Pique-nique à Hanging Rock*.

Zanka imagina une couverture dans le pur style Pepper, où le Quarzerone fusionnait avec la Tour du Diable immortalisée par Spielberg et les cimes rocheuses du film de Peter Weir. Le tout sur un fond de ciel nocturne, sillonné par les queues des comètes et les avant-gardes d'un autre système solaire.

— Je suis content que ça t'ait plu, commenta-t-il.

L'autre termina le café et se leva d'un bond, en claquant les mains sur ses cuisses. Très mauvais signal. Quand il démarrait ainsi un discours et le poursuivait en marchant, c'était comme s'il voulait contourner son interlocuteur pour le surprendre par-derrière.

— Mais, Marty, attaqua-t-il. Tenons compte de ce que notre lecteur ne sait rien. Il s'attend aux Martiens dans la préhistoire. Si nous voulons que la nouveauté soit excitante, et pas décevante, il faut qu'on l'aide.

— Qu'est-ce que tu veux dire ? demanda Zanka, soupçonneux. Il sentait la puanteur d'une « trouvaille » pepperienne.

— Je dis que le décor est toujours la Lunigiana, les références à des astronefs, il y en a. Si le titre restait celui que nous avons annoncé…

— Paolo, tu voudrais le faire passer pour un livre de paléocosmonautique, alors que ce n'en est pas un ? demanda sèchement Zanka.

— Eh, oh, c'est pas de la merde qu'on leur refile, protesta l'éditeur. C'est un excellent livre, *compadre*, un tournant. Mais si tu te veux du bien, il suffit que t'y fourres un peu plus d'ovnis, en commençant par le titre, et le tour est joué. Moi, je dis : maintenant que même Piero Chiara les voit, toi tu décides de ne plus parler d'extraterrestres ? C'est la montagne des ovnis, non ? Et alors, mets-en et tout le monde sera content. Les lecteurs et nous.

Zanka n'avait pas envie de s'embarquer dans une discussion sur les goûts du public. Pepper prétendait les «flairer» dans l'air, dans l'esprit du temps, sans jamais prendre la peine de bavarder cinq minutes avec un lecteur en chair et en os.

— Merci, Paolo, répondit-il sur un ton diplomatique. Je garderai ton conseil en tête.

— Bien. Je te laisse travailler, hein?

— Je retourne à Orbetello et je te rappelle dès que je l'ai fini.

— Oui, d'accord. Oh, en tout cas, on sait qui est l'assassin, non?

Zanka, qui s'apprêtait déjà à débarrasser la table basse, se retint, perplexe.

— Ah bon? demanda-t-il.

— Bien sûr, dit Pepper. C'est le chef scout qui a fait le coup, non? Ce Simone. Tu penses que j'ai bon?

— Comment ça?

— Marty, tu ne regardes pas assez les films américains, le réprimanda Pepper. Le chef scout tombe amoureux de la jeannette mais elle se tape le pionnier. Jalousie, envie… Quand notre héros chope les deux tourtereaux qui, au lieu de jouer avec le reste de la troupe, sont dans une tente à faire d'autres petits jeux, il perd la boule, les zigouille et cache les corps près du camp, c'est-à-dire le dernier endroit auquel on penserait. Après quoi, il aide dans les recherches et laisse exprès, bien en vue, la pince à cheveux de la fille, pour orienter sur une fausse piste. Mais bientôt le sentiment de culpabilité l'écrase, tenir son rôle devient impossible et il décide de se barrer. Il part en Suède. En Suède, hein, Marty, pas dans un couvent. Tu les vois, les Suédoises, hein ?

Zanka garda le silence. Il venait d'entendre à la fois une sortie digne de Pepper et une reconstruction inédite de l'affaire.

Après qu'ils se furent dit au revoir, il essaya de ne pas trop s'attarder sur cette idée. Il descendit au garage, chargea la voiture de ce dont il avait besoin et conduisit vers l'Aurelia, mais dès que la circulation se raréfia, une question insistante occupa l'espace libéré par les klaxons et les feux. Pourquoi personne n'avait pris en considération l'hypothèse que Jacopo et Margherita aient pu rentrer au camp de base ? Parce que là, il y avait Simone. Seulement Simone. S'ils étaient revenus, il aurait été le seul à les rencontrer. Non, impossible, Pepper ne pouvait pas avoir raison. Simone était un très brave garçon, il avait été inscrit en droit, Gemma… Qu'avait dit Gemma ?

Elle avait dit que Simone était un type séduisant, les gamines tombaient amoureuses de lui. Et lui d'elles ? Comment c'était, la phrase exacte ? Il l'avait transcrite, telle quelle, sur son carnet.

Il s'efforça de se la rappeler, en fixant la ligne blanche qui filait sous le capot.

Quand il repéra une aire de stationnement, il mit le clignotant, trouva une place et s'y gara.

Il farfouilla dans un des sacs entassés sur le siège arrière, prit un carnet, le feuilleta et trouva ce qu'il cherchait. « Simone plaisait un peu à toutes les chefs d'équipe. C'était le beau ténébreux classique. »

Sur la même page, le numéro de téléphone que lui avait donné Gemma.

2
ORBETELLO, VENDREDI 5 MAI

En entrant dans sa maison d'Orbetello, Zanka n'ouvrit même pas les volets : il se limita à mettre le courant pour rejoindre le téléphone sans trébucher. Il plaça un siège face à l'appareil et posa sur ses genoux le carnet, qui s'ouvrit tout de suite à la bonne page. Il composa le 15 et communiqua le numéro de Göteborg. Après un bref silence, il entendit un son intermittent. Deux mille kilomètres plus au nord, un téléphone sonnait.

Il attendit longtemps. Il s'était découragé quand une voix masculine répondit.

— *Hallå ?*

— Bonjour, ici Martin Zanka, un écrivain italien. Vous êtes Simone Bartocci ?

Zanka l'entendit déglutir, comme s'il devait avaler une bouchée.

— C'est moi.

— J'ai eu votre numéro par Gemma Corsini. Je m'occupe de la disparition de Jacopo et Margherita. Je voudrais vous poser deux ou trois questions.

Silence. Juste la respiration. Zanka craignit qu'il raccroche.

— Je ne veux plus parler de cette histoire, articula Simone.

— D'accord. Alors, je peux vous demander pourquoi vous ne voulez plus en parler ?

— Vous ne le comprenez pas tout seul ?

— Dites-le moi, vous, ça vaut mieux.

— Si vous n'y arrivez pas, ce n'est pas mon problème.

— C'est pour cela que vous avez quitté l'Italie ?

— Ça ne vous regarde pas.

La communication fut interrompue.

Zanka s'alluma une cigarette et resta assis, stores baissés, sa valise encore à l'entrée. Depuis combien de temps ne s'était-il pas senti comme ça ? Excité et frustré en même temps, convaincu de faire exactement ce qu'il était important de faire, quels que soient les obstacles. Âme et corps tournés vers un objectif, comme quand on est amoureux, et que le renoncement n'est pas envisagé. Il éteignit son mégot dans le cendrier, recomposa le 15 et dicta le même numéro suédois.

Simone souleva de nouveau le combiné et Zanka se dépêcha de parler.

— S'il vous plaît, ne raccrochez pas. Une dernière chose et puis je vous laisse tranquille.

Dans le combiné, le bruit de respiration continua, régulier. C'était le moment de jouer le tout pour le tout.

— La personne qui les a tués les a aussi fait disparaître là-haut, sur la montagne, dit Zanka, espérant l'impressionner. Vous l'avez passée au crible jusqu'à la cime. Comment est-il possible que vous ne les ayez pas trouvés ?

Zanka entendit la respiration devenir halètement.

— On vient de vous répondre, dit Simone.

— Non, moi, je n'ai pas de réponse, malheureusement. Aidez-moi, je vous en prie.

Encore ce halètement lourd, épuisé.

— Jacopo et Margherita ne devaient pas être trouvés, dit Simone, et la manière, le ton dont il le dit, la vibration dans la voix étaient lugubres comme une tombe.

— Que voulez-vous dire ? Je ne comprends pas.

Simone retint sa respiration, à l'extrémité de la ligne et du continent. Peut-être s'apprêtait-il à raccrocher.

— Nous les avons cherchés pendant des mois, expliqua-t-il enfin. Avec les chefs scouts, les gardes forestiers, les spéléologues. Des gens expérimentés. Si nous ne les avons pas trouvés, cela signifie que nous ne devions pas, qu'on nous en a empêchés.

— Mais qui ? Quel sens cela a-t-il ? demanda Zanka, exaspéré.

— Relisez Pasolini. En Italie, personne ne veut savoir ce que tout le monde sait mais ne peut démontrer. On peut seulement choisir entre vivre dans l'aveuglement volontaire ou s'en aller.

Cette référence déconcerta Zanka, il ne s'attendait à une réflexion politique de la part de Simone, une réflexion qui allait bien au-delà de ce qui s'était passé sur le Quarzerone. D'un coup, il se sentit très proche du secret, à un pas d'une vérité qu'on pouvait au moins cerner, sinon saisir, avec une méthode d'enquête serrée. La même que celle qu'il avait feint d'adopter pour expliquer les bizarreries des civilisations antiques, en formulant en réalité des hypothèses fantastiques. Maintenant, c'était le contraire qui arrivait : il enquêtait sur un mystère véritable et chaque explication rationnelle semblait terriblement malaisée.

— Qu'est-ce que vous faites, là-haut ? Comment vivez-vous ? demanda-t-il.

— Je fais le docker au port, fut la réponse. Et croyez-moi, c'est bien comme ça. Ne m'appelez plus.

Clic.

Zanka reposa le combiné.

L'appartement lui apparut froid, inhospitalier, et pas à cause du frigo éteint ou des fauteuils disparus. Quelque chose l'effrayait et il ne comprenait pas quoi. Les paroles de Simone, ou ces deux fantômes qui erraient encore sur la montagne et restaient liés aux vies d'autres personnes. Plus encore : ils semblaient les maintenir en suspens. Zanka pensa aux parents qu'il avait rencontrés ; à la chambrette intacte de Margherita ; au tourment qu'il avait perçu au fond des yeux de Gemma ; il pensa à Simone, à ses choix radicaux ; pensa à Gheppio, lui aussi marqué, endurci, et aux questions qu'il aurait voulu lui poser. Pourquoi n'avait-on pas considéré l'éventualité que les deux amoureux soient retournés aux tentes ? Simone était un type bizarre, au moins pour la manière dont il avait réagi à l'histoire. On l'avait exclu de la liste des suspects seulement parce qu'il avait participé aux recherches ?

Il referma son bloc-notes, le posa sur le meuble et sortit son carnet d'adresses de la poche extérieure de sa mallette.

On ignore quelle fut la réponse que Martin Zanka obtint de Gheppio quand il l'appela au téléphone et lui demanda pour quelle raison Simone Bartocci n'avait pas été considéré comme un coupable possible.

Il s'est agi certainement d'une réponse brève, sèche, en harmonie avec le caractère du garde.

Son contenu peut être déduit de ce que Zanka écrit dans son livre.

Simone ne pouvait pas s'éloigner du camp de base parce qu'il était responsable de l'infirmerie.

Donc, Simone n'aurait pu tuer Jacopo et Margherita qu'au camp de base.

Mais dans ce cas, dès le lendemain matin, l'équipe cynophile aurait trouvé des traces, étant donné que les recherches étaient parties précisément de Pian del Cielo.

En outre, dans le laps de temps entre la dernière fois qu'on avait vu le couple encore vivant et l'alarme pour leur disparition – deux heures en tout – trois gamins étaient passés au camp pour se faire soigner des blessures et des écorchures, et aucun d'eux n'avait rien remarqué de bizarre.

En revanche, les réactions de Gheppio laissent beaucoup plus de place à l'imagination.

Qui sait s'il marcha jusqu'à Collerado pour se confier aux patriarches de la châtaigneraie.

Qui sait s'il lui vint le doute d'avoir laissé échapper le coupable, après l'avoir eu à côté de lui pendant un été entier. Sur l'innocence duquel il aurait mis sa main au feu.

Qui sait s'il repensa à ses frères. Au fond, ça s'était passé aussi comme ça pour eux. Ils avaient accueilli dans la brigade un garçon de la ville, réfractaire au service militaire, qui se disait pourchassé par les fascistes. En fait, il était de mèche avec eux, il s'était infiltré chez les partisans pour balancer leurs plans et les pousser dans une embuscade. Ils les avaient pendus, déjà cadavres, sur la place du village. Le délateur y avait gagné une belle somme grâce à laquelle, après la Libération, il avait émigré à l'étranger – certains disaient en Argentine – et personne n'avait réussi à le lui faire payer.

Même en admettant que Simone ait pu les tromper tous, ce que le forestier ne s'expliquait pas c'était de quelle manière il pouvait avoir tué les deux jeunes, avoir caché leurs corps et effacé toute trace en quelques heures.

Un psychopathe aurait eu le temps de les découper en morceaux, de creuser un trou profond, ou de trouver une grotte lointaine et de les y fourrer. Telle était la thèse de Capoferri. Si au lieu d'un seul tueur, ils avaient été deux ou trois – une secte satanique, comme l'avait hasardé *La Nuova Toscana* –, ils auraient pu transporter les cadavres jusqu'à un ravin, et les y jeter. Mais des sectes sataniques, sur le Quarzerone, on n'en avait jamais vu, et l'idée que c'était une horde qui avait agressé Jacopo et Margherita n'avait jamais convaincu personne.

Un loup solitaire, plutôt. Mais Simone était resté au camp, à l'infirmerie.

Ça pouvait s'être passé ainsi : il les avait entendus parler et épiés dans une tente. Il avait pris une hache dans le matériel du groupe et les avait zigouillés. Puis, pour mieux les transporter et ne pas se faire remarquer, il les avait découpés en morceaux, avec la même hachette et peut-être une scie. Mais ça prenait quand même un certain temps. Pendant lequel un blessé pouvait arriver à l'infirmerie pour demander un sparadrap. Mieux valait envelopper les cadavres dans la toile mimétique 29 et les traîner un peu plus loin dans la forêt. Enfin, Simone avait lavé la tente et s'était précipité au village, au poste de commandement. Durant la nuit, saisissant un moment propice et feignant de participer aux recherches, il s'était éloigné pour découper les corps au clair de lune… avec des dizaines de personnes parcourant les environs à la recherche des disparus.

Non, pas de cadavres découpés en morceaux. Il avait creusé un trou là, près du camp, ou bien avait chargé les deux corps sur une carriole et les avait emportés jusqu'à la grotte la plus proche. Mais aux alentours de Pian del Cielo, il n'y avait ni grottes ni crevasses. Les scouts venaient précisément pour cette raison, pour éviter le risque de chutes accidentelles. Et, de toute manière, dès le lendemain matin, les grottes les plus proches du camp avaient été inspectées par tous les moyens. Peut-être Simone s'était-il joint aux recherches dans le but précis d'effacer les dernières traces. Pour se fabriquer un certificat d'insoupçonnable et enfin égarer l'enquête avec cette pince à cheveux laissée au bord du précipice.

Qui sait si Gheppio réfléchit là-dessus, de cette manière.

Qui sait s'il médita là-dessus au milieu des châtaigniers de Collerado, s'il en parla à Capoferri en buvant un rouge avec lui, après en avoir discuté avec Astore, pipe éteinte entre les lèvres. Et qui sait s'il fixa la photo encadrée de ses frères, en jurant pour la énième fois qu'il trouverait Jacopo et Margherita, ou au moins leur assassin. Dût-il aller le chercher en Suède. Ou en Argentine.

3
TURIN, DIMANCHE 7 MAI

Dans l'Italie des années 1970, le « jour de repos » était encore différent des autres : le dimanche, les boutiques étaient fermées, les bureaux aussi, la plus grande partie des gens ne travaillaient pas et la violence du « produis/consomme » semblait accorder une petite trêve, pour revenir ensuite, le lundi matin, avec une ardeur renforcée.

Le ciel était serein et Milena marchait dans les rues de la ville, en route vers son rendez-vous avec Umberto Ravarino.

— À 17 heures sur la place San Carlo, sous le Caval' d Brôns, lui avait-il dit au téléphone. Je dois te donner quelque chose de la part de tout le monde. Une surprise pour toi.

La curiosité de Milena avait été piquée et, sur le moment, le combiné en main, elle n'avait pas demandé pour quelle raison c'était justement lui, Berto Musinè, qui avait été choisi pour lui remettre la «surprise»; et pourquoi c'était lui seul qui le ferait, si c'était « de la part de tout le monde ». Il devait bien y avoir une raison, les ufologues n'agissaient jamais au hasard.

Dès qu'elle l'eut reconnu, elle nota que Berto n'avait pas la tenue classique des réunions du Grucat. Il portait une veste de velours côtelé, une chemise col américain, un pantalon à pinces et des mocassins. Dans la tonalité de beige habituelle, mais avec un style de brillant intellectuel qui ne semblait pas même trop affecté.

— On prend un café, une glace? proposa l'ufologue.

Milena opta pour la première proposition et ils se dirigèrent vers un bar sous les arcades, dont les tables au dehors étaient caressées par le soleil et une lumière alpine.

Berto ouvrit son sac et dégaina la surprise.

— Ça, c'est pour toi, dit-il en la posant sur la table.

Ça avait l'aspect d'une carte de vœux, de celles dont le carton jaunâtre est plié au milieu, d'un format à peine supérieur à celui d'un permis de conduire.

Milena la tourna pour lire. Sur le recto était écrit :

> G.R.U.C.A.T.
>
> Groupe de chercheurs ufologues et clipéologues associés de Turin.

Juste à côté, se détachait le symbole du groupe. Sept étoiles, réunies par un trait léger, pour former la constellation inédite de la soucoupe volante. Au centre, le dessin d'un astronef, dans le genre de ceux qu'esquissent les témoins de rencontres du troisième type. Dans le coin en bas à droite, un chiffre : 1978.

Il n'était pas difficile de deviner de quoi il s'agissait, mais Milena pensa qu'il serait gentil de se montrer étonnée.

— Qu'est-ce que c'est? s'enquit-elle sur un ton étonné, juste avant de tourner la page.

Au-dessus des emplacements remplis à la main, l'en-tête disait :

Carte de membre honoraire

N° 2

Délivrée à Monsieur Milena Cravero

Super, songea Milena, ils m'ont nommée *mâle d'honneur*.

— Le numéro un, c'est Paolo Sesto, tint à préciser Berto, pour faire sentir l'importance de l'honneur accordé.

— Merci, vraiment, dit Milena. Je l'encadrerai.

Et tandis qu'elle la retournait entre ses doigts, elle pensa que c'était la deuxième carte de membre de sa vie, après celle de la salle de gym Ginnastica Torino, années 1962-1967.

Sur la troisième page, il y avait une grille pour les douze « cotisations mensuelles », déjà toutes tamponnées, et sur la quatrième, un extrait des statuts du groupe, accompagné d'une citation.

> « L'homme sage évalue ce à quoi il croit avec les preuves dont il dispose.
>
> David Hume »

Milena glissa la carte dans son sac et se dit qu'elle l'encadrerait vraiment. Du reste, le Grucat avait été une étape fondamentale dans sa recherche, qui allait lui ouvrir Dieu sait quels horizons.

Leurs cafés bus, Berto paya et demanda ce qu'elle avait envie de faire.

— Je rentre chez moi, répondit-elle, et lui, aussitôt, s'offrit de la raccompagner.

Ils traversèrent la place. Un type aux cheveux ébouriffés et au bide énorme chantait à gorge déployée *Gianna* de Rino Gaetano, en se frappant la poitrine de la main droite.

Deux passants, transistor à l'oreille pour écouter les résultats du match, commentaient en disant que des cinglés de ce genre n'allaient pas tarder à envahir la ville, à cause de ce Basaglia et de sa réforme des asiles de fous, déjà votée au Parlement et tellement appréciée par les intellectuels.

— Les fermer, tu parles ! se récria le plus grand des deux. Il faudrait les agrandir, les asiles, par les temps qui courent.

Milena pressa le pas.

— Le week-end prochain, lança Berto dans son dos, il y a un spectacle intéressant au théâtre Erba. Il s'intitule « De quel monde venez-vous ? » Il paraît que c'est la première expérience jamais tentée d'une forme théâtrale de science-fiction. Trois actes uniques, d'auteurs différents, et imagine-toi que le deuxième se déroule sur le Musinè pendant l'atterrissage d'un ovni.

— C'est une véritable invasion, opina Milena en riant. Sur les journaux, au cinéma, au théâtre, à la télévision, dans le ciel... Si ça continue comme ça, 1978 passera à l'histoire comme l'année des soucoupes volantes.

— J'ai pensé, reprit Berto, à ce que tu as dit l'autre soir à notre réunion. Cette idée d'élargir la perspective, parce que les ovnis aussi sont sortis de leur niche... C'est ça, non ? Et alors, je voulais te demander, en somme, dans cette optique, si par hasard ça t'intéresserait de le voir, ce spectacle, parce que dans ce cas, je pourrais prendre les billets, on pourrait y aller ensemble…

Aïe, pensa Milena. Voilà pourquoi Berto était venu seul pour lui remettre cette carte. Il voulait tenter une approche, tâter le terrain.

—Tu sais, continua-t-il, le regard fixé sur le pavé et la pointe de ses chaussures, moi, j'aurais voulu t'inviter depuis un moment déjà. C'est-à-dire, pas à ce spectacle, qui est nouveau, mais peut-être au cinéma, voir un film, ou manger un morceau, mais je me disais toujours : « Non, attends, peut-être que tu bousillerais sa recherche, elle peut sûrement pas sortir avec quelqu'un pendant qu'elle l'étudie » et donc, maintenant que cette phase est finie…

Milena réfléchissait au moyen d'esquiver avec la courtoisie nécessaire quand du coin de la via Lagrange déboucha un cortège de supporteurs de la Juventus. Ils revenaient du dernier match de la saison, joué et gagné à domicile contre les Lanerossi Vicenza, pour sceller la conquête du dix-huitième *scudetto*, le trophée du championnat d'Italie.

La troupe défila au milieu des chœurs et des pétards : chiens avec le maillot de Bettega, jeunes gens au visage peint en blanc et noir, écriteaux avec le chiffre 18, drapeaux de l'Italie et de l'équipe, trompettes, banderoles. Milena s'étonna de ne pas avoir remarqué ce barouf à l'approche.

Un groupe de cinq garçons écharpes blanche et noire au cou se planta devant Berto et Milena en chantant quelque chose sur l'air de *Guantanamera*, en tapant des mains et en sautant. Il était évident qu'ils voulaient être imités, entraîner les autres dans leur fête, mais Milena les contourna avec indifférence.

L'un d'eux l'agrippa sous le bras, pour l'entraîner dans la danse. Il puait l'alcool à un mètre de distance. Milena se dégagea d'une poussée et il lâcha prise, juste avant que Berto l'envoie d'une bourrade valdinguer contre un de ses camarades.

— Bas les pattes !

Le type bousculé se relança en avant et donna une tarte à l'ufologue. Milena soutint Berto par-derrière et lui évita de tomber : s'il avait été plus gros, il l'aurait entraînée au sol, mais c'était un garçon mince, avec un physique de marathonien, ce ne fut pas difficile de le remettre debout.

Les supporteurs, pendant ce temps, éloignaient l'énergumène en lui disant de laisser tomber : il ne manquerait plus qu'il se ramasse une autre plainte.

Berto saignait du nez et sa joue avait déjà une trace violette. Autour d'eux s'était formé un groupe de personnes qui lui demandaient si ça allait, s'il avait besoin d'une ambulance, et commentaient : allez savoir comment ça va finir avec cette jeunesse sans morale !

Milena passa au blessé un mouchoir pour s'essuyer le visage. Un serveur sortit du bar devant eux avec une poignée de glaçons enveloppés dans un chiffon. Berto remercia et fit signe que ça allait.

— Désolé, je n'ai pas pu me retenir, dit-il à Milena à mi-voix. Je supporte le Torino FC depuis que je suis minot.

Elle apprécia l'esprit de cette *diversion* : au lieu de se poser en preux chevalier, défenseur de sa damoiselle, Berto justifiait son geste par la passion du foot et l'auto-ironie. Elle lui conseilla de rentrer tout de suite chez lui, inutile qu'il l'accompagne, mais il insista, il ne s'était rien fait, et au fond ce trajet était commode aussi pour lui, il prendrait l'autobus sur le cours Regina Margherita.

L'incident avec les supporteurs avait interrompu l'échange sur les sorties du soir et le spectacle au théâtre Erba, mais Milena savait que ça n'en resterait pas là, et tandis que Berto lui parlait d'un livre d'Asimov, elle se préparait pour le moment où il remettrait le sujet sur la table.

L'ufologue se tut d'un coup. Un bourdonnement sourd s'était glissé parmi les bruits de la circulation. Milena vit un couple s'arrêter et pencher la tête pour regarder en l'air.

—Voilà, tu le vois ? dit quelqu'un derrière elle.

Là-haut, au-delà des balcons de la via Maria Vittoria, avec leurs géraniums en pot et les gens qui se pressaient aux balustrades, au-delà des corniches blanches et juste au-dessus des toits des immeubles anciens, contre le ciel trop bleu de la fin d'après-midi, se détachait un astronef gigantesque. Il avait la forme d'une torpille.

Milena sentit que Berto lui prenait la main et elle la retira d'instinct. Puis, pour adoucir son geste, elle la mit en visière sur son front.

— Le dirigeable, le dirigeable ! cria une petite fille en courant sur le trottoir.

Un rayon de soleil frappa sur le flanc le pachyderme aéronautique et éclaira l'inscription qui s'étalait dessus. Les mots *Good* et *Year* étaient séparés par un *talaris*, la sandale ailée d'Hermès. À la poupe, derrière les ailettes, la bannière étoilée s'agitait comme la queue d'un chien content.

L'ombre du dirigeable glissa, lente et menaçante, sur les voitures garées et l'asphalte de la rue, sur les murs et les inscriptions *Forza Juve*, « Allez la Juve », et *Potere Operaio*, « Pouvoir ouvrier ».

Milena se souvint que des années auparavant, elle devait être encore au lycée, sa mère lui avait parlé d'un dirigeable en vol au-dessus de Turin, et les amies lui avaient raconté son passage au-dessus de leurs maisons, de nuit, illuminé de mille ampoules. Elle n'avait rien vu, et le lendemain, il n'y en avait plus trace.

Maintenant, pensa-t-elle, Turin aussi avait son ovni à remercier. À la différence du milanais – rapide, plat et aveuglant, le dirigeable était un mastodonte léger. Il était désuet mais futuriste. Il était lent, mais filait sans obstacle. Il était gauche et gracieux, comme un hippopotame danseur. Il était poétique et publicitaire. Il était poésie au service de la publicité. C'était un oxymore volant inattendu. *Unexpected Flying Oxymoron.*

Et de fait, il portait l'inscription *Goodyear*, « bonne année », en une année qui n'avait pas grand-chose de bon. Le lendemain devait reprendre le procès des BR et recommenceraient aussi les « heures dramatiques », la « vie de Moro suspendue à un fil », la « nécessité d'isoler les violents », le « spectre de la crise », le « fléau de l'héroïne ».

— C'est le vaisseau-mère de Goldorak ! cria un enfant, le visage caché derrière un nuage de barbe à papa.

Voilà. Tout recommencerait, hormis Goldorak, le dessin animé japonais que même Milena avait regardé « par intérêt sociologique ». Le dernier épisode avait été diffusé justement ce samedi soir, juste après le journal télévisé de Rai 2. « Quand il appuie sur le bouton magique/il devient un hypergalactique »... Et après la victoire de Goldorak sur les Vegans – qui n'étaient alors que les perfides aliens originaires de la planète Vega – place aux commentaires des politiciens sur le communiqué des Brigades rouges.

— Imagine si un jour, dit Berto, extasié, un ovni apparaissait comme ça, à la lumière du jour, aux yeux de tous, indéniable et irréfutable.

Milena pensa que les ufologues rationalistes, eux aussi, étaient un oxymore : sceptiques par devoir, mais avec l'espoir de pouvoir croire. Comme un athée en attente d'une épiphanie divine.

Durant le quart d'heure de marche qui les séparait de Vanchiglia, le quartier de Milena, Berto ne parla plus du théâtre Erba ni d'éventuelles soirées au cinéma. Il raconta ce qui l'attendait dans la semaine à venir et elle fit de même. De temps en temps, ils levaient le regard vers le dirigeable, qui se dirigeait vers la colline de Superga, et Milena s'imagina, en arrière-fond, *L'Abbatimento dello Zeppelin* du groupe de rock milanais Area, avec les sifflements du thérémine et la voix de Demetrio Stratos décrivant l'aéronef gonflé de vent, ivre de pouvoir, jeté à bas dans un bruit d'acier, tombé ignominieusement dans la fange.

Devant la porte de son immeuble, via Buniva, Milena fit de son mieux pour dénicher les clés rapidement.

— Écoute, lui dit Berto, j'ai compris que c'était pas une bonne idée.

Milena voulut parler mais Berto poursuivit :

— Pas de problème, je l'accepte. Mais j'espère qu'on se reverra.

— Bien sûr, répondit Milena, embarrassée, il y a ma recherche, quand je l'aurai finie, je vous la ferai lire. On en discutera.

Elle se pencha et déposa une bise sur sa joue intacte.

— On se rappelle plus tard. Mets quelque chose là-dessus, une pommade, hein, j'insiste, dit-elle en lui montrant l'autre joue.

Tandis qu'il rougissait, elle se tourna pour glisser la clé dans la serrure et, après un dernier coup d'œil au dirigeable, entra dans l'immeuble.

4
FORRAVALLE, LUNDI 8 MAI

— C'est un facho ! lança Maurizio en montrant Pardo. Il voulait s'infiltrer à Thanur ! C'est un facho, à Lucques, tout le monde le connaît, il s'est même retrouvé dans le journal !

Le journal fut le *coup de théâtre**, même si ce n'était qu'une photocopie. *Pugno al cielo*, « poing vers le ciel », feuille d'agitation de la gauche extraparlementaire de Viareggio et alentour, avait parlé de Pardo en septembre 1972. À l'époque, on ne parlait pas de *dossieraggio* et encore moins de *doxxing*, pour la constitution de dossiers à charge contre des personnes, mais c'était de cela qu'il s'agissait. C'était la rubrique « GAP, groupes d'action panoptique ». Sous-titrée : « Le prolétariat va tout voir, ensuite il s'occupera de pourvoir ». On ne saurait nier aux rédacteurs un certain sens de l'humour.

> VERSILIA : QUE FAIRE DES FASCISTES ET DE LEURS LOCAUX
>
> Nous les connaissons bien tous, nous savons leurs adresses et leurs habitudes. Ça fait trop longtemps qu'ils nous ennuient et nous allons les écraser comme des mouches, parce que nous avons autre chose à faire que de nous défendre contre leurs provocations. Nous sommes las de porter plainte, de donner des avertissements, et las des manifestations antifascistes qui restent dans les généralités. Il n'y a qu'un moyen de

mettre « hors la loi » les fascistes, en Toscane et ailleurs, et il faut commencer à l'employer.

Suivaient les noms et les visages des fascistes, en grande partie de Lucques. Pour chacun était fournie une photo, le résumé de ses méfaits, l'adresse de son domicile et ses trajets habituels, pour certains aussi le modèle – et dans deux ou trois cas aussi le numéro d'immatriculation – de leur voiture ou de leur moto.

Le dossier avait entraîné la mise sous scellés du numéro. L'avocat des fascistes était un ténor du barreau, Goffredo B. Mazzaroso (« B. » pour Benito). Celui-ci avait porté plainte pour une myriade de délits : intimidation publique, diffamation, menace, incitation à la délinquance, incitation à la désobéissance à la loi, incitation à la haine entre les classes (article aboli deux ans plus tard parce que inconstitutionnel), apologie du crime et même violation de domicile parce que deux photos semblaient avoir été prises pendant que les individus étaient chez eux ou à la section du parti. Après seulement trois numéros, *Pugno al cielo* avait cessé de paraître. Son directeur avait fui à l'étranger.

Le numéro passait de main en main. Sur l'image, plutôt floue, Pardo était à peine plus qu'un adolescent. Maigre, visage imberbe, cheveux noirs. Il avait une boucle rebelle au milieu du front, de celles qu'on appelle accroche-cœurs… et en main un manche de pioche. Le regard absent, il ricanait tout seul.

Plus ou moins comme maintenant, pensa Vincenzo en levant les yeux de la page et en scrutant le Pardo version 1978, en chair et en os. Un demi-sourire sur le visage, entre fanfaronnade et résignation. Ses doigts tambourinaient sur la table tandis que tous le montraient, s'indignaient, criaient.

Rossella, debout près de la cheminée, gardait les bras croisés et secouait la tête.

Orsola était un sphinx, assise immobile au bord d'un fauteuil en osier.

Derrière le fauteuil, Ludo fumait un joint, indécis ou peut-être sournois, en attendant qu'il se passe quelque chose.

Maurizio ressaisit la photocopie et lut à haute voix :

> PARDINI ONORIO, dit « Pardo », 18 ans, élève au lycée Vallisneri de Lucques. Vit à Borgo a Mozzano, 11, viale San Francesco. A une Vespa 125 primavera, couleur crème avec une selle noire. Karatéka, il s'est distingué plusieurs fois comme membre d'équipes de cogneurs. Dès l'âge de 15 ans, Onorio était dans le Fas, le Front d'action étudiant, organisation par laquelle Ordine Nuovo [Ordre nouveau] essayait de pénétrer chez les jeunes, dissoute en 1969. Il était de ceux qui en juin 1970 ont attaqué le piquet de grève des ouvriers devant Electroflux... et se sont pris une bonne rouste. Ambigu, il se donne des airs de beatnik et chante dans un petit groupe entièrement composé de fachos et donc de très bas niveau, les Clark Gables (mais prononcé « Goebbels »).

Pardo hocha la tête, presque amusé.

— C'est vrai, dit-il. Nous étions nuls.

Maurizio ne dit pas où il s'était procuré *Pugno al cielo*, et *pour cause**. Deux jours plus tôt, il avait rencontré son frère, Andrea Salvetti, en cavale depuis presque un mois, et même dans la clandestinité, parce qu'il était réellement membre d'un groupe armé. Pas les BR, mais un groupe mineur : GPC, Giustizia proletaria per il communismo, « Justice prolétaire pour le communisme ».

À Lucques et alentour, entre 1977 et 1978, il y avait eu divers attentats, explosions revendiquées sous ce sigle. Maintenant on parlait d'une cellule des BR active dans la ville. Certains hasardaient carrément que Moro était prisonnier à Lucques. « Tout absurde que cela puisse paraître, se souvient aujourd'hui Pardo, il y avait des gens pour le croire vraiment. Les "prisons du peuple" à Lucques. Une ville où, pour calculer son périmètre, tu multiplies le nombre π par deux jets de pisse. Moro à Lucques, et depuis deux mois, personne ne le trouvait ? »

Avant même l'enlèvement, questure et carabiniers étaient sur le qui-vive en raison des attentats. À plus forte raison après : ils opéraient des contrôles massifs, menaient des patrouilles partout.

Andrea avait échappé à l'arrestation à l'aube du 6 avril. Il s'était caché en Lunigiana, dans la maison de campagne d'un personnage insoupçonnable : dirigeant du syndicat CISL de Carrare – qui était aussi la ville des Salvetti – et «irrégulier» de GPC.

Maurizio et Andrea étaient jumeaux hétérozygotes. Ça faisait un bon moment qu'ils ne s'étaient pas vus, à la fois parce qu'Andrea était à Lucques, et parce que Maurizio était entré à Thanur et n'avait plus eu de contacts avec la famille. Mais, nés et ayant grandi ensemble, leur longue symbiose les liait. Il n'y avait eu aucun embarras dans leurs retrouvailles, aucune nécessité de rompre la glace.

Ils s'étaient raconté leurs dernières péripéties. Andrea avait demandé à Maurizio comment se passait la vie à Thanur. Ce dernier s'était épanché et avait relaté les derniers événements, et, quand le nom de Pardo était apparu, Andrea avait eu un sursaut : « Onorio Pardini ? Mais oui, je me souviens de lui ! C'est un facho, un cogneur ! À Lucques, tout le monde le sait ! »

Andrea se souvenait du numéro de *Pugno al cielo* avec la fiche sur Pardini.

— Tu le trouveras chez les camarades du centre de documentation à Carrare, lui avait-il expliqué. Là, ils l'auront sûrement.

C'est ainsi que cet après-midi-là, Maurizio était descendu à Carrare, il avait déniché le journal, s'en était fait donner une photocopie et était revenu à Thanur pour l'heure du dîner.

Ce n'est que bien des années plus tard, quand Andrea serait à l'abri de poursuites judiciaires, que Maurizio raconterait leurs rencontres dans un livre.

Pardo n'avait pas l'air dans les cordes. Quand le brouhaha retomba, il prit la parole.

— Je vous demande pardon, mais moi je n'ai rien caché. Personne ne m'a rien demandé. Et d'après vous, si je voulais m'infiltrer, j'aurais utilisé mon vrai nom ? M'infiltrer pour quoi faire, d'ailleurs ?

Silence dans la salle. On n'entendit qu'un faible craquement : Orsola se calait dans le fauteuil en osier.

Une manière de dire : « Nous t'écoutons. »

Ludo s'appuya d'une épaule au mur dans une pose détendue.

Rossella garda les bras croisés.

Dans le couloir, une vieille horloge sonna 9 heures du soir.

Vincenzo adressa à Pardo un signe du menton : « Continue donc. »

Ce fut ainsi qu'Onorio Pardini se mit à raconter : ses errances de fasciste, la chute dans la dope, la «connerie» d'il y a deux mois, l'arrestation, la ruine, la décision la plus importante de sa vie.

5
FORRAVALLE, LUNDI 8 MAI

En mai 1978, Pardo allait avoir vingt-cinq ans. Depuis qu'il en avait quinze, il avait toujours eu un pied dedans et un pied hors du parti. Le parti officieusement néofasciste. Celui qui était représenté au Parlement par des fascistes en costume trois pièces. Celui qu'il aurait fallu dissoudre s'il avait été *officiellement* fasciste. Des dizaines de petits jeux avec la loi et la Constitution, de « ici je le dis et là je le nie », de « entre nous on se comprend », « tu ne dépasses pas cette ligne et tout le monde est content ».

Pour Pardo, ce parti coïncidait avec son père, à dix-huit ans employé dans un bureau de l'armée royale, puis au ministère de la Défense de la République de Salò. Après-guerre, il avait été fonctionnaire de la République italienne – directeur d'un bureau postal – jusqu'à la retraite, mais toujours fidèle à l'idéal de jeunesse, plein de gratitude envers ceux qui lui avaient rempli la poitrine d'orgueil et d'amour de la patrie.

À l'époque du dossier de *Pugno al cielo*, Pardo avait risqué de se faire casser la gueule, mais il l'avait pris avec philosophie, du moins c'est ce qu'il dit ce soir-là à Thanur.

— Après tout, les fachos aussi ont toujours incité à cogner les cocos.

Il parlait et en même temps regardait autour de lui. Pour la première fois, une salle entière était suspendue à ses lèvres. Ce n'était pas le cas au temps des Clark Gables.

Le groupe s'était vite dissous et sans avoir rien commencé. Mais il traînait une bande enregistrée d'un concert à la fête tricolore de Poggio Tumulo, hameau de la commune de Marese (province de Latina). C'était ainsi que Pardo était entré dans les radars de Fruzzetti. Jimmy avait reçu par la poste ce *bootleg* et l'avait recensé sur la revue de l'Hallogallo, dans la rubrique « Le goût de l'horrible ».

> Comme chacun sait, le public fasciste comprend que dalle à la musique. On ne peut pas s'expliquer autrement l'existence de cet enregistrement déprimant. Téméraires et méprisant le danger, ou plutôt le ridicule, les Clark Gables se lancent dans de médiocres versions rock des chansonnettes chères à la fascistaille : *Balilla, Noi tireremo dritto, Bombe sull'Inghilterra*... Ça croit, ça obéit, ça combat. Il leur manque juste de savoir jouer. Le sommet de l'embarras est atteint quand le groupe s'en prend aux homosexuels dans *Campo dei finocchi,* atroce parodie de *Un mondo d'amore* de Gianni Morandi. Ça commence par le même arpège à la guitare, mais l'atmosphère se débraille tout de suite : « Il y a un champ là à gauche/derrière le bois des cocos/ où pousse le troisième sexe/c'est le grand champ de fenouils*. » Ça ne fait pas rire, mais ça arrache un commentaire : des bras ôtés à l'horticulture. Le dernier morceau s'intitule : *Nous avons patienté quarante ans,*

* *Finocchi* en italien signifie « fenouils » mais aussi « pédés ».

maintenant, ça suffit ! Admirable patience : nous, pour nous faire chier, quarante minutes des Clark Gables ont suffi. (JF)

En 1973, Pardo s'était inscrit en droit. Cette année-là, il était aussi passé en procès pour une rixe, article 588 du code pénal, en référence à l'épisode de l'Electroflux de Camporgiano. Il avait été relaxé car, en dépit de ce qui était écrit dans *Pugno al cielo*, ce jour-là, il n'y était pas.

En 1975, il avait lâché l'université. Le groupe dissous et l'engagement politique mis de côté, il s'était retrouvé complètement paumé. C'était à cette époque, durant l'hiver 1976, qu'il s'était mis à dealer. Amphés, coke, héro… Il ne lui avait pas fallu longtemps avant de contrevenir à la règle *Never get high on your own supply.* Jamais te défoncer avec ton propre produit.

Juste une petite giclée pour essayer, avait-il pensé, je ne recommencerai plus.

Mais ensuite il avait recommencé. Et allez, bon, c'est pas grand-chose…

— Ça a été comme dans cette chanson de Finardi, se souvient-il. Celle qui s'intitule *Scimmia (Singe)*, comment c'était, déjà ? « Moi j'apprendrai à m'en servir/ je saurai gérer, je me ferai pas asservir » En réalité, tu parles que je me suis fait asservir ! Pendant ce temps, je continuais à dealer. Pendant presque deux ans, j'ai réussi à garder ça caché aux amis, aux camarades fachos, à mes vieux. Désormais, je voyais tout le monde rarement : ma grand-mère qui était à l'étage au-dessous était morte et j'étais allé habiter son appartement. Le parti, je ne le fréquentais plus. Mais à un moment, j'ai fait une grosse connerie.

Le soir du 16 mars 1978, après l'enlèvement d'Aldo Moro, le parti officieusement fasciste organisa à Lucques, comme dans d'autres villes, un rassemblement aux flambeaux devant son siège. Pardo ne faisait plus de politique active mais il décida d'y aller pour voir.

Dans l'après-midi, à l'Assemblée, le président national du parti avait demandé la démission du ministre de l'Intérieur, des lois spéciales contre le terrorisme, la peine de mort pour les crimes les plus graves et l'application du code pénal militaire. Il avait crié que derrière les Brigades rouges, il y avait la haine de classe fomentée par les gauches. Derrière encore, il y avait le KGB, la Libye, les services secrets tchécoslovaques. L'opposition de son parti, avait-il tonné, était l'unique, la vraie opposition aux gouvernements du laxisme intéressé et du partage du pouvoir.

Pardo n'était pas un admirateur du président. Entre les deux courants qui s'affrontaient dans le parti, sa préférence était toujours allée au Deutéragoniste*, qui au lieu de se limiter à la trinité

---

* Le Deutéragoniste (second premier rôle dans la tragédie grecque) : allusion à Pino Rauti, représentant au sein du MSI (Mouvement social italien, néofasciste) d'un courant spiritualiste et « antisystème », surtout présent chez les jeunes du MSI, en opposition avec une direction considérée comme trop intégrée dans le jeu parlementaire.

de la droite de salon – Dieu, patrie, famille – voulait contester à la gauche le terrain de la protestation et de la révolution.

Tandis qu'il se rendait au rassemblement, Pardo était partagé entre la curiosité et l'inquiétude. Durant l'année écoulée, il avait passé plus de temps à esquiver ses camarades qu'à les chercher. S'ils avaient découvert qu'il se piquait, ils n'auraient sûrement pas bien réagi.

Tout le monde savait qu'il vendait, aucun problème. D'autres camarades le faisaient, certains à grande échelle.

La coke ? Rien de mal, elle avait été le carburant des squadristes et, avant eux, de l'expédition de Fiume. Italo Balbo était amoureux de « madame Sleppa », *idem* pour D'Annunzio.

Benzédrine, méthamphétamine, Pervitine ? Les SS, la Wehrmacht l'utilisaient pour être plus résistants dans la bataille.

Mais l'héroïne, c'était de la merde pour les hippies, les mollusques et les morts-vivants.

Pardo ne voulait pas céder à l'angoisse mais durant les deux dernières semaines, ses journées étaient devenues toujours plus difficiles. Il ne réussissait pas à dormir et, quand il y parvenait, des cauchemars le réveillaient, dont il ne se rappelait plus ensuite. Il avait toujours un voile de sueur froide sur la peau. Ce soir-là aussi.

Un groupe aux mines farouches, portant brassard tricolore, formait un mur de manches de pioche et de gourdins qui barrait la route. Il y avait aussi la bande de Landucci, remarqua Pardo, bien qu'elle fût privée de son chef, en cavale. Vestes de cuir de motard et lunettes noires sur le front.

Il se fit reconnaître et on le laissa passer.

Il y avait au maximum une centaine de personnes et l'atmosphère était différente de ce qu'il avait imaginé.

Les chefs de bande formaient un cercle peu fourni, dos au mur, isolé du reste du troupeau.

Un camarade demanda ce qu'aurait dit le Deutéragoniste si à la place du président c'était lui qui était intervenu.

Un deuxième hurla que pendant qu'ils étaient là à se branler, les communistes attendaient un signal de l'URSS pour les mettre tous au goulag, tu parles de Moro.

Bientôt, deux types commencèrent à s'insulter et à se bousculer. Le plus mince des deux finit par heurter Pardo en criant les mots « guerre civile ». Au-dessus des têtes, les drapeaux italiens et du parti, attristés par l'absence de vent. Un écriteau disait : « On écrit BR, on lit Stasi ». Tout ça puait la mort, pensa Pardo. Il lui sembla être à un enterrement, et pourtant, ils n'étaient pas en train de commémorer un camarade tué.

Pardo se sentit mélancolique et il eut envie d'un fix. Mais il était à sec, aussi bien de dope que de fric. Abandonnant le rassemblement, il partit en quête de son contact, celui qui achetait la *brown sugar* au port de Livourne.

Il dénicha le contact, et celui-ci lui fournit de l'héro, mais à revendre, en échange de quelques sous et d'une dose une fois le boulot fini. Mais il l'avertit de faire gaffe, vu qu'avec cette histoire de Moro, en ville, il y avait plus de patrouilles que d'habitude, et les flics et les carabiniers étaient très nerveux.

Pardo ne fit pas gaffe, et c'est ainsi qu'il se retrouva de nouveau dans le journal, un organe bourgeois cette fois, à savoir le journal local.

ARRESTATION D'UN DEALER, TRAFIC D'HÉROÏNE DÉMANTELÉ

Des liens avec les milieux néofascistes? Une enquête est en cours

Il n'y a pas que l' «échec» de l'État à empêcher l'enlèvement du député Moro : dans toute l'Italie et à Lucques aussi, on commence à voir les résultats concrets dans la guerre contre les revendeurs de drogue. Un jeune héroïnomane a été arrêté par les carabiniers hier vers 20 h à Porte San Pietro; il venait juste de vendre son «produit» à deux jeunes. On a retrouvé dans ses poches deux grammes d'héroïne du type brown sugar. Il s'appelle Onorio Pardini, 25 ans, chômeur. Sous le surnom de «Pardo», il est connu aussi comme militant de l'extrême droite de la ville. À la section Stupéfiants des carabiniers, il est défini comme un « revendeur moyen ». Depuis un certain temps, la présence de Pardini et d'autres dealers avait été signalée entre la Porte San Pietro et la Porte Elisa. Les carabiniers se sont postés dans les environs et ,quand Pardini a « refilé la dope », ils l'ont entouré et bloqué. « Nous estimons, disent les carabiniers, que le jeune homme fait partie d'une organisation étendue qui se procure de la drogue sur les marchés d'Extrême Orient. L'arrestation de Pardini n'est que le premier pas : nous n'excluons pas de nouveaux développements à court terme. »

— Ils m'ont gardé une nuit au commissariat. J'admets que j'en suis sorti parce que, à la différence de beaucoup de drogués, j'avais des relations. Je parle de relations fascistes. Le juge compétent était un vieil ami de mon père. Il a fixé tout de suite l'audience de mise sous écrous et baratiné le procureur. Lequel procureur a demandé que la mise sous écrous ne soit pas validée, et le juge a été bien content de le satisfaire. Article 80 de la nouvelle loi : dépénalisation de la possession pour usage personnel de modiques quantités de stupéfiants. Je m'en suis tiré, mais les camarades fachos m'ont renié. Le parti a réitéré son opposition « à tout type de drogue ». Ils voulaient m'exclure mais comme je ne payais plus ma cotisation depuis 1974, ils ont écrit un communiqué où ils disaient plus ou moins : « S'il avait été inscrit, il ne fait aucun doute que nous l'aurions exclu. » Dans la famille, plus personne n'a voulu entendre parler de moi. Papa m'a chassé de l'appartement qui avait été celui de ma grand-mère. « Elle, c'était une sainte femme, il m'a dit, elle ne méritait pas d'avoir un drogué sous son toit ! »

— Et comment tu t'es retrouvé en Lunigiana ? lui demanda quelqu'un.

— Par ici, un de mes oncles, qui est mort, avait une maison de campagne, elle était vide, et j'y ai déménagé.

Maurizio Salvetti dut ressentir un frisson en entendant que Pardo avait fait la même démarche que son frère.

— C'est une maison tout près de Pallerone. Sans électricité, sans gaz, sans que dalle. Je me suis enfermé là pour arrêter de me piquer. Je me suis procuré de la méthadone dans la rue et j'ai commencé à réduire ma consommation moi-même. Mais comme ça, c'est très dur de ne pas replonger. Puis j'ai lu sur le journal que dans cette communauté, quelqu'un, conclut-il en montrant Vincenzo, s'était guéri de la toxicodépendance. Le reste, vous le connaissez.

L'horloge du couloir sonna 22 heures.

Pardo s'était raconté pendant une bonne heure, sans même boire une gorgée d'eau.

— Ce qui est sûr, c'est que je ne suis pas un infiltré. Ce qui est sûr, c'est que je ne suis pas là pour vous arnaquer. Voilà, moi, je vous ai dit ce que j'avais à vous dire. Décidez ce que bon vous semblera.

De nouveau, le silence.

Les thanuriens attendaient qu'Orsola se prononce.

L'ex-universitaire ramena ses fesses au bord du fauteuil. Elle inspira visiblement, fixa Pardo dans les yeux et lui dit :

— Qui arrive à Thanur laisse derrière soi son ancienne vie. C'est ce que nous avons tous fait.

Puis elle étendit les bras pour indiquer les personnes présentes et ajouta :

— Voilà Thanur. Sois le bienvenu.

Après un instant de stupeur, les visages se détendirent et il y eut même un début d'applaudissements.

Le seul à l'avoir mauvaise, c'était Maurizio, dont la grande révélation avait fait flop. Il encaissa et fit bonne figure. Une minute plus tard, il n'était plus là, il était monté dans sa chambre.

Peu à peu, tout le monde alla se coucher.

6
TURIN, MARDI 9 MAI

Une salle fermée, de forme semi-circulaire.

De la hauteur du sternum jusqu'au plafond, le très long mur est tout en vitrage, ou plutôt – car ce n'est sûrement pas du verre – en un panneau unique et transparent, d'un bout à l'autre du champ visuel.

En dessous une étendue de machines et de commandes, d'écrans et de cadrans, de boutons et de leviers.

C'est l'astronef de *Rencontres du troisième type*.

Dans le film, on ne voyait pas l'intérieur, mais Milena *sait* qu'elle se trouve à l'intérieur.

Au plafond vibre, comme s'il respirait, un réseau de tubes colorés.

Au dehors, la nuit étoilée. Milena regarde en bas. Elle reconnaît la silhouette du Quarzerone et le village de Forravalle. La clairière de Pian del Cielo est piquetée de petites lumières. Milena sait que ce sont des feux follets.

Au centre de la salle, sur un piédestal clair, un homme est assis jambes croisées. Il est enfermé dans un parallélépipède transparent, membrane à peine perceptible qui le maintient prisonnier.

C'est Aldo Moro.

Le président de la Démocratie chrétienne a un costume froissé, une barbe de plusieurs jours, les cheveux en désordre. Quand il voit Milena, il murmure quelque chose.

— Le sacrifice des innocents au nom d'un principe abstrait de légalité…

Milena ne saisit pas la fin de la phrase. D'instinct, elle tend la tête en avant.

Depuis la paroi dans son dos lui arrive un bruit et un courant d'air. Une porte coulissante s'est ouverte. Elle donne sur un couloir environné de lumière. Cinq extraterrestres passent le seuil. Ils sont minces avec de grandes têtes, comme dans le final du film de Spielberg.

Ils se disposent à côté du cubiculum de Moro et celui du milieu gesticule vers Milena. Ou plutôt *celle* du centre : Milena sait que ce sont des femmes. Les autres restent impassibles, les bras le long de leurs corps blancs et translucides.

— Je ne comprends pas, dit Milena.

L'extraterrestre indique Moro, puis sa propre bouche, puis Milena.

— Je dois… traduire ?

Moro se lève et s'approche d'elle, pour autant que le lui permet la membrane qui l'emprisonne.

— Le sacrifice des innocents au nom d'un principe de légalité abstrait…

Milena secoue la tête, regarde les aliens.

— Je regrette, je ne…

L'extraterrestre lui dit quelque chose. Elle a une voix d'une surprenante gravité, une voix de contralto. Qui pouvait s'y attendre de la part d'une sauterelle de ce genre ? Elle parle une langue qui semble de l'allemand. En tout cas, Milena ne comprend pas, et elle est toujours plus mal à l'aise. Elle a étudié l'allemand au lycée, mais ça, c'est pas du *Deutsch*, ça y ressemble, c'est tout.

— Sois tranquille, dit quelqu'un à sa droite.

Milena se tourne et voit Jimmy.

— Concentre-toi. Ils parlent en kobaïen, la langue de Magma. On a écouté un de leurs albums, *Üdü Ẁüdü*.

— Mais je ne le parle pas, moi, le kobaïen.

— Mais si. C'est la langue des rêves de cette nuit. N'importe qui en train de rêver peut parler le kobaïen.

Milena regarde Moro, puis les aliens.

Chaque être dans cette salle est dans une attente fiévreuse.

Moro scande :

— Le sacrifice des innocents au nom d'un principe abstrait de légalité est inadmissible.

Milena a un frisson. Elle traduit.

Les aliens hochent la tête puis se regroupent. Elles se consultent pendant quelques secondes. Enfin, la porte-parole communique la réponse.

Milena n'est pas sûre d'avoir bien compris.

— Nous laisserons partir Moro, et tous les autres, mais vous devez nous rendre… le paysan ?

Der Hofbauer, c'est ce qu'elle a compris.

— Non, David Bowie, clarifie Jimmy.

C'est alors, comme il arrive dans les films et dans les romans, que le réveil sonne.

Milena ouvrit les yeux. Elle était dans son lit, dans l'appartement de quarante-cinq mètres carrés où elle vivait depuis moins d'un an, au dernier étage d'une maison à coursives* du quartier Vanchiglia. Elle payait le loyer à une *madamina*, une veuve de soixante ans qui avait déménagé à Pignerol où se trouvaient ses fils et belles-filles, et parce que *a Pinareul a j-è nen tüta sta violensa, a Türin a l'an perdü la testa*! *(« À Pignerol, il n'y a pas toute cette violence, à Turin, ils ont perdu la tête ! »)* On sentait encore l'odeur de ses fleurs, des essences et des épices, des « bonnes choses de très mauvais goût ».

À peine levée, Milena prit un carnet et nota son rêve, pour autant qu'elle s'en souvenait.

Puis elle passa sous la douche. Mit en route un café.

Enfin, elle téléphona à Jimmy.

— Au moins, il y a un sens très clair, avança Jimmy à la fin du récit.

— D'accord, Dr. Freud, rétorqua Milena. Écoutons votre *Traumdeutung*.

— D'abord, quand même, ôte-moi d'un doute. Les cinq extraterrestres. Comment tu as compris que c'étaient des femmes ?

— Ah non, mon cher, trop facile. Si tu veux jouer à interpréter les songes, tu dois le faire sans mon aide.

— Ok. Pour commencer, Moro n'est pas Moro.

— Beaucoup de monde le dit, interrompit Milena, sarcastique.

---

* Type d'immeuble populaire typique du XIXe siècle où un balcon court sur toute la longueur du bâtiment et permet l'accès aux appartements. Particulièrement répandu dans le nord de l'Italie, à Turin et à Milan notamment.

— Oui, mais moi je veux dire que Moro est une allégorie.

— Mais la phrase qu'il dit est bien de lui. Il l'a écrite pour Cossiga dans la prison du peuple.

— Disons alors que ce n'est pas *seulement* Moro. C'est le « captif » par excellence. Or le captif, c'est aussi le « captivé », la personne très concentrée, intéressée, prise aux tripes. Les gens qui s'intéressent aux ovnis, comme ceux du Grucat ou de l'AUSL, on peut dire qu'ils sont *captivés* par les ovnis. Mais Moro n'arrive pas à communiquer avec les extraterrestres.

— Parce qu'il ne parle pas le kobaïen.

— Exact. Une langue que connaissent en revanche tous les artistes comme Magma, les ufophiles comme moi et les anthropologues rêveuses comme toi.

— Et ça veut dire quoi, ça ?

— Ok. Tu trouves une situation bloquée : Moro, c'est-à-dire, le capturé-captivé, c'est-à-dire l'ufologue, ne réussit pas à se faire comprendre des aliens. Soit parce que ce sont des aliens, soit parce que ce sont des *femmes*, ces êtres si rares en milieu ufologue. Au début, tu ne penses pas devoir intervenir, mais ce sont les aliens elles-mêmes qui te le demandent, parce que tu es une femme comme elles. À ce point, tu te rends comptes que tu connais leur langue, et tu deviens le pont entre deux mondes. C'est toi qui m'as dit que tu as pris congé du Grucat parce qu'il est temps de faire de l'observation participante hors de cet enclos. Le rêve te confirme ce que tu pensais déjà, c'est-à-dire que tu ne dois pas seulement changer de tribu, mais faire un pas en avant : moins observatrice, plus participante. Quel paysage tu as vu depuis l'astronef?

— Le Quarzerone.

— *Das stimmt*! Ta prochaine destination, c'est cette montagne où, quelle coïncidence, nous avons programmé la veillée ufophile. Tu vas y participer.

— Et pourquoi il y avait des feux follets?

— Feux follets, en allemand, ça se dit *Irrlicht,* qui est le titre du premier album solo de Klaus Shulze, un des plus grands messagers cosmiques. Et de fait sur le Quarzerone, tu iras avec un messager cosmique, moi-même.

— De fait, tu surviens ensuite, dit Milena. C'est toi qui me suggères de parler kobaïen, qui me rappelle que je sais le parler.

— C'est moi qui organise la veillée, non? Et les Magma, c'est moi qui te les ai fait écouter. Et ce n'est pas parce que tu me trouves irrésistible, peut-être?

— Et David Bowie, quel rapport? demanda Milena.

— Quelle question. Starman. Ziggy Poussière d'étoiles. L'homme qui tombe sur la Terre.

— Mais pour moi, il y en a des trucs qui ne collent pas. D'accord, Moro est peut-être bien le « capturé » dans le sens que tu dis, toi… Mais pourquoi la prison du peuple est juste sur l'astronef de Spielberg? Ah, non, attends, ça, je le sais!

— C'est quoi? s'enquit Jimmy.

— Un messager cosmique de ma connaissance dirait que le Spielberg est la prison par excellence, la geôle austro-hongroise où étaient détenus Pellico et d'autres patriotes du Risorgimento.

— Je ne sais pas, ça me semble tiré par les cheveux.

— *Ça*, ça te semble. Ce que tu me sors, en revanche…

— Touché, admit Jimmy en riant. La vérité est que ton rêve est un puissant *Mischmasch*. En tout cas, je t'attends ici samedi 20 mai.

Quand Milena raccrocha, il était 11 heures.

Peu après l'heure du déjeuner, radios et télés donnèrent la nouvelle de la découverte, à Rome, du corps sans vie d'Aldo Moro.

Il se trouvait dans le coffre d'une 4L – que les téléspectateurs virent grise, sur le moment on la dit rouge, et en réalité, elle était amarante – garée via Caetani, à mi-chemin entre le siège national du PCI et celui de la Démocratie chrétienne. Un message clair aux deux partis du compromis historique et de la «fermeté».

Les Brigades rouges avaient annoncé l'exécution le 6 mai, dans ce qui devait passer à l'histoire comme « le communiqué du gérondif ». Une des dernières phrases disait en fait : « Nous concluons donc la bataille en exécutant la sentence à laquelle Aldo Moro a été condamné. »

Depuis trois jours on se demandait, parfois en allant chercher des linguistes renommés, ce que ce gérondif – mode verbal indéfini et sans déclinaison – pouvait vouloir dire. Moro avait-il été exécuté avant la rédaction du communiqué ou serait-il tué après ?

Le 9 mai, on comprit qu'à l'instar de beaucoup de questions soulevées durant cinquante-cinq jours de détention, celle-là aussi cherchait midi à quatorze heures.

Quant à Moro lui-même, il ne s'y était jamais essayé, dans cette recherche. Lui, qui était justement connu pour ses circonlocutions, ses tournures emberlificotées, ses allusions, avait été, prisonnier, d'une grande clarté pour indiquer les responsables de l'épilogue désormais évident.

En premier lieu, son parti, ou plutôt *ex*-parti, parce que dans une lettre au secrétaire Zacccagnini, jamais remise à ce dernier, il avait communiqué sa décision «irrévocable» de quitter la DC. Cette Démocratie chrétienne qui n'avait pas trouvé le courage de rompre le front de la fermeté – de la « fausse unanimité », selon ses mots – pour accepter un échange de prisonniers comme on fait dans la guerre entre ennemis qui se reconnaissent. Mais les partis de la rigueur ne pouvaient, ne voulaient pas reconnaître ces ennemis. Il s'agissait de criminels, d'assassins, et rien d'autre. « Tout est inutile, quand on ne veut pas ouvrir la porte… » avait écrit Moro. « Demain, les honnêtes pleureront le crime accompli et surtout les démocrates-chrétiens… Mon sang retombera sur eux. »

En second, le Parti communiste, vrai et inexorable chien de garde de la «rigueur», contre toute hypothèse de négociation.

Puis les journalistes et les politiciens qui, ayant analysé les nombreuses missives désespérées du prisonnier, les avaient écartées en tant qu'œuvres d'un dissocié mental.

Enfin, même le pape, qui, pour essayer de le sauver, n'avait pas fait «grand-chose».

Dans ce qui étaient désormais ses dernières volontés, Moro avait intimé qu'à ses funérailles « les hommes de pouvoir » ne se montrent pas.

Mischmasch, avait appelé ça Jimmy. « Fatras ».

Et pourtant, dans le rêve aussi, Moro était allé droit au but.

Dans son rêve, en vint à conclure Milena, Moro avait été *surtout* Moro. Lucidement lui-même, y compris dans une situation *alien*, face à un monde qui n'était pas le sien.

À ses oreilles résonnait la phrase que le prisonnier avait dite, qu'il avait prononcée, non pas une mais trois fois. Et qu'elle avait traduite en kobaïen.

Le sacrifice des innocents au nom d'un principe abstrait de légalité est inadmissible.

Dans les nuits qui suivirent, beaucoup d'autres rêvèrent de l'homme politique tué. Des témoignages dans ce sens ne manquent pas. L'écrivain Giuseppe Genna, qui était à l'époque en CM1, raconte :

> Voici un cauchemar que je fis alors. Moro m'apparaît sous la forme d'un camarade de classe, assis sur le banc à côté de moi. J'ai huit ans et demi, mais lui est adulte et mal fagoté, semblable à ce que montrent ses photos dans la prison du peuple. La posture courbée me fait penser à un triste chameau. Le maître est en train de l'interroger. Il a le visage couvert d'une cagoule. « Parle-nous de l'EIM ! » demande-t-il à Moro, qui balbutie sans répondre. « Allez, Moro, ne m'oblige

pas à te donner une mauvaise note… qu'est-ce que c'est l'EIM ? On en a parlé si souvent. Tu veux me dire que tu n'as jamais écouté ? Qui sait répondre à cette question ? » Moi, je lève la main, content de pouvoir me mettre en valeur : « C'est l'État impérialiste des multinationales. » Le maître me félicite, puis il sort un pistolet. Un P38. Moi, je m'attends à ce qu'il le pointe sur Moro, mais il se le colle sur la tempe. Pendant qu'il presse la détente, je me réveille, trempé de sueur. »

7
FORRAVALLE, SAMEDI 13 MAI

Avant ce samedi, les habitants de Forravalle n'étaient jamais tombés sur une seringue abandonnée dans la rue.

C'était une classique «insuline» d'un demi-millilitre, avec aiguille d'acier, plantée comme une fléchette dans le tronc d'un tilleul place Libertà.

« L'invasion des drogués » était déjà un problème passé dans le domaine public, discuté et commenté à l'Araignée bleue, devant l'église après la messe, avec le curé et le maire, le garde forestier et l'adjudant de carabinier. Mais la seringue sur la place produisit un cortège spontané et furieux, avec au moins quarante paires de jambes, parti du village en direction de la Villa Malaspina.

Arrivés devant l'entrée de Thanur, les villageois durent s'arrêter. En théorie, ce jour-là, la communauté était ouverte aux visiteurs, mais depuis que les demandeurs d'asile s'étaient mis à stationner là devant, le portail restait fermé.

À l'arrivée du groupe, ceux qui campaient sur l'esplanade restèrent assis devant les restes du feu.

Un quinquagénaire robuste et trapu se saisit d'une bûche à demi brûlée et l'abattit sur la caisse d'une guitare. De très mauvaises vibrations s'élevèrent des débris et des cordes cassées.

Brandissant encore le bâton, l'homme intima aux jeunes d'arrêter de faire chier et de lever le camp.

Un chœur d'approbation le soutint. Les interpellés esquissèrent une protestation et pour toute réponse, l'un d'eux reçut une bourrade qui l'envoya jambes en l'air. Quelques personnes entreprirent d'arracher les piquets des tentes, d'autres réagirent. Des torgnoles partirent, de nouvelles bourrades, quelques coups de pied, beaucoup d'insultes et de jurons. Les toxicos se débandèrent et se retirèrent vers la provinciale, en attendant que la bourrasque passe. Ludo, Vincenzo, Maurizio et Pardo, arrivés en courant, se trouvèrent à affronter le petit groupe de villageois derrière les barreaux. Les premières injures encaissées, Ludo envoya Vincenzo avertir Orsola.

Elle était à l'arrière des écuries, l'enregistreur en main, prête pour le discours du samedi.

Vincenzo s'excusa pour le dérangement et lui raconta ce qui se passait au-dehors.

Elle ne parut pas surprise et réagit avec son calme habituel :

— Si ces personnes sont venues exprimer leur irritation, je ne vois pas comment nous pourrions les en empêcher. Ni pourquoi nous le devrions.

— Je ne comprends pas, dit Vincenzo.

Orsola lui effleura le bras.

— Thanur accueille. Ce lieu n'est pas une forteresse. Et je suis en retard pour mon discours. Ouvrez le portail.

Vincenzo la regarda disparaître et retourna aussitôt à l'entrée principale. Il rapporta les paroles de sa femme à Ludo. Maurizio tenta une objection, mais le Hollandais tira sur le verrou et laissa Forravalle entrer dans Thanur.

Dans la vieille écurie, les places assises étaient toutes occupées. Orsola venait juste de s'installer dans son fauteuil et était en train de disposer l'enregistreur sur la table basse, à côté de la statuette de la déesse Thanur. Les habitants du village étaient debout au fond de la salle. Vincenzo s'appuya au mur, désireux d'écouter, mais distrait par la certitude qu'il allait se passer quelque chose. Pardo se plaça à côté de lui, en retroussant les manches de son chandail sur les avant-bras, le front humide de sueur.

Orsola appuya sur les touches Rec et Play du magnétophone. Elle se pencha en avant.

— La vie en commun pour s'améliorer soi-même, dit-elle.

Un homme leva le bras. Il s'appelait Berengari, c'était le boucher de Forravalle.

— Pourquoi on parle pas de ça, plutôt ?

Il tenait à la main la fameuse seringue, serrée dans un mouchoir, et si le geste de la ramasser et de l'emporter peut apparaître inconsidéré, il convient de se rappeler qu'en ce printemps-là, le sida était encore inconnu, et le matériel pour se piquer que les toxicomanes abandonnaient n'était pas considéré comme un déchet spécial, plus dangereux que la dioxine.

— Nous l'avons trouvée sur la place ce matin, continua Berengari, et nous sommes venus vous la restituer.

Il jeta au sol la seringue, comme un engin explosif, dans le couloir central entre les rangées de chaises.

Vincenzo se détacha du mur, fit un pas en avant mais l'étreinte de Pardo sur son coude le retint. Orsola releva à peine la main droite et montra la paume aux adeptes qui déjà grognaient contre l'intrus et lui intimaient de se taire, tandis que l'autre pointait le doigt comme un pistolet : un cow-boy encerclé par les Apaches.

— Et ne nous racontez pas que c'est pas à vous, ajouta-t-il. Les drogués viennent pour rester chez vous. *As vede c'a i traté bén!* Ça se voit que vous les traitez bien !

— Oh, ferme-la, fasciste ! cria une voix féminine.

L'homme tenta de repérer qui avait parlé.

— Fasciste, moi ? rétorqua-t-il. Essaye pas ça avec moi, ma petite. Moi, je suis anarchiste, fils d'anarchiste. Mon père s'est tapé l'exil à Ventotene et aux Tremiti. Pour moi, on est tous libres. Tu veux te droguer ? *Fa cóm t'vó!* Fais comme tu veux ! Suffit que tu le fasses dans ton coin et que tu laisses pas traîner les seringues, qu'on risque qu'un gamin se fasse mal.

Réduits au silence, les présents attendaient un signal d'Orsola. Est-ce qu'elle reprendrait le discours interrompu, comme si de rien n'était ? Pour le moment, elle se taisait. Est-ce qu'elle souhaitait que quelqu'un réponde vertement au type, maintenant que son discours était terminé ?

Le boucher avait l'air d'un boxeur qui a balancé une paire de bons coups et qui se met en garde pour étudier la réaction de l'adversaire.

Vincenzo fut à deux doigts de sortir de son coin pour affronter l'adversaire, mais Rossella le précéda. Elle se leva, une main sur le ventre, fit un pas en avant et parla avec le même calme qu'Orsola.

— Ceux qui entrent à Thanur n'utilisent plus de seringues. Ils viennent justement pour arrêter.

— Et les tentes ? demanda une voix dont le timbre parut familier à Vincenzo.

Il scruta les visages et reconnut Saverio Menconi.

Le chasseur fit un pas en avant. Sur son visage, l'habituelle expression sournoise.

— Ces gens ne peuvent pas planter leurs tentes où ils veulent. Et ils ne peuvent pas venir se droguer au village. Si vous les aimez tant, enfermez-les ici et *non fèli pu sciortire*, ne les faites plus sortir !

Du côté des habitants s'éleva un applaudissement.

— Vous croyez qu'il est facile d'enfermer les gens ? demanda Rossella. Et vous croyez que c'est juste, s'ils ne font du mal qu'à eux-mêmes ?

Menconi secoua sa tête ébouriffée.

— Je crois que ta pauvre grand-mère se retourne dans sa tombe, à voir comment vous avez arrangé sa maison, voilà ce que je crois.

Les thanuriens explosèrent dans une rafale de protestations et d'insultes, Vincenzo sentit encore l'étreinte de Pardo sur son bras tandis que lui échappait un sonore : « Sale connard ! » Une scène analogue se répétait à l'entrée de l'écurie, avec Ludo qui retenait Maurizio.

D'un recoin du fond de la salle s'imposa une voix de baryton.

— Avant de nommer la marquise, il faut se laver la bouche au savon.

Les yeux de l'assemblée se tournèrent de ce côté et repérèrent la silhouette de Giorgio Capoferri, le vieil intendant du domaine Malaspina. Il devait être arrivé à la villa attiré par le boucan.

— Une grande femme, reprit-il, en étirant une pointe de sa moustache, qui a fait avec sa propriété ce qu'elle considérait comme juste. Son héritière ici présente fait pareil, poursuivit-il en montrant Rossella. Légitimement. Il n'y a rien à y redire.

— Du beau travail ! s'écria encore Menconi.

— Beau ou pas beau, ce ne sont pas nos affaires, coupa Capoferri.

— En fait, si, ce sont nos affaires si ces gens n'ont de respect pour personne, insista le chasseur. Tu défends la petite-fille parce que la vieille t'a laissé la maison. Et je n'en dis pas plus.

Les deux se firent face, l'allée entre les chaises les séparant. Ils avaient à peu près le même âge et leur stature aussi était semblable. Mais les traits réguliers, les cheveux et le bouc blanc conféraient à Capoferri une allure dont l'autre était bien loin.

— T'aimes pas les drogués ? Et alors, peut-être que toi aussi tu peux comprendre que ceux-là, dit-il en montrant la moitié de la salle occupée par les thanuriens, ce ne sont pas tes ennemis, parce qu'ici les drogués arrêtent de se droguer.

— *E fora*, et dehors ? demanda Menconi. Qui leur apprend à bien se tenir ? Eux, ils aiment vagabonder, passer où ça leur chante. Je suis sûr qu'il y en a un qui est entré chez moi. J'ai trouvé des choses déplacées et il a de la chance qu'il ne manquait rien. Mais si je le chopais…

— Heureusement que c'est nous qui l'avons chopé, murmura Pardo.

Ces paroles dégonflèrent la fureur de Vincenzo, qui s'appuya de nouveau au mur.

Quand le volume des cris baissa et que les dernières rumeurs furent effacées, la fondatrice parla.

— Pour le discours de ce samedi, j'avais choisi comme titre : « La vie en commun pour s'améliorer soi-même. » Après ce que j'ai entendu, je dirais que c'est parfait. La vie en commun peut nous améliorer, mais elle peut aussi nous tuer, comme toute utopie. C'est vraiment un défi de maintenir ensemble Eros et Agapè, diraient les Grecs. L'amour comme pulsion et l'amour comme soin. Les désirs de chacun et la prise en charge réciproque. Trouver une tonalité qui permette de jouer ensemble la même musique, mais seulement en s'écoutant mutuellement, sans partition, sans métronome, sans chef d'orchestre et sans orchestre, sans arrogance et sans autre but. S'accorder parce que c'est bon, ça fait se sentir bien, pas parce que quelqu'un a payé le billet et s'attend à écouter le concert. Je crois que ce soir, nous avons pris ce chemin. Merci d'être venus. Je voudrais que vous reveniez samedi prochain. Je voudrais que notre discussion continue. C'est cela Thanur.

Les habitants de Forravalle furent pris à contrepied. Murmures, visages perplexes, jusqu'à ce que Menconi relance les hostilités.

— Il reste que là, devant, ils campent, avec des feux allumés la nuit, je les vois de chez moi, et pas de sanitaires. Je constate que de la route jusqu'au portail, c'est un terrain communal, j'ai contrôlé sur le cadastre. Donc, nous, maintenant, on va présenter une demande au maire pour qu'il fasse démonter les tentes. Gentiment s'ils comprennent la situation, ou bien au bulldozer si besoin.

Ceci posé, il pivota sur ses talons et sortit, suivi des villageois heureux d'avoir un capitaine.

Tandis que le brouhaha des thanuriens reprenait avec intensité, Rossella s'approcha de Capoferri.

— Merci, Giorgio, lui dit-elle en l'embrassant. Tu verras que je trouverai une solution.

— Bien sûr que tu la trouveras, répondit-il. Tu es comme ta grand-mère.

Après l'avoir salué, Rossella rejoignit Orsola.

— Il faut qu'on les fasse entrer, dit-elle.

— Où on les met ? demandèrent à l'unisson Ludo et Vincenzo, en surgissant dans son dos.

— Dans le jardin, répondit Rossella. Avec les tentes. Vous avez peur qu'ils abîment le gazon ?

Vincenzo s'opposa tout de suite.

— Il me semblait que nous avions décidé de les accueillir graduellement, avança-t-il. Pour avoir le temps de les connaître, pas tous ensemble.

— C'est une situation d'urgence, tu le comprends ou pas ? explosa Rossella qui, jusque-là, avait feint de ne pas le voir. On ne peut pas aller à l'affrontement avec le village !

— Rossella a raison, arrêta Orsola, puis elle se tourna vers Ludo : s'il te plaît, faisons-les s'installer dans le jardin. Les esprits sont à bout.

Ludo s'éloigna pour exécuter la directive.

— Si tu les fais entrer, demain, ils seront le double ! avertit Vincenzo. Il faudra que tu les mettes aussi ici, et adieu au discours du samedi, et, à l'adresse de Rossella, adieu aux bijoux de ta grand-mère, s'il y en a un qui trouve les clés !

Rossella le fixa d'un air hargneux.

— C'est une situation d'urgence, comment je dois te le dire ? En attente d'une solution stable.

— Ah oui ? Et laquelle ? provoqua encore Vincenzo.

— Celle que tu ne seras jamais capable de trouver, siffla Rossella. Quelqu'un d'autre s'en occupera, quelqu'un qui se retroussera les manches et fera preuve d'une bonne dose de courage.

Disant cela, elle se caressa encore le ventre.

— Je ne le ferai pas si tu n'es pas d'accord, dit-elle à Orsola.

La matriarche lui sourit et écarta les bras.

— Moi ? Thanur, tu veux dire.

— Quelle solution ? protesta encore Vincenzo, mais les deux femmes l'ignorèrent.

Il suivit Rossella et l'entendit demander à Enrico de l'accompagner au village le lendemain, à temps pour prendre le car. Dans le jardin, il la suivit.

— De quelle solution vous parlez ? demanda-t-il de nouveau. Où est-ce que tu dois aller ?

Le crissement des pas sur le gravier s'interrompit.

— Je rentre à Milan parler à mon père, annonça Rossella.

À cet instant, une intuition traversa l'esprit de Vincenzo.

— Oh, non. Je t'en prie, dis-moi que c'est pas vrai.

Elle ne détourna pas les yeux. Il ne lui avait jamais vu une expression si dure.

— Tu ne vois pas que nous sommes encerclés ? Les carabiniers, les toxicos qui campent, les gens du village… Il faut faire quelque chose.

Elle le laissa planté au milieu du jardin et ce fut là que le trouva Pardo, une minute plus tard. Le tatoué lui offrit un joint, qu'il refusa. Il n'était pas d'humeur à fumer. Pardo l'alluma et tira plusieurs bouffées, les yeux plissés, en faisant sortir la fumée par le nez.

— C'est une dure. À première vue, on dirait pas. Il faut que tu le prennes avec philosophie, Vince. Tu sais, ça s'est très bien passé. Ça aurait pu finir en baston, comme dans un film de Bud Spencer. « Bigfoot à Forravalle », ricana-t-il.

Vince ne l'écoutait qu'à moitié. Qu'est-ce qu'il pouvait comprendre des querelles de Thanur, lui, le dernier arrivé ?

— À part ça, continua Pardo, l'un d'eux, il me semble l'avoir déjà croisé quelque part…

À ce moment-là, ils entendirent siffler Ludo. Ils le virent faire de grands signes pour qu'il les rejoigne. Il fallait organiser les nuits, éviter de nouvelles frictions, déplacer les tentes des toxicos – qui, entre-temps, étaient revenus au portail – et se mettre à voir plus grand. Grand à quel point ? Ils le comprendraient bientôt.

8
ORBETELLO, VENDREDI 19 MAI

Zanka dormait toujours moins. Il en était arrivé à quatre heures par nuit. À l'aube de ce jour, il était déjà occupé à écrire. Le café bu, sans rien avaler – son estomac s'ouvrait deux heures après le réveil –, il s'était assis devant l'Olivetti pour mettre de l'ordre dans un tas de notes manuscrites. Il passa en revue les épisodes liés au Quarzerone et à la présence des aliens, sans savoir ce qui, à la fin, se retrouverait dans le livre.

Dans son dossier, aucun épisode ne remontait plus loin que 1954.

Les ufologues l'appelaient « l'année de la déferlante », en raison du grand nombre d'apparitions de soucoupes volantes.

L'unique épisode précédent, c'était la bataille de la Courante. Exception plus apparente que réelle, parce qu'on en revenait toujours à la déferlante.

Il s'agissait d'une présumée intervention alien durant une escarmouche entre partisans et nazi-fascistes, durant l'hiver 1944. Mais ce n'est qu'en 1954 que quelqu'un avait donné une explication « martienne » à la retraite inattendue des nazi-fascistes, atteints de crampes intestinales. À des années de distance, l'ex-partisan Armando Vatteroni, nom de guerre « Fulmicoton », s'était souvenu qu'au beau milieu de la bataille étaient apparues dans le ciel trois lumières disposées en triangle. En moins de temps qu'il n'en faut pour le dire, Allemands et fascistes de Salò s'étaient pliés en deux, pris de spasmes, puis avaient rempli leurs pantalons et leurs bottes de merde avant de s'enfuir en chancelant, suivis par les projectiles de la troisième brigade Garibaldi Apuane.

Aux dires de Fulmicoton, les aliens avaient dirigé contre les Brigades noires et la Wehrmacht un « rayon vide-tripes ». Malheureusement, il n'était plus possible de l'interviewer. Il était mort en 1976 et ses ex-camarades de brigade, comme les rescapés de la partie adverse, expliquaient l'événement d'une manière plus prosaïque : des rations militaires qui avaient tourné.

Selon une autre rumeur, en 1961, un gigantesque disque de métal avait atterri à Pian del Cielo. En témoignait le traditionnel cercle d'herbes brûlées. Mais qui semblait l'œuvre d'un plaisantin du coin. Sur tout le pourtour, ça sentait l'essence, carburant improbable pour un moyen de transport construit par une civilisation très avancée susceptible de franchir des distances intergalactiques.

Et encore : par un soir d'été en 1971, un halo de lumière blanche s'était élevé dans le ciel derrière la crête, très visible depuis Forravalle, Borgo Sastro et Morrona. Pour certains, elle sortait d'une cavité du massif, par la suite « identifiée » à une base alien.

Deux années auparavant, il y avait la Grande Détonation de 1970. Un exemple classique de *mystery boom*, pour le dire à l'anglo-saxonne.

La nuit du 9 au 10 février, vers 1 heure, une détonation provenant du Quarzerone avait réveillé les habitants de Forravalle et de tous les bourgs des alentours. Le matin et les jours suivants, néanmoins, personne n'avait trouvé la moindre trace : pas de cratères ni de parois effondrées, ni d'arbres tombés, ni de bêtes mortes. On avait pensé à un engin de la guerre qui se serait trouvé au fond d'une crevasse ou dans une grotte inaccessible qui y aurait explosé à cause d'un animal. Mais durant la guerre, il n'y avait jamais eu de bombardement sur le Quarzerone.

D'après d'autres personnes, il s'était agi de l'explosion d'une base extraterrestre. La même d'où, en 1972, serait sorti le halo de lumière? Donc, ils l'avaient reconstruite? Ou alors, dans le massif, il y avait plusieurs bases souterraines? Bah.

Zanka regarda sa montre : il était huit heures.

Dehors, le soleil finissait de sécher l'humidité de la nuit, et le monde rallumait ses couleurs.

Il décida de sortir pour prendre un petit-déjeuner.

Zanka allait au bar Orbital pour deux motifs : d'abord, il avait tout de suite aimé le jeu de mot sur le nom de la ville; ensuite, c'était un endroit tranquille, jamais bondé, où la tête de l'écrivain connu n'était pas trop reconnaissable et n'éveillait pas la curiosité. Tandis qu'il trempait un croissant dans son cappuccino, il se mit à feuilleter *La Nuova Toscana*.

Les premières pages étaient consacrées à l'affaire Moro. On commentait la démission fracassante du ministre de l'Intérieur, Cossiga. On reconstituait les dernières minutes de la victime (pures spéculations). Au procès de Turin, Renato Curcio avait revendiqué l'homicide comme « l'acte de la plus haute humanité possible dans cette société divisée en classes ». À la suite, deux ou trois chroniques biographiques, des anecdotes diverses, des témoignages sur le cher disparu…

Ils n'ont pas bougé un doigt pour le sauver, pensa Zanka, ils l'ont diffamé, et maintenant, ils le sanctifient.

En petits caractères, sous les articles de condoléances, les réclames. Eh oui, qui les arrête, ceux-là ? « Tondeuses à gazon électrique Wood & Pecker : puissantes, maniables, toujours prêtes à l'usage » ; « Moquettes Style Floor – échantillons et fins de série – Jusqu'à 50 % de réduction », « Adieu Pellicules ! Shampoing et lotion Excidium »…

Il sauta le reste à pieds joints et atterrit dans la section dédiée à la province. Là aussi, on commençait par Moro : les fois où il était venu en Maremme, l'amitié avec l'évêque de Grosseto, les souvenirs des hommes politiques locaux. Deux pages plus loin, enfin d'autres sujets.

Le parc de l'Uccellina menacé par le ciment

Six cents hectares de forêt vendus à une entreprise privée. La zone entière (10 000 hectares) est restée intacte jusqu'à aujourd'hui. Grand patrimoine naturel que les collectivités locales veulent sauver.

L'Argentario et les (innocents) « voyeurs »

Un hobby arrivé aussi en Italie – Des passionnés de nature qui scrutent le ciel pour observer « la passée » des oiseaux migrateurs – Entre eux, une espèce de langage codé : ils se téléphonent et s'écrivent.

Comme les ufologues, pensa Zanka en avalant la dernière gorgée de son cappuccino. Il revint à la partie du journal qu'il avait sautée et ouvrit la section de la rubrique régionale.

> SAISON DES BOMBES DANS LA VERSILILA : LE PROCÈS REPART
>
> Les audiences reprennent après deux mois de suspension. Landucci encore dans la nature.

L'article concernait le procès d'une dizaine de militants d'extrême droite poursuivis pour des délits commis dans les provinces de Lucques et de Massa-Carrara, entre 1969 et 1975. Tabassages, agression à l'arme blanche et attentats à la dynamite. Les épisodes étaient nombreux. Pas de mort, heureusement, mais plusieurs blessés.

Cette histoire avait quelque chose de familier aux yeux de Zanka. Il se rappelait avoir lu quelque chose à ce sujet.

Certaines actions avaient été revendiquées sous la signature Reazione di popolo, « Réaction du peuple ». Selon l'accusation, un véritable groupe terroriste. Le chef s'appelait Fernando Landucci, un habitant de Lucques de trente-cinq ans, qui avait échappé à une arrestation en 75 et se trouvait en cavale depuis.

Au premier degré, les poursuites s'étaient soldées par une sentence choc : relaxe générale. Dans la salle d'audience, « un chahut » avait éclaté et la police avait dû s'interposer entre deux factions : les antifascistes qui protestaient et les « noirs » qui fêtaient la décision.

Au nom du collège des défenseurs, Me Goffredo B. Mazzaroso avait exprimé leur « pleine satisfaction » et il avait pris congé sur le rituel « justice a été rendue ».

Le parquet avait fait appel et le nouveau procès avait commencé en mars, pour s'interrompre tout de suite à cause de l'enlèvement de Moro et de ses répercussions. Il avait repris la veille.

À côté de l'article, en complément, était inséré un rappel des actions dont la bande était accusée.

> Selon les enquêteurs, le baptême du feu des RDP advint en 1970 avec une série d'attentats entre la Lunigiana et la Garfagnana. Ce sont des explosions de faible puissance (façon de parler : on ne doit qu'à la chance l'absence de morts). Actions « d'exercice », pour « se faire la main », comme dira le procureur Mastretta au procès de premier degré. La bande est encore inexperte dans l'usage d'explosifs comme le TNT, l'ammonal ou la schneidérite. Ce serait démontré par l'absence d'explosion de trois engins sur cinq : à la maison du peuple de Ronzone (10 mars), à la section socialiste de Pieve del Faggio (le 10 mars encore) et à la mairie de Minuzzano (19 mars). Mais la bombe qui détruit une stèle en l'honneur de partisans à Camatte sul Serchio explose bel et bien le 2 avril, ainsi que, le 8 avril, celle jetée depuis une moto contre le siège d'un cercle Arci* à Roccalberta. Dans ce dernier épisode, un membre du cercle fut blessé à la jambe.

* L'Arci, Associazione ricreativa e culturale italiana, est la plus importante association culturelle italienne, née en 1957, présente sur tout le territoire, historiquement liée à la gauche et en particulier au PCI.

Zanka leva les yeux du journal en repassant dans sa tête les données qu'il venait d'enregistrer. Bombes. En 1970. Entre Lunigiana et Garfagnana. Il reprit sa lecture.

Après cet entraînement, le théâtre d'opérations se déplace de Lucques à la Versilia. Vers la fin du printemps, une série d'attentats plus importants démarre contre des sections des partis communiste et socialiste (Torre del Lago), deux sièges syndicaux (Altopascio et San Donato) et la boutique de cordonnier d'un militant anarchiste qui perd un œil dans l'explosion (San Leonardo in Treponzio). L'habitude se confirme, de la part de la bande, de ne revendiquer que les explosions effectivement réalisées.

16 août 1971. Un «tuyau» anonyme permet à la police de découvrir, dans une voiture garée via Udine, 10 bâtons de dynamite avec plusieurs mètres de mèche. Le «tuyau» mentionnait Fernando Landucci déjà «signalé» par les forces de l'ordre pour divers épisodes de violence contre des adversaires politiques. Mais il n'y a pas de preuves qui le relient à la découverte.

Le 12 janvier 1972, à Lammari, une bombe explose devant une boucherie, blessant un passant. Le boucher était témoin de l'accusation dans un procès contre les néofascistes de Lucques. Parmi les inculpés, qui seront relaxés pour insuffisance de preuve, figure aussi Landucci.

En 1973, deux découvertes d'armes et d'explosifs que les enquêtes relieront aux inculpés : à Vagli di Sotto (33 bâtons de dynamite, 40 pains de TNT, 90 mètres de mèche) et à Lucques, près du bastion Catalani (un fusil-mitrailleur, 40 cartouches, 3 chargeurs, des projectiles).

En septembre 1974, dans une grotte aux environs de Castelnuovo, on retrouvera des mousquets, des grenades, des cartouches de différents modèles.

Durant le carnaval de Viareggio de 1975 plusieurs engins explosent devant une école, devant deux sections du PCI et du PSI, et enfin à la fête de quartier de la Darsena.

À l'été 1975, la «rafle» : Landucci échappe de manière rocambolesque à la capture. De ce moment date le début de sa cavale.

Zanka paya avec des gestes mécaniques et rentra chez lui en ruminant.

Bombes en Lunigiana en mars et avril 1970.

Exercices au TNT pour se faire la main.

Un rideau de fer, une stèle de partisans.

L'explosion manquée de trois engins sur cinq.

Avant de rentrer chez lui, il récupéra l'atlas routier du Touring Club qu'il gardait dans la voiture.

Il ouvrit sur la table de séjour le volume *Nord* à la double page de la Haute-Toscane. Chercha les lieux des attentats « d'exercice » attribués aux néofascistes : Ronzone, Pieve del Faggio, Minuzzano, Camatte sul Serchio et Roccalberta.

En reliant les noms des villages au crayon, il fit apparaître un pentagone irrégulier.

Plus au moins au centre de celui-ci se trouvait une inscription en très petits caractères.

« Mt Quarzerone, 1 487 m. »

9
FORRAVALLE, VENDREDI 19 MAI

Après le dernier virage en montée, Maurizio mit le clignotant et les roues de la Thanurmobile bondirent du goudron de la route à la terre nue devant la Villa Malaspina.

Arrivée au portail de Thanur, la 500 jaune passa à travers l'encerclement pacifique des toxicos qui campaient là. Ils touchaient les vitres et se penchaient pour scruter la jeune femme assise à côté du chauffeur. Radio Shoot avait dû passer le mot : Rossella Hilzer était le bon flic de Thanur, celle qui voulait les faire tous entrer. En plus : Rossella Hilzer était la propriétaire, celle qui faisait entrer qui elle voulait.

Les thanuriens attendaient de savoir si le père et la fille avaient fumé le calumet de la paix, si elle l'avait convaincu de renoncer aux procédures judiciaires et aux attaques par voie de presse. Personne ne posa de question explicite. Et si certains essayèrent d'en savoir plus, ils n'obtinrent qu'une réponse évasive. Rossella savait devoir d'abord s'entretenir avec Orsola. Et elle savait que ce serait le moment décisif. Elle avait eu toute la durée du voyage en train pour y réfléchir et renforcer sa propre conviction. Une idée grandie au cours des semaines mais qui, à en croire ce qu'on lit dans *Thanur 1974-1994*, avait mûri devant un tableau, dans l'antichambre de la maison familiale à Milan : une *Passion du Christ* de Diotallevi. Un tableau que Rossella avait toujours regardé d'un œil distrait, le considérant comme banal et qui, en fait, lui avait transmis la force d'affronter Corrado Hilzer. Pour lui dire son fait en face, de fille rebelle à père autoritaire. En adoptant la seule stratégie qui pouvait marcher : parler sa langue. La langue du patron.

Elle s'étonna qu'Orsola ne l'attende pas dans l'orangerie : elle était dans la salle du Feu, où les autres aussi se rassemblèrent, au coude à coude, car la population résidente avait augmenté.

Orsola était assise dans le fauteuil. Elle la salua mains jointes, suivant comme toujours la coutume hindoue, et lui indiqua le canapé où elle serait plus à son aise. On lui fit place, plus que nécessaire même, et Anna, qui l'avait escortée jusque-là, ne s'assit pas à côté d'elle, mais bien à ses pieds, sur le tapis. Ludo, Pardo et Vincenzo restèrent dans un coin, comme s'ils ne voulaient pas se faire remarquer.

— Bon retour, Rossella, dit Orsola, j'ai voulu que Thanur soit réunie pour écouter les nouvelles.

Rossella sentit toute l'attention concentrée sur elle, mais laissa l'œil de son esprit se concentrer sur la *Passion* de Diotallevi, le corps nu et blanc, privé d'ombre parce que désormais désincarné, le visage serein tourné vers le haut. Sur le fond, un cèdre du Liban. L'arbre de son rêve.

— Ne crains rien, Rossella, car toute chose trouvera sa place.

Une grande paix l'envahit.

Elle s'éclaircit la voix et remonta aux origines de Thanur.

— Certains d'entre nous sont venus ici, voilà quatre ans, pour répondre à une question : peut-on vivre ensemble sans s'opprimer mutuellement et en s'améliorant? Nous n'avions pas de but précis, seulement la volonté d'essayer. Orsola nous a proposé une devise : « Thanur accueille », et on peut dire que ça a été notre seule règle. Nous n'avons jamais fait de prosélytisme et pourtant notre tentative est devenue un phare d'espoir. Par sa manière d'accueillir, Thanur soigne et peut sauver beaucoup de vies, comme déjà ma grand-mère en sauva durant la guerre, quand elle a accueilli des réfugiés. C'est ce que j'ai expliqué à ma famille. Il faut créer de nouveaux logements, équiper une infirmerie, avoir un médecin qui s'occupe de ceux qui vont mal.

Rossella revit l'expression de son père, pour la première fois intéressé par un propos de sa fille dévoyée. Pourquoi détruire ce qui pouvait croître? Pourquoi s'entêter à effacer Thanur, plutôt que d'en devenir les bienfaiteurs? Le soin des drogués était une frontière inexplorée, et lui, il serait parmi les pionniers. Thanur deviendrait un modèle, la solution à un problème que tout le monde dénonçait mais très peu affrontaient vraiment. Son petit-fils naîtrait là, emblème de la mission de la communauté, parce c'est ce que ça serait, une communauté de vie. Et quiconque participerait à l'entreprise en recevrait le mérite, en ce monde et dans l'autre.

Corrado Hilzer, chevalier du Travail, chevalier de la Grande Croix, titulaire du Grand Cordon, président du groupe industriel de famille et de la fondation qui portait son nom, avait regardé cette jeune femme et, selon toute probabilité, une pensée avait pris forme dans sa tête : bon sang ne saurait mentir. Dans les paroles de sa fille, il avait entrevu un projet d'entreprise. Récupérer les toxicodépendants. Le travail comme thérapie. Produire du vin et de l'huile de grande qualité. Et pour tout cela, demander des subventions de l'État.

Il avait agrippé son téléphone pour appeler son bras droit et administrateur délégué, Mario Calandra, et lui avait demandé de le rejoindre tout de suite. Rossella avait compris qu'elle avait mis dans le mille.

Dans les Mémoires de Calandra, publiées quinze ans plus tard sous le titre *Cent jours à San Vittore*[*], on lit que le lendemain Hilzer passa un autre coup de fil. Au député De Pisis. Celui qui, en 1980, conduirait la première délégation parlementaire en visite à Thanur.

En attendant, Rossella était revenue en Lunigiana pour rapporter la bonne nouvelle et solliciter le verdict le plus important, celui des thanuriens. Et maintenant, la voilà expliquant qu'à Milan, elle n'avait pas seulement scellé la paix, mais aussi une alliance. Elle pensa à Diotallevi, rassembla ses forces et poursuivit.

— Ma famille nous aidera. Elle n'aura pas voix au chapitre dans les choix et dans les projets, elle ne

---

* San Vittore : célèbre prison de Milan. Pour un Italien, le titre donne à penser que l'auteur a fait un séjour en prison, sans doute à la suite de l'enquête « Mains propres », dans les années 1990, contre la corruption de la classe politique et ses complices dans le monde des affaires.

viendra même pas ici. Mais elle nous garantira tout ce dont nous aurons besoin.

Du côté des nouveaux venus partit un faible applaudissement, qui ne parvint pas à percer l'atmosphère chargée de tension et s'éteignit rapidement.

— Excusez-moi, lança Elena en levant la main, mais si nous acceptons l'argent des capitalistes, qu'est-ce qu'il aurait de nouveau, notre monde ?

Enrico intervint :

— Tu sais, même Lénine a pris l'argent des capitalistes et il l'a utilisé pour faire la révolution.

— Mais nous, ici, rétorqua Elena, nous ne sommes pas en train de prendre le pouvoir. Thanur vit des fruits de la terre, des objets que nous produisons, pas de subventions. C'est ça, notre force, non ?

— Ce n'est pas tout à fait vrai, avança Maurizio. Tu oublies que cet endroit appartient à Rossella. Thanur a une maison parce qu'elle nous l'a offerte.

— C'est l'équivalent de l'argent des capitalistes que Lénine a pris pour faire la révolution, insista Enrico en écartant les bras pour souligner l'évidence de la chose.

— Allons donc ! se récria Elena. Être dans un lieu, c'est une chose, dépendre de financements extérieurs, c'en est une autre ! L'autonomie est foutue. Et le jour où les Hilzer décident d'y fourrer leur nez, qu'est-ce qu'on dit ? Que ce n'était pas ça, les accords ? Non, croyez-moi, comme ça, on sera en laisse.

— Mais comme ça, on pourra enseigner à un tas de gens les principes thanuriens, intervint Gregorio, nous pourrons devenir une grande communauté, comme celles de l'Inde.

— Et ça serait quoi ces principes ? demanda Elena d'une voix encore plus haute. Qu'il faut se faire financer par les riches ?

— Je répète : si tu penses comme ça, tu ne devrais même pas rester ici, vu que c'est sa maison, répliqua Maurizio en montrant Rossella, qui écoutait avec attention.

S'ensuivit un moment d'excitation dans lequel tous se mirent à parler, les uns à voix basse, les autres à voix haute, et le résultat fut un chaos indistinct de phrases et de mots qui volaient à travers la salle, jusqu'à ce qu'Orsola se mette debout, imposante et charismatique.

— Maurizio a raison, dit-elle. Thanur a trouvé un foyer dans la villa d'une Hilzer.

Vincenzo sentit le poids de la déception lui courber les épaules et son estomac se tordre, tandis que le toxico en lui sortait la tête de l'anfractuosité où il l'avait relégué et lui murmurait : « Allons à Sarzana, récupérons un peu de produit et on sera très bien. »

— Et Elena aussi a raison, poursuivit Orsola. Thanur n'est pas cet endroit, ces murs, mais ce que nous avons fait, ce que nous sommes. Nous sommes Thanur. Thanur est avec nous, où que nous soyons.

Sa phrase terminée, elle salua mains jointes et s'éloigna pour s'en retourner dans l'orangerie. Dans le coup de froid qui suivit, Vincenzo nota seulement le geste de Rossella, qui posa une main sur la tête d'Anna et lui caressa les cheveux. La jeune fille leva sur elle un regard plein de reconnaissance. Dans l'expression de la jeune Hilzer, il y avait quelque chose, une satisfaction que Vincenzo n'avait jamais vue jusque-là. Il prit Ludo par un bras et lui murmura à l'oreille :

— Pourquoi Orsola lui laisse la victoire ? Vous êtes ensemble depuis des années, dis-lui quelque chose, non ?

Le Hollandais secoua à peine la tête.

— *I know better*. Jamais réussi à la faire changer d'idée sur rien.

Vincenzo le traîna dans la pièce d'à côté, où il n'y avait personne. Pardo le suivit, mais en restant à quelques pas de distance.

— Mais tu ne vois pas ce qui se passe ? l'interpella Vincenzo quand il fut certain de ne pas être entendu par les autres. Rossella la Sauveuse, avec son armée de dévots ressuscités, s'empare de Thanur.

Ludo lui rendit l'étreinte sur le bras, et ce fut son tour de parler sur un ton excité :

— Ça n'arrivera pas si nous deux, nous sommes dedans.

— Si Orsola ne bouge pas un doigt, qu'est-ce que tu veux qu'on fasse, nous deux, merde

— *Don't worry, Vince*, dit Ludo. *We can handle it, I know we can*. Nous serons le bras droit et le bras gauche de Rossella.

— Nous devrions être bras droit et bras gauche d'Orsola, l'interrompit Vincenzo. Elle est la seule qui peut arrêter ça.

— Elle ne le fait pas, dit Ludo.

Vincenzo sentit le poids sur son dos devenir écrasant, au point d'avoir du mal à rester debout.

— Pourquoi ? demanda-t-il, incrédule.

— *Listen, Vince.* Si elle combat Rossella, elle renie tout ce qu'elle a toujours dit. Tu comprends ? Elle ne veut pas la guerre, elle ne veut pas que Thanur se brise en deux. Elle tient trop à nous.

— Au point d'être disposée à nous perdre ? demanda Vincenzo.

— *Now you get it.* C'est comme ça.

Vincenzo laissa ses bras retomber le long de ses hanches et garda le regard rivé au sol. La deuxième mère de sa vie venait juste de le décevoir.

Ludo lui posa une main sur l'épaule.

— Faisons en sorte que les choses aillent dans la bonne direction.

Un brouhaha soudain attira leur attention. Vincenzo, Ludo et Pardo allèrent à la porte et virent Elena qui traînait une valise dans l'escalier et jusqu'à la sortie. De l'autre bras, elle tenait un panier en osier, pleins d'objets jetés en vrac. Giada essayait de la retenir.

— Allez, Elena, je t'en prie, arrête-toi… Parlons.

— Il n'en est pas question. Moi, je ne resterai pas ici.

Enrico aussi, sorti de la cuisine, tenta de la convaincre.

— Tu vas où, Elena ? lui cria-t-il. Reviens ici ! Ne sois pas puérile !

Pour toute réponse, il reçut un sonore « va te faire foutre ».

— Et transmettez mon bonjour à Corrado *Hitler*, ajouta Elena à voix haute, quand elle fut à mi-chemin dans l'allée.

En marchant, elle semait derrière elle le contenu du panier : un petit miroir, un bibelot indien, un shilom, un cadre… Elle ne prit pas la peine de s'arrêter pour ramasser quoi que ce soit : les objets restaient là, à terre, brève traînée de souvenirs, traces de l'adieu.

Maurizio lui offrit de l'aider à porter la valise et de l'accompagner au village en voiture, mais écopa lui aussi en retour d'un « va te faire foutre ».

Elena Anderlini quitta Thanur pour ne plus jamais y remettre les pieds. Après l'avoir regardée franchir le portail, Vincenzo remarqua Orsola derrière la vitre de l'orangerie. Pour la première fois, elle lui parut lointaine, détachée, comme si elle les contemplait depuis un astronef prêt à décoller.

« Elle nous aime pas, lui murmura la voix habituelle, il n'y a que la dope qui nous trahit jamais. La dope accueille, la dope soigne. »

Il la fit taire d'un coup de poing sec contre l'embrasure de la grande porte.

Ludo tressaillit et s'écarta à peine.

Pardo, en revanche, agrippa le bras de Vincenzo et, d'une pression sur le poignet, lui ouvrit les doigts.

— Ne la lui donne pas, cette satisfaction, murmura-t-il. Tu es plus fort qu'elle.

Vincenzo hocha la tête, en se massant la main.

— Retournons au boulot, dit Ludo.

Et sans plus ouvrir la bouche, ils se mirent en route pour les champs.

10

CARRARE, SAMEDI 20 MAI

FERNANDO LANDUCCI, dit «Nandino», 28 ans, de Lucques. Officiellement horloger, mais la boutique appartient au père (fasciste lui aussi), via del Battistero, et le fils y brille par son absence. Nandino est un motard et il pose en Marlon Brando de *L'Équipée sauvage*, mais on dirait la caricature d'un nazi dans un film avec Franco et Ciccio. Il conduit une Ducati Scrambler 450 noire immatriculée « LU 23490 ». Il est à la tête d'une bande de gros bras, tous passionnés de moto et auteurs avec lui de diverses agressions. Il réside au 16 de la via dell'Angelo Custode, la rue de l'ange gardien. Comme par hasard, à deux numéros de distance se déroula le premier congrès de Ordine Nuovo, le 11 octobre 1970. Quelques jours plus tard, Nandino est à la tête de ses preux armés de gourdins et de couteaux et même d'une fourche (!), lors de l'agression de quelques étudiants de l'institut technique Carrare, coupables d'avoir refusé un tract fasciste. En novembre, les mêmes *motards** poignardent un militant de Lotta Continua à Pietrasanta. Poursuivis pour blessures volontaires avec arme. Le 26 octobre 1971, à Viareggio, ils attaquent un groupe de vendeurs de *L'Unità*. Ils sont armés de couteaux et un jeune est gravement blessé. Le nom de Landucci se retrouve aussi dans diverses procédures d'instruction sur les attentats à la bombe – tous advenus entre Versilia, Garfagnana et Lunigiana – mais entre un non-lieu ici et une relaxe là, il parvient toujours à s'en tirer. Il est évident qu'il a des « saints au paradis ». Sainte-barbe,

> probablement. Serait-ce elle qui a fait exploser un engin devant la boucherie de Lammari dont le propriétaire devait déposer à un procès contre Nandino et ses camarades ? Et s'il est ardu d'obtenir un jugement non de la postérité mais d'un tribunal bourgeois, le prolétariat pourra-t-il faire justice ?

La photo présentait Landucci en combinaison de cuir de motocycliste et bottes luisantes. À droite il tenait une barre de fer, dans la position arme au pied, tandis qu'au bras gauche, il avait un casque intégral accroché à la saignée du coude. Jambes écartées, sans doute en position de défense d'un meeting ou d'un rassemblement de propagande. Cheveux noirs ondulés, raie sur le côté. Moue mussolinienne, mâchoire carrée, menton volontaire relevé.

Dans une petite pièce aux murs couverts d'affiches, dans une ville où il n'avait jamais mis les pieds avant avril 1978 et où il était revenu pour la deuxième fois, Zanka lisait le dossier sorti sur *Pugno al cielo.* Le même qui était passé de main en main à Thanur, circonstance ignorée de Zanka. Lui, il n'était pas intéressé par Pardino Onorio, qui n'était qu'un nom parmi tant d'autres dans ce fascicule, mais bien par « Nandino » et ses exploits : gros bras, dynamiteur, en cavale.

La fiche de *Pugno al cielo* n'était pas aussi complète que l'article de *La Nuova Toscana,* parce qu'en 1972, de nombreux faits et liens n'étaient pas encore connus. En revanche, elle était plus approfondie sur le personnage.

Reazione di popolo (« Réaction du peuple ») était née d'une scission d'Ordine Nuovo, quand cette dernière organisation avait été mise hors la loi en novembre 1973.

Le groupe jouissait encore de quelques soutiens – peut-être accordés à contrecœur, sous la menace. Forcément. La relaxe au premier degré... Le chef de bande en fuite depuis des années...

La petite pièce se trouvait dans le centre de documentation antifasciste Gino Lucetti de Carrare. Zanka s'était souvenu la veille de son existence. Le centre Lucetti était un organisme plutôt connu, souvent mentionné dans les journaux de la période 1974-1975, au temps de l'attentat dans le train Italicus, sur l'Appenin entre Bologne et Florence, et de l'assassinat de deux policiers à Empoli par un terroriste fasciste, Mario Tuti.

Un appel au 12 pour avoir le numéro et Zanka avait pris contact. Il s'était présenté à un des responsables des archives, Leandro Sommovigo.

Ce nom doit dire quelque chose au lecteur. Sommovigo n'était pas seulement militant anarchiste et archiviste, mais aussi ufologue, fondateur et animateur du groupe Cinquième dimension de Sarzana, ville avec laquelle il « faisait la navette ».

Un de ses dadas était la paléocosmonautique. « Martin Zanka !, s'était-il exclamé, c'est une blague ? Ou c'est vraiment vous ? »

Si son nom pouvait aider à ouvrir cette porte, avait pensé Zanka, eh bien, pourquoi pas ? Il avait reçu les compliments, répondu à deux ou trois questions de fans, et enfin était entré dans le vif du sujet. Il labourait un terrain différent de son terrain habituel, avait-il expliqué. Un travail d'enquête sur le groupe Reazione di popolo. Il s'intéressait en particulier à certains attentats « d'exercices » de 1970 qui avaient eu lieu en Lunigiana.

Comme on dit, pour Sommovigo, c'était du pain bénit. Sur la bande de Landucci et les bombes en Haute-Toscane, le centre Lucetti avait beaucoup de matériel : boîtes contenant les actes des procès qui n'avaient débouché sur rien, photocopies de dizaines d'articles de journaux.

— Tout est à votre disposition, avait-il dit, passez quand vous voulez.

— Même demain ? Il y a quelqu'un le samedi ?

— Normalement, non, mais je ferai en sorte d'y être. Si ça ne vous dérange pas trop, j'en profiterai pour vous demander quelques autographes.

Ils s'étaient mis d'accord pour 9 heures le lendemain matin.

En milieu d'après-midi, Zanka était monté en voiture et avait pris l'Aurelia, il fallait un peu plus de deux heures pour arriver à Marina di Carrara. Comme il avait envie de se faire plaisir, il avait dîné et dormi à l'hôtel Mediterraneo, où le concierge l'avait pris pour François Truffaut, qui avait fait là plusieurs séjours.

Le lendemain tôt, Zanka avait rallié le chef-lieu.

Depuis des heures, il lisait et assimilait des informations. Autour de lui, des agrandissements de photos de l'anarchiste Lucetti qui, en 1926, avait tenté de tuer le Duce, des frères Carlo et Nello Rosselli, du commandant de partisans Emilio Canzi. Sur la table, cette autre photo, d'un personnage bien différent.

Motocycliste.

Zanka fixait le casque, la tenue scintillante.

Cogneur.

Les doigts serrés sur la barre.

En cavale. Depuis des années.

Zanka prenait des notes. Il n'y avait pas de doute : la province de Lucques et la Versilia étaient un carrefour de complots putschistes, de trafics d'armes et de terrorisme fasciste, terres de violence néosquadriste et de caches d'explosifs. Dans cette partie de la Toscane, les fascistes se sentaient tranquilles et tolérés, au point d'organiser des camps paramilitaires, d'entraînement à la guérilla contre les « rouges ». De l'un d'entre eux au moins, on avait trouvé les traces, en juillet 1973, sur le col de Favilla.

Zanka pensa que quelques années auparavant, au temps des « trames noires » et des tentatives de putsch, la situation était plus lisible. Le massacre de la piazza Fontana, la stratégie de la tension, les tentatives de stabilisation autoritaire, l'utilisation des néofascistes comme garde prétorienne contre les étudiants et les ouvriers… La « presse démocratique » avait bien travaillé pour reconstruire et dénoncer ces projets. Les articles archivés dans les boîtes les plus anciennes en témoignaient.

Mais, à partir de 1975, une autre phase avait commencé en Italie et dans toute l'Europe occidentale. Il n'y avait plus de dictature de droite en Grèce et au Portugal. En Espagne aussi, après la mort du *generalísimo* Franco, une ère s'achevait. En Italie, les droites avaient perdu quelques épreuves de force, la dernière à l'occasion du référendum sur le divorce. De ce moment, la Démocratie chrétienne et une partie de l'establishment avaient changé de stratégie, en démarrant un dialogue avec le Parti communiste.

Qu'étaient devenus, dès lors, le monde souterrain néofasciste, les groupes paramilitaires, les dynamiteurs que le pouvoir avait utilisés jusqu'à peu de temps auparavant ?

Les articles des trois dernières années semblaient avoir du mal à suivre les événements. Un entrelacs chaotique d'actions armées, méli-mélo délirant avec des éléments encore plus délirants. Surtout ici, en Toscane.

Congédiés – ou au moins délaissés –, par leurs commanditaires et protecteurs politiques d'autrefois, les *pistoleros* fascistes – désormais véritables *desperados* – étaient entrés dans une phase de western « crépusculaire », comme dans les films de Sam Peckinpah. Ils tiraient et posaient des bombes non pas au nom d'un retour à l'ordre, mais pour envoyer des signaux en haut lieu : « Rappelez-vous que nous, nous savons, et que si on nous prend, nous pourrions parler. » Ils demandaient des services, des couvertures pour s'enfuir à l'étranger. Mais ils tiraient et mettaient des bombes aussi pour éliminer ceux qui enquêtaient sur eux, tuer les traîtres qui avaient balancé, régler des comptes avec ceux qui les avaient utilisés et puis lâchés. Chaque bande semblait jouer sa propre partie et, dans chaque bande, chaque *desperado* jouait ses propres coups.

En général, la note dominante était celle du *no future*. Et comme le chantaient leurs contemporains, les Sex Pistols, s'il n'y a pas de futur, il ne peut pas y avoir de péché. Tout, n'importe quelle dérive était possible.

Zanka avait déjà vu les fascistes prendre cette voie. Ils l'avaient fait durant l'année et demie qu'avait duré Salò. Sachant que la guerre était perdue, ils s'étaient abandonnés à la violence la plus inutile. En lisant des articles sur les tueurs de l'ordre noir des années 1970, il ne put faire autrement que penser aux tortures des « villas tristes* », aux francs-tireurs de Solaro. Il ne put que se rappeler, encore une fois, ce coin de Turin, entre le corso Vinzaglio et la via Cernaia. Solaro suspendu à la branche. Le corps sursautant sous les rafales de mitraillette.

Zanka leva les yeux. Se pouvait-il que la clé du mystère ait toujours été là, à portée de main ? Comme dans ces jeux de la *Settimana enigmistica*, « La piste chiffrée » ou « Qu'est-ce qui va apparaître ? »

Explosion en Lunigiana.

---

* Dénomination populaire des lieux de détention et de torture gérés par les nazis et les fascistes, notamment à Rome, Florence et Milan en 1943-1944.

En 1970.

Cinq détonations de faible importance. Et une plus forte. La grande explosion.

Peut-être une erreur de débutants. Un accident durant le transport.

« Mt Quarzerone, 1 487 m. »

Une agression dans la forêt. Lumières, combinaisons, casques.

Un gang de motards. Des gens sans scrupules. Des gros bras. Des gens qui manient barres de fer, couteaux, explosifs.

Explosifs cachés. Une montagne creuse, pleine de grottes.

Rien de plus qu'une hypothèse, une forme apparue en reliant des points.

Une forme à montrer à quelqu'un d'autre, pour comprendre si elle existait, ou s'il n'y avait que lui qui la voyait.

11
FORRAVALLE, SAMEDI 20 MAI

Il s'était passé un peu plus de vingt-quatre heures depuis que Rossella était rentrée de Milan. Heures durant lesquelles la propriétaire de la maison avait parlé en tête à tête avec chacun et chacune, touchant dans chaque entretien la corde sensible pour rassurer les dubitatifs et conquérir des soutiens.

Aux toxicos, qui déjà l'adoraient, elle avait dit que la métamorphose de Thanur naissait du désir de les aider, avec plus d'instruments et de meilleures compétences, parce que « l'amour ne suffit pas ». À Agata, elle avait juré qu'il n'y aurait aucune métamorphose, juste une évolution normale, comme quand un enfant commence à parler. À Valerio, réparateur d'appareils électroménagers, elle avait promis qu'avec l'argent des Hilzer, il aurait un atelier sensationnel. À Giorgia, elle avait raconté que la loi sur les drogues prévoyait des subventions de l'État à ceux qui soignaient les toxicomanes, et cela leur donnerait leur autonomie par rapport à l'argent de sa famille. À Gregorio, elle avait parlé d'égalité, à Loredana de thérapies naturelles, à Carla de liberté et d'indépendance, à Daniela de la légalisation de l'héroïne, à Ludo de la vigne, à Orsola de philosophie.

Vincenzo, que Rossella avait évité exprès, était désormais le seul à ne pas s'être confronté à elle. Mais il savait bien ce qui se mijotait, et c'est pourquoi il ne s'étonna pas en voyant les deux voisins de la Villa Malaspina franchir le portail aux lions coloriés.

Ils venaient pour affaires, convoqués par Rossella.

Le père avait mis à sa disposition le capital nécessaire pour acheter les propriétés limitrophes, avec leurs terrains, leurs maisons et leurs bâtiments, de manière à agrandir le domaine.

Ludo participerait à la rencontre, mais pas Orsola.

Certains thanuriens disaient que cette absence était normale : qui avait jamais vu la fondatrice discuter de propriété, de cadastre, d'affaires immobilières ? D'autres murmuraient qu'elle était mécontente de la décision de Rossella. Il était clair qu'elle se sentait dépassée. D'autres, enfin, évoquaient son dégoût pour Menconi. Elle ne pouvait pas le supporter, c'était connu. Et à plus forte raison depuis qu'il avait tiré en l'air pour disperser les toxicos.

De cette réunion, on ne sait pas grand-chose de plus que son résultat. Aussi bien Capoferri que Menconi se déclarèrent disposés à vendre et demandèrent de quelles sommes on parlait : le premier accepta tout de suite l'offre, le second demanda au moins dix pour cent de plus, comme indemnisation « pour vous avoir supporté tout ce temps ».

Une entrevue bien différente eut lieu entre les arbres de l'orangerie.

Orsola venait juste de terminer ses entretiens du samedi, ceux qu'on pouvait réserver à l'avance avant de venir visiter Thanur. Dès que Vincenzo vit le dernier couple sortir, il fila à la cuisine, prépara un thé et se présenta à la porte de la fondatrice avec une tasse fumante sur un plateau.

« C'était le seul moyen d'éviter les ragots, raconte-t-il aujourd'hui. Quand quelqu'un demandait à parler à Orsola, ou bien s'il était convoqué, d'abord le tam-tam des commentaires commençait, tout le monde se demandait "qu'est-ce qu'ils peuvent avoir à se dire ?", et ensuite personne ne le laissait en paix jusqu'à ce qu'il satisfasse la curiosité générale. »

En revanche, avec l'excuse de lui apporter un thé, on pouvait s'entretenir quelques minutes avec elle sans éveiller mille conjectures.

Les mains occupées par le plateau, Vincenzo, au lieu de frapper, entrouvrit à peine la porte avec l'épaule.

— Je peux ? demanda-t-il. Ce n'est pas la bonne heure pour un thé ?

La fondatrice n'était pas au bureau, mais sur le fauteuil de bois et de paille de Vienne qu'elle utilisait durant les pauses de repos et de lecture.

— Entre, entre, dit-elle en glissant ses lunettes entre les pages du livre.

Un bouquet de fleurs dans un vase parfumait la pièce. Peut-être le cadeau d'un des visiteurs.

Vincenzo s'exécuta et posa le plateau sur une table basse.

Orsola le remercia et l'invita à rester en lui montrant une chaise. Elle savait très bien qu'il voulait lui parler et elle imaginait aussi de quoi.

— Une fois, commença-t-il, tu as dit que Thanur est spéciale parce que les personnes vivent ensemble dans le seul but de vivre bien. Alors que dans une usine… comment c'était, cette phrase ?

Orsola n'avait plus qu'à se citer elle-même :

— Dans une usine on est ensemble pour un résultat. À Thanur, le résultat c'est d'être ensemble.

— Voilà, dit Vincenzo. Moi, il me semble que depuis qu'on s'est mis en tête d'accueillir les drogués, nous avons abandonné la voie de Thanur et nous avons pris celle de l'usine.

À présent, c'était *eux*, expliqua-t-il avec ardeur, le but. Et chaque chose devenait bonne ou mauvaise si elle était bonne ou mauvaise pour *eux*.

— Il y a deux jours, en cuisine, a démarré une grande discussion pour décider si le vin peut encore y être gardé, à la portée de n'importe qui, ou s'il ne faudrait pas le laisser à la cave, sous clés, pour qu'il ne devienne pas une tentation, parce que, *eux*, on le sait, quand ils arrêtent de se défoncer, ils se reportent sur l'alcool pour compenser.

Certains déjà disaient que le portail d'entrée devrait rester fermé, jour et nuit, parce que, *eux*, ils n'avaient pas toujours assez de force de caractère pour résister à l'envie de s'en aller, comme il était arrivé avec Anna.

— Bientôt, nous deviendrons tous les engrenages d'une fabrique. La fabrique des gens sains.

Orsola tendit la main vers la tasse de thé. Sur le plateau, il y avait aussi des biscuits. Elle en prit un et le plongea dans le liquide jusqu'à la pointe de ses doigts. Plus que la gourou d'une communauté *freak*, elle avait l'air d'une dame d'âge mûr dans son ermitage de campagne.

— Je n'ai pas d'enfants, Vincenzo, dit-elle après avoir dégluti, mais ce que tu dis pour les nouveaux venus, ici à Thanur, beaucoup me le racontent pour les nouveaux venus dans une famille, les nouveau-nés. Soudain, des objets qu'avant on considérait jusque-là comme inoffensifs deviennent dangereux. Les pièces se transforment, les habitudes changent. Beaucoup de couples entrent en crise à cause de ça, et certains ne résistent pas, ils voudraient rembobiner la bande. Mais s'il y a une règle, dans l'univers, c'est que rien ne revient en arrière, tout croît. Tu devrais le savoir.

Vincenzo pensa qu'elle se référait à sa mère, qui n'avait pas supporté sa naissance, et qui, ne pouvant retourner en arrière, était rentrée en Amérique. Il allait dire quelque chose, mais Orsola poursuivit.

— Tu travailles à la vigne, tu t'es passionné pour les plantes. Si un arbre du verger grandit de travers, qu'est-ce que tu fais ? Tu en attribues la faute au vent ? C'est toi qui devais tenir compte de lui. Tu le redresses à coups de marteau ? Tu l'arraches ? Tu le négliges jusqu'à ce qu'il meure ? Tu vas cultiver dans un autre champ pour ne plus le voir, ce tronc incliné qui te rappelle ton échec ? Il en est ainsi avec les arbres, il en est ainsi avec les enfants. Et pour moi, il en est ainsi avec Thanur. Elle grandit différemment de ce que j'avais pensé ? Oui, certainement. Mais si cela arrive, je ne peux en faire porter la faute à personne, c'est moi qui l'ai plantée. Et je ne peux pas m'en aller parce que ça ne me plaît pas, ni lui donner des coups de marteau pour la redresser. Chacun de nous se reflète dans ce qu'il fait, dans le monde qui l'entoure.

Vincenzo ne réussit pas à rester assis, exactement comme quand il était en classe, dans le secondaire. Il se levait sans motif et, seulement après, inventait quelque chose pour ne pas avoir l'air trop bizarre aux yeux du prof et de ses camarades.

Il demanda à Orsola si elle n'avait pas chaud, et quand elle hocha la tête, il alla à la porte-fenêtre pour l'ouvrir en grand sur le parc.

— Voilà pourquoi les toxicos se sentent bien à Thanur, dit-il en montrant le paysage d'un mouvement du bras. Notre paradis aussi, comme celui de la piquouse, est un paradis artificiel. Et avec eux, il le deviendra encore plus.

— J'ai toujours dit que c'était une expérience, admit Orsola. Et toute expérience est artificielle. Mais tu te trompes : il serait encore plus artificiel d'essayer de l'influencer pour obtenir le résultat que nous voulons.

La fondatrice posa sur la table la tasse vide et Vincenzo comprit qu'il était l'heure de partir. Il aurait dû remettre les objets sur le plateau, le prendre à deux mains et la remercier pour le temps qu'elle lui avait accordé, mais tandis qu'il se levait, il sentit la colère lui monter à la gorge.

— C'est vrai, tu as toujours dit que Thanur est une expérience. Mais je n'avais pas encore compris que les cobayes, c'est nous.

Il sortit de la pièce à grands pas, en songeant que la vie lui réservait vraiment une étrange symétrie. Sa mère l'avait déçu parce qu'elle s'en était allée ; la mère putative qu'il avait trouvée en Orsola, au contraire, le décevait en décidant de rester, d'accepter ce qu'elle avait mis au monde même si ça ne correspondait pas à ses désirs. Finalement, il n'y avait que Maman Héro qui lui avait été fidèle, toujours à la hauteur de ses attentes, toujours chaude et accueillante. Et c'était lui qui l'avait trahie.

Il dégringola l'escalier et se mit à courir dans le jardin pour calmer une de ses maudites envies de rechute.

Il vit Pardo assis sur un banc et le rejoignit prestement. Quand il n'avait pas de mauvaises pensées, la compagnie et les discours des toxicos le perturbaient, mais si le singe lui grimpait le long du dos, il préférait avoir près de lui quelqu'un qui, au besoin, saurait lui coller des baffes.

S'il avait été là juste pour fumer ou étudier le vol des papillons, Pardo se serait sûrement aperçu du drôle d'air qu'avait Vincenzo, il aurait compris de quel air il s'agissait et lui aurait lancé une blague pour l'inviter à en parler, s'il en avait l'envie.

Mais Pardo, apparemment, était distrait par quelque chose d'important. Il fixait le quartet formé par Capoferri, Menconi, Ludo et Rossella. La réunion était finie depuis peu et les deux voisins saluaient : au revoir, bonne journée.

— Qu'est-ce que tu regardes ? s'enquit Vincenzo.

Pardo leva une main, sans se retourner, comme pour dire « attends un instant ».

Capoferri et Menconi prirent congé et se dirigèrent vers le portail, à peine un peu écartés l'un de l'autre, comme pour manifester qu'entre eux ça ne collait guère et que chacun était là pour s'occuper de ses propres intérêts.

— Ils ont accepté ? demanda encore Vince.

— Si la somme qui leur a été offerte est celle qu'on dit, commenta Pardo, ils seraient couillons de refuser. Avec une communauté de drogués à côté, ils risquent que d'ici à deux ans, leurs maisons perdent plus de la moitié de leur valeur. De fait, regarde-les, ils ont l'air bien contents.

Pardo marqua une pause, observa avec attention la scène des derniers adieux, se gratta la tête.

— Je n'arrive toujours pas à me rappeler où j'ai déjà vu celui-là.

— Qui ? lui demanda Vincenzo. Menconi ?

— Non. Buffalo Bill.

12
FORRAVALLE, SAMEDI 20 MAI

— Je suis convaincu qu'il y a un arsenal fasciste sur le Quarzerone, dit Zanka.

Il était au poste de la garde forestière de Forravalle, assis en face de Gheppio. Astore, son collègue, n'était pas à sa place habituelle, et Zanka imagina que c'était son jour de congé. Avec son pied plâtré, il ne le voyait pas sillonner les bois en quête de braconniers. Tant mieux, pensa-t-il. Sa présence l'aurait mis mal à l'aise. Il préférait parler en tête à tête avec Gheppio.

— Le dépôt est là depuis des années, poursuivit l'écrivain. Le journal dit que les explosions ont commencé en mars 1970, mais l'explosif qui sait depuis quand ils l'ont caché. La bande de Landucci pourrait l'avoir utilisé pour ses attentats. Et ça expliquerait aussi la grande explosion de février 1970. Une explosion accidentelle, due à une négligence. Landucci et ses hommes vont et viennent autour de ce dépôt, en tenue de motocyclistes. Et comment étaient les Martiens qui ont frappé Bernacca? Grandes têtes, combinaisons luisantes. Bernacca s'est trouvé au mauvais endroit au mauvais moment, il a dérangé les fascistes au dépôt, ou sur la route du dépôt, de nuit... Eux, ils l'ont assommé et l'ont transporté ailleurs, pour le désorienter.

Gheppio resta immobile, le menton entre les doigts, tandis que Zanka, pour faire quelque chose, encerclait au crayon les noms des bourgs ciblés par la bande de Landucci. Avec des gestes lents, le forestier bourra sa pipe à long tuyau et l'alluma, répandant dans la pièce une nuée bleutée et douçâtre. Il passa une main sur le journal et se mit à le parcourir.

Enfin, il parla, sans détacher les yeux de la feuille.

— Mais vous, vous n'êtes pas là pour l'affaire Bernacca.

— Non, en effet, confirma Zanka. Je pense que ce qui lui est arrivé pourrait être arrivé aussi à Jacopo et Margherita.

De nouveau, le silence. Au-delà de la fenêtre, le bruit d'une scie électrique. Un camion de bouteilles lancé sur la provinciale. Aux murs, les petites moustaches et les lunettes du président de la République, qui, moins d'un mois plus tard, submergé par les scandales politiques, donnerait sa démission.

Zanka pointa du doigt la carte.

— S'il existe sur cette montagne un dépôt d'explosifs, alors il doit être introuvable et pourtant accessible…

Il se tut devant la main levée du forestier.

— Des grottes, là-haut, il y en a tant qu'on veut, énonça-t-il. Mais celles qui sont accessibles, nous les connaissons toutes. Nous avons battu tous les sentiers, et s'il y avait eu des allées et venues de motards, on s'en serait aperçu depuis longtemps.

— Si cet endroit existe, observa Zanka, on y arrive depuis le lieu où ils ont tabassé Bernacca. Et ça ne peut pas être loin de Pian del Cielo, vu que c'est de là que sont partis Jacopo et Margherita.

Gheppio secoua la tête.

— Impossible, décréta-t-il. Nous l'aurions trouvé.

Zanka ne cessa pas de le scruter. Il sentait qu'il avait instillé le doute, en dépit de cette affirmation.

— Et pourtant vous-même, vous croyez que les jeunes sont encore là-haut, quelque part.

Zanka attendit vainement que l'inspecteur-adjoint réplique. Puis il poursuivit :

— Malheureusement, si mon hypothèse était juste, les seuls qui pourraient la confirmer sont les acolytes de Landucci. Ou Landucci lui-même. Ou bien, qui sait, peut-être que d'autres ont accès au dépôt, et une enquête de police pourrait révéler de nouveaux éléments. Mais aucun commissaire ne mobiliserait des hommes et des énergies sur la base de ce que je viens de raconter. C'est une hypothèse qui ne peut être ni démentie ni confirmée, comme tant de celles que j'ai avancées dans mes livres.

Un demi-sourire lui échappa.

— Ça vous fait rire? demanda Gheppio

Zanka secoua la tête.

— Je pensais que Simone Bartocci m'a rappelé la fameuse phrase de Pasolini sur les mystères italiens : « Moi, je sais, mais je n'ai pas les preuves. » Parce que les preuves sont enterrées ou effacées avec méthode. Pas de traces, pas de passé. Tout doit rester bien caché. Surtout aux consciences. C'est le destin de ceux qui vivent dans ce pays.

Il se leva.

— Peut-être que je vous ai seulement fait perdre votre temps. Mais je tenais à échanger avec vous.

Soudain, il sentit la fatigue de la journée lui tomber dessus et lui courber le dos.

— Maintenant, je dois y aller. Ce soir, je vais dîner avec mon fils et puis je dormirai au Sanglier-Blanc, pour repartir demain matin.

Zanka salua et se dirigea vers la sortie. À ce moment, il ne désirait rien d'autre que fumer une Muratti sur le chemin, écouter ce que Vincenzo avait à lui dire, avaler un Fernet après dîner et se coucher dans un lit confortable.

— M. Zanchini, le rappela Gheppio.

L'écrivain se retourna.

Le forestier avait en main l'atlas du Touring et l'exemplaire du journal.

— Vous oubliez ça.

Zanka revint sur ses pas.

— Écoutez, avant que vous vous en alliez, je voudrais vous demander une chose, attaqua Gheppio. D'après vous, si les Brigades rouges, au lieu de tuer Moro, l'avaient libéré, qu'est-ce qui se serait passé ?

Zanka fut pris au dépourvu. Il n'arrivait pas à imaginer pourquoi Gheppio voulait savoir une chose de ce genre.

— Je crois qu'on l'aurait enfermé quelque part, répondit-il en toute franchise. Peut-être dans une clinique. Il serait passé d'une détention à une autre. Ils ne l'auraient pas laissé libre après ce qu'il a écrit sur eux, sur ses compagnons de parti. En Italie, dire la vérité est l'unique péché qu'on ne vous pardonne pas.

— Mais il est important que Moro ait écrit ces lettres, non ?

— Je pense que oui, répondit Zanka.

Gheppio se laissa aller sur le dossier.

— Bien, conclut-il. Alors, vous pouvez le faire vous aussi, vous qui ne risquez pas votre vie et pas même la liberté. Écrivez votre livre. Écrivez l'histoire de Jacopo et Margherita, avec toutes les pièces à l'appui que vous pouvez trouver. Écrivez-le comme si c'était un de vos livres de fiction. Peut-être que vous réussirez à dire plus de vérité que nous en avons trouvé, nous.

Zanka serra la main que Gheppio lui tendait.

— Bonne chance, dit le forestier.

L'écrivain sortit sans rien dire, en méditant sur la consigne qu'il venait de recevoir.

C'était le meilleur encouragement qu'on lui ait jamais donné.

13
AULLA, SAMEDI 20 MAI

Jimmy était devant Milena. Ils étaient assis sur des hauts tabourets, Jimmy en équilibre penché, le dos appuyé au mur. L'Hallogalo était fermé depuis une demi-heure, éclairé par trois ampoules sur six et traversé par une musique indéfinissable, complexe et suave à la fois : sons électroniques, arpèges de guitare, flûtes, grappes de notes de piano, à un moment même le vagissement d'un nouveau-né.

— C'est qui, ceux-là ? demanda Milena en montrant le disque qui tournait sur la platine.

— C'est une seule personne, répondit Jimmy, les mains occupées à chauffer le haschich. Il s'appelle Franco Leprino. L'album s'intitule *Intégrés trois petits points désintégrés*.

— Il y a vraiment écrit « trois petits points » ? En toutes lettres ?

— Non, *meine Liebe*, avec les points… comment on dit ?

— De suspension.

— Voilà. Et cette suspension est importante, parce que comme ça, le titre veut dire beaucoup de choses. Tu aimes ?

— Oui, dit Milena, en regardant le mur derrière Jimmy. Il était tapissé de pochettes de LP, souvenirs de concerts, photos de groupes et gros plans de musiciens, avec pour résultat qu'elle avait sur elle le regard d'au moins une cinquantaine de pupilles, y compris celles de la vache de *Atom Heart Mother* des Pink Floyd.

— Je trouve que la conception qu'a Leprino de la musique est très proche de l'ufophilie, dit Jimmy tandis qu'il commençait à rouler le joint. Mais je te disais… C'est normal que la découverte de Moro quelques heures après ton rêve t'aie fait croire que mon interprétation ne reposait sur rien…

— Pas vraiment sur rien, le corrigea Milena, certains trucs avaient du sens… Mais cette histoire que Moro était «ravi», dans le sens de «fasciné», donc était pratiquement un ufologue…

Un petit rire lui échappa.

— … ben, tu admettras que c'est un peu tiré par les cheveux. Disons que l'interprétation était très intéressée.

— Mais ça m'est venu spontanément, je te jure, rétorqua Jimmy. Je mettrais bien la main sur mon cœur, mais je prépare un joint. Simplement, mon interprétation n'était pas *morocentrique*.

Il colla le papier après l'avoir léché, alluma, avala deux bouffées, passa le joint à Milena.

— Ces deux derniers mois m'ont vraiment fait chier. Quand ils ont commencé à dire que dans les lettres de Moro, il y avait des anagrammes et qu'ils se sont mis à jouer aux devinettes, là, pour moi, on a touché le fond. Allez tous vous faire foutre, ça a été ma réaction.

Jimmy se tut brusquement, comme s'il s'était souvenu de quelque chose :

— À propos, je vais te faire écouter une cassette qui vient de m'arriver.

Il se mit à farfouiller derrière le comptoir.

— Des groupes punks italiens, tu en as déjà entendus ?

Jimmy recevait souvent des enregistrements autoproduits – il les appelait des *demo tapes* – de groupes « émergents », définition très utilisée à l'époque, y compris pour des groupes destinés à rester *sous la surface*.

— Ceux-là, ils sont de Vénétie, annonça-t-il, ils s'appellent Fioi di Kan, écrit avec un k. Merde, où est-ce… le voilà ! s'écria-t-il en montrant la cassette à Milena. C'est leur demo. Ils ont eu la bonne idée d'ajouter à la volée une *cover*, c'est une adaptation, même si ça serait plutôt un « détournement », tu vois, quand tu changes le texte d'une chanson, pour rire ? Écoute comment les voyous d'aujourd'hui voient l'affaire Moro.

Des haut-parleurs sortit un rock pour le moins déglingué. La guitare était très distordue, la basse, on devait l'imaginer, la batterie turbinait en double croche, le chanteur beuglait. Les paroles étaient difficiles à saisir : quelque chose sur le prix de l'essence qui augmentait, ce qui rendait plus coûteux les cocktails Molotov… Milena eut à peine le temps de reconnaître *La Topolino amaranto* de Paolo Conte que déjà partait le refrain :

> Dans la 4L amarante, allez assieds-toi, voilà, on y va !
>
> Si tu leur relâches un peu la bride, on fait la guérilla, de rivales elle n'en a pas !

Moins d'une minute et le morceau s'arrêta d'un coup.

— Ce qu'on appelle une *novelty song*, commenta Jimmy, en retirant la cassette de la stéréo. Et dis-toi que le chanteur a quinze ans ! Mais revenons à nous… Et écoutons une musique plus adaptée à la situation.

Selon Milena, cette conversation avec Jimmy à l'Hallogallo, cet échange d'opinions nourri de musiques cannabiques et visionnaires fut aussi important que les événements qui suivirent.

« Nous avons encore parlé de mon rêve. J'en ressentais la nécessité. Je commençais à penser que mon activité onirique avait intercepté quelque chose, "un changement de phase". Tandis que se concluait le drame de la détention de Moro, il y avait de plus en plus de monde qui voyait des ovnis. Quel était le lien ? À lire les journaux, la réponse semblait évidente : les ovnis aidaient les Italiens à décharger la tension, ils exprimaient un désir d'"évasion", de fuite de la politique, des affrontements idéologiques, de la violence. Une envie de désengagement, une envie de rêver. C'était peut-être le *décor** autour de moi, ou la musique, ou la fumette, en tout cas, les pensées me venaient à flux continu et ces pensées étaient déjà des mots. La substance en était. Bien sûr, ceux qui voyaient des ovnis exprimaient un besoin d'enchantement, de mystère, d'élargissement de leur propre monde… D'ouvrir les "portes de la perception"… Une expression qui pouvait me venir en tête seulement à l'Hallogallo, et que je n'avais jamais utilisée, même gamine. Mais pourquoi définir ça comme un "désengagement"? Si l'enchantement et l'engagement avaient été irréconciliables, tout ce que Jimmy avait dans ce lieu n'aurait été qu'un bric-à-brac, un tas de camelote, de *ciapapóer*, comme on dit à Turin. »

— Exact, acquiesça Jimmy en souriant. Et les surréalistes, les beatniks, mon copain Tim Leary... ils auraient juste produit du bla-bla.

Il était de nouveau assis sur le tabouret, la tête et la chevelure rousse juste sous celle, presque pareille, dessinée sur la couverture de *Tago Mago* des Can. Il demanda à Milena si ça lui disait, un verre de vin, et prit le nécessaire dans l'arrière-boutique. Il revint avec une bouteille sous le bras et un bocal d'olives. Après avoir attrapé les verres, il déboucha le vin et fit signe à Milena de se servir.

— Mais, attaqua-t-il pendant que Milena remplissait son calice, considérons le noyau de vérité qu'il y a dans ces discours sur l'évasion. Il y a bien un désir de fuite, c'est indéniable. Moi-même, comme je te disais, j'ai commencé à m'en foutre éperdument de l'affaire Moro, avec toutes ses ramifications. Pour simplifier, je me suis enfui. Je me suis évadé. Pourquoi le mot *évasion* est-il utilisé sur ce ton de condamnation? Qui aime rester en prison? En fait, dans les films sur des évasions, nous sommes tous du côté du prisonnier qui tente le coup, même si c'est le dernier des salopards, mais on est avec lui, on espère que son plan fonctionne, qu'on ne le capture pas.

Milena hocha la tête. Elle s'aperçut que sur le mur derrière Jimmy, il y avait aussi le poster de

Papillon, avec Steve McQueen. En sirotant le vin, elle se perdit dans ses souvenirs du film. La colonie pénitentiaire, la fuite dans la jungle, la tromperie de la barque au fond percé, les années à l'isolement, les cauchemars, l'île du Diable, la scène finale… Accroupie sur un sac de noix de coco, Milena flotta un instant dans l'Atlantique, avant d'échouer à nouveau à l'Hallogallo, et dit :

— Il y a un désir d'*ailleurs*. Ailleurs par rapport aux dichotomies, à l'affrontement entre l'État et les BR, au spectacle du soutien obligatoire, aux contrôles étouffants. J'essaie de raisonner comme vous, les ufophiles : si l'ovni est le *non identifié*, est-ce tellement surprenant que tu en voies un justement à un moment où tout pousse à t'*identifier*, pour savoir qui tu es et de quel côté tu te ranges ?

— Putain, oui ! s'exclama Jimmy. C'est ça la question.

— Et puis, tu n'y trouves pas quelque chose d'utopique ? *Utopie*, en simplifiant, ça veut dire *ailleurs*. Un ailleurs absolu, un lieu qui n'est pas. Mais chercher un lieu qui n'est pas signifie ne pas se contenter de l'existant. Et ce n'est pas le même élan que nous lisons dans la science-fiction ?

De derrière ses lunettes fumées, Jimmy regarda Milena avec admiration.

— Tout ça va finir dans ton premier livre, dit-il. Je le sais. Ça en fera un livre différent de tous les autres.

« Et il avait raison, se souvient Milena, même si "différent" ne veut pas dire forcément "meilleur". Voilà, même aujourd'hui, j'ai tendance à me mettre sur la défensive. Je crois que je l'ai fait aussi ce soir-là, j'ai dit à Jimmy qu'il simplifiait les choses, lui, parce que moi, je ne savais pas si j'avais pris la bonne direction. Et je savais encore moins si ma recherche donnerait un livre. J'avais démarré en me demandant pourquoi suivre les ovnis était une activité uniquement masculine, et j'en étais arrivée à y voir un désir d'utopie, une critique de l'existant… »

— En somme, moi, j'ai encore beaucoup de confusion dans la tête.

— C'est pour ça que tu es là. Pour t'éclaircir les idées grâce à une nouvelle expérience. Grâce à l'Expérience…

Jimmy jeta un regard à sa montre.

— … il est presque l'heure d'y aller. Il faut monter avant qu'il fasse nuit, comme ça on aura le temps d'allumer le feu et de manger quelque chose. Tu verras que d'ici peu, les autres vont arriver.

« Les autres » étaient le groupe d'amis qui de temps en temps se retrouvaient sur le Quarzerone, pour rencontrer des objets (et des sujets) non identifiés, en recourant à la méthode que les ancêtres de Jole s'étaient transmise de génération en génération : ingérer le champignon hallucinogène connu sous le nom scientifique d'*Hygrophorus Marzuolus Varietas Divinarum*, et sous le nom populaire de clou des sorcières.

Si Jimmy avait carrément fréquenté Mister LSD en personne, Timothy Leary, l'expérience de Milena en matière d'hallucinogène était fort réduite. Juste un buvard coupé en deux pour fêter son baccalauréat avec son amoureux du lycée. Étendus dans un pré au bord de la Dora, à la sortie de Turin. Un après-midi passé à suivre les lueurs dans les labyrinthes colorés parmi les tiges d'herbe. Rien de fulgurant ni d'effrayant.

— Le champignon, c'est différent, lui avait dit Jimmy. Mais en compagnie, il n'y a pas de problème.

À ce moment, un klaxon fit entendre une version sur une seule note du jingle publicitaire du DDT : « Tue la mouche avec le flit ! »

L'ufophile leva le rideau de fer. Devant l'Hallogallo, il y avait une DS, le modèle surnommé « Requin ». Elle était peinte d'écailles jaunes, rouges et bleues.

Jimmy la montra à Milena.

— Je te présente l'Autopoisson.

14
FORRAVALLE, SAMEDI 20 MAI

— Je suis resté à Thanur pour la vie en commun et les théories d'Orsola, pas juste parce que je voulais arrêter de me shooter. Puis, ça aussi c'est arrivé, et c'est très bien. Mais ceux-là, ils pensent qu'ici, nous avons une baguette magique et ils se foutent de tout le reste.

Vincenzo était plutôt loquace ce soir-là, après les *testaroli** et la pintade rôtie avec sa garniture de légumes. Et il semblait en forme. Zanka en fut content, malgré les entreprises de la bande Landucci et le sort de Jacopo et Margherita qui continuaient à lui trotter dans la tête. Il sentait que s'il s'était mis à la machine à écrire, il aurait pu taper une nuit entière.

— Il y a deux semaines, reprit Vincenzo, j'ai dû rattraper les conneries de l'un d'eux qui était aller voler chez le voisin. Je veux dire, tu te rends compte ? Moi, je crois que pour aller voler chez celui qui vit à côté, il faut vraiment n'en avoir rien à foutre de la communauté.

Zanka fit savoir à l'aubergiste qu'il désirait un Fernet, il l'exprima en scandant le mot sans élever la voix, pour que l'autre puisse lire les labiales. Celui-ci les rejoignit avec deux petits verres et la bouteille entière. Traitement bons clients.

* Pâtes plates en forme de losange, faites avec de la farine de blé tendre, typiques de la Lunigiana.

Mais Vincenzo, trop pris par sa propre philippique, ne parut pas intéressé par le digestif.

— Ces gens, ils se présentent, supplient d'entrer, demandent de l'aide, et dès qu'ils ont passé le portail, Thanur devient tout de suite la maman à arnaquer, pour lui soutirer cinquante sacs ou bien l'insulter, parce qu'elle te fait bêcher la terre, et alors, en avant les couinements, « j'ai tué personne, moi, je me suis juste piqué », « j'ai les séquelles de la dépendance », « vous voulez ma mort », et blablabla.

Zanka avait compris le message : Vincenzo ne pouvait pas supporter de se voir dans le miroir de ces jeunes paumés. Un an plus tôt, le comportement qu'il décrivait était encore le sien. C'était la même histoire que celle des Irlandais, avant-derniers arrivés à New York, qui évitaient les Italiens parce que derniers arrivés. C'était la pose de celui qui vient juste de s'émanciper et ne veut pas être confondu avec qui est encore esclave. En l'occurrence, pensa-t-il, il y avait un aspect positif dans la sortie de Vince, parce qu'elle scellait sa distance avec le monde des toxicos.

— Et Rossella ? demanda Zanka, juste pour avoir la confirmation de ce qu'il avait déjà deviné.

— Maintenant, on dirait la Madone. Plus son ventre s'arrondit, plus elle se transforme en Notre-Dame-des-Drogués. Tout le monde la suit, lui tresse des louanges et Orsola ne dit rien.

Vincenzo raconta le voyage de Rossella à Milan et le cadeau empoisonné avec lequel elle était rentrée : devenir une communauté thérapeutique en échange de la paix avec les Hilzer. Ou plutôt, de leur argent.

En parlant de Rossella, il ne dit pas à son père « on s'est quittés », parce qu'il ne lui avait jamais dit non plus « on est ensemble », mais on comprenait bien que le lien était rompu entre eux.

Tandis qu'il sirotait le digestif, Zanka fut frappé par une pensée : puisque Vincenzo ne serait jamais père, lui ne serait pas grand-père. Bien sûr, l'enfant à naître était l'enfant de son fils et son petit-fils ou sa petite-fille, biologiquement parlant. Mais il ou elle grandirait dans un monde lointain, impénétrable.

Vincenzo continuait à raconter. Zanka se demanda si ce discours déboucherait quelque part ou s'il n'aboutirait à rien, comme souvent. C'était déjà beaucoup que son fils eût décidé de s'ouvrir, de vider son sac devant lui. Il ne se rappelait pas quand cela avait pu arriver, auparavant. Peut-être jamais.

Enfin, Vincenzo en vint à sa conclusion :

— Tôt ou tard, je ne pourrai plus rester à Thanur, ça c'est sûr.

S'ensuivit un moment de silence durant lequel Zanka posa le verre, en essayant de se concentrer sur les conséquences de cette sortie.

— Mais si je viens à Rome, je vais recommencer à me shooter, on le sait bien, ajouta son fils.

Zanka ne se sentit pas de commenter, ou plutôt, c'était cette lucidité inhabituelle qui le laissait sans voix.

— Je ne sais pas où donner de la tête, dit Vincenzo. Je ne veux pas encore fuir. De Rome, de la clinique, de Thanur. Cet été, je pourrais aller dans la Versilia pour trouver une place de serveur, mais ce serait juste pour gagner du temps. Comme si on m'avait renvoyé à la session de septembre. Et à partir de septembre ?

Le père écoutait et pensait. Il pensait que Rome, pour Vincenzo, c'était la ville natale, la maison où il avait grandi, les lieux qui l'avaient abrité. L'héroïne avait été son aventure tragique, son mentor négatif, un mauvais voyage. Puis il avait trouvé Orsola, le mentor positif, et Thanur, une nouvelle maison. Le héros était parti de son monde familier, avait connu l'ailleurs, l'avait traversé et s'y était construit un refuge : comme dans les mythes et dans les rites de passage de toute culture.

Dans plus d'un livre, Zanka avait émis l'hypothèse que l'humanité avait hérité ce schéma narratif de ses ancêtres de l'espace, protagonistes de voyages à travers les galaxies. Voilà pourquoi le pèlerinage du connu à l'inconnu était devenu la structure portante de l'épique héroïque. L'Ulysse cosmonaute était le modèle de tous les Ulysse du genre humain.

À quel point en était-il de son Odyssée, Vincenzo ? Certes pas à Ithaque, prêt à vaincre les Prétendants. Mais Hermès arrivait pour lui dire que son voyage n'était pas terminé, qu'il lui manquait quelque chose. Quoi ? Une mère. Depuis qu'il était né. Non pas que Zanka voulût ainsi s'accorder l'absolution, mais enfin, bon ou mauvais, présent ou absent, il en avait eu un, de père. Alors que pour se dénicher une mère, il s'était retrouvé à Thanur, s'était fié à Orsola, et maintenant, il risquait de la perdre elle aussi.

Pendant ce temps, Vincenzo, comme pour lui répondre, parlait d'Orsola et de son insupportable fatalisme face aux propositions de Rossella, de son incapacité à s'opposer à la banqueroute de ses propres idées.

Enfin, il se tut. Il s'alluma une cigarette prise dans le paquet de son père.

— Tu as encore la lettre que t'a envoyé ta mère? lui demanda ce dernier, pour aussitôt s'étonner de l'avoir fait. C'était quand? Il y a dix ans?

— Je ne l'ai pas déchirée. Pourquoi? répliqua Vincenzo en plissant un peu le front.

— Si tu avais au moins une vieille adresse à elle, tu pourrais la retrouver.

Vincenzo faillit en laisser tomber la cigarette de sa bouche.

— Tu parles sérieusement?

— Oui. À l'âge que tu as, je pense que pour toi, ce serait important de la rencontrer. Tu as sûrement beaucoup de choses à lui demander, et ce n'est pas bon que tu continues à te satisfaire des réponses que je t'ai données, moi. Au fond, vous ne vous êtes jamais rien dit. À part dans cette lettre.

Vincenzo fit la moue pour exprimer qu'il n'y avait pas grand-chose dans cette lettre.

— Elle m'invitait à aller là-bas pour les vacances, dit-il. Dans le New Jersey.

— Le New Jersey est un peu grand pour être passé au peigne fin sans autres indications, observa Zanka.

— Dans la lettre, il y avait une photo, avec un numéro de téléphone et une adresse au dos. Je l'ai gardée.

— C'est un point de départ.

Zanka nota que l'expression de son fils était en train de changer. Il était moins réticent à l'idée, rejetée au premier abord. Mais aussitôt Vincenzo secoua la tête.

— Même si je voulais, objecta-t-il, moi, hors de Thanur, je ne suis rien. Je n'ai pas de travail, pas de maison, je ne sais rien faire.

Zanka se versa un deuxième petit verre de Fernet.

— On m'a fait une belle offre pour la maison d'Orbetello. L'argent pour l'avion et pour les premiers temps, c'est pas un problème. Après, peut-être, tu trouveras une place de serveur dans le New Jersey, c'est toujours mieux que dans la Versilia. L'anglais, au moins, j'ai réussi à te le faire étudier.

— Ça au moins… commenta Vincenzo. Je te remercie pour cette offre, vraiment. Mais ça ne peut pas marcher. Je suis toujours un ex-toxico, si tu me donnes tout cet argent d'un coup, je le dépenserai en une semaine, je ne…

Zanka l'interrompit en lui posant une main sur le bras.

— Si c'est ça le problème, on trouvera un moyen de te le verser par petites sommes, comme ça tu le gèreras mieux. Mais je t'en prie, ne commence pas à t'apitoyer. C'est une idée dingue, tu as peut-être raison. Fais-en ce que tu veux. Mais ne l'écarte pas parce que tu ne te sens pas à la hauteur, il est temps que tu croies en toi-même.

« Il essayait de me dire quelque chose que nous ne nous étions jamais dit, raconte aujourd'hui Vincenzo, maladroitement, bien sûr, de manière un peu filandreuse… Jusqu'à il y a peu, un discours de ce genre m'aurait énervé, mais ce jour-là, non, au contraire. À y repenser, son effort m'émeut encore. Après, il m'a parlé de lui. Il m'a dit que pendant un moment, il lui avait semblé avoir perdu le but de sa vie : écrire n'avait plus de sens. Puis il était tombé sur une histoire intéressante et il lui était venu l'envie de la raconter, Dieu sait pourquoi. Et maintenant, il avait de nouveau un but. Il m'a parlé de la piste qu'il croyait avoir trouvée sur la disparition des deux scouts, de l'hypothèse qui lui paraissait probable, parce qu'elle expliquait l'inexplicable. Dommage qu'elle soit indémontrable. Pendant ce temps, moi, je pensais à la proposition qu'il m'avait lancée. C'était typique de mon père, sortir soudain un défi, une provocation. Ou du moins, c'était typique de ce qu'il faisait quand j'étais enfant. Il arrivait et me disait : "Demain, on traverse Rome à pied, du nord au sud." Ou bien : "Ce soir, on va faire un dîner précolombien." "Samedi, avec le détecteur de métaux, on va chercher des pièces étrusques à Norchia." À un moment, il avait cessé, après que j'avais refusé deux ou trois de suite avec la classique flemme de l'ado de quatorze ans. Cette histoire d'Amérique fut une espèce de retour à l'enfance. Mais pendant que j'écoutais mon père me raconter l'histoire de ces deux gamins disparus et des poseurs de bombe fascistes, je continuais à m'imaginer dans l'avion pour New York, ou au milieu des gratte-ciel, ou devant une maisonnette du New Jersey, hésitant à appuyer sur la sonnette. »

15
FORRAVALLE, SAMEDI 20 MAI

À la fin de la soirée, Vincenzo dit à son père qu'il n'y avait pas besoin de l'accompagner jusque là-haut, à la communauté, il ferait volontiers le chemin *a sòle e tacchi*, juste à pied, mais Zanka insista pour l'emmener en voiture. Père et fils se dirent un au revoir rapide devant le portail de la villa. Dès que Vincenzo arriva dans la chambre, il fouilla dans le sac à dos qu'il gardait près du lit, en sortit *La Ragazza* de Carlo Cassola, offert par une ex-camarade de lycée, et il le feuilleta à la lumière de la lampe de chevet : il se rappelait l'avoir glissée entre ses pages. Et de fait, la voilà.

Sa mère souriait en noir et blanc, parmi les plantes du jardin. Au verso, quelques lignes au stylo.

Marion O'Donnell
671 Palisade Avenue
Jersey City, Nj 07307
Tel. 877-652-8472

— Qui est-ce ?

La voix de Pardo le fit sursauter. Il s'était penché par-dessus le rebord du lit au-dessus du sien.

— Ma mère, rétorqua Vincenzo. Elle vit en Amérique.

— Moi, si j'avais une maman en Amérique, je serais déjà parti depuis longtemps.

Vincenzo replaça la photo dans le livre et s'étendit, mains derrière la nuque.

— Je ne l'ai jamais connue. Elle n'a jamais été vraiment ma mère.

De l'étage au-dessus du lit superposé n'arrivèrent pas d'autres paroles. Puis la tête de Pardo pointa de nouveau par-dessus le rebord de la structure de bois.

— Comment ça s'est passé, avec ton père ? demanda-t-il.

— Bien. Pour la première fois, on s'est compris.

— J'ai lu un de ses livres il y a quelques années, je me rappelle pas le titre, dit Pardo en disparaissant de nouveau. Il est communiste, non ? Bizarre qu'un communiste s'occupe d'extraterrestres, d'astronefs dans la préhistoire, des trucs de ce genre…

— Il m'a raconté qu'en ce moment, il écrit tout autre chose, rapporta Vincenzo. Tu vois ces boy-scouts qui ont disparu sur le Quarzerone il y a deux ans ?

— Oui, vaguement.

— Mon père s'est construit une théorie. D'après lui, ça a un rapport avec un dépôt d'explosifs sur la montagne et avec une bande de fascistes de Lucques, peut-être que tu les connais, un certain Landuzzi…

Les ressorts au-dessus du visage de Vince ondulèrent et grincèrent. Il vit les pieds de Pardo sur l'échelle, puis les jambes et enfin tout le corps.

— Nando Landucci ? demanda Pardo.

— Il me semble, acquiesça Vincenzo.

— Tu te souviens de ce dossier dans *Pugno al cielo* ? Il y était aussi. C'est un sale type, le genre qu'il vaut mieux éviter…

Il s'interrompit d'un coup.

— Qu'est-ce qu'il y a? interrogea Vincenzo en soulevant le buste, appuyé sur les coudes.

Pardo s'assit sur le bord du lit.

— Je viens juste de me rappeler où j'ai déjà vu ce type d'aujourd'hui. Capoferri.

— Quel rapport avec Landucci?

Pardo eut un geste de la main comme pour lui intimer de se taire. Il était en train de pressurer ses souvenirs pour en tirer un suc qu'il puisse restituer.

— Quand on a fait un procès à *Pugno al cielo*, le parti a mis à notre disposition son ténor du barreau, Me Mazzaroso. Alors, je suis allé à son cabinet, avec Landucci et quelques camarades, pour signer la procuration.

— Il y a combien de temps de ça? s'enquit Vincenzo.

— C'était fin 1972, début 1973. J'avais dix-neuf ans. On est là, dans la salle d'attente, et Mazzoroso invite Landucci à entrer, seul. Au bout d'un moment, il ressort, avec un autre type qui devait être là avant. Ils parlent entre eux, visiblement ils se connaissent bien. Puis le type salue aussi le reste de la bande et s'en va.

— Et ce type… l'interrompit Vince.

— C'était Capoferri, reprit Pardo. Barbichette à la Buffallo Bill, cheveux un peu longs… C'était lui, c'est sûr.

Quelques instants plus tard, Vincenzo se remit à chuchoter dans la pénombre.

— Cette histoire pourrait intéresser mon père. D'après lui, la bande Landucci s'est approvisionnée en explosifs cachés sur le Quarzerone. Capoferri vit ici. S'il les connaît, il est peut-être impliqué lui aussi.

Pardo se leva et se mit au pied de l'échelle.

— Laisse tomber, trancha-t-il. Ces gens *'un va a scartini*, y rigolent pas. Ils te flanquent un coup de couteau comme si de rien n'était. Ils manient le TNT comme nous on émiette le shit pour se faire un joint.

16
PIAN DEL CIELO, SAMEDI 20 MAI

Les loirs qui habitaient dans le grand hêtre juste au centre de Pian del Cielo n'avaient plus vu de campements d'humains depuis la fin de l'été 1976.

Après la disparition de Jacopo et Margherita, ceux qui connaissaient l'affaire préféraient rester loin du pré, surtout la nuit, et les quelques-uns qui ne la connaissaient pas évitaient de planter leur tente là, comme s'ils percevaient un mauvais présage.

La bande des ufophiles, pour ses veillées, avait déjà fréquenté de nombreuses clairières, mais Jimmy, l'expert du Quarzerone, ne les avait jamais emmenés à Pian del Cielo. Avant le malheur, parce ce n'était pas assez isolé et qu'on pouvait toujours tomber sur quelque casse-pied ; après, par un sentiment de respect, plus que de crainte, comme s'il s'agissait d'un lieu où les deux jeunes gens étaient enterrés.

Le soir du 20 mai, il décida de changer de ligne de conduite et d'emmener ses amis justement sur cette esplanade autrefois fréquentée par les scouts. « Il me dit qu'il avait senti l'attraction de ce lieu, se souvient Milena. Comme pour les dates des rencontres, ce n'étaient pas les ufophiles qui choisissaient les lieux, mais les lieux qui les choisissaient. »

Selon ceux qui les ont expérimentées, les veillées ufophiles ne suivaient pas un rituel précis, afin de rester, autant que possible, « non identifiées ».

— En plus d'être ufophile, il faut être soi-même *Ufo*, expliquaient Guido et Adele.

L'un et l'autre avaient des cheveux longs rassemblés en tresse. Il portait une veste de panne à trois boutons, avec le même motif *paisley* que la jupe de sa compagne : gouttes bleues, à pointe recourbée, répétées des centaines de fois en un dessin hypnotique.

L'utilisation du terme *Ufo*, ovni en anglais, comme adjectif – pour signifier « bizarre, anormal, déviant, irrégulier » – était un des nombreux tics linguistiques du groupe : plutôt que de « veillées ufophiles », par exemple, ils avaient l'habitude de parler d'« Ufo-veillées » et de définir « gastronomie Ufo » les bons petits plats végétariens qu'ils mettaient en commun. Alberto Rizzi, facteur à Papozze et poète émérite, s'empara d'une tartine à la crème de navet et dit que ça, ce n'était pas seulement un « plat Ufo », mais aussi un exemple de « convivialité Ufo ».

Sans faire de manières, les amis installèrent les tentes, étendirent les sacs de couchage, allumèrent le feu et préparèrent le dîner. Frugal et léger, pour ne pas contrarier les effets du champignon par une mauvaise digestion et trop de nourriture dans l'estomac.

Pendant ce temps, Milena faisait connaissance avec les participants, racontait sa recherche, demandait des nouvelles, bavardait et, au-delà de son intérêt pour les pratiques du groupe, passait une de ces soirées qui depuis trop longtemps avaient disparu de son calendrier.

Après dîner, autour du feu, Brenda Collini essaya de jouer du *morin khuur*, ou « violon tête de cheval », que Guido et Adele avaient ramené de leur voyage en Mongolie. On disait que Brenda était capable de jouer de n'importe quel instrument, du thérémine à l'ocarina, mais sa sérénade mongole s'avéra quand même plutôt Ufo.

La musique terminée, Jimmy sortit de son sac à dos un bocal de verre, du genre qu'on utilise pour les confitures, plein de miettes marron : les clous des sorcières séchés et pilés suivant la méthode de grand-mère Jole.

Paul Beathens, pseudonyme d'un poète-ouvrier de Pérouse, portait deux cravates autour du cou, en guise d'écharpe. Il remplit d'eau une grosse théière et la posa sur deux pierres, au bord du feu, de manière à ce que les flammes en lèchent le fond.

Ils avaient expliqué à Milena que le champignon frais était très savoureux, alors que, sec, il fallait le mettre à tremper et le cuire, mais on perdait les effets psychotropes. Il ne restait alors que deux manières de le consommer comme hallucinogène : la plus facile était de le mastiquer, mais ça donnait souvent la nausée, et donc les ufophiles préféraient le faire infuser dans une eau chaude mais non bouillante, avec une giclée de citron et une cuillère de miel.

Chacun avait sa tasse : de céramique décorée ou de métal, large ou étroite, ramassée à la cuisine juste avant de sortir ou réservée pour la tisane magique. Sur celle que Jimmy tendit à Milena était dessinée une luciole ivre, surmontée de l'inscription *Ich glühe ohne Mühe*, c'est-à-dire « Je brille sans effort ». Ce devait être un souvenir des années allemandes de

Jimmy, de quelque fête de village où l'on buvait le *Glühwein*, à la lettre le « vin brillant, incandescent », ce qu'en Italie, on appelle *vin brûlé**.

— Sœurs et frères Ufo, dit Jimmy en se mettant debout, avec un geste et une voix solennels, ma chère grand-mère Jole recommande toujours, avant de prendre le champignon, de réciter l'Ave Maria ou au moins une prière à saint Christophe, justement protecteur de ceux qui voyagent.

Milena saisit la tonalité désacralisante de l'exhortation et se demanda néanmoins s'il ne lui faudrait pas aller chercher dans ses lointains souvenirs du catéchisme.

— Vu que nous avons une aspirante ufophile, continua Jimmy, je rappelle que notre assemblée a décidé de substituer l'invocation à la Vierge, ou au saint, par une vaticination en vers ou en prose à la gloire et à la louange de notre gardien Ufo, à savoir le guide que nous aimerions avoir à notre côté pour qu'il nous assiste dans la vision. Néanmoins, du fait que le champignon est un lutin imprévisible, quoique confiant dans nos esprits tutélaires, nous avons aussi établi que l'un de nous doit rester sobre, durant la veillée, pour assister les camarades en cas de besoin. Et si ma mémoire ne m'abuse pas, cette fois, c'est à mon tour d'être abstinent.

Le sermon introductif fut accueilli par des applaudissements, battements des mains sur les cuisses, glissades d'archet sur le *morin khuur*, bruits de bouches et exclamations d'approbation. Mais malgré l'atmosphère décontractée, quand les tasses se remplirent d'eau fumante et que chacun y laissa tomber quelques gouttes de citron, de miel et deux pincées de poudre magique, Milena imita les autres avec un soupçon d'appréhension. Elle s'apprêtait quand même à absorber une substance hallucinogène inconnue d'elle, utilisée autrefois à des fins divinatoires, qu'un type rencontré une nuit dans un train lui avait proposée d'ingurgiter pour voir d'étranges objets non identifiés. Il y avait de quoi alimenter quelques inquiétudes. En outre, elle se demandait si elle pourrait écrire sur cette expérience. On allait la prendre pour une émule de Castaneda. En clair, pour une bouffonne.

Milena s'efforça de ne pas penser à tout cela et de se laisser distraire par l'Ufo-veillée.

Le moment des invocations était venu.

Livia Rosati, une institutrice d'Orvieto, se mit debout en s'appuyant sur le bâton qu'elle utilisait pour marcher à cause de sa poliomyélite. Elle ajusta le turban sur sa tête et s'éclaircit la voix, comme si elle devait lancer un sortilège. Elle avait en main l'anthologie *Sondes dans l'avenir*, tout juste publiée par la maison d'édition Nord. Elle dégagea le signet qu'elle avait placé entre les pages et lut quelques lignes d'*Odyssée martienne*, le célèbre récit de Stanley Weinbaum publié en 1934.

— « Le Martien n'était pas vraiment un oiseau. Il n'était même pas aviforme, sinon à première vue. Il avait un bec, d'accord, et quelques appendices à plume, mais le bec n'en était pas vraiment un ; il était un peu flexible, je pouvais voir sa pointe onduler de-ci de-là. C'était plutôt le croisement d'un bec et d'une trompe. Il avait quatre pouces aux pieds et quatre choses *dactyles* – des mains, aurait-on dit, et un petit corps arrondi et un long cou finissant par une petite tête – et puis, ce bec. »

Livia raconta que Tweel, ce Martien, était intelligent mais que ses raisonnements ne suivaient pas notre logique. Il ne mangeait pas vraiment, se nourrissant de la terre à l'instar des plantes. Il ne dormait pas. Se reproduisait de manière asexuée. Dans son langage, il n'existait pas de mots véritables, plutôt des descriptions qui changeaient sans cesse, parce que les choses n'étaient jamais appelées deux fois de la même manière. C'était, en somme, le premier alien non identifié, ni humanoïde ni bête, dans l'histoire de la littérature de science-fiction.

Livia leva la tasse pour porter son toast. « À Tweel », dit-elle, et elle but une gorgée, aussitôt imitée par les autres et, en dernier, après un instant d'hésitation, par Milena aussi.

Guido et Adele devaient être un couple très uni, et pas seulement par leur accoutrement, parce qu'ils se fièrent au même esprit-guide, l'Allghoi Khorhoi, le « ver mongol de la mort ». Un animal légendaire, très redouté des nomades du désert de Gobi, sur lequel il n'existait pas de témoignages certains. Eux, en revanche, ils soutenaient l'avoir rencontré durant un voyage à dos de chameau et l'avoir apprivoisé avec des manières gentilles et un bol de raviolis à la vapeur.

— Mon Ufo-gardien, annonça Andrea Binelli, anarchiste de Pietrasanta, est le fils d'un camionneur et d'une marchande de fruits. À huit ans, il aime danser ; à neuf, il joue de la guitare dans un groupe, et à quinze, on le jette hors de l'école pour mauvaise conduite ; à dix-sept, il devient photo-modèle, à vingt-huit se déclare bisexuel, à vingt-neuf, il meurt en voiture, en rentrant dans un arbre.

Binelli leva la tasse :

— Au guerrier électrique, au danseur cosmique, au prince des tyrannosaures. À Marc Bolan.

Pendant ce temps, Milena réfléchissait à ce qu'elle allait pouvoir dire quand ce serait son tour. Elle n'avait rien préparé, Jimmy ne lui avait pas parlé de cette coutume, mais c'était pourtant bel et bien la soirée de son initiation ufophile, et elle avait beau essayer de garder la distance de la chercheuse, elle tenait à l'affronter dans l'esprit requis, en invoquant un guide digne de ce rôle.

Paul Beathens arrangea ses cravates, une sur l'épaule droite, l'autre sur la gauche.

— Avec émotion, avec une très grande émotion ! attaqua le Pérugin, je récite ces vers pour nous recommander au cosmos, infini et indifférencié, privé d'objets,

> « où la conjonction de vie / et de contemporanéité produit la réalité / où la liberté se fond avec le projet / où la multiplication de l'égalité / se structure dans l'organisation / où la production de possibilités / est à l'intérieur de la productivité des trajectoires / où la sexualité est dans la libération des relations / où la suspension temporelle / produit le déplacement de la

norme / où l'amour centralise les sentiments / où le changement des millénaires produit la littérature / où la théorie s'unit au classicisme et à l'hypothèse contemporaine / où le jour produit politique socialité idéologie / où le jour produit amour sentiment émotion / il y a la modulation d'âme, la révolution, le cosmos ».

Les ufophiles répondirent à l'escalade poétique par une standing ovation.

Brenda embrassa le *morin khuur* et réussit à entonner un blues des années 1930. Le texte exprimait le vœu qu'un jour les femmes *BD*, c'est-à-dire *bulldykes*, c'est-à-dire lesbiennes, se passent des hommes, parce que la manière dont ils les traitaient était humiliante et dégoûtante.

— Pour Lucille Bogan, Ma Rainey et Bessie Smith, dit Brenda à la fin du morceau. Trois filles nées au XIXᵉ siècle qui ont chanté l'amour entre femmes et l'Ufo-sexualité.

Alberto Rizzi bondit sur ses pieds et improvisa un hymne à la très belle nymphe de la planète Ozagen, personnage d'un roman de Philip José Farmer.

— Ave, ô Jeannette ! attaqua-t-il.

Milena saisit au vol à quel livre il se référait : *Les Amants étrangers,* première œuvre de science-fiction à avoir raconté le rapport sexuel entre un humain et une extraterrestre.

Rizzi synthétisa l'intrigue, en vers improvisés. Un terrien, amoureux fou d'une *lalitha*, s'entête à la libérer de son vice unique : l'éthylisme. Pour la faire cesser de boire, il remplace en cachette sa boisson préférée par un liquide sans alcool en tout point semblable. Mais Jeannette est en réalité un insecte hermaphrodite, d'apparence humaine, et utilise l'alcool pour ne pas tomber enceinte, ce qui lui arrive juste en regardant le visage de son compagnon, avec des conséquences tragiques, car les larves de son espèce se nourrissent du corps de la mère.

— Chère Jeannette / mère par erreur / protège-nous des sobres amours / maintenant et en souvenir de ta mort.

— Amen, répondit le chœur.

Ce fut enfin le tour de Milena. Elle avait décidé qui invoquer et cependant, les mots ne lui vinrent pas tout de suite. Elle passa en revue les visages des ufophiles, qui la fixaient dans l'attente, et en dernier s'arrêta sur celui de Jimmy, l'imaginant comme dans le rêve, quand il l'invitait à parler en kobaïen.

— Je demande l'intercession d'une enfant, dit-elle en serrant la tasse dans sa main, née en 1929, fille de deux anthropologues. Alfred, le père, a écrit un essai très important, où il affirme que la culture suit des lois différentes de celles du monde organique. La mère, Theodora, est autrice de la fameuse biographie d'Ishi, dernier survivant d'un peuple autochtone de Californie. Elle, la fille, écrit sur les fées, lit des romans fantasy et, à dix ans, envoie une histoire de voyages dans le temps à la revue *Amazing Stories*, qui ne la retient pas. Un quart de siècle plus tard, pourtant, la même revue publiera son premier récit. Elle a inventé des planètes anarchistes, a écrit sur des aliens sans sexe défini. Autrice d'un genre dominé par les hommes, elle a créé des cités d'illusions, des plages lointaines, des langues sans pronom possessif, des magiciens et des empereurs. Elle a exprimé le désir de renaître chatte dans une maison de Venise, pour pêcher dans les canaux et chanter sur les toits. Une chatte nommée Ursula. Ursula Kroeber Le Guin. C'est aussi grâce à elle que je suis ici ce soir.

La dernière gorgée de tisane tiède descendit dans la gorge des ufophiles.

Jimmy ramassa les tasses et les rassembla dans l'abside d'une tente. Puis il distribua les couvertures, toutes tricotées par grand-mère Jole. Chacun l'utilisa à sa manière : qui pour s'asseoir, qui pour s'en couvrir les jambes ou les épaules, qui pour s'y étendre, qui enfin pour se promener, en s'en enveloppant comme d'un manteau.

— Les voilà qui arrivent, murmura Brenda après une demi-heure, et Milena imagina qu'elle se référait aux effets du champignon, mais peut-être voulait-elle entendre « les Ufo ».

Livia et Paul Beathens se mirent face à face, pour fondre leurs visions dans un univers unique. À voix basse, pour ne pas déranger, ils discutaient de lémures parlant à cheval sur un serpent et un parricide avec un portrait à la place du visage.

Jimmy dut récupérer Guido et Adele qui, en marchant, s'étaient enfoncés dans la forêt et les ramener vers le feu, les faire asseoir et les convaincre de ne plus s'en aller.

Milena attendait en vain. Elle fermait les yeux et les rouvrait. Elle étudiait les étoiles et le profil des rochers. Elle se tenait jambes croisées ou allongée sur le dos ou debout. Rien.

À en juger par la manière dont il gémissait, Rizzi était plongé dans quelque activité érotique avec Jeannette, tandis qu'Andrea Binelli creusait le sol avec une petite cuillère en murmurant des paroles dans une langue jamais entendue, à la recherche d'un trésor invisible ou simplement non identifié.

Milena s'approcha de Jimmy, qui cassait des branches à jeter dans le feu.

— Ça ne me fait aucun effet, dit-elle, désolée.

Il lui répondit que ça pouvait arriver, la première fois. Peut-être était-elle encore en train de digérer le dîner, tout frugal qu'il ait été. Ou bien avait-elle fumé trop de haschich. Ou pris trop peu de champignon. Il lui conseilla de ne pas s'impatienter et de se glisser dans le sac de couchage, là, à côté de lui.

Milena s'attacha un foulard rouge au cou, pour protéger sa gorge de l'humidité de la nuit. Elle étendit la couverture sur l'herbe, plaça par-dessus le sac de couchage, retira ses chaussures et entra dans son cocon, en espérant y accumuler vite de la chaleur.

Jimmy lui prit la main et ils restèrent ainsi, côte à côte, à admirer les étoiles.

— Maintenant, j'ai compris pourquoi ça s'appelle Pian del Cielo, *plaine du ciel*, dit Milena.

— C'est beau, hein ? À Turin, un spectacle pareil, tu ne le vois pas.

— Tu le sais, pas vrai, que juste à la sortie de Turin, il y a les Alpes ?

— Oui, mais laisse-moi apporter un peu d'eau à mon moulin.

— À la conjonction du cosmos ! dit Paul Beathens quelques mètres plus loin, comme s'il trinquait.

17
PIAN DEL CIELO, DIMANCHE 21 MAI

Elle se tourna et se retourna longtemps sans parvenir à trouver le sommeil. C'était plutôt une somnolence remplie de pensées vagues, brumeuses. Certains ronflaient, d'autres, couchés sur le dos, cherchaient constellations et satellites, d'autres encore murmuraient une litanie devant les braises du foyer que Jimmy tentait de ranimer.

Milena sortit du sac de couchage, glissa ses pieds dans ses chaussures et partit vers le bois en quête d'un coin pour faire pipi. Elle parvint aux bords de la clairière. Vers l'orient, les confins de la voûte étoilée commençaient tout juste à s'éclaircir. La forme plus sombre de Rocca Tesana fermait l'autre moitié de l'horizon. Milena s'enfonça dans les broussailles et urina sous les branches d'un hêtre. Ce fut alors qu'elle remarqua les lucioles. Mais non, attends, pas des lucioles, on aurait dit... des gouttes de rosée phosphorescentes. Milena se releva et tenta d'en toucher une. Il lui resta sur les doigts une substance semblable à de la bave d'escargot. À mieux regarder, entre les fougères, il y avait aussi des taches plus grandes, ovales et écartées les unes des autres.

« Comme des traces de lumière dans l'herbe », dit la voix de Jole qui sortait du tronc d'un arbre abattu.

Le cœur de Milena manqua un battement. Milena dut faire un effort pour contrôler sa respiration et son esprit qui lui hurlait de s'en aller de là.

« J'ai vu le sang », dit encore la voix, qui tombait du feuillage d'un érable.

Tu es Milena Cravero, pensa fort Milena, peut-être à haute voix, peut-être pas. Tu es une anthropologue de Turin et, pour une raison ou une autre, alors que chez les autres, l'effet des champignons est en train de disparaître, chez toi, il t'arrive en retard. Tout est sous contrôle. Maintenant, tu retournes à la tente et tu en rigoles avec Jimmy.

Elle observa de nouveau les traces de lumière qui se perdaient dans le bois.

« Les empreintes du *loup-garou* », dit la voix de Jole qui montait de l'herbe.

Milena soutient que cet épisode a été le plus inexplicable et perturbant de sa vie. « Même quand j'étais chez les Yanomami au Brésil, il ne m'est rien arrivé de ce genre… »

Elle fit un pas, deux, puis un troisième et, au lieu de revenir au camp des ufophiles, elle se retrouva à suivre la piste lumineuse, entre les arbres et les buissons, malgré les plantes qui se dressaient sur son chemin, les ronces qui la retenaient, les toiles d'araignées qui se collaient à son visage.

Maintenant, elle avait dans les oreilles une voix masculine qui répétait la même phrase, sans jamais la compléter, chaque fois qu'une branche giflait son corps.

« Le sacrifice des innocents… »

« Le sacrifice des innocents… »

« Le sacrifice des innocents… »

Elle n'aurait su dire combien de temps elle avait marché, parce que la conscience du temps s'était étirée ou raccourcie sans qu'elle puisse s'en apercevoir, encore moins l'empêcher, mais sous les parois de la montagne, qui à cet endroit finissait à pic, presque à la verticale, les traces s'achevaient. Milena s'immobilisa, nullement fatiguée, et toucha la roche.

Elle en étudia la superficie, la parcourut des yeux et, tout à coup, comme il arrive avec les dessins qui en cachent d'autres, ce que la perspective faisait apparaître comme un simple renfoncement s'avéra être un passage. Les traces lumineuses continuaient par là. Milena les suivit, le cœur battant la chamade. Au-delà de cette faille, il y avait des marches. Elles paraissaient taillées dans la pierre et montaient. Milena poursuivit. « Je ne sais vraiment pas où j'en ai trouvé le courage, dit-elle aujourd'hui, j'étais terrorisée, mais je ne pouvais pas ne pas continuer. »

Elle parvint à une corniche étroite qu'elle parcourut sans regarder en bas, en suivant toujours les empreintes lumineuses dans la nuit encore dense qui enveloppait les pentes de la montagne, en s'efforçant de ne pas écouter la voix masculine qui répétait son mantra.

« Le sacrifice des innocents... »

Enfin, elle se retrouva sur une petite esplanade, une terrasse naturelle sur le flanc de la montagne. Une couronne de roches et de genêts dissimulait l'endroit à la vue d'en bas; d'en haut, en revanche, c'était l'inclinaison de la paroi qui le cachait. Là, les traces lumineuses terminaient. Milena sentit un parfum qui flottait dans l'air. Il provenait d'une plante grimpante qui tombait de la paroi presque jusqu'au sol. C'était l'odeur de ses fleurs blanches. Du jasmin, peut-être? Improbable. Milena s'assit dans l'herbe et fixa la ligne dorée qui incendiait l'horizon. L'aube était proche. Il n'y avait rien, ni décollage ni atterrissage d'astronef, ni lumière mystérieuse dans le ciel, qui pût dépasser la magie de ce spectacle. Elle pensa qu'en ce moment, en ce lieu caché et parfumé, personne ne la rejoindrait jamais. Peut-être Jimmy était-il déjà à sa recherche, mais la sensation d'être introuvable était effrayante, et en même temps rassurante. Quelque chose que d'autres avant elle devaient déjà avoir éprouvé.

À l'instant où elle le pensa, elle fut comme traversée d'une secousse et bondit sur ses pieds. C'est seulement le champignon, se dit-elle, sois tranquille. Tu dois redescendre, maintenant.

Le soleil surgit. Les rayons se reflétèrent sur un point précis, produisant une lueur métallique. Milena la cueillit du coin de l'œil. Elle se tourna vers la paroi rocheuse et se rendit compte que derrière la plante grimpante, il y avait quelque chose.

Elle écarta les feuilles de la main et sentit sous ses doigts une surface lisse et froide. Puis une protubérance de forme cylindrique.

Le gond d'une porte de fer.

Elle ouvrit la paume et l'appuya.

Il lui sembla toucher un bloc de glace. Comme si sa peau devait y rester collée.

Elle bondit en arrière.

« Le sacrifice des innocents est inadmissible. »

Elle avait envie de pleurer, de hurler, de faire encore pipi.

Mais elle retourna sur ses pas, du plus vite qu'elle pouvait, même si les empreintes lumineuses avaient disparu et qu'il n'y avait pour la guider que les traces de son propre passage, les arbustes écartés et les orties piétinées, difficiles à distinguer entre les pistes d'animaux qui croisaient la sienne, le gouffre qui parfois s'ouvrait sur sa droite et les racines qui la faisaient trébucher.

Une fois franchi le dernier rideau de cornouillers, quand Pian del Cielo s'étala devant elle et qu'elle vit dans le lointain les tentes des ufophiles, avant de se mettre à courir, Milena défit le foulard rouge à son cou et le lia étroitement à la branche d'un arbre, au départ de ce sentier qui n'en était pas un.

Dès qu'elle apparut sur les bords du bivouac, elle entendit Rizzi qui plaisantait :

— On pensait qu'ils étaient venus te prendre ! lança-t-il en faisant tourner l'index pointé sur le ciel, mimant le mouvement d'une soucoupe volante.

Milena s'agrippa à Jimmy et le sourire de ce dernier s'éteignit d'un coup, en voyant les griffures sur ses joues et la déchirure à la manche de sa veste.

— Qu'est-ce qui se passe ? Tu as eu un malaise ? lui demanda-t-il. Il ne fallait pas t'éloigner, je te l'avais dit…

Il fut réduit au silence par une main sur la bouche.

— J'ai trouvé la tanière du *loup-garou*.

18
FORRAVALLE, DIMANCHE 21 MAI

Du seuil de chez elle, Jole vit le visage de Milena et devina tout de suite que quelque chose n'allait pas. Et puis, il était 8 heures du matin. La petite bande était attendue pour l'heure du déjeuner. Il avait dû y avoir un problème.

Elle fit asseoir la jeune femme dans un fauteuil et lui prépara une tisane, tandis que les amis s'asseyaient en demi-cercle dans le petit salon, trouvant chacun un coin où se caler.

À la première gorgée, Milena ne reconnut pas le goût de l'infusion ni n'eut envie de demander ce que c'était. Il lui suffit que le liquide chaud l'aide à dissoudre l'angoisse, le caillot qui lui coupait le souffle.

— J'ai vu les traces de lumière, dit-elle.

Jole fit le signe de la croix.

— Ils t'ont donné le champignon à toi aussi ?

Milena hocha la tête et Jole lança un regard mauvais à Jimmy, qui était debout à côté d'elle et se limita à écarter les bras.

— Qu'est-ce que tu as vu d'autre ? demanda la vieille femme.

Milena avala encore de la tisane et posa la tasse sur le buffet.

— Une porte de fer. Encaissée dans le flanc de la montagne. Au sommet d'un sentier qui se glisse entre les roches. Les traces arrivaient jusque-là.

Jole joignit les mains sur son ventre.

— Quand ça m'est arrivé à moi, je ne suis pas arrivée à les suivre. Avec ma hanche… Il fallait une jeune comme toi.

Elle se pencha en avant, se rapprochant tout près d'elle. Milena fut hypnotisée par ses yeux céruléens.

— Mais tu as couru un grand risque, tu le sais ? Le *loup-garou* ne t'aurait pas épargné juste *p'rché t'sen 'na bela fiola*, parce que tu es une belle fille. Maintenant, ne bouge pas d'ici. Bois et repose-toi.

Jole se leva et s'approcha du téléphone. Elle cala les lunettes sur son nez, chercha un numéro dans un carnet jauni et le composa. Le bruit du disque qui tournait et repartait sèchement en arrière remplit la pièce. Alberto toucha l'épaule de Paul, comme pour chercher du réconfort. Adele et Guido se tenaient par la main. Livia et Andrea firent de même, surmontant l'embarras ; Brenda embrassait la tête de cheval au bout du manche du *morin khuur*.

Le disque termina son dernier parcours et Jole attendit.

— Allô, Elio ? articula-t-elle un instant plus tard. C'est la Jole.

Peu après 9 heures, la sonnette de la maison retentit et Jole fit entrer Elio Gornara, dit Gheppio. La vue de l'uniforme rendit un peu nerveux les ufophiles et peut-être aussi les intimida. Aucun d'entre eux n'avait de bons rapports avec les forces de l'ordre et les militaires.

Jole le fit asseoir devant Milena, qui lui décrivit ce qu'elle avait vu sur la montagne.

« C'était un taiseux, se souvient-elle. À la place des yeux, il avait deux fentes, mais pendant que je poursuivais mon récit, je les vis s'ouvrir, je vis croître sa stupeur. À la fin, il me demanda si je saurais retrouver ce passage, et je répondis oui. »

— Comment ? demanda Gheppio. Vous avez dit qu'il faisait sombre et qu'il n'y a pas de sentier.

Elle lui parla du foulard, attaché serré à une branche comme signe de reconnaissance.

L'inspecteur-adjoint ferma les yeux et soupira.

— Jole, je peux utiliser ton téléphone ?

Zanka avait passé une bonne partie de la nuit à fumer et à taper sur sa machine dans la chambre d'hôtel. Vers l'aube, l'épuisement l'avait emporté, et le corps au moins avait trouvé un peu de répit. Guère plus de deux heures, parce qu'il était à peine 7 heures quand il était descendu et avait demandé un cappuccino.

En feuilletant *La Nuova Toscana*, fraîchement sortie des rotatives, il avait dû lutter contre sa nervosité. Quel était le pas suivant ? Devait-il chercher des détails supplémentaires, des points d'appui pour raconter plus de vérité que ce qu'avait découvert Gheppio avec ses recherches sur le Quarzerone ?

En posant la tasse, Zanka s'était vu dans le miroir de la salle du petit-déjeuner. Un vieil homme éreinté, avec une barbe de deux jours et des poils toujours plus blancs, de grandes poches sous les yeux, le cheveu ébouriffé… Au coin des lèvres, deux parenthèses plus profondes de ce qu'il se rappelait.

Il était remonté dans sa chambre et s'était mis sous la douche. Rasé et rhabillé, il était prêt à partir pour Orbetello. Mais le lit l'avait invité à s'étendre, rien que dix minutes, avant de se mettre au volant. Plutôt que se coucher, il s'écroula, et c'est ainsi qu'il avait sombré dans le sommeil.

— Je suis l'inspecteur-adjoint Gornara, passez-moi la chambre de Martin Zanka... de M. Zanchini.

En entendant le nom de l'écrivain, Milena plissa le front. Elle ne savait pas que lui aussi était revenu à Forravalle.

La tentative échoua. Zanka dormait si profondément qu'il n'entendait pas la sonnerie. Gheppio se demanda s'il n'était pas déjà parti. Mais le concierge lui assura qu'il n'était pas sorti.

— Allez le réveiller, s'il vous plaît. C'est important.

Et voilà Zanka à l'autre bout du fil. Il parla lentement, d'une voix encore empâtée.

— C'est moi... je vous écoute...

— Allô, excusez-moi si je vous ai tiré du lit. Il faudrait que vous veniez là où je me trouve actuellement. Hameau La Vagina, c'est important. Ça concerne ce dont nous avons parlé hier. Il y a une personne qui a découvert quelque chose.

— Dites-lui que la personne, c'est moi, Milena Cravero, intervint l'intéressée.

En entendant ce nom, Zanka à son tour s'étonna.

— Curieuse coïncidence, commenta-t-il.

Mais le ton était grave, solennel même.

— On va sur la montagne, coupa Gheppio. Nous vous attendons.

Et il raccrocha.

— Sur le Quarzerone ? Maintenant ?

Milena était épuisée, mais Gheppio insista : il fallait y aller tout de suite, on ne pouvait risquer que quelqu'un voie le foulard et le détache.

Jimmy expliqua qu'ils avaient déjà pensé à ça. Ils avaient écorcé le tronc d'un cornouiller, à cet endroit. Gheppio ne changea pas d'idée et Jimmy, qui, comme tous les présents – à part sa grand-mère –, n'avait dormi que par courtes périodes, s'offrit de les accompagner.

Ils attendirent Zanka, tandis que Jole remplissait un thermos de thé noir.

Après les salutations et les rapides échanges de convenances, les quatre – l'écrivain, l'anthropologue, l'ufophile et le garde forestier – remontèrent la route de terre dans la jeep, franchissant la barre du lavoir qui interdisait l'accès aux véhicules non autorisés.

« L'inspecteur-adjoint, se souvient Milena, m'invita à m'asseoir à l'arrière, avec Zanka, pour que je lui raconte ce que j'avais vu. Moi, en réalité, j'étais morte de fatigue, j'avais du mal à trouver les mots, mais lui aussi, quoique “en tenue correcte”, comme le voulait son style, avait les yeux gonflés de quelqu'un qui a mal dormi, et néanmoins, il voulait être à la hauteur de la situation. »

Pour la quatrième fois en quelque heures, Milena décrivit ce qui lui était arrivé.

Zanka ne fit pas de commentaires, le regard fixé sur le bois qui s'ouvrait au passage de la voiture.

— Incroyable, murmura-t-il pour lui-même, et nul ne sait s'il utilisa cet adjectif pour se référer à la vision de Milena, à ce qu'elle avait trouvé, au fait que c'était justement *elle* qui l'avait trouvé *ainsi*, à la synchronie de la découverte par rapport aux intuitions de la veille, ou à la possible confirmation par la voie psychédélique d'une hypothèse rationnelle.

Il garda le silence encore une bonne minute, dans les soubresauts de la jeep. Puis il résuma pour Milena ce qu'il soupçonnait de la disparition de Jacopo et Margherita.

— Je pensais que vous étiez revenu ici pour Bernacca, dit-elle à la fin.

— Et moi j'imaginais la même chose en ce qui vous concerne, répondit Zanka, je croyais vous trouver en compagnie de vos ufologues turinois.

Milena secoua la tête.

— Ma recherche, dit-elle dans un filet de voix, a pris un tour décidément inattendu.

— La mienne aussi, admit Zanka. *Décidément.* À ce qu'il semble, de nouveau grâce à vous.

Quand ils furent à Pian del Cielo, Milena s'orienta, en prenant pour référence le sommet, et il ne lui fut pas difficile de découvrir le foulard rouge dans le vert des arbres.

Gheppio vit l'ouverture dans la muraille de ronces, à peine plus qu'une trace de chevreuil ou de renard, rendue évidente seulement par les branchettes brisées et par les empreintes fraîches de semelles, qui se mêlaient à celles des pattes.

Sac à l'épaule, le forestier s'y engagea le premier. Arrivé à la fente de la roche qui occultait le parcours en escalier, il y entra sur sa lancée, comme s'il n'avait pas besoin d'un autre guide que la forêt elle-même. On eût dit qu'il flairait les plantes, qu'il interrogeait la mousse et qu'il pouvait voir signes et empreintes désormais effacées par les saisons. À chaque tournant, il regardait autour de lui, étudiait le terrain, et sans rien demander ni attendre de confirmation, prenait toujours la bonne direction.

Apparut la large vire débordant de la roche. Gheppio examina de près la paroi et fouilla dans la plante grimpante qui la recouvrait. Il commença à l'arracher et à la couper avec le *pennato*, jusqu'à ce qu'il s'aperçoive qu'il lui suffisait de la soulever à un endroit pour la déplacer dans son ensemble, comme un rideau de feuilles tressées. La porte apparut en entier.

Il en parcourut les bords avec les doigts, comme s'il voulait se convaincre qu'elle existait, et s'arrêta sur la serrure. Il jeta à terre son sac et en extirpa un pied de biche.

Il essaya de forcer le verrou mais il avait beau tirer et le fer se plier, il ne se passait rien.

Il prit alors une masse et un burin et commença à cogner entre l'embrasure et le vantail.

> « Les coups résonnaient dans la gorge du Rio Borro, écrivit Zanka dans *Jacopo et Margherita*. Gornara levait et abattait le marteau comme un titan en lutte avec

la Terre. Parfois, il s'arrêtait, paraissait résigné mais aussitôt recommençait à taper. Dans la faille qu'il avait ménagée, il glissa le pied de biche et commença à faire levier. Soudain retentit un fracas plus violent. »

— Venez m'aider ! aboya Gheppio.

À quatre, ils agrippèrent la porte et tirèrent de toutes leurs forces, en plantant leurs pieds dans le sol, jusqu'à ce que, dans un grand craquement, la serrure cède. La porte s'ouvrit dans un grincement et de l'intérieur sortit le souffle de la montagne, une odeur d'humidité et de ténèbres.

Gheppio fit signe de rester en arrière. Dans le sac à dos, il prit une lampe électrique et la pointa dans le noir.

Ils le virent disparaître dans l'antre. Restèrent sans bouger à l'attendre, pendant dix bonnes minutes jusqu'à ce qu'il réémerge dans la lumière du jour.

Ignorant les expressions interrogatives des autres, Gheppio plissa les yeux et fit quelques pas vers le rebord, regard perdu sur le panorama, au-delà des roches et des genêts en fleurs qui marquaient le rebord de ce balcon naturel. Entre les frondaisons des hêtres surgissait le clocher en ruine de l'abbaye des Braci. Puis la forêt laissait place aux pâtures, aux vignes et aux oliviers, aux champs cultivés, et enfin aux maisons de Forravalle.

— Il faut appeler les démineurs, dit le forestier sans même se retourner. Là-dedans, il y a assez d'explosifs pour faire sauter en l'air la montagne.

19
FORRAVALLE, DIMANCHE 21 MAI

Gheppio resta à Pian del Cielo à attendre les carabiniers. Les autres retournèrent à pied à La Vagina, où ils mirent au courant de la découverte Jole et les ufophiles.

Le *contenu* de cette dernière – un véritable arsenal dans le plus secret ventricule du cœur du Quarzerone, armes à feu et TNT semblable à celui des attentats-massacres fascistes – provoqua l'effarement.

En même temps, la *manière* dont celle-ci était advenue suscitait l'étonnement : une stimulation psychédélique de la perception avait poussé Milena vers une vérité dont aucune enquête ne s'était jamais approchée.

Sans avoir besoin de se le dire, les ufophiles décidèrent de se concentrer sur cet aspect. Pour soulager la tension. Pour ne pas penser aux implications plus sombres.

— Il peut en naître un nouveau filon de polars, avança Andrea Binelli, avec le détective qui enquête en se défonçant aux hallucinogènes.

— Là, ça va bien plus loin que les fameuses intuitions du commissaire Maigret ! ricana Livia.

— J'aurais presque envie de m'y mettre, moi, reprit Binelli. Mais que ce soit clair, mon détective ne serait pas un flic. Au contraire, j'en ferais un ennemi de l'ordre établi, un libertaire.

— C'est-à-dire qu'en fait, conclurent à l'unisson Guido et Adele, ce serait toi !

— Non, non… Ça pourrait être un Anglais qui vit en Toscane, un prof de botanique à la retraite. Je l'appellerais… McTrip ! John McTrip !

— Mais… objecta Brenda, peu intéressée par la future carrière littéraire de Binelli, nous étions sur la montagne pour voir les ovnis… et nous avons trouvé un repaire de dynamiteurs. Ça me paraît pas de l'ufophilie, plutôt une hétérogénéité des fins.

— Plus que l'hétérogénéité des fins, rétorqua Livia, c'est de la sérendipité. La disponibilité à trouver ce qu'on ne cherchait pas.

— Exact, acquiesça Jimmy. Ce n'est pas seulement une question de trip, de substance. Ce qui compte, c'est *l'esprit* dans lequel nous sommes montés sur la montagne, c'est-à-dire sans aucune intention d'identifier, de définir, de classifier. Ouverture mentale maximale et respect pour ce qui arrivera sont les bases de l'ufophilie. Sans cet esprit, Milena n'aurait pas déniché le dépôt.

Paul Beathens applaudit aux propos de Jimmy et célébra la « conjonction sérendipitique avec le cosmos ».

Alberto Rizzi proposa de tenir la prochaine veillée ufophile dans sa région, le delta du Pô, autre zone de magie et de mystères, féconde en possibles visions et en vérités inattendues.

Milena ne parlait pas, et pas seulement parce qu'elle était épuisée. Elle repensait avec angoisse à la nuit qu'elle venait de passer, à la vision, au mystère douloureux sur lequel elle était tombée en suivant les grains d'un rosaire luminescent.

— Bon, d'accord, alors l'enquêteur anarchiste de mes romans sera ufophile ! annonça Binelli en riant.

— T'en es encore au roman ? le reprit Brenda. Tu sais pas que le roman est mort ? Pour qu'ils soient lus, il faut travestir les romans en essais, comme le fait Zanka.

Le nom arracha Milena à ses obsessions. Il était passé où, Zanka ? Elle aurait voulu lui parler. Elle jeta des regards autour d'elle, sans le voir. Puis le découvrit dehors, devant la fenêtre.

« Il était dans la cour, seul. Assis sur une souche, jambes croisées, comme les croisent les hommes, une cheville sur le genou. Il tenait une cigarette en suspens dans le vide, un cylindre de cendres s'allongeant au bout. Il regardait vers le haut, vers la forêt et les crêtes. Lui aussi, certainement, se demandait comment écrire ce qui s'était passé. »

Vint le moment des dépositions chez les carabiniers. Chaque témoin devait en faire une, annonça l'adjudant Mereo, y compris, donc, les participants à la veillée ufophile et, en surplus, Jole. C'est ainsi qu'une petite troupe de curieux personnages fut aperçue entrant dans la caserne.

Chacun raconta et relut son récit, traduit dans ce curieux idiome, le procès-verbalien : « Il était porté à ma connaissance que… l'individu cité ci-dessus m'informait… dès lors, je me transportai… »

Dans les jours qui suivirent, certains d'entre eux durent se répéter Dieu sait combien de fois encore. D'abord, devant un magistrat. Toujours les mêmes mots, prononcés jusqu'en avoir la nausée.

Cependant, la nouvelle avait filtré. Au village débarquèrent les correspondants de *La Nuova Toscana*, et du *Tirreno*, plus un de l'agence Ansa et un collaborateur d'une radio locale. Ils se postèrent devant la caserne, suscitant la curiosité des habitants de Forravalle.

À l'Araignée bleue, on entendit des commentaires stupéfaits et indignés. Sur les Apuanes, où l'on exploitait le marbre, on utilisait de l'explosif, il y avait des dépôts de cheddite. Mais sur le Quarzerone, il n'y avait pas de carrières, et dans la sainte-barbe que Gheppio avait trouvée, il y avait des explosifs en tous genres, des minuteries de bombes, des caisses de fusils mitrailleurs... Dans ces années-là, le mot « bombe » faisait penser tout de suite aux fascistes et aux services secrets, aux « complots noirs ». En Toscane, des bombes fascistes, y compris dans cette zone, il en y en avait eu pas mal qui avaient explosé. Dans les journaux, on lisait le procès de la bande Landucci. Et un autre, plus important : celui de l'attentat-massacre de la piazza Fontana, qui avait été dépaysé au sud, à Catanzaro. Peut-être que l'explosif du Quarzerone avait un rapport avec l'attentat de l'Italicus* en 1974 ? Mais qui pouvait imaginer ça : une sainte-barbe sur notre montagne ! Pour l'histoire qui était celle de Forravalle et de la Lunigiana tout entière – histoire d'anarchistes et de communistes, de martyres antifascistes, de guerre partisane –, c'était un véritable affront. Une espèce de sacrilège. Qui sait ce qu'aurait dit Bernacca, lui qui avait toujours une théorie sur tout.

---

* Voir note p. 137.

À propos, Bernacca, il était où ?

Il se trouve que ce jour-là, justement, Bernacca était à Vada, lieu-dit de Rosignano Marittimo. La nuit précédente, il avait participé à une excursion clipéologique de l'Enuk. Celle dont Onesto Alloisio avait parlé à Milena durant le voyage de l'express 613.

À la sortie du groupe de la caserne, les journalistes se concentrèrent sur Zanka, le plus célèbre des présents, qui se résigna et se fit interviewer. Pepper allait être content : ça, c'était du *precalentamiento* ! Ça explosait le thermomètre. L'écrivain répondit aux questions en se limitant à l'essentiel et en laissant de côté champignons et vision psychédélique.

Pendant ce temps, le soir était venu. Dans le ciel, une Lune presque pleine brillait.

La compagnie décida de se retrouver au Sanglier-Blanc pour manger un morceau. Ils dînèrent en échangeant peu de phrases, parce qu'à la caserne, ils avaient épuisé les paroles et l'envie de parler.

Guido et Adele furent les premiers à s'en aller. Ils dirent au revoir, on s'embrassa, et ils repartirent dans l'Autopoisson.

Le troisième à prendre congé fut Binelli, auquel le séjour chez les carabiniers avait drastiquement changé l'humeur.

Paul et Livia s'en furent bras dessus bras dessous, entre salutations, poings levés et baisemains.

Alberto Rizzi leur emboîta le pas, en s'exclamant :

— À la prochaine aventure, situationautes !

Restèrent Jimmy, Milena, Jole et Zanka. Ce dernier s'offrit de les raccompagner tous à la maison dans sa voiture.

Ce fut le moment de l'indécision. Le moment des hypothèses écartées, des offres courtoisement refusées. Rester encore ensemble ou se séparer. Aucun scénario n'était perçu comme le bon, mais pas non plus le mauvais. Qui donc aurait envie de rester seul ? Et pourtant, ils attendaient, ils *désiraient* l'écroulement, l'instant où toute lumière s'éteindrait, les muscles se détendraient, les mots cesseraient de rebondir dans les têtes. Milena, en particulier, était en morceaux.

Jimmy s'inquiétait pour sa grand-mère. Sur la montagne s'accumulait une atmosphère étrange, de nuit de sabbat, d'apparition de *loup-garou*… ou de qui en jouait le rôle.

— Il y a même la pleine lune, grand-mère, dit Jimmy, plaisantant à moitié. Viens dormir chez moi à Aulla.

— Elle n'est pas pleine, rétorqua-t-elle, il manque encore un bout.

— Viens à Aulla, *l'è mei*, c'est mieux. T'héberger me fait plaisir.

Jole ne voulut pas en entendre parler, elle voulait dormir dans son lit.

— Si c'est nécessaire, cette nuit, j'appellerai Elio.

Ils raccompagnèrent donc la vieille guérisseuse à La Vagina. Au moment des adieux, Milena la serra fort, une étreinte libératoire qui se transforma en pleurs.

Jole lui donna une caresse et lui essuya les larmes.

— Tu t'es bien débrouillée, dit-elle de sa voix de gentille sorcière.

Après quoi, les trois derniers membres de la compagnie se dirigèrent vers Aulla.

« Jimmy, qui était assis à l'arrière, s'endormit... Zanka et moi, nous avons parlé, lui plus que moi, mais malheureusement, mes souvenirs sont confus, j'étais si fatiguée... À la vérité, ils ne sont pas seulement confus, mais *hallucinés*. Par la suite, j'y ai beaucoup pensé, peut-être que j'ai eu un flashback, c'est-à-dire une "remontée" d'hygrophores. Pendant des années, j'ai associé ce voyage en voiture au kobaïen, je ne sais pas comment on y était arrivés... Je me souviens de lui avoir dit que, dans cette langue, *zanka* signifiait "lumière", que c'était Jimmy qui me l'avait fait noter, et peu après je remarquai une lumière rougeâtre, suspendue devant nous, sur le point de fuite de la route. Elle semblait très proche, mais nous roulions vers elle sans jamais la rejoindre. "Ça, c'est Mars, m'a dit Zanka, ces nuits-ci, elle est très lumineuse." Puis il me demanda si je connaissais la science-fiction en langue russe, me parla d'un vieux roman dans lequel on imaginait un socialisme martien*. Mais je ne sais pas si ça s'est vraiment passé... ce qui est sûr c'est qu'on s'est mis au courant de ce qu'on avait fait et écrit – ou *pas* écrit – après notre rencontre de Rome. Puis il nous a déposés à Aulla et on s'est dit au revoir. En fait, on ne s'est jamais plus revus, seulement écrit

* Allusion à *Proletkult*, Wu Ming, Métailié, 2022, trad. Anne Echenoz.

et parlé au téléphone. Quelques mois plus tard, je l'ai félicité pour son livre. En 1980, il m'a appelée pour me dire qu'il avait aimé le mien. »

Zanka sentit qu'il avait franchi le mur du sommeil. Il en était certain, cette nuit-là serait encore mauvaise. De retour au Sanglier-Blanc, il s'étendit sur le lit et composa le numéro de Pablo Pepper. Il était sûr qu'il était réveillé, moins sûr qu'il soit chez lui. Mais si.

— Allô ?

Zanka lui raconta tout, à lui aussi.

— Putaiiin, Marty ! Ou plutôt, c'est le cas de le dire, quelle bombe ! Cette bande de hippies se pointe sur la montagne pour voir les soucoupes volantes, et à la place, ils trouvent un dépôt de TNT… T'avais raison, Marty, vieux limier, pardon d'avoir douté de ton flair ! Maintenant, s'il en ressort un lien entre ce dépôt et la disparition des gamins, c'est pas une Étagère d'or qu'on va avoir, c'est le Pulitzer !

— *Esageruma nèn*, n'exagèrons pas, murmura Zanka.

Quand il eut raccroché, il pensa à téléphoner aussi à Vincenzo, mais il était tard, la sonnerie réveillerait tout le monde.

Après quoi, contre toute prévision et sans s'en apercevoir, il s'endormit.

20

FORRAVALLE, LUNDI 22 MAI

Les dernières nouvelles étaient arrivées à la Villa Malaspina à l'heure du dîner, rapportées au village et entendues à la radio, et comme partout, elles avaient fait sensation, en raison aussi de la présence de Zanka. Beaucoup avaient demandé à Vincenzo s'il en savait plus, mais il avait haussé les épaules et donné des réponses vagues. Ce soir-là, il avait trop à penser, étant donné la décision qu'il avait mûrie.

Vers l'aube, Pardo fut réveillé par un froissement étouffé et se rendit compte que pour une fois quelqu'un était debout avant lui. Il se pencha par-dessus le bord du lit et vit Vincenzo occupé à refermer son sac à dos.

— Tu t'en vas ? demanda-t-il.

Vincenzo serra les sangles du bagage.

— Ce n'est plus un endroit pour moi.

Pardo s'assit sur le lit, laissant pendre ses jambes.

— Tu en as un autre ?

Vincenzo soupira.

— Non. Je vais m'en chercher un. Quand cet enfant naîtra, ici, tout sera différent. Et de toute manière, ce ne sera pas mon enfant, mais celui des Hilzer, leur héritier. Et c'est même bien comme ça, vu que comme père, je serais nul.

— Suffit que tu recommences pas à te shooter.

— La dope, c'est terminé pour moi. Plutôt… Je dois dire à mon père ce que tu m'as raconté sur

Capoferri. Il est possible qu'il ait un rapport avec le dépôt qu'ils ont découvert.

Pardo descendit du lit.

— Et qu'est-ce que tu vas lui dire? Qu'un ex-drogué et ex-fasciste, il y a cinq ans, a vu Capoferri parler avec Landucci et Mazzaroso?

— Et ça te semble pas important?

— Ça me semble rien du tout. Ça prouve que dalle. C'est un bavardage entre gens qui se connaissent.

— Ou bien entre complices.

Pardo se passa une main sur le visage pour chasser les dernières brumes du sommeil.

— Écoute, Vince, moi ces gens, je les connais. Ils ont des protections que t'imagines même pas. Personne ne les coincera, tu comprends? Et s'ils viennent à savoir que le soussigné Pardini Onorio a mis en cause Capoferri…

— Alors, toi aussi, tu penses qu'il a un rapport avec les attentats de Landucci?

— Bien sûr que je le pense. C'est pour ça que je chie dans mon froc.

— Mon père est journaliste, rétorqua Vincenzo. Il sait protéger une source, je lui fais confiance. S'il écrit un livre sur la disparition des deux scouts et soupçonne que derrière, il y a la bande Landucci, je dois lui dire que Capoferri est un ami de ceux-là.

Pardo soupira.

— D'accord. Mais seulement parce que j'ai confiance en toi. Même si tu m'abandonnes ici.

Vincenzo ramassa le sac et l'accrocha à son épaule.

— Tu vas voir que d'ici peu, tu vas t'en aller toi aussi.

— Peut-être. En tout cas, va ton chemin et bonne chance.

Ils se serrèrent la main.

— À toi aussi, répondit Vince.

Thanur était encore endormie quand Vincenzo Zanchini sortit sans faire de bruit. Il ne se dirigea pas vers le portail mais vers l'orangerie, y entra et laissa une enveloppe sur le bureau. Sur celle-ci était écrit : « Pour Orsola ». À l'intérieur, un billet avec un seul mot : « Merci ».

Dans la cour, il repéra une silhouette en train de marcher vers la vigne. Il la suivit et la rejoignit au milieu des rangées. Ludo parla avant même de se retourner.

— Je pensais que tu partais sans me dire au revoir, *my friend.*

Ludo ne s'étonna pas que le Hollandais ait compris.

Ludo empoigna le sécateur et coupa une bouture de vigne. Il la planta dans un petit pot rempli de terre et la remit à Vincenzo.

— Trouve-lui un bon endroit pour pousser. *And be careful, okay?* Fais gaffe, là dehors.

— Promis, dit Vincenzo.

Ils s'embrassèrent. Puis Vincenzo ravala son cafard et se mit en route sans se retourner. S'il l'avait fait, le courage se serait évaporé comme la brume qui s'élevait du vignoble. Il mit un pied devant l'autre, fit un pas après l'autre, jusqu'à ce qu'il se retrouve sur la route de Forravalle.

« Dès qu'il m'a vu avec mon sac, mon père a compris que j'avais quitté Thanur. Il m'a fait entrer dans sa chambre et m'a dit que je pourrais venir avec lui à Orbetello, où il comptait finir le livre. Il était excité par les derniers développements et je saisis l'occasion pour lui rapporter ce que Pardo m'avait raconté : Capoferri connaissait Landucci et sa bande, il fréquentait le cabinet du gros facho d'avocat qui les défendait. Mon père garda le silence, assis sur le lit, pendant une minute qui me parut une heure, acquiesçant de temps en temps du menton à ses propres pensées. Puis, il me dit : "Je te remercie." Juste ça, mais il le dit comme si je lui avais fait un cadeau d'une énorme valeur. Puis il souleva le combiné et composa un numéro. »

Il n'est pas difficile d'imaginer ce que pensa Zanka pendant cette minute de réflexion silencieuse. Comment dire à Gornara que quelqu'un à qui il se fiait, qui avait participé aux recherches de Jacopo et Margherita, pouvait être de mèche avec les néofascistes de Reazione di popolo ?

Qu'est-ce qu'on savait, au fond, de Capoferri ? Qu'il avait été fasciste et volontaire en Éthiopie. Après la guerre, il était devenu intendant du domaine Malaspina grâce à la marquise qui, de son côté, avait des sympathies pour le régime mussolinien. C'était un grand connaisseur du Quarzerone. Qui mieux que lui aurait pu garder cet arsenal secret et s'assurer qu'il ne soit pas découvert durant les recherches des deux jeunes disparus ? Lui qui était l'ami de tout le monde, y compris de Gheppio. De quelle manière réagirait le forestier devant le soupçon que depuis le début, il s'agissait d'une sale arnaque ?

Mais peut-être que Gheppio fut moins surpris que ne s'y attendait l'écrivain. Parce que depuis un certain temps, quelque chose lui trottait dans la tête.

Dans les yeux, pour être précis.

Et depuis la veille, il avait accéléré sa propre quête.

21
FORRAVALLE, MERCREDI 24 MAI

Les démineurs mirent trois jours pour vider la grotte du Quarzerone. Les carabiniers surveillèrent le lieu vingt-quatre heures sur vingt-quatre, et l'adjudant Mereo dressa une liste détaillée des armes et des explosifs trouvés à l'intérieur : type, marque, poids, modèle. Il avait déjà imprimé et signé le PV quand, durant la énième inspection de la caverne, un petit objet attira son attention. Ce n'était ni une arme ni de la dynamite, mais il dut quand même l'ajouter à l'inventaire et aviser le magistrat enquêteur. Puis, de manière secrète et confidentielle, il informa aussi l'inspecteur-adjoint Elio Gornara.

Vingt-quatre heures plus tard, l'objet se trouvait sur le bureau du procureur, et Gheppio était debout devant lui.

La jeep de la garde forestière s'arrêta devant la maison de l'intendant.

L'homme en uniforme descendit et trouva Capoferri qui l'attendait sur le seuil.

— Salut, Gheppio.

— Salut.

— Tu bois un verre ? demanda Capoferri.

— Un oui, répondit Gheppio.

Ils s'assirent à la table dans le séjour devant la cheminée. Capoferri remplit deux verres de rouge et, pendant un moment, ils sirotèrent en silence.

Depuis que les hippies avaient découvert le dépôt et que Forravalle avait été envahie de carabiniers et de journalistes, les deux hommes n'avaient plus eu l'occasion de parler en tête à tête de l'événement. Capoferri attendit, percevant le nuage de pensées que l'autre gardait comprimées.

— C'est vrai que tu t'en vas ? Tu quittes la maison ? demanda le forestier.

— Oui, répondit Capoferri. Rossella m'a fait une offre correcte. Elle veut reconstituer l'ancienne propriété, le domaine des Malaspina. Ça me paraissait juste d'être accommodant. Menconi, lui, a forcé sur le prix, ce rat.

— Tu es monté à la grotte ?

— Non, elle est encore sous scellés.

L'inspecteur-adjoint tira de sa poche une petite enveloppe jaune et la posa sur la table. Il l'inclina et en tomba une barrette à cheveux. Son vernis vert était écaillé, la rouille rongeait les bords.

— Mereo l'a dénichée sous une des caisses.

Capoferri fixa l'objet sans commenter.

— Comme tu vois, elle est pareille à celle que nous avons trouvée au bord du ravin, poursuivit Gheppio. Margherita en avait deux, pour garder ses cheveux en arrière.

Gheppio n'avait pas encore regardé Capoferri en face. Il le fit à cet instant.

— Il y en avait une au mauvais endroit, pour égarer les recherches. L'autre, celle-là, était dans la grotte. Comment tu expliques ça ?

Capoferri continua à garder le silence.

— Margherita s'est trouvée là, reprit Gheppio. Ça me semble évident. Et si elle y était, il y avait aussi Jacopo. Ils doivent avoir découvert cette grotte par hasard, comme c'est arrivé aux hippies. Là-dedans, il y avait une poudrière qui en aurait remontré à celles de l'armée. Pour la protéger, quelqu'un a dû tuer ces deux jeunes. C'est ce que pense Zanka. Et il me semble bien qu'il a vu juste.

Il posa la barrette entre eux.

— Ça a dû tomber, ou peut-être... Peut-être, quand c'est arrivé, elle a réussi à la pousser sous une des caisses, au cas où un jour on la trouverait.

L'image évoquée le contraignit à se taire pour déglutir. Il but une gorgée de vin.

— Ça ne devrait pas être entre les mains du magistrat ? demanda Capoferri.

— Je l'ai empruntée, répondit Gheppio. Pour savoir ce que tu en penses.

— Ce que j'en pense ? Que ton ami écrivain pourrait avoir raison. Mais une barrette, c'est trop peu pour le prouver.

— C'est vrai, admit Gheppio. Sans les corps, on ne peut rien prouver. Et les corps ont disparu. Peut-être de la manière que tu as toujours suggérée : morceau par morceau.

Gheppio se leva, sirotant toujours son vin, et s'approcha du mur où étaient accrochées les photographies et la croix copte en bois.

Il s'arrêta devant la photo panoramique.

— Tu sais, quand je suis sorti de la grotte, là, sur la vire, j'ai regardé en bas. Et je me suis rappelé que la vallée du Borro, sous cet angle, je l'avais déjà vue. Là, justement, précisa-t-il en montrant la photo. Ce cliché n'a pas été pris de Rocca Tesana. Du sommet, on ne voit pas le clocher sortir des arbres devant vous. On le voit en bas, avec le reste de l'abbaye. Celle-là a été prise à mi-côte, depuis une portion de montagne que, jusqu'à dimanche, je pensais complètement à pic, sans replat et surtout sans sentier.

Capoferri se raidit, les coudes sur la table, les mains sur le verre.

— Ce panorama se voit de plein d'endroits.

Gheppio secoua la tête.

— Non. Et il n'y a que deux personnes qui peuvent le savoir avec certitude. L'une, c'est moi, et l'autre, c'est toi. Tu n'as pas résisté à la tentation, hein ? Très belle lumière, les ombres longues en bas dans la vallée… Tu l'as faite un après-midi, je dirais. Un spectacle unique.

— Merveilleux, oui, rétorqua Capoferri sur un ton sec. Si je ne l'ai pas prise de Rocca Tesana, je l'ai faite depuis un autre point de vue, je ne me souviens pas. Où veux-tu en venir, Gheppio ?

Le forestier se retourna, revint lentement à la table et s'assit de nouveau face à Capoferri.

— À la vérité. Au 26 août 1976.

Le silence dense dans la salle fut brisé par le bruit du vin versé dans les verres. Capoferri posa la bouteille. Chaque geste semblait lourd, chaque bruit net, comme si l'air exerçait une double pression sur les choses.

Capoferri hocha la tête à une pensée qu'il précisa un instant plus tard.

— Nous avons essayé de la trouver, la vérité. Nous n'y sommes pas arrivés. Et maintenant, tu me sors une photographie et une barrette à cheveux ? Il est temps d'oublier et d'avancer. Comme tout le monde.

Gheppio ramassa la barrette, la remit dans l'enveloppe et puis dans sa poche.

— Va le dire aux parents de Jacopo et Margherita.

— Arrête ça, Gheppio, dit Capoferri, mais celui-ci poursuivit.

— Dans la grotte nous avons trouvé aussi des armes de guerre, dit le forestier. En excellent état. Ce dépôt est là depuis de nombreuses années. Bien conservé. Et l'explosif correspond à celui qui a été utilisé pour certains attentats dans la région. À propos, tu sais qui est Fernando Landucci ?

Capoferri ne bougea pas un muscle, mais Gheppio comprit que la question avait mis dans le mille.

— Je connais son père, Ettore, répondit prudemment l'ancien combattant d'Afrique. Un brave homme. Alors que le fils est un voyou, une tête brûlée.

— Le père serviteur de la République de Salò, le fils poseur de bombes. D'après Zanka, il allait se fournir sur le Quarzerone.

Capoferri souffla un grand coup.

— Ton ami écrivain fait son métier, commenta-t-il.

— Mais toi, rétorqua Gheppio, quel métier tu fais ?

Il n'ajouta rien. Se leva, gagna la porte et sortit.

★

Quatrième mouvement

DU 25 MAI 1978 AU 25 MAI 2022

I

Le jeudi 25 mai 1978, journaux, radios et télévisions annoncèrent un « tournant spectaculaire dans le procès contre la bande Landucci ».

L'explosif découvert dans les caisses déposées sur le Quarzerone était identique à celui utilisé dans les attentats revendiqués par Reazione di popolo. Plus encore : les détonateurs des bombes qui n'avaient pas explosé à la Maison du peuple de Ronzone et à la mairie de Minuzzano étaient semblables aux huit autres trouvés dans le dépôt.

Les quotidiens écrivirent que grâce à ces découvertes, on était désormais à un pas de compléter le tableau. Il y avait l'organisation clandestine (Reazione di popolo), son bras armé (la bande Landucci) et son arsenal (dans les viscères du Quarzerone). Mais la cour d'appel jugea ce pas infranchissable. Reazione di popolo resta une signature et rien de plus, une organisation-fantôme. La liste de ses membres présumés fut supprimée pour insuffisance de preuves. Personne ne fut considéré comme coupable des actions portant ce sigle. Leurs commanditaires restèrent inconnus. Leurs auteurs également. La seule condamnation découla d'une écoute téléphonique dans laquelle Landucci se vantait : « Avec le gros pétard que je lui ai mis devant la boutique, ce porc de boucher s'est chié dessus, tu verras qu'il parlera plus. »

Les tentatives pour relier la bande au sort de Jacopo et Margherita échouèrent aussi. La barrette verte trouvée entre les caisses d'explosif ne fut pas retenue comme preuve suffisante. Le modèle était très courant, la couleur aussi et, à l'époque, on ne disposait pas de la possibilité de démonstration par l'ADN, qui à partir d'un minuscule fragment de cheveu aurait pu établir si l'objet avait appartenu à Margherita. En suivant les intuitions de Martin Zanka, les enquêteurs entendirent aussi Filippo Bernacca, en espérant qu'il reconnaisse parmi les membres de la bande les étranges créatures qui l'avaient agressé. Mais son témoignage s'avéra contradictoire, et la défense n'eut pas de mal à démolir sa fiabilité. « Niveau zéro sur l'échelle de Rynek », auraient dit les gens du Grucat.

La décision des magistrats de Lucques fut confirmée aussi par la Cour de cassation en février 1985 : onze acquittés et un seul coupable, Fernando Landucci, mort entre-temps durant une fusillade avec les carabiniers.

L'histoire du dépôt sur le Quarzerone semblait destinée à se conclure ainsi, dans le néant, à part une poignée de conjectures sur qui l'avait installé et utilisé.

2

Le 24 octobre 1990, le président du Conseil des ministres Giulio Andreotti révéla au Parlement l'existence de Gladio, une structure militaire secrète, créée dans les années 1950 afin d'intervenir dans le cas d'une invasion de l'Italie par l'Union soviétique et ses alliés. Des organisations semblables, soutenues par l'Otan et la CIA, existaient aussi dans d'autres pays d'Europe occidentale et formaient le réseau *Stay Behind*. Andreotti en avait parlé pour la toute première fois en août de la même année, devant une commission d'enquête parlementaire, poussé par certaines enquêtes de la magistrature et la fin de la guerre froide. Le mur de Berlin n'était tombé que depuis onze mois.

À l'automne fut rendue publique la liste des Nasco, les cachettes d'armes et d'explosifs de Gladio, aménagées à partir de 1963. Au total, elles se montaient à cent trente-neuf, mais certaines portaient un numéro supérieur. Par exemple, celle de Villa Santina, dans la province d'Udine, était la Nasco 667. On avait donc des raisons de soupçonner qu'il y en eût beaucoup plus.

La seule présente dans la région de la Toscane portait le numéro 134, et était dénommée « du Quarzerone », mais, dès mai 1978, quand elle fut découverte grâce à la vision de Milena, elle ne faisait plus partie – du moins officiellement – des dépôts de

Gladio, puisque ces derniers avaient été supprimés cinq ans plus tôt, en 1973. Ou du moins, on en avait supprimé et vidé cent vingt-sept sur les cent trente-neuf de la liste.

Le général Serravalle, responsable de la structure de 1971 à 1974, déclara avoir fait démanteler les Nasco parce que la situation risquait d'échapper à tout contrôle. Une partie de ses hommes, en fait, défendait la nécessité d'agir avant même l'éventuelle invasion soviétique, et de « s'opposer et combattre les communistes dans le pays ».

Le Nasco 304 figure au nombre de ceux qui furent alors fermés : les caisses furent transférées à Rome et, de là, en Sardaigne, où se trouvait le principal camp d'entraînement de l'organisation. En confrontant le « bon de dépôt » du matériel initial avec celui de « prise en charge » à la fermeture, on comprend tout de suite que la totalité des armes et des explosifs ne quittèrent pas la cache : une bonne partie fut gardée sur les lieux, peut-être à l'insu même des responsables de Gladio. Ce serait là l'origine de l'arsenal attribué par la suite à Reazione di popolo.

Outre les Nasco, la liste des six cent vingt-deux «gladiateurs» – dont quarnate-cinq étaient déjà décédés – fut rendue publique début 1991. Parmi ces derniers figurait Giorgio Capoferri, né à Calalzo di Cadore, en province de Belluno, le 3 juin 1916 et mort à Bellagio, sur le lac de Côme, le 23 août 1985, identifié comme responsable du Nasco n. 304.

Ces révélations poussèrent les enquêteurs à rouvrir l'information sur Reazione di popolo. On interrogea quelques anciens de la bande Landucci, mais il n'y eut aucun renvoi en justice, parce que presque tous les inculpés avaient déjà été acquittés au troisième degré pour les mêmes crimes. *Ne bis in idem*, prescrit l'adage latin dont s'inspire la procédure pénale : personne ne peut être jugé deux fois pour le même fait. Le procureur aurait voulu inscrire trois nouveaux noms dans la liste des mis en examen, ceux des chefs présumés de l'organisation terroriste : Me Goffredo B. Mazzaroso, Ettore Landucci (père de Nando) et Giorgio Capoferri. Mais le premier, à la suite d'une apoplexie, n'avait plus ni entendement ni volonté, et les deux autres étaient morts depuis des années.

3

De tout cela, Martin Zanka ne put rien savoir, puisqu'il est mort d'un cancer à Rome en 1986. Assurément, avec ces nouvelles en main, il aurait essayé de convaincre Pepper de republier *Jacopo et Margherita*, dans une version revue et complétée par rapport à celle de décembre 1978. Peut-être aurait-il ajouté des notes, ou une postface, ou bien aurait-il modifié le texte, en particulier les pages finales, qu'il consacra à une reconstitution des dernières heures des deux scouts.

> Neuf heures du soir sont passées depuis peu. Le soleil est descendu derrière l'horizon depuis une heure environ, le ciel commence à s'assombrir. Tandis que dans la forêt se déchaîne le Jeu de vingt-quatre heures, la bataille entre terrestres et aliens, Jacopo et Margherita s'éloignent en secret, en sachant qu'elle devra être rentrée à la base de l'équipe à 11 heures pile pour son tour de garde.
>
> À la fin de l'été, quand l'obscurité descend rapidement, il est difficile que le couple découvre par hasard un sentier caché, une simple trace d'animaux sauvages, et qu'ils décident de le suivre, sans le connaître, entre orties et ronces, jusqu'à la base de la paroi de roche qui descend à pic depuis Rocca Tesana. Une falaise de plus de deux cents mètres. Encore plus difficile qu'ils aperçoivent le passage et, derrière une

espèce de trompe-l'œil, les degrés qui mènent à la vire à mi-côte, une terrasse naturelle au-delà de laquelle on ne peut poursuivre. Il est infiniment plus probable que l'un des deux ait découvert ce lieu secret, presque magique, durant les phases du jeu de l'après-midi, ou peut-être en allant chercher du bois, et qu'il ait voulu emmener l'autre pour partager l'intimité et la beauté de l'endroit.

Connaissant le trajet, à partir de Pian del Cielo, ils ne mettent pas plus de vingt minutes, même en tenant compte de ce que sur certains passages, on est obligé d'avancer lentement.

Jacopo et Margherita arrivent au bout du sentier, admirent les lumières qui s'allument dans la vallée et, parmi les étoiles du firmament, reconnaissent Vega, l'astre qui donne son nom à la section féminine de leur groupe scout.

Puis un bruit dans leur dos attire leur attention. Il provient de la roche. Ils se tournent et remarquent un rayon de lumière, ou bien seulement la porte de fer qui n'est plus cachée derrière le rideau de plantes grimpantes qui d'habitude la dissimule à la vue. Leur curiosité éveillée, dans le halo d'une lampe électrique, ou d'une lampe à gaz, ils voient ce qu'ils n'auraient jamais dû voir. Un homme est en train de vérifier l'état de quelques caisses couvertes d'une toile cirée. Il le fait probablement de temps en temps, ou en cas de pluies abondantes, comme celles des deux jours précédents. L'homme relève sa torche. Il voit les deux intrus, effrayés, et il a peur lui aussi, mais retrouve aussitôt son sang-froid. Il ne veut pas qu'ils fuient, donc il essaie de se faire une voix aussi rassurante que possible, avec le ton le plus affable.

— Qu'est-ce que vous faites ici, à cette heure ? Vous avez besoin d'aide ?

— Non, non, nous venons du camp scout, on s'en va tout de suite, répondent les deux gamins, et ils commencent à battre en retraite.

Mais l'homme les arrête.

— De nuit, le sentier est très dangereux. Et de jour aussi. L'inspecteur-adjoint Gornara vous a certainement signalé que cette zone est à éviter. Il vaut mieux que je vous raccompagne en bas et qu'on fasse comme si vous n'aviez jamais mis les pieds ici.

En entendant le nom du garde, le couple se rassure. Et le ton complice de l'homme semble vouloir dire qu'il ne les dénoncera pas, qu'ils n'auront pas droit à une solide engueulade pour être entrés dans une zone interdite.

— Allons-y, dit l'homme, et dès que les jeunes se retournent, il empoigne un grand couteau et frappe Jacopo par-derrière.

Il le poignarde dans le dos ou peut-être lui tranche la gorge d'un geste net et rapide. Jacopo crie puis s'effondre, et Margherita s'enfuit, en criant elle aussi. Mais l'homme la rattrape alors qu'elle est encore dans la grotte. Elle tombe à terre, frappée à plusieurs reprises. Sous l'impact, elle perd une des deux barrettes qui lui tiennent les cheveux. En luttant avec son assassin, elle la pousse, exprès ou par hasard, sous le coin d'une caisse. Enfin, elle cesse de se débattre, et de respirer.

Après avoir vérifié la mort des deux jeunes gens, l'homme traîne leurs cadavres dans le fond du dépôt, se débarbouille tant bien que mal et descend prudemment de la montagne.

Zanka poursuit en émettant l'hypothèse que les jours qui suivirent l'assassinat, il avait utilisé, pour se débarrasser des corps, une méthode obscène : le dépeçage, un morceau à la fois, sans se faire remarquer. Après quoi, il a brûlé les vêtements, mais en conservant la barrette que Margherita avait dans les cheveux pour la placer quelque part dans le but d'égarer les recherches. Il l'a abandonnée sur le bord du ravin qui plonge dans le Rio Borro, et les volontaires l'ont retrouvée début septembre, dans la première phase des recherches, comme si l'homme savait où les équipes de recherche passeraient.

Mais la barrette jumelle resta dans le dépôt avec les explosifs d'un groupe terroriste toujours pas identifié mais qui, sur la base de tous les indices disponibles, doit être recherché dans les milieux du néofascisme. Cette barrette est comme une graine de vérité, restée enterrée pendant deux ans. Une fois germée, elle se présente à qui a voulu lire les événements, tenter de les reconstruire, essayer d'agripper le bout de l'écheveau. Un écheveau parmi tant d'autres qui mènent à l'histoire refoulée et obscure de ce pays.

Au fond, chercher la vérité, c'est justement cela. Recueillir une poignée de graines et établir à quelles espèces elles appartiennent. Certaines se reconnaissent tout de suite, grâce à la forme et à la couleur, d'autres en revanche ne se distinguent pas, et une fois les premières hypothèses formulées, il ne reste qu'à les planter et à attendre qu'elles germent, chacune en leur temps. Il n'est pas dit que toutes y parviennent, soit du fait de l'intervention d'agents externes, soit parce qu'elles ne trouvent pas le terrain adapté, ou encore du fait d'une capacité germinative réduite. Ainsi, même après avoir attendu avec patience que les germes apparaissent, on ne réussit pas toujours à déterminer de quelles graines il s'agit, et on doit accepter une vérité partielle, bien que la vérité complète soit là, à un pas de nous. Franchir ce pas est une entreprise qui est du ressort de la conscience individuelle et collective.

En 1991, Pablo Pepper aurait pu exploiter le « scandale Gladio » pour relancer l'avant-avant-dernier livre de Martin Zanka, celui qui eut un succès moindre, quoiqu'il eût été vendu à plus de cent mille exemplaires. Il avait cessé de le réimprimer en 1988, quand le contrat décennal d'achat des droits d'auteur avait périmé. Il aurait pu saisir l'occasion, retrouver Vincenzo, passer avec lui un accord et aussi confier le soin d'une nouvelle édition à un journaliste expert dans le domaine des complots fascistes et de la stratégie de la tension. Mais, imaginant que Zanka aurait voulu revoir le texte, retravailler dessus, et certainement pas le proposer à nouveau tel quel, il ne fit rien de tout cela par respect pour son vieil ami. Il ne le fit pas et, pour la deuxième fois à propos de *Jacopo et Margherita*, il s'en mordit les doigts, car avec les corrections nécessaires, le livre aurait pu se vendre encore beaucoup dans cette période de dévoilement des mystères.

4

Pepper s'était déjà mordu les doigts à une autre époque, quand *Jacopo et Margherita*, le livre le moins ufologique et le moins alien de Martin Zanka, était sorti au beau milieu de la plus grande vague de visions d'ovnis qu'un seul pays ait connu. Un record à ce jour encore inégalé.

Nous savons que, justement en mai de cette année, le Grucat inaugura une revue de presse systématique. Les coupures d'articles consacrés aux ovnis en vinrent à remplir, en fin d'année, rien moins que cinq cartons. Avec la ferveur classificatrice décrite et étudiée par Milena Cravero, deux mille quatre cents articles furent catalogués, pour un total de mille huit cents cas. Cela va de lumières étranges en mouvement aux atterrissages d'astronefs ; d'enlèvement par des extraterrestres aux « globes de feu » sur l'horizon. Hallucinations collectives et épisodes inexplicables, canulars et rencontres rapprochées de tout type.

À Vallenoncello, province de Pordenone, le gardien d'une villa, attiré par les aboiements des chiens, vit un œuf lumineux descendre en tourbillonnant derrière une rangée de peupliers. Le lendemain matin, il trouva sur le pré une tache d'herbe jaunâtre, comme brûlée, qui, à l'analyse chimique, s'avéra due à une haute concentration de calcium.

À San Michele di Alessandria, en ouvrant les volets, un jeune homme entendit un sifflement aigu et avisa un « cigare » métallique long de plusieurs mètres qui décollait d'un champ de maïs et disparaissait dans le ciel. Les tiges étaient pliées en angle droit, à une hauteur d'un mètre du sol, sur une zone de cinq mètres sur trois. La police scientifique intervint aussi, mais l'événement resta sans explication.

Mais ce furent trois équipages de police-secours qui arrêtèrent à Rome une dizaine d'individus ayant à leur tête Romulo Casella. L'ufologue brésilien se disait convaincu qu'un astronef d'extraterrestres socialistes était sur le point d'atterrir dans le parc d'une villa sur l'Appia Antica. Avec ses camarades, il avait exigé des propriétaires du domaine l'ouverture de leur portail, pour permettre au peuple de fraterniser avec les visiteurs interplanétaires. Devant le refus des bourgeois, la troupe était partie à l'assaut du mur d'enceinte, réussissant à le franchir. Après cette performance et une nuit au poste, Casella fut interviewé par l'ufologue Gianguido Bruzzone pour son émission *Mystères 80*. « La propriété *privada*, déclara-t-il, est un obstacle inamovible au libre contact avec les formes de vie arrivant de l'espace. Une *razão* de plus pour l'abolir et nous préparer à *acolher* comme il convient des êtres dotés d'une *inteligência sobre-humana* ».

En août, à Jesolo, sur le littoral vénitien, il y eut des dizaines de signalements. Sur la plage, on ne parlait que de ça, les journaux en faisaient les gros titres, et chaque jour les avions de chasse d'Aviano décollaient, comme s'ils devaient empêcher une invasion extraterrestre. Cependant, dans les rues de la petite ville se tenait la fête de Marco Cavallo, le célèbre quadrupède de papier mâché bleu construit par les hôtes de l'asile psychiatrique de Trieste et symbole de la libération des malades mentaux. Tandis que les estivants prenaient le soleil, des cortèges de folles et de fous défilaient, on construisait des statues de caoutchouc mousse, on admirait les sculptures volantes de Sante Monachesi et celles des patients des hôpitaux psychiatriques. À la soirée de clôture, l'anthropologue Franco Cagnetta expliqua l'avoir déchaînée lui, la psychose ovni, avec une rafale de lettres bidon au *Gazzettino*, et des flottes de lanternes chinoises après le coucher de soleil. Une expérience sur le pouvoir des moyens d'information. Quant aux avions de chasse, Cagnetta ignorait tout à ce sujet. On ne sait s'ils avaient décollé pour des exercices de routine ou bien s'ils étaient eux aussi en chasse d'astronefs extraterrestres.

En revanche, ce ne furent pas les lettres d'un anthropologue ni les lucioles ou les lanternes qui furent à l'origine du plus gros *flap* de l'année. Dans le jargon ufologique, un *flap* est une concentration simultanée d'apparitions. Comme celle qui, à l'aube du 14 septembre, concerna le territoire national. Par la suite, on parla de fragments d'un satellite américain et d'une nuée de météorites, mais désormais l'Italie tout entière scrutait le ciel dans l'attente des ovnis.

Pendant tout le mois de novembre, sur la côte Adriatique, entre les Marches et les Abruzzes, des pêcheurs terrorisés racontèrent des traînées lumineuses en piqué sur leurs barques, des colonnes d'eau s'élevant soudain à vingt mètres, des explosions et des ébullitions, des interférences électromagnétiques, des fusées et des sphères volantes. Le Grucat fut invité sur la zone par un passionné d'ufologie, qui mit à leur disposition sa vedette pour vérifier qu'il ne s'agissait pas de fata morgana ou de mirages de marins. L'expédition n'obtint pas de résultats appréciables, si on exclut le coup de foudre entre Luca Majorino et Simonetta D'Arcangelo, une jeune femme de Montesilvano qui, quelques années plus tard, devint sa femme.

Le 20 novembre, le député socialiste Falco Accame présenta à la Chambre une interpellation concernant « l'état d'alarme créé dans les populations des Abruzzes et des Marches à la suite de la manifestation de phénomènes non explicables scientifiquement, rapportés par la presse et notés aussi par une vedette de la marine militaire ».

Le ministre de la Défense répondit avoir « décidé une première intervention sur zone de dragueurs de mines et de vedettes, pour découvrir l'origine des phénomènes » et donc « un service de surveillance organique avec la réalisation de vingt missions pour un total de deux cent trente heures de navigation », mais sans rien relever d'inhabituel.

Après cette interrogation, le gouvernement chargea l'aéronautique militaire de recueillir et vérifier données et signalements à propos des ovnis. Aujourd'hui encore, le Service général de sécurité de l'aéronautique a la mission institutionnelle d'examiner ce genre d'apparition.

De la politique aux chansons pour enfants : la 21e édition du Zecchino d'Oro* s'occupa du phénomène avec le morceau *Uffa gli Ufo* (« Marre des ovnis »). Milena Cravero l'analyse dans son livre, *Quand les Martiens arrivent*, en relevant que le texte contient un classique stéréotype de genre : le papa de la petite fille, avec une rationalité scientifique toute masculine, l'invite à ne pas croire aux visiteurs extraterrestres, à s'en tenir aux faits, tandis que la mère, avec une étourderie toute féminine, dit les avoir vus, mais elle ne sait où.

Dans la nuit du 6 au 7 décembre, un vigile de la société Valbisagno de Gênes appela la centrale pour une urgence en criant : « Qu'est-ce qu'il est laid ! Qu'est-ce qu'il est laid ! » et : « Ce ne sont pas des hommes ! » Le nom du gardien de nuit était Pier Fortunato Zanfretta. Il fut retrouvé en état de choc aux alentours d'une villa à Marzano di Torriglia, à trente kilomètres au nord de la ville. Il déclara avoir été agressé par des créatures de trois mètres de haut, d'aspect reptilien. Dans une séance d'hypnose régressive, il se souvint aussi d'avoir été enlevé et étudié par les aliens. Sa participation à l'émission télévisée « Portobello » le transforma en une célébrité. Par la suite, il déclara avoir rencontré les extraterrestres encore à onze reprises.

L'année des Martiens se conclut sur la riviera romagnole avec des centaines de personnes émerveillées

* Festival international de chant pour les enfants organisé chaque année depuis 1959 et diffusé sur Rai 1.

par la danse de nuages lumineux suspendus au-dessus de la mer en pleine nuit. Les carabiniers appelés, le photographe Elia Faccin se précipita pour les immortaliser. Comme par un fait exprès, son Olympus se bloqua et les piles se vidèrent d'un coup. Il dut retourner chez lui et changer d'appareil. Par chance, la chose ne s'évanouit pas entre-temps. Dans les clichés publiés par *Panorama*, on dirait un gigantesque bâtiment en flammes, mais la capitainerie du port de Rimini nia qu'il pût s'agir d'un bateau.

Aujourd'hui, l'année 1978 reste dans les mémoires pour des événements bien différents. Outre l'enlèvement de Moro, il y eut le franchissement par trois papes du seuil de Saint-Pierre, dont l'un mourut après un mois à peine de pontificat ; la spectaculaire démission du président de la République Giovanni Leone, suivie de l'élection de son successeur Sandro Pertini ; le Mondial de foot en Argentine, controversé pour le prestige qu'il conférait à la dictature, et remporté – non sans polémiques – par le pays hôte. Il y eut aussi les dernières grandes réformes issues du cycle de lutte entamé en 1968 – la légalisation de l'avortement, le démantèlement des asiles, l'institution du système sanitaire national – et, en même temps, des lois bien différentes dans l'inspiration, comme la législation spéciale antiterroriste.

Ceci a fait oublier que 1978 fut aussi l'année de la « grande vague ». L'année des ovnis.

Milena mit encore plusieurs mois à terminer son travail de terrain, organiser sa documentation et enfin écrire le compte rendu de sa recherche. Le livre sortit en 1980 et eut des traductions en anglais, français, allemand et portugais (brésilien). Dans le monde académique, il est considéré comme un texte pionnier : le premier, en Italie, à s'occuper des ovnis avec les instruments de l'anthropologie, et le premier à les utiliser pour étudier une nouvelle sous-culture. Mais au-delà des salles universitaires, le livre devint aussi un petit bouquin culte, parce qu'il semblait suggérer, entre les lignes, une alliance entre imagination et raison, comme beaucoup la souhaitaient pour les temps à venir.

Surtout après qu'un certain type de raison, la raison d'État, eût imposé le sacrifice d'Aldo Moro.

En mai et juin 1978 eurent lieu d'importantes élections régionales. On renouvela huit cent soixante-quatre conseils municipaux et trois conseils provinciaux, du val d'Aoste à la Sicile. Le PCI essuya des revers partout.

Le groupe dirigeant admit à demi-mot que cet échec avait à voir avec la « solidarité nationale ». L'image du parti était restée écrasée par celle de la Démocratie chrétienne, donc du gouvernement et du statu quo, avec tous les inconvénients que cela comportait mais sans les avantages et sans aucune contrepartie, c'est-à-dire sans entrer dans l'exécutif.

À une réunion des secrétaires régionaux, le chef du parti, Enrico Berlinguer déclara : « Nous avons été généreux peut-être jusqu'à l'ingénuité, entre autres parce que notre générosité et notre loyauté n'ont pas été payées en retour d'une loyauté semblable de la part des autres partis et de la Démocratie chrétienne elle-même. »

En janvier 1979, le PCI retira son appui extérieur* au quatrième gouvernement Andreotti. Décision tardive qui n'empêcha pas la déroute des législatives de juin 1979. Le Parti perdit un million et demi de voix, son premier repli depuis 1924, et le plus important de son histoire.

En cette occasion, Gianmaria Zanchini, lui aussi, « trahit » son propre parti. Vincenzo le raconte :

« Il m'avoua avoir, malgré sa perplexité, coché la case du symbole de Nuova sinistra unita (Nouvelle gauche unie), la liste formée par Democrazia proletaria et ce qui restait de Lotta continua. Si je me souviens bien, ils n'arrivèrent même pas à 1 %, mais pour mon père ce vote fut un gros truc, une véritable transgression. Depuis 1948, il avait toujours voté PCI ! »

Comme l'avait prévu l'auteur anonyme Censor, à partir du moment où il avait choisi la « non-défiance », le parti communiste avait contribué à « pacifier » le pays, appuyant les lois spéciales et défendant la logique du bloc de la défense de l'ordre auprès de sa base ouvrière et populaire. Une fois cette tâche menée à bien, la politique d'exclusion à son encontre fut relancée : à partir de là, il ne ferait plus parti de la majorité de gouvernement.

* Jusque-là, le PCI soutenait le gouvernement Andreotti sans y participer.

Sans autre choix, le parti se remit à prêcher « l'alternative », mais continua à perdre des inscrits, dans un contexte qui avait changé de manière irréversible. Il traîna encore son gros corps pendant quelques années, jusqu'au jour où, peu après l'écroulement des régimes de l'Europe de l'Est et, presque en même temps que la fin de l'URSS, il vota en congrès sa dissolution. On était en 1991.

Avec les années 1980, l'Italie entra en plein «reflux» : les médias la racontaient désireuse de désengagement, enivrée de «modernité» et de nouveau consumérisme, de culte de l'éphémère, de succès et de richesse.

Curieusement, le politique symbole de la nouvelle phase fut Bettino Craxi, secrétaire du Parti socialiste, à savoir le seul qui, durant les cinquante-cinq jours de la détention de Moro, avait contesté la ligne de la «fermeté». En 1983, Craxi devint président du Conseil et conserva sa charge jusqu'en 1987.

En réalité, le succès politique de Craxi n'avait rien à voir avec sa vieille tentative de sauver Moro. Dans les années 1980, la démocratie avait désormais « triomphé sur le terrorisme », suivant la formule semi-officielle. Et personne ne songeait plus aux querelles sur l'opposition entre la ligne de la fermeté et celle des négociations.

5

Tandis que Craxi s'occupait des bombardements américains sur Tripoli et des missiles libyens lancés sur Lampedusa, Martin Zanka fut hospitalisé à la polyclinique Gemelli où il mourut quelques jours plus tard. Vincenzo rentra en Italie pour les funérailles et s'attarda quelques semaines pour régler les questions administratives et vider l'appartement.

Il rencontra aussi Pablo Pepper et lui confia les archives de son père, qui furent conservées, mais jamais inventoriées, dans le grenier de la maison d'édition. Elles sont restées là jusqu'à nos jours, même après que Pepper a fermé son entreprise et que ses bureaux sont devenus le cabinet de son neveu avocat, qui n'était pas intéressé par les soupentes et ne toucha à rien.

Dans ces vieux cartons sont enfermés des notes, des carnets, des manuscrits inédits. En farfouillant dans les lettres et les feuilles éparses, on retrouve les épreuves corrigées de tous les livres de Zanka, y compris les deux derniers : un roman policier situé à Turin et des mémoires sur ses années de guerre partisane, l'apprentissage du métier de journaliste, les voyages en Union soviétique.

Le manuscrit de *Jacopo et Margherita* montre que Pepper imposa à Zanka plusieurs coupes, certaines importantes, pour éviter les problèmes juridiques.

— Crois-moi, Marty, croit-on l'entendre expliquer, je le dis pas seulement pour protéger mes fesses, mais pour donner plus de force à ton livre. Si tu leur laisses une ouverture pour un procès en diffamation, et qu'ils le gagnent, tes hypothèses sont foutues. Tes soupçons sur Landucci et l'autre, l'ancien, ils doivent rester, bien sûr, mais on doit doser ça au milligramme près. Pour leur faire plus mal.

Vincenzo confirma que les débats avec Pepper sur les « mots justes » occupèrent son père pendant tout l'été et que le résulta le laissa insatisfait.

À la vérité, ce qui domine dans les dernières pages du livre, c'est un sentiment de frustration et de défaite. Zanka sent arriver la nouvelle époque, celle des « chantiers ouverts partout pour construire des oubliettes, des silos d'une grande capacité pour les histoires dérangeantes dont plus personne ne veut entendre parler ». Et pourtant, souhaite-t-il, « malgré et au-delà de cet oubli, un jour on en découvrira davantage, quelqu'un fera quelques pas en avant, dépassant le point où nous sommes contraints de nous arrêter. »

Ce n'est pas par hasard si le livre se conclut par une citation du récit d'Edgar Allan Poe *Le Mystère de Marie Roget* :

> « Nous avons offert le futur aux vents et tranquillement sommeillé dans le présent, tissant dans les rêves le monde terne autour de nous. Mais ces rêves n'ont pas été sans interruptions*. »

---

* « *We gave the Future to the winds, and slumbered tranquilly in the Present, weaving the dull world around us into dreams. But these dreams were not altogether uninterrupted* », trad. du traducteur pour la présente édition.

Dans les années qui suivirent, Zanka ne perdit pas l'affaire de vue, il prenait toujours des notes et appelait Gheppio pour avoir des nouvelles. Dans un agenda de 1981, à la date du 7 juin, il écrivit au stylo rouge : « Monsummano (province de Pistoia), Landucci tué dans un échange de coups de feu avec les carabiniers. Appeler Gornara. »

Bien plus intéressante, une espèce de fiche biographique de Giorgio Capoferri, datée du 13 février 1982 :

> Sources : Archives d'État, interviews, informations croisées issues de livres.
>
> – En 1937, G. Capoferri est sergent des chasseurs alpins. Il part comme volontaire pour l'Éthiopie, où, après la conquête, se déroulent des opérations de « police coloniale » (contre-guérilla, représailles).
>
> – En 1937-1939, prend part aux opérations dans le Godjam et dans la région d'Ankober. Écrire à l'historien A. Del Boca pour approfondir et éventuelles informations.
>
> – En 1940, quand l'Italie entre dans la 2e Guerre mondiale, G. C. est à Addis-Abeba.
>
> – En 1941, l'Afrique orientale italienne s'effondre, les Anglais entrent à Addis-Abeba et font prisonniers nos militaires et nos fonctionnaires, dont G. C.
>
> - Durant toute l'année 1943, G. C. est détenu au Kenya dans le camp de prisonniers de guerre n° 354 de Nanyuki, avec des milliers de ses conationaux.
>
> – Après l'armistice, G.C. figure parmi les Pow *(prisoners of war)* « non collaborateurs » = fascistes irréductibles.

– Pow collaborateurs des alliés : restrictions allégées, peuvent travailler hors du camp.

– Pow restés fidèles au Duce et à l'Axe : transférés dans le camp (punitif) n° 365 de Londiani, toujours au Kenya.

– G. C. à Londiani de janvier 1944 à février 1947.

– Le marquis Malaspina de Forravalle se déclare lui aussi non-collaborateur. En octobre 1944, meurt de tuberculose à Londiani (non pas à Nanyuki comme l'avait fait supposer G. C.).

– Avril 1947, G. C. rentre en Italie (via Suez, escale en Égypte, débarquement à Brindisi).

Ce qui contribua à garder intact l'intérêt de Zanka pour l'affaire de Jacopo et Margherita, ce ne furent pas seulement les faits divers et les recherches d'archives. Le livre fut traduit dans divers pays et il lui arriva des invitations pour des présentations à Madrid, Paris, Berlin, Stockholm.

En 1982, dans la capitale suédoise justement, à la fin d'une soirée à l'Institut culturel italien, Martin Zanka mit un autographe sur l'exemplaire d'un trentenaire aux cheveux en brosse, aux yeux de chat et dont la voix ne lui était pas totalement inconnue.

— Nous nous sommes parlé au téléphone, il y a quatre ans, dit Simone Bartocci, puis il l'invita à boire un verre.

Ils traversèrent un pont et s'arrêtèrent dans une brasserie de Södermalm.

— Vous vous rappelez ce que je vous ai dit ? attaqua Simone quand ils furent assis. Jacopo et Margherita ne devaient pas être retrouvés, ils l'ont empêché. Je voulais vous remercier de l'avoir démontré.

Zanka répondit que malheureusement, il n'avait rien démontré du tout. Les indices à charge contre la bande Landucci s'étaient révélés insuffisants.

— Quant à l'autre que je soupçonnais, dit-il en sirotant son Åbro, la preuve la plus écrasante dont nous disposons est la photo d'un panorama.

Il raconta à Simone ce qu'il avait découvert sur Giorgio Capoferri, et ce que lui avait expliqué Gheppio à propos de la photographie accrochée dans son salon, prise de la vire sur laquelle s'ouvrait le dépôt.

— Une photo qui, à cette heure, pour autant qu'on sache, pourrait aussi bien ne plus exister. À coup sûr, elle n'est plus dans ce salon. Et en fait, ce salon même n'existe plus.

Simone fronça le sourcil.

— Comment ça, il n'existe plus ?

— Durant l'été 1978, Capoferri a vendu sa maison à la communauté thérapeutique des Hilzer, et en plus il a eu à sa disposition l'habitation du gardien de leur villa sur le lac de Côme. Un bel endroit pour finir sa vie.

Les deux hommes se dirent au revoir vers minuit. Simone raccompagna Zanka à l'hôtel et rentra à Göteborg, cinq heures de route de la mer Baltique au Kattegat.

Après cette rencontre, l'histoire de Jacopo et Margherita revint le visiter de manière inattendue, pour la dernière fois un matin de la fin de l'été 1985. Comme il sortait de chez lui pour se rendre au travail, le facteur lui remit une enveloppe postée en Italie.

Simone l'ouvrit séance tenante, devant les boîtes aux lettres de l'immeuble. Il ne lui arrivait pas souvent de recevoir du courrier de son pays natal.

Le contenu le surprit : il y avait seulement une coupure de journal, un entrefilet d'un quotidien.

> LA DÉPOUILLE DE GIORGIO CAPOFERRI TRANSFÉRÉE À FORRAVALLE
>
> Les funérailles de Giorgio Capoferri, 69 ans, mort dans les eaux du lac de Côme, se sont déroulées en privé à la paroisse Santo-Spirito.

Simone examina l'enveloppe. Sur le timbre postal était écrit «Forravalle» et au centre « 10-9-85 ». L'écriture de l'adresse était la même que celle qu'il avait vue tant de fois sur les cartes du Quarzerone, préparées pour les scouts par l'inspecteur-adjoint de la garde forestière Elio Gornara.

L'entrefilet provenait de *La Nuova Toscana* du vendredi 6 septembre 1985 et racontait que Capoferri s'était noyé non loin de Bellagio où il avait déménagé six ans plus tôt. La cause de la noyade, d'après une première reconstitution, avait été une chute accidentelle, accompagnée d'un choc à la tête, peut-être contre une roche ou sur le bord de la barque que l'homme utilisait pour pêcher, et qu'on avait retrouvée sur la rive de Griante, au milieu d'une roselière. Il arrivait, surtout l'été, que certains prennent leurs barques ou pêchent, même après le coucher de soleil, mais l'heure du décès, estimée entre 23 heures et minuit, était en tout cas insolite.

6

Suivant la volonté de Rossella Hilzer, Giorgio Capoferri fut enterré au cimetière de Forravalle, à côté de la tombe des Malaspina, où reposait la marquise dont il avait été l'amant.

La pierre tombale de Capoferri fut vandalisée en 1991 quand la presse locale recommença à s'occuper de lui en le définissant comme « le gladiateur de Forravalle ». Dans les microfilms de *La Nuova Toscana*, on trouve une série de trois articles sur le sujet, dans lesquels l'accident du lac de Côme, jamais tout à fait éclairci, est réenvisagé comme un meurtre possible. Un règlement de compte dû à une utilisation «détournée» du Nasco n° 304. Chantages croisés, menaces, alliances gênantes : un « mélange explosif qui pourrait avoir poussé quelqu'un à éliminer Giorgio Capoferri, gardien du dépôt sur le Quarzerone et de trop nombreux secrets dérangeants ».

La Provincia, journal de Côme, parla également de Capoferri, aussi bien à l'occasion de sa mort qu'au moment des révélations sur Gladio.

MACABRE DÉCOUVERTE À GRIANTE : UN CADAVRE ÉMERGE DU LAC

Le corps n'a été identifié que tard dans la soirée. Il s'agit de Giorgio Capoferri, 69 ans, résident à Bellagio depuis six ans. Le procureur Aurelio Pistoni a ordonné une autopsie.

Le deuxième papier, du 10 janvier 1991, cite seulement ses nom et prénom, au milieu de plus de trente gladiateurs «officiels» de Côme et de sa province, en s'appuyant sur la liste diffusée par l'Ansa quelques jours auparavant. À ces trente-là, le journaliste ajoute Capoferri en tant que « Comasque d'adoption », une sorte de citoyenneté d'honneur. Et peu importe de quel honneur il s'agit.

Si, à la bibliothèque municipale de Côme, où sont conservées les annales de *La Provincia,* on ne trouve pas d'autres éléments sur cette affaire, on peut descendre le long de la rue Diaz, franchir les murs, passer devant les arches de la Porte Torre et se diriger vers les archives d'État.

Là, il est possible de demander et d'obtenir une copie du dossier d'enquête relatif à la mort de Capoferri. Les documents conservés comprennent le procès-verbal de découverte et de transport du cadavre, les déclarations spontanées de la personne qui l'a signalé à la police, le certificat de décès, l'identification de la dépouille, l'acte de décès, le rapport d'autopsie, le témoignage de la dernière personne que le défunt rencontra de son vivant (un vendeur d'une quincaillerie), la demande de classement.

Une des feuilles du dossier est rédigée par les agents qui ont pris en charge le corps.

> Ce 29 août 1985, à 8h30, à Griante (province de Côme), nous, soussignés les officiers de police judiciaire le commandant et commissaire en chef Timberi Livo et le commissaire adjoint Ferali Stefano, donnons

acte d'avoir procédé de notre initiative aux activités d'enquêtes ci-après.

Ce jour, à 6 h 40, à la suite d'un signalement téléphonique parvenu à la centrale opérative de ce poste, émanant de Mlle BERMANI Silvia, née à Saronno le 16/06/43, identifiée sur présentation de sa carte d'identité émise par la commune de Saronno, nous nous sommes rendus dans la localité Lido di Cadenabbia, où flottait dans l'eau, sur le ventre, à environ cinq mètres du rivage, le cadavre d'une personne, dont la mort pouvait faire soupçonner un crime.

De quoi il a été immédiatement rendu compte au procureur de permanence, le DOTT. PISTONI, lequel a ordonné que soient exécutés les relevés de rigueur, avec intervention du médecin légiste, en accordant la permission de déplacer le corps une fois les opérations terminées.

Le médecin légiste, le Dr. MORSELLI Tito, avec l'aide des soussignés et des employés du service sanitaire local, intervenus eux aussi, pourvoyait à la récupération du corps pour procéder à une première inspection du cadavre, certifiant le décès par noyade.

Le cadavre s'avérait de sexe masculin et d'un âge apparent d'environ 70 ans.

Il portait les vêtements suivants : gilet de pêcheur à poches, chemise de couleur bleue, tricot blanc, pantalon avec ceinture, chaussettes blanches et bottes dc caoutchouc.

On constatait la présence des objets suivants : montre de poignet de marque Lorenz, chaînette d'or avec crucifix au cou, lunettes, hameçons et plombs de pêche, barrette à cheveux de couleur verte (dans les poches du gilet), trousseau de clés et portefeuille de cuir (dans les poches du pantalon) contenant carte d'identité et diverses cartes (illisibles en raison du séjour dans l'eau), deux billets de cinq mille lires.

Nous avons procédé à un premier interrogatoire sommaire de Mlle BERMANI, laquelle rapportait avoir remarqué le cadavre alors qu'elle exécutait, comme chaque matin, une activité physique sur la rive du lac.

L'examen des lieux terminé, la dépouille était transférée à la morgue de l'hôpital Sant'Anna de San Fermo della Battaglia, à la disposition du parquet.

Le *dottor* Pistoni poursuivit l'enquête sur la mort de Capoferri, poussé par certains détails (le coup à la tête, l'horaire du décès) qui compliquaient le tableau d'un « tragique accident ». Les quelques personnes qui, à Bellagio, fréquentaient le défunt avec une certaine assiduité furent entendues et, à la fin, en l'absence d'éléments probants, l'affaire fut classée.

7

Mme Isolina, qui a aujourd'hui plus de quatre-vingts ans, conserve les objets personnels de sa fille dans un coffre de bois. À la suite d'un déménagement, après la mort de son mari, quand elle dut démanteler la chambre-sanctuaire de Margherita, ce coffre devint l'urne des souvenirs « de la petite ». Encore à présent, quand elle évoque son vieux malheur, Mme Isolina répète que Margherita est un ange qui la protège dans le ciel, comme la fois où elle s'est endormie au volant, ou cette fois durant un orage, ou à l'occasion d'une opération du cœur. Elle ouvre le coffre et montre les petits mots écrits par sa fille.

Puis vient le moment des bibelots : un bracelet, un paquet d'étiquettes maintenues par un élastique, une série de gommes de forme étrange, quelques surprises des œufs Kinder et une barrette à cheveux verte.

Qui s'est occupé de la disparition de la jeune fille sait que les barrettes vertes retrouvées sur le Quarzerone sont au nombre de deux : une sur le bord du ravin du Rio Borro, l'autre sous une des caisses d'explosif de la grotte.

— L'inspecteur-adjoint nous a aidés à les récupérer, parce que la police les avait mises sous scellés, c'est comme ça qu'on dit, non ? Maintenant, en quelle année précisément, je ne me rappelle pas. Ça pouvait être en 1981, en 1982 ou plus tard… À l'époque, il m'en a demandé une, en souvenir de

Margherita, et je la lui ai donnée volontiers. Ça me faisait plaisir qu'il ait quelque chose d'elle. Avec tout ce qu'il avait fait pour les retrouver, elle et Jacopo. Comme si ça avait été ses enfants.

Est-ce la même barrette verte qui, quelques années plus tard, apparaîtrait dans la liste des objets retrouvés sur le cadavre de Capoferri ?

La scène, mentalement, se recompose d'elle-même.

Gheppio retrouve l'ex-ami dans sa retraite et le contraint à avouer ce qui est arrivé aux deux jeunes. Puis il le frappe à la tête, le porte au milieu du lac et le jette par-dessus bord, laissant l'eau achever le travail en lui remplissant les poumons. Mais pas avant d'accomplir un geste symbolique : avec Capoferri coulera un objet qui a appartenu à Margherita. La dernière trace d'elle qu'elle a laissée.

Impossible de trouver confirmation.

L'inspecteur-adjoint Gornara, après avoir pris sa retraite, a continué de vivre à Forravalle, à quelques pas de l'ancien poste de la Forestière, fermé en 2016, quand le corps a cessé d'exister, absorbé dans celui des carabiniers.

À partir de février 2020, parler à Gheppio en tête à tête est devenu une entreprise sans espoir, entre les zones interdites, les couvre-feux, les interdictions de s'éloigner du domicile et autres mesures de la guerre contre le coronavirus. Et il est devenu impossible de le joindre par téléphone, quand, à la fin du printemps de cette année-là, il a été hospitalisé, justement à cause du virus, dans le service de thérapie intensive de l'hôpital de Massa.

Personne n'a pu entrer pour lui dire au revoir.

Elio Gornara est mort le 15 avril 2020, à l'âge de quatre-vingt-huit ans.

Quiconque aurait voulu lui poser une dernière question, à propos d'une barrette à cheveux verte retrouvée dans la poche d'un cadavre dans le lac de Côme, devrait garder pour soi ses doutes.

8

En février 1939, le commandant supérieur des forces armées de l'Afrique orientale italienne, le général Ugo Cavallero, décida d'éliminer la résistance éthiopienne dans la Choa et de capturer Abebe Aregai, l'irréductible chef des rebelles. Il ordonna donc le ratissage systématique des régions de Mens et de Marabetiè, soit une « grande opération de police coloniale », selon le jargon militaire d'alors. Sur le terrain furent engagées six colonnes mobiles, autant de bataillons d'ascaris érythréens, deux compagnies de carabiniers, trois pelotons de mitrailleuses lourdes, des bandes irrégulières, différentes sections de mortiers et de canons 65/17.

Giorgio Capoferri, vingt-deux ans à l'époque, participa comme volontaire à la répression de la guérilla avec le grade de sergent, dans la colonne commandée par le lieutenant-colonel Gennaro Sora, héros de la Grande Guerre et célèbre explorateur polaire.

Avec le soutien de l'aviation, les soldats de l'Italie fasciste attaquèrent les partisans, les débusquèrent de leurs refuges, incendièrent les villages qui les abritaient, mirent en fuite la population civile, exterminèrent les troupeaux aux pâturages, tuèrent des gens inoffensifs avec des armes chimiques interdites par les conventions internationales.

Début avril, la colonne de Sora repéra une énorme caverne dans la zone de Caia Zeret. La grotte était une des bases de la résistance éthiopienne et abritait, comme il ressort entre autres des notes de Sora lui-même, mille cinq cents hommes armés, en plus d'un millier de membres de leurs familles, femmes et enfants compris.

Sora et ses hommes assiégèrent la grotte pendant quelques jours, sans succès. Le 9 avril arriva de Massau en renfort le peloton chimique de la division Grenadiers de Savoie : dix hommes seulement, mais armés de cent projectiles 65/17, chargés d'arsane et une bombe C500T contenant deux cent dix kilogrammes d'ypérite, reversés avec un grand luxe de précaution dans douze bidons explosifs.

Les nouveaux venus furent aussitôt mis au travail. L'arsane lacrymogène et l'ypérite vésicante contraignirent les rebelles à sortir à découvert, et les Italiens, pour ne pas rater leurs cibles, les submergèrent d'un déluge de feu.

> Les armes automatiques des trois bataillons, plus des milliers de fusils et un canon vomirent des centaines de milliers de projectiles vers la caverne et le sentier, tandis que les ascaris les plus proches de l'ennemi commencèrent à lancer des grenades. Une patrouille armée de mortiers réglés à zéro lançait ses obus ou plutôt les laissait tomber sur le sentier, où ils explosaient en répandant la mort.

C'est ainsi que le sergent-major Alessandro Boaglio décrit ce moment dans ses Mémoires, achevés en 1958 et publiés seulement en 2010.

À l'aube du 11 avril, les survivants restés dans la grotte se rendirent à l'ennemi. Environ huit cents hommes aptes à porter les armes, parmi lesquels beaucoup d'adolescents, furent disposés par groupes de cinquante au bord d'un précipice, attachés deux par deux et tués à la mitrailleuse. Les femmes et les enfants furent épargnés. Ils échappèrent à la fusillade, mais pas aux conséquences de l'exposition aux gaz. Beaucoup étaient déjà morts à l'intérieur de la caverne.

> La salle principale, écrit dans son journal le major Lorenzo De Ioannis, était haute et vaste comme une cathédrale. La puanteur des cadavres nous parvint avant que nous puissions les découvrir, en raison de l'obscurité, mêlée à l'odeur stagnante de l'ypérite. Des carcasses d'hommes et d'animaux émergeaient d'un tremblement de terre de paillasses et d'objets typiques des demeures indigènes, comme si ces cavités s'étaient transformées en véritables habitations. Je m'y avançai avec Capoferri, un sergent des Chasseurs alpins, dans une des dérivations secondaires. Au bout de quelques pas, derrière un amas de tissus, nous perçûmes un soubresaut. La lampe éclaira deux paires d'yeux jeunes et terrorisés. Ce n'était que deux gamins blessés, mais la peur d'un guet-apens, là dans ce tunnel, prit le dessus. Sans hésiter un instant, le sergent les finit à la baïonnette. Puis je le vis se baisser et ramasser un objet : une croix copte sculptée, de belle facture. Il la dépoussiéra de sa manche et la glissa dans sa gibecière.

En 2006, une expédition conduite par l'archéologue éthiopien Yonatan Sahle et l'historien italien Matteo Dominioni a découvert dans la grotte de nombreux squelettes, dont certains d'enfants d'un ou deux ans.

Après l'écroulement du prétendu Empire italien en Afrique, Giorgio Capoferri et le major De Ioannis se retrouvèrent dans le camp de prisonniers de Nanyuki, au Kenya. Mais, à la différence de Capoferri, après l'armistice du 8 septembre 1943, De Ioannis préféra se déclarer fidèle au roi plutôt qu'à Mussolini. Il obtint ainsi une plus grande liberté et, dès décembre 1945, put rentrer en Italie. Devenu un dirigeant du Service d'information des forces armées (Sifar), il fut certainement impliqué dans la genèse de Gladio, et il est probable que ce soit lui qui ait proposé son vieux compagnon d'armes comme homme fiable à enrôler dans la structure secrète.

9

« Mon père m'a téléphoné exprès, se souvient Vincenzo, pour me dire que Capoferri avait connu un mauvais sort. Il voulait que je le sache, il y tenait, parce que moi aussi, j'avais joué un rôle dans cette histoire, puisque je lui avais transmis les infos de Pardo. Ça faisait un moment qu'il ne m'avait plus tenu au courant de l'évolution de l'affaire : la dernière nouveauté avait été une autre mort, celle de Landucci. Plusieurs fois, il m'a dit qu'il voulait recommencer à s'occuper de Jacopo et Margherita, trouver le moyen d'écrire encore sur eux. Durant cet appel, je l'y ai encouragé. "Maintenant qu'il est mort, celui-là, tu peux raconter toute la vérité." Il m'a répondu qu'au contraire, justement *à cause* de la mort de Capoferri, on ne pouvait plus raconter toute la vérité. J'ai pensé qu'il se référait aux secrets que le gardien du dépôt avait emportés avec lui au fond du lac, et je ne lui ai plus posé de questions. »

Aujourd'hui, Vincenzo vit à Calistoga, dans le comté de Napa, en Californie. Proche de la retraite, il travaille comme œnologue dans une cave qui produit un excellent cabernet. Sa mère Marion O'Donnell est morte en 2009, après une vie passée plus souvent dans l'enceinte des cliniques psychiatriques qu'au dehors. Ce fut durant une des longues périodes *à l'intérieur* que Vincenzo la retrouva. Les voisins connaissaient le médecin qui la suivait et le médecin lui donna l'adresse du Community Mental Health Center de New Castle, dans le Delaware. Mais il lui fallut attendre deux semaines avant de pouvoir la rencontrer, parce que les médecins voulaient la préparer et lui éviter le choc de la surprise.

« Ils n'y ont réussi qu'en partie, parce que quand elle m'a vu, elle n'a prononcé que mon prénom et, pendant près d'une heure, rien d'autre n'est sorti de sa bouche. Elle me caressait le visage, me serrait les mains, secouait la tête, pleurait et m'écoutait. »

Depuis ce moment, Marion a dû moins fréquemment recourir aux services du Centre, et pour des périodes plus brèves. Chaque été, jusqu'au dernier de sa vie, elle a passé un mois chez Vincenzo et Lauren, sa compagne.

De sa fille, en revanche, Vincenzo n'a plus eu de nouvelles directes. Il sait qu'elle s'appelle Tanna Lisa Hilzer, qu'elle est styliste de mode, et que Maurizio Salvetti, dans son livre *Tu me trahiras*, évoque avec une certaine malice l'idée que le père de Tanna puisse être Ludo Vos, devenu entre-temps responsable des activités productives de la communauté.

« Aujourd'hui, elle a plus de quarante ans, commente Vincenzo, et j'imagine que la question de l'identité de son père ne l'intéresse pas plus que ça. Je ne sais même pas ce qu'on lui a raconté sur moi. Peut-être qu'un jour, elle frappera à ma porte, comme je l'ai fait avec ma mère. »

Un certain temps après son départ de Thanur, Vincenzo a suivi l'évolution de la communauté à travers sa correspondance avec Pardo. Une dizaine de lettres, pas plus. Par lui, il a appris la naissance de sa fille et puis le départ d'Orsola, en 1981, quand elle est allée enseigner à l'université de Limoges, en France. Pays où elle est morte en 2011.

Quand la fondatrice décida de l'abandonner, Thanur était devenue une communauté thérapeutique. Onorio Pardini, de son côté, était devenu éducateur, destin typique des ex-toxicos restés vivre dans l'établissement où ils ont été soignés.

Avec cette qualification, il fréquenta des cours de formation et de mise à niveau, grâce auxquels justement il comprit que le métier lui plaisait, mais pas comme on l'entendait à Thanur, où on lui demandait d'être « un flic amical, un bigot aux vues larges, un extrémiste du bon sens, un soldat sans uniforme et un homme à tout faire toujours prêt à se retrousser les manches ».

En 1984, Pardo quitta la communauté, déménagea à Florence et trouva du travail dans une association qui gérait un cours du soir dans un quartier de la périphérie. Après avoir raconté son expérience dans le livre *Dis-Onorio*, publié en 2001 chez l'éditeur Sugli alberi le foglie*, il s'est retrouvé avec son épouse à la tête d'une maison familiale pour mineurs étrangers non accompagnés.

Ces derniers sont aussi les personnages du livre le plus récent de Milena Cravero, une étude sur leurs formes de regroupements dans les métropoles italiennes.

---

* *Cf.* bibliographie pour la traduction française.

« Mais je crois que dans le prochain, je recommencerai à écrire sur les ovnis, déclare l'anthropologue en sirotant un thé. Durant la pandémie, il y a eu un pic d'apparitions un peu partout dans le monde. Les journaux disent que c'est à cause du confinement et du ciel débarrassé des gaz. Vous êtes enfermé dans votre chambre, vous regardez un ciel pur comme jamais et *zac !* vous voyez l'objet volant. D'autres répètent l'histoire habituelle selon laquelle en temps de crise, les êtres humains ont besoin de distraction et d'espérance. Dans les années 1950, il y avait la guerre froide. Dans les années 1970, le terrorisme. Maintenant, le Covid. Le Pentagone aussi a élaboré un rapport où le phénomène est abordé avec un sérieux jamais vu jusque-là, et l'hypothèse extraterrestre n'est nullement écartée. Pour intensifier les contrôles, le Sénat des États-Unis a mobilisé des fonds considérables et le département de la Défense semble avoir compris que l'identification des objets volants peut être un *business*, une occasion de croissance, et aussi une excellente excuse pour s'étendre dans le cosmos. La critique ufophile trouverait donc de nouvelles confirmations. Je voudrais reprendre mes vieilles hypothèses d'il y a quarante ans, vérifier leur solidité. Du reste, je n'ai jamais cessé de m'intéresser à cette thématique ni d'être membre honoraire du Grucat, ou plutôt du Cirut, comme il s'appelle maintenant, le Centre italien de recherches ufologiques de Turin. »

Elle ouvre son sac et sort de son portefeuille la carte, qui, avec le temps, a rapetissé, jusqu'à adopter le format d'une carte de visite.

« C'est depuis ce mois de mai 1978 que Berto me donne rendez-vous place San Carlo, chaque année, pour me remettre ma nouvelle carte. S'il y arrive, toujours en mai, sinon, dans les mois suivants. Il ne l'a pas fait en 1987 parce que j'étais au Brésil, et en 2002 à Madrid. Mais il m'a contactée par le biais de l'université et me l'a envoyée par la poste. Je les ai toutes conservées : visiblement, les ufologues m'ont refilé leur collectionnite ! »

En qualité de membre honoraire, Milena a aussi reçu par abonnement, chaque mois, le *Journal de l'Inconnu*. Sur l'étagère la plus haute de la bibliothèque, derrière elle, sont alignés les volumes reliés par année, avec leur dos de toile verte. De 1978 à 1997, année où la revue cessa de paraître sur papier. Au bout de quelque temps, elle reparut sur le Net, désormais transformée en méli-mélo d'ésotérisme, spiritualité et astrologie.

Une première détérioration avait déjà eu lieu avec le changement d'éditeur, en 1993, quand Pepper avait fermé sa boîte et cessé pour toujours de publier des livres. Il continua de travailler dans le secteur de l'édition, comme consultant et agent littéraire. Il continua aussi de fumer entre vingt et trente cigarettes par jour, jusqu'à ce que ses poumons en aient assez. La tumeur, après une première régression, ne le lâcha plus. Il mourut le 8 juin 2010, à l'heure où trois militaires, de garde devant l'ambassade américaine auprès du Vatican, repérèrent dans le ciel trois objets volants très lumineux, suspendus à environ cent mètres du sol, qui apparaissaient et disparaissaient avec de soudains changements d'altitude.

« Comme de juste, les ufophiles n'ont pas de cartes, reprend Milena, mais j'aurais bien aimé au moins conserver un souvenir de leur bande. J'ai été encore à deux ou trois veillées ufophiles et je n'ai même pas une photo du groupe. La dernière fois que j'ai revu quelques-uns d'entre eux, c'était à l'enterrement de Jole, en 1989. Il y avait Guido et Adele, Brenda, Livia, Paul Beathens. Les ufophiles étaient restés en contact, même s'ils ne faisaient plus de veillées depuis quelques années et que chacun "pratiquait" dans son coin, s'il le faisait encore. Il y avait aussi Gheppio, le garde forestier, qui vint me serrer la main, et il y avait Bernacca, tout juste rentré au pays après l'une de ses disparitions périodiques. Il s'en allait pendant des mois, nul ne savait où, et soudain réapparaissait. Il paraît qu'il avait sombré dans une profonde dépression après avoir appris que ce n'étaient pas des extraterrestres qui, selon toute probabilité, l'avaient agressé, mais une bande de fascistes à moto. »

Bernacca abattu à cause des développements trop terrestres de son affaire ? L'émission « Chi l'ha visto ?* » épousa cette théorie, quand elle s'occupa de lui le soir du 24 janvier 1995. L'ex-employé de la commune en était à sa onzième disparition, la plus longue de toutes.

* Ancêtre et équivalent de l'émission française « Perdu de vue ».

« L'enterrement de Jole, continue Milena, a été aussi la dernière fois où j'ai rencontré Jimmy. Ça faisait déjà pas mal de temps qu'on ne se voyait plus. On le savait depuis le début, notre histoire était confrontée à une limite infranchissable. Moi, j'avais ma vie et mon travail à Turin, lui ne partirait jamais d'Aulla. L'Hallogallo était comme un temple consacré à ce qu'il avait de plus cher au monde et n'avait de sens qu'à cet endroit. Avec le temps, nos week-ends s'étaient raréfiés, puis réduits à de simples coups de fil, jusqu'à ce qu'on arrête de s'appeler. »

Giacomo «Jimmy» Fruzzetti mourut le 10 août 2022, dans un accident de la route dans le val d'Orcia, alors qu'il marchait au bord de la provinciale. Il ne faisait pas d'autostop, ce n'était plus l'époque. Il n'était même pas en train de regarder les étoiles filantes. Il se rendait à l'Amiata Rock Festival. Il était arrivé dans son immarcescible Coccinelle, mais avait dû se garer loin. Une voiture qui le frôla le fit tomber dans le fossé au bord de la route. Le malheur voulut qu'il se cogne la tête sur une pierre. Le choc provoqua une hémorragie cérébrale. À l'arrivée de l'ambulance, il était déjà trop tard.

Les amis installèrent la chambre funéraire à l'Hallogalo, au milieu des disques, des affiches de concerts et des revues qu'il aimait. Au dehors, sous le soleil à pic, se forma une longue file de personnes attendant de murmurer à Jimmy un dernier merci pour un conseil musical précieux, un album introuvable, la critique d'une démo.

Vers le soir, quand les allées et venues avaient quelque peu diminué, un homme aux cheveux poivre et sel, lunettes noires sur son nez proéminent, traversa la place Mazzini. Une silhouette plutôt anonyme, sinon qu'elle était celle de Franco Battiato. Et s'il n'y avait pas eu quelqu'un pour le prendre en photo, peu de gens auraient su qu'un des plus grands auteurs de la musique européenne vint à Aulla pour rendre hommage à Jimmy Fruzzetti.

« Le jour de ses funérailles, poursuit Milena, j'étais à Madrid pour un projet de recherche. Andrea Binelli avait un de mes vieux numéros de téléphone, il essaya de me joindre sans y parvenir. Je ne l'ai appris qu'une fois rentrée en Italie, et ça m'a foutu un coup. Une partie de ma vie aurait été très différente si je n'avais pas croisé la route de Jimmy. Et avec lui, les personnes que j'ai connues en cette formidable année 1978 : les ufologues du Grucat, Martin Zanka, Jole, les ufophiles… Ces rencontres ont orienté ma vie, elles ont fait de moi ce que je suis. Bien sûr, on pourrait le dire de n'importe quelle personne qu'on fréquente, mais cette année-là, pour moi, a été vraiment différente, pleine de sérendipité et de magie. Au point que, de temps en temps, quand j'y repense, je me dis que le mont Quarzerone est vraiment une sorte d'énorme aimant, qui attire et relie les êtres humains de manière inattendue. »

Vincenzo Zanchini est d'accord : « On peut dire que mon père et moi, nous nous sommes retrouvés grâce au Quarzerone. Puis, nous nous sommes de nouveau séparés, mais nous ne nous sommes plus perdus. Quand nous sommes partis de Forravalle, je suis allé avec lui à Orbetello et j'y suis resté quelques semaines, comme si nous étions là à nouveau en vacances. J'ai un souvenir précis. Un soir de juin, il m'a sorti une de ses propositions à l'ancienne : passer la nuit sur la plage de la Feniglia. Maintenant que j'y pense, ce devait être le solstice d'été. J'acceptai. Après dîner, on s'est installés là avec les toiles et les couvertures. On a plaisanté à l'idée que nous allions certainement voir un ovni, mais on n'a vu que les constellations. Comme quand j'étais petit, il me les a indiquées une à une et m'a raconté l'histoire de leurs noms. Cassiopée, Hercule, le Scorpion… Korolev l'avait vraiment bien dit. Martin Zanka était l'homme qui regardait les étoiles. Surtout, c'était mon père. »

II

Aujourd'hui, le Quarzerone n'est plus la montagne isolée que connurent les protagonistes de cette histoire. Bien sûr, à condition d'avoir une voiture, parce que les trajets en bus depuis Aulla se sont beaucoup raréfiés. En revanche, la route qui monte à Forravalle est plus large et le nouveau pont sur le Rio Borro permet de gagner un quart d'heure.

La place du lavoir, où autrefois s'arrêtaient les cars des scouts, est maintenant un parking goudronné. La barre qui interdisait l'accès aux véhicules non autorisés est désormais une inutile ferraille, éternellement relevée et immobile au garde à vous. Si on veut, on peut prendre la route de terre et arriver en voiture jusqu'à Pian del Cielo, où se trouvent les panneaux du parc naturel : une carte du massif, avec les points remarquables, et un tableau sur la faune, la flore et le folklore local. Dans le coin en bas à droite de l'une et de l'autre se détachent l'écusson de la commune de Forravalle et le logo de « Thanur – communauté thérapeutique et service à la personne ».

Sur un poteau de pin, quatre flèches indiquent les sentiers et la durée des parcours. Le plus grand nombre des randonneurs choisit celui de San Palpano, qui mène à la plus grande grotte de la zone. En réservant à l'avance, on peut même la visiter avec les guides du groupe de spéléologie.

Le sentier qui conduit à la vire sous Rocca Tesana ne fait pas partie des chemins signalés. Aucune coupe dans les ronces qui barrent le passage, les marches dans la roche sont toujours cachées et, depuis quelque temps, un éboulement oblige à se rapprocher si près du bord du précipice qu'il faut être certain de ne pas être sujet aux vertiges.

Arrivé là-haut, par les journées claires, au-delà des sommets, il arrive qu'on aperçoive le reflet de la mer.

Derrière la cime des hêtres pointe le clocher en ruine de l'abbaye des Braci et, entre les arbres, on devine les virages de la route qui mène à la Villa Malaspina. Forravalle compte une poignée de maisons, serrées les unes contre les autres, mais quand on connaît l'endroit, on n'a pas de mal à distinguer l'Araignée bleue, l'auberge du Sanglier-Blanc et l'édifice qui autrefois était le poste de la garde forestière. En remontant la vallée, les regards rencontrent un minuscule cimetière, la châtaigneraie de Collerado et le moulin de La Vagina.

Il arrive alors qu'on éprouve une envie soudaine de se retourner et de fouiller à la main entre les feuilles d'une plante grimpante et la roche, jusqu'à ce qu'on sente sous les doigts le froid d'une surface poreuse mais régulière, et, en écartant le végétal, on se trouve devant un mur de briques.

Celui ou celle qui s'est hissé jusque-là s'interroge sur la présence de ce mur. Qu'est-ce qu'il cache ? Qu'est-ce qu'il renferme ?

S'il n'y avait eu, pour répondre à la question, l'obstination de Gheppio, les hypothèses de Zanka, les réminiscences de Pardo et la vision de Milena, une nouvelle légende du Quarzerone naîtrait peu à peu, comme celle du sanglier blanc, des sorcières de Luni ou des visiteurs venus d'autres planètes.

Des histoires qui se transmettent par le bouche à oreille, jusqu'à ce qu'on ne se demande même plus ce qu'elles ont de vrai.

BIBLIOGRAPHIE SÉLECTIVE

(Pour la présente édition ne sont cités que les livres et articles traduits en français)

Collectif, *Thanur 1974-1994. La commune, la communauté*, éditions des Alternatives, Forcalquier, 1997.

Bazzano, J., « Jimmy Fruzzetti, courrier cosmique », in *Revue d'ufologie comparée*, Saint-Étienne, 1990.

Binelli, A., *Les Enquêtes du professeur McTrip*, La Lune Éd., Paris, 1980.

Calandra, M., *Cent jours à San Vittore*, Éd. Alain Minchia, Paris, 1996.

Casella, R., *Pour un socialisme interplanétaire*, Éd. IVe Internationale (tendance caselliste), Paris, 1976.

Casella, R., *Ovnis et guerre de classe, Interventions 1974-1981*, Éd. Impasse Guéménée, 1982.

Cravero, M., *Quand les Martiens arrivent. Ufologie, rapports entre genres et rites collectifs dans l'Italie des années 1970*, Presses universitaires de Limoges, Limoges, 1990.

Crisafulli, R., « Les ufologues et la palingénèsie impossible. Rites et mythes d'un nouveau groupe entre culture de masse, hégémonie du néocapitalisme et survivances des cultures subalternes », in *Quand les Martiens arrivent… op. cit.*

De Ioannis, L., *Journal d'Afrique, Vol. I, Éthiopie 1939-1941*, Éd. Alain de B., Paris, 1970.

Felder, M., *Mater Materia*, Éd. Bénédictines, Saint-Maximin-la-Sainte-Baume, 2001.

Galbiati, O., *La Route de Thanur, La force qui libère du pouvoir*, Éd. Les Archétypes du réel, Ganges, 1983.

Galbiati, O., *Les Discours du samedi*, idem, 1984.

Gandolfi, P., *Écrits et autres conneries 1975-1980*, in archivesdumouvementitalien.org

Rynek, A.J., *La Réalité des ovnis*, traduit de l'anglais par A. Ganfolfo, Éd. des Ailleurs, Paris, 1978.

Pardini, O. *Déshonneur. Une vie entre manches de pioche, piquouzes et espérances*, Éd. l'Impensable, Paris, 2023.

Salvetti, M., *Tu me trahiras. La vérité sur Thanur*, Éd. Big Sur, Grenoble, 1997.

Zanka, M., *La Planète cachée*, Éd. Michèle Laphone, 1968.

Id., *Univers des énigmes, id.*, 1970.

Id., *Lumières dans la nuit des temps*, id., 1971.

Id., *Ulysse cosmonaute, id.*, 1972.

Id., *Robots dans l'antiquité, id.*, 1973.

Id., *Des autres étoiles, id.*, 1974.

Id., *Le Silence des civilisations, id.*, 1975.

Id., *Science-fiction de l'âge du bronze, id.*, 1976.

(sous la direction de), *L'Italie, carrefour cosmique, id.*, 1977.

Id., *Robinson des galaxies, id.*, 1978.

Id., *Jacopo e Margherita. Un mystère italien, entre ovnis et montagnes enchantées*, Éd. Résistances, Limoges, 1981.

Id., *Mon Histoire de partisan, id.*, 1985

Merci à Peter Kolosimo (1922-1984), parce que sans lui, ce roman n'aurait jamais été imaginé.

Merci à Antonio Caronia (1944-2013), pour toutes les utopies ambiguës.

Merci à Valerio Evangelisti (1952-2022), pour l'amitié et pour avoir ouvert les sentiers. *Qui a des camarades jamais ne mourra.*

Merci encore une fois à Francesco Colombo pour le soutien, pour avoir été là chaque fois que nous en avions besoin ; à Raffaella Baiocchi pour l'attention au texte, le soin, les vérifications ; à Paolo « Pepper » Repetti, à Daniela La Rosa, à Einaudi Stile Libero, et cela inclut Severino Cesari, quand même et toujours.

Merci à Mariano Tomatis pour les innombrables suggestions et sortilèges ; à Luca Casarotti pour la précieuse écoute avec l'oreille du juriste (et pas seulement) ; au Centro Italiano Studi Ufologici de Turin pour le matériel et les bavardages (en particulier à Paolo Fiorino et Gian Paolo Grassino, mais Giorgio Giorgi et Mario Cerrato aussi nous ont fourni des indications de départ) ; à Manuele Giannini pour les tuyaux sur la Lunigiana et la pointilleuse expertise historique, géographique et glottologique ; à Stefania Consigliere e Cristina Zavaroni pour avoir lu avec le regard des anthropologues ; à Fulvio Pezzarossa, pour les précieuses informations sur le monde universitaire des années 1970 ; à tout le courant « occidental » de Alpinismo Molotov pour le conseil topographique et linguistique sur Turin et alentour, en particulier à Daniele Contardo, Natale Titotto, Filo Sottile et Davide Gastaldo ; merci à Alberto Prunetti pour les explications sur les adverbes et la prosodie du parler livournais ; merci aussi à Giuliano Santoro, enquêteur sur les mythomanies dans la période de la détention de Moro.

Merci à Ottavio Fatica pour la langue retrouvée et prêtée.

Merci à Colle der Fomento et à Kaos One, pour les mille parcours et les promesses maintenues.

Merci à Eugenio Finardi, auquel nous devons un dîner.

Merci à Alberto Rizzi, *as usual* ; à Paolo Vinti *aka* Paul Beathens (1960-2010) ; à Andrea Binelli, notre agent dans la Versilia ; à Valerio Mastandrea pour le témoignage direct ; à Giuseppe Genna pour le rêve et la fatidique tempête des cerveaux ; à Men in Red, Ufociclismo et toute la compagnie ufophile.

Merci à Paolo Domeniconi pour l'aspect de Guido e Adele Cantalamappa.

Merci à Benito Fusco et à la communauté de l'ermitage Ronzano, dans la paix duquel ont été écrits divers chapitres.

Merci à toute la Wu Ming Foundation. Merci à Roberto Santachiara, *¡hasta siempre comandante!* Merci à toutes les personnes qui sont restées à nos côtés, dans le bon et le mauvais sort, dans la contingence historique la plus difficile : les amies et les amis, les giapster et les giapster (les personnes qui participent à la vie de Giap, le site des WM – NDT).

Un remerciement spécial va aux plus proches qui nous ont supportés et soutenus, au quotidien, tandis que nous portions l'œuvre à son terme. Merci donc à Chiara, Davide et Sofia ; à Claudia et Matilde ; à Giulia, Giona et Ismaele.

Toutes les citations non référencées ci-dessous sont le fruit de l'imagination des auteurs.

La première citation en exergue p. 9 est tirée de Franco « Bifo » Berardi, *Neuro-estetica dell'immaginabile*, in « Altrove », xxii (2021). La seconde citation en exergue p. 9 est tirée de *Miglia e promesse* dei Colle der Fomento feat. Kaos One, texte de Eleuteri, M. Piluzzi e M. Fiorito, autoproduction en collaboration avec Tak Production et Tuff Kong Records.

La citation p. 12 : « Et le rythme des pas nous accompagnera, vers les horizons lointains on ira » est tirée de l'hymne scout *Alla nostra signora della strada*, texte de Mgr Andrea Ghetti et de Vittorio Ghetti.

Les chroniques radiophoniques p. 113 ; p. 115 ; p. 118-119 ont été diffusées dans les journaux radio de la Rai le 16 mars 1978.

La citation « amoureux de la litote » p. 114 est tirée de la poésie *Il PCI ai giovani* de Pier Paolo Pasolini.

Le discours pour l'entrée du PCI au gouvernement p. 120-121 est tiré de : Censor, *Rapporto veridico sulle ultime opportunità di salvare il capitalismo in Italia*, Scotti Camuzzi, Milano 1975 (*cf.* note p.121, pour la traduction en français).

La citation p. 124 rapporte les propos de Bruno Vespa durant l'édition extraordinaire du journal télévisé le matin du 16 mars 1978.

Les paroles du député Zanone p. 127 ont été prononcées à la Chambre des députés le 16 mars 1978.

La citation p. 128 est tirée de E. Neumann (éditées par), *Le profezie di Nostradamus*, La Case Books, 2011.

La citation p. 133 est le texte de l'appel téléphonique des Brigades rouges à l'Ansa le 16 mars 1978.

La citation p. 134 est la déclaration d'Andreotti en direct sur toutes les chaînes de télévision italiennes le 16 mars 1978.

Le témoignage de Valerio Mastandrea p. 140 est tiré d'une conversation avec les auteurs, publiée avec son aimable autorisation.

Les phrases de Leonardo Sciascia et celle du procureur général Pietro Pascalino p. 141 sont tirées de la *Relazione di minoranza della Commissione parlamentare d'inchiesta sulla strage di via Fani, sul sequestro e l'assassinio di Aldo Moro e sul terrorismo in Italia*, (Rapport de la minorité de la commission parlementaire d'enquête sur l'attentat-massacre de la via Fani, sur la détention et l'assassinat d'Aldo Moro et sur le terrorisme en Italie), Sénat de la République-Chambre des députés, Rome, 1983.

L'instruction du général De Sena sur l'inspection des véhicules p. 141 fut diffusée à 16h30 le 16 mars 1978 et elle est citée dans M. Clementi, P. Persichetti et E. Santalena, *Brigate rosse. Dalle fabbriche alla « campagna di primavera »*, (Brigades rouges. Des usines à la « campagne de printemps ») DeriveApprodi, Roma 2017.

Les déclarations de « De Tormentis » – qui s'identifiait de lui-même comme l'ex-fonctionnaire de l'Ucigos Nicola Ciocia – à la p. 143 sont tirées des interviews : « Torture per il bene dell'Italia. Il capo dei "Cinque dell'Ave Maria" ammette "le tecniche d'interrogatorio particolari per certi sospettati" », (« Tortures pour le bien de l'Italie. Le chef des "Cinq de l'Ave Maria" admet les "techniques d'interrogatoires particulières pour certains suspects" », dans *Il Secolo XIX*, 17 juin 2007 ; et *Sono io l'uomo della squadra speciale anti Br*, (C'est moi l'homme de l'équipe spéciale anti-Br) dans *Corriere della Sera*, 10 février 2012, l'une et l'autre inserrées dans Clementi, *Brigate rosse (op. cit.)* et dans M. R. Prette (sous la direction de), *Le torture affiorate*, Sensibili alle foglie, Roma 2022.

Le communiqué p. 143-144 est le n. 2 des Brigades rouges, 25 mars 1978. La citation p. 163-164 fait partie du discours de Luciano Lama place San Giovanni, 16 mars 1978, cité dans Clementi, *Brigate rosse, op.cit.* Les considérations d'Alberto Moravia p. 165 sont tirées de son article « La storia ripete i tragici errori » (« L'histoire répète les erreurs tragiques ») dans *Corriere della Sera*, 20 mars 1978, et de A. Moravia, *Impegno controvoglia*, (Engagement à contrecœur) Bompiani, Milan 1980 © 1980/2008 Bompiani. Bompiani est une marque de Giunti editore Spa.

Les phrases de Camilla Cederna p. 165 et p. 166 sont tirées da *Tutela dell'onore e mezzi di comunicazione di massa. Atti del Convegno giuridico Informazione, diffamazione, risarcimento promosso dal Centro di iniziativa giuridica Piero Calamandrei* (Protection de l'honneur et moyens de communication de masse. Actes du Colloque juridique Information, diffamation, dommages-intérêts, promu par le Centre d'initiative Juridique Piero Calamandrei) Feltrinelli, Milano 1979.

Le vers « *Io non cedo* » p. 251 est tiré de la chanson *Un galantuomo*, texte et musique de Roberto Camisasca © 1974 Universal Music Publishing Ricordi Srl. Tous droits réservés

Les phrases pp. 264-265 lues par Zanka avant de tomber sur la nouvelle (imaginaire) d'une descente de carabiniers à Thanur sont tirées d'articles publiés dans le *Corriere della Sera* le 9 avril 1978 sous la signature de Rosario Manfellotto (*Pressante invito dei partiti alla fermezza*) (Pressante invite des partis de la fermeté), Alberto Ronchey (*Fra le cause del terrorismo*) (Parmi les causes du terrorisme) et Enzo Biagi (*Una prigione crudele anche per i familiari di Moro*) (Une prison cruelle aussi pour la famille de Moro).

La citation p. 288 est tirée de Andrea Purgatori, *Grave tensione per la lettera che scotta. Si parla di miliardi e di ostaggi per Moro*, (Grave tension autour de la lettre qui dérange. On parle de milliards et d'otages pour Moro) dans *Corriere della Sera*, 10 avril 1978.

La citation p. 315 est tirée du faux communiqué n. 7 des BR, dans lequel était annoncée le 18 mai 1978 l'exécution de Moro.

Les paroles chantées par Astore p. 320 sont tirées de *Il ragazzo col ciuffo*, (Le garçon à la houpette) texte de G. Cassia, musique di E. Ciacci, A. Minardi © 1962 by Warner Chappell Music Italiana Srl. Su licenza di Warner Chappell Music Italiana Srl; et de *La strada nel bosco*(La route de la forêt), texte et musique de C. A. Bixio, E. Rusconi, N. Salerno ©

1943 Bixio C.E.M.S.A. Compagnia edizioni musicali. Le texte de *La strada nel bosco* a été légèrement modifié pour se conformer aux exigences narratives. Les paroles originales sont «*Vieni, c'è una strada nel bosco | il suo nome conosco…*» (Viens, il y a une route dans le bois/je connais son nom…)

La citation p. 413 est tirée de David Hume, *An Enquiry Concerning Human Understanding*, 1748.

La chanson qui vient à l'esprit de Milena p. 418-419 est *Ufo Robot*, texte de L. Albertelli, musique di A. Tavolazzi, V. Tempera © 1978 by Warner Chappell Music Italiana Srl. Licence Warner Chappell Music Italiana Srl.

Les paroles chantées par Pardo p. 429 sont tirées de *Scimmia*, texte et musique de Eugenio G. Finardi © Suono edizioni musicali Srl, en coédition avec Soul Trade Music Publishing Group Srl. Tous droits réservés. All Rights Reserved. International Copyrights Secured.

La citation p. 444 est tirée de la lettre d'Aldo Moro au ministre de l'Intérieur Francesco Cossiga, parvenue le 29 mars 1978.

La citation p. 440 est tirée de Guido Gozzano, *L'amica di Nonna Speranza*, in *Le poesie*.

Le communiqué p. 443 est le n. 9 des Brigades rouges, 6 mai1978.

La citation p. 445 est tirée de la lettre d'Aldo Moro à sa femme Eleonora, arrivée le 8 avril

Le rêve de Giuseppe Genna aux p. 445-446 et est tiré d'une conversation avec les auteurs et publié avec son aimable autorisation.

Les paroles de Renato Curcio p. 459 ont été prononcées le 10 mai 1978 durant le procès de Turin.

La citation p. 493 est tirée de Pier Paolo Pasolini, *Cos'è questo golpe? Io so* (Qu'est-ce que ce coup d'État? Moi je sais) dans *Corriere della Sera*, 14 novembre 1974.

La citation p. 521-522 est tirée de Stanley Weinbaum, *Un'odissea marziana*.

La déclamation de Paul Beathens p. 523-524 est tirée de P. Vinti, *Cosmo libertà uguaglianza*, Aguaplano, Perugia 2020.

La citation p 568 est tirée de *Relazione della Commissione parlamentare d'inchiesta sul terrorismo in Italia e sulle cause della mancata individuazione dei responsabili delle stragi del 22 aprile 1992 relativa all'inchiesta condotta sulle vicende connesse all'operazione Gladio* (Relation de la Commission parlementaire d'enquête sur le terrorisme en Italie et sur les causes de l'absence d'identification des responsables des attentats-massacres du 22 avril 1992 relative à l'enquête conduite sur les affaires connexes à l'opération Gladio) doc. XXIII, n. 51.

La citazione p. 580 fait partie de l'interrogation *Sull'esistenza presso il ministero della Difesa di informazioni sugli «Ufo», e per la promozione di una approfondita indagine, anche in collaborazione con altri Paesi europei, sul fenomeno citato* (Sur l'existence au ministère de la Défense d'informations sur les «Ovnis», et pour la promotion d'une enquête approfondie, y compris en collaboration avec les autres pays européens, sur le phénomène cité) présentée par le député

Falco Accame (PSI) à la séance de la Chambre du 20 novembre 1978.

La citation p. 581 est la réponse du ministre de la Défense à l'interrogation d'Accame, fournie le 31 janvier 1979.

La citation p. 583 est tirée du *Rapporto di Enrico Berlinguer alla riunione dei segretari regionali* (Rapport d'Enrico Berlinguer à la réunion des secrétaires régionaux) in l'*Unità*, 26 mai 1978.

La citation p. 588 est tirée de E. A. Poe, *The Mystery of Marie Rogêt* (trad. du traducteur pour la présente édition).

Le témoignage sur le massacre de Zeret du sergent Alessandro Boaglio p. 602 est tiré de A. Boaglio, *Plotone chimico. Cronache abissine di una generazione scomoda*, (Peloton chimique. Chroniques abyssines d'une génération qui dérange), édité par G. Boaglio et M. Dominioni, Mimesis, Milan 2010.

WU MING,
OU LA COMPLEXITÉ SUBVERSIVE

Un auteur collectif italien au pseudonyme chinois, qui publie depuis vingt-cinq ans ce qu'il appelle des Objets narratifs non identifiés ? Mais dans quel rayon classer ses ouvrages ? Est-ce de la littérature de genre ou bien générale ? Et comment se fait-il qu'il n'y ait nulle part dans le monde digital de photos des membres du groupe, alors qu'ils sont toujours disponibles pour des rencontres dans la vie réelle ? Et que leurs productions soient en accès libre sur le Net mais leurs incarnations de papier en vente en librairie, best-sellers en Italie et dans divers pays européens ? On comprend le désarroi de certains, au pays de Descartes et des digicodes, devant tant de complexité.

Pour aider à comprendre, peut-être faut-il partir d'une constatation socio-historique. Depuis des années, toute personne qui s'intéressait à l'Italie au XXIe siècle, pourvu qu'elle fît preuve d'un optimisme déraisonnable en accordant encore un contenu émancipatoire au signifiant « gauche* », pouvait à bon droit se poser la question : qu'est-ce qui reste de gauche dans ce pays ? La réponse était vite trouvée : quelques rares auteur·rices et éditeur·ices, quelques

* Sur le contenu historique et pratique du signifiant « gauche » et notamment la distinction entre le légitime et le légal, *cf.* les deux premiers paragraphes de mon article dans Lundi Matin : https://lundi.am/L-affaire-Battisti-ou-l-evaporation-de-la-gauche-sur-la-planete-Terre

blogs*, les centres sociaux, la lutte des No-Tav dans le val de Suse… et Wu Ming. Situation qu'on ne peut comprendre qu'avec un long zoom arrière.

Résumé des épisodes précédents

Du milieu des années 1960 à l'aube des années 1980, une partie de plus en plus importante de la population italienne est entrée en dissidence profonde avec la vieille société d'exploitation et ses violents processus de modernisation. Démarré dans les usines où l'agitation ouvrière n'avait cessé de croître, étendu aux universités, le Mai rampant italien a duré plus de dix ans. Ouvriers sabotant l'exploitation scientifique du travail, étudiants et professeurs remettant en cause l'usine à savoir capitaliste, femmes en lutte contre la domination masculine, habitant·es des quartiers populaires défendant leur droit au logement et la gratuité des transports, prisonnières et prisonniers saccageant leurs prisons, artistes créant une contre-culture porteuse des grandes libérations en cours à travers la planète, c'est tout un monde qui donna à voir, avec une intensité sans égale dans le reste de l'Occident de l'après-guerre, la possibilité d'une autre forme de vie. Par son caractère

* Citons notamment l'éditeur DeriveApprodi, le blog Carmilla fondé par Valerio Evangelisti, poursuivant le travail de sa revue du même nom, centrée sur « littérature, imaginaire et culture d'opposition », où s'expriment des auteurs comme Alberto Prunetti et Sandro Moiso, et Infoaut.org.

de masse, par sa durée et sa profondeur, ce fut sans conteste, en Occident, le plus vaste mouvement social anticapitaliste d'après la Seconde Guerre mondiale*.

Dès ses origines, ce mouvement est entré en collision avec le système de pouvoir politique qui s'était mis en place dans l'immédiat après-guerre. En 1945, en Italie aussi bien qu'en France, les partis communistes s'étaient imposés, les armes à la main, comme une force avec laquelle les autres formations devraient compter. Mais en Italie davantage qu'en France, beaucoup d'ex-partisans, qui avaient risqué leur vie et vu tomber tant de camarades, espéraient que le Parti pousserait son avantage jusqu'à faire la révolution – c'est dans leurs dépôts d'armes que les futures Brigades rouges trouvèrent leurs premiers équipements. Sauf qu'à Yalta, Staline et Roosevelt avaient tracé des lignes sur les cartes du monde. L'Italie comme la France ayant été placées dans la sphère de ce qui allait être l'OTAN, les partis communistes de ces pays avaient pour consigne de contester l'ordre établi tout en renonçant à la révolution. Se met alors en place une répartition des pouvoirs sur la société italienne qui va durer près de quarante ans : la Démocratie chrétienne, s'appuyant

* Voir Nanni Ballestrini, Primo Moroni, *La Horde d'or. La grande vague révolutionnaire et créative, politique et existentielle en Italie de 1968 à 1977*, Paris, L'Éclat, 2017 ; Devi Sachetto, Gianni Sbrogiò, *Pouvoir ouvrier à Porto Marghera. Du Comité d'usine à l'Assemblée régionale (Vénétie, 1960-1980)*, Les Nuits rouges, 2012 ; Paolo Pozzi, *Insurrection, 1977*, Nautilus, 2010 ; Marcelo Tari, *Autonomie !*, Paris, La Fabrique, 2011 ; Alessandro Stella, *Années de rêves et de plomb : des grèves à la lutte armée en Italie, 1968-1989*, Marseille, Agone, 2016 ; Julien Allavena, *L'Hypothèse autonome*, Paris, Amsterdam, 2020.

sur l'Église et les mafias, accapare l'essentiel du pouvoir politique, tandis que le Parti jouit d'une hégémonie sur les usines, cœur du boom économique en train de transformer le pays, et, grâce à son combat antifasciste, sur la culture. Fort de cette double emprise, sur le travail et sur les imaginaires, le Parti fait pression pour obtenir de partager le pouvoir politique avec la Démocratie chrétienne : c'est le projet du « compromis historique » qu'Aldo Moro défend dans la DC. Aux yeux du Parti, le mouvement social et son expression idéologique la plus originale, l'Autonomie ouvrière, commettent donc le péché suprême : lui contester, avec un succès certain, les deux piliers de son pouvoir. Quand une petite partie des révolutionnaires choisit la voie de la lutte armée, d'abord par des attentats qui visent seulement à blesser, puis par des exécutions, le Parti entre en guerre totale avec le mouvement dans son ensemble. Une bonne partie des juges qui vont se montrer d'une extraordinaire créativité dans une répression exorbitante sont sous son influence.

Si on peut considérer aujourd'hui que l'une des grandes faiblesses du mouvement social des années 1970 fut sa perméabilité à la phraséologie militariste, à cette fascination du P38 répandue jusque dans les manifs de masse, on ne peut ignorer sur quel terrain de violence sociale endémique, de luttes de classes exacerbées, ces pratiques sont nées. On ne peut oublier que les attentats aveugles, de très loin les plus meurtriers, ont été l'œuvre de fascistes liés à des secteurs des services secrets et des pouvoirs occultes (la loge P2), la plupart des exécutants et tous les commanditaires de cette « stratégie de la tension » n'ayant jamais été inquiétés. On ne peut oublier non plus que les victimes de la répression policière et carcérale sont en nombre au moins comparable à celles des attentats d'extrême gauche, et que les auteurs de ces meurtres, eux, n'ont jamais été inquiétés, tandis que les membres des groupes armés ont été soit assassinés, soit ensevelis sous des siècles de prison. C'est ce contexte-là que les dirigeants italiens effacent sempiternellement du tableau de l'époque quand ils n'en parlent plus qu'en termes d'« années de plomb », confondant extrême droite et extrême gauche dans la même catégorie d'un «terrorisme» informe qui aurait menacé la démocratie. Cette opération d'amnésie collective organisée a été rendue possible par les changements sociaux et culturels de la société italienne des années 1980. *Ovni 8* raconte l'année-bascule, quand les espérances révolutionnaires achèvent de s'éteindre, tandis que s'annoncent, portées par l'essor du consumérisme, de l'individualisme concurrentiel et de la poubelle télévisée, des transformations si radicales des sensibilités qu'on a pu parler, à la suite de Pasolini, de mutation anthropologique.

C'est dans la résistance à cette mutation qu'est né le projet culturel et politique qui s'appelle Wu Ming.

Au commencement était Luther Blissett

L'année 1994 est celle de l'entrée en scène politique de Silvio Berlusconi qui va confirmer le rôle de l'Italie comme laboratoire séculaire des dominations avec le lancement de Forza Italia, parti fondé sur les mythes de l'entrepreneur comme héros de notre temps et de l'entreprise comme modèle d'organisation qui doit être étendu à toute la société. Cette mythologie était déjà présente aux origines du reagano-thatchérisme des années 1980, si bien exprimé par le « Vive la crise! » de *Libération*. Mais c'est Berlusconi qui l'a systématisée pour en faire un programme de gouvernement qu'on retrouve encore aujourd'hui jusque dans la *start-up nation* de Macron. Toutefois, par son hédonisme affiché, son bagout volontiers graveleux et son mépris sans fard pour les règles de droit et les impôts, c'est de Trump que Berlusconi a été le plus clairement précurseur. Les démocrates étatsuniens se réjouissant de voir leur adversaire traîné devant la justice auraient pu d'ailleurs tirer des leçons de l'erreur des politiciens du Parti démocrate italien qui se sont obstinés à vouloir faire condamner Berlusconi, alors qu'une fraction notable de l'électorat votait pour lui non en dépit de ses manières de filou mais à cause d'elles. La ruse berlusconienne, grossière mais efficace, consistait à traiter toute tentative de régulation des appétits capitalistes de « communiste » au moment même où le Parti communiste disparaissait pour laisser place à la variante italienne d'une post-gauche néolibérale présente partout en Europe dans les allées du pouvoir. Bien au-delà de la personne de son fondateur, le berlusconisme s'est affirmé comme un changement d'hégémonie culturelle. Sur tous les écrans, ceux de la post-gauche comme ceux du Cavaliere, triomphait une culture populaire purement consumériste qui, dans ce pays catholique, récupérait la libération sexuelle au profit d'un hédonisme chosifiant grossièrement les femmes et transformait l'humour subversif de la décennie précédente en humorisme tournant tout en dérision au profit d'une dépolitisation généralisée. Le triomphe berlusconien a été certes rendu possible par une mainmise capitaliste sur une grande partie de l'industrie culturelle (journaux, édition, télévision), mais aussi par un autre phénomène qui dépassait largement les entreprises du Cavaliere : une colonisation des imaginaires dont le berlusconisme n'était que l'un des agents.

1994 est aussi l'année de lancement du Luther Blissett Project (LPB). Sur leur site, les Wu Ming le présentent ainsi :

> « En 1994, partout en Europe, des centaines d'artistes, activistes et auteurs de canulars choisissent d'adopter la même identité. Ils se rebaptisent tous Luther Blissett et s'organisent pour déclencher l'enfer dans l'industrie de la culture. Il s'agit d'un plan quinquennal. Ils vont travailler ensemble pour raconter au monde une grande histoire, créer une légende, donner naissance à un nouveau type de héros populaire. »

Le ton ironiquement grandiloquent tient à ce qui était une des préoccupations centrales des initiateurs du projet, du moins en son nœud central, Bologne : la *mythopoïèse*. Cette notion, désignant la création consciente de mythes littéraires, était étendue à toute la sphère politico-culturelle. Derrière le recours à un concept savant, il y a une idée dont la pertinence politique et la fécondité créative vont s'affirmer par la suite dans l'activité des Wu Ming : les mythes aliénants, «toxiques», de la modernité capitaliste ne peuvent pas être combattus uniquement par l'argumentation rationnelle, il faut leur opposer d'autres mythes, « des narrations partagées qui stimulent l'imagination collective et la coopération* ».

Luther Blissett était un éphémère joueur du Milan AC qui avait raté quelques buts et dont le nom était resté, assez injustement sans doute, comme le synonyme de «tocard». À son corps défendant, il a donné son nom à un « réseau d'agitation culturelle et politique qui était aussi un jeu de rôle en ligne et dans la vie réelle** », le Luther Blissett Project. On peut noter dès l'origine l'utilisation d'un acronyme en langue anglaise, manifestation d'une volonté internationaliste en opposition radicale à tout chauvinisme culturel, mais aussi d'une invasion de la langue italienne par l'anglais : elle atteint des niveaux qu'on ne soupçonne pas en France, et devient particulièrement ridicule dans les médias dominants et dans la langue gouvernementale. Mais, pour en saisir les racines, sans doute faudrait-il suivre dans leurs complexités les liens de la Péninsule avec ces États-Unis que les immigrés italiens ont contribué à fonder. En tous les cas, l'usage de concepts exprimés

---

* Wu Ming 1, *Q comme Qomplot, comment les fantasmes de complot défendent le système,* traduit de l'italien par Anne Echenoz et Serge Quadruppani, Lux, 2022.

** *Ibid.*

en anglais est aussi une des marques de fabrique des Wu Ming, jusqu'à un nouveau genre de littérature italienne qu'ils baptiseront d'un nom anglais.

Pour revenir au Luther Blissett Project, ce fut dans les années 1990 la signature, comme l'explique Isabelle Mayault*, d'une longue série de canulars élaborés

> « dans l'intention d'introduire le doute, la nuance, dans une machine médiatique friande d'informations choc. Cette période de guérilla culturelle s'ouvre en 1995 avec l'annonce de la disparition d'Harry Kipper, un artiste britannique, à la frontière entre l'Italie et la Slovénie. L'artiste, annonce-t-on alors, cherchait à mettre au point un parcours traçant le mot "ART" à travers le continent. Plusieurs personnalités du Royaume-Uni témoignent en interview de leur amitié avec Kipper. "Chi l'ha visto", l'équivalent italien de l'émission "Perdu de vue", lui consacre un épisode. Jusqu'à ce que Luther Blissett revendique la paternité de l'histoire : Harry Kipper n'a jamais existé. Suivent d'autres mystifications dans la même veine, certaines sophistiquées, comme ces communiqués sur des rites sataniques imaginaires envoyés aux rédactions et souvent publiés tels quels** ».

Il y eut même, à Rome, l'épisode d'un bus détourné par des inconnus qui, coincés par la police, déclarèrent tous s'appeler Luther Blissett.

---

* « Wu Ming, pour une nouvelle littérature épique, rencontre avec un collectif anonyme », *Revue du crieur*, 2018/1 (n° 9), www.cairn.info/revue-du-crieur-2018-1-page-64.htm

** Q comme Qomplot, *op. cit.*

Comme le développe l'un des Wu Ming, outre l'objectif de création d'un mythe,

> « les faux de Blissett avaient des finalités précises. Une finalité *contre-informative* : modifier le regard d'une partie de l'opinion publique sur un thème ou un problème donné en faisant surgir des doutes et des questions sur la façon dont les médias en parlaient. Une finalité *pédagogique* : nous faisions de l'"ingénierie inversée", nous ne nous limitions pas à révéler et à revendiquer des faux, mais nous les démontions, exposions nos tactiques, en expliquant quels automatismes culturels et déformations du système d'information nous avions exploités pour les diffuser. L'explication du canular était plus importante que le canular lui-même ».

À la toute fin du XXe siècle, tandis qu'approche le terme du « plan quinquennal », une proposition est lancée parmi les pratiquants du LBP : utiliser la signature Luther Blissett pour créer un écrivain collectif qui continuerait la guérilla culturelle. Quatre mains se lèvent. Ces quatre auteurs écrivent *Q*.

Publié en Italie en 1999 et en français en 2001 sous le titre *L'Œil de Carafa* (rééd. 2021), c'était l'histoire d'

> « un long duel à distance entre un hérétique aux multiples noms et un agent provocateur papiste. Ce dernier infiltrait les mouvements radicaux protestants de l'époque et répandait de fausses informations au moyen de lettres signées du nom biblique Qohélet, en hébreu

"le Rassembleur". C'était le titre du livre de l'Ancien Testament connu aussi sous le nom d'Ecclésiaste. »

Le choix d'intituler un premier roman en référence à un recueil d'aphorismes sacrés proclamant l'inanité de toute action humaine n'est sans doute pas sans rapport avec une époque de grandes désillusions révolutionnaires. Que le récit se déroule sur fond d'écrasement des soulèvements populaires n'était sûrement pas sans rapport avec ce qui s'était passé en Italie dans les décennies précédant son écriture. Comme dit Wu Ming 1,

> « nous y avions mis de tout, y compris des références allégoriques au LBP. Le monde de ce roman était fait d'identités changeantes, de noms fluctuants, de subterfuges et de camouflages, de guérilla de communication, de complots vrais et fantasmés ».

« Mettre de tout » n'est pas, ou pas seulement, l'expression d'une créativité en roue libre, c'est une pratique correspondant à un parti pris narratif fondamental. S'il est un principe que les auteurs, devenus Wu Ming par la suite, ne cesseraient de s'imposer et de rappeler aux lecteurs, c'est le refus de donner une clé unique d'interprétation. Dans la douzaine de fictions écrites en commun et dans la vingtaine écrites en solo, les Wu Ming se sont efforcés de produire des allégories ouvertes qui pouvaient être étendues dans de nombreuses directions, et interprétées à volonté. On le voit encore, par exemple, dans

Proletkult, leur avant-dernier roman* qui peut être lu comme un récit de SF ou comme un roman historique, selon que l'on décide qu'une des protagonistes est une extraterrestre ou une folle. Cette démarche s'illustre encore dans *Ovni 78*, dont la richesse réside dans le mélange d'une solide documentation historique et d'allégories *non identifiées*.

L'ovni WM à l'attaque

Au début des années 2000, actant la fin du LBP, les auteurs de Q adoptent le pseudonyme Wu Ming, mot chinois qui, suivant la manière dont il est prononcé, peut signifier «cinq», ou bien «anonyme». Le vaisseau spatial WM va décoller avec un équipement de concepts et de praxis conséquent, qui se renforcera en cours de navigation, et jusqu'à nos jours. À côté de la détermination à conserver une complexité polysémique, on trouve le choix de l'anonymat et du collectif, une machine multimédia, un laboratoire théorique, une capacité d'intervention politique multiforme.

LE CHOIX DE L'ANONYMAT ET CELUI DU COLLECTIF

Contre la mythologie de l'artiste solitaire, contre l'hyper-individualisation et le narcissisme de masse

* *Proletkult*, traduit de l'italien par Anne Echenoz, Métailié, 2022.

que vont induire les réseaux sociaux, les Wu Ming tiennent dur comme fer à leur iconoclastie : si, à chaque sortie d'un de leurs livres, ils participent à des dizaines de rencontres, ils veillent soigneusement à n'être ni filmés ni photographiés. Quant à leur choix du collectif, ils se comparent souvent à un *band*, un groupe musical. Il s'agit de « planter le drapeau du collectif sur un terrain très individuel ». Les membres du groupe ne s'interdisent pas pour autant de produire des œuvres personnelles, mais d'une part celles-ci sont relues par tous durant leur élaboration, et, d'autre part, elles sont signées du pseudonyme du groupe affublé d'un numéro attribué suivant l'ordre alphabétique des vrais noms. Quoique dans les différentes phases de son histoire le groupe ait varié en nombre, passant de quatre à cinq puis à quatre de nouveau, et enfin, depuis 2015, à trois, les auteurs restant, Roberto Bui (WM1), Giovanni Cattabriga (WM2) et Federico Guglielmi (WM4) continuent de signer avec leur numéro originel. Si les patronymes ne sont pas secrets, il convient, si on veut parler de leur activité culturelle, de n'utiliser que leurs pseudonymes « qui font référence au projet collectif et sont une part essentielle de [leur] poétique ».

UNE ACTIVITÉ MULTIMÉDIA

En même temps que le collectif d'écrivains naît la Wu Ming Foundation à partir du blog qui a longtemps porté ce nom, avant de devenir Giap dans les années 2010. Sur ce blog écrivent aussi d'autres auteurs que les membres de WM, car il est l'âme d'un « sujet politique multiforme, beaucoup plus vaste et ramifié* » que le groupe, une « libre et informelle concaténation de projets artistiques, culturels et politiques, laboratoires, groupes d'enquêtes, collectifs ». Nées la plupart du temps de discussions autour des livres de WM, les initiatives lancées sur cet espace virtuel ont souvent pris une forme musicale en collaboration avec d'autres personnes. Sur une page du blog**, on peut écouter une partie des musiques nées de ces collaborations et/ou inspirées de leurs romans, produites par plus d'une douzaine de groupes musicaux plus ou moins éphémères. En outre, explique WM,

> « nous expérimentons depuis toujours des formes comme le reading/concert, la lecture scénique, le mélologue, la chanson déclamée. Nous participons à diverses expériences. La plus "structurée" est à ce jour Wu Ming Contingent. »

WM2 assure la voix et les synthés dans ce groupe de quatre qui a deux albums à son actif et un site dédié. Le Bhutan Clan est un «supergroupe» formé par les membres de divers collectifs littéraires dont WM et Kai Zen (un groupe «cousin» de quatre auteurs, né en 2003), de compagnies théâtrales, de projets musicaux, de groupes d'agitation culturelle. En 2022, l'expérience du Bhutan Clan a débouché sur la création

* www.wumingfoundation.com/giap/che-cose-la-wu-ming-foundation/ Les citations qui suivent en sont tirées.

** www.wumingfoundation.com/giap/musiche/

à Bologne de Melologos, local avec salle de répétition et studio d'enregistrement destinés aux productions audio, à l'organisation d'ateliers, séminaires, petites représentations, écoutes collectives, etc. Les premières productions de Melologos ont été des pièces radiophoniques, et Ufo 78 (« Ovni 78 »), un concert non identifié, avec Wu Ming 1 et Luca Casarotti, et Radio Ufo 78* : les lecteurs du présent livre peuvent écouter ses prolongements sonores à l'adresse indiquée en note.

Mais la forme musicale n'est pas la seule assumée par ces débordements hors de la simple littérature. Depuis 2003, les WM ont animé de nombreux projets d'écriture collective et « jam session littéraire » qui ont abouti à des écrits et des spectacles, ont participé à des anthologies, collaboré avec un collectif de photographes dans un recueil de récits en photo, avec une archive cinéma et un cirque. La compagnie Fantasma a transformé ses textes et romans en spectacles théâtraux, dialogues et dramatiques radio. WM travaille aussi souvent avec un magicien, Mariano Tomatis,** créateur d'un « laboratoire de magnétisme révolutionnaire ».

UN LABORATOIRE THÉORIQUE

Comme il est aisément perceptible jusque dans ses romans, l'activité littéraire de WM s'est constamment

* Le « concert non identifié » est téléchargeable sur https://archive.org/details/concerto-non-identificato, et Radio Ufo 78 sur www.wumingfoundation.com/giap/che-cose-la-wu-ming-foundation/#4

** www.wumingfoundation.com/italiano/comunitari.htm et les liens dans la note précédente.

accompagnée d'une réflexion sur l'acte d'écriture et sur le rôle de la narration dans la société contemporaine. Elle se développait aussi à partir d'un intérêt particulier pour les littératures de genre et la culture populaire. WM a été notamment amené à défendre J.R.R. Tolkien contre son accaparement par les fascistes italiens, à travers de nombreux articles et des livres. Le remarquable *Étoile du matin*, de WM4 (Métailié, 2012), éclaire aussi la complexité du père de Bilbo le Hobbit en racontant sa rencontre avec T.E. Lawrence. Avec *Manituana*, à mon avis un de leurs chefs-d'œuvre, WM fait une brillante démonstration de sa manière d'aborder le roman historique, en adoptant un ou des points de vue déstabilisant : le livre raconte l'histoire de la guerre d'indépendance américaine vue du côté des vaincus, les Amérindiens qui ont pensé qu'il valait mieux « avoir un roi à mille miles, que mille rois à un mile ».

C'est aussi en donnant, entre autres, l'exemple de ce roman que WM a commencé à développer l'idée de la « New Italian Epic » comme nouvelle tendance de la littérature italienne pour laquelle il prenait parti. Dans un essai intitulé *New Italian Epic, Mémorandum 1993-2008 : Littérature narrative, point de vue oblique, retour vers le futur**, WM1 dresse la liste d'une série de livres en italien mais sans chercher à en recruter les auteurs, car toutes leurs œuvres, précise-t-il, n'appartiennent pas forcément à cette « épique » italienne.

* Traduction d'Estelle Paint, disponible sur www.wumingfoundation.com/italiano/new_italian_epic_traduction_fra.pdf

Andrea Camilleri avec son filon historique, Carlo Lucarelli avec ses récits de l'époque fasciste et de l'Italie coloniale, Valerio Evangelisti avec la plupart de ses romans, et beaucoup d'autres figurent dans la liste. Selon WM1, la nouvelle épique italienne présente sept caractéristiques réunissant une production extrêmement variée :

1) la rupture avec la distanciation froide du postmodernisme : l'auteur laisse transparaître une passion et une prise de parti ;

2) un regard en biais : « Dans le corpus de la New Italian Epic on rencontre une intense exploration de points de vue inattendus et inhabituels » ;

3) Complexité narrative et pop attitude : La New Italian Epic est complexe et populaire à la fois, ou du moins, elle est à la recherche d'une telle alliance ;

4) Histoires alternatives, uchronie potentielles : ces récits requièrent du lecteur un travail cognitif ;

6) Ces récits sont des *Objets narratifs non identifiés* : « Fiction et non-fiction, prose et poésie, journal et enquête, littérature et science, mythologie et pochade. Au cours des quinze dernières années, beaucoup d'auteurs italiens ont écrit des livres qui ne peuvent être étiquetés ou classés d'aucune façon, parce qu'ils contiennent presque tout cela » ;

7) Communauté et transmédialité. « Cette littérature tend – parfois de façon implicite, d'autres fois de manière déclarée – à la transmédialité, à exorbiter des contours du livre pour poursuivre le voyage sous d'autres formes, grâce à des communautés de personnes qui interagissent et créent ensemble. »

Le lecteur d'*Ovni 78*, vrai-faux roman historique et histoire alternative, qui explore une période cruciale de l'histoire italienne par le biais inattendu de l'ufologie, récit dont les expérimentations stylistiques ne sont pas visibles au premier coup d'œil, pourra constater que ce livre entre pleinement dans la définition. Si la vingtaine d'auteurs concernés par l'essai de WM1 n'a pas paru, ou alors pas longtemps, intéressé à se réclamer de la New Italian Epic, cet effort théorique aura au moins eu le mérite d'éclairer sur la démarche de WM et de signaler à l'attention tout un pan de la littérature italienne que la critique traite souvent avec condescendance. Mais ce n'est pas le cas des lecteurs italiens, ni le mien, comme traducteur et directeur de collection : je pense au contraire que c'est de loin le secteur le plus intéressant et le plus innovant de la production littéraire d'outre-Alpes.

Une intervention politique multiforme

La première fois que j'ai rencontré les WM, ce fut à l'orée des années 2000, au festival espagnol Semana Nera créé par Luis Sepulveda et Paco Ignacio Taibo II, deux auteurs pas précisément de droite, et cela se sentait dans les thèmes des débats et des rencontres. Et la deuxième fois, ce fut à Gênes en 2001, au contre-sommet où Carlo Giuliani a été abattu, et un grand nombre de manifestants gravement tabassés et certains carrément torturés. Il n'y avait pas encore eu le sang sur les murs de l'école Diaz ni les piercings arrachés et les femmes violentées à la caserne Bolzaneto, il régnait une atmosphère festive et l'auteur collectif se trouvait dans le cortège des *tute bianche*, ses membres déguisés en Bibendum ou en joueur de football américain avec des rembourrages en tapis de sol et bouteilles de plastique. Dans des textes ultérieurs, WM a tiré la leçon de l'illusion tragique de cette « invasion de la zone rouge » où se tenait le G8 que ses amis des centres sociaux du Nord-Est avaient annoncée comme objectif aux différents cortèges. L'important est que WM a su donner à l'appel à manifester contre ce sommet une grandeur épique et une profondeur historique qui en font à mes yeux un des meilleurs exemples de ce que peuvent réussir des artisans de l'écriture comme eux et moi, quand ils veulent mettre leur savoir-faire au pot commun des luttes.

> « Nous sommes nouveaux, mais nous sommes de toujours. Nous sommes anciens pour le futur, armée de la désobéissance dont les histoires sont des armes, en marche depuis des siècles sur ce continent. Sur nos étendards est écrit "dignité". En son nom, nous combattons quiconque se veut maître des personnes, des champs, des bois et des cours d'eau, gouverne par l'arbitraire, impose l'ordre de l'Empire, réduit les communautés à la misère. Nous sommes les paysans de la Jacquerie. [...] Nous sommes les tisserands de Silésie qui se rebellèrent en l'an 1844 [...], les prolétaires insurgés de l'an de grâce 1848 [...]. Nous avons traversé le siècle de la folie et des vengeances, et nous poursuivons notre marche.

Eux, ils se disent nouveaux, ils se baptisent de sigles ésotériques : G8, FMI, WB, OMC, NAFTA, FTAA… Mais ils ne nous trompent pas, ce sont ceux de toujours : les écorcheurs qui razzièrent nos villages, les oligarques qui reprirent Florence […], le gouvernement contre qui tonna Byron, le vieux monde qui rendit vains nos assauts et défit chaque marche vers le ciel.

Aujourd'hui, ils ont un nouvel empire, sur toute sa surface ils imposent une nouvelle servitude de la glèbe, ils se prétendent patrons de la Terre et de la Mer.

Contre eux, encore une fois, nous, multitudes, nous nous soulevons.

Gênes, Péninsule italique, 19, 20 et 21 juillet d'une année qui n'est plus d'aucun Seigneur. »

Sur wumingfoundation.com, puis sur Giap, on peut suivre, année après année, les interventions politiques de Wu Ming sous forme d'articles et de participation à des événements, rencontres et manifs. Signalons les principales.

Un engagement de longue haleine au côté du « peuple No-Tav », ces habitants du val de Suse opposés au TGV Lyon-Turin, dont le combat presque trentenaire a servi d'exemple à de nombreuses luttes de territoire contre la dévastation capitaliste et de point de rencontre à ce qui restait de luttes dans la Péninsule. WM1 a condensé l'implication du groupe dans un gros livre paru en 2016, *Un viaggio che non promettiamo breve* (« Un voyage dont nous ne promettons pas qu'il sera bref »), œuvre-monde sur les montagnes, le territoire et le conflit.

Une bataille culturelle sur le négationnisme régnant pour tout ce qui touche au colonialisme italien. Le refoulement du souvenir de ses crimes hors de la sphère officielle a permis que des monuments à la gloire de ses pires bouchers subsistent encore : anomalie repérée, et histoire rappelée.

La bataille contre l'extradition de Battisti, contre sa monstrification médiatique (qui a atteint des degrés dont on n'a aucune idée de ce côté-ci des Alpes) et pour le rétablissement de la vérité historique sur les années 1970 que les historiens officiels et les politiciens de droite et de post-gauche n'ont cessé de refouler. Cette bataille-là en a donné une autre, à laquelle j'ai eu le plaisir de participer sur le terrain même, ce Nord-Est italien où des assesseurs régionaux à la culture, berlusconiens ou membres de la Ligue du Nord voulaient purger les bibliothèques publiques des livres des auteurs qui avaient pris parti pour Cesare. Nous sommes allés manifester devant des bibliothèques provinciales, soutenus par les bibliothécaires. Comme on sait, Cesare est aujourd'hui derrière les barreaux italiens mais, du moins, ses soutiens n'ont pas été proscrits*.

Avec *La Q di Qomplotto* (Einaudi 2021), traduit en français l'année suivante sous le titre *Q comme Qomplot***, WM1 concluait un cycle. En effet, ce livre ramenait WM à ses origines, puisqu'il a été commencé comme une enquête sur les étonnantes coïncidences

* En ligne sur www.wumingfoundation.com/giap/2011/01/da-venezia-partono-i-roghi-di-libri-vogliamo-fare-qualcosa/

** Traduction Anne Echenoz et Serge Quadruppani, Lux.

reliant le livre *Q* de Luther Blissett et les premières apparitions de Qannon : on sait que les *fake news* de ce pseudo-lanceur d'alerte ont donné naissance à un mouvement fasciste portant son nom, qui a joué un rôle décisif dans l'invasion trumpiste du Capitole le 6 janvier 2021. Devenu une somme historique et sociologique sur le complotisme, une boîte à outils pour lutter contre la prolifération des narrations toxiques qui sert au final les dominants, c'est aussi une récapitulation des activités de Luther Blissett et de Wu Ming, et une exploration des limites du canular comme technique d'intervention politique.

Au moment où le cycle d'écriture des WM se concluait, il semblait qu'un autre cycle se concluait aussi, celui de luttes de classes allant de défaite en défaite. Dans ce pays gouverné depuis cinquante ans par la droite, la post-gauche et maintenant l'extrême droite, quelque chose « de gauche » était en train de renaître d'en bas : depuis les luttes des dockers de Trieste contre le pass sanitaire* à celle de la GKN, une usine automobile menacée de délocalisation, que ses ouvriers occupent depuis deux ans pour la reconvertir dans des productions écologiques. Ce n'est pas un hasard si les éditions Allegre, où WM1 dirige une collection d'Objets narratifs non identifiés, ont créé une collection de littérature « working class » animée par Alberto Prunetti, auteur du très beau et

* Lundi Matin, « Jours étranges à Trieste contre le pass sanitaire », traduit par Alessì dell'Umbria https://lundi.am/Jours-etranges-a-Trieste-contre-le-pass-sanitaire

très marrant *Odyssée Lumpen*[*] et initiateur du festival Working Class qui vient de se tenir pour la deuxième fois dans les murs de l'usine. Avec la participation des Wu Ming. Une nébuleuse serait-elle en train de se condenser ? Prendra-t-elle, malgré les fachos et la guerre qui vient, la forme d'un vaisseau spatial à la conquête du ciel ? Ou bien les armées de la désobéissance, dont les histoires sont des armes, vont-elles être arrêtées dans leur marche ? Ce qui fut tué en 1978 renaîtra-t-il de ses cendres ?

Tout ce qu'on peut dire c'est : « à suivre ». Et comme dans toutes les bonnes narrations, il faudra s'attendre à être surpris.

Serge Quadruppani

---

* Traduit par Anne Echenoz, Lux, 2023.

SOMMAIRE

Wu Ming
OVNI 78

Traduit de l'italien
par Serge Quadruppani

Édition préparée
par Charlotte Dugrand,
Bruno Bartkowiak
et Nicolas Norrito

Éditions Libertalia
12, rue Marcelin-Berthelot
93100 Montreuil
www.editionslibertalia.com
Indicatif éditeur : 978-2-9528292

Diffusion et distribution
HARMONIA MUNDI *livre*

Reproduit et achevé d'imprimer
sur les presses de Sepec Numérique à Péronnas (Ain)
le 12 avril 2024
Premier tirage : 4 000 exemplaires
Dépôt légal : 2e trimestre 2024
Imprimé en France

PEFC 10-31-3532 IMPRIM'VERT®